Os garotos de Veneza

ROMANCE

LUCA DI FULVIO

Os garotos de Veneza

ROMANCE

TRADUÇÃO
KARINA JANNINI

Copyright © 2013 by Bastei Lübbe AG

Título original: *La ragazza che toccava il cielo*

Todos os direitos reservados pela Editora Vestígio. Nenhuma parte desta publicação poderá ser reproduzida, seja por meios mecânicos, eletrônicos, seja via cópia xerográfica, sem a autorização prévia da Editora.

EDITOR RESPONSÁVEL
Arnaud Vin

EDITOR ASSISTENTE
Eduardo Soares

PREPARAÇÃO
Sonia Junqueira

REVISÃO
Claudia Vilas Gomes

CAPA
Ilustração de capa: Vito Quintans
Edição de arte: Diogo Droschi

DIAGRAMAÇÃO
Waldênia Alvarenga

Dados Internacionais de Catalogação na Publicação (CIP)
Câmara Brasileira do Livro, SP, Brasil

Fulvio, Luca Di
　Os garotos de Veneza / Luca Di Fulvio ; tradução Karina Jannini. -- São Paulo : Vestígio, 2021.

　Título original: *La ragazza che toccava il cielo.*
　ISBN 978-65-86551-54-9

　1. Romance italiano I. Título.

21-80298　　　　　　　　　　　　　　　　　　　　CDD-853

Índices para catálogo sistemático:
1. Romances : Literatura italiana 853

Eliete Marques da Silva - Bibliotecária - CRB-8/9380

A **VESTÍGIO** É UMA EDITORA DO **GRUPO AUTÊNTICA**

São Paulo
Av. Paulista, 2.073 . Conjunto Nacional
Horsa I . Sala 309 . Cerqueira César
01311-940 . São Paulo . SP
Tel.: (55 11) 3034 4468

Belo Horizonte
Rua Carlos Turner, 420
Silveira . 31140-520
Belo Horizonte . MG
Tel.: (55 31) 3465 4500

www.editoravestigio.com.br
SAC: atendimentoleitor@grupoautentica.com.br

Ainda que eu fale as línguas dos homens e dos anjos [...]; ainda que eu tenha o dom de profetizar e conheça todos os mistérios e toda a ciência; ainda que eu tenha tamanha fé, a ponto de transportar montes, se não tiver amor, nada serei.
Epístola de São Paulo aos Coríntios, I, 13

Primeira parte
Outono de 1515 – Inverno de 1516
9

Segunda parte
Primavera de 1516
253

Terceira parte
Verão de 1516
517

PRIMEIRA PARTE
Outono de 1515 – Inverno de 1516

1

Roma

A CARROÇA DA MERDA, como a chamavam no bairro Sant'Angelo, passava uma vez por semana. Às segundas-feiras.

Naquela segunda-feira, após cinco dias de chuva, a carroça da merda avançava com dificuldade no estreito beco da Pescheria, mal conseguindo passar, tanto que, de vez em quando, as chavetas das rodas arranhavam o muro das casas. Os seis condenados acorrentados aos varões da carroça afundavam na lama até os tornozelos e gemiam pelo esforço de tirar as rodas dos buracos em que atolavam. Suas calças de lã rala, pesadas e furadas, estavam salpicadas de lama até as virilhas. Na frente avançavam mais dois condenados, acorrentados um ao outro. Tinham a tarefa de recolher os baldes cheios de rejeitos e excrementos do lado de fora das portas das casas ou nos pátios e esvaziá-los na gigantesca tina colocada no assoalho da carroça. Quatro guardas vigiavam os oito condenados, dois na frente e dois atrás da nauseante procissão.

Atrás da carroça acumulava-se uma pequena multidão heterogênea, composta em sua maior parte por estrangeiros, como era frequente na Cidade Santa. Havia dois estudiosos alemães, com pesados livros debaixo dos braços; três freiras usando grandes véus com as pontas viradas para cima, avançando de cabeça baixa; um norte-africano de pele cor de avelã tostada; dois soldados espanhóis com suas calças listradas de amarelo e vermelho, que caminhavam com os olhos semicerrados, lutando contra a dor de cabeça, fruto de uma noite na taberna, e ansiosos para chegar a seus quartéis. Havia até mesmo um indiano de turbante, acompanhado por um camelo que blaterava, irritado com o frio, a caminho do circo do outro lado do Tibre, e um mercador judeu, reconhecível pelo barrete amarelo, prescrito pela lei. Todos, sem distinção, tinham estampada no rosto uma expressão de repugnância em razão do odor que piorava à medida que se aproximavam da Piazza di Sant'Angelo in Pescheria, onde o mau cheiro da carroça se somava ao do lixo do mercado de peixes, que apodrecia no chão havia seis dias.

Quando chegaram ao largo, as pessoas amontoadas ultrapassaram a carroça da merda e se perderam na pequena Babel de personagens que se aglomeravam na praça.

Também o mercador, cujo nome era Shimon Baruch, acelerou o passo, olhando com nervosismo para os lados e revelando uma natureza amedrontada. Tinha concluído um excelente negócio perto do mercado das cordas, vendendo um grande lote de cordame que havia acabado de chegar a bordo de uma embarcação ancorada no porto de Ripa Grande, e recebera toda a soma em dinheiro, em vez das habituais letras de câmbio. Assim, caminhava encurvado, apertando com ambas as mãos a capa contra o corpo, preocupado por circular pelas ruas de Roma com aquele pequeno saco de couro, cheio de moedas, que amarrara no cinto.

Shimon Baruch notou o dignitário de um país exótico, com longos bigodes, escoltado por dois gigantescos mouros com as cimitarras adornadas e providas de cabos de marfim. Viu malabaristas de pele cor de oliva, talvez macedônios ou albaneses. E um grupo de velhinhos sentados em cadeiras de palha diante de suas casas, jogando dados, que lançavam em um caixote de madeira colocado no chão. Além deles, três pobres mulheres que rondavam as bancadas de mármore em que eram dispostos os peixes e sobre as quais, a essa altura, restavam poucos cestos de vime com cavalas de Isola Sacra e percas de Bracciano. As mulheres vasculhavam os rejeitos em busca de uma cabeça ou cauda para dar sabor ao caldo de ervas do campo, que seria tudo o que poriam na mesa naquela noite. Duas tinham cerca de 40 anos. Seus lábios, comprimidos pelo frio e franzidos de um modo não natural, denunciavam uma grande penúria de dentes. A terceira, ao contrário, era muito jovem. Tinha cabelos ruivos escuros e uma pele que deveria ser branca e transparente como alabastro sob a sujeira que a recobria. Shimon Baruch pensou que era parecida com a Susana assediada pelos anciãos no episódio do livro do profeta Daniel.

— Saiam daí, suas rameiras, ou então jogo vocês também na tina — disse um condenado da carroça da merda, aproximando-se dos restos de peixe com a pá na mão. Os guardas riram e fizeram sinal para que as mulheres se afastassem.

De cabeça baixa, Shimon Baruch dirigiu-se ao Teatro Marcello, onde finalmente poderia guardar em segurança sua bolsa de dinheiro. No entanto, virou uma última vez para olhar a moça atraente de cabelos acobreados e notou que ela lançava um olhar a um menino maltrapilho, de pele amarelada e longos cabelos sujos, quase colados na cabeça, sentado um pouco mais adiante, entre as ruínas do Pórtico de Otávia, atirando pedras em uma cabra que arrancava urtigas e parietárias. Por um instante, Shimon Baruch teve a impressão de já ter visto o menino, talvez naquela manhã mesmo, no mercado das cordas. E, enquanto o observava, encurvando-se ainda mais, o menino gritou, ao perceber seu olhar:

— Seu barrete é de tecido bom, senhor judeu! Prosperidade! Prosperidade!

Shimon Baruch virou-se bruscamente, sem responder, e viu um rapagão com ar embasbacado, encostado no muro do outro lado da praça, precipitar-se de repente em sua direção. Era alto e robusto, com cabeleira basta e desbotada como a aveia que se dá para os asnos, e a linha do cabelo baixa, animalesca, quase cobrindo a testa. Vestia farrapos e movia desajeitadamente as pernas robustas e curtas, balançando o tronco atarracado. Seus braços também eram curtos e desproporcionais. "Parecia um anão gigantesco", pensou o judeu. Já à primeira vista julgou que fosse um louco. Mas teve certeza quando o gigante, franzindo os olhos como se temesse ser espancado, disse com voz gutural, sem nuanças, em uma língua esquisita, na qual as sílabas brigavam entre si:

— Duas moedinha, sinhô... Por caridade, duas moedinha de esmola, Vossa Lustríssima.

— Largue do meu pé! – disse-lhe o mercador, tentando se desvencilhar e agitando a mão no ar, como para afugentar uma mosca.

Assustado, o gigante protegeu o rosto, mas permaneceu colado a ele, repetindo:

— Uma moedinha, Vossa Incelentíssima... uma moedinha só.

Depois, bem na frente da fachada da igreja de Sant'Angelo, segurou-o pelo braço, com fervor exagerado.

Shimon Baruch virou-se, alarmado.

— Tire suas patas imundas de cima de mim! – rosnou, tentando esconder o medo que já apertava sua garganta.

Justamente nesse momento, um rapaz de cerca de 16 anos, pele morena e cabelos negros como breu, magro e desengonçado, com um barrete amarelo atrevidamente atravessado na testa, dobrou correndo a esquina da igreja. O rapaz quase tropeçou no mercador e se agarrou em suas costas para não cair.

— Perdão, senhor! — desculpou-se de imediato, mas depois, ao notar o barrete que o outro também usava, acrescentou: — *Shalom Aleichem* — e inclinou a cabeça em sinal de respeito.

— *Aleichem Shalom* — respondeu Shimon Baruch, por um lado, aliviado ao ver um correligionário e, por outro, ainda agitado porque não conseguia se desvencilhar do louco.

— Não, eu vi ele primeiro! — protestou o gigante, dirigindo-se com cólera ao recém-chegado. — O bom sinhô vai dar a esmola pra mim! — E, segurando o mercador pelo braço, empurrou o rapaz com violência. — Vá embora!

— Solte-me, seu desgraçado! — gritou-lhe Shimon Baruch, com um tom de voz assustado.

— Solte-o! — gritou também o rapaz, lançando-se contra o gigante, que com um soco no estômago o fez curvar-se. O rapaz não se deu por vencido e, mais uma vez, atirou-se contra ele, golpeando-o no rosto.

O gigante deu um grito gutural, largou o mercador e, enfurecido, agarrou o rapaz, que com uma pirueta foi arremessado contra Shimon Baruch, e ambos caíram no chão.

Os guardas, inicialmente em alerta para reprimir a rixa, começaram a rir ao ver os dois de barrete amarelo na lama, como se estivessem lutando entre si. E todas as vendedoras de peixe riam, com as mãos nos quadris e balançando os seios. E riam os dois mouros com as cimitarras, e o dignitário do grão-vizir. E os malabaristas pararam de lançar suas esferas no ar, e os dois soldados espanhóis, mesmo sem desacelerar o passo, caminharam para trás para não perderem o espetáculo. E até mesmo os estudiosos alemães pararam e colocaram os óculos.

— Acabe com eles! — gritou o menino que atirava pedras na cabra, um pouco mais adiante, incitando o louco.

Os condenados também riram, e um gritou para o gigante:

— Mostre para eles! Vá, chute!

Então, o bobo chutou a barriga do rapaz de barrete amarelo, que estava ajudando o mercador a se levantar. O jovem gemeu, virou-se para Shimon Baruch e lhe disse, com olhar aterrorizado:

— Fuja, pelo amor de Deus!

Em seguida, gritando, lançou-se contra o gigante com a força do desespero. Golpeou-o novamente e fugiu. O gigante correu atrás dele, rumo às margens do Tibre, e logo também o menino de pele amarelada e cabelos longos começou a persegui-lo, gritando:

– Judeu de merda! Você está morto, seu judeu de merda!

Shimon Baruch pensou que deveria ter ajudado seu correligionário. Mas foi apenas por um instante. O medo que tiranizava sua vida prevaleceu, e o mercador escapou na direção oposta, rumo ao Teatro Marcello.

Vendedoras de peixe, condenados, guardas e todas as pessoas reunidas na Piazza di Sant'Angelo in Pescheria riam, concentrados no menino e no gigante que corriam atrás do jovem com o barrete amarelo.

Em meio à confusão, a moça de pele de alabastro, que vasculhava o lixo, esticou a mão até um cesto de vime na beirada de um tampo de mármore, pegou o máximo de cavalas que conseguiu, escondeu-as na manga e, em silêncio, prendendo a respiração, afastou-se sem que as vendedoras a percebessem.

Nesse meio-tempo, o rapaz de barrete amarelo havia dobrado a esquina, e seus perseguidores já estavam em seu encalço, continuando a gritar insultos à raça dos judeus. Um bêbado, cambaleante, postou-se no meio da viela de braços abertos e gritou para o rapaz que ia ao seu encontro:

– Parado aí, judas asqueroso!

O rapaz se deteve a um passo do bêbado.

– Responda a esta pergunta: de um a dez, o quanto você pode ser idiota? – perguntou-lhe.

O bêbado permaneceu imóvel, com uma expressão apalermada.

O jovem tirou o barrete e bateu na cabeça dele, rindo.

– Enquanto pensa, tome outro gole que é melhor – disse-lhe. Guardou o barrete e se virou para o menino de pele amarelada e para o gigante, que já o haviam alcançado. – Vamos, mexam-se – ordenou.

O bêbado olhou para eles sem entender.

– Imbecil – disse-lhe o menino de pele amarelada, cuspindo no chão.

Juntos, caminharam rapidamente, em silêncio. Viraram na próxima esquina, e o rapaz deu uma cotovelada no gigante.

– Idiota miserável, veja se aprende a bater de leve!

O gigante tinha um olhar assustado e perdido.

– Discurpa... – choramingou.

O rapaz se virou para o menino.

– Tente controlar essa besta. – Curvou-se. – Esmagou meu estômago com aquele chute.

– Peça desculpa – ordenou o menino ao louco.

– Discurpa, Mercurio... – choramingou novamente o gigante. – Não punhale o Ercole, por favô.

– Não, não vou te *punhalar*, imbecil – respondeu Mercurio, erguendo-se.

O pequeno deu um empurrão no gigante.

– Será possível que você nunca lembra que tem a força de um elefante?

– Sim, Zolfo... – anuiu, mortificado, o gigante. – Ercole imbecil.

– Está bem, está bem – resmungou Zolfo. Depois, voltando-se para Mercurio: – Você vai ver, ele vai melhorar...

Nesse momento, da Piazza di Sant'Angelo in Pescheria chegou um grito.

– Fui roubado! Pega ladrão! – gritava o mercador.

Ouviu-se a risada da multidão, que entendeu o que havia acontecido e se divertia mais do que antes.

– Estou arruinado! Pega ladrão! Malditos! Malditos todos vocês!

E quanto mais Shimon Baruch gritava, desesperado, mais sonoras eram as risadas que chegavam da praça, como um estrondo, como no teatro.

– Vamos embora daqui – ordenou Mercurio.

Pularam o talude na frente da Ilha Tiberina e, enquanto desciam até a tampa de um bueiro escondido entre os arbustos, a moça de cabelos acobreados e pele de alabastro os alcançou.

– Temos o jantar – disse, orgulhosa, mostrando as cinco cavalas que havia roubado.

– Temos muito mais do que isso, Benedetta – disse Zolfo.

Mercurio pegou o saquinho cheio de moedas do mercador. Notou que nele estava pintada uma mão vermelha. Soltou o laço, agachou-se e despejou as moedas no chão. O pôr do sol as fez brilhar como brasa cintilante.

– São de ouro! – exclamou Zolfo.

Mercurio ficou boquiaberto. Contou-as rapidamente e as dividiu na proporção de duas para si e uma para os outros.

– Mas somos três... – começou a protestar Zolfo.

– A ideia do golpe foi minha – disse Mercurio, em tom seco. – O trapaceiro sou eu. No meu lugar, vocês teriam sido pegos no ato. – Olhou-os com altivez. – Vocês são só dois comparsas, ou melhor, um e meio, porque o idiota vale metade. E uma vigia mulher. – Pôs as próprias moedas no saquinho e o fechou. Levantou-se e apontou para o dinheiro no chão. – Essa é a parte de vocês, e fui generoso até demais. Se não estiverem satisfeitos, virem-se sozinhos. – Depois, fitou-os com olhar de desafio.

– Está bem assim – disse Benedetta, sustentando o olhar.

Zolfo se inclinou para recolher as moedas.

– Pelo menos está claro quem manda entre vocês três – riu Mercurio.

– Quer comer peixe com a gente? – perguntou-lhe Benedetta.

Zolfo olhou para Mercurio, esperançoso.

– Não gosto de comer acompanhado – respondeu Mercurio de modo brusco. – Se eu precisar de vocês, sei onde procurá-los. – Abriu a tampa do bueiro. – E não contem nada a Scavamorto, senão ele vai dar um jeito de roubá-los.

– A gente poderia ficar com você – propôs Zolfo.

– Nem pensar – disse Mercurio. – Estou bem assim. E este lugar é meu.

Em seguida, embrenhou-se na canalização de esgoto que lhe servia de casa.

2

AO OUVIR OS OUTROS SE AFASTAREM em silêncio, arrastando os pés na lama, Mercurio fechou a tampa do bueiro e começou a avançar de quatro pela passagem subterrânea estreita e de teto baixo, feita de pedras quadradas, desconexas e cobertas de algas viscosas. Assim que sentiu sob as mãos a laje lisa que conhecia tão bem, ergueu-se, dobrando a cabeça para a esquerda, porque sabia que na abóbada havia uma saliência a ser evitada.

Ali embaixo, o clamor da Cidade Santa não conseguia chegar. Tudo era silêncio. Um silêncio denso, profanado apenas pelo gotejamento constante da água e pelos passos rápidos das ratazanas. Mercurio sentiu um vazio por dentro. E uma espécie de gelo no estômago. Voltou até a tampa do bueiro para dizer aos outros que podiam passar a noite juntos. Porém, quando se inclinou no talude, Benedetta, Zolfo e Ercole já tinham ido embora. "Você é um cretino orgulhoso", disse a si mesmo, avançando pela galeria abobadada, que tinha pilares de tijolos a cada dez passos. No centro corria lentamente um regato de chorume. Passados os três pilares de tijolos, entrou em uma estreita abertura na rocha. Esfregou a pederneira que trazia no bolso e acendeu uma tocha presa ao muro.

A chama trêmula, produzida pelos trapos embebidos em piche, iluminou um ambiente quadrado, com pé-direito medindo uma boa pértica.* No centro do cômodo erguia-se uma estrutura rudimentar e de aspecto não muito estável, feita de quatro montantes e tábuas atravessadas, formando uma plataforma com dois passos por dois de área, onde Mercurio dormia protegido da umidade do solo em um colchão de palha com duas cobertas para cavalos, bordadas com o brasão pontifício, que ele havia roubado em

---

* Unidade de medida usada em vários países antes da adoção do sistema métrico decimal. Na Itália, correspondia a cerca de três metros. (N. T.)

um estábulo do burgo. Parte da estrutura era fechada com uma pesada lona, rasgada em vários pontos, que parecia uma vela antiga.

Mercurio subiu a pequena escada. Enfiou a tocha em um buraco escavado na parede com um cinzel. Abriu o saquinho roubado do mercador e virou as moedas nas tábuas de madeira da palafita. Observou seu brilho. Contou-as mais uma vez. Vinte e quatro moedas de ouro. Uma fortuna. Porém, em vez de se alegrar, ouvia o eco da maldição do mercador. Temeu que uma desgraça lhe acontecesse. Diziam que os judeus tinham parte com o diabo e eram bruxos. Mercurio fez o sinal da cruz. Olhou a mão vermelha pintada no saquinho de couro que continha o dinheiro. Sentiu medo. Jogou fora o saquinho e pôs as moedas em outro, mais leve, de pano.

Pegou um pedaço de pão duro em um saco de couro. Começou a mordiscá-lo enquanto se enrolava nas cobertas, lutando contra a tentação de sair dali. Fazia três meses que o silêncio e a solidão do esgoto o angustiavam. Debruçou-se na palafita, olhando para baixo, para o fundo úmido da canalização.

– Não tem perigo – disse a si mesmo em voz alta. Ainda mastigando um pouco de pão, encolheu-se um pouco mais debaixo das cobertas. – Durma – ordenou-se. Mas não conseguia. Em sua mente ecoava o terrível rumor de três meses antes, quando a água invadira a canalização. E os guinchos das ratazanas, que buscavam uma via de fuga. Arregalou os olhos e sentou-se, ofegante. Olhou novamente para baixo, examinando o pavimento. Não havia água. A canalização não estava se alagando. Mas isso Mercurio já sabia. Embora já fizesse um ano que havia escapado de Scavamorto, ainda não tinha se habituado à solidão. E nunca se habituara a admiti-lo.

– Mercurio... – ouviu. E de novo: – Mercurio... você está aí?

Saltou da palafita com a tocha na mão. Debruçou-se na entrada do seu refúgio e deparou com Benedetta, Zolfo e Ercole.

– O que vocês querem? Não falei para irem embora? – perguntou. Não conseguia dizer que estava feliz por vê-los. Não sabia dizer certas coisas.

– Na Taberna dos Poetas... – iniciou Benedetta, com lágrimas nos olhos. – Bom, o dono...

– Roubou uma moeda de ouro da gente! – concluiu Zolfo.

– Não quero saber – respondeu Mercurio, agitando a tocha diante deles.

– Demos nossos peixes aos mendigos – continuou Benedetta. – Queríamos comer como os ricos... Então, fui à taberna e pedi do bom e do melhor, e o dono... me perguntou se eu tinha como pagar. Eu lhe mostrei a moeda de ouro, e ele quis testá-la com os dentes, para ver ser era de verdade. Depois me disse: "Esta moeda é minha. Pode chamar os guardas da Sua Santidade se quiser e até me denunciar, desde que seja capaz de explicar de onde veio este pedaço de ouro, visto que você fede a ladra a uma milha de distância. E agora suma daqui". Começou a rir e, enquanto eu me afastava, ouvi que ainda ria...

– Ladrão maldito! – exclamou Zolfo.

Mercurio os fitou.

– E o que querem de mim?

Benedetta olhou para ele, quase surpresa.

– Eu... – começou a dizer.

– Nós... – balbuciou Zolfo.

Mercurio os fitava em silêncio.

– A sua ajuda – disse, por fim, Benedetta.

– Sim, a sua ajuda – repetiu Zolfo.

– E por que eu deveria ajudá-los? – perguntou Mercurio.

Os três abaixaram a cabeça. Houve um breve silêncio.

– Vamos embora – disse Benedetta. – Fizemos mal em ter vindo.

Mercurio os examinou sem dizer nada. Pareciam três cães vadios, como aqueles em pele e osso que, cautelosos, rondam as ruas de Roma de madrugada, prontos a eriçar o pelo ao menor rumor e a fugir ao verem uma sombra. Como esses cães, eles também mostravam os dentes, esperando ser confundidos com animais ferozes, quando na verdade só tinham medo de levar uma pedrada. Mercurio sabia o que estavam sentindo. Porque ele sentia o mesmo.

– Esperem – disse quando os três se viraram. – Quem é esse sujeito?

– Por quê? Que te importa? – perguntou Benedetta.

Mercurio sorriu. Talvez tivesse encontrado um meio de não os deixar partir. E de transigir com o próprio orgulho.

– Por nada. Mas seria divertido encontrar um jeito de enfiar a moeda no rabo dele.

– Temos de pensar no que fazer – disse Benedetta.

– Entrem – convidou Mercurio. – Mas que fique bem claro: ajudo vocês a recuperar a moeda, depois é cada um por si.

– Fico feliz que diga isso – replicou Benedetta –, porque não quero nem pensar em ter de cuidar de outro pirralho.

Mercurio riu e indicou-lhe a abertura do refúgio:

– Primeiro as damas.

Assim que entraram e viram a estranha construção suspensa, os três ficaram de queixo caído, admirados.

– O que tem atrás daquela lona? – perguntou Zolfo.

– Cuide da sua vida – disse Mercurio, subindo na palafita. – E lembrem-se: este lugar é meu.

– É uma cloaca, fede a merda. Pode ficar com ela. Quem é que quer viver em um lugar como esse? – perguntou Benedetta, seguindo-o.

– Eu – respondeu Mercurio.

– Por mim, você pode até se afogar aqui dentro – retrucou Benedetta.

– Nunca mais diga isso! – disparou Mercurio com raiva, arregalando os olhos.

Benedetta deu um passo para trás. A palafita balançou. Os outros dois se calaram.

– Que ideia imbecil, a minha! – resmungou Mercurio, acalmando-se. Enfiou-se debaixo de uma coberta. Jogou a outra para os três. – Dividam essa aí porque não tenho outra. E não fiquem grudados em mim.

Benedetta ajeitou a palha, mandou Zolfo e Ercole se deitarem. Depois se deitou também.

– Não vai apagar a tocha? – perguntou a Mercurio.

– Não.

– Tem medo do escuro? – Benedetta deu uma risadinha.

Mercurio não respondeu.

– Ercole não ter medo do escuro – disse o louco, com o orgulho de um menino.

– Fique quieto – ralhou Zolfo.

Um silêncio constrangedor se impôs. Ouvia-se apenas o crepitar da tocha e os passinhos apressados das ratazanas nos túneis.

– Odeio essas patinhas de merda – disse Mercurio, como se falasse consigo mesmo.

Nenhum dos três deu um pio.

– Três meses atrás, o rio subiu de repente... – iniciou Mercurio devagar. Pelo que conhecia dos outros, eles já poderiam estar dormindo. Mas não se importava, precisava contar. Era a primeira vez que o fazia. – A água cheia de merda do Tibre alagou as galerias. Eu não sabia o que fazer... A água subia, subia... Os ratos nadavam e davam aqueles guinchos horríveis... eram dezenas... centenas... – Parou. Sua respiração sufocava na garganta, as lágrimas subiam aos olhos. Estava com medo. Como naquele dia. Mas não queria demonstrar.

— E depois? — perguntou a voz de Benedetta.

Zolfo se apertou contra Ercole.

— Os ratos nadaram até o ponto por onde entrava a água... — retomou Mercurio com um fio de voz. — Eram nojentos, eu nunca tinha visto tantos... Então, fui na direção contrária, até os túneis periféricos da galeria, aqueles mais imundos debaixo da cidade... Aí encontrei um pobre coitado... Eu o conhecia porque sempre o roubava quando ele estava bêbado... E ele... ele me pegou pelo casaco e gritou, dizendo que eu tinha de seguir os ratos. "Os ratos", dizia, "os ratos sabem aonde ir. Nade com os ratos." E eu... não sei por que, acabei dando ouvidos a ele... Era só um bêbado de merda... "Vá com os ratos!", gritava. Então, mesmo horrorizado, segui os ratos... e alguns subiam nas minhas costas e na minha cabeça... davam aqueles guinchos... nojentos...

Benedetta sentiu um calafrio. Zolfo se agarrou a Ercole.

— Depois, a água invadiu tudo, e os ratos afundaram... Eu não enxergava nada, mas enquanto nadava os sentia debaixo d'água... Eu os sentia com as mãos... e achei que meus pulmões fossem explodir. — Mercurio ofegava, como se estivesse revivendo aquela longa apneia. — Cheguei ao bueiro, empurrei a tampa e subi até a superfície... Alcancei a margem junto com os ratos e fiquei ali, esperando o bêbado... para lhe agradecer. Me arrependi de ter roubado tantas coisas daquele imbecil, que, enfim... tinha salvado minha vida... Fiquei o dia todo ali... mas nada. E uma semana depois, quando o rio baixou, voltei aqui. Enquanto eu procurava minhas coisas, entrei em um túnel na direção leste... — Mercurio calou-se.

Nenhum dos três abriu a boca.

— E ele estava ali — recomeçou Mercurio após um instante, baixando ainda mais a voz. — Não tinha seguido os ratos porque não sabia nadar. Embrenhou-se na galeria. Tinha tomado o caminho que eu pretendia seguir antes de encontrá-lo. Estava inchado, com a língua espessa e roxa, os olhos abertos e vermelhos pareciam de vidro... As mãos estavam agarradas às grades da tampa de um bueiro que não se abriu.

Não se ouvia nem a respiração dos outros três.

Mas o relato não tinha terminado. Ainda havia algo que Mercurio tinha de dizer. Uma imagem que o atormentava. Respirou fundo. — E os ratos estavam voltando... famintos...

O silêncio tornou a se impor.

E nesse silêncio, ouviu-se:

— Agora Ercole ter medo do escuro.

3

Mar Adriático, nas imediações da foz do rio Pó

NA HORA NONA, a galé se pôs a sotavento.

A maioria da tripulação era composta por macedônios. Os rostos carrancudos, curtidos pelo sal e pelo gelo, eram marcados por profundas rugas. Em alguns pontos da pele – também entre os cabelos negros, que, sem viço, caíam aos tufos – apareciam nódoas grumosas como morangos esmagados. E quando alguns desses homens falavam, descobrindo as gengivas, um suco vermelho-claro de sangue, diluído em saliva, estriava os dentes amarelos, já oscilantes devido à doença que todos os viajantes do mar conheciam pelo nome de escorbuto. Havia uma grande quantidade de métodos para tentar debelá-la. Porém, até poucos anos antes, os marinheiros estavam convencidos de que o único remédio fosse um amuleto particular: o Qalonimus.

Uma antiga lenda contava sobre uma santa martirizada pelos bárbaros e tratada por um médico piedoso, que tornou sua morte menos dolorosa e ouviu suas últimas vontades. A santa lhe pedira que seus restos mortais fossem levados até sua pátria e tivessem uma sepultura digna. Porém, como temia que o escorbuto matasse os marinheiros aos quais seriam confiados os próprios despojos, antes de morrer sussurrou no ouvido do médico piedoso uma milagrosa fórmula à base de ervas. E decretou que os marinheiros que usassem esse amuleto especial, independentemente de seu credo, ficariam protegidos contra a doença. A lenda esquecera o nome da santa, mas não o do médico, Qalonimus, e o amuleto acabou recebendo seu nome.

Ninguém sabia que a lenda nada tinha de antiga: havia sido inventada menos de vinte anos antes. Tampouco se sabia que a santa e o médico nunca tinham existido. O único a par de tudo era o fantasioso criador da história, que enriquecera vendendo aos crédulos e supersticiosos marinheiros o amuleto de sua invenção. Este consistia em uma simples mistura de ervas malcheirosas e uma pesada placa de ferro fechadas em um saquinho de couro. Fazia uma semana que também sua filha de 15 anos tinha conhecimento do fato, pois o embusteiro quisera contar-lhe a verdade.

O nome do impostor, que se proclamava descendente do médico da lenda por ele próprio inventada, era Yits'aq Qalonimus da Negroponte, e o de sua filha, Yeoudith.

Pai e filha estavam de mãos dadas na tolda da galé, empertigados, prontos a receber os cumprimentos do capitão e da tripulação de macedônios que os havia conduzido até ali, naquele trecho pouco profundo e pouco salgado do Adriático, que se situava diante da foz do rio Pó.

– Sua viagem termina aqui – disse o comandante, um homem de ar traiçoeiro. – Vocês conhecem a lei veneziana. Os judeus não podem entrar no porto em nenhuma embarcação.

O embusteiro se inclinou respeitosamente.

– Obrigado. Vocês fizeram mais do que eu esperava.

– Sua reputação merece o respeito de todos nós – respondeu o comandante.

Yits'aq sabia muito bem que o outro estava mentindo. Virou-se para a tripulação enfileirada. Cada um daqueles marinheiros não via a hora de livrar-se deles.

O comandante fez um sinal a dois deles, que começaram a descer uma chalupa. As roldanas de madeira gemeram, produzindo um leve odor de óleo queimado.

– Desce... desce... – ritmou a voz do marinheiro que realizava a manobra. Debruçado no parapeito, verificava se a chalupa com quatro remadores e um timoneiro pousava no mar.

– Meus homens os levarão até a margem por aquele braço de rio – disse o comandante, indicando uma ampla extensão de água margeada por juncos. – Vocês estarão perto da antiga cidade de Adria. Nesses campos há uma estalagem onde poderão passar a noite. Depois, tomem a direção nordeste. Ali encontrarão Veneza.

– Eu e minha filha lhes seremos devedores por toda a vida – disse com ênfase Yits'aq Qalonimus da Negroponte. Em seguida, deixou o olhar vagar na direção dos três grandes baús fechados com correntes e cadeados.

– Seus bens serão entregues a Asher Meshullam em seu palácio em San Polo, como o senhor ordenou – disse o comandante. – Não se preocupem.

– Confio cegamente em vocês – respondeu Yits'aq, mas sem deixar de fitar os baús, como se deles não quisesse separar-se. Depois, desviou os olhos até os marinheiros e percebeu sua expressão de impaciência e cobiça. Tornou a olhar para o capitão, tão gentil, mas igualmente impaciente, como demonstrava o movimento nervoso da perna direita e das mãos, que continuavam a se entrelaçar como duas aranhas acasaladas. – Confio em vocês... – repetiu, mas, em vez de afirmação, parecia tratar-se de uma pergunta. Ou de uma súplica.

O capitão sorriu, mas seu rosto pareceu contrair-se em um esgar ao mesmo tempo de nervosismo e prazer.

– Vão... ou a noite os surpreenderá no caminho. E o mundo é cheio de gente mal-intencionada.

– Sim – anuiu Yits'aq, cabisbaixo e resignado. Empurrou a filha até a escada de corda entrelaçada, que os marinheiros haviam baixado. – Vamos, minha menina.

Nesse momento, um marinheiro, velho e carcomido pelo escorbuto, afastou-se do restante da tripulação e jogou-se aos pés de Yits'aq.

– Toque o Qalonimus, Senhoria, para que eu possa me curar do mal – disse.

Sem conter a raiva, o comandante golpeou o velho com um chute e rosnou:

– Imbecil! – Em seguida, voltou-se para Yits'aq, tentando minimizar o incidente. – Vocês precisam ir...

– Se me permite, comandante. Levará apenas um instante. – Yits'aq inclinou-se sobre o homem. Olhou seus dentes, suas gengivas e as equimoses no pescoço. – Ainda tem fé no Qalonimus? – perguntou-lhe, surpreso.

– Claro, Senhoria – respondeu o velho marinheiro.

– Muito bem – suspirou o embusteiro e pensou com nostalgia nos bons tempos, quando todo marinheiro acreditava nos milagrosos poderes do Qalonimus e pagava três soldos de prata para pendurá-lo no pescoço.

– Toque o Qalonimus, Ilustríssimo – disse ainda o velho.

Houve um acesso de impaciência entre os membros da tripulação, como uma vibração que se transmitia de um para outro. Mas ninguém se pronunciou.

Yits'aq Qalonimus da Negroponte se inclinou sobre o marinheiro e pôs entre as mãos o amuleto que o enriquecera por anos. Contendo a grossa placa de ferro batido que o tornava tão pesado e as simples ervas do campo que cresciam atrás de sua casa, o invólucro havia sido costurado por uma velha, a quem Yits'aq dera alguns trocados. Ela já havia morrido.

Fechou os olhos e murmurou em voz baixa:

– Pela autoridade da santa, cujo nome se perdeu, e em virtude do meu sangue, que é o mesmo do meu prodigioso antepassado, o médico

Qalonimus, confiro a esta milagrosa prescrição uma nova força de cura. – Abriu os olhos, soltou o amuleto e tocou a cabeça do marinheiro com as duas mãos. – Essa é minha *berakah* – disse de modo solene. – Você está abençoado e salvo. – Depois, virou-se para a filha, lançando-lhe um sorriso veloz como o arranhão de um gato, meio consternado e meio cúmplice por ela já saber da verdade, e lhe disse: – Venha, vamos.

Yeoudith pôs a tiracolo a bolsa que ela própria havia confeccionado com um *kilim cicim* persa de cores chamativas, arregaçou a saia até o joelho, atraindo todos os olhares da tripulação para suas belas pernas, e desceu pela escada íngreme que balançava ao longo do flanco da galé. Com um salto ágil, embarcou na chalupa. O pai se despediu novamente do comandante e alcançou a filha.

– Remar – anunciou o timoneiro. Os marinheiros imergiram os remos na água, em sincronia. O barco começou a mover-se devagar, enquanto a madeira rangia nos toletes. Depois, em um instante, ganhou velocidade e começou a deslizar na água, na direção do rio indolente.

Yeoudith virou-se para a galé e viu que o comandante e os marinheiros se lançavam sobre os preciosos baús. Preocupada, voltou-se para o pai.

– Eu sei, minha menina. Os gafanhotos já começaram a atacar – disse-lhe Yits'aq em voz baixa, para não ser ouvido pelos remadores.

– Mas e as nossas coisas?... – começou ela, angustiada.

O pai pegou delicadamente sua cabeça e a girou para a foz do Pó.

– Olhe para a frente – disse-lhe.

Yeoudith não entendia. Sua respiração tornou-se ofegante no peito, onde havia um ano o vestido começara a ganhar contornos. Balançou a cabeça, como para rebelar-se por aquela injustiça.

– São ladrões, pai – sussurrou, agitada.

– Sim, querida – respondeu Yits'aq.

Yeoudith tentou desvencilhar-se do abraço do pai.

– Como você consegue suportar uma coisa dessas? – sibilou.

Yits'aq a segurou com força.

– Já chega – ordenou em tom severo.

– Mas, pai...

– Chega, já disse! – Olhou para ela. Tinha olhos negros como os de certos carneiros.

Yeoudith tentou mais uma vez desvencilhar-se, mas o pai a impediu, quase a machucando, até que ela se rendeu.

A chalupa abandonou o mar aberto e entrou na foz do Pó, superando com agilidade a leve ondulação no ponto em que a água salgada se encontrava com a doce.

O rio surgiu na frente deles, misterioso e fecundo como o futuro de ambos. Os taludes eram lamacentos, inconstantes, e flutuavam em um pântano de juncos. Um pássaro de pescoço comprido e fino alçou voo quando passaram. Uma barca plana, sem remos, que pescadores macilentos a bordo empurravam com uma longa vara, arrastava as redes atrás de si, como uma lesma com seu rastro úmido. E entre os pântanos se percebia uma cabana feita de estacas, palha e junco.

O sol começou a se pôr e a colorir a paisagem com um tom de âmbar avermelhado. Da água se elevavam os vapores da névoa, mantida baixa pelo frio.

Então, depois de se virar rapidamente para a galé, Yits'aq disse com indiferença:

– Até que os cadeados e as correntes aguentaram bastante tempo...

Yeoudith seguiu o olhar do pai e viu o capitão, que a essa altura era apenas um pontinho escuro, agitando os braços para eles, tentando chamar a atenção dos remadores e do timoneiro. Atrás dele, como um animal tentacular, os outros marinheiros também agitavam os braços e talvez gritassem, mas estavam distantes demais para serem ouvidos.

Confusa, a jovem olhou para o pai. Sem sorrir e com seu modo brusco, Yits'aq lhe disse em voz baixa:

– É uma pena ter de deixar três baús tão bonitos a esses piratas imbecis. – Suspirou. – E todas aquelas preciosas pedras da nossa ilha...

– Pedras...?

– Preferia que eu enchesse os baús com ouro e prata? – Apertou-a contra si.

Yeoudith olhou o perfil do pai, de nariz aquilino, nobre e afilado, e o queixo voluntarioso, no qual se encrespava uma barbicha pontiaguda. O mundo de Yits'aq Qalonimus da Negroponte era muito mais complexo do que ela havia imaginado. Mas bastou aquele abraço, forte e quente, para sentir-se protegida. Mesmo tendo descoberto poucos dias antes que ele era um charlatão e embusteiro. Franziu as sobrancelhas espessas, pretas como breu, inclinou a cabeça e a apoiou no ombro do pai.

A vida passada de ambos tinha acabado; naquele momento começava uma nova. Com novas regras.

– Pedras – repetiu e riu baixinho.

4

Territórios de Adria

FIZERAM COM QUE DESEMBARCASSEM em um cais torto e instável. O timoneiro esticou o braço na direção nordeste e disse:

– Veneza. – Depois, enquanto os marinheiros se afastavam, ansiosos para repartir o butim com seus companheiros, o timoneiro tornou a apontar para o nordeste e gritou: – Trilha. Duas milhas. Estalagem do Urso. – Por fim, deu uns tapas na cabeça. – Barrete amarelo! Judeus!

Yits'aq e Yeoudith ficaram olhando a chalupa desaparecer em meio à névoa. Estavam sozinhos. Em um mundo desconhecido. Yits'aq apontou o braço para o nordeste e disse, com voz forçada e caricatural:

– Cidade Veneza.

A menina riu, mas tinha um olhar perdido.

– *Ribbono shel'olam*, o Senhor do Mundo, nos protege na sombra de suas asas – tranquilizou-a Yits'aq. – Não se preocupe.

Yeoudith esticou o braço para o nordeste e repetiu:

– Estalagem do Urso. Fome.

Yits'aq sorriu com uma expressão mortificada.

– Sinto muito, querida. Não vamos à Estalagem do Urso.

– Mas... por quê?

– O capitão não deve ter ficado muito feliz com a brincadeira das pedras. Dei um jeito para que se concentrassem naqueles baús e se convencessem de que tinham um tesouro ao alcance das mãos, pois assim não teriam vontade de cortar nossa garganta. Entende?

– Não... – Yeoudith tinha uma voz fina, próxima do choro, e via o rosto do pai através de um véu de lágrimas que se esforçava para conter.

Yits'aq a abraçou.

– Querida, eles poderiam decidir desembarcar, procurar por nós na Estalagem do Urso e se vingar. E nós não queremos que um bando de macedônios fedorentos leve a melhor, certo?

Yeoudith balançou a cabeça, cedendo ao choro.

– Não...

– Muito bem. Por isso, vamos para onde não vão nos procurar.

– Para onde?

– Para longe de Veneza.

– Mas...

– E em alguns dias voltaremos atrás. É um itinerário um pouco tortuoso, mas muito mais salutar, não acha?

Yeoudith anuiu, apertando o rosto no ombro do pai e fungando.

– Está limpando o nariz no meu casaco? – perguntou Yits'aq.

Yeoudith se afastou bruscamente.

– Que nojo, pai! Você deveria ter tido um filho homem!

– Limpou o nariz ou não?

– Não!

– Não?

– Não!

– Posso verificar?

– Pai! – No rosto assustado de Yeoudith surgiu um tímido sorriso.

– Venha cá – disse Yits'aq.

– Não... – Mas lentamente ela se aproximou, oscilando, com as mãos entrelaçadas às costas.

Yits'aq tirou algo do saco de veludo e depois o passou para a filha.

– Você ouviu, não? – Deu dois tapinhas na cabeça. – Barrete amarelo. Judeus. – Em seguida, com uma espécie de solenidade, colocou o seu e esperou que a filha fizesse o mesmo. – A partir de agora somos oficialmente judeus da Europa – disse. – E a partir de agora meu nome é Isacco da Negroponte, e o seu, Giuditta.

– Giuditta...

– Soa bem.

– Sim...

– E você fica linda até com esse chapéu ridículo na cabeça.

Giuditta enrubesceu.

– Ah, não! Por favor! Não me venha com esses melindres de mulher porque não suporto isso – disse Isacco.

Giuditta olhou para o pai, tentando entender se ele estava brincando.

– Não estou brincando.

Giuditta enrubesceu de novo.

— Desculpe, não foi minha intenção — disse de imediato.

Isacco deu um grito, quase um grunhido, e virou os olhos para o céu. Depois, apontou para uma trilha estreita e lamacenta que ia na direção oeste.

— Em algum lugar vai dar. — Mas antes deixou pegadas na estrada que levava à Estalagem do Urso. Voltou caminhando na margem coberta de relva. — Devem estar bêbados e furiosos. Nem vão perceber. Mas é sempre melhor fazer as coisas direito, lembre-se disso.

— Onde você aprendeu tudo isso, pai? — perguntou Giuditta.

— Você não precisa saber tudo — respondeu Isacco, constrangido. Tomou o caminho a oeste, mas sem pisar na lama da trilha. — Venha atrás de mim. Vamos caminhar um pouco entre os juncos para não deixar...

Ouviu-se um baque, um barulho de água e um gemido sufocado.

Isacco se voltou.

Giuditta havia pisado em falso, e toda a sua perna esquerda estava mergulhada na água.

— Ah! Mas você é um atraso de vida mesmo! — praguejou Isacco. Agarrou-a e a levantou, colocando-a em terra firme. Depois, sentindo-se culpado, gesticulou de modo atabalhoado e balbuciou: — Eu... estava brincando.

— Desculpe se não ri, então — respondeu Giuditta com frieza. — Podemos retomar o caminho agora?

Isacco olhou para ela. Sua respiração se acelerava, mas ele se conteve e pôs-se em marcha. Porém, deu apenas poucos passos e parou. Virou-se para a filha, bufando como um touro. Tinha o rosto inflamado.

— Está bem! — desabafou. — Eu não estava brincando! Satisfeita?

Giuditta olhava para ele sem dizer nada. Tentava bancar a orgulhosa, mas o pai percebeu o medo em seus olhos.

Isacco pensou que se parecia extraordinariamente com a mãe. E pensou que era uma pena Giuditta não a ter conhecido.

— Ouça, sinto muito. Não sei direito como me comportar com uma filha. Eu deveria ter criado você, mas não criei. Foi assim. Podemos colocar uma pedra sobre isso?

Giuditta arqueou a sobrancelha.

— Significa sim ou não?

Giuditta deu de ombros.

— Sim.

— Ótimo — rosnou Isacco, sentindo-se cada vez mais culpado. Virou-se. Retomou a caminhada. — E preste atenção onde põe os pés — disse rudemente. – Ou seja... – corrigiu-se no mesmo instante, mordendo os lábios por ter falado nesse tom – tente me seguir. – Respirou fundo. – Quero dizer... se puder... Bem, você entendeu, não?

Giuditta não respondeu.

Isacco se voltou.

– Entendeu?

– Sim.

Permaneceram em silêncio por uma boa milha. Depois, a trilha se alargou em uma estradinha não menos lamacenta. O sol já estava no horizonte, fraco e velado pela névoa.

Durante todo o trajeto, Giuditta não parou de pensar um só instante em uma pergunta que a apertava por dentro. Uma pergunta que desde pequena fizera a si mesma dezenas de vezes.

– Pai...

– O que é?

Nem sabia mais quantas vezes quisera fazer a ele essa pergunta, mas sempre tivera medo. Medo de perguntar. Medo da resposta. Medo de perder o pouco que tinha.

– Pai...

– Desembuche logo! O que é? – perguntou Isacco com seu tom rude.

Giuditta olhou ao redor. Olhou aquele mundo novo que prometia uma nova vida. Olhou as costas do pai. Ele a tinha levado consigo. Não partira sozinho. Giuditta respirou fundo. Sentia o coração bater na garganta.

– Pai, eu queria te fazer uma pergunta – disse de repente, de olhos fechados, com a voz fina e trêmula. E continuou, veloz, antes de render-se ao medo insistente, antes que Isacco se virasse: – Você tem raiva de mim porque matei minha mãe? É por isso que cresci com a vovó e nunca te via, não é?

Isacco estava para se virar, mas a pergunta o gelou. Afundou a cabeça entre os ombros, como após um golpe violento e inesperado. Não conseguia voltar-se. Sentia um nó no estômago.

– Vamos continuar a caminhada – disse com esforço, sem ter coragem de olhar para ela. – Daqui a pouco vai escurecer e... Vamos, coragem. – Deu alguns passos, depois começou a falar com voz rouca. Mas sem olhar para a filha, que o seguia, cabisbaixa. – Sua mãe morreu no parto. Não foi você que a matou. Há uma enorme diferença, e espero que consiga entendê-la dentro de você. Nunca pensei que... Não estive presente porque... bem, porque a vida que eu levava... enfim, aquela vida que te contei... mais ou menos.

E você cresceu com sua avó materna não porque eu não queria te ver, mas porque eu confiava nela... e você... você... – Isacco parou. Mas ainda não conseguia voltar-se. Sentia Giuditta prender a respiração. E apenas nesse momento conseguiu ver sua filha, que sempre julgara independente, do modo como era. Uma menina que cresceu pensando que o pai a odiava.
– Não sei como pude ser tão estúpido... – disse em voz baixa. Deu meio passo. – Realmente não sei! – quase gritou, contendo-se de repente.

Giuditta continuou a avançar e, para não tropeçar no pai, esticou a mão e a apoiou nas costas dele. Porém, ao senti-lo enrijecer-se, tirou-a de imediato, como se tivesse se queimado, e murmurou:

– Desculpe.

– Não... – disse Isacco.

Ficaram ali, imóveis. Isacco, incapaz de se voltar. Giuditta, com a mão que havia tocado o pai ainda no ar.

– Contei a você que meu pai era médico... – retomou Isacco, sabendo que essa conversa o levaria a uma dor que preferia não encarar. – Era competente, o melhor da Ilha de Negroponte. O médico pessoal do governador veneziano, o *bailo*,* como o chamavam. Não cheguei a conhecer esse mundo... Nasci em 1470, quando os turcos ocuparam a ilha e expulsaram os venezianos. Meu pai não foi morto. Os turcos permitiram que ele continuasse a exercer a medicina, mas no interior, onde só havia gente pobre, pastores. E ele se adaptou, morrendo por dentro, remoendo a raiva e a nostalgia da vida anterior. Era o homem mais orgulhoso, altivo, prepotente e obstinado que já existiu... – Isacco parou. – Não te lembra alguém que você conhece? – Esboçou um sorriso triste, pensando em si mesmo.

Giuditta tocou de leve as costas do pai, timidamente.

– Não – disse.

Isacco sentiu uma pontada de emoção no peito. E uma sensação de calor no local em que Giuditta havia apoiado a mão.

– Durante anos nos fez viver em uma cabana imunda, minha mãe e meus três irmãos, com duas cabras que nos davam leite. As pessoas que tratava não tinham como pagá-lo. Mas à noite ele só falava de Veneza, dos ouros e da civilização superior, de brocados e especiarias refinadas. Também nos ensinou a falar o veneziano... filho da mãe! Começou a arrancar dentes, abrir abscessos, fazer o parto de crianças e cordeiros, a castrar o gado e a amputar as pernas gangrenadas dos cristãos. Na prática, tornou-se

---

* Título de embaixador na República de Veneza. (N. T.)

um barbeiro.* Ele, o grande médico do *bailo* de Veneza. E me levava com ele... dizia que eu era o único dos seus filhos que não tinha medo de sangue. Depois, o filho da mãe sempre acrescentava a mesma frase, com desprezo: "Esse meu filho não tem medo de sangue porque não tem coração". Sabe por que dizia isso? Porque tinha descoberto que eu me virava como podia e frequentava o porto, onde arranjava comida, até roubando, para a minha mãe, que estava ficando cada vez mais fraca. Mas ele... Nunca um desvio de conduta. O senhor médico do *bailo* de Veneza... filho da mãe...

Giuditta se aproximou ainda mais e o abraçou por trás, apoiando a cabeça em suas costas magras.

Isacco comprimiu os lábios e franziu as sobrancelhas, tentando conter as lágrimas de raiva que insistiam em sair.

– Até que um dia fui embora. Eu havia acabado de inventar a lenda da santa e o Qalonimus. E conheci sua mãe. Tinha sido expulsa de casa por um pai como o meu. Talvez por isso eu a entendesse, porque sabia o que ela estava sentindo. E um ano depois ela daria à luz nossa primeira filha... você. Mas algo deu errado. A parteira... – Isacco se curvou. – Oh, Senhor do Mundo, ajude-me a suportar essa dor!

Giuditta se abaixou com ele, sem soltá-lo.

– Como pode um inocente recém-nascido matar a própria mãe? – disse Isacco com a voz entrecortada pela emoção. – Mesmo que quisesse, não poderia. Como você pode pensar uma coisa dessas, minha menina? Já eu... não consegui ajudá-la... embora acreditasse ter aprendido tudo com o filho da mãe, o doutor do *bailo*... Eu a matei. Se alguém a matou... fui eu! – Isacco se endireitou e encontrou forças para virar-se para a filha. Pegou o rosto dela com as duas mãos. – Eu dizia a mim mesmo que não ficava em casa porque tinha uma vida difícil... – Sorriu melancolicamente. – Também disse isso a você há pouco... – Puxou Giuditta para si. Não conseguia olhar por muito tempo nos olhos dela. – Eu ficava pouco em casa porque me sentia culpado em relação a você, por tê-la privado da sua mãe.

Permaneceram abraçados, em silêncio.

– Pai...

– Shh... não diga nada, filha.

Continuaram abraçados. Isacco com sua dor e seu sentimento de culpa, que pela primeira vez tinha conseguido admitir. Giuditta com seu pai.

---

* No passado, além de cortar a barba e os cabelos, o barbeiro também realizava pequenas intervenções cirúrgicas, como sangrias e extrações dentárias. (N. T.)

Que era muito diferente do que sempre havia imaginado. Porque era um charlatão e embusteiro. E porque não estava com raiva dela pela morte de sua mãe.

— Pai... — repetiu Giuditta, após um longo tempo.

— Shh... não precisa dizer nada.

— Preciso, sim, pai.

— Então diga.

— Os mosquitos estão me comendo viva.

Isacco se soltou do abraço.

— Você é parecida com sua mãe, mas tem o meu espírito — disse, abandonando-se a uma sonora risada. Depois, abraçou-a mais uma vez. — Vamos em frente. Estamos parecendo duas meninas.

— Eu *sou* uma menina!

— Ah, sim, é verdade! — riu de novo Isacco, enterrando o barrete amarelo na testa de Giuditta. — Veja onde põe os pés, atraso de vida!

O sol tinha acabado de se pôr quando avistaram um casebre baixo, de cuja chaminé saía uma fumaça densa. Na fachada, o desenho rústico e descascado de uma enguia que mais se assemelhava a um monstro marinho. A porta estava fechada.

Isacco parou e olhou para Giuditta.

— Ouça, eu não te trocaria por nenhum filho homem no mundo — disse-lhe de um só fôlego.

Pega de surpresa, ela enrubesceu de novo.

— Não é possível! — exclamou Isacco.

Giuditta enrubesceu ainda mais.

— Não sei se aguento uma coisa dessas! — resmungou Isacco.

A distância ouvia-se o sino das vésperas.

— Vamos entrar e esquecer isso — disse Isacco. Bateu à porta e abriu.

Pai e filha foram recebidos por um sopro de ar agradavelmente morno. Sentia-se um odor de comida e estábulo ao mesmo tempo. Metade da sala na qual entraram era destinada aos clientes. Na outra metade, separada por uma mureta e um pequeno portão de madeira, ficava o estábulo. Viram duas vacas leiteiras e um asno. O teto era baixo e opressor. As janelas, minúsculas. Sobre a longa mesa de tábuas rústicas no centro do cômodo ardia um lampião a óleo. Mais atrás, outro lampião, grande, pendia de uma viga no teto. O fundo do local estava quase escuro.

À mesa estavam sentados dois clientes, com o olhar fixo no vazio diante de um jarro de vinho. Mal se voltaram para olhar os recém-chegados.

– Boa noite, prezados senhores – disse Isacco em voz alta para chamar a atenção do proprietário, onde quer que ele estivesse.

Do andar de cima veio um gemido que se intensificou até transformar-se em um grito. Era uma voz de criança. O grito durou alguns instantes, depois se apagou.

– Boa noite, prezados senhores – repetiu Isacco para o andar de cima.

Ouviu-se uma porta se abrir e se fechar. Depois, uma mulher jovem, mas já abatida pelo cansaço, apareceu na balaustrada. Tinha o olhar angustiado. Segurava uma lanterna fechada, com uma vela de sebo dentro.

– Boa noite, prezada senhora – disse Isacco. – Somos viajantes, gostaríamos de passar a noite aqui e comer alguma coisa quente, se possível.

A proprietária os fitava como se estivesse pensando em outra coisa. Em seguida, respondeu mecanicamente:

– Meio soldo de prata.

– Muito bem – respondeu Isacco.

– Mas não há nada para comer – disse a mulher. – Apenas pão e vinho.

– É suficiente para nós.

A proprietária anuiu, mas não se moveu. Depois, um novo gemido a fez virar-se. Levou a mão à boca, ainda mais angustiada. Desceu a escada, feita de simples tábuas aplainadas, abriu um armário no canto escuro da sala, pegou um pão envolto em um pano de linho cru e encheu um jarro com o vinho tinto de um pequeno barril. Pôs tudo na mesa, depois trouxe dois copos lascados e uma faca para o pão.

– Não cozinhei hoje – disse, sem forças. – Minha única filha está doente...

– Sinto muito – disse Isacco.

– ...e estou enlouquecendo – continuou a mulher com um olhar aturdido, que deixava transparecer todo o seu sofrimento.

– O que disse o doutor? – quis saber Isacco.

A proprietária o fitou, surpresa. Então, balançou a cabeça, perdida em pensamentos.

– Nenhum doutor vem até aqui. Temos nossos filhos sozinhas na cama, e sozinhas morremos na mesma cama, quando a hora chega.

Giuditta olhou para a mulher, sentindo-se invadida pela mesma dor que ela.

Um novo gemido veio do quarto no andar de cima.

A mulher estremeceu, comprimindo os lábios. Desprovido de beleza, seu rosto mostrava quase com indecência todo o sofrimento que a abalava.

Então Giuditta disse, sem refletir:

– Meu pai é médico.

5

Roma

– Minha mãe era atriz – disse Mercurio, descendo da palafita quando amanheceu. – Quer dizer... ator. – Olhou para os três, que pularam para o chão enquanto o ouviam. – Vocês sabem, não? As mulheres não podem ser atrizes.

Benedetta e Zolfo se olharam.

– Claro – mentiu Benedetta.

– Sim, claro – disse Mercurio. – Bom, para interpretar, durante muitos anos minha mãe se disfarçou de homem. E todos acreditavam. E era tão graciosa como homem que lhe davam os papéis de mulher.

Benedetta e Zolfo o ouviam fascinados, mas confusos com todas aquelas mudanças de sexo que não entendiam muito bem.

Mercurio pegou um pedaço da lona suja e remendada, pendurada sob a palafita.

– Estão prontos? – disse e puxou a lona com um gesto teatral, revelando o que escondia.

Benedetta, Zolfo e Ercole ficaram de queixo caído, surpresos.

Pareciam estar em uma oficina de costura. Ou em um empório. Havia uma batina e um hábito de monge, um traje preto de escrivão e outro listrado de serviçal. E um de cavalariço do Papa, com o casaco de couro reforçado no peito. E ainda uma calça de soldado espanhol e um blusão com ornamentos cintilantes e mangas bufantes. Um avental de ferreiro, uma capa preta e um casacão impermeável de viagem. De um cesto de vime saíam chapéus, perucas, óculos, monóculos, barbas postiças, pergaminhos e porta-moedas. E, de outro cesto, instrumentos: uma espada curta; um martelo de ferreiro e outro menor, de ferrador; um cinto de couro com cinzéis e goivas de entalhador; uma navalha de barbeiro; serras de carpinteiro e mata-borrões de secretário, penas de ganso e tinteiro. Sapatos baixos, botas, chinelos e tamancos de peixeiro. E, por fim, um traje de cortesã, de um azul-cobalto repleto de pedraria falsa de vidro colorido; um vestido verde-escuro, decoroso, de moça de boa família, e outro mais modesto, cinza e marrom, com um avental e um grande bolso na frente, de serva, munido de uma touca branca.

– Puta merda! – exclamou Benedetta.

Mercurio exultava, orgulhoso.

– Mãos à obra! – disse. – Tive uma ideia para recuperar a moeda de ouro com o dono da taberna.

– Onde você arrumou tudo isso? – perguntou Benedetta, como se não o tivesse ouvido.

– Minha mãe me deixou de herança – respondeu Mercurio. – Foi com ela que aprendi a me disfarçar. Só que sou um tipo de ator um pouco diferente... – riu.

– Mas você não é órfão? – perguntou Zolfo.

– Sou, mas minha mãe, ao morrer, pediu que o diretor da trupe viesse até mim e me desse as suas coisas e a sua bênção. – Mercurio olhou para os três, que não tiravam os olhos de seus lábios. – Ouçam, é uma história longa. Para resumir, minha mãe foi para a cama com um ator da companhia, que tinha percebido que ela era uma mulher. Assim, eu nasci, e minha mãe foi obrigada a...

– A te abandonar na roda,* como eu e Ercole – disse Zolfo, cuspindo no chão.

– A roda roda – zombou Ercole.

– Quieto, imbecil! – disse Zolfo.

– Não, minha mãe nunca me abandonaria. Ela me confiou a uma mulher e lhe deu dinheiro para que me criasse. Mas essa mulher me abandonou na roda do orfanato de São Miguel Arcanjo e ficou com o dinheiro.

– Filha da mãe!

– Para resumir, minha mãe acabou adoecendo e morreu. O diretor da trupe me encontrou e me deu seus pertences, que são esses figurinos de todos os papéis que ela interpretou, e me contou sua história. Disse que ela era a melhor atriz da sua companhia e que...

---

* Espécie de armário giratório na entrada dos conventos, hospitais, asilos etc., pelo qual eram passados objetos do exterior para o interior – no caso, bebês recém-nascidos. (N. E.)

— ...que sempre te amou? – disse Zolfo, com os olhos cheios de esperança e inveja.

— Sim, isso mesmo – respondeu Mercurio.

— Mas como o diretor da trupe conseguiu te encontrar e saber que era você? – intrometeu-se Benedetta.

— É uma história complicada – cortou Mercurio. – Agora vamos pensar no dono da taberna. Vá lavar o rosto e as mãos – disse-lhe. – Naquele balde tem água.

— Nem morta que me lavo – disparou ela.

— Vá se lavar – repetiu Mercurio.

— Por que deveria?

— Porque faz parte do meu plano. Lave-se e verá. – Pegou o vestido verde de moça de boa família. – Deve servir em você – disse, colocando-o na frente dela.

— Está fria – queixou-se Benedetta, começando a enxaguar os olhos com dois dedos.

— Você precisa parecer limpa. Não venha com choradeira – ralhou Mercurio.

— Odeio me lavar – respondeu ela, amuada.

— Realmente, dá para perceber... – riu Mercurio.

Benedetta o fulminou com o olhar, depois mergulhou as duas mãos na água e esfregou o rosto com raiva.

— Muito bem, agora troque o vestido – disse Mercurio depois de verificar se a sujeira debaixo das unhas também tinha desaparecido.

— Onde?

Mercurio fez uma expressão de surpresa.

— Como assim, onde?

— Você não está pensando que vou ficar nua na sua frente, está? – rebateu Benedetta.

— Bom, não tenho outro quarto, sabe como é...

— Virem-se e não ousem olhar! – ordenou a moça. Ouviram o farfalhar dos vestidos, até que, pouco depois, ela disse: – Pronto!

Zolfo e Ercole ficaram boquiabertos.

— Você está linda! – exclamou o primeiro.

E o outro repetiu:

— Ercole também diz que você está lilinda.

Benedetta enrubesceu a olhos vistos.

— Seus bobos — respondeu e olhou para Mercurio.

— Comecem a sair — limitou-se ele a dizer, sem nenhum comentário. — Logo alcanço vocês e explico o plano.

Menos de meia hora depois estavam todos na rua.

Enquanto caminhavam apressados, Benedetta aproximou-se de Mercurio.

— Que papel ela fazia com esse vestido?

— Quem?

— Sua mãe.

— Ah, sim... Fazia... a duquesa.

— A duquesa? — disse Benedetta. Passou a mão no vestido, exultante. Deu mais alguns passos, toda empertigada. — Ouça, desculpe por ontem à noite.

— Pelo quê? — perguntou Mercurio.

— Eu não estava falando sério... quando disse que você poderia se afogar na galeria... Eu não sabia...

— Tudo bem.

Benedetta tocou o ombro dele.

Mercurio se afastou.

— Não quero saber de amizades.

— Imagine, eu... — disse ela. Depois, examinou-o e começou a rir. — Você parece um padre de verdade.

Mercurio sorriu, satisfeito. Vestia uma longa batina preta, com botões vermelhos e um coração sangrando, coroado de espinhos, bordado no peito. Na cabeça, trazia um chapéu preto e brilhante.

— Ainda não está perfeito — disse. Aproximou-se da manjedoura de dois asnos, pegou uma porção de feno, enrolou-a e a enfiou sob a batina, na altura da barriga. — Os padres tomam café da manhã, almoçam e jantam todos os dias. Não são como nós. Por isso são tão gordos. — Depois, ao passar por uma banca de frutas, furtou uma maçã, cortou duas fatias e as colocou na boca, entre os dentes e as bochechas. — Pronto, agora eſtou perfeito — riu. — Fó tenho que caminhar com um paſo maiſ peſado... — E mudou o ritmo de sua caminhada.

— Incrível! — exclamou Benedetta.

— Para se diſfarſar, não baſta veſtir...

— Não estou entendendo o que você está dizendo — interrompeu-o Benedetta.

Mercurio tirou as fatias de maçã da boca e as jogou fora.

– Não, não funciona. Outra regra: não exagerar. Se o dono da taberna não me entender, vai tudo por água abaixo. Eu estava dizendo que, para se disfarçar, não basta vestir uma roupa diferente da que você costuma usar. É preciso fazer com que o disfarce se torne a sua roupa *habitual*. Você tem de se mover dentro dele como se o vestisse todas as manhãs.

– E como eu deveria me mover nesse vestido de duquesa? – perguntou Benedetta.

– Bom, você deveria rebolar.

– Vá à merda – rebateu Benedetta, mas depois de alguns passos riu e começou a se requebrar.

Entraram no beco de' Funari.

– Espere aqui. Fique à vista – disse Mercurio a Benedetta. – E vocês dois, não apareçam.

O dono da taberna no beco de' Funari era um homem robusto, com o rosto avermelhado de tanto beber e ar seguro de si. A Taberna dos Poetas era ampla e iluminada, com duas grandes entradas e portas de quatro folhas dobráveis, que os empregados estavam fixando no muro. Anteriormente, havia sido um depósito. Na parede da direita, dois enormes tonéis de vinho, expostos para demonstrar a riqueza do proprietário.

– Bom dia, irmão – ouviu o taberneiro às suas costas.

– Não tenho irmão nem irmã – respondeu o outro com hostilidade, virando-se para o jovem padre.

– Hoje Nosso Senhor quer lhe dar uma oportunidade – disse Mercurio com um sorriso suave.

O dono da taberna o examinou da cabeça aos pés.

– Se está atrás de oferendas, bateu no bolso errado, padre – respondeu, já querendo virar as costas.

– Você não entendeu, bom homem. É Nosso Senhor que, em sua imensa generosidade, está lhe fazendo uma oferenda.

O taberneiro olhou para ele, franzindo as sobrancelhas.

– Que oferenda?

– Está lhe dando a possibilidade de reparar um erro.

O dono da taberna ficou desconfiado. Cruzou os braços e endireitou as costas. Cerrou os lábios, fitando o pequeno padre.

Mercurio não falou e sustentou o olhar.

– De que erro você está falando? – cedeu, por fim, o taberneiro.

Mercurio sorriu com ar de bem-aventurado.

– Sua Excelência Reverendíssima, o bispo de Carpi, monsenhor Tommaso Barca di Albissola, que tenho a máxima honra de servir como secretário, *in saecula saeculorum atque voluntas Dei*...

– Pare de despejar esse latim e fale de uma vez. Diga logo a que veio – disse o homem, que ao ouvir um nome tão longo, perdeu um pouco da segurança.

– De nada adianta eu falar. Basta olhar para aquela jovem para entender – e, ao dizer isso, virou-se para o beco e apontou Benedetta. – Você a reconhece?

– Por que deveria? – perguntou o taberneiro, colocando-se na defensiva.

– Porque ontem à noite você ficou com uma moeda de ouro que pertencia legitimamente a ela – disse Mercurio.

– Que eu seja condenado ao inferno se isso for verdade...

Mercurio começou a balançar a cabeça, franzindo os lábios, em sinal de decepção.

– Nosso Senhor, pela mão de um humilde servidor como eu, está concedendo a você uma oportunidade, e você a desperdiça de maneira tão imprópria? Eu represento a mão de Deus e a bolsa de Sua Senhoria. A moeda que você tirou da moça é do bispo, em visita a Roma junto ao Santo Padre, como todos os anos. E Sua Excelência ainda não sabe de tudo isso...

O taberneiro estava hesitante. Tinha medo de que fosse uma fraude, mas, ao mesmo tempo, não queria correr o risco de indispor-se com outro prelado. Por um lado, não queria separar-se de uma moeda de ouro, obtida com tanta facilidade; por outro, conhecia a ferocidade da justiça administrada pelos poderosos.

– Parecia uma ladra, toda suja e malvestida... – resmungou.

– Sim, claro. Tinha acabado de sair do orfanato de San Michele Arcangelo, onde o bispo escolhe suas... servas. E a prova de ontem era a primeira que a moça tinha de superar. A "prova da moeda", como a chama Sua Excelência. A cada nova moça tenho de dar uma moeda de ouro e mandá-la comprar comida. Se voltar com o jantar, pode ser educada, mas se desaparecer é procurada pelos guardas e recebe o tratamento reservado às ladras... – Ergueu o chapéu, sorrindo internamente. Com esse gesto, atrairia a atenção do palerma para outra coisa, para a qual já tinha uma resposta pronta, e o impediria de concentrar-se.

– E quem me garante que você não é um embusteiro? É um menino... – disse o taberneiro conforme o previsto, com o olhar inseguro, que fugia para a direita e para a esquerda. – Além do mais, se você é padre, onde está sua tonsura?

-- Sou um *novitium saecularis* -- respondeu Mercurio, deleitando-se com essa categoria inexistente, que inventara muitas trapaças antes. Pegou o saquinho de pano no qual havia recolocado as moedas roubadas do mercador, fazendo-as tilintar, depois soltou o laço que o fechava. Abriu-o, colocou-o na palma da mão e o esticou debaixo do nariz do taberneiro. – É o preceito da misericórdia que me guia, taberneiro desconfiado. Olhe estas moedas. Por acaso não são idênticas à que pegou da moça? Não têm todas uma flor-de-lis de um lado e São João Batista de outro? Não são moedas comuns aqui em Roma.

O taberneiro esticou o pescoço e examinou. Depois, enfiou a mão no bolso e pegou a moeda roubada.

– Como eu podia saber? – murmurou e a lançou para cima com nervosismo, pegando-a no ar.

Mercurio não disse nada.

O homem olhou para Benedetta.

– Como eu podia saber? – repetiu, já prestes a ceder. E novamente lançou a moeda, mais alto, tentando postergar o momento de separar-se dela.

Nesse instante, um grito feroz ecoou no beco de' Funari.

– Ladrões! Malditos ladrões!

O taberneiro se virou bruscamente e viu um judeu apontando para Benedetta e outros dois jovens. Nesse momento, teve a certeza de que estava sendo enganado.

Mas a moeda ainda estava no ar.

Com uma patada veloz como a de um gato, Mercurio a apanhou um segundo antes do taberneiro.

– Imbecil! – riu em sua cara, saindo em disparada.

– Pega ladrão! Pega ladrão! – gritou o dono da taberna, correndo atrás dele.

Mercurio era rápido demais para ele, mas a única direção em que podia fugir era de encontro ao mercador, que continuava a gritar contra Benedetta, Zolfo e Ercole. Mercurio esgueirou-se no estreito espaço entre o muro do beco e o mercador. Enquanto fugia, o feno dos asnos que havia usado como barriga escorregava por baixo da batina.

Inicialmente, Shimon Baruch não prestou atenção nele, e Mercurio conseguiu passar.

Porém, logo depois, atraído pelo feno que Mercurio semeava, o mercador o reconheceu e mudou a direção de sua corrida, lançando-se atrás dele.

– Ladrão! Ladrão!

Atrás dele, o taberneiro, que também gritava:

– Ladrão! Ladrão!

E como todos estavam atrás de Mercurio, os outros três jovens se viram a salvo. Benedetta afastou-se na direção oposta, seguida por Zolfo e Ercole, que tinha os olhos assustados como um menino. Mal deram alguns passos e dobraram a esquina, Benedetta parou e olhou para Zolfo.

– Temos de ajudá-lo.

Mercurio corria o máximo que podia, tentando despistar o mercador, mas a batina o desacelerava. O taberneiro logo desistiu. Mercurio o vira inclinar-se, ofegante, já nas primeiras vielas. Mas sempre que se virava para verificar, o mercador estava um passo mais perto. Virou na direção de San Paolo alla Regola. Ali, pensou, começava um labirinto de vielas, onde poderia fazê-lo perder seu rastro. Contudo, o mercador havia recuperado terreno. Mais atrás, pareceu-lhe ter visto Benedetta, que corria em disparada, arregaçando a saia. Imitou-a, ergueu a batina, cerrou os dentes e abaixou a cabeça. Seus pés afundavam na lama, e ele sentia os pulmões arderem. Se tivesse jogado o saquinho com o dinheiro, o mercador teria parado para pegá-lo, e ele estaria salvo. Porém, não queria separar-se dele. Ao virar na direção de San Salvatore in Campo, deu-se conta de que sua corrida se tornava cada vez mais lenta. "Não desista", pensou. Embrenhou-se em uma série de ruelas. Voltou-se para verificar. Não viu o mercador, mas Mercurio sabia que apareceria a qualquer momento. Virou em um beco cheio de detritos do mercado de verduras vizinho. Mal entrou nele, percebeu que havia caído em uma armadilha. Era um beco sem saída. Ouviu os passos do mercador que se aproximava. Encostou-se contra o muro, em uma reentrância entre duas colunas de tijolos vermelhos. Prendeu a respiração.

Shimon Baruch chegou ao cruzamento daquelas ruas estreitas. Embora a posse de armas fosse proibida aos judeus, tinha comprado um espadim curto, de lâmina dupla e cabo longo. À sua frente, três becos, dois à direita e um minúsculo, imundo, à esquerda.

– Maldito seja você! – gritou. Entrou no beco sem saída. Permaneceu imóvel, vencido pelo desespero de tê-lo perdido. – Maldito! – gritou de novo. Saiu do beco. Logo depois, ouviu um farfalhar de verduras pisadas e voltou para trás, enfurecido.

Sem forças, Mercurio havia desabado até o chão, deslocando o tapete de detritos e atraindo a atenção do mercador.

– Aí está você, seu ladrão! – exclamou Shimon Baruch. – Devolva meu dinheiro!

– Senhoria... – disse Mercurio, erguendo as mãos em sinal de rendição – não está comigo...

Shimon Baruch tinha uma expressão perturbada, os olhos avermelhados e as narinas dilatadas. Ofegante pela corrida, mantinha a boca aberta e babava. A mão que segurava a arma tremia. Ensaiou um ataque, gritando:

– Devolva meu dinheiro!

Atrás dele apareceram Benedetta, Zolfo e Ercole. Benedetta fez sinal a Mercurio para ficar calado. Em seguida, sussurrou alguma coisa no ouvido de Ercole. Mercurio viu que o gigante negava com a cabeça. Tinha o olhar aterrorizado.

Shimon Baruch continuou a avançar, ignorando o que acontecia às suas costas.

– Canalha maldito, você queria me arruinar, não é? Devolva meu dinheiro ou te mato! – Deu um passo, com o espadim apontado para o peito de Mercurio. Movia-se a passos bruscos, indecisos, como se em um momento pensasse em estripar seu ladrão, encurralado contra o muro no fundo do beco, e no momento seguinte quisesse fugir, assustado com a loucura que o tomara. Todo o seu corpo tremia enquanto continuava a avançar, com os olhos arregalados e a garganta seca. Para se encorajar, gritou o mais forte que pôde.

Mercurio estava aterrorizado. Fechou os olhos.

Benedetta empurrou Ercole.

– Ercole está com me-edo! – choramingou o gigante.

O mercador se virou de repente, com o espadim esticado, justamente quando Zolfo deu um chute em Ercole, que avançou com as mãos esticadas para desarmar o mercador. Contudo, por medo ou falta de jeito, tropeçou e acabou caindo na direção do homem que, igualmente assustado, atacou-o com a espada.

Mercurio ouviu um gemido sufocado, como um grito de espanto. Abriu os olhos e viu a ponta afiada, vermelha, palpitante de sangue saindo das costas de Ercole, atravessado pela espada.

Shimon Baruch recuou, retirando a arma e fitando Ercole, que morria pela sua mão.

– Eu não queria... Eu não queria... – balbuciou.

O gigante desabou no chão, lentamente.

– Ercole... está... com dor...

– Não! – gritou Zolfo.

– Eu não queria... – repetiu Shimon Baruch. Depois, olhou para Mercurio, com ódio renovado. – A culpa é sua! A culpa é toda sua! – gritou, lançando-se contra ele.

Desta vez, Mercurio não fechou os olhos. Conseguiu agarrar a mão armada do mercador. Lutando, com as forças multiplicadas pelo terror, tentou conter o ímpeto do primeiro ataque. Ajoelhou-se, sem soltar a mão do mercador que segurava o espadim. A lâmina ensanguentada lascou o muro acima da sua cabeça.

– É culpa sua! A culpa é toda sua! – gritava o mercador.

Apertando o pulso do outro, Mercurio girou sobre si mesmo, impulsionando o quadril contra o do mercador e tentando não largar o espadim. Não pensava em mais nada. De repente, o ombro do mercador cedeu, batendo contra o muro. O cotovelo dobrou-se de modo anormal. O pulso girou. E o peso de Mercurio o empurrou para baixo, involuntariamente.

A lâmina entrou na garganta do mercador.

Mercurio ouviu um ruído de cartilagem, parecido com o de baratas esmagadas. Sentiu o sabor do sangue que esguichava em sua boca. Levantou-se aterrorizado; seus olhos se refletiam nos de Shimon Baruch, que se apagavam aos poucos. Ficou ali, a fitá-lo. Imóvel. Estava com a arma na mão. Soltou-a. Ao cair no chão, o espadim produziu uma vibração metálica.

– Não... – disse Benedetta, em voz baixa.

Então, Mercurio, como se despertasse de uma letargia, tirou de repente o saquinho de linho com o dinheiro roubado.

– Era isto que você queria? – gritou, como louco. – Era isto? – Jogou-o com violência sobre o mercador, que estertorava no chão, com as mãos apertando a garganta. – Pegue as moedas! São suas! Pegue-as agora!

– Venha, Mercurio – disse-lhe Benedetta, tocando seu braço.

Mercurio se virou, sem vê-la. Fitou-a em silêncio, focalizando-a lentamente, reconhecendo-a aos poucos. Então olhou também para Ercole. Tinha uma mancha de sangue que se alargava no casaco, na altura do estômago. Ajudou-o a se levantar.

– Segure-o do outro lado – disse a Zolfo.

Zolfo chorava.

– Segure-o! – ordenou Mercurio. Olhou para Benedetta. – Vamos.

Deixaram o mercador para trás e desapareceram no labirinto dos becos de Roma.

Quando chegaram os guardas, uma velha, debruçada em uma janelinha que dava para o beco, disse:

– Foi um padre que o matou.

Um dos guardas se inclinou sobre Shimon Baruch.

– Não está morto – disse.

– Foi um padre que o matou – repetiu a velha.

6

Territórios de Adria

A DONA DA ESTALAGEM MOVEU A CABEÇA bruscamente, fitando Giuditta com um olhar vivo. Tinha uma expressão quase de medo. O medo que sentem as pessoas pobres quando se veem diante de uma sorte que não puderam imaginar.

– O que disse? – perguntou com um fio de voz.

– Meu... meu pai... é... – balbuciou Giuditta.

A mulher se virou lentamente para Isacco.

– Prezada senhora... – começou ele, balançando a cabeça e buscando as palavras para sair daquela situação.

Mas a dona da estalagem o interrompeu, falando como uma torrente.

– O senhor é doutor? Não precisa pagar o quarto, cozinharei o que quiser, mas, por favor, salve minha menina! – disse com ênfase. – Salve-a, doutor.

Isacco lançou um olhar de reprovação à filha, sentindo-se contra a parede.

– Farei o que puder, prezada senhora – disse, inseguro. – Deixe-me vê-la.

A mulher correu para a escada.

Isacco lançou um olhar aos dois bêbados na mesa ao lado.

– Venha você também – disse a Giuditta.

– Meu marido morreu no ano passado de malária – contou a dona da estalagem enquanto percorriam o curto e estreito corredor no topo da escada. – Não tenho mais ninguém, só ela – e abriu uma porta.

– Espere aqui – ordenou Isacco a Giuditta, e entrou em um quarto com teto tão baixo que precisou curvar-se. Tirou o barrete amarelo e o prendeu no cós da calça. Uma velha vestida de preto, sentada sobre um banquinho em um canto, fiava quase no escuro. Tinha a expressão que costumam ter os velhos quando fingem não ver a morte em ação. Isacco supôs que fosse a mãe da dona da estalagem ou do marido morto. Havia também um frade, de costas, com um hábito áspero que deveria ter sido preto e uma corda amarrada na cintura, com os pés descalços e imundos. Estava ajoelhado ao lado da cama onde se encontrava a menina doente, que gemia e se debatia. Sentiu um mal-estar. Nunca gostara de padres. Antes de se aproximar da cama, virou-se para a porta e, na penumbra, olhou para Giuditta. Para sua surpresa, percebeu que não estava zangado com ela. Ao contrário.

O frade estava com a testa apoiada no colchão de palha e não levantou a cabeça quando o recém-chegado entrou. Continuou a murmurar suas preces.

Isacco pôs a mão na testa da menina, que deveria ter cerca de 10 anos. Ardia. Levantou as cobertas. A menina estava encolhida de um lado. Perguntou-se o que seu pai teria feito. Então, tentou virá-la e esticar suas pernas. Imediatamente, a menina gritou de dor, levando as mãos ao abdômen.

O frade levantou o olhar. Não tinha mais de 30 anos, mas seu rosto parecia mumificado, de tanto que a pele aderia ao crânio. As faces eram encovadas e sulcadas por profundas rugas que pareciam cicatrizes. Tinha o aspecto de um homem que jejuava havia muitas semanas. Os olhos pequenos e de um azul-celeste intenso, inquietos, com os globos rachados por uma teia vermelha de vasos capilares, logo pousaram no barrete amarelo, preso ao cós da calça de Isacco. Com um salto, pôs-se de pé e apontou para Isacco o crucifixo pendurado em seu pescoço.

– Satanás! – rugiu. – O que está fazendo aqui?

Isacco parou de apalpar o abdômen da menina.

– Ele é médico, frade – disse a dona da estalagem. – Está aqui por minha filha.

O religioso se voltou para ela, examinando-a com severidade, como se ela tivesse acabado de blasfemar o nome do Senhor. – É um judeu! – disse com voz grave.

– É um médico – repetiu a mulher.

O frade olhou para o alto.

– Pai, por que mandas a dissimulada serpente para a frágil Eva? – Fincou seus olhos inquietos em Isacco. – Mande-a a mim, para que eu possa esmagá-la sob o meu calcanhar.

– O que a minha menina tem, doutor? – perguntou a dona da estalagem com urgência na voz, como se entendesse que dali a pouco não poderia fazer mais nada.

Isacco tinha visto seu pai cuidar de inflamações como aquela, que costumavam acometer crianças.

– É preciso fazer uma incisão e uma atadura... – começou, fitando o religioso.

– Cale-se, ímpio! – gritou o frade, que depois se voltou para a mãe da enferma. – Perdeu o juízo, mulher? Como pode deixar um judeu de mãos sujas tocar sua filha, consagrada a Cristo? Depois do contato com esse mal, sua doença vai piorar, mulher ignorante. Não entende que ele tomará a alma dela e a venderá a seu patrão, Satanás, mulher estúpida? Se Nosso Senhor decidiu salvar sua menina, ele o fará pelas minhas preces; se decidiu chamá-la a Si, é para colocá-la em um coro de anjos, mulher ingrata. Mas se ela morrer pelas mãos do judeu ímpio, irá para o inferno, arder com porcos como ele. – O padre se interrompeu, com o crucifixo estendido diante de Isacco, e avançou. – *Vade retro*, Satanás. Tire suas patas desta enferma. *Vade retro*, Satanás. Não terá a alma desta inocente criatura.

– É preciso fazer uma incisão – repetiu Isacco, recuando. Olhava para a dona da estalagem, como se dissesse que cabia a ela decidir.

– Saia – disse então a mulher, a contragosto.

– E você não abrigará o ímpio, assim está escrito nas Sagradas Escrituras – declamou o pregador, com ênfase –, para que seus pecados não contaminem sua casa.

Assim que ficaram sozinhos no corredor escuro, a mulher, de cabeça baixa, disse a Isacco:

– Vá agora mesmo para o quarto com sua filha. Não vou expulsar um cristão no meio da noite... enfim, mesmo que seja judeu.

– É preciso fazer a incisão – insistiu Isacco.

A mulher balançou a cabeça com força. Como se tentasse expulsar dos ouvidos as palavras de Isacco.

– Não apareçam nas imediações. – Depois, deu-lhe uma vela de sebo e uma pederneira.

Isacco e Giuditta se fecharam no quarto.

– É tudo culpa minha – disse Giuditta.

Isacco não respondeu, não a acariciou, não olhou para ela. Deitou-se no colchão de palha, em silêncio.

Ao amanhecer, a menina estava morta.

Isacco soube pelos gritos desesperados da mãe, que ecoavam na estalagem. E, nesse momento, como se sentissem sua dor, os sinos anunciaram os louvores. Os repiques fracos eram reverberados pela névoa densa. Ao fundo, a voz do frade mastigava uma prece fúnebre em latim.

– Levante-se, rápido – disse Isacco à filha. – Precisamos ir embora.

Abriram a porta do quarto, desceram as escadas em silêncio e dirigiram-se à saída.

Quando chegaram ao pátio, delimitado por algumas estacas presas umas às outras e uma rede de juncos, cuja função era estabelecer um perímetro para as galinhas que esgaravatavam o chão, a dona da estalagem abriu a janelinha do quarto de cima para deixar voar a alma da menina. Embriagada pela própria dor, quase sem se dar conta do que dizia, exausta pela noite em claro rezando com o frade, gritou ao ver que estavam indo embora sorrateiramente:

– Malditos judeus! Vocês trouxeram a desgraça para minha casa! Que Deus os amaldiçoe!

– Não se vire e caminhe – ordenou Isacco a Giuditta, enquanto cruzavam com camponeses que chegavam dos casebres vizinhos para dar conforto e rezar.

– Que Deus os amaldiçoe! – gritou mais uma vez a mulher, já enlouquecida.

Um camponês de mãos grandes como enxadas olhou-os com rancor e cuspiu no chão.

Com o crucifixo na mão, o frade se uniu à mulher, debruçando-se tanto na janela que parecia prestes a cair. Com seu tom de pregador, esbravejou:

– Gente de Satanás! Gente de Satanás!

Isacco viu que Giuditta estava querendo olhar para trás.

– Não se vire – ordenou novamente, em voz baixa e firme. – E não acelere demais o passo.

– Judeus, gente de Satanás! – repetiu uma velha do pequeno cortejo de camponeses. E a ela se alinharam os outros, insultando-os.

Em seguida, uma pedra atingiu Isacco na nuca. Suas pernas cederam, mas foi apenas por um instante. Endireitou o barrete amarelo na cabeça e prosseguiu, sem fugir, como lhe dizia a experiência de trapaceiro, como se devia fazer com o urso e os cães pastores. Com o canto do olho, viu a filha, rígida e obediente, com o rosto riscado de lágrimas.

— Vão embora, seus malditos! — ecoou uma última vez a voz da dona da estalagem, antes que pai e filha fizessem a curva para tomar a estrada principal.

Caminharam cerca de um quarto de milha, a passos rápidos, em absoluto silêncio, sem nem mesmo olharem no rosto um do outro, quando Isacco, perto de um pequeno bosque, disse:

— Siga-me.

Cortou caminho pelos campos e embrenhou-se no matagal. Ao chegar ao tronco de uma grande árvore derrubada por um raio, sentou-se nele e fez sinal para Giuditta fazer o mesmo. Tirou do saco o pão da noite anterior e o partiu.

— Coma. Só tem isso.

Giuditta tirou do próprio saco três biscoitos duros de farinha de centeio com uvas-passas e amêndoas.

— Ainda tem estes.

O pai a abraçou.

— Nunca pensei que biscoitos velhos pudessem me dar tanta felicidade.

Tinham acabado de consumir seu frugal café da manhã quando ouviram vozes vindas da estrada.

— Tire o barrete — disse Isacco.

— Mas a lei... — tentou objetar Giuditta.

— Tire esse maldito barrete! — sibilou Isacco. Em seguida, levantou-se e foi até um ponto do qual podia vigiar a estrada sem ser visto. Ajoelhou-se atrás de um arbusto. Giuditta uniu-se a ele. Viram o frade que marchava à frente de um minguado pelotão de camponeses, com foices e forquilhas no ombro.

— São hereges que não reconhecem Nosso Senhor Jesus Cristo como o Cordeiro de Deus! — gritava o pregador com sua voz retumbante.

— Amém! — respondiam em coro os camponeses.

— São ímpios que zombam da Anunciação e da Imaculada Conceição!

— Amém!

— Não são dignos de viver na presença do Nosso Pai!

— Amém!

Afastando-se do coro, um camponês gritou:

— E sequestram nossos recém-nascidos para beber seu sangue!

Então, todos, em um coro desordenado, gritaram:

— Morte aos judeus!

Assustada, Giuditta se encolheu mais perto do pai.

– Por quê? – perguntou com um fio de voz, entre as lágrimas.

Isacco a fitou com um olhar severo nos olhos de carneiro.

– Embora eu a chame de "minha menina", você não é mais uma menina – disse em tom duro. – Pare de choramingar.

Giuditta se afastou dele. Pensou que o odiava. Mas depois percebeu que tinha parado de chorar. E tinha menos medo.

Então, Isacco se aproximou de novo dela e lhe disse:

– Agora vou te ensinar como vive a raposa quando o caçador solta os cães.

7

Roma

— VAMOS VIRAR AQUI – disse Mercurio, ofegante, ainda segurando Ercole, que ficava cada vez mais pesado à medida que perdia sangue.

Entraram na Via dell'Orto di Napoli.

Mercurio se virou e olhou para trás, preocupado.

— Ninguém está nos seguindo, fique tranquilo – disse Benedetta.

— Tranquilo? – irritou-se Mercurio. – Matei um homem! Eu o roubei e o matei. Se me pegarem, vou ser condenado à morte. – Virou-se de novo. Tropeçou.

— Pode deixar que olho – ofereceu-se Benedetta. – Vou ficar mais atrás.

Mercurio anuiu.

— E você, pare de chorar que não adianta nada – disse a Zolfo. – Aperte com força.

Zolfo fungou e pressionou o pano na ferida de Ercole, que se lamentou.

— Desculpe... – disse, assustado.

— Aperte com força! – ralhou Mercurio.

Quando viram os guardas no final da Via del Cavalletto, esconderam-se no Vicolo di Margutta, uma ruazinha que fedia a esterco de cavalo, para a qual davam os estábulos dos edifícios. Mercurio estava sem fôlego. Olhou furtivamente para a Via del Cavalletto. Os sinos de Santa Maria del Popolo anunciavam as vésperas.

— Daqui a pouco vai passar a carroça de Scavamorto. Vamos colocar Ercole nela.

Benedetta olhou para ele, preocupada.

— Tem uma ideia melhor? – perguntou a ela.

A moça fez que não, com um olhar inseguro, no fundo do qual Mercurio leu o medo que Scavamorto suscitava em todos os jovens que trabalhavam para ele.

Quando o avistaram, Mercurio fez sinal para o jovem que guiava a carroça. Atrás dela, uma pequena procissão de infelizes os fitou com olhos apagados, cegados pela própria dor. Ao redor, a cidade corria. E todos, inclusive os guardas, desviavam o olhar da carroça dos rejeitados, que não tinham direito a um funeral. Mendigos, prostitutas, judeus, atores, destinados a serem sepultados em terra desconsagrada.

– Me ajudem a colocá-lo na carroça – disse Mercurio.

Pegaram Ercole e o acomodaram na plataforma.

– Abençoe minha filha, padre – disse uma jovem com os olhos inchados de tanto chorar. Beijou a mão de Mercurio e apontou para uma criatura minúscula e inanimada, apertada entre dois cadáveres enrugados, que pareciam embalsamados.

Mercurio traçou rapidamente o sinal da cruz no ar. Depois, ordenou a Zolfo que subisse na carroça e continuasse comprimindo a ferida de Ercole.

– Quantas vezes tenho de repetir? – ralhou.

Enquanto avançavam pela rua movimentada, Benedetta pôs-se ao lado dele.

– Obrigada – disse em voz baixa.

Mercurio não respondeu. Era ele quem deveria agradecer a ela, mas não era capaz.

– Tome – disse ela.

Mercurio olhou para a mão de Benedetta, que apertava o saquinho de pano com as moedas, lançadas por ele contra o mercador. Pegou-o em silêncio.

Benedetta também não disse nada.

Passaram pela igreja de Santa Maria del Popolo e sob a grande Porta del Popolo, sustentada pelos muros da cidade, nos quais haviam mijado gerações de romanos. Um pouco mais além, depois de seguir pela Via Flaminia, viraram à esquerda, na direção do rio, e chegaram a uma área mais baixa, onde o odor putrefato dos corpos em decomposição se tornou insuportável.

Diante deles se abriam as valas comuns.

Os garotos dos mortos, como eram conhecidos na cidade, aguardavam a carroça. Assim que a viram, puseram-se em ação, e cada um se dirigiu ao próprio local de trabalho. Porém, quando os mais velhos reconheceram Mercurio sob as vestes daquele jovem padre, pararam. Olharam para ele em silêncio, quase sem ter coragem de cumprimentá-lo, cheios de admiração.

Ele era famoso entre os meninos das valas comuns, onde trabalhavam os órfãos comprados dos padres por alguns trocados. Benedetta e Zolfo também sempre tinham ouvido falar em Pietro Mercurio dos órfãos de São Miguel. Diziam que era o único capaz de enfrentar Scavamorto. E era um dos poucos que fora embora dali.

Mercurio cumprimentou os veteranos.

– Vamos tirar Ercole – disse, então.

Os meninos subiram rapidamente na carroça. Desceram o gigante, que estava cada vez mais pálido, e o colocaram em uma padiola rudimentar, feita com duas tábuas de madeira revestidas por uma lona suja.

– Para o barracão – ordenou Mercurio.

– O que estão fazendo? Voltem a descarregar a carroça, seus mandriões! – gritou uma voz de barítono.

Os meninos que ajudavam Mercurio se curvaram.

– Ele está ferido, Scavamorto – disse Mercurio, sem mostrar submissão àquele homem alto e magro, vestido de maneira chamativa, com um facão curvo, ao modo turco, enfiado em uma faixa laranja amarrada na cintura, sob o casaco roxo.

Scavamorto endireitou a cabeça ao vê-lo, e sua expressão cruel converteu-se em um sorriso ainda mais feroz.

– Vejam só quem apareceu! – exclamou, dando uma risada teatral. – Frade Mercurio, que prazer inesperado me dá sua visita! – Aproximou-se sem descolar os olhos dele. E apenas quando estava ao seu lado, superando-o em um palmo de altura, virou-se para Ercole. – Ah, o bobo... – disse, verificando a ferida. – Podem levá-lo para a vala – disse, dirigindo-se aos meninos. – Esse aí já era.

Zolfo desatou a chorar.

– Ajude-o – pediu Mercurio. – Cuide dele.

– Acho que você não entendeu o que eu disse. Ele já era – repetiu Scavamorto, com um sorriso velado, como se a situação lhe desse um prazer sutil.

– Posso pagar – disse Mercurio, sustentando o olhar.

O rosto magro de Scavamorto ficou sério.

– Rapaz, pelo visto você andou ouvindo muitas lendas a seu respeito entre esses infelizes e acabou acreditando nelas – soprou em seu rosto. – Você não pode comprar Scavamorto, piolho – sibilou, tirando o facão da faixa na cintura. – Se eu quisesse seu dinheiro, não precisaria ganhá-lo. Simplesmente o tomaria.

– Pelo amor de Deus – pediu Benedetta.

Scavamorto olhou para ela.

– O padre é ele, não é? Portanto, é a ele que você tem de dirigir suas preces, pois é ele quem fala pelo homem lá em cima – disse, rindo da própria brincadeira.

– Pelo amor de Deus – disse Mercurio.

Scavamorto semicerrou os olhos e dilatou as narinas, como se estivesse farejando algo delicioso. Deixou vagar o olhar impiedoso, mas não parecia ver nenhum dos meninos. Voltou a examinar Ercole, que tinha parado de agitar-se. Bateu com o nó dos dedos em sua testa curta.

– Toc, toc, tem alguém aí? – Riu quando o gigante deu um leve suspiro. E repetiu: – Já era. Joguem-no na vala.

– Não! – gritou Zolfo, atirando-se sobre o corpo de Ercole.

– Ajude-o – disse mais uma vez Benedetta a Scavamorto.

– Ajude-o... por favor – suplicou Mercurio, sem desafiá-lo com o olhar.

– Levem-no para o barracão – ordenou Scavamorto.

Os garotos dos mortos levantaram a padiola e se encaminharam para o barracão, uma construção grande, feita de madeira e pedra, erguida sem desenho à medida que se precisava de mais espaço.

Benedetta e Zolfo seguiram a padiola.

Scavamorto fitava Mercurio.

– Mas não vai adiantar nada – advertiu-o, balançando a cabeça.

O rapaz não disse nada.

– Vá buscar um pote de polpa de aquileia e cavalinha e a infusão de centinódia – disse-lhe Scavamorto. – Lembra-se de onde guardo os remédios?

– Lembro-me de tudo neste lugar – respondeu Mercurio. Virou-se e correu para um barracão menor, com uma chaminé torta.

– Muito bem, Mercurio – sussurrou Scavamorto, entrando no barracão para onde os meninos tinham se dirigido. Ordenou que cortassem a camisa de Ercole, deixando a ferida à vista. Olhou-a sem fazer comentários.

Zolfo prendia a respiração, abraçado a Benedetta.

Scavamorto olhou para ele.

– Vá trabalhar, anão, se quiser comer e dormir esta noite – disse com rispidez.

O outro estava para rebater, com os olhos inchados de choro e raiva.

Antes que Zolfo dissesse qualquer coisa, Scavamorto deu um tapa nele.

– Há uma carroça para descarregar. Vá trabalhar!

Benedetta puxou Zolfo para si e murmurou em seu ouvido:

– Vá.

Scavamorto já não olhava para eles. Afundou o dedo na ferida de Ercole. O louco gemeu. Depois, Scavamorto tirou o dedo da ferida e o cheirou. Balançou a cabeça.

Zolfo saiu do barracão chorando.

– Vá trabalhar você também – disse Scavamorto a Benedetta.

Benedetta abaixou a cabeça e saiu. Ao encontrar Mercurio na porta, disse:

– Eu o odeio.

Mercurio seguiu em frente sem dizer nada e entregou o que Scavamorto havia pedido.

– Sabe dar a extrema-unção, padre? – riu ele. Pôs Ercole sentado e o fez beber um gole da infusão de centinódia. Em seguida, abriu o pote com a polpa de aquileia e cavalinha, pegou uma porção com o dedo e passou-a dentro da ferida. Mais uma vez, Ercole gemeu. Porém, mais baixo. Scavamorto apontou o dedo ainda sujo de unguento e sangue para Mercurio. – É um desperdício. Não sei por que estou fazendo isso. – Olhou para o gigante. – Você sabe que não chega até amanhã de manhã, não sabe, imbecil?

Ercole exibia um sorriso tolo.

– Bem-aventurados os humildes de espírito, porque deles é o Reino dos Céus – disse Scavamorto. – Coloquem um pano sobre a ferida, para manter afastadas as moscas. E dividam as roupas dele. Amanhã vai para a vala. – Levantou-se e saiu.

Mercurio tremia de raiva.

– Deem uma coberta a ele. E se algum de vocês pegar uma única peça de roupa antes que ele morra, vai ter de acertar as contas comigo – disse com voz grave. Saiu à procura de Zolfo. Não o viu. Então, aproximou-se da carroça que quatro meninos estavam descarregando. Cada cadáver era despido pelas meninas, responsáveis por recuperar as roupas, que eram vendidas ou usadas pelos órfãos. Em seguida, dois meninos o pegavam pelos braços e dois pelas pernas, balançavam-no no ar como se estivessem brincando e, quando alcançavam a inércia necessária, atiravam-no no vazio. Os corpos aterrissavam com um baque surdo na vala.

Mercurio se inclinou. No fundo da cova viu Zolfo. Desceu até ele e tirou a pá da sua mão.

– Vá até Ercole – disse-lhe.

O menino desatou a chorar, mas ele não o consolou. Zolfo escalou o declive e desapareceu. Com a perícia de quem conhece o ofício, Mercurio misturou a cal virgem com a terra. Trabalhou até a noite sem parar, com uma energia que o ajudava a manter os pensamentos a distância. Depois, voltou ao barracão e tomou um prato de sopa aguada de couve da Toscana, na qual boiavam cebolas murchas.

Benedetta e Zolfo estavam sentados ao lado de Ercole, que delirava. Mercurio saiu e caminhou lentamente pelo campo das valas comuns, olhando cada uma delas à luz fraca de uma lua minguante, velada por nuvens finas.

– Ainda tem seu velho vício, rapaz? – perguntou uma voz às suas costas.

Mercurio se virou na direção da silhueta macilenta de Scavamorto.

– Que vício?

– Quando te comprei dos frades de São Miguel Arcanjo, você passava horas observando as valas. Um dia te perguntei por que fazia isso, e você respondeu que queria ver se sua mãe estava ali. – Na voz de Scavamorto não havia traço de sarcasmo.

Mercurio não disse nada. Mas se enrijeceu.

Scavamorto riu.

– Não se lembrava mais?

– Me deixe em paz.

– Você dizia que, mesmo sem nunca a ter visto, a reconheceria porque era sua mãe.

– Imaginação de criança – respondeu Mercurio, taciturno.

– Talvez. Mas o mais interessante era que você a procurava entre os mortos, não entre os vivos. Que raiva extraordinária!

– Estou cagando e andando, Scavamorto.

– O que quer dizer? Não a procura mais entre os mortos?

– Não a procuro e ponto-final.

Scavamorto riu de novo, mas baixinho, sem a costumeira maldade.

– Vamos lá... Quem era sua mãe, Mercurio? – Pôs a mão em sua nuca, sem apertar, como faria um pai ou um professor.

E Mercurio não se rebelou. Sentiu um nó na garganta.

– Era uma mulher da nobreza... – começou, como se recitasse uma antiga cantilena. – Era triste e tinha um marido de merda, que viajava pelo mundo, lutando em todas as guerras... Assim, ela acabou na cama com um servo, jovem e bonito, e engravidou. E, antes que o marido voltasse, livrou-se do bastardo e mandou matar o servo...

– Ou então? – quis saber Scavamorto.

– Minha mãe era uma serva triste... com um patrão de merda que nunca ia à guerra e a violentava todas as noites. E quando percebeu que ela esperava um filho, demitiu-a e a jogou no olho da rua. Ela me abandonou na roda, apunhalou o patrão e foi enforcada na Piazza del Popolo.

– Ou então?

– Cansei dessa brincadeira, Scavamorto – disse Mercurio, afastando-se. – Não sou mais um menino.

– Ou então?

– Minha mãe... – os olhos de Mercurio se cobriram com um véu de tristeza.

– ...era uma órfã... – sugeriu Scavamorto.

– ...e um padre trepou com ela – disse Mercurio. – Por isso, seu filho se veste com essa batina ridícula.

Scavamorto riu.

– Ou então era...

– Chega. Essa brincadeira não tem a menor graça.

– *Quem era a minha mãe* é uma brincadeira incrível. Também a faço com os outros órfãos. Mas ninguém é bom como você. Esses idiotinhas se fixam em uma história e não conseguem ir muito além dela. Já você é capaz de inventar uma mãe diferente a cada dia...

– Scavamorto...

– Não têm imaginação...

– Hoje matei um homem – disse Mercurio de um só fôlego.

Scavamorto moveu um pouco de terra com a ponta da bota.

– Vão me enforcar – acrescentou Mercurio, em voz tão baixa que ele próprio quase não se ouviu.

Permaneceram calados. Deslizando silenciosamente na frente da lua, as nuvens faziam aparecer e desaparecer os cadáveres na vala.

Mercurio fechou os olhos e disse:

– Estou com medo.

– Entendo.

– Estou com medo de morrer – repetiu Mercurio.

Scavamorto pegou um punhado de terra. Jogou-o na vala.

– Você não precisa morrer, rapaz.

Mercurio não se virou para olhá-lo.

– Tem de fugir. Atravessar a fronteira do Reino Pontifício.

– E depois?

– Você sempre foi o mais esperto dos meus. – Deu um tapinha em sua nuca. – Recomece uma nova vida. É a sua chance. Ou acha que vai sentir falta daquele esgoto na frente da Ilha Tiberina?

– Sabia que moro lá? – perguntou Mercurio, admirado. – Por que, então, não foi me buscar? Você tinha me comprado...

Scavamorto sorriu, sem responder.

Mercurio baixou o olhar.

– Amanhã, ao amanhecer, você vai roubar minha carroça leve. Aquela com os dois cavalos, não com os asnos, que são muito velhos e lentos – disse Scavamorto. – A essa altura, Ercole já vai estar morto. Leve os outros dois com você.

– Mal os conheço...

– Pare de falar como um imbecil – calou-o Scavamorto. – De que adianta bancar o sentimental ao contrário?

– O que significa "sentimental ao contrário"?

– Alguém como eu – respondeu Scavamorto sem refletir. – O fato de alguém viver sozinho... não significa que não precise de alguém. – Bateu de leve a ponta do indicador na testa de Mercurio. – Mas se você se habituar a viver sozinho, azar seu... depois não consegue mais mudar. Mude enquanto há tempo. Zolfo é do jeito que é. Um fraco. Mas a moça é esperta. Sobreviveu à vida que a mãe lhe impôs... Algumas vezes, ser abandonado na roda pode ser uma sorte.

Mercurio permaneceu em silêncio.

– Não se desfaça da sua batina. Vai ser útil se vocês se depararem com salteadores. Vá para o norte. Não fique no campo. Um trapaceiro da cidade como você acabaria em uma armadilha de caça. Há dois lugares ideais para você. Milão ou Veneza. – Scavamorto se virou para se dirigir ao próprio barracão, mas depois de alguns passos parou e voltou. – Estava me esquecendo de um detalhe: para me roubar a carroça, você vai ter de me pagar. Quanto tem?

Mediram-se como sempre haviam feito.

– Um soldo.

– De prata? – Scavamorto cuspiu no chão.

– De ouro – respondeu Mercurio.

Scavamorto o fitou.

– Não é suficiente. São necessários pelo menos três.

– Não tenho.

– Conversa.

– Dois.

– E seus sócios entram com o terceiro.

– Eles não têm um tostão furado.

Scavamorto riu.

– Engraçadinho. Com certeza deu a parte deles. Você é um trapaceiro honesto.

– Está bem, três. – Mercurio também cuspiu no chão. – Usurário.

A palma da mão de Scavamorto se abriu para cima, e seus longos dedos de aranha se agitaram no ar. Mercurio enfiou a mão na batina e tirou três moedas.

Como se voltasse a seu personagem, Scavamorto disse, com sua voz maldosa de sempre e cheia de veneno:

– Seja como for, você vai acabar sendo morto, rapaz.

Mercurio olhou para ele. Sorriu.

– Obrigado.

Quando Scavamorto abriu a porta do barracão, o silêncio foi interrompido por um grito obsceno, entre um arroto e um acesso de tosse. E logo depois, Zolfo gritou:

– Não!

– A morte o levou antes do previsto – disse Scavamorto. – Vá embora logo, rapaz. – E fechou a porta atrás de si.

Na escuridão da noite, Mercurio estremeceu.

Foi até o cercado. Pegou pelas rédeas os dois cavalos baixos e atarracados que Scavamorto usava para circular por Roma. Levou-os até o barracão. Entrou.

– Ercole não vai nu para a vala – disse em voz alta, escandindo as palavras. – Era um dos nossos.

Os garotos dos mortos anuíram em voz baixa.

Ouvia-se apenas o choro baixinho de Zolfo.

Mercurio se aproximou de Benedetta.

– Vocês vêm comigo.

8

Territórios de Adria

DEPOIS QUE O FRADE PREGADOR e seu bando maltrapilho de camponeses passaram, Isacco fez sinal a Giuditta para que permanecesse escondida.

— Não vão segui-lo até o fim do mundo — disse.

De fato, após meia hora, viram os camponeses voltarem, desanimados na ausência do pregador e arrependidos por terem perdido preciosas horas de trabalho com algo que nem sequer entendiam direito.

— Você vai ver, Veneza é uma cidade amiga dos judeus — tranquilizou-a Isacco.

Retomaram o caminho, margeando a estrada pelo bosque, como os animais selvagens. Caminharam por muito tempo, em silêncio, parando apenas uma vez para comer uma fatia de pão. Ao cair da noite, Isacco explicou à filha que a raposa não dormia nas estalagens, especialmente quando os cães estavam soltos. Por isso, cortou alguns ramos, construiu uma espécie de leito coberto e convidou a filha a deitar-se ao seu lado.

— Quanto mais próximos ficarmos, menos frio vamos sentir — disse-lhe.

Ao amanhecer, estavam congelados quando se levantaram. Atravessaram a estrada e voltaram por onde tinham caminhado, mas na outra margem, onde o bosque era mais denso.

— Sou uma idiota — disse Giuditta pouco depois, parando. — Se eu não tivesse dito àquela pobre mulher que você era médico, agora estaríamos caminhando na estrada principal.

Isacco se virou.

— Sou uma idiota — repetiu com voz raivosa e mordeu o lábio inferior, com medo de começar a chorar.

O pai se aproximou dela, sério. Pegou-a pelos ombros, olhando em seus olhos.

– Sim – começou a dizer.

Giuditta abaixou a cabeça, mortificada.

Isacco pôs o dedo sob seu queixo e ergueu seu rosto.

– Você fez uma bobagem. – Fitou-a com seus olhos profundos. – Tente entender. Pessoas como eu... quero dizer, aqueles que vivem como eu... bom, pessoas como eu querem ser donas do próprio destino e das próprias trapaças. Entende?

– Entendo, pai – disse Giuditta. – Sinto muito – disse, querendo jogar-se em seus braços.

Isacco a impediu, mantendo-a a distância para poder olhar em seus olhos.

– Você errou. É uma péssima comparsa. – E, de repente, riu com gosto, com uma naturalidade que surpreendeu a filha. – Mas, por outro lado, fez um gesto extraordinário, que somente agora, depois de léguas de caminhada, consigo aceitar...

– O quê? – perguntou Giuditta, surpresa.

O olhar de Isacco se desfocou, como se se perdesse em um passado distante e em antigas emoções. Olhou para a filha.

– Você é linda, minha menina – disse-lhe. – Linda como sua mãe, que era uma verdadeira beleza. – Acariciou seu rosto. – Sabe o que você fez de extraordinário?

– O quê? – repetiu Giuditta.

– Você me deu um futuro – respondeu Isacco.

– O que quer dizer, pai? – perguntou a menina, confusa.

Antes que Isacco lhe respondesse, ouviram um rumor, constante mas ainda indefinido, do qual de vez em quando pareciam emergir canções. O chão vibrava. Pai e filha se retiraram para a sombra.

Isacco levou o dedo aos lábios.

– Silêncio – murmurou.

Após um instante, de uma curva surgiu uma procissão de carroças, cavaleiros e soldados de infantaria. Alguns vestiam armaduras, outros traziam amarradas faixas vermelhas de sangue, outros ainda mancavam ou estavam deitados nas carroças. Usavam as espadas e as lanças como muletas. Das laterais dos pesados veículos ou das selas dos cavalos pendiam bestas e arcos, e das aljavas despontavam flechas e dardos. Não parecia que se retiravam de uma derrota porque cantavam. Os cavaleiros tinham uma expressão de orgulho. Cavalgavam sem se abandonarem ao meneio do animal, empertigados apesar das feridas. E, na frente da coluna, esvoaçavam os estandartes da Sereníssima.*

— Venezianos — sussurrou Isacco.

Eram cerca de dez carroças e não mais do que cem homens, entre cavaleiros e soldados a pé. Isacco julgou que não seria prudente perguntar se poderiam unir-se a eles até Veneza. Não com uma bela moça ao seu lado. "A vontade de festejar", pensou, "às vezes era pior do que a raiva." Por isso, permaneceram escondidos no bosque e deixaram que os soldados se afastassem.

— Vamos segui-los a distância — disse Isacco, fazendo sinal para a filha se mover. — Uma caravana de soldados é como uma vassoura em um chão cheio de baratas; limpa o caminho.

Saíram do bosque e atravessaram um campo pantanoso. Quando chegaram à beira da estrada, viram uma pedra miliar quadrada, de granito. A pedra indicava que faltavam trinta e nove milhas até Veneza.

— Ainda estamos longe. — Isacco notou o olhar perdido de Giuditta. — *Hashem*, o Senhor, o Bendito Santo, vai nos guiar.

Ainda se ouviam os cantos dos soldados.

— Vamos — disse Isacco, pondo-se a caminho.

Entretanto, dois cavaleiros da retaguarda apareceram do nada e se precipitaram até eles a galope, com a espada desembainhada. Pararam os cavalos a um palmo de Isacco, que recuou com compostura e sem cair.

— Quem são vocês? — perguntou um deles.

— Meu nome é...

— Por que estão nos seguindo? — interrompeu-o o outro com rudeza.

— Estamos indo para Veneza e nos sentimos mais seguros viajando atrás das tropas da Sereníssima República, valoroso guerreiro — respondeu Isacco, com um tom tão rígido que pareceu pomposo.

Os cavaleiros riram.

— Certamente vocês não são venezianos, embora falem nossa língua — disse um dos dois. — Têm a pele mais escura do que a nossa, assim como os olhos e os cabelos. Olhando para vocês, diria que são judeus. Especialmente você, com essa barbicha de bode. Mas não são judeus, certo? Não estão usando o barrete amarelo prescrito pela lei.

Sorrindo, o cavaleiro com a espada desembainhada deu uma estocada na direção do saco de veludo de Isacco e pescou o barrete. O outro,

---

* Nome pelo qual era chamada Veneza, ou a Sereníssima República de Veneza. (N. T.)

mantendo a arma abaixada, com a ponta para o chão, fez seu cavalo girar ao redor de Giuditta e a examinou.

– Não façam mal à minha filha – disse Isacco, pálido, movendo um passo até o animal, que pisoteava a lama nervosamente. E acrescentou: – Por favor, cavaleiro.

Rindo, o soldado aproximou a espada do traseiro de Giuditta, como teria feito um pastor com uma ovelha a ser levada de volta ao rebanho, e tocou de leve a saia macia, tecida pelas velhas nas montanhas da Ilha de Negroponte. Giuditta deu um salto para a frente, para onde queria o cavaleiro, voltando para o centro da estrada.

– Vamos – ordenou o outro a Isacco, mas não havia agressividade em sua voz.

Escoltaram-nos até alcançarem o destacamento dos feridos. Ali, entregaram-nos ao capitão Andrea Lanzafame, um belo homem de cerca de 40 anos, forte, de olhos claros e penetrantes, com os cabelos despenteados pela guerra e a barba espetada. O capitão desceu do cavalo e fitou Isacco. E Isacco julgou que tivesse pouca paciência. Por isso, achou por bem responder de maneira adequada, sem rodeios, quando o capitão lhe perguntou:

– Vocês são judeus?

– Sim, senhor.

– Por que não estão usando o barrete amarelo?

– Porque estavam atrás de nós para nos matar.

O capitão Lanzafame o examinou em silêncio e apenas anuiu.

– Quem são vocês?

– Meu nome é Isacco da Negroponte. – Virou-se para Giuditta, que o fitava, assustada. Tão parecida com H'ava, a mulher que a dera à luz e que Isacco amara com ternura. Condenava-se por não a ter salvado. Na estalagem, ao se aproximar da menina doente, Isacco havia se voltado para Giuditta, que o fitava da penumbra no corredor. E, naquele momento, tivera a impressão de que sua mulher, por intermédio daquela filha tão extraordinariamente parecida com ela, lhe mandasse sua bênção. Giuditta havia falado pela boca de H'ava, dizendo que ele era um doutor. E, assim, H'ava fizera Isacco saber que não o considerava culpado de sua morte e lhe indicara sua oportunidade. Um novo destino. Sorriu, depois se voltou para o capitão.– Meu nome é Isacco da Negroponte, médico, especialista em humores internos e cirurgião – disse com orgulho.

– É um alfaiate? – disparou o capitão Lanzafame.

— *Alfaiate*? — perguntou Isacco, perplexo.

— Corta e costura? É cirurgião? — insistiu o capitão.

— ...Sim, também sou alfaiate — respondeu e teve a impressão de que o capitão passou a olhá-lo com mais respeito, ao contrário do que teria feito com um médico qualquer ou com um aristocrata.

— Está com seus instrumentos, doutor? — perguntou, tratando-o imediatamente como um subalterno às suas ordens.

— Não... — titubeou Isacco.

— Então vai usar os de Candia, o cirurgião de campanha. Morreu de febre há dois dias... Espero que os instrumentos dele não te tragam azar.

Isacco virou-se para a filha.

— Não vai lhe acontecer nada — disse o militar.

— Com todos esses soldados? — perguntou Isacco, preocupado.

— São os *meus* soldados. E eu sou o capitão deles.

Isacco o examinou. Ninguém melhor do que um trapaceiro para saber ler o coração dos homens. Era uma qualidade indispensável em um ofício tão incerto e desprovido de regras. E o semblante do capitão Lanzafame, duro e orgulhoso, refletia um coração sincero.

— Acredito no senhor — disse Isacco.

— Está sob a minha proteção — reforçou o capitão. — Agora vá fazer seu serviço. Nas carroças há rapazes que querem rever suas famílias. — Colocou as mãos nas laterais da boca. — Donnola! — gritou.

Em um piscar de olhos apareceu um homem pequeno, com uma cabeça ainda menor e dois olhinhos minúsculos, que parecia, se não exatamente uma doninha,[*] pelo menos um animal estranho, pontiagudo e calvo. Tinha apenas uma penugem rala e avermelhada acima do lábio superior e na ponta do queixo. A pele ao redor dos olhos era enrugada como uma fruta seca, enquanto nas faces imberbes era lisa, gorda e brilhante. No conjunto, parecia um menino velho.

— Este é o doutor Negroponte. Dê os instrumentos de Candia para ele — ordenou o capitão. — E obrigue-o a cuspir neles, diante dos homens, para levar embora a maldição da febre que o matou. Caso se recuse, chicoteie-o, chute seu traseiro, o que você quiser fazer. Mas depois que ele o fizer, você estará sob as ordens dele. Não as discuta. — Virou-se para Isacco. — Vamos acampar aqui. Quero que comece agora mesmo. Siga Donnola.

---

[*] Em italiano, *donnola* significa "doninha". (N. T.)

Isacco se aproximou da filha.

– Obrigado – disse a ela.

– Pai... – começou a dizer Giuditta.

Mas Isacco a abraçou, silenciando-a. Depois, sussurrou em seu ouvido:

– Perca o hábito de levantar a saia e mostrar as pernas quando tiver de descer de um barco ou subir em uma carroça.

Isacco seguiu Donnola até a primeira carroça, da qual vinha um forte odor de putrefação. "Gangrena", pensou Isacco.

– Estou com fome! – gritou nesse momento o capitão.

Ao subir na carroça, coberta por uma lona rasgada em vários pontos, Isacco ouviu o militar, que, dirigindo-se a um soldado, ordenava:

– A menina também deve estar com fome. Nada de porco. Mexam-se! Acendam as fogueiras!

Mergulhando no tanque de corpos humanos amontoados, Isacco pensou que, se desempenhasse seu papel até o fim, daria tudo certo. Sentou-se ao lado do primeiro ferido – um rapaz que não deveria ter nem 20 anos, com os olhos dilatados de medo – , tocou sua perna dilacerada pelos cascos de um pesado cavalo de guerra e observou as lascas de osso que já se amarelavam, assim como as bordas da laceração. Sabia o que fazer. Seu pai tinha sido um bom professor. "Obrigado, filho da mãe", pensou.

– Cuspa nos instrumentos, tire a maldição – disse Donnola, abrindo sob seu nariz um estojo de couro curtido, do tamanho de uma mala, repleta de instrumentos cirúrgicos.

Isacco cuspiu sem hesitar e, em voz alta, para que todos os feridos da carroça ouvissem, declarou:

– A maldição da febre de Candia foi embora.

Donnola fez uma expressão de espanto.

– Os doutores sempre se rebelam contra essas práticas... – disse em voz baixa, desconfiado. – Consideram que vão contra a ciência.

– Então, não sou um doutor? – perguntou-lhe Isacco, fitando-o sem abaixar o olhar, com aquela segurança que uma vida inteira de trapaceiro lhe ensinara a ostentar.

O outro ficou olhando para ele, sem dizer nada.

– Dê alguma coisa forte para ele beber, melhor aguardente do que vinho. Amarre-o bem e me dê uma serra reta e outra curva. E esquente um instrumento plano – disse Isacco. – Obviamente, quando decidir que sou um verdadeiro doutor...

Donnola estremeceu, inclinou-se sobre o estojo e pescou os dois instrumentos.

– Serra reta e serra curva. Às suas ordens... senhor doutor.

Isacco empunhou os instrumentos. "Guie minhas mãos, H'ava, se é isso que quer para mim", orou mentalmente.

Enquanto o capitão Lanzafame oferecia a Giuditta pão e carne bovina salgada, o grito do jovem soldado ecoou pelo acampamento, espalhando calafrios.

A cantoria foi interrompida por um instante. Depois, retomada com mais força.

Ao morder a perna do rapaz com os dentes da serra, Isacco sentiu uma violenta emoção explodir dentro de si. As lágrimas lhe subiram aos olhos, e a garganta se apertou.

"Fique perto de mim, meu amor", rogou mais uma vez à mulher. "Não me deixe matar muitos."

9

Isacco passou metade do dia na primeira carroça, depois foi para a segunda. As horas em que ficou inclinado sobre os feridos transcorreram de modo idêntico e terrível, marcadas pelos sinos esparsos nos campos, que com suas badaladas lamentosas anunciavam as orações cristãs. Ao anoitecer, Isacco ainda não tinha parado de cortar carne, serrar ossos, cauterizar amputações e hemorragias, consertar fraturas, costurar dilacerações, extrair pontas de dardos, espalhar emplastros nas feridas. Assim, também na segunda carroça o trabalho estava concluído.

Desceu a pequena escada de madeira oscilante, seguido por Donnola com o estojo de instrumentos cirúrgicos e, já do lado de fora, ao ar úmido e acre, massageou as costas, curvando-as, virado para o sol pálido e velado pela bruma. Suas roupas estavam encharcadas de sangue.

Donnola trouxe dois recipientes de caldo quente, duas linguiças e dois pedaços de pão duro. Isacco pegou o caldo e o pão.

– Ah, é verdade, sua religião não permite comer porco – disse Donnola. – Não sabe o que está perdendo – acrescentou ao morder a primeira linguiça.

Isacco anuiu distraidamente, habituado a esse tipo de comentário, e mergulhou o pão no caldo para amolecê-lo. Ficaram ali, em pé, em meio ao frio, comendo em silêncio.

Depois, Isacco forçou-se a respirar fundo, duas, três vezes.

– Nunca prestamos atenção, mas o ar tem um bom odor – disse. Encheu novamente os pulmões, como para se abastecer antes de tornar a imergir no mau cheiro das carroças. – Preciso fazer minhas necessidades – acrescentou, olhando para seu assistente.

Donnola respondeu com um olhar inexpressivo. Depois, ao ver que o doutor continuava a fitá-lo, disse:

– Fique à vontade.

– Não há latrinas? – perguntou Isacco, confuso.

Donnola abriu os braços.

– O mundo é uma latrina – riu. E como Isacco não se movia e continuava a olhar para ele, indeciso, acrescentou: – O senhor é tímido, doutor?

Isacco impacientou-se e olhou ao redor. Ao avistar um arbusto distante o suficiente do acampamento, dirigiu-se a ele.

Donnola ria de sua reserva.

– Até os melhores de nós cagam, doutor. Não há do que se envergonhar – gritou.

Isacco não se voltou para responder. Alcançou o arbusto, inspecionou-o e verificou se não havia ninguém que pudesse vê-lo do acampamento. Quando teve certeza de estar bem escondido, desabotoou o casacão verde, baixou as calças e as ceroulas de lã e se agachou. No rosto, junto ao esforço, apareceu uma expressão de dor. Isacco apertou os dentes. Fechou os olhos e emitiu um leve gemido; depois, um suspiro de alívio. Então, sem se levantar, deslizou as mãos debaixo de si e remexeu o solo. Pegou um pequeno invólucro e o limpou na relva. Soltou o pequeno laço que o fechava. Era uma tripa de ovelha e, em seu interior, estavam guardadas cinco pedras preciosas, que brilharam à luz do pôr do sol quando Isacco as despejou na palma da mão. Duas grandes esmeraldas, dois grandes rubis e um diamante, menor do que as outras quatro gemas, mas bem mais precioso.

Nesse momento, ouviu um farfalhar no bosque, perto do arbusto. Estremeceu, escondendo as pedras na mão fechada. Tinha o olhar alarmado.

– Quem está aí? – perguntou. Aguçou os ouvidos. – Estou cagando, vá embora.

Não houve mais rumores. "Um animal", pensou Isacco, e relaxou. Terminou de fazer o que devia, limpou-se com grandes folhas ásperas, recolocou as gemas na tripa, apertou bem o cordão e, por fim, com algum esforço, enfiou novamente o precioso pacote onde ninguém o encontraria.

– Está se sentindo melhor? – perguntou Donnola ao vê-lo retornar.

Isacco não lhe respondeu, subiu na terceira carroça, cuspiu nos instrumentos, anunciou que a febre que havia matado o cirurgião anterior havia sido esconjurada e dedicou-se aos feridos.

Tarde da noite, o capitão Lanzafame subiu na carroça. Iluminou com um lampião o rosto exausto de Isacco.

– Vá se deitar – ordenou-lhe. – Não posso evitar que a guerra mate meus homens, mas posso impedir que um alfaiate caindo de sono o faça.

Como em sonho, o doutor terminou de enfaixar um soldado.

O capitão Lanzafame o aguardava do lado de fora. Indicou-lhe a carroça dos víveres.

– Sua filha está ali. Há uma coberta e um braseiro a carvão.

Isacco caminhava como um fantasma.

Quando chegaram à carroça, o capitão acrescentou:

– Os homens dizem que você é um açougueiro.

Isacco abaixou a cabeça.

Tinha serrado cinco pernas na altura do joelho, outra quase no quadril – e o soldado não sobrevivera à hemorragia –, dois braços na altura do cotovelo, decepado uma mão e uma dezena de dedos. Tinha usado os três carretéis de linha para suturar as feridas e, quando estes acabaram, mandou Donnola desfazer uma malha para ter o que enfiar na agulha recurvada. No final, três morreram. E dois estavam em condições críticas.

– Dizem que você é um açougueiro – repetiu o capitão Lanzafame, olhando para a escuridão da noite. – Mas em alguns dias, quando voltarem a abraçar suas famílias, vão perceber que você os salvou – acrescentou com uma careta de satisfação. – Vá dormir. Você merece.

Isacco olhou para ele com gratidão. Não disse nada. Apenas anuiu. Em seguida, a passos pesados, subiu os três degraus que levavam à carroça dos víveres. Giuditta era iluminada por um pequeno lampião a óleo. Acordou com um sobressalto. Ao vê-lo, gritou e, com um pulo, encolheu-se entre duas caixas.

– Sou eu – disse Isacco.

– Parecia um soldado – disse Giuditta, que, depois do susto, sentiu admiração por aquele homem coberto de sangue, como um herói. – Separei um pouco de carne para você, mesmo não sendo pura. Deite-se, deve estar cansado.

Isacco estendeu-se no colchão de palha, quase desabando, e apreciou a tepidez da coberta e do braseiro. Giuditta lhe deu o pedaço de carne seca. Ele o levou à boca e tentou mastigá-la, mas adormeceu no mesmo instante. Giuditta tirou o pedaço de carne de sua boca e apertou o pai com um delicado abraço.

Ao amanhecer, Isacco despertou.

– Preciso ir – disse à filha. Levantou-se e pôs a cabeça para fora da carroça.

Donnola já estava ali, sentado na pequena escada, enrolado na coberta de um cavalo, com a cabeça apoiada na maleta de instrumentos. Levantou-se de um salto, pegou dois copos de vinho, dois pedaços de pão, uma linguiça de porco e um pedaço de carne, e tomaram o café da manhã.

Depois, subiram na terceira carroça para concluir o trabalho inacabado. Naquelas poucas horas, um dos feridos havia morrido de hemorragia.

– Eu poderia tê-lo salvado – murmurou Isacco.

Donnola cobriu o rosto do morto e deu ordem para dois soldados levarem o cadáver à carroça dos defuntos.

– Os venezianos vão devolvê-los aos familiares para uma sepultura cristã – explicou-lhe.

– Amém – disse em voz baixa um soldado em um canto.

Os feridos dessa carroça eram menos graves. Isacco usou a serra apenas no soldado que dissera "amém". E ele sobreviveu.

Já fazia algum tempo que havia soado a hora nona quando Isacco e Donnola terminaram o trabalho na terceira carroça. Cansados e intoxicados pelo odor de sangue e das incontinências dos feridos, saíram ao ar livre. Tudo estava na penumbra, mais um dia havia transcorrido. Próximo do crepúsculo, o sol já não conseguia atravessar a espessa colcha de nuvens, e uma bruma enfadonha se erguia. Todo o acampamento tinha um ar espectral. As carroças e as figuras humanas pareciam cobertas por um véu. Os homens já não cantavam.

De repente, nesse silêncio, ecoou um gemido e, logo depois, um grito:

– Ah! Te peguei, ladrão maldito!

Isacco e Donnola deram um passo na direção da voz.

– É o cozinheiro – disse Donnola.

– Me solte! Me solte! – gritava um menino. Sua voz soava mais raivosa do que assustada.

A poucos passos da carroça dos víveres e do grande barril bojudo que continha a carne sob o sal, deixado do lado de fora, perto de uma fogueira, Isacco e Donnola viram um homenzarrão segurar pela nuca um menino esquelético, baixo, com cabelos longos e sujos e pele amarelada.

– Fique quieto! – ordenou o cozinheiro ao menino. Mas este se contorcia como um possesso e lhe deu um chute nas canelas. Com a mão livre, o cozinheiro revidou com um violento tapa. No ar denso ouviu-se o lamento do menino.

– O que está acontecendo? – perguntou o capitão Lanzafame, atraído pelo vozerio. Giuditta também pôs a cabeça para fora da carroça dos víveres por causa da confusão. O capitão lhe havia ordenado que ficasse dentro do veículo e não circulasse pelo acampamento. Uma moça bonita como ela andando em meio aos soldados criaria problemas.

– Eu já tinha percebido algo estranho, capitão – explicava o cozinheiro. – E agora tive a confirmação. Temos um ladrãozinho.

O capitão olhou para o menino, que estava com o nariz sangrando.

– Solte-o – ordenou ao cozinheiro.

O homenzarrão sentiu-se tentado a replicar, mas obedeceu, largando o menino, que imediatamente levantou-se de um salto para fugir. Mas o capitão Lanzafame já esperava pelo movimento e, com uma velocidade extraordinária, curvou-se alongando o braço, como em uma estocada, e golpeou a perna que o menino levantara para correr, fazendo-o perder o equilíbrio. O capitão postou-se sobre ele, pegou-o pelos ombros e o levantou sem esforço. Depois, colocou-o no chão, como se o plantasse na terra.

– Não se mova – intimou-o. Sua voz era firme e autoritária.

O ladrãozinho permaneceu imóvel.

– Como você se chama?

O menino comprimiu os lábios e olhou ao redor.

– Como você se chama? – repetiu o capitão, com uma entonação mais agressiva.

– Ele se chama Zolfo – disse uma voz atrás deles.

Do nada surgiu um jovem padre em uma longa batina preta com botões vermelhos e um coração sangrando, aprisionado por uma coroa de espinhos, bordado no peito. Na cabeça usava um chapéu preto e brilhante, que tirou ao se aproximar. Atrás dele, uma moça radiante em seu vestido verde. O capitão notou a pele cândida como alabastro e os longos cabelos acobreados.

– Quem é você? – perguntou o militar, vendo que o religioso também era muito jovem.

– Eu me chamo Mercurio da San Michele – disse, apresentando-se ao capitão sem a menor submissão. Depois, apontou para Zolfo. – Perdoe-o, não resistiu ao aperto da fome. Caminhamos o dia inteiro e não encontramos nenhuma estalagem em meio a esta névoa. Nossos cavalos e a carroça foram roubados por salteadores, estamos vivos por milagre e...

– Você é padre?

– Não, sou um *novitium saecularis*, prometido a Cristo Nosso Senhor – respondeu Mercurio sorrindo. – E sou secretário de Sua Excelência Reverendíssima, o bispo de Carpi, Monsenhor Tommaso Barca di Albissola, que nos espera em Veneza para encontrar estes dois pobres irmãos, da instituição beneficente dos órfãos de São Miguel Arcanjo, aos quais...

— Não conheço nenhum bispo em Veneza com esse nome — disse o capitão, desconfiado.

— Porque ele reside em Carpi — respondeu prontamente Mercurio. — Mas, no momento, Sua Excelência está em visita a Veneza, e é lá que devemos nos reunir com ele.

O capitão o fitava em silêncio.

— Temos dinheiro para pagar a carne que este menino roubou — acrescentou Mercurio.

Lanzafame não pareceu interessado nesse argumento. Em vez disso, perguntou:

— E por que seu bispo está tão ansioso para encontrar estes dois órfãos?

— Bem, trata-se de... um assunto... eclesiástico. E particular.

O capitão Lanzafame continuou a fitá-lo.

— Quer dizer que estes dois são bastardos do bispo? — riu o cozinheiro, e os outros soldados o acompanharam.

O capitão fulminou seus homens com o olhar.

— Qual de vocês conhece com certeza o próprio pai? No entanto, nunca os chamei de bastardos.

Os soldados abaixaram a cabeça.

Os olhos azuis do capitão buscaram por um instante a moça de pele de alabastro.

Benedetta não lhe sorriu, mas mostrou respeito no olhar.

O capitão dirigiu-se novamente a Mercurio. Tinha um ar mais relaxado.

— Teria sido mais prudente pedir comida a nós. No máximo, correriam o risco de receber uma recusa, mas não de morrer. Vocês se dão conta de que poderiam ter sido tomados como espiões ou inimigos?

— Não sabíamos se nesta parte do mundo haveria pessoas tementes a Deus ou bárbaros — disse Mercurio.

— Bárbaros? — riu. — Você me parece confuso, rapaz. — Depois, voltou-se para o cozinheiro. — Dê alguma coisa para eles comerem. — Fez menção de se afastar, mas parou, voltou atrás e pôs a mão no ombro de Mercurio, puxando-o para o lado.

— Afinal, você é padre ou não?

— Ainda não, Excelência.

– Seja como for, meus homens ficariam confortados se alguém os abençoasse. Estão entre a vida e a morte e veem fantasmas. Estão assustados, sentem o demônio soprar em seu pescoço. Abençoe-os e absolva-os de seus pecados. Alguma oração você deve saber, não?

– Sim, Excelência.

– E pare de me chamar de "Excelência", sou um capitão da Sereníssima.

– Sim, capitão.

Lanzafame sorriu. Gostou do jovem religioso. Pensou que era um desperdício um rapaz como aquele ser padre. Mas não era problema seu.

– Donnola – gritou, e quando o outro apareceu, ordenou: – Leve este padre com você.

– Venha, padre... Quer dizer, filho... – corrigiu-se.

– Chame-o de padre, Donnola – disse o capitão. – Senão, daqui a pouco vai chamá-lo de Espírito Santo.

Os soldados riram. Em seguida, Donnola o acompanhou até a carroça onde Isacco já estava trabalhando.

Mercurio se ajoelhou ao lado do homem de que o doutor estava tratando e orou.

– A ti suplicamos, ó Arcanjo Miguel, que com todo o coro de arcanjos e com todos os nove coros dos anjos, cuides deste homem nesta vida presente, para que, sob tua proteção, vencedor de Satanás, ele consiga desfrutar contigo da divina bondade no Santo Paraíso.

– Amém – sussurrou o ferido, e seu rosto serenou. – Obrigado, padre.

Depois, Isacco se levantou e foi até outro soldado, que estava desmaiado. Mercurio se ajoelhou novamente ao seu lado.

– Você é muito bom, rapaz – sussurrou Isacco a Mercurio. – Mas tenho vista boa e sei que você não é o que diz ser.

Mercurio olhou para ele com ar de interrogação, enrijecendo-se um pouco.

– Você é um trapaceiro – disse Isacco em voz baixa.

Mercurio não respondeu. Continuou fitando o médico.

– Mas não vou contar nada – prosseguiu Isacco baixinho. – Estes infelizes precisam de um padre.

– Obrigado. – No rosto de Mercurio esboçou-se um discreto sorriso. – Eu estava no bosque quando o senhor se afastou para fazer suas necessidades.

Foi a vez de Isacco observá-lo em silêncio.

– Eu também não vou dizer nada. – O sorriso de Mercurio se alargou. – Estes infelizes precisam de um doutor.

Isacco o fitou, estudando o jovem trapaceiro. O que ele acabara de dizer não era uma ameaça. Servia apenas para deixar claro, e com grande eficácia, que era tudo, menos bobo. Isacco desatou a rir.

E Mercurio riu com ele.

– Estão rindo do quê? – perguntou Donnola.

Isacco e Mercurio não responderam. Olhavam-se nos olhos e se reconheciam, achando graça.

– Vamos, temos de continuar nosso trabalho – disse, então, Isacco.

– Sim – concordou Mercurio. – Vamos continuar nosso trabalho.

10

Benedetta e Zolfo foram levados para a carroça dos víveres.

– Não fiquem circulando pelo acampamento – dissera o capitão Lanzafame, olhando apenas para Benedetta.

A carroça parecia uma pequena casa sobre rodas. Por toda parte se viam pequenos barris escuros e caixas empilhados. No centro, um gigantesco cântaro de terracota espessa era segurado por uma gaiola de corda áspera, atada a quatro estacas ancoradas no pavimento e no teto. Na guerra, o vinho era mais protegido do que a comida.

Benedetta e Zolfo deram uma olhada ao redor e, entre duas fileiras de caixas, descobriram Giuditta. A menina sorria, insegura. Deu um passo à frente e pegou um prato amassado, de metal fino. Estendeu-o aos recém-chegados.

– Carne salgada e pão preto – disse. – Comam. – Depois, como uma boa dona de casa, mostrou dois colchões de palha, improvisados no chão. – Também temos um braseiro. Sentem-se.

Benedetta sorriu.

– Quem é você?

– A filha do doutor.

– Estou com fome. – Zolfo precipitou-se sobre o prato e sentou-se ao lado do braseiro. Mordeu a carne salgada. – Não tem linguiça? – perguntou de boca cheia, erguendo o olhar para Giuditta.

Ela encolheu os ombros.

– Não tem linguiça? – insistiu Zolfo.

– Não sei – respondeu Giuditta, encolhendo novamente os ombros.

– Por acaso você é judia? – riu Zolfo, mergulhando a cabeça no prato. Mas então parou e fitou Giuditta, que tinha uma expressão séria, com os olhos escuros mais abertos do que o normal. O olhar de Zolfo vagou rapidamente pela carroça, enquanto ele parava de mastigar. Quando viu dois sacos de viagem, pôs o prato de lado, esticou-se até o saco de Isacco e puxou um barrete amarelo. Levantou-se, com ele na mão. Cuspiu o que estava mastigando. – Você é judia – disse com agressividade, aproximando-se de Giuditta, com o barrete estendido. – Você é judia! – repetiu, quase gritando, e jogou o barrete em cima dela.

Assustada, Giuditta recuou.

– Zolfo, o que deu em você? – disse Benedetta, surpresa.

– Vocês não valem nada! -- gritou Zolfo a Giuditta. – Judeus nojentos!

– Zolfo, se acalme! – Benedetta se colocou entre ele e Giuditta. Olhou nos olhos dele. Estavam enfurecidos, cheios de ódio. – O que está acontecendo com você?

– O que está acontecendo é que eles mataram Ercole! – esbravejou Zolfo e a empurrou, tentando chegar mais perto de Giuditta.

Benedetta se colocou de novo no meio.

– Ela não fez nada – disse, elevando a voz na tentativa de fazê-lo raciocinar.

– São todos assassinos! Judeus nojentos!

A porta da carroça se abriu de repente.

– O que está acontecendo? – perguntou o capitão Lanzafame.

Zolfo se voltou bruscamente.

– Ela é judia! Não vou ficar em uma carroça com judeus nojentos!

O capitão deu uma olhada em Benedetta, depois agarrou Zolfo e o arrastou com força para fora da carroça.

– Então vai dormir ao relento – disse em tom autoritário. – Não quero confusão. E quando começarmos a marchar, você vai nos seguir a pé.

Nesse momento, Mercurio e Isacco puseram a cabeça para fora de sua carroça. O rapaz foi correndo até o capitão.

– O que está acontecendo?

Isacco o havia seguido.

Zolfo apontou o dedo para o doutor.

– Ele é judeu, Mercurio!– E, depois de cuspir no chão com raiva, acrescentou com voz trêmula: – Eles mataram Ercole! – Em seguida, desatou em um choro irrefreável, que o sacudia como uma tempestade.

Benedetta correu para abraçá-lo.

Mercurio não sabia o que fazer. Olhou primeiro para Isacco, depois para Giuditta e para o capitão Lanzafame. Por fim, abriu os braços.

– Era um amigo dele... – disse em voz baixa, mesmo percebendo que sua frase nada significava para aquelas pessoas. Desde que deixaram as valas comuns, Zolfo não havia mais chorado. Tinha subido na carroça de Scavamorto, e o frio da noite congelara as lágrimas em suas faces. E talvez também em seu coração. A partir de então, nenhuma lágrima, nenhuma palavra sobre Ercole. Até aquele momento. – Já vai passar – disse ao capitão, que aguardava em silêncio, rígido em seu físico imponente.

Lanzafame balançou a cabeça, apontando o dedo para Zolfo.

– Não quero saber de história, menino. Entendeu? Senão te mando embora com um belo chute no traseiro! – E se afastou.

Benedetta empurrou Zolfo para o lado. O menino não conseguia parar de chorar. Mercurio deu um passo até eles, mas Benedetta o parou com um gesto da mão.

Então, Mercurio se voltou para Isacco.

– Sinto muito – disse. Olhou para Giuditta. Tinha um olhar orgulhoso, com as sobrancelhas pretas ligeiramente arqueadas, quase uma expressão de desafio.

Isacco subiu os degraus e a abraçou.

Apesar do frio e do cansaço, Mercurio se afastou e vagou pelo acampamento, sozinho. Por fim, pegou uma linguiça e um pedaço de pão preto, sentou-se no pequeno barril vazio, jogado do outro lado da estrada. Ouviu passos atrás de si, mas não se virou.

– Você bebe, meio padre? – perguntou-lhe o capitão Lanzafame. Tinha na mão duas canecas de metal cheias de vinho.

– Sim – aceitou Mercurio.

– Todos os padres bebem – riu o capitão, olhando para o matagal, que já estava se transformando em uma mancha preta irregular.

– Sim, é verdade...

– O sangue de Cristo – riu de novo o capitão, bebendo de um só gole mais da metade de sua caneca. Em seguida, estalou os lábios. – Não se ofenda, meio padre. Sou um soldado, tenho de rir de tudo por ofício. Não tenho nada contra você nem contra a Igreja.

Mercurio sorriu e bebeu.

– Consegue controlar o menino?

Mercurio fez que sim, embora não estivesse absolutamente convencido.

– Amanhã começaremos a marcha e, depois de amanhã, estaremos em Veneza – disse o capitão. – E, com todo o respeito pelo seu voto de castidade, meio padre, eu só preciso de uma cama e de uma mulher para me recompor. – Riu novamente. – O doutor terminou seu trabalho. – Depois, cabisbaixo e com voz séria, acrescentou: – Eu não aguentava mais ouvir os gritos deles. Não sei por que, mas é pior do que na batalha. – Deu uma palmada rude no ombro de Mercurio e virou-se para ir embora.

– Capitão... – chamou-o Mercurio, como se as palavras saíssem sozinhas de sua boca. – O que se sente quando se mata uma pessoa? – Sua voz tremia imperceptivelmente.

– Nada.
– Nada? Nem na primeira vez?
– Não me lembro. Já passou muito tempo. Por quê?
– Por nada...

O capitão o examinou em silêncio.
– Tem alguma coisa para me dizer?

Mercurio sentia a necessidade de dividir seu peso com alguém, mas o capitão era um soldado, e talvez o prendesse.

– Existe alguma razão... particular para você ter decidido usar a batina, rapaz?

Mercurio respirou fundo. O capitão não era a pessoa ideal com quem se abrir. Girou a caneca de vinho na mão, hesitando.

– Minha mãe era... uma bêbada. Quando sua barriga cresceu, não se lembrava de quem eu era filho. Me confiou aos padres... e por isso me tornei padre. Não conheço outro ofício. Isso é tudo.

O capitão o observou com atenção. Anuiu e se afastou.

Mercurio ficou sozinho. O pouco vinho que bebera já havia subido à sua cabeça. Sentindo o estômago embrulhado, apressou-se em engolir o último pedaço de linguiça e pão preto. Semicerrou as pálpebras. Na escuridão, apareceram as imagens dos soldados feridos, a carne cortada e costurada, os olhares mais de assombro do que de dor, o medo da morte em seus olhos. Levantou-se de um salto. Não queria ficar sozinho ali, naquele acampamento. Dirigiu-se a passos decididos para a carroça dos víveres.

Encontrou Benedetta e Zolfo aos pés da pequena escada.

– Está mais calmo? – perguntou a Zolfo, sem criticá-lo.

O menino olhou para ele. Tinha os olhos vermelhos. Parecia mais do que nunca uma criança.

– Não quero dormir com aqueles judeus – disse. – Odeio todos os judeus.

Mercurio entrou na carroça.

– Vou pegar uma coberta para você. – Quando apareceu na porta, com a coberta na mão, disse a Benedetta: – O capitão não quer que você fique aqui fora, principalmente à noite.

Ela fez um sinal de assentimento.

– Já vou entrar.

Mercurio olhou para Zolfo.

– Boa noite.

O menino fungou e pôs a coberta nos ombros.

Mercurio também lhe estendeu a caneca de vinho.

– Tome, vai te esquentar.

Zolfo a pegou e sentiu de novo vontade de chorar, mas se conteve e bebeu o vinho de um só gole. Depois, começou a tossir.

Mercurio tornou a entrar na carroça. O ar estava morno e com odor de comida. Olhou para Isacco e Giuditta, encolhida entre os braços do pai.

– Amanhã vamos partir – disse, dirigindo-se ao doutor, mas seu olhar continuava a se desviar para ela. Nunca se interessara pelas moças, só traziam problemas. Mas aquela tinha algo que prendia sua atenção.

– Que bom – disse Isacco.

– O capitão disse que em dois dias estaremos em Veneza – acrescentou Mercurio para romper o silêncio embaraçoso que se seguira às suas palavras. Ou talvez apenas para sorrir à moça. Sabia que nunca a tinha visto antes; no entanto, em seu coração, diria que já a conhecia.

– Que bom – repetiu Isacco.

Mercurio se deitou no colchão de palha e se cobriu. "As garotas só trazem problemas", pensou, tentando manter o olhar longe da filha do doutor.

– Pegue o braseiro para o seu amigo – disse Isacco.

A porta da carroça se abriu. Mercurio se ergueu, apoiando-se no cotovelo.

– Leve o braseiro a Zolfo – disse a Benedetta, que o pegou e o passou para Zolfo, encolhido nos degraus do lado de fora, como um cachorro.

– Não quero nada desses judeus – ouviu-o dizer.

– Foi Mercurio quem mandou, seu cretino – rebateu Benedetta. Depois, fechou a porta. Olhou ao redor. Não sabia onde se deitar. Nas noites anteriores, tinha dormido abraçada a Zolfo. E Mercurio sempre se mantivera um pouco distante deles. Mas agora que Zolfo não estava junto, ela não tinha ideia de onde dormir. Em seguida, notou que a filha do doutor estava observando Mercurio às escondidas. Então, sentou-se perto dele, como para reforçar sua posse. Porém, esse simples gesto provocou nela um pensamento angustiante: teve medo de que Mercurio a expulsasse; por isso, afastou-se de repente e se enrolou na coberta. – Boa noite a todos – disse bruscamente.

– Boa noite – responderam os outros, um de cada vez.

Em seguida, Isacco soprou o lampião, e a carroça mergulhou na escuridão.

Mercurio queria ter-lhe dito para deixá-lo aceso, mas não gostava da ideia de ser tomado por uma criança. Não fechou os olhos, sabia aonde levavam as imagens horripilantes daqueles soldados feridos. Manteve-os bem abertos, fitando a janelinha à sua frente, na esperança de que logo a luminosidade fraca da noite clareasse a escuridão. Mas não conseguiu deter os pensamentos que se aglomeravam em sua mente. E, enquanto tentava resistir, diante dele se formou a imagem da qual vinha fugindo havia dias. Viu a garganta do mercador sendo rasgada. Ouviu o rumor viscoso da lâmina penetrando na carne e o estalido da traqueia se rompendo. Sentou-se de repente, com os punhos cerrados. Não sabia quanto tempo tinha passado. À sua direita, Benedetta tinha a respiração regular. Dormia. E lhe parecia que também do doutor e de sua filha viessem respirações profundas.

– Não consegue dormir? – perguntou Isacco em voz baixa.

– E o senhor? – respondeu Mercurio após um instante.

– Não.

Seguiu-se um longo silêncio. Mercurio sentiu um farfalhar. Pouco depois, Isacco estava perto dele.

– Seu amigo lá fora conhece meu segredo? – disse Isacco o mais baixo que pôde.

Mercurio não respondeu de imediato.

– Não se preocupe.

– Isso não é nem sim, nem não.

– Somos ladrões e trapaceiros, como vocês. A nenhum de nós convém ser descoberto.

– Mas nós somos judeus.

Mercurio sabia o que Isacco estava querendo dizer. E tinha razão.

– Não sabe nada do seu tesouro, fique tranquilo... doutor.

– Obrigado – suspirou o homem, voltando a deitar-se. – Veneza – disse depois de um instante, com voz sonhadora.

– Sim... Veneza – ecoou Mercurio.

Mas, para ele, essa palavra não significava nada.

11

Roma

SHIMON BARUCH ABRIU OS OLHOS.

Sentiu-se perdido. Não sabia onde estava.

Depois se lembrou.

Todo dia lhe acontecia a mesma coisa. Toda manhã. Havia uma semana. Desde que acordara. Desde que, como diziam os médicos e a mulher, *Hashem*, o Onipotente, o Bendito Santo havia decidido salvá-lo. Acordava e não sabia onde estava nem quem era. Logo ele, que sempre soubera tudo, até nos mínimos detalhes. Ele, que tinha vivido uma vida mínima, atento para não ser notado, para não ter problemas. Fazia uma semana que acordava e não se reconhecia. Porque algo radical tinha acontecido dentro dele. Algo que Shimon Baruch não era capaz de governar. E tão logo se lembrava de quem era e onde estava, imediatamente se formava em sua mente a imagem daquele rapaz que o havia enganado e roubado. Seu rosto magro, seus cabelos escuros e os olhos pretos, aquele sorriso atrevido. Depois, Shimon Baruch via cintilar a lâmina do espadim, e uma sensação sombria, pesada como um manto, envolvia-o, forçando novamente aquela transformação que nele ocorria havia uma semana.

Lentamente, moveu-se na cama. Ao seu lado, ouvia a respiração leve da mulher. Nos últimos dias, tão logo ela percebia que estava acordado, levantava-se de um salto, preparava seu café da manhã, enchia-o de cuidados, lavava-o, fazia sua barba. E não parava de falar e chorar nem por um segundo.

Mas ele queria ficar sozinho.

Sobretudo naquela manhã. Porque talvez fosse sua última manhã como homem livre. A primeira audiência do processo que o envolvia estava marcada para o dia seguinte. Assim que foi considerado em vias de recuperação, o machado da justiça abateu-se sobre ele. Se ainda não estava preso no cárcere da Curia Savella[*] era apenas porque o advogado que assumira sua defesa conhecia pessoas influentes. E por esses privilégios pagava grandes somas.

No entanto, nem todas as pessoas influentes do mundo poderiam salvá-lo da condenação. E ele sabia disso. Era judeu, estivera armado e havia sido acusado de homicídio. Pouco importava que tivesse sido roubado. Nessas mesmas condições, um cristão poderia ter cometido um massacre e teria todas as atenuantes, pois teria matado um delinquente. Já ele tinha matado uma ovelha do rebanho, e o Sumo Pastor o faria pagar caro. O advogado dizia que, com quatro ou cinco anos de prisão e uma sanção pecuniária bem salgada, conseguiria se safar. *Safar,* tinha dito assim mesmo.

— Marido, faz tempo que você acordou? — perguntou a mulher ao notar que ele estava com os olhos abertos.

Shimon não olhou para ela. Conteve um gesto de enfado.

— O que você gostaria de comer hoje para recuperar as forças? — continuou ela, levantando-se da cama e urinando no penico.

Shimon não moveu nenhum músculo.

— Arenque e pão ázimo? Ou prefere outra coisa? — A mulher do mercador abaixou a camisola e jogou o conteúdo do penico pela janela. Contornou a cama e se postou na frente dele. — Então? O que me diz?

Shimon deslocou os olhos até ela. Queria mandá-la ao inferno. Queria dizer-lhe para morrer engasgada com o arenque e o pão ázimo e que não desejava ir para a prisão; que não sabia como pagar o advogado nem a sanção que o esperava. Queria dizer-lhe uma torrente de palavras.

Mas não podia.

Porque Shimon Baruch tinha perdido a voz depois que a lâmina do espadim fora cravada em sua garganta.

Levantou-se da cama e foi até a mesa, onde a mulher havia aparelhado uma escrivaninha, como em todos os cômodos da casa, com pergaminho, uma pena de ganso e um tinteiro sempre cheio. Pois a Shimon Baruch não restava outro modo de se comunicar.

"Caldo", escreveu.

A mulher correu para a cozinha, tagarelando ordens para a serva.

---

[*] Tribunal e cárcere romano controlado pela família Savelli. Inicialmente, o cárcere era reservado apenas aos judeus, mas depois passou a receber também réus comuns. (N. T.)

Shimon tocou a garganta. A faixa ainda estava úmida de sangue. Foi até um espelho de mercúrio. Observou-se.

A mulher tornou a entrar no quarto.

– Agora vou ajudá-lo a vestir-se, marido, mas antes, a se lavar. E, se quiser, também a rezar. – Atrás dele, começou a chorar. – O que vamos fazer, marido? Que drama! Por que tinha de acontecer isso com você? Que mal fizemos? Por que *Hashem* decidiu nos colocar à prova?

Abraçou-o.

Shimon a empurrou, com raiva. Depois, abriu a boca. Para gritar. Com todo o fôlego que tinha na garganta. Mas saiu apenas um sibilo. Terrível. Mais assustador do que qualquer grito. O sangue na faixa espumou. Shimon a arrancou, gritando de novo, até inflar as veias do pescoço. A ferida esguichou sangue no espelho.

– Não, marido... – choramingou a mulher.

Shimon se virou. Tinha desprezo nos olhos. E ódio. Foi até a escrivaninha.

"Você não sabe o que tenho dentro de mim", escreveu. "Não sou mais eu."

A mulher soluçou.

"Saia daqui", escreveu Shimon.

Quase se arrastando, a mulher saiu do quarto.

Sozinho, Shimon sentiu que o ódio e a raiva o tornavam mais forte. Mais vivo. "Não tenho mais nada", pensou diante do espelho enquanto enrolava uma nova faixa limpa no pescoço. "Ódio e raiva", repetiu. Olhou nos próprios olhos. Então, viu outra coisa. "Medo." Tentou desviar o olhar. Mas estava como paralisado. E quanto mais se olhava, mais sentia o medo crescer. Em pouco tempo, restaria apenas ele se não se afastasse do espelho. Mas não conseguia mover os pés nem as pernas. Desse modo, um segundo antes que o medo apagasse definitivamente o ódio e a raiva, fez o único movimento que era capaz de realizar. Curvou-se para a frente, bruscamente, com toda a força, e bateu no espelho com a testa. Sentiu o impacto, o rumor, os estilhaços cortando sua pele, o sangue quente escorrendo nos olhos e avermelhando tudo.

A porta do quarto se abriu. No vão, a mulher gritou, levou as mãos à boca e fez menção de ir até o marido.

Shimon a fitou. E começou a rir. Depois, empurrou-a para fora e fechou a porta, batendo-a com violência.

"Nunca mais você vai se olhar em um espelho", disse a si mesmo.

Pegou um pedaço do lençol no qual havia dormido e pressionou contra a ferida na testa. Pouco depois, o sangue parou de escorrer. A ferida não devia ser profunda, não muito mais do que um arranhão. Nada capaz de impressionar um homem que conseguia enfiar o indicador na garganta e sentir o ar entrar e sair.

"Nunca mais você vai ouvir o medo."

Vestiu-se e abriu a porta. Fez sinal à mulher para trazer-lhe o caldo quente e calar-se. E saboreou o caldo em silêncio.

"Diga aos guardas que fui me matar no rio", escreveu.

– Não! Marido, não! – a mulher desatou a chorar.

Shimon ergueu a mão, como para bater nela. A mulher recuou. Ele nunca havia batido nela; no entanto, pensou que não se sentiria mal em fazê-lo. Nem bem. Abaixou a mão sem golpeá-la e mergulhou de novo a pena de ganso no tinteiro, mas se deu conta de que não tinha mais nada a lhe dizer. Não mais. Jogou a pena na mesa e foi até a porta, sem pegar o barrete amarelo. Mas pegou todo o dinheiro.

Caminhou até a igreja de San Serapione Anacoreta. Era uma igrejinha de periferia, frequentada por pessoas pobres que punham filhos no mundo com a abundância dos coelhos.

Shimon havia calculado que, àquela hora, estaria deserta. Entrou na sacristia. Estava fria, apesar da pequena lareira acesa. O pároco, um velho gorducho de unhas pretas como breu, estava bebendo vinho, com os cotovelos apoiados no tampo carcomido de uma mesa. A criada estava ao seu lado e bebia com ele. O religioso pareceu incomodado por receber visita, mas quando Shimon lhe mostrou uma moeda de prata, levantou-se de imediato e começou a se requebrar em torno dele de modo obsequioso.

Shimon escreveu ao pároco que tinha ficado mudo após um acidente que também havia levado embora sua memória. Mas sabia que tinha sido batizado naquela paróquia, continuou, e por isso ali deveria ter permanecido algum vestígio de sua identidade.

– Você se lembra em que ano, filho? – perguntou o padre.

"1474", escreveu Shimon.

– Então você tem 41 anos – concluiu o religioso, olhando para ele.

– Está malconservado – disse a criada.

– Cale-se, infeliz – censurou-a o padre.

– É o que o senhor também pensa.

— Desculpe, ela não tolera bem o vinho — disse e foi para uma sala adjacente. Pegou um livro grande e empoeirado em uma prateleira arqueada pelo peso dos documentos que sustentava. Na capa rígida do volume estava escrito "1470-1475". Colocou-o na mesa. Em seguida, coçou a cabeça. — Mas como vamos encontrá-lo se você não se lembra de como se chama?

Shimon bateu no peito, como para dizer que daria um jeito. Abriu o livro e começou a percorrer as dezenas de nomes. De vez em quando, encontrava uma folha não costurada e amarelada pelo tempo, inserida entre as páginas. Com gestos, perguntou o que eram.

— Certidões de batismo que não foram retiradas — suspirou o padre. — Sabe como é, o povo é ignorante. Não entende que a certidão de batismo vale mais do que qualquer outro documento.

Shimon anuiu. Ele, ao contrário, sabia disso. Continuou a folhear o livro. E, a certa altura, encontrou o que convinha ao seu caso. Pegou uma certidão e apontou para si mesmo. Depois, apontou novamente para o documento.

— É você, filho? — O pároco leu a certidão. — Você é Alessandro Rubirosa? Mas aqui está dizendo que nasceu em 1471, e não em 1474.

Shimon encolheu os ombros. Voltou a apontar para o documento e a bater no peito.

— Me parece estranho, filho — murmurou o religioso. — E depois, por que você não retirou a certi...

— Alessandro Rubirosa? — interveio a criada. — Impossível! Sei quem é esse sujeito.

Shimon se enrijeceu.

— Lembro bem porque morreu... Quanto tempo faz? Não mais do que alguns meses — continuou a mulher, dando uma palmada no ombro do pároco. — Vamos, o senhor também deve se lembrar dele. É aquele que morreu assassinado na briga na Taberna do Ippocampo.

— Era ele? — perguntou o pároco, piscando enquanto se esforçava para recordar. — Tem certeza de que esse era seu nome?

— Como tenho certeza de que meu rabo é atormentado pelas hemorroidas — disse a criada, cruzando os braços no peito.

O pároco balançou a cabeça, nem um pouco escandalizado com aquele modo de falar. Virou-se para Shimon, balançando no ar o pedaço de papel.

— Esse não é seu nome, filho. Está vendo? Esse pobre infeliz morreu. — Dirigiu-se à lareira. — E certamente não virá reclamar sua certidão. Bom, um papel a menos — disse, prestes a jogar a folha na lareira.

Shimon deu um salto e o arrancou de sua mão.

– Não é você, filho – insistiu o pároco. – Sinto muito...

Shimon dobrou a certidão e a colocou no bolso.

– O que está fazendo? Conforme-se, não é você.

Shimon pegou a pena e escreveu em uma página do livro: "É verdade. Não sou eu".

– Mas, então...? – O pároco tinha uma expressão perplexa.

Shimon arrancou a página na qual havia escrito e a jogou na lareira. Depois, pegou com firmeza o atiçador, virou-se e golpeou o padre na testa. O sacerdote gemeu e caiu no chão. A criada permaneceu petrificada, enquanto Shimon acabava com o pároco. E somente quando chegou a sua vez de ser massacrada, tentou fugir. O primeiro golpe a atingiu na nuca. O segundo partiu seu crânio.

Em seguida, Shimon Baruch colocou o livro no lugar, esvaziou a caixa de esmolas e vestiu a batina do pároco. Por alguns dias, seria um religioso. Chamaria menos atenção em uma cidade como Roma. Vestido desse modo, ninguém o reconheceria, nem mesmo sua mulher. Sorriu. Leu pela última vez a certidão de batismo de Alessandro Rubirosa, que lhe dava uma nova vida.

"Nunca mais você vai ser um judeu", disse a si mesmo, saindo de San Serapione Anacoreta. Deixou que o ódio e a raiva crescessem em seu íntimo. "E não vai sossegar enquanto não encontrar aquele maldito rapaz e o fizer sofrer."

12

Territórios de Adria

Ao romper do dia, as ordens do capitão Lanzafame ressoaram pelo acampamento.

Mercurio se virou de imediato para Giuditta, que retribuiu o olhar, como se estivesse esperando apenas isso. Mercurio pensou que seria natural sorrir para ela. Mas não o fez. Fitou-a com seriedade e continuou a se perguntar por que tinha a impressão de conhecê-la. Ou talvez de reconhecer-se nela. Alguma coisa os unia, mas não sabia dar um nome a esse nó.

Benedetta deu uma pancada rude em seu ombro.

– Vou ver como está Zolfo. Vem comigo?

Mercurio fez que sim e se levantou. Tirou o olhar de Giuditta, sentindo-se culpado.

Do lado de fora, Zolfo já estava acordado. Mantinha a coberta nos ombros e conversava com os soldados. Apertava na mão uma espada tão grande que mal conseguia erguê-la. Ria. Mercurio achou sua expressão estranha.

Quando o alcançaram, mostrou a arma.

– Com um golpe bem dado, eu poderia cortar de uma só vez a cabeça daqueles judeus – disse com um sorriso maldoso.

– Para com essa idiotice – disse Mercurio.

– Nenhum judeu presta – disse Zolfo, quase o desafiando.

– Me dê isso aqui, menino – interveio, então, um soldado em tom de reprovação, tirando a espada de sua mão. Os outros soldados também tinham parado de rir. – Aquele cirurgião salvou a vida de muitos de nós. Ouça seu amigo, pare com essa história.

Enquanto os soldados se afastavam, Zolfo cuspiu no chão. "Já não parecia um menino", pensou Mercurio. Tinha um olhar duro que o fez pensar em um campo devastado pelas chamas, árido, mas ainda ardente.

Em seguida, Zolfo se virou para a carroça dos víveres. Mercurio também se virou e viu que Isacco e a filha estavam saindo para tomar o café da manhã.

Zolfo murmurou algo entre os dentes.

– Para com isso – sibilou Mercurio.

– Vocês dois não se importam, mas eu, sim – disse Zolfo com voz rancorosa. – Eles mataram Ercole. E nunca vou perdoá-los.

– Não foram *eles* que o mataram – Benedetta tentou chamá-lo à razão.

– E o homem que o matou está morto, você viu com seus próprios olhos – acrescentou Mercurio. – Eu o matei...

– Não era um homem, era um judeu – disse Zolfo com voz grave.

– Ouça – disse Mercurio, dando-lhe um empurrão. – Não podemos andar por aí sozinhos.

Pouco antes de chegarem à fronteira do Estado Pontifício, um grupo de debandados havia "confiscado" – assim se expressaram – sua carroça com os cavalos e as provisões. Não encontraram as moedas de ouro. Apalparam Benedetta, mas não ousaram ir além. Talvez, como dissera Scavamorto, a batina de padre os tivesse impedido.

– Olhe para mim, idiota – ralhou Mercurio. – Não sabemos se nesta região há salteadores. Quer que trepem com ela até matá-la por causa das suas besteiras?

Zolfo mudou de expressão por um instante. Em seguida, tornou a olhar para Giuditta e Isacco e sorriu.

– Tudo bem... – disse, dando um passo na direção do doutor e da filha. – Vou pedir desculpa.

Mercurio sentiu que havia alguma coisa errada. Estava para alcançar Zolfo, mas Benedetta o deteve.

Zolfo estava a dois passos de Giuditta. Sorria. Sempre daquele modo estranho.

Então, um dos soldados com os quais Zolfo estivera conversando disse em voz alta:

– Cadê minha faca?

Mercurio virou-se bruscamente para o soldado e de novo para Zolfo, que tirou a faca da manga e a ergueu no ar.

– Não! – gritou Mercurio, disparando para a frente.

– Isso é por Ercole! – disse Zolfo, abaixando a mão armada.

Enquanto se jogava entre Zolfo e Giuditta, Mercurio lembrou-se do mercador. – Não! – gritou com todo o fôlego que tinha na garganta.

Zolfo desferiu o golpe mais com histeria do que com violência. A lâmina cortou a batina de Mercurio na altura do pulso e prosseguiu sua corrida, cravando-se superficialmente no dorso de sua mão, entre o polegar e o indicador.

Giuditta gritou, assustada.

Benedetta gritou.

Mercurio gemeu e caiu.

Isacco correu até a filha, agarrou-a e a empurrou para longe.

Zolfo tinha uma expressão atordoada, como se não estivesse ali. Ainda apertava a faca na mão.

Do chão, Mercurio lhe deu um chute no abdômen. Zolfo se curvou e ainda não tinha se endireitado quando o capitão Lanzafame lançou-se em cima dele e o atingiu com um soco tão forte que o fez voar.

– Amarrem-no e coloquem-no em uma carroça! – gritou Lanzafame. Depois, procurou entre seus homens de qual deles havia sido roubada a faca. Quando o identificou, apontou-lhe o dedo.

– E você se considera um soldado?

Giuditta libertou-se do aperto do pai e foi até Mercurio, que estava se levantando. A moça tinha um lenço na mão. Cobriu a ferida e o fitou, assustada e, ao mesmo tempo, com uma emoção que não saberia definir. Algo tirava seu fôlego e fazia seu coração palpitar. Percebeu que estava apertando sua mão e perdendo-se em seus olhos. Mas não conseguia dizer nada.

Mercurio sentia-se igualmente confuso. Não havia raciocinado. Movera-se por instinto. E, nesse momento, estava ofegante e não sentia a dor da ferida. Apenas um calor reconfortante ao toque de Giuditta.

– Não sou padre – sussurrou-lhe. – Não sou padre – repetiu, como se essa afirmação implicasse muito mais.

Isacco alcançou a filha. Fez com que ela se afastasse.

– Deixe que eu cuido dele.

Giuditta colocou-se de lado, ainda segurando o lenço com o qual cobrira a ferida de Mercurio. Não conseguia desprender o olhar daqueles olhos tão intensos.

– Obrigada – conseguiu dizer.

– Sim, obrigado – repetiu Isacco. – Venha, rapaz – e o levou para a carroça onde estavam os unguentos e as faixas.

– Será que posso confiar em um doutor de mentira? – disse Mercurio em voz baixa, enquanto Isacco fazia o curativo.

Isacco sorriu.

– Se houvesse um padre de verdade por aí, eu pediria a ele para rezar por você.

– Sinto muito – disse Mercurio.

Isacco balançou a cabeça.

– Obrigado, rapaz.

Menos de meia hora depois, ouviu-se o toque das trombetas. Em seguida, ressoou um grito:

– Em marcha!

Avançaram aos poucos, com as rodas das carroças afundando na lama, e nessa noite dormiram a poucas milhas de Mestre.

Benedetta havia recebido a autorização do capitão Lanzafame para falar com Zolfo na presença do soldado que tivera a faca roubada e que se tornara o carcereiro do menino. Mas Zolfo não dissera uma só palavra. Fechara-se em um mutismo obstinado e raivoso.

– Não o reconheço – disse Benedetta a Mercurio enquanto se deitavam. – É como se eu não soubesse mais quem ele é.

Mercurio conhecia a raiva. Era como ter dentro de si um animal ferido e aprisionado, que se nutria da mesma carne que o abrigava. Ele próprio só conseguia controlá-la de vez em quando; com frequência, a besta o vencia e o consumia.

– Estou com sono – disse a Benedetta. Depois, virou-se, dando-lhe as costas. Na penumbra da carroça, buscou o rosto de Giuditta. Ela parecia estar esperando seu olhar furtivo, como um boa-noite. Mas o pai também o observava, e Mercurio rapidamente fechou os olhos. Pouco depois, tornou a abri-los. Giuditta dormia. Ou pelo menos assim parecia. E Mercurio pensou que gostaria de espiar seus sonhos. Ou melhor, insinuar-se neles. Entrar em sua cabeça. "Por que está pensando essas bobagens?", disse a si mesmo, virando-se. Tinha a respiração curta e uma agradável sensação de incômodo. "As garotas só trazem problemas", repetiu para si mesmo.

Ao amanhecer, as trombetas ecoaram de novo no acampamento. Ao descer da carroça, Mercurio lançara um olhar furtivo a Giuditta, que sorrira para ele. Sentiu-se confuso. "As garotas só trazem problemas", pensou novamente, mas acreditando cada vez menos nisso.

Assim que Mercurio e Benedetta saíram, Giuditta se levantou. Sentia uma contração terrível na barriga. Gemeu. Isacco não percebeu. A moça fechou os olhos e comprimiu os dentes, depois sentiu algo quente escorrer pelas pernas. Sem se preocupar com a presença do homem, levantou a saia e viu um regato de sangue.

– Pai! – gritou.

Isacco se voltou e viu a filha com a saia levantada e uma fina risca vermelha descendo da virilha pela coxa esquerda. Virou bruscamente, dando-lhe as costas, constrangido.

– Giuditta...!

– Pai – disse ela com voz preocupada –, estou sangrando...

– Claro que está sangrando! – exclamou Isacco, em voz alta demais. Depois, deu-se conta de que a filha não tinha ideia do que estava lhe acontecendo. – Você nunca... quero dizer... você não... nunca sangrou?

– Não, pai... – A voz de Giuditta estava menos assustada. Pela reação paterna, entendeu que se tratava de algo natural, que não tinha de se preocupar.

– Diabos! Sua avó não... – Isacco se agitava, ainda de costas. – Nunca te explicou...? Mas que inferno! – Bateu o pé com violência no assoalho da carroça.

Giuditta teve um sobressalto.

– Desculpe, filha... – disse Isacco, voltando-se.

Giuditta ainda estava com a saia erguida.

Isacco virou de novo, bruscamente.

– Quer fazer o favor de abaixar essa saia! – zangou-se. – Ouça, coloque alguma coisa... enfim, um pano... aí... – Bufou, incomodado. – É uma coisa que acontece com as mulheres... Ah, dane-se, espere aqui.

Foi até Benedetta, chamou-a de lado e lhe perguntou, sem rodeios:

– Você já menstruou, moça?

Benedetta corou. Ergueu a mão para lhe dar um tapa.

– Seu sem-vergonha!

Isacco enrubesceu. Arregalou os olhos.

– É por minha filha! – disse-lhe. – Ela acabou de menstruar pela primeira vez e... bom, esse é um assunto de mulheres. Explique a ela. – Respirou fundo. – Por favor.

Quando Benedetta subiu na carroça, Giuditta já tinha abaixado a saia.

– Você menstruou. Tornou-se mulher – disse-lhe Benedetta. – Sabe o que isso significa?

Giuditta fez que não.

– Que a partir de agora, se você trepar, corre o risco de pôr um bastardo no mundo – disse Benedetta. Não tinha simpatia por aquela moça.

– Coloque um pano entre as coxas – acrescentou. – Daqui a alguns dias, vai parar de sangrar. E daqui a um mês, começa tudo de novo. Alguma pergunta?

Giuditta fez que não.

Benedetta saiu, sem dizer mais nada.

Assim que ficou sozinha, Giuditta se deitou no leito de palha. Encolheu-se e pôs a coberta na barriga. Fechou os olhos. Tinham sido dias intensos. Emocionantes. Assustadores. Excitantes.

"Me tornei mulher", disse a si mesma.

Depois, sentiu uma pontada no abdômen. Estava segurando o lenço. Enfiou a mão debaixo da saia e empurrou-o entre as pernas. E, nesse exato momento, deu-se conta de que era o lenço que havia usado para comprimir a ferida de Mercurio. Naquele lenço havia o sangue do rapaz que a salvara. E, agora, também o dela.

"Me tornei mulher para ele", pensou.

O sangue de ambos estava unido. E tinha se tornado o sinal de um destino, de uma promessa.

"Sou dele."

Em seguida, adormeceu.

13

Mestre

— O QUE VAI ACONTECER COM ZOLFO? — perguntou Mercurio na manhã seguinte ao capitão Lanzafame, antes que iniciassem a viagem. Benedetta estava atrás dele, angustiada.

— Tentou assassinar uma moça — respondeu gravemente o capitão. Olhou para Benedetta. — Pode pegar pena de morte.

— Não... — Benedetta mordeu o lábio.

— Estava com uma faca, e se ele não tivesse intervindo...

— Não queria matá-la — interrompeu-o Benedetta. — O senhor não o conhece, ele não faria mal a uma mosca!

— A uma mosca, talvez não, mas a um judeu, sim. — Lanzafame continuou a olhá-la. Pensou que era bonita. Jovem demais, talvez.

— O que vai acontecer com ele? — perguntou novamente Mercurio.

O capitão não respondeu de imediato. Deu uma última olhada em Benedetta.

— Preciso pensar — disse, saindo.

O rapaz foi atrás dele.

— Capitão, por favor...

Lanzafame parou. Abaixou a voz.

— Zolfo é um fraco...

"A mesma coisa que havia dito Scavamorto", pensou Mercurio.

— Conheço os seres humanos melhor do que ninguém, porque olho no rosto deles quando tentam me matar. E esse menino é um fraco e um traidor. Não confie nele. Nunca!

— Capitão... — disse Mercurio. — Ele só queria assustá-la... talvez desfigurá-la. Mas não a matar.

Lanzafame o fitou.

— Nem você acredita nisso.

– Faça por Benedetta.

O capitão olhou a moça de pele de alabastro. Estava cabisbaixa, e a luz brincava com seus cabelos acobreados. Novamente, ele pensou que era muito bonita. E muito jovem.

– Talvez aquele menino não fique bem amarrado no embarque...

– Obrigado, capitão – disse Mercurio.

– Por quê? – perguntou Lanzafame e se afastou, gritando aos seus homens para se colocarem em marcha.

Na noite anterior, o capitão havia mandado um mensageiro a Mestre para anunciar a chegada deles. Assim, à tarde, quando alcançaram a Fidelíssima, como era chamada a antecâmara de Veneza, os soldados foram acolhidos por uma multidão em festa, embora eles não passassem de uma pequena caravana de feridos que regressavam à pátria. Os comandantes em chefe e a maioria das tropas aliadas aos franceses do rei Francisco I de Valois ainda estavam em estado de guerra. Porém, após o medo dos anos anteriores, o povo só desejava comemorar a vitória de Marignano, de apenas dez dias antes, que parecia marcar uma mudança na terrível crise veneziana e restituía à Sereníssima grande parte dos territórios em terra firme.

O capitão Andrea Lanzafame avançava à frente da coluna, logo atrás dos portadores de brasões. Estava ereto na sela, com a mão direita na espada embainhada do lado esquerdo, e do alto de seu poderoso cavalo sorria para as pessoas que aclamavam os regressados. Vestia a armadura amassada pelos golpes do inimigo, sobre a qual esvoaçava a túnica sem mangas com as cores e as insígnias de sua cidade e de sua família: uma cruz amarela em fundo vermelho e dois ramos de videira com cachos de ouro, indicando a descendência dos senhores sicilianos de Capo Peloro.

Da carroça dos víveres, pelas pequenas janelas nas laterais, Mercurio, Benedetta, Isacco e Giuditta olhavam a multidão colorida. Depois de passarem por um afluente do Marzenego, o *flumen de Mestre*, atravessaram a porta Belfredo del Castelnuovo, a norte do burgo.

Mercurio contou onze torres, uma das quais exibia um grande relógio. Os muros estavam em mau estado, com marcas profundas de um incêndio. "O castelo era gigantesco", pensou o rapaz, enquanto a procissão entrava no terreno em forma de escudo. No centro da praça erguia-se uma torre maior e mais alta do que as outras, o Mastio, sede da Provedoria, diante da qual as maiores autoridades de Mestre, em trajes de gala, esperavam o retorno dessas primeiras tropas de heróis.

À sua esquerda, Giuditta estava tão tomada pela visão que, empolgada, apertou sua mão ferida, talvez pensando que fosse a de seu pai. No início, Mercurio se enrijeceu pela surpresa e pela pontada de dor, mas depois retribuiu calorosamente o aperto. Giuditta se virou, espantada. Ele tinha o rosto vermelho e a fitava, com o coração em disparada, perturbado por uma intensa emoção. E então, com esse contato, entendeu por que diziam que as garotas só traziam aborrecimento.

Giuditta tentou desvencilhar a mão.

Mercurio a segurou.

E ela deixou que o fizesse.

Olharam-se por um longo momento. Tudo ao redor pareceu entrar em silêncio.

Depois Isacco, dirigindo-se à filha, exclamou:

– Isso não é nada. Você vai ver como é Veneza!

As mãos de Giuditta e Mercurio se soltaram de imediato.

O rapaz se virou, constrangido, dando as costas ao doutor. Deparou com o olhar de Benedetta, que o fitava com ar zangado. Ela também havia enrubescido. Mas de raiva, pensou Mercurio. E isso o surpreendeu. Desviou os olhos, mas já não sabia para onde olhar.

Enquanto isso, Giuditta continuava a sorrir para o pai exageradamente, com a face em tom de púrpura.

– Por que está com essa cara? – perguntou Isacco, desconfiado.

– Estou com calor – disse Giuditta, abanando-se com a mão.

Isacco viu que tinha sangue nos dedos. Pegou sua mão, verificou. Não estava ferida. Então olhou para Mercurio, que lhe dava as costas obstinadamente.

– Vá limpar as mãos – disse em tom severo e afastou Giuditta, colocando-se entre ela e Mercurio.

Nesse momento, a porta da carroça se abriu.

– Desça para festejar, doutor – disse Donnola.

Por um instante, a tensão se diluiu na luz do dia, entre os gritos da multidão e em meio à atmosfera festiva. Enquanto desciam, os dois jovens se tocaram novamente de leve e enrubesceram. Isacco pegou a filha e a arrastou consigo. Ao afastar-se, Giuditta lançou um olhar furtivo a Mercurio, que apenas lhe sorriu, cada vez mais transtornado com as próprias emoções.

– Vamos ficar próximos – disse-lhe Benedetta com voz raivosa e alcançou Zolfo, que estava amarrado pelas mãos a um cavalo. Mercurio a seguiu, evitando seu olhar.

Em meio à multidão, o capitão Lanzafame segurava seu cavalo com dificuldade. Apontou o dedo para Isacco.

– Volte a usar o barrete amarelo. Aqui a lei deve ser respeitada.

Depois, enfileiraram-se diante das autoridades, que guiaram os valorosos regressados para a Fossa Gradeniga, onde algumas embarcações mercantis, três grandes barcas, os aguardavam para transportá-los a Veneza, à Praça de São Marcos, coração dos festejos.

– Subam conosco – disse Lanzafame a Isacco, fazendo sinal também para Mercurio. – Em tempos de guerra, os estrangeiros não podem embarcar para Veneza. Mas vocês ganharam a travessia.

No talude, havia sido construída uma passarela larga com tábuas de faia, elevada sobre o chão, para garantir a maior visibilidade dos corajosos soldados e simplificar o embarque de carroças e inválidos. As nuvens tinham se dissipado aqui e ali no céu cinza, e o sol se infiltrava nas brechas, iluminando a Strada dell'Acqua.

Enquanto Isacco e Giuditta subiam na passarela, seguidos por Mercurio, Benedetta e Zolfo, ainda amarrado, ouviu-se um grito.

– Satanás! Te encontrei!

– Não se vire – ordenou Isacco à filha, reconhecendo a voz.

Contudo, a multidão, os militares, enfim, todos se viraram.

O frade pregador que Isacco e Giuditta haviam conhecido na estalagem, e que os perseguira, avançava a passos largos, abrindo caminho com empurrões e segurando o crucifixo. Seus cabelos estavam colados ao crânio, e na barba em desalinho estavam incrustados restos de comida.

– Gente de Satanás! Ímpios, pecadores, não semeiem seu mal em nossas tropas! – Depois, por não encontrar insulto pior, gritou: – Judeus!

Isacco empurrou a filha atrás do cavalo do capitão Lanzafame.

– Hereges! – gritou o frade, quase se jogando na passarela.

Assustado, o animal deu uma guinada.

– Já levaram a desgraça a poucas milhas daqui! Por culpa deles, uma menina inocente morreu, uma criatura de Deus! Escaparam uma vez de mim, mas hoje Satanás não vai me pregar outra peça.

– O que quer, frade? – interpelou-o Lanzafame.

Mercurio percebeu que os olhos de Zolfo haviam se incendiado de novo. Deu-lhe um tapa na cabeça.

– Impedir que esse mal contamine seus valorosos homens! – disse com ênfase o frade.

O capitão deixou vagar o olhar sobre os cidadãos. Não sabiam para qual lado pender, escravos que eram das superstições religiosas.

– Este homem curou meus soldados – disse para que todos ouvissem. – E, graças a ele, retornarão às suas famílias.

A multidão entendeu o valor da última frase. Exultante, colocou-se do lado do capitão, mas não necessariamente do médico.

O frade havia perdido terreno, mas a Igreja, e sobretudo a vida, haviam-no forjado para a batalha. Não tinha o senso da derrota e da vitória, como um mercenário qualquer, mas apenas um eterno impulso para a guerra, como todo fanático.

– Já soltou seus diabos, Satanás? – Saltou na passarela. Tentou contornar o cavalo do capitão. – Então estarei aqui para combatê-lo, sem ceder um passo sequer!

Lanzafame puxou a espada e a vibrou no ar, com expressão enfurecida. A multidão prendeu a respiração. Em seguida, a arma voou e se fincou entre os pés do pregador, perfurando seu pesado hábito e ancorando-o na passarela.

– Parado aí, ave de mau agouro! Você está torturando meus ouvidos, e eu só quero ouvir a alegria da minha gente!

A multidão aplaudiu, alegre e escandalizada ao mesmo tempo.

– Que o último da fila recupere minha espada, se o frade não a engolir! – gritou o capitão, esporeando o cavalo. Depois, dirigindo-se a Isacco, disse: – Suba logo na barca.

– Gente de Satanás! – gritava o frade.

Soltas as cordas que prendiam as barcas largas e planas, com as laterais pintadas de preto brilhante, os marinheiros fincaram os longos remos contra o ancoradouro, a fim de empurrá-las para o meio do canal.

A essa altura, como dissera o capitão Lanzafame, os nós que aprisionavam Zolfo se soltaram com um empurrão do soldado que fazia sua guarda.

– Desapareça, imbecil – resmungou o homem.

Assim que se viu livre, em vez de escapar, Zolfo deu um passo até Isacco.

– Gente de Satanás! – gritou. E, antes que alguém pudesse intervir, pulou o parapeito da embarcação e aterrissou no cais, para depois sair correndo.

Benedetta olhou para Mercurio. Em seguida, ao ver que a barca se afastava do ancoradouro, também pulou em terra firme e se lançou atrás de Zolfo.

Mercurio estava imóvel. Queria ficar mais uma vez de mãos dadas com Giuditta. Percebeu que a barca estava se afastando demais para voltar à terra firme.

Entre as pessoas no cais, Benedetta olhava para ele.

A essa altura, Mercurio virou-se para Giuditta.

– Vou te encontrar – disse.

O capitão Lanzafame o fitava contrariado.

– Vão para o inferno! – exclamou Mercurio e se lançou na água. Estava gelada e lamacenta. Cheirava a lodo.

Em terra firme, as pessoas riram e aplaudiram.

Chegou aos cais com poucas braçadas. Depois, mãos e braços fortes o içaram para o seco, zombando dele. Mercurio empurrou todos e se voltou para a barca. Giuditta o observava.

– Vou te encontrar – disse lentamente, esperando que ela pudesse ler seus lábios, depois correu até Benedetta. Quando a alcançou, ela estava com Zolfo diante do pregador.

– O que você quer? – perguntou o frade a Zolfo, quase perfurando-o com seu com olhar enfurecido, aceso pelo fanatismo.

– Odeio os judeus! – respondeu o menino, como se fosse uma palavra de ordem.

O frade pareceu avaliá-lo. O único, em meio a tanta gente, que lhe dava ouvidos. Apontou o dedo para as embarcações já distantes, no centro do canal.

– A tal ponto os odeia? – perguntou, sério.

– Sim! – disse Zolfo, com um entusiasmo que parecia valer também para Mercurio e Benedetta, que estavam em silêncio ao seu lado, surpresos e constrangidos.

Mercurio pingava água e continuava a olhar para a Fossa Gradeniga, de onde as barcas se afastavam. A essa altura, Giuditta era apenas um pontinho.

– Sigam-me, soldados de Cristo! – exclamou o frade com as mãos para o céu.

Depois, virou-se e pôs-se em marcha, abrindo caminho em meio à multidão.

14

Veneza

QUANDO MERCURIO SE JOGARA NO CANAL, Giuditta tivera a tentação de agarrá-lo. Ou de se jogar também. Não queria renunciar à sensação da própria mão na dele. Não queria renunciar a ele. Já nas noites anteriores, na carroça, sentira uma forte atração pelos olhos daquele estranho rapaz. Nunca tinha olhado desse modo para nenhum dos meninos da Ilha de Negroponte. Nem tinha sentido nada parecido quando olhavam para ela. E nenhum deles a salvara de uma facada. Ninguém havia unido o próprio sangue ao seu. De repente, ficou sem ar. Estava assustada. Perguntou-se o que estava passando por sua cabeça. Quem seria aquele rapaz? Não era um padre, conforme lhe havia confessado. Então, por que estava vestido daquele jeito? Que palavras lhe dissera ao pular da barca? Quase não se lembrava. Sua cabeça estava ficando leve. "Vou te encontrar", sim, era o que tinha dito. Agarrou-se ao pai.

– Olhe – disse-lhe Isacco, abraçando-a e retirando-a do labirinto de emoções no qual estava se perdendo. Esticou o braço para a frente. – Olhe – repetiu.

E lá no fundo do canal, como um fantasma, velada pela bruma e com contornos indistintos, Giuditta a viu.

– Veneza – sussurrou Isacco, como se estivesse pronunciando uma palavra sagrada.

As pesadas barcas deslizavam em silêncio, fendendo a água salobra.

– Doutor Negroponte – disse Donnola atrás de Isacco, com ar solene. – Venho me despedir e lhe desejar tudo de bom.

– Obrigado, Donnola. Você foi um ótimo assistente – respondeu Isacco em tom igualmente solene.

Donnola balançava a cabeça pontiaguda, em sinal de anuência. E, de repente, deixando a formalidade de lado, aproximou-se um pouco mais de Isacco e, em voz baixa, disse:

– Se o senhor ainda precisar de um assistente, pode me encontrar sempre atrás de Rialto, no mercado de peixes. Posso lhe arrumar uns clientes.

Isacco ficou sem palavras, surpreso. Constrangido. Ainda não tinha pensado no que fazer.

– Me parece um bom acordo – reagiu vagamente. – Eu te procuro, então. Em Rialto.

– Não em Rialto – especificou Donnola. – No mercado de peixes. *Atrás* de Rialto.

– Está certo – respondeu Isacco. – Atrás de Rialto. Não esquecerei.

– E se quiser comprar os instrumentos que usou nesses dias – retomou Donnola em voz baixa –, posso fazer para o senhor um preço vantajoso.

– Não, obrigado, Donnola. – Isacco recusou a oferta instintivamente. Ainda não tinha decidido direito o que fazer. Temia que em uma cidade como Veneza qualquer um pudesse perceber que ele não era um doutor de verdade. Então, sentiu que Giuditta apertava seu ombro. Olhou para ela.

– Por que não... doutor? – Os olhos pretos e inteligentes da filha pareciam ordenar-lhe que aceitasse.

– Pelo menos espalhe entre seus colegas. Talvez algum deles esteja procurando instrumentos – insistiu Donnola.

– Pensando bem, talvez... – corrigiu-se Isacco – também pudessem ser úteis para mim. – Piscou para Giuditta. – Se você me fizer um bom preço.

O semblante de Donnola se iluminou em um sorriso, logo seguido por uma expressão séria.

– Posso lhe fazer um preço vantajoso, é verdade... – começou – mas vou ter de dar a maior parte do dinheiro à família de Candia. Vai sobrar bem pouco para mim...

Isacco olhou para ele em silêncio. Não diria nada. Donnola estava tentando obter o preço mais alto possível, mas ele deixaria que se enforcasse com a própria corda.

– Por outro lado... – Donnola rompeu novamente o silêncio – aquele cirurgião não tinha uma família muito numerosa... – Riu. Sabia reconhecer um osso duro. E, sem dúvida, aquele médico era um. Era melhor desistir e pressioná-lo em outra frente. – Faça o senhor o preço, doutor – disse. – Depois pensamos em uma pequena comissão para cada cliente que eu lhe arranjar.

Isacco sorriu, satisfeito. Donnola era um trapaceiro de qualidade. Conhecia bem o próprio ofício. Colocara-o contra a parede, e agora ele se via quase obrigado a aceitar sua colaboração. Porém, no fundo, seria um bom sócio.

– De acordo, Donnola. Negócio fechado. – Ao dizer essas palavras, como se seu destino, ou o canto de uma sereia, o estivesse chamando, Isacco sentiu que tinha de se virar para a Cidade Prometida, a fim de não perder um único instante daquele prodigioso acontecimento.

Quando a Sereníssima começou a se revelar, o mármore dos palácios lhe pareceu muito mais reluzente do que poderia imaginar, e deu-se conta de que, por outro lado, não tinha previsto as barbas de algas que ondulavam na superfície da água, como bandeiras verdes e molhadas. Do mesmo modo, não havia imaginado o refinamento das colunas, dos capitéis, das rosáceas e das cabeças de animais e figuras mitológicas, esculpidas em mármore e que sustentavam as sacadas. Por toda parte havia chaminés altas e finas como as patas ossudas de um gigantesco caranguejo de barriga para cima. Enquanto sentia uma emoção incontrolável crescer em seu íntimo, pensando que estava para realizar um sonho perseguido pelo pai durante toda a vida, Isacco olhava os vidros soprados das janelas, chumbados entre si, e os pesados toldos listrados de cores vivas, com penachos e berloques, sustentados por estacas de madeira escura, decoradas com folhas e botões de flores dourados. E, mesmo já tendo ouvido falar, não deixou de se espantar ao ver aquelas barcas singulares que circulavam apenas em Veneza, longas e finas, capazes de manobras ágeis em espaços estreitos, arqueadas na popa e movidas apenas por um remo na proa, onde uma espécie de serpente estilizada em metal representava o Canal Grande com todos os bairros e a estrutura da Sereníssima. Maravilhado, olhou para a grande ponte de Rialto, que se abria para deixar passar uma galé com dois mastros. Por fim, onde o Canal Grande se alargava em uma espécie de pequeno mar, à sua esquerda, viu a Praça de São Marcos, o Campanário, o Palácio Ducal e uma imensa multidão que, tão logo avistou as barcas com os brasões da batalha, começou a gritar.

Giuditta percebia o estado de espírito do pai e vibrava com ele, em sintonia com a própria emoção, fascinada com a imponência da cidade, com seu mitológico absurdo arquitetônico. E ficou grata ao pai por ele ter decidido dar esse passo. Sentiu-se atormentada por uma paixão intensa, nunca experimentada. Pensou que em Veneza encontraria o amor. E sua imaginação correu para o belo semblante de Mercurio. Enrubesceu e se virou para o pai, comovido, com o olhar voltado para a grande praça repleta de gente, e disse:

– Obrigada.

Isacco não a ouviu. Em seus ouvidos misturavam-se as trombetas e os tambores da Sereníssima.

Com uma manobra suave e sem correções de remo, como que deslizando sobre óleo, as barcas apontaram a proa para os ancoradouros da praça. Em seguida, giraram e, com um leve estalo de madeira, baixo e surdo, encostaram nas estacas e nas grandes sacas de proteção, feitas de corda e preenchidas com farrapos. Em poucos segundos foram lançadas as cordas e abaixadas largas passarelas, com uma passadeira de tecido vermelho no centro.

Durante o trajeto, o capitão Lanzafame não descera do cavalo. Primeiro olhou para a multidão exultante, depois, para seus homens, com uma expressão de orgulho e alegria ao mesmo tempo. Puxou a espada e a agitou no ar. Todos os seus homens, inclusive os feridos e os inválidos, responderam erguendo as armas. Em seguida, o capitão se voltou para Isacco e lhe sorriu.

Isacco viu que tinha os olhos reluzentes, como quando se está com febre alta. E sabia que ele também tinha o mesmo olhar.

– Você chegou – disse-lhe o capitão e, antes que Isacco pudesse lhe responder, esporeou o cavalo com tanta força que quase o fez empinar-se. O animal saltou sem hesitar sobre a passarela. Com a espada ainda erguida, o capitão guiou o cavalo pelo pavimento úmido da praça.

A multidão deu um grito de excitação.

Após a cavalaria, desembarcaram os soldados que conseguiam caminhar, aos quais se uniram Isacco e Giuditta. Atrás deles, as carroças dos enfermos.

Milhares de velas de todas as cores brilhavam, acesas como uma gigantesca auréola em torno da cabeça cortada de San Giacomo Pater Domini, uma das mais de cem relíquias em posse da Sereníssima. Os restos santos da cabeça se encontravam em um relicário, no alto de uma estaca de ouro com duas pérticas e quatro palmos de altura, e eram conservados com uma mandíbula e uma calota craniana de prata. As outras santíssimas relíquias – mãos, pés, múmias, pregos e lascas da madeira da Santa Cruz, o braço de Santa Lúcia, o olho de San Zorzi, a orelha de São Cosme – eram levadas em procissão por um grupo de religiosos de San Salvador e de San Giorgio Maggiore, que haviam disputado esse importante papel na festa.

Como possuídos, os espectadores se agitavam para tocar as peças sagradas e eram rudemente mantidos a distância pelos soldados que as protegiam. Logo atrás vinham os bispos em paramentos sagrados e o vigário de São Marcos, que segurava o Evangelho do Apóstolo, escrito de próprio punho. No fundo do corredor humano, que oscilava ao suportar os empurrões de quem se inclinava para olhar e tocar, o octogenário *doge* Leonardo Loredan e o patriarca de Veneza, Antonio II Contarini, esperavam os heróis para o abraço da pátria.

Nem bem deram poucos passos entre as duas paredes compactas de gente, Isacco e Giuditta foram parados por quatro guardas ducais, ao comando de um funcionário da Sereníssima em uniforme de gala.

– Sigam-me. Vocês não podem ficar aqui – disse o funcionário.

Os guardas ducais os empurraram para fora do cortejo.

O capitão Lanzafame, que tinha se virado para incitar seus homens, notou a cena. Seus olhos cruzaram com os de Isacco. Não houve acenos de cabeça nem lábios franzidos, tampouco mãos erguidas. Apenas aquele longo e mudo olhar entre dois homens orgulhosos, esculpidos em pedra. O capitão sabia que os estavam afastando, não prendendo. Simplesmente era necessário que aqueles dois barretes amarelos desaparecessem da procissão. O médico não seria mencionado nos atos oficiais. Como se não existisse. No entanto, ao olhar para seus homens, que agitavam no ar os cotos ensanguentados, tão assustadores quanto as santíssimas relíquias – e, como tais, aclamados pelo povo –, pensou que, a despeito do que seria escrito nos relatos oficiais, um valente médico havia operado com perícia naqueles dias e naquelas noites.

– Não estou nem um pouco interessado nessas bobagens – disse Donnola nesse momento, separando-se do cortejo e alcançando Isacco e Giuditta, que, por sua vez, estavam extasiados com a ostentação daquela procissão orgíaca. – Venham – disse Donnola, pegando Isacco pelo braço e guiando-o para um beco mais tranquilo. – Aposto que vocês precisam de uma estalagem para dormir e comer.

– E aposto que você já tem uma em mente – riu Isacco.

– A melhor da cidade, juro – disse Donnola, levando a mão direita ao coração. – Camas limpas, poucos piolhos, comida boa e barata. Realmente, a melhor estalagem da cidade... – Fez uma pausa, um tanto envergonhado. – E não vão se importar com os barretes amarelos.

– Achei que esta cidade estivesse livre dos preconceitos do mundo cristão.

– E está, doutor, juro – novamente Donnola levou a mão ao coração. – Mas, para ser franco, vocês têm de entender que, ainda assim, são judeus.

15

Mestre

— Por que estamos indo com ele e aquele outro imbecil? – perguntou Mercurio a Benedetta, seguindo o frade e Zolfo. Após o mergulho no canal, estava congelado. Deixava um rastro de água salobra.

Benedetta encolheu os ombros.

— Para onde estamos indo? – perguntou Mercurio ao frade, em voz alta e tom hostil.

— Para um lugar onde você vai poder se enxugar e mudar de roupa – respondeu o frade, continuando a caminhar. Deu mais alguns passos e se virou, fitando Mercurio com seus olhos pequenos e perspicazes. – Não vai querer que eu também acredite que você é padre, não é?

Mercurio parou, pego de surpresa. Os olhos daquele frade o incomodavam.

— Não... – balbuciou. – Eu... nós fomos atacados por salteadores enquanto vínhamos para cá... Roubaram minhas roupas e encontrei esta... – apontou para a batina. Aos seus pés se alargava uma poça d'água. – Foi o que aconteceu – disse olhando para Benedetta, com a esperança de que o ajudasse.

Mas ela não disse nada.

— Vamos – ordenou o frade, retomando a caminhada.

Mercurio se curvou e olhou de soslaio para Benedetta.

— Não gosto desse frade – sussurrou.

— Não gosto de nenhum padre – respondeu Benedetta.

Mercurio teve a impressão de perceber certa mágoa em sua voz.

— Nem de mim? – brincou.

Ela não respondeu, mas, depois de alguns passos, disse:

— Obrigada por não ter nos deixado.

Mercurio fingiu não ter ouvido. Se o mercador não o tinha matado naquele beco em Roma, fora graças a ela. Por essa razão, de um lado sentia-se na obrigação de demonstrar sua gratidão. Porém, pela mesma razão, detestava-a do fundo do coração, porque odiava sentir-se em dívida. Ela o fazia recordar demais a sensação suscitada pelo bêbado que o salvara na galeria de esgoto. Por fim, detestava-a porque não queria ter se separado de Giuditta. Independentemente do que isso significasse. Talvez Benedetta soubesse explicar-lhe, disse a si mesmo. Era mulher. Mas ele não estava habituado a se abrir com as mulheres. Além do mais, talvez Benedetta não estivesse muito disposta a falar de Giuditta, pensou. Em todo caso, esse lhe parecia um terreno pantanoso, e era melhor evitá-lo ao máximo.

Dirigindo-se para o sul, saíram do pequeno centro habitado de Mestre e se viram em uma espécie de periferia feita de poucos casebres alinhados do lado direito da estrada, a cerca de cinquenta passos uns dos outros. Cada casebre, baixo e maciço, tinha uma horta. À esquerda corria um canal com taludes irregulares, ao longo dos quais cresciam arbustos de junco.

O frade bateu à porta de um casebre. A porta era leve como a dos palheiros, feita de tábuas de madeira presas por traves pregadas.

Ouviu-se uma corrente deslizar pelo trilho. A porta foi aberta por uma mulher de cerca de 40 anos, com profundas olheiras, como se nunca tivesse parado de chorar.

– Bem-vindo, irmão Amadeo – disse com voz monótona, mas gentil. Quando viu os outros três, seu rosto se iluminou com um sorriso. Depois, ao notar a batina encharcada de Mercurio, exclamou: – Virgem Santíssima! Entre e fique perto do fogo, rapaz! – Deu um passo para fora e o pegou pela mão, com resoluta gentileza.

Mercurio deixou-se levar ao único cômodo no térreo, na direção da grande lareira acesa, da altura de uma pessoa.

A mulher pegou uma cadeira e a colocou perto do fogo, encostada em uma das paredes de tijolos.

– O que aconteceu com a sua mão? – perguntou ao ver a atadura.

Mercurio encolheu os ombros, sem responder, e olhou para Zolfo, que estava concentrado no pregador e não percebeu seu olhar.

A mulher verificou a atadura.

– Foi feita por alguém com prática– disse. – Entendo dessas coisas. – Observou a ferida. – Não é nada, vai sarar logo.

Novamente, Mercurio encolheu os ombros.

– Tire essa roupa antes que fique doente dos pulmões – exortou-o a mulher e ela própria começou a desabotoar sua batina.

Constrangido, Mercurio a deteve.

– Ora, vamos, não seja tímido. Já vi muitos homens nus, inclusive meu pobre marido. – Fez um rápido sinal da cruz. – Não me entenda mal, rapaz. Sempre fui uma mulher honesta e temente a Deus. – Riu e voltou a desabotoar a batina. – Desde que meu marido morreu, alugo camas para os agricultores sazonais e, depois de um dia de chuva, não há remédio melhor do que esquentar a pele junto ao fogo.

Mercurio se virou para Benedetta. Fez-lhe um sinal, colocando a mão no bolso da batina.

Ela entendeu na hora. Aproximou-se dele e, enquanto pegava o saquinho com as moedas de ouro que Mercurio lhe passava, disse:

– Vamos, ela tem razão, tire a roupa. – Enfiou as moedas na faixa do seu vestido com um movimento veloz e natural, como se estivesse se arrumando.

– Está bem, está bem – disse, então, Mercurio e, em poucos segundos, viu-se apenas de ceroulas.

Benedetta riu, e Mercurio tentou se cobrir da melhor maneira que conseguia.

A mulher também riu e foi até um baú. Abriu-o, pegou uma coberta e a jogou nos ombros do rapaz.

– Pronto, agora você também pode tirar as ceroulas.

Depois que Mercurio as tirou, a mulher as pegou junto com a batina e pendurou as peças de roupa em dois pregos curvos, pregados na parede da lareira, entre os tijolos vermelhos. Também pôs os sapatos abertos perto do calor.

– Ele vai precisar de roupas – disse, então, o frade.

A mulher olhou para ele com ar interrogativo.

– Talvez no futuro se torne um bom padre – explicou-lhe o frade. – Mas, por enquanto, é apenas um rapaz com uma batina que não é sua.

A mulher se aproximou de Mercurio e passou a mão entre seus cabelos molhados, afastando uma madeixa da testa. Pegou um pano apoiado no cabo de uma panela grande e, sem muita cerimônia, esfregou sua cabeça. Por fim, penteou novamente seus cabelos.

Mercurio se surpreendeu. Nunca havia imaginado que permitiria a alguém fazer algo do gênero.

– Eu me chamo Anna del Mercato, é assim que todos me conhecem – disse a mulher a Mercurio, que não parecia decidido a falar. – Molhado como um pinto e mudo – riu a mulher, dirigindo-se ao frade. – Quem é esse que você me trouxe, irmão Amadeo?

— Pietro Mercurio dos órfãos de São Miguel Arcanjo — declarou Mercurio, de um só fôlego.

A mulher deu uma sonora risada, mas sem malícia. "Apenas um calor agradável como o da lareira", pensou Mercurio.

— Que nome! Você poderia ser um nobre espanhol com um nome tão longo. Mas não é possível, porque São Miguel Arcanjo é o padroeiro de Mestre. Por isso, você veio parar na cidade certa, rapaz.

Mercurio sorriu. O calor começava a entorpecer seus pensamentos. Sentia as pálpebras pesadas.

— Descanse, faz bem para a saúde — disse Anna del Mercato e atiçou a chama, remexendo-a com uma longa vara enegrecida. Depois, subiu ao andar de cima.

Benedetta se sentou no limiar da lareira, perto de Mercurio.

— E agora? O que vamos fazer? — perguntou em voz baixa. Com o canto do olho, observou o pregador e Zolfo.

O frade estava sentado à mesa e havia se servido de um copo de vinho tinto. Zolfo estava ao seu lado.

— Parece o sacristão dele — resmungou Mercurio.

Anna del Mercato desceu com roupas nas mãos. Mercurio viu que tinha os olhos brilhantes, como se tivesse chorado ou estivesse segurando as lágrimas. Mas continuava a sorrir daquele seu modo sincero e sereno.

— Aqui estão — disse Anna com um suspiro. — Estas devem servir em você. O casaco é de fustão, mas eu o forrei com pele de coelho. Esquenta, você vai ver. — Voltou a sorrir. — A calça não é da última moda, mas a lã é boa. — Seu olhar se perdeu em recordações. Mas ela não disse mais nada. Deixou as roupas, inclusive uma camisa de linho cru e uma malha de feltro, no encosto da cadeira. Fitou novamente Mercurio com aquele olhar desfocado que a levava para longe dali, para lembranças distantes, depois estremeceu.

— Tem um pouco de sopa. Uma comida quente fará bem a vocês. — Pegou tigelas de madeira e as encheu. Passou-as para os jovens e o padre. — Não tenho colheres, virem-se; a estalagem não é de luxo — disse, sempre sorrindo.

Mercurio devorou sua porção em um segundo. Estava saborosa. Continha couve e nabo.

Anna del Mercato remexeu a panela e tirou meia costela de porco com um pouco de gordura e músculo ainda presos e deu a ele. — Era a última, sinto muito — disse aos outros, que a olhavam esperançosos. — Ele está precisando mais — acrescentou. Depois, virou-se para verificar se as ceroulas já estavam secas e as estendeu a Mercurio. — Vamos, experimente as roupas.

Mercurio vestiu as ceroulas, depois a malha, a camisa, a calça e o casaco. Estavam um pouco largos, mas no geral caíam bem.

Anna anuiu, com os olhos reluzentes.

— Agora vão descansar — disse, indicando os colchões no chão.

O frade não se levantou da mesa, e Zolfo ficou ao seu lado. Benedetta pegou a coberta de Mercurio, jogou-a nos ombros e se deitou em um colchão de palha em um canto, olhando de esguelha para Zolfo. Mercurio, por sua vez, voltou para a cadeira na boca da lareira. O frio ainda não o tinha abandonado.

Então, Anna pegou um banquinho, colocou ao seu lado e se sentou. Por algum tempo, ficou olhando para o fogo em silêncio. Depois, em voz baixa, começou a falar, mas sem desviar o olhar da chama.

— Não ficavam tão bem nele como em você...

Ao se voltar, Mercurio viu que os olhos dela estavam reluzentes de novo.

— Meu marido era um homem de aspecto rude, não era bonito como você — recomeçou Anna em voz baixa. — Mas era o meu homem. E era um bom homem. Nunca me bateu, nem uma vez sequer. — Virou-se para Mercurio. Tocou o casaco que havia forrado com pele de coelho. — O bom Deus não nos concedeu a graça de um filho, mas ele não me culpava por isso nem nunca procurou outra mulher. Dizia que deveríamos ter adotado um órfão, que nos ajudaria no mercado e a lavrar a terra. A verdade é que queria um filho. — Acariciou a face de Mercurio, que não recuou. — Ficaria contente de ver suas roupas em um rapaz tão bonito como você.

Mercurio queria dizer-lhe algo gentil, mas não conseguia falar.

— Sim... — disse apenas.

Ficaram algum tempo em silêncio, fitando o fogo.

Depois, Mercurio lhe perguntou:

— Na primeira vez... você e seu marido... vocês... se deram as mãos?

O olhar de Anna del Mercato se perdeu de novo no passado. Então, desatou a rir.

— Bem... não exatamente. — Riu de novo, de um modo que também alegrou Mercurio. — Algo parecido, rapaz. Entende?

— Bom...

Anna del Mercato despenteou os cabelos dele.

– Claro que não, que estupidez a minha! Você ainda é uma criança... Enfim, o que estou querendo dizer é que... bem, de certo modo... as mãos dos dois participaram de alguma forma.

– Ah, claro – disse Mercurio, fingindo ter entendido.

Constrangida, Anna del Mercato deu uma risadinha.

– Ah, rapaz... o que você está me fazendo dizer? – Abaixou o olhar. Perdeu-se novamente nas lembranças. Acariciou o casaco. – Você vai ver, ele vai te manter aquecido.

– Sim...

– Eram as últimas coisas que eu tinha dele. Agora não tenho mais nada. Ele tinha me dado um colar – disse em voz baixa, como falando consigo mesma. – Era bonito. Um fio de ouro baixo, entrelaçado com um pingente de cruz, também de ouro baixo, com uma pedra verde no centro. – Levantou-se de repente. -- Vou dormir. Tente descansar você também, rapaz. – Mas não se moveu, permaneceu em pé, diante da grande lareira, fitando a brasa. – Morreu há dois anos, sabe? – disse, por fim. – Esmagado por uma carroça no mercado. Nem era dele, mas de um desconhecido. Tinha atolado, e ele estava ajudando. Uma roda cedeu, a carroça virou e rompeu seu peito e aquele seu coração grande.

"A mulher tinha uma expressão repleta de dignidade", pensou Mercurio. Depois, virou-se para Zolfo, que não parava de falar com o frade. Seus lábios estavam esticados, quase mostrando os dentes. Ele também havia perdido alguém muito importante, mas reagia com raiva à dor. Voltou a olhar para a mulher. Ela, não. E não parecia menos forte por isso.

– Gastei quase todo o pouco dinheiro que eu tinha para lhe dar um caixão decente. E um funeral. Tentei retomar o trabalho que fazia antes de conhecê-lo. Eu organizava as compras de mantimentos para algumas famílias importantes de Veneza, mas que não tinham muito dinheiro. Em Mestre eu podia lhes garantir preços melhores. Aqui a mercadoria custa menos. Mas ninguém me quis mais. Essas famílias voltaram a ficar ricas e se envergonhavam de me ver entre elas porque eu lhes recordava tempos ruins, como se eu fosse um pássaro de mau agouro... – Anna suspirou. – Assim, sobrevivi alugando camas aos lavradores sazonais, mas no inverno ninguém trabalha a terra, e este ano o gelo queimou minha horta. – Tocou o peito, pouco abaixo do pescoço, como se procurasse alguma coisa que sempre estivera ali. Seus olhos se encheram de lágrimas. – Tive de empenhar o belo colar. Mesmo tendo jurado que nunca faria isso. Isaia Saraval, o usurário da praça grande, me deu vinte moedas de prata. – Abaixou o olhar, ainda envergonhada por essa decisão. – Nunca vou conseguir arranjar tanto dinheiro para recuperá-lo.

"Era uma pena que não tivesse tido um filho", pensou Mercurio. Ela nunca o teria abandonado na roda de um orfanato repugnante. "Minha mãe trabalhava em uma horta. Todas as manhãs ia ao mercado..." Se ele tivesse nascido daquela mulher, não teria se tornado um trapaceiro nem teria matado o mercador. Mas não foi o que aconteceu. E não valia a pena ficar pensando nisso.

– Sinto muito – disse com frieza, tentando estabelecer uma distância entre ambos.

Anna del Mercato apenas anuiu, olhando para ele sem o menor rancor.

– Já te aborreci o suficiente, rapaz. – Tornou a passar a mão entre os cabelos dele e saiu.

– O que ela queria? – perguntou Benedetta quando Mercurio se deitou ao seu lado no colchão.

– Nada – respondeu. Mas percebeu que não tinha conseguido erguer o muro entre si mesmo e Anna del Mercato. Tinha a impressão de ainda sentir a mão dela entre seus cabelos.

– Aqueles dois não pararam de falar nem por um segundo – disse Benedetta, apontando Zolfo e o frade com o queixo.

– Estou com sono – cortou Mercurio, dando-lhe as costas. Fechou os olhos.

"Minha mãe trabalhava em uma horta e vendia verdura no mercado. Colocava-me na carroça, ao lado dos nabos e das cebolas. Costurou para mim um gibão de fustão e o forrou com pele de coelho para me proteger do frio..."

16

Roma

SHIMON BARUCH ESTAVA SUJO E CANSADO. Nem ele próprio sabia quantos dias havia ficado escondido naquela escavação na periferia da Cidade Santa. E durante todo o tempo dormira pouco. Quase não comera. Sentia frio. A batina do padre que vestia estava manchada com o muco característico do tufo, claro e pegajoso.

Tinha vivido como um animal perseguido, entocado nas reentrâncias escavadas na lateral da colina, ouvindo todo ruído, todo farfalhar. Mas o medo nunca levara vantagem. Ao contrário, quanto mais Shimon sofria e percebia o perigo, mais a raiva e o ódio cresciam. E compreendera que nada era capaz de nutrir o homem como esses dois sentimentos. Nada podia torná-lo mais forte.

Todos os antigos valores, os objetivos, os dias da sua vida passada já não faziam o menor sentido. Shimon se dava conta de que haviam sido fantasmas, quimeras, imposições. Não era ele quem havia vivido tudo isso, mas um figurante, guiado e subjugado pelos lugares-comuns, pelos imperativos da comunidade.

Ele era outro. E agora que o havia encontrado, nunca mais o abandonaria.

Tinha no bolso sua nova vida, seu novo destino. De vez em quando, nos momentos de maior fraqueza, quando sua vontade vacilava, a mão ia até aquele pedaço de pergaminho que declarava que ele era Alessandro Rubirosa, cristão, batizado na igrejinha de San Serapione Anacoreta, no ano do Senhor de 1471.

Quando se sentiu pronto, cobriu a cabeça com o capuz, dirigiu-se à cidade e chegou à praça de Sant'Angelo in Pescheria, onde tudo havia começado.

Olhou ao redor. A praça estava exatamente como no dia em que fora roubado. Sentiu o ódio e a raiva crescerem novamente. Reviu cada detalhe da cena. Primeiro a moça de cabelos acobreados, que havia perturbado seus sentidos, depois o menino de pele amarelada que lhe gritou algo e, de repente, o gigantesco louco que foi até ele, fingindo pedir esmola. Somente agora conseguia ver tudo o que deveria ter visto naquele dia. A troca de olhares, a coordenação. Havia sido um plano muito bem estudado. E o chefe certamente era quem Shimon mais odiava. O rapaz com o barrete de judeu que lhe desejara paz na sua língua, que havia fingido brigar com o louco para defendê-lo. Mas, nesse momento, recordava sobretudo o medo que o atormentara. Como tinha sido idiota! O plano dos delinquentes se baseava justamente nesse medo. O medo do judeu medroso.

"Nunca mais você vai sentir medo", repetiu para si mesmo. "E nunca mais será um judeu."

Tomou a direção para a qual haviam fugido os três meninos, que fingiam perseguir-se. Pegou a mesma rua. Virou à direita, mas logo se viu em um labirinto de becos que se perdiam no coração de Roma, e pensou que os ladrões deviam ter procurado um lugar isolado para se esconderem. Então, voltou e virou à esquerda. Em pouco tempo, a rua se estreitou e se tornou lamacenta, até terminar nos taludes do Tibre, diante da Ilha Tiberina.

Pensativo, ficou olhando para o rio. "Não podiam ter um barco", pensou. Estava para retornar. Não os encontraria desse modo, disse a si mesmo com um gesto de irritação.

Porém, enquanto se virava, ouviu um ruído que chamou sua atenção. Olhou para a metade do talude, na direção de um arbusto de sarças.

– Ah, maldição! – praguejou uma figura macilenta, que apareceu de repente, como do nada. Era um homem de aspecto sombrio, vestido de maneira chamativa, com facão curvo, ao modo turco, enfiado em uma faixa laranja amarrada na cintura, sob o casaco roxo. – Que bosta de lugar! – resmungou, virando-se para o bueiro de onde tinha saído e gritou com voz desagradável: – Vamos logo, seus idiotas!

Shimon viu que mais além havia uma pequena carroça leve, de duas rodas, nova em folha, presa a um cavalinho árabe nervoso e ágil.

O homem que tinha saído da galeria de esgoto cuspiu no chão e se dirigiu à carroça.

Após um instante, quatro meninos maltrapilhos saíram do mesmo bueiro da galeria. Escalaram o talude lamacento com dificuldade e escorregando, carregados de roupas e cestos de vime.

– Vamos, rápido! – gritou mais uma vez o homem, que tinha se sentado no banco da carroça e pegado um chicote.

Os meninos apressaram o passo, chegaram ao veículo e colocaram as roupas de qualquer jeito no banco posterior. O menor deles, carregado como uma mula, nem conseguia enxergar aonde estava indo de tanta coisa que transportava. Perdeu o equilíbrio e, para não cair, soltou a carga. As roupas e o grande cesto de vime rolaram pelo chão.

– Imbecil! – gritou o homem da charrete. Depois, estalou o chicote nos dois primeiros. – Vão lá ajudá-lo – ordenou.

Shimon, que havia observado a cena com curiosidade, aproximou-se e, no cesto derrubado, entre uma peruca e outra, descobriu chapéus de cozinheiro e de pintor, diversos pares de óculos e barbas postiças e um barrete amarelo. Agitado, aproximou-se ainda mais.

Enquanto isso, os meninos começaram a recolher tudo e tornaram a correr até seu patrão. No entanto, o menor percebeu que algo tinha caído atrás de um arbusto. Algo que ninguém tinha visto.

Com o coração acelerado, Shimon pulou até o menino e arrancou de sua mão o que ele havia recolhido.

Era um saquinho de couro com um laço. Um saquinho especial, pois tinha uma *hamsá* vermelha pintada na superfície. Uma mão estilizada. Uma proteção contra o mau-olhado e a desgraça.

– O que está fazendo, padre? Largue isso agora mesmo! – gritou o homem na carroça.

Shimon olhava para o saquinho com lágrimas nos olhos pela comoção.

– Ouviu o que eu disse, padre? – perguntou o homem, descendo do veículo e aproximando-se a passos firmes. – Isso aí é meu. Largue já – disse, arrancando de sua mão o saquinho que havia contido as trinta e seis moedas de ouro florentinas, ganhas pelo judeu ao fechar o grande negócio das cordas.

Shimon olhou para ele. O homem tinha uma expressão de maldade. Mas ele já não tinha medo. De ninguém. Poderia ter tirado o facão curvo da sua cintura e o degolado ali mesmo, na frente de todos. E, se ao menos pudesse falar, enquanto assistisse à sua morte, sussurraria em seu ouvido: "Não, é meu". E teria rido.

– O que está olhando, padre? – disse o homem em tom agressivo, mas a expressão parecia menos segura.

Shimon sorriu.

– O que quer, afinal?

Shimon não podia responder. Tampouco queria fazê-lo. Continuou a fitá-lo. Sem medo.

O homem se virou, talvez constrangido, e voltou para a charrete. Estalou o chicote e, furioso, gritou para os meninos:

– Espero vocês nas valas. Não percam tempo! – O cavalinho árabe deu uma guinada e partiu rapidamente.

Shimon sentiu uma grande paz dentro de si.

"Te encontrei", pensou.

Deixou que os meninos se pusessem a caminho e, mantendo uma distância segura para não ser notado, começou a segui-los.

Quando chegou às valas comuns, farejou o ar. Provavelmente, aquele seria o odor do pároco e de sua criada nesse momento. O pensamento o deixou de bom humor. Sentou-se em uma pequena elevação, de onde podia controlar tudo sem ser descoberto. Viu o homem a distância. Os meninos o temiam. Todos. Até os mais velhos. De onde estava, toda a área parecia uma fábrica em funcionamento, na qual todos estavam ocupados em desempenhar a própria tarefa com eficiência. A morte era um trabalho como qualquer outro.

Ao anoitecer, Shimon se levantou, massageou as nádegas enrijecidas e desceu até as valas, após ter encontrado um bastão robusto e curto. Bateu-o algumas vezes na palma da mão, para ganhar confiança, depois entrou no barracão do homem. Quando este se levantou da mesa à qual comia e empunhou seu facão turco, Shimon o acertou com um golpe feroz na têmpora, desferido com frieza, sem experimentar a menor emoção. O outro perdeu os sentidos e caiu no chão. O judeu soltou a faixa de sua cintura e com ela amarrou seus pulsos na trave central do barracão. Depois, sentou-se em seu lugar, tomou sua sopa, abocanhou seu frango e bebeu seu vinho.

Quando terminou, viu que o homem tinha voltado a si e o olhava sem dizer nada. Shimon procurou papel e pena. Encontrou tudo na gaveta de um móvel capenga. Folheou o livro. Era um registro dos mortos. Ou assim parecia. A pena estava meio sem ponta, e a tinta ou era de baixa qualidade ou havia sido misturada com água por economia.

"Como você se chama?", escreveu.

– Scavamorto.

"Onde está o rapaz que vive no esgoto?", escreveu de novo.

– Quem?

Shimon golpeou a boca de Scavamorto com o bastão. Depois, mostrou-lhe de novo a pergunta que havia escrito.

O outro olhou para ele, sem medo.

– Foi embora.

"Como se chama?"

– Mercurio.

"E para onde foi?"

– O que te leva a pensar que eu sei?

"Porque assim espero, pelo seu bem. Do contrário, vai sentir muita dor."

Scavamorto sorriu.

Shimon retribuiu seu sorriso. No fundo, gostava daquele homem. Era como ele.

"Não tem medo de morrer?", escreveu-lhe.

– A morte é minha melhor amiga. Me deu sustento.

Shimon anuiu. Sim, aquele homem merecia respeito. Mostrou-lhe novamente a pergunta que tanto lhe interessava.

"E para onde foi?"

– Para Milão ou Veneza. E você pode até arrancar meus olhos com as unhas, mas não faço ideia de qual delas escolheu.

Shimon o fitou. Estava dizendo a verdade. Mas talvez pudesse obter algo mais. Tinha lido alguma coisa em seus olhos.

"Você gosta do Mercurio, não gosta?"

Não respondeu, mas a luz em seu olhar mudou.

E Shimon sabia que equivalia a um sim.

"Ele ouve o que você lhe diz."

Não havia ponto de interrogação.

Scavamorto continuou a fitá-lo sem dizer nada.

Shimon escreveu sua pergunta.

"Na sua opinião, Milão ou Veneza?"

Pela primeira vez, o homem baixou o olhar.

Shimon pensou que mentiria.

– Veneza.

Shimon anuiu, depois o golpeou na têmpora com o bastão. Enquanto Scavamorto estava desmaiado, despiu-o e vestiu suas roupas e suas botas. Embora tivesse prometido a si mesmo que não voltaria a fazê-lo, deixou-se vencer pela curiosidade e olhou-se em um grande espelho apoiado no chão. Gostou de como ficou naqueles trajes. Um judeu jamais vestiria algo tão vulgar.

Enquanto se olhava no espelho, viu que a faixa no pescoço estava amarelando. Deu-se conta de que sentia uma ardência. Mas era uma ardência profunda, lívida. Soltou o curativo. A ferida estava infeccionando. Cheirou a atadura. Fedia. Esfregou-a na ferida, tirando toda a matéria amarelada que se havia formado. Mas sabia que isso não seria suficiente. Ela se formaria de novo. Shimon respirou fundo e gritou com toda a força. A ferida se abriu e esguichou sangue e pus. Gritou mais e mais, até que saiu apenas sangue, vermelho e reluzente. Então, olhou ao redor. Sabia que sentiria muita dor, mas havia apenas uma coisa a fazer.

Abriu todas as gavetas dos móveis, mas não encontrou o que precisava. Irritado, chutou uma cadeira. Nesse momento, ouviu algo que não havia notado antes. Levou a mão à bota direita que tomara de Scavamorto. Apalpou o interior do calçado, onde ouvira o estranho ruído. E encontrou um esconderijo, costurado na lateral. E, no esconderijo, três moedas. De ouro. Florentinas. As suas moedas.

Olhou-as e entendeu que havia encontrado o que procurava para a sua ferida. Por ironia do destino. E um pouco de sangue gorgolejou da ferida.

Abriu a estufa que ardia no centro do barracão. Encontrou uma pinça que Scavamorto usava para mexer a lenha e o carvão. Apertou a moeda de ouro entre as duas extremidades de metal e a colocou no fogo. Segurou-a ali até vê-la vermelha, a ponto de fundir-se.

Então, tirou-a da boca da estufa, ajoelhou-se e, com um movimento rápido e, ao mesmo tempo, desesperado, apertou a face da moeda na ferida. Se pudesse gritar, Roma inteira o teria ouvido. Caiu no chão, quase perdendo os sentidos. Respirou fundo, tentando resistir à dor. Depois, concentrou-se naquilo que veria quando conseguisse olhar-se no espelho. Então, com lágrimas nos olhos, riu e encontrou forças para se levantar e ir até ele. Aproximou um lampião a óleo da garganta.

A ferida começava a inchar e ulcerar-se. Mas logo a queimadura se curaria, e a chaga se fecharia e cicatrizaria. Aproximou ainda mais o lampião. Já dava para ver o que em algumas semanas ficaria claro. Uma flor-de-lis. Estampada ao contrário na carne, com a borda da moeda em relevo. Todas as manhãs, ao acordar, a garganta o lembraria de sua missão. Shimon riu de novo.

– Você é louco – disse atrás dele a voz de Scavamorto, que havia despertado e estremecia, despido.

Shimon se voltou com uma expressão furiosa. Depois, agitou diante dele as três moedas de ouro.

– Ele não te matou... – disse Scavamorto em voz baixa, somente então compreendendo quem estava na sua frente. – Você é o judeu!

Shimon desviou o olhar, como se por um instante tivesse voltado a ser o pávido mercador de sempre.

"Nunca mais você sentirá medo", repetiu mentalmente a si mesmo. "E nunca mais será um judeu."

Olhou para Scavamorto. Gostava daquele homem. Mas não podia deixá-lo vivo.

Chutou a estufa, que tombou e caiu. Depois, saiu, foi até a charrete e chicoteou o cavalinho árabe até fazê-lo sangrar.

Ao abandonar as valas comuns, virou-se. Uma fumaça densa e escura saía do barracão.

E os gritos de Scavamorto começavam a subir até o céu, como uma terrível oração.

17

Mestre

A NOITE NA CASA DE ANNA DEL MERCATO transcorreu tranquilamente. O fogo continuou a crepitar baixinho na lareira. E, antes do amanhecer, a mulher o atiçou de novo e pôs o caldo para esquentar.

Assim que o frade se ausentou para ir à latrina do outro lado da horta, Mercurio, mordiscando meia cebola crua e um pedaço de pão embebido no caldo, aproximou-se de Zolfo e lhe disse:

— Quando ele voltar, se despeça e vamos embora.

— Não. Vou ficar com ele.

— Ficou louco? — explodiu Mercurio. — O que quer fazer? Ser sacristão?

— Fique você também, Benedetta — disse Zolfo, sem dar atenção a ele.

— Não quero saber de padres — rebateu ela, decidida.

— Vamos lutar juntos contra os judeus e vingar Ercole.

— O que você tem na cabeça? — perguntou Mercurio.

— O frade Amadeo disse que posso contar minha história para fazer os cristãos entenderem que os judeus são um flagelo pior do que os gafanhotos que Deus mandou ao faraó — respondeu Zolfo de um só fôlego. — Encontrei um pai e um ideal.

— Mas que história é essa? — indagou Benedetta. — Esse frade colocou na sua boca as palavras dele...

— Esqueça, ele é um garoto tolo — interrompeu-a Mercurio. Depois, com raiva, dirigiu-se a Zolfo, apontando o dedo em sua cara. — Nossos pais nunca souberam que nascemos, e nossas mães nos jogaram na rua, pouco se lixando se chegaríamos vivos à manhã seguinte. Se você estava procurando um pai, era melhor ter ficado com Scavamorto.

— Não me interessa o que você diz — respondeu Zolfo, cruzando os braços no peito. Depois, virou-se para Benedetta: — Fica comigo?

Benedetta olhou para ele em silêncio. Seus olhos se transformaram, enchendo-se de sofrimento.

– Minha mãe me vendeu para um padre – disse em voz baixa. – Foi minha primeira vez. – Mordeu os lábios para não ceder às lágrimas. – Não, não vou ficar.

Mercurio sentiu como um soco no estômago. Zolfo, por sua vez, olhou para ela como se aquela confidência não lhe dissesse respeito. Mas Mercurio sabia que era apenas um modo para combater o medo.

– Venha conosco – disse, tocando seu braço.

Zolfo se afastou bruscamente. Sua voz era dura.

– Não. E quero minha parte de moedas.

Benedetta olhou para Mercurio, que assentiu com a cabeça. Contou seis moedas de ouro e as colocou sobre a mesa. Zolfo as apanhou rapidamente.

Ao entrar, frade Amadeo percebeu a tensão no ar. Aproximou-se de Zolfo e colocou a mão em seu ombro, como para determinar uma posse. Os outros dois o encararam. Zolfo abriu a palma da mão e mostrou o dinheiro ao pregador, desafiando abertamente Benedetta e Mercurio.

Frade Amadeo arregalou os olhos ao ver as moedas.

– O Senhor abençoa nossa santa cruzada com este dinheiro – disse.

– Pelo menos Scavamorto o tomaria de você sem hipocrisia, imbecil – sibilou Mercurio. Pôs um quarto de prata sobre a mesa. – Esta é para Anna del Mercato. Trate de não a esconder em seus bolsos, frade. – Sustentou o olhar do religioso, passou por ele e encaminhou-se à porta. – Vamos, Benedetta.

Ela olhou para Zolfo. Sabia que por trás da sua máscara dura havia apenas um menino. Mas não sabia como arrancá-la. Balançou a cabeça, depois alcançou Mercurio na estrada.

Anna del Mercato estava na horta quando os viu ir embora. Era sempre assim, chegavam à noite e partiam de manhã. Mas aquele rapaz não era como todos os outros, usava as roupas do seu marido. Sentiu um aperto no coração. Ergueu a enxada e, quando a abaixou, com os olhos velados, errou o golpe e partiu ao meio uma couve da Toscana que havia sobrevivido ao gelo.

– E agora? Para onde vamos? – quis saber Benedetta após um tempo de caminhada.

Mercurio estava perturbado com o que Benedetta havia confessado a Zolfo. Vendida para um padre. A vida era uma droga para todos eles, isso Mercurio já tinha entendido até cedo demais. E, nesse momento, entendia o que Scavamorto tinha em mente quando lhe dissera que, para alguns, ser abandonado pela própria mãe poderia ser uma sorte. Não respondeu.

– Então? Para onde vamos? – tornou a perguntar Benedetta.

Mercurio olhou para ela.

– Sabe o que Anna del Mercato me disse esta manhã, assim que acordei? Me perguntou se eu tinha um projeto.

– O que quer dizer?

– Disse que um ser humano sempre deve ter um projeto, do contrário, é como se não vivesse de verdade.

– E qual o projeto dela? – perguntou Benedetta, polêmica.

– O projeto dela era o marido. – A voz de Mercurio ficou insegura. – Só que ele morreu. Por isso, disse que ela também morreu um pouco.

– E o que temos com isso?

– Não sei... – Mercurio chutou uma pedra. – Só pensei que eu nunca tive um projeto. Pelo menos é o que acho.

– Isso tudo parece ser bobagem de uma velha.

– É...

Caminharam em silêncio. Mercurio chutava todas as pedras que encontrava. Benedetta se encolhia, tremendo de frio.

– E qual é nosso projeto agora? – perguntou, então, Benedetta.

Mercurio virou-se para olhá-la, mas, em vez dela, via Giuditta.

– Encontrar um barco para Veneza – respondeu. – Vamos à praça central.

A praça do mercado e dos negócios ainda estava adormecida àquela hora. Mercurio perguntou a alguns barqueiros, mas esses lhe responderam que, em tempos de guerra, os forasteiros não tinham permissão para entrar em Veneza. Enquanto perambulavam, Mercurio descobriu um estabelecimento com um toldo azul-celeste. Notou que os poucos clientes que o frequentavam tinham um ar triste. Curioso, aproximou-se e viu que se tratava de uma casa de penhor.

– Quem é o usurário? – perguntou a um sujeito que passava por ali.

– Isaia Saraval – respondeu o outro.

Mercurio observou o interior do estabelecimento. Viu um homenzarrão que o encarava. Cumprimentou-o, mas o homem não respondeu, embora não tirasse os olhos dele. O rapaz compreendeu que era uma espécie de guarda. Depois, um homem de cerca de 50 anos, com rosto comprido e fino e ar gentil, saiu de trás de uma cortina adamascada. Trazia pendurada no pescoço uma longa corrente, da qual pendia uma lente de aumento.

"Provavelmente a mesma lente que o usurário utilizara para avaliar o colar de Anna del Mercato", pensou Mercurio ao sair.

– O que vamos fazer agora? – perguntou Benedetta.

Mercurio descobriu uma estalagem diante da casa de penhor e se dirigiu a ela. Benedetta se empanturrou. Mercurio, por sua vez, deixou sua cabeça de porco assado com couve-flor cozida no prato. Viu um rapaz entrar com ar circunspecto na casa de penhor e disse a Benedetta:

– Fique aqui.

Saiu e esperou diante do estabelecimento.

Pouco depois, o grandalhão que vigiava os valores de Isaia Saraval empurrou o rapaz para fora.

– Da próxima vez que aparecer aqui, meu patrão vai denunciá-lo às autoridades.

– Seu merda! – resmungou o rapaz, afastando-se.

Mercurio aproximou-se dele.

– Bom dia, amigo.

O rapaz o olhou com desconfiança.

– Estava tentando empenhar algo que não é seu, não é mesmo? – perguntou Mercurio.

– Quem é você? Suma daqui.

– Sou alguém como você, companheiro – assegurou-lhe Mercurio. – E estou procurando um barco que me leve a Veneza. Posso pagar.

O rapaz se mostrou repentinamente interessado.

– Podia ter dito logo, amigo. Quanto pode pagar?

– Somos duas pessoas – respondeu Mercurio.

– Uma moeda de prata por cabeça.

– Uma moeda de prata pelos dois.

– Está bem – respondeu o rapaz. Parecia um rato. Estendeu a mão para Mercurio. – Me dê a moeda e amanhã nos vemos no Canal Salso.

– Acha que sou idiota? – riu Mercurio.

– Preciso encontrar o barco...

– Quando eu estiver a bordo, você vai ver o dinheiro – disse Mercurio.

– Então, quer fechar negócio ou não?

O rapaz balançou a cabeça.

– Está bem. Amanhã bem cedo no Canal Salso. – Depois, acrescentou: – Onde vai dormir? Se quiser, por meio soldo te encontro um quarto em uma casa segura.

Mercurio imaginou que o rapaz e seus comparsas o depenariam na mesma noite.

– Ao amanhecer, no Canal Salso – disse.

– No atracadouro do mercado de peixes. O barco se chama Zitella. Diga que quem te mandou foi Zarlino, que sou eu – disse o jovem delinquente. – Não tem como errar.

– Não vou errar, Zarlino. – Mercurio voltou para a estalagem, onde Benedetta tinha acabado de comer também sua cabeça de porco e bebido muito vinho. – Temos de encontrar um lugar para dormir – disse a ela.

– Queria que Zolfo estivesse aqui – balbuciou a moça.

Mercurio pediu ao dono da estalagem um quarto para ele e sua irmã. O homem respondeu que tinham acabado de liberar um quarto. Com colchões de farelo e pouquíssimos piolhos, garantiu.

Mercurio levou Benedetta para o andar de cima, quase nos ombros. Assim que encostou no colchão, a moça deu um suspiro de satisfação e caiu em sono profundo. Mercurio foi até a pequena janela do quarto e olhou para a praça. Diante dele, o toldo azul-celeste da casa de penhor de Isaia Saraval mal esvoaçava.

Estava quase anoitecendo quando Mercurio saiu, depois de ter tirado da faixa de Benedetta o saquinho com as moedas de ouro, com cautela para não a acordar. Perambulou um pouco na praça e, assim que tomou sua decisão, entrou na casa de penhor.

Benedetta despertou quando Mercurio fechou a porta para sair. Estava com a cabeça pesada por causa do vinho, mas logo se deu conta de que não tinha mais o dinheiro. Levantou-se com um salto e olhou pela janela.

– Canalha – praguejou. Enxaguou o rosto com a água da bacia ao lado da cama. Voltou a olhar pela janela e viu Mercurio dobrar a esquina da praça e entrar em um beco. – Canalha – repetiu enquanto saía correndo do quarto e se precipitava atrás dele.

Seguiu-o sem deixar que ele a visse, nutrindo pensamentos rancorosos e estudando todas as formas possíveis para matar Mercurio, o ladrão. Pior, o traidor. Mas ficou desconcertada ao vê-lo entrar furtivamente no casebre de Anna del Mercato e depois sair às pressas. Esperou-o escondida atrás de uma árvore murcha e, quando ele estava a poucos passos dela, apareceu à sua frente.

– O que está fazendo aqui? – perguntou Mercurio com uma expressão de surpresa, que Benedetta interpretou como de culpa.

— Eu é que pergunto.
— Não é da sua conta.
— Você está com o meu dinheiro. É da minha conta, sim.

Mercurio tentou ultrapassá-la. Estava com pressa, e seus modos eram suspeitos.

Benedetta não estava entendendo. Colocou-se em seu caminho. Nesse momento, ouviu-se um grito vindo do casebre. Benedetta reconheceu a voz de Anna del Mercato.

— O que você fez? – perguntou, preocupada.

Depois, o grito se repetiu. Mas Benedetta compreendeu que era de alegria.

— Minha Virgem Santa! – gritava Anna del Mercato. – Meu colar! Meu colar! – E a ouviram chorar.

Mercurio empurrou Benedetta para detrás da árvore. De lá, viram Anna del Mercato correr para fora do casebre e olhar para a direita e para a esquerda. A mulher enxugou as lágrimas, beijou o colar que apertava na mão.

— Onde quer que você esteja, rapaz, acabou de ganhar o paraíso! – gritou.

— Que colar é esse? – perguntou Benedetta quando a mulher tornou a entrar no casebre.

— Vamos voltar para a estalagem – disse Mercurio.

— Tem a ver com a história do projeto? – perguntou Benedetta.

— Não encha a paciência e cuide da sua vida.

Mercurio se pôs a caminhar a passos rápidos rumo ao centro de Mestre.

— Achei que você fosse me deixar – disse Benedetta depois de um tempo, tentando alcançá-lo.

— Não seja tão pegajosa – respondeu com grosseria.

Benedetta riu baixinho, às escondidas.

18

APESAR DO NOME, FRADE AMADEO DA CORTONA nasceu em uma espelunca na cidade alta de Bérgamo. Sua mãe tinha apenas 15 anos e morreu ao dar à luz. Era filha do dono da espelunca.

Transtornado pela dor, o pai da moça envolveu o recém-nascido ainda sujo de sangue em uma coberta e desafiou o gelo da noite, surdo ao choro e às súplicas de sua mulher. Ao chegar diante do convento dos dominicanos, a Ordem dos Pregadores, o dono da espelunca bateu com raiva ao portão, intimando o frade guardião a ir acordar imediatamente o frade herborista.

– Aqui está seu filho bastardo! – gritou o homem com olhos que pareciam saltar das órbitas, quando o frade herborista, assustado e acompanhado por boa parte dos outros religiosos do convento, aproximou a cabeça do postigo. – Matou a mãe para nascer! Que o delito dele recaia duas vezes sobre você, que o gerou! Que você arda por toda a eternidade no fogo do inferno! Eu te amaldiçoo, frade maldito! E amaldiçoo também este bastardo! – Ao dizer isso, pôs no chão o recém-nascido, que se lamentava cada vez menos, já quase congelado. Em seguida, o homem virou as costas para o convento e, ao voltar para sua espelunca, finalmente desatou a chorar pela morte de sua única filha, que se deixara seduzir pelo religioso.

O nome do frade herborista era Reginaldo da Cortona.

O menino sobreviveu. No entanto, havia o problema do que fazer com ele. A primeira opção era deixá-lo em um orfanato, como era de praxe. Mas irmão Reginaldo da Cortona pediu para ficar com ele, como forma de sempre se recordar de sua própria fraqueza e de seu próprio pecado.

– Como uma cruz – disse, pensando apenas em si, como muitos ministros fanáticos, e não calculando que, desse modo, estava condenando o menino.

Assim, o pequeno, batizado de Amadeo, cresceu como um apêndice pecaminoso do pai, que o levava consigo para toda parte e, quando encontrava um forasteiro, como ato de expiação, apressava-se em contar-lhe desde o início toda a escandalosa história na frente do filho, sem poupar os detalhes e batendo no próprio peito.

Aos 10 anos, Amadeo fugiu do convento em um final de tarde. Tinha uma meta bem precisa: a espelunca na qual havia nascido e sua mãe, morrido. Ao aparecer no local, escuro e esquálido, logo identificou o dono, seu avô, e a mulher, sua avó. Aproximou-se timidamente do homem, enquanto os poucos clientes, assim que o reconheceram, calaram-se e observaram. O proprietário também sabia muito bem quem era aquele menino.

– Sinto muito pelo que fiz à minha mãe – disse, então, Amadeo, com uma vozinha fina e se ajoelhando, pois em todos aqueles anos a única lição que aprendera com o pai fora a expiação dos próprios pecados.

O homem hesitou por um instante, como se pudesse comover-se – e certamente sua mulher se comoveu, levando as mãos à boca –, mas depois disse ao menino:

– Foi minha filha por 15 anos e sua mãe apenas pelos poucos segundos que você levou para matá-la. Não ouse chamá-la de mãe na minha presença.

Ferido por essas palavras, o menino abaixou a cabeça; porém, depois de engolir a humilhação, encontrou forças para dizer:

– Sinto muito pelo que fiz à sua filha.

A avó desatou a chorar, já sem se conter, e certamente teria corrido para abraçar o neto – que tinha os mesmos olhos pequenos, azuis e penetrantes da filha – , se o marido não a tivesse impedido com um gesto. Em seguida, o dono da espelunca enrijeceu-se ainda mais e fitou o menino, apontando o dedo para ele.

– Suma daqui, criatura imunda – disse e, não encontrando nada melhor para purgar todo o ódio que sentia, acrescentou: – Neste mundo, só os judeus são mais repugnantes do que você.

Ao voltar para o convento, Amadeo foi punido. No entanto, a partir desse dia, começou a informar-se sobre os judeus e descobriu, sobretudo, que eram os assassinos de Nosso Senhor Jesus Cristo, aqueles que o haviam crucificado e, desde essa data, carregavam o terrível pecado do Calvário nas costas. Desse modo, em sua mente simples de menino, tudo se esclareceu. Sem dúvida os judeus eram piores do que ele. Afinal, tinham matado o Filho de Deus, e ele, apenas uma pobre moça. E, a partir desse momento, pela primeira vez em sua breve existência, sentiu certo alívio. Já não era o pior excremento da sociedade, finalmente tinha alguém para desprezar com todo o seu ser, como os outros faziam com ele.

Os judeus podiam ser sua moeda de resgate. Assim, em pouco tempo se tornaram a razão de sua vida. O ódio que podia despejar sobre eles o fazia sentir-se melhor e do lado certo. Convenceu-se de que seu ódio pelos judeus era um ato de amor para com Deus e entregou-se de corpo e alma a esse santo ódio, decidindo consagrar sua vida à luta contra a gente de Satanás. Com o tempo, e depois de tornar-se frade pregador como o pai, Amadeo se esqueceu do avô e do que ele dissera sem pensar. Após anos, nem se lembrava mais da gênese específica de seu ódio. Simplesmente o assimilou como algo natural.

Por isso, agora sabia usar as palavras adequadas para alimentar também o ódio de Zolfo.

– Vamos contar a sua história para mostrar ao mundo os caminhos percorridos por Satanás, de braços dados com seus servos judeus – disse mais uma vez ao menino, enquanto se dirigiam ao cais do Canal Salso. – Mas será necessário... fazer pequenas correções. Por exemplo, não é preciso dizer que vocês roubaram o mercador. Assim, ficará mais evidente o pecado de todo o povo judeu, entende?

Zolfo fez que sim, disposto a jurar em falso só para se vingar dos judeus, que eram mais culpados do assassinato de Ercole do que da morte de Nosso Senhor Jesus Cristo.

– Agora temos de embarcar para Veneza – prosseguiu irmão Amadeo. – Veneza é a cidade dos judeus. É lá que realizam seus sabás e seus negócios pecaminosos. E lá é o lugar no qual, mais do que nunca, nossa ação purificadora é necessária.

Ao chegarem ao cais, o frade se aproximou de uma grande embarcação carregada com os peixes destinados ao mercado de Rialto.

– Bom homem – disse a um dos pescadores –, estaria disposto a nos conduzir até Veneza?

O pescador o olhou, indeciso. Seus olhos pousaram em um grande cesto de vime na popa, coberto com uma lona ensanguentada pelas vísceras dos peixes e que emanava um odor horrível.

– Podemos pagar – disse Zolfo, que havia intuído o pensamento do pescador.

– Quanto? – perguntou ele, fitando o padre.

– Quanto quer? – perguntou Zolfo, que parecia mais hábil do que o frade para conduzir a negociação, e fitou o cesto. Por um instante, teve a impressão de que se movia imperceptivelmente. Depois, viu dois dedos, ou ao menos assim lhe pareceu, despontando do vime entrelaçado. Deu um passo para a frente, no cais, e desceu um dos degraus escorregadios para observar melhor. Os dedos se retiraram para dentro do cesto.

O pescador ficou incomodado.

– Quanto você quer? – tornou a perguntar-lhe Zolfo.

O pescador estava para responder, mas antes deu uma olhada ao redor. E viu dois guardas se aproximarem.

– Vão embora – disse de repente.

Zolfo olhou na direção dos guardas, que já estavam a cerca de dez passos, depois voltou a olhar para o cesto. A essa altura, tinha certeza de que não continha peixes.

– Se não responder, vou dizer aos guardas que está escondendo um fugitivo – ameaçou.

O pescador empalideceu.

– Vão embora, por favor.

– Quanto? – repetiu Zolfo, inclinando-se para o cesto. Se esticasse a mão, poderia virá-lo. Foi então que ouviu uma voz vindo do seu interior.

– Zolfo – murmurou a voz. – Não nos entregue...

Zolfo a reconheceu: era a voz de Benedetta. Retraiu-se, surpreso. Olhou para o pescador e para o frade Amadeo. Nem um nem outro a ouviram.

Encolhida dentro do cesto, Benedetta estremeceu. Ao seu lado, Mercurio apertou sua mão.

– Não se mexa – sussurrou.

Tinham pagado ao pequeno delinquente que conheceram na praça do mercado e embarcaram ao amanhecer. Fazia mais de uma hora que estavam acocorados ali embaixo, em meio ao cheiro nauseante de peixe. Do vime entrelaçado observavam a cena, temendo serem descobertos a qualquer momento.

Viram Zolfo dar um passo para trás e puxar a manga do frade, dizendo-lhe:

– Vamos procurar outro.

– Não, quero que este homem me leve a Veneza! – exclamou irmão Amadeo, em voz alta demais.

– Não se pode ir a Veneza – disse-lhe um dos guardas, perto o suficiente para ser ouvido.

– Mas eu preciso! – insistiu o frade com insolência. – Por desejo do Senhor!

– A Veneza se vai por desejo do *doge* – respondeu o guarda.

– Você impediria um ministro da Santa Igreja... – iniciou irmão Amadeo, apontando o dedo para o céu.

Mas o guarda o interrompeu de imediato:

– Para um espião, não seria nem um pouco difícil vestir um hábito de padre. – Olhou para ele com seriedade. – Em tempos de guerra, a laguna é fechada aos forasteiros.

– Vai me impedir? – O frade aproximou-se ameaçadoramente do guarda, confiando na força do crucifixo que trazia no pescoço. – Vou embarcar.

– E eu vou te prender.

– Quero ver se é capaz.

De seu esconderijo, Mercurio e Benedetta viram o guarda fazer sinal ao outro para ir até ele.

– Pegue o menino – disse-lhe. Em seguida, agarrou o braço do frade com força. – Você está preso, em nome da Sereníssima, suspeito de ser um espião – declarou com voz dura e o empurrou na direção do presídio de Mestre.

– O que vamos fazer? – perguntou Benedetta, angustiada.

– Não se mova – ordenou Mercurio.

A embarcação estava começando a deixar o cais. O pescador aproveitou a confusão e deu ordem a seus homens para que soltassem as cordas.

– Mas ele está sendo preso! – protestou Benedetta, olhando o guarda que levava Zolfo.

– Não se mova – sibilou novamente Mercurio.

Os remadores tinham empurrado a embarcação para longe do cais e estavam sentados nos bancos, enfiando os remos nos toletes.

Pelo vime entrelaçado, Mercurio viu que os guardas pararam e soltaram frade Amadeo e Zolfo. O frade e o menino se afastaram, cabisbaixos. Antes de tomar a trilha, o último se virou e olhou para o cesto.

Benedetta achou que Zolfo tinha uma expressão triste.

– Não gosto desse frade – disse em voz baixa.

– Esse frade é o demônio – afirmou Mercurio.

19

— Parem de remar! — ouviram Mercurio e Benedetta de dentro do cesto de peixe onde haviam se escondido para ir a Veneza.

— Não quero encrenca — disse o pescador.

— Mas você bem que pegou o meio soldo — respondeu-lhe em tom duro Zarlino, o jovem criminoso que tinha organizado a viagem clandestina.

— Filho da mãe — murmurou Mercurio entre os dentes.

— Quem é? — perguntou Benedetta, alarmada.

Mercurio não respondeu. Pegou o saquinho do dinheiro e, fazendo o mínimo de barulho possível, extraiu todas as moedas de prata que tinha trocado na estalagem para não pagar sempre em ouro e levantar suspeita. Depois, apalpou debaixo das tábuas da embarcação e escondeu o saquinho. Por fim, rasgou um pedaço da camisa, colocou o dinheiro dentro e o amarrou. Passou o embrulho a Benedetta e lhe fez sinal para enfiá-lo no decote.

— Sinto muito — disse.

— Por quê? — perguntou Benedetta.

Nesse momento, ouviu-se um choque de madeiras. Tinham sido abordados.

— Não quero confusão — disse o pescador com voz chorosa.

— Então, fique quieto — respondeu Zarlino. — Onde você os escondeu?

Logo depois, um violento chute fez voar o cesto sob o qual estavam escondidos Mercurio e Benedetta.

— Oi, amigo — riu Zarlino, com uma faca na mão, dirigindo-se a Mercurio. — Vocês estão parecendo mais ratos do que peixes.

No outro barco, pequeno e em mau estado, os três comparsas riram. Tinham um semblante desagradável, marcado pela indigência, com poucos dentes apesar de serem jovens. Mantinham-se atracados à embarcação do pescador por meio de um arpéu.

Mercurio e Benedetta se levantaram e os encararam.

O pescador e seus dois homens olhavam para baixo.

– O que você quer? – perguntou Mercurio. Sentia a raiva subir às têmporas, fazendo-as pulsar.

– Pensei que preciso de mais dinheiro – disse Zarlino.

– Então, vá trabalhar – respondeu Mercurio. Olhou ao redor. Estavam em um canal periférico da laguna. Não se via viva alma. O pescador a escolhera para evitar encontrar os guardas. E talvez tenha cometido a estupidez de contar a Zarlino. Ou talvez estivessem de comum acordo. Ao redor, cresciam tufos altos de junco, com as pontas desemplumadas e congeladas. Não tinham escapatória. Ninguém passaria ali. E, mesmo que passasse, muito provavelmente fingiria que não viu nada, abandonando-os ao seu destino.

– Nunca gostei de piadas – disse Zarlino.

– É porque você é burro demais para entendê-las – replicou Mercurio.

Zarlino fez sinal aos comparsas para que subissem a bordo. O terceiro ficou no lugar para manter os barcos unidos com o arpéu.

– Você tem duas possibilidades, amigo. Ou nos dá o dinheiro, ou nós o tomamos. No primeiro caso, você segue até Veneza; no segundo, acaba no canal com a garganta cortada. A escolha é sua.

– Estou quase tentado a acreditar em você. No fundo, por que não deveria confiar em um cavalheiro como você?

– Continua bancando o engraçadinho, não é?

– É da minha natureza – disse Mercurio, encolhendo os ombros e passando rapidamente os olhos pela embarcação. Depois, quando identificou o que lhe servia, disparou, veloz como sabia ser e como tivera de se tornar para sobreviver a Scavamorto, nas galerias de esgoto e nos becos de Roma. Apanhou uma rede e a lançou na direção dos três, pegando-os desprevenidos. Com isso, ganhou certa vantagem. Arrancou um remo da mão de um dos remadores e golpeou Zarlino, que gemeu e caiu no chão.

Nesse meio-tempo, sem esperar uma ordem de Mercurio, Benedetta pegou um pequeno bastão arredondado, que os pescadores usavam nos peixes maiores, e com ele bateu nos outros agressores, que se agitavam tentando se livrar da rede. No entanto, o golpe não deu certo, o barco balançou, Benedetta tropeçou, perdeu o equilíbrio e caiu nos braços de Zarlino, que já tinha aberto um buraco na rede com a faca e estava saindo dela.

Zarlino a agarrou com firmeza, apertou o braço em torno do seu pescoço e apontou a lâmina para sua garganta.

– Acabou a brincadeira, amigo – disse a Mercurio com um sorriso maldoso. – Agora trate de ficar quietinho se não quiser que o sangue dessa linda moça jorre no seu casaco de fustão.

Mercurio tremia de raiva. Respirava como um touro enfurecido. Depois, com um gesto irritado, deixou cair o remo.

– Não temos mais dinheiro – disse, ofegante. – Somos dois mortos de fome como você...

– Com essa roupa de camponês, certamente você é um morto de fome – disse o outro, liberando-se da rede de pesca sem soltar Benedetta, que fitava Mercurio com expressão mortificada. – Mas não tanto quanto quer me fazer acreditar.

– Venha me revistar – disse Mercurio abrindo o casaco e revirando os bolsos. – Não tenho mais dinheiro.

Zarlino o fitou em silêncio, sério, raciocinando. Depois, seu rosto mal-encarado se alargou em um sorriso.

– Acredito em você, sabe? É verdade. O dinheiro não está com você. – Enfiou a mão no decote de Benedetta, gemendo e a apalpando. – Suas tetas são pequenas, mas gostosas...

– Solte-a! – exclamou Mercurio.

– Não vai estragar se eu também der uma voltinha com ela. Você quer exclusividade? – Continuou a apalpar o vestido, até que deu um grito de satisfação. – Ah! O que temos aqui? – Extraiu o embrulho atado e o lançou a um dos seus homens, ainda mantendo a faca junto à garganta de Benedetta.

– Dezessete moedas de prata! – exclamou o comparsa depois de desamarrar o embrulho.

– Mas veja só! – riu Zarlino. – Para um morto de fome, até que você tinha um bom pé-de-meia. E talvez vocês tenham outros. – Virou Benedetta. Apertou-a contra si, segurando o braço dela atrás das costas. Colocou a faca na cintura e enfiou a mão debaixo de sua saia.

– Canalha! – gritou Mercurio. – É tudo o que temos!

Benedetta tentou se soltar, mas Zarlino torceu seu braço com mais força. Ela gemeu de dor e raiva.

– Bom, seja como for, alguma coisa interessante vou encontrar aqui embaixo, não é mesmo, belezura? – Tirou a mão, lambeu o dedo médio e tornou a remexer debaixo da saia, ofegando no pescoço de Benedetta. Com um empurrão rude, afundou a mão. – Aqui está ela. Está gostando, belezura?

– Solte-a, seu canalha! – gritou Mercurio.

Nesse instante, Benedetta cravou os dentes na orelha de Zarlino e a mordeu com ferocidade. O rapaz gritou de dor e a soltou. Ela o empurrou para trás, contra seus comparsas, e recuou. Nesse meio-tempo, Mercurio havia recuperado o remo e o brandia no ar, pronto a golpear.

– Vão embora. Já têm o que estavam procurando.

– Antes dessa mordida, teríamos ido – respondeu Zarlino, com uma expressão de dor estampada no rosto. A borda superior da orelha pendia como a de certos cães depois de uma briga. – Antes teríamos ido, de verdade. Mas agora só vamos depois de ter experimentado bem mais do que meu dedo. – Virou-se para os comparsas. – O que vocês acham?

Os três riram com malícia. O que segurava o arpéu pôs a mão na virilha e a apalpou vistosamente.

– Ajude-nos – disse Mercurio ao pescador.

O pescador e os dois remadores não tinham levantado os olhos nem por um instante sequer. Tampouco o fizeram nesse momento.

Mercurio os olhou com desprezo.

– Vocês não são melhores do que eles – disse. – São só mais covardes.

– Afinal – retomou Zarlino –, vai nos dar a sua namorada ou vamos ter de cortar sua garganta?

– Vão ter de cortar minha garganta. – Na voz de Mercurio não havia hesitação.

– Pior para você. Talvez pudesse se divertir assistindo – riu Zarlino.

– Assistindo o quê? – disse uma voz.

Um barco preto, comprido e ágil se materializou do nada, saindo de um canavial. A bordo, um homem de cerca de 30 anos. Alto, magro e vestido de preto. Muito alinhado. Porém, o que mais saltava aos olhos eram os longos cabelos lisos, penteados com esmero, com uma fita vermelha, presa a uma madeixa do lado direito. Eram tão artificialmente claros que pareciam mais brancos do que louros. Usava botas de cano alto, acima dos joelhos, aderentes, com uma fivela de prata. Sorriu. Mas não havia nada de amigável em seu sorriso.

A Mercurio, pareceu um lobo mostrando os dentes. Sentiu um frio na espinha.

– Então, miserável, não vai responder? – disse o rapaz, apoiando como que distraidamente a mão no espadim que trazia na cintura, preso por uma faixa verde-maçã, que sobressaía em meio a todo aquele preto. Estava em pé na proa. Parecia não ter a menor dificuldade para equilibrar-se.

Na embarcação havia outros três sujeitos mal-encarados, mas muito menos desnutridos e rudes do que os homens de Zarlino, que empalideceu.

– Oi, Scarabello – disse com voz perturbada pela inquietação. – O que faz por aqui?

O barco preto deslizou silenciosamente até enfiar a proa pontiaguda entre as outras duas embarcações. Scarabello manteve um pé no próprio barco e pôs o outro na do pescador, ancorando-se.

– A pergunta certa é outra. O que você está fazendo na minha área, miserável?

– Bem, veja... esses dois estavam me devendo dinheiro, e eu... bom, vim buscar e... enfim, estávamos brincando com a moça... É bonita, não? – balbuciou Zarlino, quase sem respirar.

Scarabello o fitava em silêncio, sem se dignar a olhar para os outros. Como se não existissem. Depois, ainda em silêncio, esticou a mão aberta. Tinhas os dedos cheios de anéis de todos os formatos.

Constrangido, Zarlino deu uma risadinha. Encolheu os ombros, pigarreou, massageou a garganta e, por fim, fez sinal para o comparsa que estava com o dinheiro. Este, sem hesitar, pôs o embrulho na palma da mão de Scarabello.

– Quanto? – perguntou Scarabello sem olhar.

– Dezessete – respondeu Zarlino. – De prata.

– E que espécie de serviço pode prestar um miserável como você para cobrar dezessete moedas de prata? – perguntou Scarabello.

– São dois forasteiros, e eu os estava ajudando a ir para Veneza.

Scarabello examinou Mercurio, rapidamente e sem interesse. Depois, voltou a fitar Zarlino.

– Nem se estivessem sentados ao lado do *doge* no Bucentauro[*] pagariam tanto.

– O combinado era um soldo de prata – disse Mercurio. – E esse nós já pagamos.

– Mas você não ficou satisfeito, não é mesmo, miserável? – Scarabello não tirava os olhos de Zarlino. Tinha uma voz calma, que fazia gelar por dentro.

– Não, Scarabello... bem... veja...

---

[*] Galeão ricamente decorado, utilizado pelo *doge* na cerimônia em que se celebrava o *Sposalizio del Mare*, ou seja, o matrimônio de Veneza com o mar. (N. T.)

— Não estou nem um pouco interessado nesses dois – interrompeu-o Scarabello. – Mas o fato de você vir à minha área e pensar que pode agir como bem entende realmente me irrita. Entende?

— Ouça, sinto muito, mas...

— Entende? Sim ou não?

— Sim... – respondeu Zarlino, baixando o olhar.

— Sim – repetiu Scarabello em voz baixa.

Mercurio observava a cena em silêncio. Ficou fascinado com a força de Scarabello. E com sua frieza. Com sua capacidade de controlar a si mesmo e os acontecimentos. Não havia traço de raiva nele. "Gostaria de ser como ele", pensou.

— O que me sugere fazer? – perguntou Scarabello.

— Por favor...

— Tudo bem, entendi. Você é tão idiota que nem sabe o que me sugerir para fazê-lo entender que não pode entrar no meu território e se safar – disse Scarabello. – Como sempre, sou eu que vou ter de pensar. Nunca aparece alguém para me dar uma mão – suspirou com ar teatral.

— Enfie um remo no rabo dele – propôs Benedetta. – Melhor até, deixe que eu mesma faço isso.

— Ninguém pediu sua opinião, vadia.

— Perdoe-a – intercedeu Mercurio.

Scarabello olhou novamente para Zarlino.

— Volte a bordo da sua banheira – ordenou-lhe. E enquanto Zarlino e seus comparsas obedeciam, virou-se para seus homens que, já sabendo quais eram suas intenções, passaram-lhe um machado. Scarabello saltou com a graça de bailarino no barco dos concorrentes, ergueu o machado no ar e o cravou com força no fundo.

— Não, por favor... – choramingou Zarlino.

Scarabello deu mais dois golpes precisos em torno do primeiro rombo. A água salobra começou a entrar copiosamente pelo casco. Scarabello pegou os dois remos e os lançou longe. Depois, com um salto, voltou para sua bela embarcação.

— Você tem sorte, miserável. Pense em todas as coisas que podia perder. Uma mão, um braço, a língua, os olhos... Continue você a lista enquanto nada. – Empurrou a barca para o centro do canal. Depois, dirigiu-se ao pescador. – E agora a conversa é conosco. Quanto ele te deu para fazer uma coisa que você deveria ter pedido a mim?

– Meio soldo, senhor.

– Muito bem, então vou me contentar se me der dois soldos – disse Scarabello e, como o pescador não se movia, gritou: – Agora!

O pescador vasculhou os bolsos e juntou a quantia.

– Ótimo – disse Scarabello – podem ir. – Então, virou-se para Mercurio e Benedetta: – Imagino que vocês dois estivessem debaixo daquele cesto, já que estão fedendo como dois bacalhaus podres. Voltem lá para baixo. Mas, antes, pelo menos me agradeçam.

– E o nosso dinheiro? – perguntou Mercurio.

Benedetta lhe deu uma cotovelada.

Scarabello riu.

– Você é muito cara de pau, sabia?

– Tudo bem, pode ficar com ele – disse Mercurio, com ar insolente.

– Está me dando permissão, rapaz? – perguntou Scarabello, sem saber se achava graça ou remediava a ofensa.

– Pode ficar com ele como pagamento pela afiliação – continuou Mercurio.

– Afiliação? – perguntou Scarabello surpreso.

– Sim. Aceite-nos no seu bando. Sou um bom trapaceiro, e ela, uma boa vigia – disse Mercurio.

Scarabello parecia divertir-se com o rumo que a conversa estava tomando.

– De onde vêm você e a sua namorada?

– De Roma – respondeu Mercurio. – E ela não é minha namorada. É minha irmã.

– Que estranho, vocês parecem ter a mesma idade.

– Sou quase dois anos mais nova – interveio Benedetta. – Meu irmão sempre tomou conta de mim. E me ensinou tudo o que sabe das ruas.

Mercurio pensou que Benedetta era realmente uma boa comparsa.

– E por que vocês saíram de Roma?

– Por questões "higiênicas" – respondeu Mercurio.

– Roubou a tiara do papa?

– Talvez.

Scarabello riu, avaliando-o. Depois, virou-se para o pescador.

– Leve-o para Rialto e explique a ele onde fica a Lanterna Vermelha. – Olhou para Mercurio. – Pegue um quarto. É uma merda, mas, com dois soldos de prata, não vai poder permitir-se mais por algumas semanas.

– Não tenho dois soldos de prata.

Scarabello lançou duas moedas, que Mercurio pegou no ar.

– Talvez eu te procure – disse-lhe. Empurrou o barco e desapareceu silenciosamente na densa teia de juncos, tal como havia aparecido.

– Afogue-se, filho da mãe! – gritou Benedetta para Zarlino, que tentava alcançar a margem a nado com seus comparsas, depois que a embarcação deles afundou.

– Eu não sabia... – disse o pescador em voz baixa.

Mercurio o fulminou com o olhar.

– Morra, seu covarde! – Em seguida, fez Benedetta agachar-se ao seu lado e ordenou ao pescador que os cobrisse novamente com o cesto de vime.

– Sinto muito. Me desculpe – disse Mercurio quando a embarcação se moveu.

– Você já sabia que isso ia acontecer, não sabia? – perguntou Benedetta, em tom sombrio.

Mercurio recuperou o saquinho com as moedas de ouro. Fez com que tilintassem baixinho.

– Era o único jeito de salvar estas.

– Por que em mim e não em você?

– Porque iam te apalpar de todo modo. E, se não encontrassem nada, teria sido pior.

– Você não vale nada – rosnou Benedetta.

Mercurio ficou em silêncio, depois lhe perguntou:

– Ele te machucou muito?

– Você não vale nada – repetiu Benedetta, mas já sem raiva. E acrescentou: – Maninho.

20

Veneza

— Tem um quarto para mim e minha irmã? – perguntou Mercurio sem nem cumprimentar, ao entrar na Lanterna Vermelha, um pardieiro na Ruga Vecchia di San Giovanni, não distante do mercado de peixes de Rialto.

O dono da estalagem estava sentado em uma cadeira meio quebrada. Franzino, com cerca de 60 anos, poucos cabelos e poucos dentes. Tinha uma cara antipática e não parava de coçar as pernas e a virilha. "Os piolhos o estavam comendo vivo", pensou Mercurio.

O velho não respondeu. Cuspiu em um penico ao lado da cadeira. A saliva era avermelhada de sangue.

— Vocês estão fedendo como dois arenques podres – disse, então, dirigindo-se aos dois.

— Está com medo de que a gente empesteie seu palácio? – respondeu Mercurio. – Tem ou não um quarto?

— E você? Tem dinheiro? – perguntou o dono da estalagem.

— Não, por quê? – disse Mercurio, com ar insolente. – Para ficar em um lugar como este ainda é preciso pagar?

Benedetta riu.

— Um soldo por semana – respondeu o velho, cuspindo de novo no penico.

— Vou tirar os piolhos dos colchões, e você ainda quer uma moeda por semana? – indagou Mercurio.

— Há quem viva debaixo das pontes. Alguns sobrevivem. Vocês dois também podem experimentar.

— Te dou uma moeda por mês – disse Mercurio.

O velho cuspiu e fechou os olhos, dando a entender que a conversa estava encerrada.

– Vamos procurar alguma coisa melhor do que esta merda – disse Mercurio a Benedetta. – Scarabello vai nos encontrar de todo modo.

O velho abriu os olhos bruscamente.

– Quem? – perguntou.

– Não estava dormindo? – disse Mercurio.

– Scarabello? Você podia ter dito logo, rapaz. Nesse caso, se são amigos de Scarabello... é uma moeda por duas semanas.

Mercurio pôs as mãos no bolso e o fitou em silêncio.

Consternado, o dono da estalagem se moveu na cadeira e tornou a coçar a virilha.

– Um soldo por três semanas. Mas diga a Scarabello que te fiz esse preço de favor.

– Vou dizer a ele, sim. Ele tinha me garantido que nessa estrumeira dava para dormir por uma única moeda por mês.

Benedetta se escondeu atrás dele, segurando a risada.

O velho pensou por um instante.

– Está bem, maldição! Você é um ladrão, rapaz.

– Obrigado pelo elogio – disse Mercurio.

Resmungando, o homem os acompanhou até o quarto, um pequeno cômodo onde mal cabia um colchão de farelo, imundo. Em um canto, um penico tão velho que devia ter sido usado por Matusalém. O quarto não tinha janela.

– É para sufocar aqui dentro – suspirou Mercurio. – Vou sair para dar uma volta.

– Vou com você – disse logo Benedetta.

Mercurio nunca tinha visto uma cidade tão estranha.

– Tem muita água – disse, incomodado. Mas depois, aos poucos, deixou-se conquistar pela magia daquele lugar único, por aquelas ruas cheias de gente, de negócios, lojas, mercados e bancas.

A primeira coisa que quis fazer foi subir na majestosa ponte de Rialto, constituída por duas rampas de lariço e um mecanismo extraordinário, capaz de abri-la para a passagem de galés maiores. Os controladores faziam correr cabos e tirantes dentro de um mecanismo de polias e engrenagens, e a ponte se abria, rangendo. Parecia um jogo de prestidigitação. Algo nunca visto.

No entanto, o que mais impressionou Mercurio foi a enorme quantidade de embarcações de todo tipo que sulcavam os canais. Nunca tinha visto um tráfego como aquele. Por toda parte se ouviam gritos, discussões e madeira se chocando. Havia mais barcos em Veneza do que carroças pelas ruas de Roma.

Logo depois da ponte, na margem onde se avistava o mercado de peixes, ao lado da igreja de San Giacomo, fervilhava uma ampla área, chamada de Fabbriche Vecchie*. Um barbeiro que arrancava dentes na rua contou-lhe que, no ano anterior, o espaço havia sofrido um terrível incêndio e, nesse momento, estava sendo reconstruído. Mercurio passou um longo tempo observando os talhadores de pedras e os carpinteiros trabalhando sem descanso e pensou que deveria ser um esforço enorme transportar todas aquelas pedras e aqueles tijolos com as barcas. Os carregadores se moviam de um lado para outro com carrinhos de mão, feitos de rodas de madeira maciça, largas e planas, cantando em seu estranho dialeto.

Ao que lhe pareceu, todos vendiam alguma coisa. Havia uma quantidade inimaginável de lojas, negócios, trocas. As lojas mais ricas tinham prateleiras salientes, feitas em pedra de Ístria, e toldos em cores chamativas. Havia uma passagem sob um edifício, chamada de Sotoportego del Banco Giro, aonde os mercadores não precisavam levar dinheiro consigo, pois um banqueiro marcava as transações em seu registro e as garantia oficialmente, evitando, assim, que os vendedores e compradores corressem o risco de serem roubados. Bastava dobrar a esquina para se chegar à Calle della Sicurtà. Nessa rua, em um palacete de dois andares, com janelas pontiagudas e vidros coloridos que fizeram Mercurio pensar em um glacê, eram assegurados navios inteiros, bem como carregamentos de tecidos, especiarias e todo tipo de mercadoria que chegasse ou partisse.

No entanto, de modo geral, todas as ruas e passagens sob edifícios eram invadidas por uma maré instável de pessoas. Uma multidão de mercadores nômades, ambulantes carregando mercadorias de baixa qualidade, prostitutas e uma grande quantidade de mendigos, como Mercurio nunca vira, nem mesmo em Roma na época da Quaresma. E, naturalmente, entre tantas pessoas, identificou trapaceiros e ladrões. Conforme notou, os sistemas eram os mesmos em todos os lugares. O braço de pano que permitia usar o verdadeiro para surrupiar um porta-moedas ou um lenço.

---

* Edifício que abrigava as magistraturas administrativas, ou seja, os escritórios que se ocupavam do comércio, da navegação e do abastecimento da cidade. Foi destruído em 1513 por um grande incêndio. (N. T.)

Cegos de mentira que tropeçavam em suas vítimas e as "limpavam". Ladrões de meia-tigela que simplesmente roubavam a mercadoria e saíam correndo, esperando ser mais velozes que seu perseguidor.

– Temos concorrência – murmurou a Benedetta.

"Rialto era o coração comercial da cidade", pensou, "e certamente o melhor lugar para um trapaceiro como ele." Aquele se tornaria seu quartel-general. Teria com o que se divertir.

– Quero um vestido novo – disse Benedetta ao anoitecer. – Este está fedendo demais. Vi uma loja com vestidos lindos.

– Tem um plano? – perguntou-lhe Mercurio.

– Que plano?

– De como vamos pegar esses vestidos?

– Pagando! – respondeu ela, surpresa. – Estamos cheios de dinheiro.

Mercurio balançou a cabeça.

– Ótimo. Você é muito esperta, sabia? – Naquele dia, havia notado que sempre que pronunciava o nome de Scarabello, as pessoas se curvavam. Todos o conheciam, e ele era temido. – E se um dos homens de Scarabello estiver nos seguindo ou nos vir, mesmo que por puro acaso? Ele não é do tipo que vai dar uma gargalhada se descobrir que foi enganado.

– Então? – perguntou Benedetta, desconcertada.

– Então vamos ter de viver como se não tivéssemos dinheiro. Simples assim – respondeu Mercurio. Olhou para ela. – E o que faríamos se não tivéssemos dinheiro?

– Ah, não! – exclamou Benedetta.

– Ah, sim, maninha.

– Estamos cheios de dinheiro e vamos ter de correr o risco de sermos presos por furto?

– Temos de usá-lo para realizar nosso projeto.

– Você está obcecado por essa história! – soltou Benedetta. – Não temos nenhum projeto!

– Vamos ter. Pelo menos é o que espero. Seja como for, mais cedo ou mais tarde, o dinheiro acabaria e, convenhamos, não sabemos fazer outra coisa além de roubar.

– Ah, não... – bufou Benedetta, desanimada.

– Ah, sim.

– Então, por hoje vou ficar com essa pele de peixe – disse, desconsolada e apontando para o vestido malcheiroso. – Vamos comer alguma coisa e depois dormir. Estou morta de cansaço, meus pés estão inchados, e os sapatos, cheios de lama.

– Gosto quando você fica assim, tão alegre – riu Mercurio.

– Vá se foder.

Entraram em uma taberna. Comeram um peixe preparado de um modo estranho. Era pegajoso, mas os outros clientes pareciam apreciá-lo. Depois, voltaram para a hospedaria.

Mercurio examinou a multidão. Como conseguiria encontrar Giuditta em meio a tanta gente?

– Está procurando alguém? – perguntou Benedetta quando chegaram à Lanterna Vermelha.

– Quem? Eu? – indagou Mercurio.

Na entrada, o velho continuava sentado na cadeira. Olhou-os com hostilidade e cuspiu no penico.

– Acho que aquilo não é uma cadeira – disse Mercurio. – É traseiro dele que criou raízes.

Benedetta riu.

– E então? Quem está procurando? – perguntou-lhe novamente.

– Ninguém.

Após acender uma vela, Mercurio inspecionou o quarto. Com delicadeza, afastou uma mesa de madeira que estava encostada na parede lateral e, com uma colher que havia roubado na taberna, escavou um buraco na parede. Nele enfiou o saquinho com as moedas e recolocou a tábua no lugar.

– Sempre procuram no piso – disse a Benedetta.

Olharam-se, constrangidos.

– Bom, vamos dormir – disse Benedetta. – O que está esperando?

– De que lado quer dormir?

– É só você ficar longe de mim – advertiu ela. Deitou-se do lado esquerdo do colchão e se cobriu com a única coberta. – Vou ficar com ela porque você já tem a pele de coelho.

Mercurio se deitou na extrema direita.

– Apago?

– Sim – respondeu Benedetta.

– Não prefere que a deixe acesa?

– Não, apague.

Mercurio soprou a vela, e a escuridão se fez. Por algum tempo, permaneceram em um silêncio artificial.

– Está dormindo? – perguntou Mercurio em voz baixa.
– Não. O que você quer? – respondeu Benedetta com rispidez.
– Eu queria te dizer que quando os salteadores levaram nossos cavalos e tudo mais...
– Sim?
– Não... é que você foi corajosa.
– Tudo bem, já disse. Agora vamos dormir.
– Está bem. Boa noite.
Benedetta não respondeu.
– Posso te perguntar uma coisa? – recomeçou Mercurio.
– O que mais você quer?
– Alguma vez você pensa no Ercole e no homem que matei?
Benedetta calou-se por um instante. Depois, com uma voz menos rude, perguntou:
– Como se chamava o bêbado que te salvou e morreu afogado?
– Não sei...
– Alguma vez pensa no... Não Sei?
– Sempre – respondeu Mercurio em voz baixa. Depois, acrescentou: – E naquele mercador.
– E eu penso em Ercole. E naquele imbecil do Zolfo. – O tom de Benedetta era amigável. – E o que você pensa?
Mercurio não respondeu de imediato.
– Que tenho medo...
– Ah...
– ...e sinto um grande frio por dentro.
Os dois permaneceram um longo tempo em silêncio.
– Mercurio... – disse, então, Benedetta.
– Quê?
– Se quiser, pode chegar mais perto, debaixo da coberta. – Benedetta se deslocou para o centro da cama, ainda de costas para ele.
Mercurio ficou parado por um instante, depois de aproximou, rígido.
– Não tente me beijar – advertiu Benedetta.
– Não – disse Mercurio.
Benedetta bufou, esticou a mão atrás de si, pegou a de Mercurio e a colocou no próprio quadril.
– Se não ficar próximo, não vamos nos aquecer – disse. – Mas não me toque...

— Não.

— ...e mantenha no lugar aquela coisa que você tem entre as pernas... Enfim, diga a ele para ficar quietinho.

— Sim — anuiu Mercurio, enrubescendo.

Após algum tempo, Benedetta disse:

— Você fica chocado por eu ter dormido com um padre e outros sujeitos nojentos?

— A vida é uma merda. — Na voz de Mercurio havia raiva e constrangimento.

— Por que está sempre irritado?

— Não estou sempre irritado.

— Está, sim.

Mercurio pensou a respeito.

— Não estou a fim de falar sobre isso.

Benedetta ficou um tempo em silêncio. Depois, perguntou:

— E então? Fica chocado por eu não ser virgem?

— Que diferença faz você ser virgem ou não?

— Os homens só respeitam as mulheres virgens, não sabia?

— É... sim, claro que sabia...

Benedetta riu baixinho.

— Nunca fez amor, não é?

— Sim, algumas vezes fiz, sim.

— Ah, é? — perguntou-lhe Benedetta com um tom malicioso. — E como foi?

— Bem, é... digamos que as mãos dos dois... participaram de alguma forma, entende? — balbuciou Mercurio, sem jeito.

— Como assim?

— Bem, não foi nada de... enfim... tem coisa melhor do que isso.

— Mentiroso — zombou Benedetta. — Nunca fez.

— Estou com sono, vamos dormir.

Benedetta sorriu.

— Sim, vamos dormir. — Depois, enfiou a própria mão debaixo da de Mercurio.

Com o toque, o rapaz se enrijeceu.

— Relaxe, é só para me aquecer.

Mercurio não respondeu. Era verdade. Nunca tinha feito amor. Nada sabia do amor. Permaneceu imóvel por um tempo que lhe pareceu interminável, com os olhos arregalados. E somente quando percebeu que a respiração de Benedetta tornava-se mais pesada, começou a render-se ao cansaço. Fechou os olhos. E logo pensou em Giuditta. Lembrou-se de quando ficaram de mãos dadas, na carroça dos víveres, em Mestre. Teve a impressão de ser novamente invadido por aquele calor particular. Supôs que isso fosse o amor. Como havia acontecido com Anna del Mercato e seu marido. E se o amor fosse essa inquietação na barriga, não era nem um pouco ruim, sorriu. Concentrou-se em Giuditta, sem resistir. Talvez ela pudesse tornar-se seu projeto. Imaginou-se novamente na carroça, ao lado dela.

E apertou a mão de Benedetta.

A moça retribuiu o aperto e se aproximou mais dele.

Mercurio sentiu que corava de vergonha.

— Desculpe — sussurrou, constrangido.

— Por quê? — perguntou Benedetta.

— Pensei que você estivesse dormindo.

— Não — respondeu Benedetta com voz suave. — Desculpe por quê?

Mercurio tirou a mão e se afastou dela, dando-lhe as costas.

— Nada, deixe para lá... — disse bruscamente. — Estou com calor.

21

Apenino central, próximo a Narni

APÓS TER DEIXADO ROMA, Shimon Baruch abandonou a Via Flaminia e se adentrou nos bosques que cresciam ao redor de Rieti. Permaneceu escondido e, depois de uma semana, voltou para a Via Flaminia, a fim de partir para o norte, ainda sem saber se deveria dirigir-se a Veneza ou Milão. Ao longo dessa semana, interrogou-se sobre a resposta de Scavamorto. No começo, tinha certeza de que havia mentido. Mas Scavamorto era um bom homem, e não havia dúvida de que nutrisse algum afeto por Mercurio. Por isso, podia ter dito a verdade, certo de que Shimon não confiaria nele. E Shimon acabou se convencendo de que era o que havia acontecido.

A Via Flaminia atravessava os Apeninos, chegava à Costa Adriática e, passando por Rimini, a um porto que tempos antes havia sido aberto aos judeus; prosseguia rumo a Veneza e se tornava Via Emilia. Tudo em território pontifício. Apertando "sua" certidão de batismo, Shimon pensou que, mesmo no caso de o procurarem, nunca imaginariam que ele se demoraria tanto no território da Igreja.

Ao anoitecer, já perto de Narni, Shimon alcançou uma carroça penitenciária, preta, com algumas janelas estreitas e reforçadas com duas barras de ferro em cruz, arrastada por quatro cavalos flamengos, com traseiros enormes e musculosos. Shimon seguiu atrás do comboio, pois a estrada era muito estreita para passar.

Ao vê-lo, dois guardas carcerários que escoltavam a carroça a cavalo se aproximaram dele.

– Aonde vai? Quem é você?

Shimon levou a mão ao bolso e apresentou a certidão de batismo. Era a primeira verificação

– Alessandro Rubirosa – leu um dos guardas. – É espanhol?

Shimon fez que não e apontou para a garganta, indicando que era mudo.

– Você é mudo? – perguntou o guarda para confirmar, elevando o volume da voz como se ele também fosse surdo.

Shimon fez que sim.

– E para onde vai? – perguntou o outro guarda.

Shimon não sabia como explicar. Tentou desenhar uma gôndola no ar.

– Sapatos turcos? O que tem a ver? – perguntou um.

– Facão turco? – corrigiu o outro, indicando a arma de Scavamorto que Shimon trazia na cintura.

Shimon negou com a cabeça. Pensou em como poderia explicar.

– Bom, quem se importa – disse o primeiro guarda.

Shimon fez um gesto para indicar que queria comer e dormir.

– Há muitas estalagens em Narni... – começou o segundo guarda.

– Mas ele corre o risco de se perder. Já está quase escuro – interveio o outro. – Pode vir à Estalagem do General. É econômica, limpa, tem boa comida.

Shimon ficou indeciso. Algo lhe dizia para não confiar. Mas depois pensou que era o velho mercador temeroso a falar. Assim, mais por reação a esse pensamento, que o aborreceu profundamente, fez que sim aos dois guardas.

Após algumas milhas, tomaram um caminho estreito e chegaram a uma clareira coberta de relva, diante de uma casa de dois andares, pintada em tom de tijolo, com muitas janelas fechadas.

A carroça penitenciária parou no centro da clareira. Caía uma chuva fina e fazia frio. Os guardas abriram a porta. Shimon, que nesse meio-tempo havia descido da charrete, sentiu uma baforada de humores corporais sair do veículo. Ao olhar para dentro, viu cinco homens, sentados em dois bancos de madeira, com pés e mãos acorrentados a grossos anéis de ferro. Um dos prisioneiros gemia, comprimindo o abdômen.

– General! – gritou um dos guardas.

Imediatamente se iniciou um vaivém agitado. Os guardas deviam ser um bom negócio para a estalagem. Dois serventes chegaram com tinas cheias d'água. Assim que os guardas fizeram descer os prisioneiros, os serventes derramaram toda a água na carroça para limpar o pavimento dos excrementos. Os prisioneiros foram levados para um palheiro. Shimon viu que era aparelhado como uma pequena prisão. Um a um, foram amarrados a um grosso tronco horizontal, que corria de um lado a outro da parede. Seus pulsos estavam acorrentados com folga para que pudessem comer.

Chegaram duas velhas com um caldeirão de cobre e tigelas de barro, nas quais verteram um caldo aguado, e as passaram aos prisioneiros.

– Parece que aquele ali não está com fome – disse um deles, indicando o que gemia, com as mãos no abdômen.

Um guarda riu de modo estúpido. Depois, virou-se para a estalagem e gritou de novo:

– General! O senhor tem um cliente!

Então, da hospedaria saiu um homem velho, mas ainda forte, com cabelos de uma brancura cândida, curtos e lisos, acompanhado por uma moça que, a julgar pela idade, poderia ser sua neta, bonita e vulgar ao mesmo tempo.

– Boa noite, General – disseram os guardas ao velho, com um tom obsequioso que não teriam reservado a um simples dono de estalagem. – Este pobre homem é mudo. É um viajante. Precisa comer e de um bom quarto.

O velho olhou para Shimon.

– Venha – disse e se encaminhou para a entrada. – Preparem algo para os rapazes! – gritou às duas servas que tinham se ocupado dos prisioneiros.

Shimon fitou a moça que, requebrando-se de maneira excessiva, seguia o General. Porém, aparentemente, ela nem sequer o notou.

Embora modesta, a estalagem parecia limpa. Um dos serventes fez sinal a Shimon para sentar-se a uma mesa. Os guardas, tanto os dois que estavam a cavalo quanto os outros três que viajavam na carroça, sentaram-se a outra mesa. De bom humor, lançaram-se sobre um jarro de vinho tinto. Em poucos segundos, as velhas saíram da cozinha com duas bandejas grandes, cheias de comida para os guardas e um prato para Shimon. Havia pão fresco, frango assado, linguiças e cebolas no vinagre.

Shimon olhou para as linguiças.

"Nunca mais você será um judeu", disse a si mesmo.

Pegou uma fatia de pão e a dobrou ao meio, com uma linguiça dentro. Mordeu a carne de porco pela primeira vez na vida.

"Nunca mais será um judeu", repetiu.

E sentiu-se forte.

Enquanto isso, descendo a escada por onde tinha desaparecido o misterioso General, a moça aproximou-se da mesa dos guardas com indolente sensualidade.

Shimon nunca tinha visto uma moça tão bonita e provocante. Ou talvez, disse a si mesmo, nunca tivesse se permitido ver. Apesar da sensação de perigo que não o abandonava, sentia-se irresistivelmente atraído por ela. Observou-a rir e beber, sentada com os guardas, de costas para ele. Ignorando-o.

Apenas muito mais tarde, quando os guardas mostraram estar com sono e ter bebido o suficiente, a moça se levantou e, ao se virar, olhou justamente para ele.

Shimon estremeceu.

– Siga-me – disse-lhe a moça, passando ao seu lado e saindo da estalagem.

Um dos guardas zombou.

Shimon permaneceu imóvel, perplexo e surpreso. Porém, levantou-se de um salto e a seguiu, ainda em tempo de vê-la dobrar a esquina da construção, nada além de uma silhueta preta que se requebrava no fundo um pouco menos escuro da noite. Então, antes que desaparecesse, caminhou atrás dela como um animal doméstico.

Ao levantar o olhar, viu o General junto a uma janela do primeiro andar. Estremeceu. Instintivamente, sentia medo dele. Mas talvez ele não o tivesse visto, pensou. Porque a noite era escura. E o General era velho.

Chegou aos fundos da estalagem. Notou uma portinha aberta e uma luz fraca vir do interior. Aproximou-se, freando as pernas, que queriam correr.

A moça estava de costas, mas assim que Shimon apareceu no vão da porta, ofegante, ela se virou e foi até ele. A boca sorria, mas o olhar estava aceso por um desejo que Shimon, apesar de sua escassa experiência, não teve dificuldade para interpretar. A moça o puxou para dentro por um braço e, com uma espécie de pirueta, soltou-se de costas contra a porta e a fechou.

– Toda noite sou obrigada a me deitar com um velho – disse à queima-roupa. – Mas esta noite o General está ocupado com os guardas. Não vai me procurar.

Shimon estava atônito com a beleza provocante da moça. A blusa de musselina que velava o decote do vestido estava caída de um lado e deixava entrever a pele, sombreada pela cavidade dos seios. Fitou-a em silêncio.

A moça se moveu, roçou-o e pegou uma caneca de vinho.

– Venha aqui – disse-lhe, ajoelhando-se no colchão de palha.

Shimon a seguiu como um peixe preso ao anzol. Sentou-se e viu-se ao lado de seu rosto. Sentiu o odor forte de sua boca, um misto de carne e vinho tinto. Estava ancorado àqueles olhos escuros, misteriosos.

A moça olhou para ele intensamente, apenas inclinando a cabeça para o lado, depois apoiou a caneca nos lábios dele.

Shimon bebeu. Sentiu o vinho morno gorgolejar em sua garganta. Tinha um sabor levemente amargo. E sentiu o hálito quente da moça perto de seus lábios.

– Queria fazer amor comigo? – disse ela, então.

O coração de Shimon se acelerou.

A moça tirou a blusa de musselina. O decote do vestido mostrava uma generosa porção de seio. Sorriu, levantou-se e tirou as botas dele. Em seguida, ofereceu-lhe outro gole de vinho.

Shimon bebeu. E sentiu novamente o leve gosto amargo na garganta.

– Como você se chama? – perguntou-lhe a moça.

Shimon fez um gesto para mostrar-lhe que era mudo

– É mercador?

Anuiu. Sua cabeça estava pesada. O cansaço daqueles dias se fazia sentir.

– É rico?

Shimon percebeu que sua cabeça estava cada vez mais pesada, embora tentasse resistir. Então se deu conta de que tinha sido tolo.

A moça olhou para ele em silêncio.

Shimon notou que se sentia cada vez mais confuso.

A moça o revistou. Em um segundo, encontrou o bolso secreto nas botas de Scavamorto e dele extraiu algumas moedas de ouro. Pôs uma na boca e a mordeu. Depois, satisfeita, voltou a olhar para a moeda e exclamou:

– Sete moedas de ouro!

Shimon não conseguia se mexer. Seus olhos se fechavam. A cabeça girava. Os objetos no quarto ondulavam, perdiam o contorno, mudavam de dimensão. Era um mundo instável, ora muito colorido, ora apagado, silencioso ou estridente. Shimon sentia uma opressão no peito que mal o deixava respirar. E um cansaço do qual era incapaz de se defender. "Não vai fazer amor comigo, não é?", conseguiu pensar.

A moça apoiou a cabeça de Shimon em seu peito. Acariciou a pele sob a camisa. Depois, pegou sua mão e a beijou. Beijou seus dedos, o dorso e a palma com lentidão. Levou a mão ao decote do vestido e a guiou pelo seio quente e macio. Empurrou a ponta de um dedo até roçar o mamilo.

– Sinto muito – sussurrou-lhe com voz rouca e ofegante.

Um instante antes de perder a consciência, Shimon viu sangue. Por toda parte. Viu sangue no peito do louco que havia matado, sangue no chão da sacristia onde havia massacrado o pároco e a criada, sentiu sangue na boca, o seu sangue, que gorgolejava sempre que respirava.

Como quando pensou que havia morrido.

Mas, desta vez, Shimon não tinha medo.

"Que idiota!", pensou apenas.

Depois, tudo escureceu.

Na manhã seguinte, pouco antes de clarear, despertou entorpecido pelo frio, com a cabeça pesada e a vista enevoada. Estava sem botas e sem manto. Os tornozelos estavam acorrentados ao tronco do palheiro. Ao seu lado, os outros cinco prisioneiros. Vomitou.

— É, pelo visto você se divertiu esta noite – riu um dos prisioneiros. Os outros o acompanharam, assim como os guardas.

— Alessandro Rubirosa... – disse o capitão dos guardas, lendo a certidão de batismo –, você é acusado de ter estuprado uma moça virgem e tentado matá-la. Por isso, será conduzido à prisão de Tolentino, onde será julgado por uma corte eclesiástica. Tem alguma coisa a dizer em sua defesa, mudo? – Desatou a rir. Depois, voltou-se para seus homens. – Coloquem-nos na carroça. Vamos partir.

— Vamos, em pé – ordenaram os guardas aos prisioneiros e, enquanto um desembainhava a espada, o outro abria os cadeados que os mantinha atados ao tronco. Foram enfileirados e empurrados até a carroça penitenciária.

Assim que saiu, Shimon viu a moça, um pouco afastada, que o buscava com o olhar. Os olhos de ambos se encontraram. Ela deu poucos passos para a frente e colocou-se ao seu lado.

— Prometa que vai pensar em mim – disse-lhe.

Shimon a encarou com olhos gélidos. Pensou que, à luz do dia, a moça parecia trazer mais marcas do que na noite anterior. Tinha olheiras um pouco mais escuras do que a pele cândida do rosto, delimitada por pequenas rugas. Os lábios eram menos vermelhos e menos carnudos. O comportamento era menos atrevido. Ou talvez só estivesse mais cansada. As costas, menos eretas. E os olhos brilhavam com uma luz remota, triste e misteriosa ao mesmo tempo.

Shimon abriu a boca e gritou, olhando fixamente para ela. O sibilo aflitivo atingiu seu rosto em cheio.

A moça recuou.

Um guarda o empurrou. Outro o golpeou sua face com o guarda-mão da espada.

Enquanto caminhava para a carroça penitenciária, atado aos outros prisioneiros, que caçoavam e faziam comentários vulgares, o corpo de Shimon era sacudido por calafrios e cansaço, e sua cabeça ainda estava confusa por causa da droga. Os pés descalços, que afundavam na terra úmida, estavam congelados. Na boca, sentia o sabor do sangue, já tão familiar.

"Sim, vou pensar em você", disse mentalmente à moça, virando-se para olhá-la.

Os guardas o fizeram embarcar e o acorrentaram ao banco.

– Devíamos tê-lo matado – disse a moça ao velho, em voz alta o suficiente para que Shimon a ouvisse.

– Te assustou tanto assim? – perguntou-lhe o General, rindo.

– Me dá nojo.

– É perigoso demais matá-los, você sabe disso.

A moça fitava Shimon. E Shimon a fitava.

Depois, os guardas fecharam a porta.

"Vou pensar em você", disse novamente Shimon a si mesmo.

A carroça partiu. Pouco tempo depois, o prisioneiro que na noite anterior havia gemido desabou no banco e começou a respirar com dificuldade.

– Morra logo, bonitão, que você já está me incomodando – disse um dos prisioneiros.

Os outros riram. Todos, menos Shimon.

Em meia hora, os gemidos se intensificaram.

– Isso mesmo, morra de uma vez – disse outro.

– Quer uma ajudinha para morrer? – acrescentou o que estava ao seu lado e lhe deu uma cotovelada no estômago.

Mais uma vez, todos riram. Exceto Shimon.

– Não está se divertindo, mudo de merda? – perguntou-lhe o prisioneiro sentado diante dele e, inclinando-se, cuspiu em seu rosto.

Shimon não esboçou a menor reação.

Por fim, ao chegarem ao topo de uma colina imersa em um bosque de faias, a respiração do homem se reduziu a um estertor. Emitiu um último e longo suspiro e permaneceu inerte, sacudido pelo andamento da carroça.

– Ei, finalmente este aqui morreu! – gritou o prisioneiro que estava acorrentado ao seu lado. – Joguem-no aos lobos! Não quero viajar com um cadáver!

A carroça parou. A porta foi aberta.

Nesse momento, um dardo atravessou o pescoço do guarda que abrira a carroça. De dentro dela, Shimon e os prisioneiros ouviram gritos, baques, a terra tremer debaixo dos cascos de muitos cavalos, blasfêmias e orações. Depois, tudo ficou em silêncio.

Um rosto encovado pela fome, feio e inexpressivo, apareceu. Atrás dele, uma dezena de homens sujos de sangue.

– Você está livre, chefe – disse o sujeito de rosto encovado.

O que todos acreditavam que estivesse morto se levantou.

Um dos bandidos subiu na carroça e soltou seus tornozelos.

– Que bom revê-lo, chefe – disse.

O homem não respondeu. Puxou a faca da cintura do outro e, sem dizer nada, degolou o prisioneiro que lhe dera a cotovelada no estômago. Depois, desceu da carroça e ordenou a seus homens:

– Matem todos.

Sem a menor hesitação, um dos bandidos subiu na carroça e afundou a espada no peito do primeiro prisioneiro, sentado ao lado de Shimon.

– Aquele, não – disse o chefe dos bandidos, agora a cavalo e apontando para Shimon. – Não sei por que você não riu, mudo... mas hoje é seu dia de sorte.

Os bandidos acabaram com os outros prisioneiros, lançaram as chaves da corrente para Shimon e partiram a galope.

Shimon abriu o cadeado, desceu da carroça e procurou o capitão dos guardas. O homem tinha um dardo de besta cravado no olho esquerdo e saindo pela parte posterior do crânio. Shimon pensou que era algo engraçado de ver. Vasculhou o bolso dele. Recuperou a certidão de batismo. Depois, encontrou uma moeda de ouro. Um florim. Reconheceu-o. Era um dos seus sete. E, evidentemente, a parte do butim que coubera ao capitão. Vasculhando os outros guardas, encontrou um segundo florim, que provavelmente seria repartido mais tarde, talvez em alguma taberna, na companhia de alguma prostituta. Isso significava que o General e a moça estavam com os outros cinco.

Tirou as botas do capitão e as experimentou. Bateu os pés no chão. As esporas tilintaram. Serviam nele. Depois, pegou as luvas de couro e jogou nas costas o manto com as armas do exército pontifício. E enfiou na cabeça o elmo leve.

Ouviu um gemido. Virou-se. Um dos guardas esticava o braço até ele.

– Socorro... me ajude...

Shimon foi até ele. Era apenas um rapaz. Ajoelhou-se e segurou a cabeça dele, apoiando-a no colo.

Em seguida, torceu-a com violência.

Desatou os cavalos do varão da carroça, deu um tapa nas ancas robustas e deixou que se afastassem. Recolheu uma espada ensanguentada, uma besta e alguns dardos. Pegou pelas rédeas um dos cavalos dos guardas. Era um capão branco. Tinha o pescoço estriado de sangue. Shimon o limpou. Acalmou-o e montou na sela. Depois, deu-lhe um leve golpe com as esporas do capitão. O cavalo se moveu.

"Estou a caminho", pensou Shimon, dirigindo-se à estalagem.

22

Veneza

NA MANHÃ SEGUINTE, enquanto vagavam na ponte de Rialto, estudando um meio de roubar roupas novas, um rapaz com um olho vendado se aproximou de Mercurio e Benedetta.

– Sigam-me, vamos até Scarabello – disse o caolho.

Depois que desceram da ponte, viraram logo à esquerda, ladeando o Canal Grande, ao longo da calçada da Riva del Vin. Para não afundar na lama, tentavam caminhar sobre velhas tábuas de madeira que, no entanto, estavam quase totalmente ocupadas pelo comércio de tonéis de vinho, descarregados na região para abastecer quase todas as casas e estalagens de Veneza. Margearam o Ramo del Fontego, viraram à esquerda e se encontraram em um largo chamado Campo San Silvestro.

Scarabello estava em pé, de braços abertos, esticados, diante do estabelecimento de um peleiro. Um odor horrível de ácidos para curtir couro se difundia no ar úmido. Scarabello vestia um casaco de pele grande e espesso. Atarefados, dois aprendizes giravam em torno dele, cada um segurando um pincel, que mergulhavam em uma lata cheia até a borda de tintura preta. Mercurio notou que em alguns pontos, aos quais os aprendizes se dedicavam com afinco, a pele era marrom. Não dava para saber de que animal era. O pelo era hirsuto. Podia ser tanto de cão como de urso. Scarabello tinha um pedaço de carne espetado na faca que segurava com a mão esquerda e no qual, de vez em quando, dava uma mordida. Seus três homens, aos quais se juntou o caolho, estavam sentados mais afastados, em pedras brancas que sobressaíam dos muros de uma casa.

– O que tem achado de Veneza? – perguntou quando Mercurio apareceu à sua frente. Nem se dignou a olhar para Benedetta.

– Ao que parece, cheia de tolos – respondeu Mercurio. Mais uma vez, ficou impressionado com a cor dos cabelos dele, quase brancos.

– E quem disse que você pode enganá-los? – quis saber Scarabello.

– Imagino que preciso da sua permissão.

Scarabello riu, satisfeito. Depois, virou-se com impaciência para os dois aprendizes.

– Quanto falta, afinal?

Nenhum dos dois respondeu. Mas o peleiro se precipitou para fora do estabelecimento para controlar o trabalho. Balançou a cabeça.

– Senhor Scarabello, não está bem-feito – lamentou-se. – A tintura precisa ser fixada.

– Não tenho tempo – respondeu Scarabello, aborrecido. – Quanto falta?

– Estão quase terminando – disse o peleiro com tristeza.

Scarabello lhe fez sinal para ir embora. Depois, mordeu um pedaço da carne.

– Então, me diga o que gostaria de fazer – disse a Mercurio.

– Preciso de duas roupas novas. Com estas que estamos usando, qualquer um sente nosso cheiro a uma milha de distância.

Scarabello não disse nada.

– Como eu te disse, sou um bom trapaceiro, e ela, uma boa vigia – prosseguiu Mercurio. – Diga o que...

Scarabello o fez calar com um gesto da mão.

– Estou farto – disse aos aprendizes.

– Já terminamos, senhor Scarabello – respondeu um deles.

– Mas cuidado para... – iniciou o outro.

– Vá para o inferno! – interrompeu-o Scarabello e, fazendo sinal a Mercurio para segui-lo, entrou na estreita Calle del Luganegher, passando na frente de uma venda de linguiças. Seus homens o seguiram. Benedetta também foi atrás. Scarabello caminhou rapidamente até o Campo Santo Aponal. Parou e mostrou a Mercurio uma loja miserável, deserta.

– Há cinco anos, ali dentro, nasceu um monstro com duas cabeças, quatro braços e três pernas. Um menino e uma menina, presos um ao outro. Eram filhos do verdureiro. – Apontou a faca com o pedaço de carne espetado para um homem inclinado no balcão. – Chamaram a menina de Maria e o menino, de Alvise. Viveram apenas por uma hora. Depois, um doutor levou o monstro embora e o mandou embalsamar. Desde aquele dia, ninguém mais entrou na loja.

Mercurio olhou para o verdureiro.

– Então, por que a mantém aberta?

– Porque agora trabalha para mim. Um terço do que você ganhar, traga a ele. E ele vai dá-lo a mim.

– Um quinto – disse Mercurio.

O céu se anuviou de repente. Um vento úmido se ergueu. Um trovão ecoou, como um murmúrio indistinto.

– Você não está em condições de negociar, rapaz.

– Um quarto.

– É surdo?

Mercurio balançou a cabeça.

– Está bem.

– Mas não acho que vou ganhar muito com você – sorriu Scarabello, voltando-se para seus homens, que caçoaram. – Você não me parece um grande ladrão. E certamente não tem as ideias claras.

– Sou um ótimo trapaceiro – rebateu Mercurio, ofendido. – E um mago do disfarce.

– E, como todos os romanos, de uma modéstia... papal!

Os homens de Scarabello riram.

Algumas gotas tímidas de chuva começaram a cair do céu plúmbeo.

– Vocês formam uma péssima dupla – disse Scarabello, como se tivesse notado Benedetta apenas nesse momento. – Qual é a primeira regra de um bom vigia? – perguntou.

Mercurio encolheu os ombros, como se a questão não lhe interessasse.

– Que não fuja deixando o companheiro na merda quando as coisas se complicarem – respondeu.

– Essa é uma regra para um vigia qualquer – disse Scarabello. – Mas um *bom* vigia... tem de passar despercebido.

– Óbvio – disse Mercurio, fingindo não ter nenhuma dúvida a respeito.

A chuva se intensificou, mas Scarabello não se moveu do centro do largo. Voltou-se para Benedetta e lhe disse:

– Você não passa despercebida. É muito bonita.

O olhar de Benedetta se iluminou e ela sorriu, satisfeita.

– É um defeito, cretina – disse-lhe Scarabello.

– Cretina – repetiu Mercurio, com superioridade.

– E o que é preciso fazer se um vigia atrai demais a atenção? – perguntou Scarabello, enquanto a chuva se tornava mais forte.

– Mudar de vigia – riu Mercurio. Mas viu que Scarabello não riu com ele. – Estou brincando. Quero dizer... entendi...

– Fanfarrão – disse-lhe Scarabello.

– Não, tudo bem... Se for vistoso... – balbuciou Mercurio, buscando a solução para não ter de admitir a própria ignorância. – Se for muito bonita, é só desfigurá-la com a faca, não? – riu de novo.

– Você tem de tirar proveito do defeito, idiota – rebateu Scarabello.

– Idiota – repetiu Benedetta.

– Tirar proveito do defeito. Era o que eu queria dizer – resmungou Mercurio, corando.

Scarabello balançou a cabeça. Seus cabelos, já ensopados debaixo da chuva que caía sem cessar, moveram-se no ar como os tentáculos de uma extraordinária fera albina.

– Você precisa deixá-lo ainda mais evidente, para que se torne uma distração. Esse tipo de vigia não controla os tolos sem se fazer notar, como geralmente ocorre, mas os controla... fazendo com que se concentrem nele. Está me acompanhando?

– Não – admitiu Mercurio, vencido. – O que tenho de fazer na prática?

Scarabello foi até Benedetta e soltou os cabelos dela.

– Ei! – protestou a moça.

– Fique quieta! – ordenou Scarabello com voz autoritária. Com a mão livre da faca, soltou o laço da blusa sob o vestido e a dobrou para dentro, desnudando o peito. Depois, não satisfeito, rasgou um pedaço do vestido e o dobrou, aumentando o decote e deixando entrever os pequenos mamilos rosados. Virou-se para Mercurio. – Entendeu agora? Use o que você tem. É a primeira regra. Vão olhar para as tetas dela, e o caminho vai ficar livre para você... fanfarrão.

Mercurio anuiu. Estava ensopado. Viu que os homens de Scarabello fitavam o decote.

– Vocês precisam respeitá-la. Benedetta é virgem – disse.

Ela olhou para ele, perplexa. Enrubesceu. Em seguida, sem saber o que fazer, deu-lhe um soco no ombro, sem dizer nada.

Scarabello balançou a cabeça.

– Já estou farto de me molhar por culpa de vocês – disse e entrou na loja do verdureiro.

Este se inclinou em sinal de respeito quando Scarabello e seus homens foram para dentro. Quase não havia mercadoria. Era uma grande sala fria, com pavimento de tábuas de madeira, paredes caiadas e poucas verduras em algumas cestas pretas como fuligem. Mercurio teve a impressão de que o verdureiro não sentia medo de Scarabello. Em seus olhos havia reconhecimento. Pegou uma caixa fechada com um estranho cadeado cilíndrico e, depois de abri-la, expôs um punhado de moedas a Scarabello, que as colocou no bolso sem contá-las. Depois, pescou quatro moedas de prata e as deu ao verdureiro.

— Aqui está seu pagamento – disse.

O homem beijou sua mão, com olhos reluzentes.

— Obrigado, que Deus te abençoe, por toda a eternidade.

Scarabello retirou a mão, mas sem irritação. Apontou para Mercurio com a faca.

— Paolo, acho que este fanfarrão não nos fará ganhar muito. Mas está recrutado. – Levou à boca o pedaço de carne e o mordeu. Ao sentir o suco escorrer pelo queixo, limpou-se com a manga do casaco de pele. E, ao abaixar o braço, tinha um grande bigode preto que atravessava seu rosto de uma face a outra.

A chuva havia dissolvido a tinta do casaco, que em alguns pontos estava de novo marrom. Mercurio olhou para o chão. A pele do casaco deixava uma mancha preta ao redor de Scarabello.

— Você fica bem de bigode – desatou a rir.

Nenhum dos homens de Scarabello ousou falar.

Scarabello o olhou com surpresa, sem entender.

O caolho foi o primeiro a se mexer. Postou-se diante de Mercurio, pegou-o pela gola e o empurrou com violência.

— Cale a boca, imbecil.

Primeiro Mercurio se agarrou em seus quadris, depois acabou sendo lançado contra um dos comparsas, que o pegou pelo pescoço e o tratou com rudeza. O rapaz se agarrou também a este, quase o abraçando, para não cair. Irritado, o homem o empurrou para outro, que o pegou como se Mercurio fosse uma bola, ergueu-o no ar e o jogou no chão, diante de Scarabello.

— Peça desculpas a ele, infeliz!

Benedetta prendia a respiração. O verdureiro tinha se virado de costas.

Mercurio mergulhou o dedo na poça preta e desenhou um bigode em si mesmo.

— Agora estamos iguais. – Desatou a rir, sem conseguir conter-se. – Mas os seus são bem mais grossos...

— Cale a boca, imbecil! – exclamou o caolho e já estava para lhe dar um chute quando Scarabello tirou o pedaço de carne da faca e o arremessou contra ele, atingindo seu rosto.

O caolho grunhiu.

— Mas...

— É você que deve calar a boca! – Em seguida, Scarabello apontou a faca para Mercurio. – Levante-se – ordenou. Então, dirigiu-se ao verdureiro: – Traga-me um espelho, Paolo.

O homem se precipitou nos fundos do estabelecimento e voltou com um espelho velho.

Scarabello se olhou. Depois, fitou o caolho.

— Quem é o imbecil? Você ou ele? – disse com voz grave. – Você teria deixado que eu saísse por aí desse jeito por medo de me dizer, idiota? – gritou. Esquadrinhou os outros homens. – Seus idiotas!

Os outros baixaram o olhar.

Scarabello se limpou com o pano trazido por Paolo. Em seguida, passou-o a Mercurio, com um sorriso divertido. – Vá até a alfaiataria do Teatro dell'Anzelo. É minha. Diga que fui eu que te mandei. Se encontrar alguma coisa que te sirva, pegue. – Deu-lhe um tapinha na face. – Até mais, fanfarrão.

— Só um instante, Scarabello – disse Mercurio. – Podemos começar a fazer as contas? Te devo um terço do que eu roubar, certo?

Scarabello olhou para ele, perplexo.

Mercurio foi até o balcão e nele colocou uma faca, um saquinho de veludo verde, no qual tilintaram algumas moedas, e um lenço vermelho. Olhou para o verdureiro.

— Então, Paolo, quanto dá? Preciso dar minha parte ao patrão.

— Ei! Esse saquinho é meu! – exclamou o caolho.

— E o lenço é meu! – disse outro homem.

— A minha faca, seu filho da puta! – disse o terceiro.

Scarabello bateu a mão na coxa e soltou uma sonora gargalhada.

— E não é que esse fanfarrão vai nos fazer ganhar bem? – Virou-se para seus homens. – Enganou vocês direitinho! Acharam que estivessem lhe dando um susto, mas enquanto isso ele limpou o bolso de todos vocês! Que idiotas! – Agarrou um a um pela nuca e passou a manga do casaco no rosto deles, manchando-os de preto. – E ai de vocês se limparem! Vão ficar assim até a noite! Peguem suas coisas, palermas. – Depois, saiu da loja.

A chuva tinha parado, e um sol caprichoso espreitava por entre as nuvens que se rasgavam. A risada divertida de Scarabello ecoava no Campo Santo Aponal.

— Nunca o vi rir com tanto gosto — disse Paolo quando os homens de Scarabello foram embora. — Mas achei que fosse te matar, rapaz. — Olhou para as quatro moedas de prata que tinha na palma da mão. — Não me entenda mal, não estou falando mal dele. Se não fosse por Scarabello, eu estaria morto. Ninguém compra verduras do pai de um monstro. Pensam que a maldição cairá sobre eles se fizerem negócios comigo. — Seus olhos se velaram. — E minha mulher, por medo do que a esperava, disse aos padres que era culpa minha se tinha dado à luz o monstro, porque eu negociava com o diabo. Fui excomungado, meu casamento foi anulado, e agora ela trabalha como criada para os Frari,[*] imagine só... Foi ela quem pôs no mundo Maria e Alvise, meus filhos, presos um ao outro, pobres crianças... Não eram um monstro, entende? Eram apenas duas pobres crianças. — Paolo não enxugou as lágrimas, como se estivesse habituado a sentir as faces molhadas. — Scarabello foi o único que não me abandonou. É uma boa pessoa, melhor do que qualquer um por aqui. Acha que alguém como ele precisaria de alguém como eu?

Mercurio e Benedetta estavam constrangidos. Não sabiam o que dizer. Após gaguejarem algumas frases convencionais, pediram que o vendedor de hortaliças lhes explicasse onde ficava o Teatro dell'Anzelo e partiram pelas ruas repletas de gente.

— Scarabello disse que sou bonita — comentou Benedetta.

— Não, disse que você é *cretina* — brincou Mercurio.

— E que você é idiota.

— Mas graças a este idiota aqui vamos ter roupas que não cheiram a peixe.

— Você só teve sorte, não fique se gabando.

Empurraram-se e riram. Se alguém os visse sem conhecer sua história, diria que não passavam de dois jovens despreocupados.

Quando chegaram a Campiello dei Sansoni, em meio à multidão aglomerada ao redor de um vendedor ambulante de pássaros raros que, como ele próprio anunciava, vinham diretamente do Paraíso Terrestre, Mercurio viu uma cabeça pontiaguda, calva e familiar. Sentiu o coração acelerar-se no peito.

---

[*] Referência à Basílica de Santa Maria Gloriosa dei Frari. (N. T.)

– Donnola! – chamou.

O outro não o ouviu e prosseguiu, caminhando a passos rápidos.

– Donnola! – chamou novamente Mercurio, agitando o braço no ar. – Lembra-se dele? Vamos segui-lo – disse a Benedetta.

– Que te interessa esse paspalho?

– Quero cumprimentá-lo. Era o ajudante do doutor.

– E que te interessa o doutor? Vamos ao Teatro dell'Anzelo – e o puxou na direção contrária.

– Me solte! – Mercurio se desvencilhou com ímpeto excessivo. – Vá você, eu te alcanço – e começou a correr atrás de Donnola. "Era uma possível ligação com Giuditta", pensou, emocionado.

Benedetta ficou parada por um instante, depois foi atrás dele.

Mercurio empurrou as pessoas, tentando abrir caminho, e entrou em uma rua estreita, de chão viscoso. Vez por outra, entrevia a cabeça pontiaguda de Donnola, gritava seu nome e agitava os braços.

Donnola estava para ser alcançado quando se virou e viu um rapaz que gritava seu nome e lhe fazia gestos que, em um primeiro momento, lhe pareceram agressivos. Desse modo, acelerou o passo e, conhecendo as ruas e os atalhos, despistou-o.

Quando Mercurio chegou a Riva del Vin, viu que Donnola já tinha subido em um barco. Seria impossível alcançá-lo. Na embarcação, quase no centro do Canal Grande, estava o doutor. E, ao lado dele, sua filha.

– Giuditta... – disse Mercurio em voz baixa, com o coração em disparada. Pôs-se a correr pelas calçadas lamacentas, agitando os braços. – Giuditta! – gritava. – Giuditta!

A moça se virou.

Mercurio não sabia se ela o tinha reconhecido. Mas achou que sim, pois, mesmo tão distantes, seus olhares se entrelaçaram. Ou, pelo menos, assim quis acreditar, enquanto parava, exausto e sujo de lama até os joelhos.

– Giuditta! – gritou com todas as suas forças.

A moça não tirava os olhos dele, mas não fazia sinais nem gestos.

– Giuditta... – repetiu Mercurio, ofegante.

De longe, Benedetta vira tudo. Com raiva, conteve as lágrimas que insistiam em sair. Mordeu os lábios até quase fazê-los sangrar.

E sentiu um ódio profundo pela filha do doutor.

23

— Pai, você se lembra do jovem padre que viajou conosco? – disse Giuditta, enquanto o barco era manobrado, saindo do Canal Grande.

— Mercurio, sim – respondeu Isacco, distraído.

— Acho que acabei de vê-lo na margem, acenando para nós... – disse Giuditta. – Só que não estava mais vestido de padre.

Isacco se virou, repentinamente atento.

— Ah... – anuiu, enquanto tomava tempo. – Bom... a essa distância, todos os rapazes se parecem, minha menina. Mas certamente não podia ser ele.

Giuditta, por sua vez, sabia que era Mercurio. Isso porque, assim que o viu, sentiu um aperto no peito, como se alguém o comprimisse, e um instante depois, uma sensação de felicidade. Sabia que era ele porque, desde que se deram as mãos, não parou mais de pensar nele, embora tentasse afastar esse pensamento. Não replicou ao pai. Limitou-se a olhar para o Canal Grande, já quase completamente ocultado por um edifício de mármore amarelo e verde. E não entendeu por que não tinha respondido aos gestos dele. Era o que queria ter feito, com toda a sua alma. No entanto, permanecera imóvel, petrificada.

Nesse meio-tempo, Donnola finalmente entendeu quem era o jovem que o seguira e teve vontade de rir ao pensar que sentira medo dele. E estava para dizê-lo em voz alta, confirmando a hipótese de Giuditta, quando sentiu alguém puxar a manga de sua camisa.

— Vamos evitar esse rapaz – sussurrou Isacco em seu ouvido. – Traz problemas. – Depois, virou-se para a filha, que não estava olhando para ele. – Quanto falta? – perguntou em voz alta ao barqueiro.

— Já chegamos. Desçam na metade do canal chamado de Rio de la Madoneta e percorram um trecho da Salizada San Polo. A casa de Anselmo del Banco é a maior e mais rica. – Em seguida, o homem balançou a cabeça e murmurou: – Anselmo é um sanguessuga.

– Pelo menos você já sabe quem chamar quando precisar de uma sangria – disse Donnola. – Agora reme e fique quieto. O doutor não está te pagando para ouvi-lo insultar os amigos dele, paspalho.

O barco se aproximou da calçada, perto de um atracadouro, e os passageiros desceram. Deram poucos passos e se viram no Campo San Polo, que era pavimentado e tinha em seu centro um belo poço coberto. Alguns varredores estavam ocupados, recolhendo a sujeira com vassouras e grandes pás de madeira.

– Quarta é dia de feira – explicou Donnola. Depois, apontou o dedo para uma bela construção de três andares, quase na frente da igreja. – Anselmo del Banco mora ali. É muito poderoso, além de rico – disse com ar de conspirador. – Há cinco anos, neste largo, o frade Ruffin fez uma pregação contra os israelitas diante de duas mil pessoas, e dizem que seu caro banqueiro foi até o Conselho dos Dez[*] para protestar, e eles... afastaram o frade de Veneza. Pergunte a ele.

Quando chegaram ao portão, Isacco olhou para Donnola, constrangido.

– Sinto muito, mas... – começou a dizer.

Donnola riu.

– Sei que sou um *gói* e não posso entrar na casa do banqueiro. – Riu de novo. – Não se preocupe, doutor. Afinal, que mal tem se, uma vez na vida, for um cristão, e não um judeu, a não poder ir a algum lugar, não acha?

Isacco sorriu, achando graça. Gostava de Donnola.

Bateu no portão. Um servo de libré abriu.

– Sou Isacco da Negroponte, e esta é minha filha Giuditta. Asher Meshullam está esperando por nós.

O servo se inclinou e se afastou, deixando-os entrar. Sem se dignar a olhar para Donnola, fechou o portão. Depois, ainda em silêncio, dirigiu-se a um pátio interno, no qual cresciam cedros e laranjeiras. No meio do pátio, sob um toldo de seda amarela e vermelha, estava sentado um homem magro e baixo. Mantinha as palmas das mãos abertas sobre a mesa à sua frente, no centro da qual havia um braseiro que desprendia uma tepidez agradável.

– Sente-se – disse o homem a Isacco. Tinha uma voz fina, quase feminina, mas transmitia uma grande força.

– Asher Meshullam, é uma honra ser recebido em sua casa – disse Isacco.

---

[*] Órgão especial do governo veneziano. Instituído em 1310 e formado por dez membros, era responsável pela segurança da República. (N. T.)

— Sente-se — repetiu o banqueiro, batendo a mão em uma poltrona adamascada ao seu lado. Depois, dirigiu-se a Giuditta. — Talvez você queira ver de perto aquelas plantas exóticas. As mais altas são cidras. As outras são laranjas doces. O clima de Veneza não é o mais adequado para elas, porque gostam de sol. Por isso parecem tão frágeis. Mas como nós, judeus, são fortes e capazes de se adaptar.

Isacco fez sinal a Giuditta para que se afastasse, depois se sentou.

Giuditta sorriu, distante. Não lhe interessavam as plantas de Asher Meshullam, mas estava feliz por poder ficar por conta própria, na companhia de seus pensamentos. "Vou te encontrar", dissera Mercurio. E naquele dia a havia encontrado e gritado seu nome. Por que, então, ela não respondera? Por que não gritara o nome de Mercurio? Por que não dissera ao pai para atracar o barco? Giuditta não sabia responder a nenhuma dessas perguntas.

— Porque tenho medo — murmurou, acariciando a folha lisa de uma laranja. Depois, com raiva, a arrancou. — Porque sou uma menina — disse. Voltou-se para o pai e Asher Meshullam. Não a tinham visto. Deixou a folha cair no chão. — Porque sou uma menina — repetiu, sem raiva. E pensou que em Veneza se tornaria mulher.

Assim que ficou sozinho com Isacco, o banqueiro voltou a falar.

— Sabe como são chamadas as laranjas? *Portogalli*. Alguns médicos ilustres, colegas seus, defendem que comer *portogalli* em viagens marítimas pode ajudar os marinheiros a manter-se livres do escorbuto. O que acha?

Isacco sabia que nenhuma pergunta do chefe incontestável da comunidade israelita veneziana — além de banqueiro mais importante dos territórios da Sereníssima, tanto lagunares quanto de terra firme — era feita sem uma razão.

— Se ilustres cientistas defendem essa teoria, como poderia um simples médico como eu refutá-la?

O banqueiro olhou para ele intensamente, sem sorrir, mas também sem parecer sério.

— Há muita superstição nos mares, mais do que ciência. Ouvi falar de amuletos prodigiosos... — E novamente fitou Isacco com seus olhos pequenos e perspicazes, pretos como breu.

Isacco encolheu os ombros, como dando a entender que não sabia de nada. Mas a alusão ao Qalonimus não podia ser casual. O banqueiro estava querendo mandar-lhe uma mensagem.

Asher Meshullam acenou para o servo, que pegou um jarro de prata trabalhado em relevo, com asa de osso, e encheu de vinho dois copos de finíssimo vidro soprado, com a borda em ouro puro. O banqueiro ergueu o próprio copo.

– É *kosher* – disse. – Você segue a Lei, não segue?

"Aquela pergunta também era uma prova", pensou Isacco, e disse a si mesmo que, se Asher Meshullam governava seu povo e lidava com os poderosos de Veneza quase de igual para igual, é porque sabia ver muito além do próprio nariz. Por isso, não era o caso de mentir descaradamente.

– Asher – disse com modéstia e orgulho ao mesmo tempo, pois tinha aprendido que essa era a mistura ideal para simular a sinceridade –, se eu tivesse de seguir à risca todas as 613 *mitzvot* e colocá-las em prática todos os dias, não teria tempo para trabalhar e talvez nem para respirar. *El-Shaddai*, o Onipotente, é misericordioso com seu servo. Sabe que meu coração é puro... naquilo que pode sê-lo. E se às vezes acontece de eu ter em meu cálice um vinho não *kosher*, tenho de confessar-lhe que não deixo de bebê-lo. Mas é claro que não como porco nem carne impura.

O banqueiro sorriu, satisfeito. Apenas molhou os lábios no copo e o colocou sobre a mesa.

– Alguns dias atrás, no porto, havia uma tripulação macedônia – tornou a dizer com aquele seu modo quase casual de abordar os assuntos, como se não estivesse falando de nada. – Contaram a respeito de um trapaceiro judeu que tinha uma filha da idade da sua.

– Ah, é?

– Disseram que não pagou a viagem e os enganou.

– Ah, espere... – disse Isacco, tocando a testa com o dedo e agitando-o no ar, como se apenas então tivesse se lembrado. – Sim, que coincidência! Também ouvi falar nele assim que cheguei. Mas para mim contaram uma história diferente. Disseram que o judeu pagou com três belos baús cheios de pedras.

Asher Meshullam riu baixinho, satisfeito. Começava a entender quem tinha à sua frente.

– Gente estranha, esses macedônios – disse. – O que vão fazer com tantas pedras?

– E quem é que pode saber? – indagou Isacco, balançando a cabeça. – Cada país tem seus costumes.

Asher Meshullam riu, achando graça, mas logo ficou sério.

— Minha única preocupação é que esse judeu seja realmente um trapaceiro. Veja, o equilíbrio com os venezianos é bastante instável, sobretudo nestes tempos. Não precisamos de atritos.

— Entendo. Mas tive a impressão de que esse judeu, na realidade, não existe e é apenas fruto da imaginação de alguns bêbados macedônios. Acho que, depois que a galé partir, ninguém mais vai ouvir falar nele.

— Como você chegou aqui?

— Escoltado pela bênção de *Hashem*, que seja sempre louvado, e gastando um bom par de sapatos por via terrestre, pois sabia que não temos permissão para desembarcar na laguna.

— Então, veio por terra?

— Sim, por terra — repetiu Isacco sem baixar o olhar nem o desviar dos pequenos olhos de Asher Meshullam, que o investigavam.

Houve um longo silêncio. Em seguida, o banqueiro disse:

— E é isso que vou dizer a seu respeito à comunidade e aos *cattaveri*.[*]

— Vai dizer porque é assim.

— Vou dizer, Isacco — declarou Asher Meshullam, apertando seu braço com a mão —, porque é assim que deve ser.

Isacco anuiu. A mensagem era clara. Asher Meshullam não tinha acreditado em uma só palavra do que ele lhe dissera.

— Então, que assim seja. Amém.

— *Amen Selah* — respondeu o banqueiro, tirando a mão do braço de Isacco e sorrindo para ele. — Você é filho do médico do *bailo* da Ilha de Negroponte. Essa é sua garantia aqui.

Isacco inclinou a cabeça, em sinal de respeito e humildade.

— Que o Santo o abençoe, Asher Meshullam.

— Aprenda a me chamar de Anselmo del Banco, como todos na cidade. Você também não se chama Isacco da Negroponte. Mas os venezianos gostam das mascaradas,[**] lembre-se disso.

---

[*] Magistratura criada em 1280 como órgão que fiscalizava os bens públicos. Entre outras atribuições, os *cattaveri* eram responsáveis pela cobrança de impostos, pela repressão ao contrabando e pelo controle da navegação mercantil. Com a instituição do gueto israelita em Veneza, em 1516, também assumiram a função de vigiar os judeus que nele habitavam. (N. T.)

[**] Em italiano, *mascherate*. No século XVI, eram reuniões de aristocratas mascarados por ocasião de festas principescas ou do carnaval. O termo também é usado para indicar uma encenação burlesca e de mau gosto. (N. T.)

— Não vou esquecer.

— Procure casa entre sua gente — continuou o banqueiro. — Hoje a maior parte de nós vive nos bairros de Sant'Agostin, Santa Maria Mater Domini ou aqui, em San Polo. Ouça meu conselho, procure casa entre sua gente — e, como você é médico, procure uma grande. Assim, você será um grande médico. Nós também gostamos das mascaradas.

— Obrigado... Anselmo.

— E agora me mostre as pedras de que falou na sua mensagem, e vou ver quanto posso te dar — disse Anselmo del Banco e semicerrou os olhos, suspirando, como se um sofrimento o afligisse. — Mas infelizmente tenho de lhe dizer que os tempos são difíceis...

Isacco pensou que fazer negócio com um banqueiro teria um preço. Depositou sobre a mesa as duas esmeraldas, os dois rubis e o diamante.

— Vendo-as assim, talvez não pareça, mas acredite, foi um grande peso trazer essas pedras até aqui.

— Acredito, sim, Isacco da Negroponte. — Anselmo del Banco olhou para ele com um sorriso aberto, quase de menino. — Por que você acha que dizem que nós, judeus, sempre levamos no rabo?[*] — E desatou a rir.

---

[*] Em italiano, *ce la prendiamo in culo*. A expressão significa "danar-se", "ferrar-se". Aqui, optei por uma tradução mais literal em razão do jogo de palavras feito pelo personagem, pois ele alude ao fato de Isacco ter carregado as pedras no reto. (N. T.)

24

— Anselmo del Banco diz que a Sereníssima está pensando em criar um bairro exclusivo para os judeus de Veneza — disse Isacco tão logo saiu da casa do banqueiro, que atribuíra às pedras preciosas um valor menor do que tinham, mas ainda assim pagou por elas uma cifra considerável.

— E isso é bom? — perguntou Giuditta.

— Não, filha. A ideia é de uma espécie de *chazer*.

— Do quê? — intrometeu-se Donnola.

— De um recinto — respondeu Isacco. — Uma jaula.

— Ah, bobagem — disse Donnola. — Isso nunca vai acontecer.

Isacco olhou para ele, arqueando uma sobrancelha.

— Bom saber que você está mais bem informado sobre os assuntos da República do que Anselmo del Banco, habituado a conversar com os notáveis da Sereníssima.

Donnola pareceu não ter entendido a ironia e respondeu:

— A posição privilegiada do usurário, doutor, demonstra apenas que algumas pessoas, a despeito de toda lógica, acabam se encontrando em posição mais elevada do que cristãos como eu, contrariando as determinações da Sereníssima. Portanto, é possível deduzir que nem sempre o que a República afirma corresponde à verdade, mas é só uma cortina de fumaça para manter o populacho sob controle. Também se pode deduzir que essa ideia de jaula para os judeus é uma grande bobagem, pode acreditar.

— Se você está dizendo, acredito, sim — disse Isacco. — Vou dizer a Anselmo del Banco para ficar tranquilo.

Donnola encolheu os ombros.

— Acredite no que quiser, doutor. Eu lhe disse o que penso.

— Ora, vamos, não se ofenda — riu Isacco, piscando para Giuditta.

— Não me ofendo. Mas quer saber de uma coisa? Esse seu usurário nunca vai lhe dar ouvidos. E sabe por quê?

— Por quê?

– Porque, com todo o respeito, vocês, judeus, gostam de se fazer de vítimas.

– Acha mesmo? – perguntou Isacco, sentindo uma ponta de irritação.

– Sim. Como todos os mercadores. E talvez vocês não sejam mais mercadores do que os outros, mas certamente não são menos.

Isacco pensou em Anselmo del Banco e em seu modo de lidar com a avaliação das pedras. Ele também havia pensado a mesma coisa. Mas admiti-lo diante de um *gói* era outra história.

– Não sei... – disse.

Donnola riu.

– Sabe, sim, sabe...

– Parece que é você quem sabe tudo, Donnola.

– Ora, vamos, não se ofenda – disse Donnola, imitando a entonação empregada pelo doutor pouco antes.

Giuditta desatou a rir.

– Com todo o respeito, doutor – retomou Donnola –, vocês, judeus, estão convencidos de que são a última roda da carroça...

– E não é assim? – perguntou Isacco. – Responda sinceramente.

Donnola olhou para ele. De repente, sua afirmação tinha assumido um peso maior do que o que desejara atribuir-lhe. Era uma maneira comum de dizer, nada além disso.

– Bom, por exemplo...

– Estou ouvindo.

– Os turcos são piores – disse Donnola, contente por ter encontrado uma escapatória.

– Mas o que isso tem a ver? Vocês estão em guerra com os turcos desde sempre!

– Justamente. E os consideramos piores do que os judeus.

– Donnola, quase não há turcos em Veneza!

– Justamente. Em compensação, há judeus. Por isso, a última roda da carroça são os turcos, não os judeus – concluiu Donnola, satisfeito.

Isacco balançou a cabeça.

– Ah... não dá para conversar com você.

Giuditta sorria, achando graça.

– Está zombando do seu pai? – perguntou-lhe Isacco.

– Nunca me permitiria uma coisa dessas – respondeu ela, sempre sorrindo.

– Mas o que pensa da nossa discussão? – intrometeu-se Donnola.

Giuditta olhou para o pai e o abraçou.

– Penso que o doutor Isacco da Negroponte encontrou alguém à sua altura.

– Vamos procurar uma casa, é melhor – disse Isacco alegremente, abraçando a filha.

– Não, doutor, primeiro temos de ir falar com o capitão Lanzafame; avisei o senhor hoje de manhã – disse Donnola. – Ele marcou comigo ao meio-dia no seu quartel-general. Precisa dos seus serviços.

– E onde fica esse quartel-general?

– Aqui atrás de Rialto, doutor.

– Parece que tudo gira em torno de Rialto.

– É porque Rialto é o coração da cidade.

– Achei que fosse São Marcos.

– São Marcos é para os políticos, os intriguistas e os visitantes.

– Bom, então, vamos a esse quartel-general – disse Isacco. – Mas não me lembro de ter visto nenhuma caserna.

– E quem falou em caserna? – riu Donnola. – Em tempos de paz, o quartel-general do capitão é a Hospedaria das Espadas.

Chegaram à rua atrás do estabelecimento, que por sua vez ficava atrás da Pescheria Grande, na Calle della Scimia, onde havia uma hospedaria mantida pelas freiras de San Lorenzo, explicou Donnola, aborrecido.

– Uma hospedaria limpa! – exclamou, escandalizado.

Já a Hospedaria das Espadas, ao contrário, não parecia ser administrada por religiosos. Isacco logo se deu conta disso ao notar um bêbado no chão e uma prostituta vasculhando tranquilamente seus bolsos diante da entrada.

– Talvez fosse melhor sua filha esperar do lado de fora, doutor – sugeriu Donnola.

– Nem pensar! – rebateu Isacco, decidido. – Minha filha vai aonde eu for. O que você tem na cabeça? Olhe ao redor...

– Sim, mas dentro...

– Está fora de cogitação. Assunto encerrado – disse Isacco, em tom categórico. – Não quero deixá-la aqui fora.

Donnola encolheu os ombros, abriu a porta da hospedaria e entrou. Isacco o seguiu, e Giuditta foi atrás do pai.

Assim que entraram, foram investidos por um odor nauseante, ainda pior que o do beco. Era um aroma pestilento, composto de cheiro de suor, damascos apodrecidos, fruta esmagada no chão e cozida pela umidade e pela maresia, peixe estragado e piche, madeira e uma latrina com imundície de várias semanas. Sobre o local pairava o odor rançoso de vinho azedo. A sala era muito ampla, mas escura, embora fosse pleno dia. Diante das janelas pendiam pesadas cortinas escuras, e os lampiões a óleo tinham uma chama tão baixa que mal se distinguia a silhueta das pessoas. Em um canto, Giuditta viu outro bêbado urinar contra a parede, sem que ninguém lhe dissesse nada. Vez por outra, enquanto avançava seguindo o pai, via um seio, uma saia que se levantava, deixando à mostra um traseiro branco. O ar fervia de frases obscenas, risadas grosseiras, suspiros, blasfêmias. "Parecia a antessala do inferno", pensou Giuditta, incomodada.

Parou quando viu uma mão feminina insinuar-se sob o casacão de Isacco e apalpar seu membro pelo tecido da calça.

– Que grande, meu amor! – disse uma voz, como se recitasse uma cantilena. Depois, da escuridão emergiu o rosto de uma prostituta, pintado de branco, e as faces e os lábios, de púrpura. – Te chupo por um quarto de vinho tinto e um soldo de seis *bagattini*.* Você nunca experimentou um beijo como o meu. – Aproximou um lampião do rosto. Sorriu e mostrou a boca desdentada, com as gengivas avermelhadas. Giuditta deu um salto para trás e gritou. A mulher foi sugada de novo pela penumbra, e ouviu-se apenas sua risada, seguida pela de um bêbado.

– Minha filha não pode ficar aqui. Para onde você nos trouxe? – disse Isacco dirigindo-se a Donnola.

– Mas eu avisei, doutor.

– Então, deveria ter sido mais claro! – exclamou Isacco. – Me espere lá fora – ordenou a Giuditta, levando-a rapidamente para a entrada da hospedaria. – Vou levar só um segundo. Não se afaste e não dê confiança a ninguém. – Olhou para ela. Estava pálida. – Donnola é um cretino, e você, um atraso de vida – resmungou. Em seguida, foi até a porta. – Capitão Lanzafame! – gritou.

Por um instante, fez-se silêncio na espelunca. Um segundo. Depois, o rumor de antes retornou. Mas da escuridão veio ao seu encontro uma figura imponente.

---

* Moeda equivalente à décima segunda parte do soldo, cunhada em várias cidades do norte da Itália do século XIII ao XV. (N. T.)

– Ah, é você – disse Lanzafame com a voz empastada de vinho. Estava com a camisa para fora da calça, aberta no peito, coberto de cicatrizes violáceas.

Atrás deles se materializou Donnola.

– O senhor mandou nos chamar... – disse.

O capitão anuiu.

– Vamos para fora.

Na parte externa, Isacco olhou para Lanzafame. Tinha uma vaga expressão de dor. Como uma velha ferida nos olhos.

– Não tente me julgar, judeu – disse o capitão asperamente, apontando o dedo para ele.

Isacco olhou para a espelunca e encolheu os ombros. Tinha visto dezenas de lugares iguais àquele. Neles passara muitas horas de sua vida. E tinha visto centenas de homens afogarem suas preocupações no vinho, como o capitão. Ele próprio havia sido esse tipo de homem.

– Não me interessa o que o senhor faz.

Lanzafame suspirou.

– Mesmo assim, quero te dizer. E quero dizer também à sua bela filha. Faço o que faço porque quem esteve na guerra perdeu a própria alma, vendeu-a ao diabo, é atormentado pelos remorsos e tem de se sujar até o último dos seus dias para expiar os pecados que cometeu. – Olhou para Isacco, depois para Giuditta. Por fim, desatou a rir. – É esse tipo de bobagem que quer que eu diga, judeu?

– Pare de me chamar de judeu – disse Isacco.

O capitão Lanzafame apenas anuiu, sem dizer nada.

– Preciso da sua ciência – disse, então. – Uma pessoa... está muito mal. – Pôs a mão em seu ombro e falou ao seu ouvido. Tinha um hálito de vinho aromatizado com especiarias. O aperto no ombro tornou-se agressivo. – Se a matar, mato você... doutor. – Fitou-o. Tinha os olhos velados de tanto beber. – E não pode se recusar. Essa é a outra condição. – Desatou de novo a rir. Em seguida, a passos instáveis de bêbado, caminhou sem se virar. – Vamos! – gritou.

Ao chegarem à Ruga dei Speziali, passaram por um portão em mau estado e subiram quatro lances de escada estreitos e escuros. A casa do capitão ficava no último andar. Era suja e desorganizada. Uma serva velha e gorda, que se movia com dificuldade, abriu a porta. Parecia uma criada de igreja, e seu aspecto era ainda mais sujo do que o da casa. O chão de madeira rústica estava coberto por um dedo de poeira e lama seca. Havia no ar um odor desagradável, de humores corporais e comida estragada.

– É muda – explicou Lanzafame, apontando para a velha.

A serva olhou para Isacco e levou o dedo ao ouvido.

– Estamos cagando e andando se você ouve – disse Lanzafame. – Seja como for, não temos nenhuma intenção de falar com você. Caminhe, bunduda. – O capitão virou para Donnola e Giuditta. – Vocês esperam aqui.

A velha acompanhou Isacco e o capitão até um quarto no fundo de um curto corredor. Ali, o odor era ainda mais forte. Na cama estava deitada uma mulher de cerca de 30 anos. Tinha uma expressão de dor. Suava e estava pálida. No dorso da mão, que estava fora da coberta, alastrava-se uma chaga aberta até quase o osso. Mais acima, no braço, outra pústula sanguinolenta, mas menos profunda.

– É sua esposa? – perguntou Isacco.

– Quem? Essa aí? – Lanzafame riu de modo grosseiro. Quase com desprezo. Mas depois, com olhos emocionados, como se de repente não estivesse mais bêbado, disse em voz baixa:

– Salve-a. Por favor.

25

Apenino central, próximo a Narni

Shimon havia decidido não cavalgar pela estrada para evitar encontrar os guardas, uma vez que estava vestido como capitão do exército de Sua Santidade. No entanto, a mata era mais fechada do que ele havia imaginado e, por isso, chegou à estalagem já de noite.

Decidiu esperar o dia seguinte. Abrigou-se em uma rocha ao lado de um riacho. Acendeu uma fogueira. Não tinha o que comer, mas não se sentia fraco. Bebeu e fez o cavalo beber. Depois, preparou-se para esperar o dia.

Voltou a pensar no que lhe acontecera na noite anterior, na moça, na desarmante facilidade com a qual ela o fisgara. Como, de resto, também havia feito Mercurio, com igual facilidade. Shimon pensou que podia sentir todo o ódio e toda a raiva que quisesse, podia ter-se transformado em um homem radicalmente diferente, podia ter abandonado de uma vez por todas o medo que sempre o paralisara, mas não tinha a mínima experiência de vida. Era judeu, claro, mas não tivera outras dificuldades. Herdara a profissão e os contatos comerciais do pai, mercador como ele. E seu pai, por sua vez, herdara os clientes e a profissão do próprio pai. Nenhum deles jamais sofrera a pobreza. Mas todos haviam sido governados pelo medo. O medo de perder o que tinham, o medo de ser judeus em um mundo cristão. Medo de sentir paixão, raiva, mas também alegria. Medo de viver.

Shimon sorriu enquanto a luz da aurora começava a filtrar por entre as faias. Seu destino tinha mudado. E talvez também devesse essa mudança a Mercurio, que o arruinara ao roubá-lo. Que o obrigara a enfrentar aquela natureza sufocada por anos. No fundo, era mérito dele se infringira a lei, arranjando uma arma, afundando-a no corpo de um inimigo, gritando o próprio ódio, a própria raiva, a própria rebelião. Aos homens e a Deus. No fundo, era mérito daquele delinquente que, com a mesma arma, lhe tirara a voz, se nesse momento Shimon tinha outra voz ainda mais forte, que jorrava do coração, das vísceras, do seu ser de carne e sangue.

Sim, era mérito de Mercurio. E lhe agradeceria da maneira apropriada.

Mas, nesse momento, tinha de agradecer à moça que o fizera sentir-se tão tolo, e dar-lhe uma lição. Porque, depois de tantos anos de letargia, ele sabia o que significava estar vivo. Sentira o que realmente se podia experimentar em relação a uma mulher. Sentira a carne que tinha entre as pernas encher-se de paixão. Sentira até mesmo a embriaguez de desobedecer ao próprio medo. De arriscar-se. Sim, arriscar-se estava no centro da nova embriaguez de Shimon. E os fatos tinham demonstrado que o homem que se arrisca é ajudado pelos deuses. Talvez não pelo deus dos judeus. Mas Shimon tinha fechado também essa porta. Estava surdo ao deus de seus pais. Em compensação, os novos deuses, pagãos, sanguinários e animalescos o haviam protegido. Deram-lhe um presente extraordinário. Condenado a ser preso por uma injustiça, tinha sido libertado por acontecimentos que, aparentemente, não lhe diziam respeito. Depois, mais uma vez foi agraciado. Tinha se reconhecido no bandido que salvara sua vida. Nesse momento, não sentira medo da morte. Talvez raiva, porque tinha uma missão a cumprir. Mas não medo. Tinha superado um limite, ultrapassado uma fronteira, disse a si mesmo, e já não era possível voltar atrás.

Levantou-se e enxaguou o rosto. Pensou em também lavar a espada. Mas aquela lâmina escurecida pelo sangue já seco lhe dava uma sensação de poder. Montou no cavalo e o esporeou.

Ao chegar à estalagem, amarrou o cavalo em uma azinheira e sentou-se no chão, pensativo. Além do General e da moça, havia no local as duas velhas e os três serventes. Mas ele só estava interessado nela.

Após algum tempo, viu que dois serventes subiram em uma charrete puxada por um burro e se afastaram. E, logo depois, o terceiro se dirigiu ao bosque com um carrinho de mão. "Era o momento de agir", pensou Shimon.

O General estava sentado na frente da estalagem, debaixo de uma pérgula. Tinha mandado que lhe servissem um jarro de vinho. Bebeu e limpou a barba branca. Depois, tirou do colete um cachimbo curto e o preencheu com fumo.

Enquanto se preparava para acendê-lo, Shimon postou-se atrás dele. Pegou-o pela madeixa que caía na testa, ergueu sua cabeça e apoiou a lâmina da espada no pescoço enrugado. Depois, com um movimento veloz, afundou a lâmina na carne do General.

Uma das duas mulheres, que tinha saído com o almoço para o velho, gritou e deixou cair o prato e os talheres. Em seguida, inclinou-se, pegou a faca e tentou apunhalar Shimon, que golpeou sua cabeça com a empunhadura da espada. A mulher gemeu e caiu no chão. Shimon não lhe deu atenção e entrou na estalagem. Ao vê-lo, a outra velha se ajoelhou, fez o sinal da cruz e começou a rezar. Shimon nem olhou para ela. Buscava a moça. Ao passar por uma janela, viu que fugia.

Saiu correndo e empunhou a besta, que já tinha carregado. Nunca havia usado uma. Respirou fundo, ajoelhou-se e mirou. Nesse meio-tempo, a moça tinha atravessado quase todo o pátio e se aproximava do palheiro. Se o alcançasse, sairia do raio de tiro. Shimon apoiou o indicador no gatilho e o apertou.

O dardo disparou com violência, fazendo o ar vibrar.

A moça deu um grito, mas continuou a correr. O dardo tinha passado rente a ela e se cravado na parede do palheiro.

Quando Shimon viu que ela entrava no bosque, jogou a besta no chão e correu até o cavalo. Montou na sela e a alcançou em um segundo. Atingiu-a com um pontapé. A moça caiu e não se levantou. Ofegava. Estava despenteada, com os olhos aterrorizados.

– Quer o dinheiro? Está no quarto do General – disse, assustada. – Eu não queria... não queria... ele me obrigou...

Shimon lhe fez sinal para levantar-se. Depois, pegou-a pelos cabelos e a fez voltar com ele até a estalagem, no mesmo passo. A moça o seguia, gemendo. Mantinha as mãos agarradas à de Shimon, para reduzir a dolorosa tensão dos cabelos.

Passaram diante do cadáver do General. A moça gritou e desatou a chorar.

– Não... não... por favor...

Shimon desceu do cavalo. Olhou para ela. Deu-lhe um tapa violento. Ia matá-la, pensou, mas só depois de fazê-la sofrer. Não morreria rapidamente como o General. *Tinha* de sofrer. Como faria sofrer Mercurio. Porque o tinham humilhado.

Empurrou-a para o quarto dos fundos, onde havia sido drogado.

– Quer fazer amor? – choramingou a moça. – Quer fazer amor?

Shimon abriu a porta com um chute. Desembainhou a espada que gotejava sangue. Empurrou a moça para dentro, com violência, depois fechou a porta atrás de si.

Ela se ajoelhou à sua frente, com as mãos unidas.

– Não me mate! Não me mate, por favor... – Em seguida, com um gesto repentino, abriu o vestido, arrancando os botões e descobrindo o generoso seio. – Quer fazer amor? – Aproximou-se dele, ainda de joelhos, e se esfregou em suas pernas. – Quer fazer amor? – repetiu. – Me tome... me tome... – Recuou até a cama onde Shimon havia perdido os sentidos na noite anterior, e se deitou nela, tocando o seio com as mãos. – Olhe para mim. Gosta? Me quer?

Shimon pensou que deveria tê-la matado no bosque. Sentia-se fraco. Fraco como quando ela o seduzira. Olhava para ela e pensava na manhã anterior, enquanto o embarcavam na carroça penitenciária, quando a vira sem viço. Essa imagem voltou à sua mente e o perturbou. Porque já não era a moça que ele nunca poderia permitir-se possuir. Naquela manhã, tinha visto uma mulher que poderia ter sido sua. Era isso que sentira em seu íntimo. E, nesse momento, ao vê-la tão vencida, em seu poder, sentiu-se ainda mais fraco. Porque agora, ainda antes de admiti-lo a si mesmo, sabia que a desejava com todo o seu ser.

Jogou a espada no chão e deu um passo até a moça.

Ela levantou a saia.

– Sim, venha... sim... – murmurou, abrindo as pernas e expondo um tufo de pelos claros. – Venha... eu te quero... olhe como te quero... – continuou a moça, levando a mão à boca, lambendo os dedos e descendo-os entre as pernas.

Shimon sentiu o sangue correr pelo corpo, como em ondas e ressaca. Subia à sua cabeça e descia rapidamente às virilhas. O coração se acelerava, e a respiração se tornava mais ofegante. Aproximou-se mais.

A moça esticou a mão e desamarrou a calça dele com perícia. Veloz, ágil. "Estava habituada a fazer isso", pensou Shimon. E, mais uma vez, sentiu-se fraco. E sozinho. A mão da moça pegou seu membro. Começou a movê-la, com ímpeto, tentando fazer sua carne crescer.

Mas Shimon ficou petrificado com a sensação que experimentava. "Você nunca teve uma mulher", dizia a si mesmo. "Sua esposa não era uma mulher e você nunca foi um homem. Um homem de verdade." Sentiu toda a sua fraqueza no fundo do seu ser. Estava para afastar-se, decidido a empunhar a espada, quando a moça, como se o intuísse, agarrou-o pelos quadris e o puxou para si.

Shimon se viu deitado na cama. A moça abaixou sua calça, levantou a saia até as ancas e montou sobre ele. Pegou a mão dele e a apertou em um seio. Depois, começou a mover-se para cima e para baixo, esfregando-se contra o pênis mole de Shimon.

— Oh, sim... assim... está sentindo como eu te desejo? — ofegava. — Assim você me faz gozar... assim...

Mas o pênis de Shimon não dava sinal de querer inchar e crescer. E ele pensou que, com sua esposa, que não era uma mulher, nunca havia falhado. Enquanto agora não conseguia fazer amor com aquela linda moça. Era absurdo. Sentia o medo reaparecer em sua alma. E aquela solidão que nunca tinha admitido. Sentia-se uma nulidade.

Ainda gemendo, a moça soltou-se dele e desceu com a boca até entre suas pernas. Shimon sentiu o calor. O movimento. Nunca pensou que pudesse fazê-lo. Alguns haviam falado a respeito, mas ele nunca tinha experimentado. Era maravilhoso, podia imaginar, mas nada acontecia. Fechou os olhos, levou a mão à testa.

Como era possível sentir-se tão fraco, tão insignificante?

E, nesse momento, percebeu um gesto anômalo. Algo que o alertou. Abriu os olhos de repente.

A moça estava empunhando a espada. Mas ainda não estava pronta para desferir o golpe. Shimon lhe deu uma joelhada e se levantou, desarmando-a. Tirou a espada da mão dela e a ergueu no ar.

A moça sabia que estava para morrer. Tinha desperdiçado sua oportunidade.

Shimon mantinha a arma sobre a cabeça e olhava para a moça, que instintivamente se protegia com as mãos. E então se viu. Viu o próprio pênis, mole, molhado pela saliva da moça. Imaginou-se com aquela espada no ar e a calça arriada. E sentiu dor. Por si mesmo. Porque mataria a moça com aquele pênis flácido para fora. Porque tinha esperado — e somente então confessou a si próprio — fazer amor com ela desde a primeira vez e mesmo depois que ela o havia traído, roubado e ridicularizado. Mesmo quando ela dissera ao General que ele, Shimon, lhe dava nojo, ele a tinha desejado. Ela sempre tinha sido mais forte. E continuaria sendo, ainda que ele cortasse sua cabeça com um só golpe. Por causa daquele pênis flácido, que tivera medo de uma mulher que não se podia permitir possuir.

Levou a mão à virilha, envergonhado. Depois, abaixou a arma.

A moça olhou para ele sem entender.

Shimon amarrou a calça, rasgou o lençol em tiras e atou as mãos e os pés dela. Não, não a mataria. Não tinha coragem. Não naquele dia.

Subiu ao quarto do General e o revirou até encontrar as próprias botas, o manto e as moedas de ouro. Lá estavam as suas cinco, mais outras cinco de ouro e cerca de vinte de prata, além de joias masculinas e femininas. Olhou os armários, pegou roupas que podiam servir nele e as carregou na charrete com o cavalinho árabe de Scavamorto, que encontrou no palheiro.

Foi até a cozinha e apanhou todos os víveres que pôde. As velhas tinham desaparecido. Depois, pegou papel e pena. E somente nesse momento se deu conta de que queria escrever algo para a moça.

As lágrimas subiram aos olhos. "Como você é fraco", pensou.

Desesperado, saiu, sentindo-se sozinho como nunca, subiu no banco da charrete e açoitou o cavalinho, que logo disparou nervosamente.

Quando passou pelo lugar onde a carroça penitenciária havia sido atacada, já estava quase anoitecendo.

Na pequena clareira, circundada por faias seculares, dois grandes lobos vagavam, inquietos e furtivos. Com a chegada da charrete, refugiaram-se no bosque. Shimon ainda chorava, sem soluçar. Acendeu um lampião. O cavalinho estava inquieto, continuava a calcar o terreno com os cascos e a relinchar. No bosque ao redor cintilava uma dezena de olhos vermelhos. "Os dois lobos que vira eram apenas os mais corajosos", pensou Shimon. Aguçou os ouvidos. Os outros estavam escondidos no escuro e uivavam, atormentados pelo odor de sangue.

Shimon abriu a boca e emitiu seu assustador sibilo. Depois, fez o chicote estalar no ar.

No bosque, os lobos rosnaram.

Shimon deixou a clareira perguntando-se se teria força para continuar, para levar até o fim sua busca e sua vingança, para matar Mercurio.

A moça lhe mostrara o quanto era fraco.

Os uivos ferozes dos lobos que disputavam a carne humana ressoaram entre as faias e se elevaram até a lua.

Mas Shimon não os ouviu. Em seus ouvidos tinha apenas a risada da moça. Pois tinha certeza de que, nesse momento, ela estava rindo dele.

26

Veneza

Sustentada por uma bela moça, a velha entrou a passos inseguros na loja do ourives no Campo San Bartolomeo. Parou a dois passos do balcão, apoiando-se em sua bengala, com expressão de dor. Apertou os dentes, semicerrou os olhos e enrubesceu.

– Sente-se mal, senhora? – perguntou o ourives.

A velha rangia os dentes e balançava a cabeça.

– Sente-se mal? – repetiu o homem, preocupado.

Depois, de repente, a velha soltou um sonoro peido.

O ourives corou. Olhou para a bela moça que a acompanhava e recebeu um sorriso como resposta.

– Ah, que alívio! – suspirou a velha. Os traços do rosto, escondidos por um chapéu que caía sobre a testa e por uma pesada maquiagem, à base de alvaiade, distenderam-se. Aproximou-se do balcão e, mostrando dentes pretos e podres, disse: – Me mostre um anel valioso, vamos, rápido.

O ourives ficou desconcertado. Certamente a velha não parecia desprovida de recursos. Ao contrário, pelo que se entrevia sob o véu, tinha uma série de colares cheios de pedras enormes, que deviam valer uma fortuna. Mas nunca a tinha visto. O ourives desviou o olhar para a moça, que lhe sorriu novamente, de modo quase atrevido.

– Vadia! – gritou a velha, que tinha virado justamente nesse momento e a surpreendera rindo. Ergueu a bengala e, sem misericórdia, bateu-a nas costas da moça, que se virou no mesmo instante. – Você não passa de uma vadia!

– Senhora... se me permite... – interveio timidamente o ourives.

A velha olhou para ele com expressão rabugenta e a bengala erguida. Instintivamente, o homem recuou um passo.

A velha se virou de novo para a moça.

– Vadia – repetiu, com um sibilo maldoso. Depois, dirigiu-se de novo ao ourives. – Não é uma serva, é uma vadia, meu caro. E aposto que está fisgando você também. Fique atento. Não é do tipo que sabe manter a saia abaixada e as pernas fechadas.

O homem engoliu em seco, constrangido.

– Então? E o anel? – resmungou a velha. – Será que vou ter de ir a outra loja? Imagino que não seja o único ourives em Veneza.

– Acho que não a conheço, senhora – disse o outro, temeroso. – Posso saber quem lhe indicou meu humilde estabelecimento? – Não conseguia parar de lançar olhares à serva, que, fingindo estar com calor, tinha aberto um botão da blusa.

A velha parecia não ter notado. Apontou a bengala, que manejava como uma arma, para o ourives.

– Se é um estabelecimento humilde, então as joias também devem ser humildes; portanto, não servem para mim – disse com sua voz rouca e desagradável. – Ande, vadia – ordenou à serva, virando-se. – Fomos mal aconselhadas.

– Espere, senhora... – deteve-a o ourives, talvez mais pela expressão amuada da serva. – Diga em que posso servi-la, e tentarei contentá-la. Pelo que vejo, a senhora não é daqui e... – Interrompeu-se. Ficou desconfiado. – A propósito, como fez para chegar à laguna? Os estrangeiros não têm permissão...

A velha bateu a bengala no balcão.

– Você está me aborrecendo. Sou Cornelia Della Rovere, descendente de papas, e não sou estrangeira em nenhuma parte do mundo graças ao meu nome e à minha estirpe, seu miserável. Agora vai me mostrar um dos seus anéis horrorosos? Sim ou não?

Sem deixar de piscar para o homem, a serva anuiu, como para confirmar a história.

– Peço perdão, nobre dama...

– O anel!

– Agora mesmo. – O ourives olhou para a moça e abriu uma grande caixa de ferro, da qual extraiu uma gaveta com anéis.

A velha nem se dignou a olhá-los.

– Eu disse anéis. Não bugigangas que servem para esta vadia aqui – e deu uma bengalada gratuita na serva, que gemeu e fitou o ourives com olhar mortificado.

O homem mordeu o lábio. Guardou a gaveta e se aproximou do cofre fechado com três cadeados diferentes. Abriu-os um a um e pegou uma gaveta com outras joias, indubitavelmente mais preciosas. Colocou-as diante da velha, que fechou os olhos.

– Estes também não servem? – perguntou o ourives.

A velha rangeu os dentes, enrubesceu e soltou outro peido.

– Maldita velhice – resmungou. Depois, olhou os anéis. Pegou um com um diamante engastado. Torceu o nariz. Jogou-o na gaveta.

O ourives guardou-o com cuidado. A velha pegou outro, com uma esmeralda do tamanho de um besouro. Jogou também esse na gaveta.

– Me dê os óculos – ordenou rispidamente à serva.

Ao lhe passar os óculos, a moça se inclinou no balcão, e o ourives lançou um olhar furtivo aos pequenos mamilos rosados.

A velha pôs os óculos e, com mãos trêmulas, pegou a gaveta e se virou para a vitrine.

– Não tem luz nesta loja – resmungou e deu um passo, mas sem a bengala. E, antes que a serva pudesse segurá-la, cambaleou e quase tropeçou. A gaveta escorregou de sua mão, e as joias rolaram pelo chão.

Com um gemido, o ourives se jogou no chão para recolhê-las. A serva tinha se inclinado com ele para ajudá-lo e, ao passar-lhe os anéis que recolhia, sempre tocava de leve em sua mão e olhava em seus olhos, tão próxima que o homem sentia sua respiração quente.

A velha nem se dignou a pedir desculpa pelo incidente. Vasculhou a bolsa que trazia consigo e dela tirou uma carteira de seda. Abriu-a com as mãos trêmulas, enquanto o ourives terminava de recolher suas joias e voltava ao balcão, depois de verificar que nada faltava e de fazer uma furtiva carícia na serva.

– Então, vejamos... – disse a velha distraidamente – quanto custa esta esmeraldinha?

O ourives estava para responder quando um novo tremor das mãos da velha a fez derrubar a carteira. As moedas rolaram no chão, como antes haviam rolado os anéis. O ourives e a serva se agacharam de novo para recolhê-las. Enquanto ele acariciava mais uma vez a mão da moça, viu que as moedas eram de ouro. Quando se levantou, entregou-as à velha, que as contou, recolocando-as na carteira.

– Está faltando uma – disse a velha.

– Como? – indagou o ourives.

– Ah, agora você ficou surdo?
– Nobre dama...
– Quanto dinheiro eu tinha quando saímos, vadia? – perguntou a velha à serva.

A serva olhou para o ourives.
– Não me lembro bem...

O ourives estava tenso.
– Não vão pensar...
– Vadia nojenta! Não se lembra? – gritou a velha, batendo a bengala com fúria no balcão e atingindo a gaveta dos anéis, que estava em uma quina. A gaveta oscilou, e os anéis caíram, espalhando-se um pouco pelo balcão, um pouco pelo chão.

O ourives se lançou de novo para recolhê-los, mas a velha golpeou sua mão com a bengala.
– Vou chamar os guardas, seu ladrão!
– Nobre dama...
– Nobre o cacete! Ninguém passa a perna em mim! – E de novo bateu a bengala com fúria, inclinando-se para o ourives e apoiando-se no balcão. – Guardas! – gritou, dirigindo-se a passos incertos para a saída.

Enquanto a segurava, a serva olhava para o ourives com olhos tristes e melancólicos, como se estivesse abandonando um amante.

Assim que saiu da loja, passando a vitrine, a velha se desvencilhou do apoio da serva, levantou a saia e começou a correr. E a serva foi atrás dela, rindo.
– Idiota! – gritou Mercurio, tirando o chapéu que escondia metade do seu rosto.
– Putanheiro! – gritou Benedetta.

Com um segundo de atraso, o ourives percebeu que faltava o anel de diamante. Precipitou-se para fora. Olhou para a direita e para a esquerda entre a multidão.
– Vocês viram uma velha e uma serva? – perguntou a todos em desespero. Mas ninguém lhe respondeu. Correu para a Salizada del Fontego dei Tedeschi. Havia muita gente. Impossível encontrá-las. E não podia deixar a loja sem ninguém. Voltou para trás. Mais uma vez, olhou ao redor. Deu um passo para trás. Sentiu algo sob o pé. Enquanto pisava nele, viu que era uma bexiga de porco, cheia de ar.

O ar saiu com força, produzindo uma estrondosa vibração.
– Que peido, irmão! – exclamou um passante.

27

– Mal napolitano...

– Que nada! Mal português.

– Bobagem! Foram os franceses de Carlos VIII que o levaram a Nápoles, com as prostitutas deles. Por isso, deve ser chamado de "mal francês", sem sombra de dúvida.

– Me perdoem, distintos colegas, mas na verdade é um mal espanhol, pois todo mundo sabe que os marinheiros de Cristóvão Col...

– Chega, bando de idiotas! – gritou o capitão Lanzafame. – Não me interessa como se chama!

O *speziere de fin*,* dono da farmácia Cabeça de Ouro, calou-se, esticando o pescoço, ofendido e espantado. Os cantos de sua boca se dobraram para baixo. O pincenê caiu da ponta do seu nariz. Seu jovem assistente se inclinou prontamente para pegá-lo. Os dois médicos que tinham animado a discussão com o farmacêutico arquearam ao mesmo tempo a sobrancelha, como dois gêmeos siameses.

Despenteado e com a barba longa, o capitão Lanzafame empurrou Isacco para a frente.

– Deem ao doutor Isacco da Negroponte o que ele está pedindo – disse. – E sem tanta cerimônia.

– Diga – dirigiu-se o farmacêutico a Isacco, olhando-o de cima a baixo. Virou-se para os outros dois médicos com um sorrisinho de través nos lábios exangues. – Não sabe de que doença está falando, mas conhece a cura. Muito bem, então, vamos aprender alguma coisa.

– Uma mulher está mal. O que tem isso de divertido? – indignou-se Isacco. – Querem me ajudar ou não?

---

* Farmacêutico da época, que preparava remédios a partir de especiarias e ervas medicinais. (N. T.)

O capitão Lanzafame cravou a própria faca no balcão do farmacêutico. – Vão te ajudar, tenho certeza.

Os quatro estudiosos deram um salto para trás.

– Não é necessário, capitão – disse Isacco, retirando a faca da madeira e estendendo-a a Lanzafame. – Vão me ajudar porque são homens da ciência e fizeram um juramento. Não é mesmo?

O farmacêutico balançou a cabeça com altivez. Os dois doutores enfiaram os polegares nas pregas do colete, na altura das axilas, como uma dupla de bailarinas em harmonia. A comédia ditada pelo orgulho previa que não cederiam de imediato. Mas o jovem assistente, menos experiente na arte de recusar, disse com um entusiasmo tolo, que os outros três julgaram condenável:

– Claro, senhor!

No entanto, como o roteiro já tinha sido arruinado, anuíram, seguindo o assistente.

– Além do nome... nunca vi essa enfermidade – disse Isacco. – Parece um pouco peste, um pouco alopecia, um pouco sarna...

– Na realidade, não a conhece porque é uma enfermidade nova – anuiu gravemente um dos médicos.

– E, em certo sentido, você tem razão, colega – prosseguiu o outro –, pois a essência da doença, embora seja diferente das que citou, reside na categoria do *ignis persicus*, descrita por Galeno.

– Então, quais são as causas? – perguntou Isacco.

– As causas superiores devem ser procuradas na conjunção astral de Júpiter e Marte, de novembro de 1494, e na de Saturno e Marte, do mês de janeiro de 1496 – disse um dos doutores, enquanto o outro concordava, semicerrando as pálpebras.

Isacco conteve um gesto de irritação.

– E as causas... inferiores? – perguntou, cerrando os dentes.

– Como todos sabem, têm origem na descoberta das Américas – interveio o farmacêutico, inclinando a cabeça aos dois doutores. – Os indígenas desses lugares tiveram conjunção carnal com os macacos... aos quais, aliás, dizem que se assemelham incrivelmente, pois eles próprios desceram há pouco tempo das árvores. E desses animais pegaram a doença, sobretudo as mulheres, que através de suas repugnantes práticas sexuais a transmitiram aos marinheiros de Colombo... – abriu os braços, desolado – ...que a trouxeram para a Europa.

– Em todo caso, a enfermidade é usada por Deus para punir as celeradas nações cristãs – disse o jovem assistente do farmacêutico, que lhe dirigiu um aceno de aprovação.

– Não tem nada mais... inferior? – perguntou novamente Isacco. – Ou concreto?

– Concreto? – O farmacêutico pronunciou a palavra com uma espécie de desgosto, como se fosse uma obscenidade.

Lanzafame virou-se para Isacco.

Cedendo à própria natureza, Isacco arrancou a faca da mão dele e a cravou com fúria na madeira do balcão.

– Pelo amor de Deus! – gritou.

– É uma enfermidade contagiosa – apressou-se em explicar um dos médicos. – É preciso abster-se das práticas sexuais com as mulheres acometidas por tal enfermidade. Mas a degeneração dos humores internos também reside nas intempéries excessivas do ar, sobretudo na umidade.

– E é epidêmica. Acomete as partes vergonhosas do corpo com pústulas malignas, que depois se propagam na cabeça e no corpo inteiro – concluiu outro médico, abaixando a cabeça.

O capitão tinha os olhos incendiados pelo excesso de vinho e pelo sofrimento. Não conseguia acompanhar o discurso dos médicos. Fitou Isacco com ar interrogativo.

– Na prática, vocês não entenderam nada da doença – disse Isacco.

Por medo, ninguém reagiu.

– E como a tratam? – insistiu Isacco.

– Respondam! – intimou o capitão.

– Com dieta – disse o primeiro doutor.

– Sangria... – acrescentou o outro.

– E laxante – concluiu Isacco, desolado.

– Exatamente – disseram os dois doutores, em uníssono.

– E teriaga preparada por mim – disse com orgulho o farmacêutico.

Isacco olhou para Lanzafame.

– Dieta, sangria e laxante – suspirou. – Para dor no peito e hemorroidas, câncer e calo... para qualquer coisa, dieta, sangria e laxante.

– E a teriaga produzida nesta farmácia – repetiu o farmacêutico.

– Cale a boca, imbecil! – rosnou Lanzafame. Depois, dirigiu-se a Isacco: – E então?

Isacco balançava a cabeça. Durante aquele primeiro e penoso dia, mais de uma vez pensara em confessar-lhe que não era um doutor de verdade.

Por respeito, pois sentia que devia isso a ele. Mas não o fizera. E a razão era que, no fim das contas, sabia tanto quanto os quatro da farmácia Cabeça de Ouro. Estava disposto a fazer tudo o que lhe sugeriam para salvar a mulher que gemia e se lamentava na cama do capitão Lanzafame. Contudo, nem mesmo eles sabiam como curá-la. Essa era a realidade.

— Me deem um unguento de aquileia e cavalinha — disse Isacco ao farmacêutico, lembrando-se mais dos remédios das velhas da Ilha de Negroponte, que os cristãos queimavam como bruxas, do que dos medicamentos paternos. — E garra do diabo, raiz de bardana, incenso e calêndula. Em tintura-mãe.

— Nada de teriaga? — perguntou o farmacêutico, escandalizado.

— Enfie-a no rabo — ralhou Isacco. — Rápido.

O farmacêutico olhou para os dois médicos.

— Rápido! — gritou Lanzafame.

Meia hora depois, deixaram a farmácia.

— Ouvi dizer que aquele frade que não gosta de judeus desembarcou em Veneza — disse o capitão enquanto retornavam.

— Ah, é? — disse Isacco.

— Voltou a pregar suas bobagens. Por enquanto, ninguém está lhe dando ouvidos... mas, como qualquer outro lugar, Veneza também está cheia de imbecis.

— Pois é...

— E andam dizendo tantas coisas sobre os judeus ultimamente.

— Pois é...

— Vá à merda, doutor. Você e esses seus "pois é".

— Obrigado, capitão.

— Não tem de quê.

Caminharam em silêncio, com passo apressado, até a casa.

A serva muda os esperava, agitada. Tinha preparado o caldo de galinha com canela e cravo-da-índia, como havia ordenado Isacco. Mas a enferma não quis comer, explicou com gestos.

Angustiado, Lanzafame virou-se para o doutor.

— Capitão... — começou Isacco.

— Ao trabalho, doutor — interrompeu-o Lanzafame bruscamente. Depois, dirigiu-se à serva. Traga-me o vinho de malvasia. E vá comprar mais. Esta noite não vou sair.

— Talvez não devesse beber tanto... — disse Isacco.

— Não sou eu o paciente — respondeu duramente o capitão. — Concentre-se em quem precisa.

O doutor foi ao quarto da enferma. Conseguia intuir sua beleza, desfigurada pela doença. Ela lhe dirigiu um olhar ausente, distraída pelo sofrimento. Tinha dor nos ossos e nas articulações, estava febril e, de vez em quando, perdia a consciência. Isacco examinou suas feridas. Parecia que os ratos tinham mordiscado sua carne. Apalpou outros dois abscessos que se haviam formado. Um na face, que deformava a maçã do rosto, e outro no pescoço. Eram duros ao tato. O capitão lhe dissera que as duas feridas também tinham passado pelo estágio de abscessos.

— Se me permite... tenho de olhar... entre... entre as... — balbuciou Isacco, constrangido.

— Entre as coxas? — sorriu a mulher, falando com voz fraca, mas cheia de sarcasmo. — E está com vergonha, doutor?

— Não, senhora... Pensei que...

A mulher riu. Uma risada cansada, que Isacco não atribuiu à doença, mas a algo mais antigo. À própria vida, teria dito.

— Um a mais, um a menos — disse a mulher.

— O que quer dizer, senhora?

— Olhe entre as pernas dela sem tanta cerimônia — esbravejou a voz de Lanzafame às suas costas. — É uma puta, ainda não entendeu?

Isacco ficou imóvel.

Com as poucas energias que tinha, a mulher afastou as cobertas, levantou a anágua e abriu as pernas, com os olhos fixos nos do capitão.

— Vamos, doutor, olhe... toque, apalpe, faça o que quiser. Não é, senhor capitão?

Lanzafame não respondeu. Virou-se e saiu do quarto.

Isacco notou uma úlcera nas partes vergonhosas, como as havia definido um dos médicos. Mas parecia estar regredindo.

— O que colocou nela? — perguntou-lhe.

— Certamente não o que costumava colocar — riu a mulher.

Isacco não comentou seu gracejo. Sabia que ela estava com medo e que sofria. Continuou a fitá-la com seriedade.

— Nada — disse, então, a mulher.

Isacco limpou as feridas com um pano de linho e espalhou sobre elas o unguento de aquileia e cavalinha, que servia para estancar a hemorragia causada pela limpeza. Depois, aplicou uma compressa de raiz de bardana e calêndula, para que regredissem e cicatrizassem.

O capitão apareceu de novo no vão da porta.

Isacco se levantou e foi até ele.

– Capitão, preciso falar com o senhor... – disse de um só fôlego, em voz baixa. – Não sou médico... Meu pai é que era, e eu só...

Lanzafame o agarrou pela gola do casacão e o fitou com seus olhos claros e inflamados.

– Você é médico – disse, por fim, baixinho, sem nenhuma incerteza na voz, destacando cada palavra. – Vi como cortou e costurou meus homens. E vi como pensou que aquelas histórias astrológicas não passavam de bobagens. Por isso, para mim, você é um verdadeiro médico. – Puxou-o para si. – Mas não deixe que ela te ouça, senão, juro que quebro sua cara.

Isacco sentiu-se fraco e forte ao mesmo tempo nas mãos daquele homem. E ficou muito admirado com o que lhe havia confessado, pois nenhum embusteiro revelava os próprios embustes. No entanto, algo estava mudando nele desde que sua mulher H'ava, pela boca de Giuditta, mostrara-lhe sua nova vida. Seu novo destino.

– Mas deixe que eu use a faca em certas situações – acrescentou o capitão, sorrindo. – Um doutor deve ter o dom da paciência e da tolerância. Deixe a irascibilidade para um homem de guerra. – Pôs a mão em seu ombro e olhou para ele com respeito e admiração. Depois, seu semblante voltou a endurecer. – E, acima de tudo, nunca mais tire a faca da minha mão.

Isacco mandou a serva trazer o caldo e misturou o incenso e a garra do diabo no recipiente quente, para combater a febre.

A mulher se recusou a tomá-lo.

Então, o capitão arrancou rudemente o recipiente da mão de Isacco, pegou uma colher suja, limpou-a com a borda da própria camisa e sentou-se na cama. Agitou a colher na direção da mulher e lhe disse com voz grave:

– Agora engula este caldo ou te afogo nele e pego minha cama de volta, sua puta teimosa e caprichosa.

No olhar da mulher passou um lampejo de alegria.

O capitão aproximou a colher de sua boca. A mulher comprimiu os lábios. Lanzafame pôs a colher no recipiente e fez um gesto como para lhe dar um tapa. A mulher o desafiou com o olhar e comprimiu ainda mais os lábios. O capitão a esbofeteou.

– Capitão... – disse Isacco.

– Não se meta – interrompeu-o Lanzafame, sem olhar para ele. – Este é um assunto entre um soldado e uma puta. – Aproximou mais uma vez a colher da boca da mulher.

Ela tomou o caldo e o cuspiu em cima dele.

O capitão a agarrou pelo pescoço.

– De alguma coisa todo mundo vai morrer um dia – disse. – Se vai ser por essa doença ou pela minha mão, não faz diferença, certo?

A mulher o fitava sem falar.

O capitão soltou seu pescoço e fez o gesto de acertá-la com um tapa. A mulher não fechou os olhos nem se virou para esquivar-se do golpe. Mas a mão do capitão parou bem perto de sua face. Roçou-a rudemente, em uma espécie de carícia.

– Coma – disse. Estendeu-lhe a colher cheia de caldo e remédio.

A mulher deglutiu.

– Está horrível.

O capitão provou o caldo.

– Sim, está horrível mesmo. – Tornou a estender-lhe a colher cheia.

A mulher arrancou o recipiente de sua mão e bebeu seu conteúdo de um só gole.

– Você é lento como uma lesma – disse-lhe.

Olharam-se. Depois, Lanzafame se levantou e foi até Isacco.

– Vá até sua filha.

– Não é preciso. Está com Donnola. Estão procurando uma casa.

– Também não é preciso que fique aqui.

– Quero falar com todos os médicos que puder. Não estou tratando a doença, apenas os sintomas.

Lanzafame anuiu, em silêncio.

– Você é um bom doutor – disse-lhe.

– Não sou doutor.

– Você é um bom doutor. – O capitão lhe deu as costas e voltou para perto da mulher. Colocou uma cadeira ao lado da cama e se sentou.

No vão da porta, Isacco se virou para olhar.

A mulher tinha esticado a mão até a do capitão.

– Durma – disse-lhe Lanzafame sem pegá-la.

Ela a esticou mais um pouco, com fraqueza.

Lanzafame suspirou.

– Você é uma puta chata – disse.

– Sim, capitão.

Ele pôs a mão dela na sua.

– Agora durma, Marianna.

A mulher fechou os olhos.

Isacco se virou para ir embora. A serva muda o fitava.

– Até mais – disse-lhe, tentando passar por ela.

Mas a mulher se pôs no meio do caminho, impedindo-o de passar. Tirou do bolso uma imagem tosca de uma Virgem com o Menino Jesus, talhada em um pedaço de madeira. Beijou-a, tocou-a com o polegar da mão direita e fez um rápido sinal da cruz na testa de Isacco.

– Sou judeu – comunicou-lhe Isacco.

A serva encolheu os ombros, como se dissesse que não lhe importava, e emitiu um ruído gutural.

– *E eu e aeoe...*

– Deixe-o em paz, muda do caralho! – gritou Lanzafame. Houve um breve silêncio, depois, o capitão acrescentou: – Ela disse: "Que Deus te abençoe", doutor.

A velha serva sorriu como uma menina desdentada.

28

MERCURIO E BENEDETTA PERMANECERAM um bom tempo escondidos nas calçadas lamacentas do Canal Grande, atrás do Fontego dei Tedeschi. Mercurio levantou a saia de velha e enxaguou o rosto para tirar o alvaiade e a maquiagem. Pôs tudo em um saco de pano. Depois, às pressas, chegaram ao Campo Santo Aponal.

Entraram rindo na loja do verdureiro.

– Oi, Paolo. Dê só uma olhada nisto aqui – disse Mercurio, jogando o anel de diamante no balcão. – Foi o ourives de San Bartolomeo que nos deu de presente.

O verdureiro arregalou os olhos e apanhou o anel, como se tivesse capturado uma barata no ar, fazendo-o desaparecer na palma da mão.

– O ourives de San Bartolomeo? – perguntou entre espantado e admirado. – Você enlouqueceu?

– Por quê? – perguntou Mercurio.

– O primo dele é um dos *cattaveri*.

– E daí?

– E daí que... – o verdureiro titubeava – e daí que... não se pode...

– O que não se pode? – quis saber Scarabello ao entrar na loja vestindo um novo casaco de pele, igualmente preto. Notou o que restava do disfarce de Mercurio. Debaixo do casaco aberto, ainda se via a parte superior do vestido, com o véu que escondia os colares. Apontou o dedo para eles. – É você a velha de que Rialto inteiro está falando?

– Ouça, Scarabello... sinto muito... eu não sabia que o ourives... – balbuciou Mercurio, preocupado – quer dizer... como eu podia saber que...

– É você a velha que peida? – Scarabello desatou a rir.

– Não está bravo? – perguntou Mercurio, surpreso.

– Nem um pouco! – continuou Scarabello. – Você é um gênio! Rapaz, você é o mago dos disfarces! Essa trapaça vai virar lenda em Veneza, te garanto. – Riu mais forte ainda. – Pena que você não possa receber os aplausos que merece por ser o grande ator que é!

– Mas Paolo disse...

Scarabello se aproximou do verdureiro e colocou a mão em seu ombro.

– Paolo é um cagão e tem alma servil, não é, Paolo?

O outro baixou o olhar, mortificado.

– Não é culpa dele – disse Scarabello, sem escárnio, olhando Mercurio diretamente nos olhos. – As pessoas nascem cães ou lobos. Se você nasce cão, as pauladas te vencem. Se nasce lobo, morde o pau enquanto tiver sangue nas veias. – Fez uma pausa, continuando a fitá-lo. Você é cão ou lobo?

Mercurio lançou um olhar a Paolo. Certamente não se reconhecia naquele homem cabisbaixo. Mas também não podia dizer que tinha a força de Scarabello.

– Então? Cão ou lobo?

– Raposa.

Impressionado com a resposta inesperada, Scarabello moveu a cabeça para trás. Esse rapaz sempre o surpreendia. E Scarabello não sabia se deveria entregar-se à surpresa e desfrutá-la ou dar ouvidos à sua natureza, que lhe dizia que um sujeito como Mercurio ainda lhe passaria uma bela rasteira. Olhou para ele em silêncio, anuindo lentamente.

– Me diga uma coisa, *raposa*, o pessoal em Rialto anda dizendo que a velha enganou o ourives porque tinha moedas de ouro.

– Moedas de ouro falsas – disse prontamente Mercurio, sentindo que a conversa estava para tomar um rumo perigoso. – Adereços de teatro. Como este vestido de velha, esses colares...

– Moedas falsas? E você acha que um ourives se deixaria levar na conversa com moedas que não enganariam nem mesmo um público de imbecis? – O rosto de Scarabello havia perdido toda sombra de benevolência.

Benedetta percebeu a tensão. Postou-se ao lado de Mercurio.

– Para trás! – ordenou-lhe Scarabello. – Não está me escondendo nada, não é? – perguntou ao rapaz, dando um passo até ele.

"O lobo mostrava sua face", pensou Mercurio. E rezou para que a raposa estivesse à altura da sua fama.

– Podemos ser amigos ou inimigos – continuou Scarabello, já diante dele, tão perto que Mercurio sentia seu hálito de vinho aromatizado. – Cabe a você decidir, rapaz.

Então, Mercurio lançou-se inesperadamente contra ele e o abraçou.

– Te devo muito...

Scarabello o empurrou rudemente para trás.

– O que está fazendo, idiota?

– Desculpe... Te devo muito – repetiu Mercurio, cabisbaixo, com um comportamento humilde. – E te juro lealdade. Por que está duvidando de mim?

– Você não me engana – riu Scarabello. – Abra os braços.

– Por quê?

Scarabello puxou a faca com uma velocidade extraordinária.

– Se eu te falar para pular no fogo, você pula.

Mercurio obedeceu.

Scarabello começou a revistá-lo. Ergueu o véu que escondia os colares falsos. Arrancou-o e jogou-o no chão. Tirou o saco de pano de sua mão, vasculhou-o, espalhou no chão a saia, as luvas, os anéis falsos. Também encontrou a bolsa e a carteira, que fez tilintar, fitando Mercurio. Abriu-a e despejou no chão as moedas nela contidas e que soaram ocas no piso da loja.

– Baixe a calça – disse, então.

Mercurio desamarrou a peça de roupa leve. Ficou de ceroulas.

Sacarabello o apalpou entre as pernas.

Mercurio corou ao contato, mas não recuou.

– Tire a peça de cima – ordenou, então, Scarabello.

Benedetta tremia por dentro.

Mercurio se despiu. Ficou com a malha de feltro que lhe dera Anna del Mercato e a calça abaixada.

Scarabello levantou a malha. Fitou-o nos olhos. Depois, sem desviar o olhar, esticou a mão e agarrou Benedetta pelo braço. Puxou-a para si, como em um elegante passo de dança.

– Paolo, reviste a moça para ver se ela está com o dinheiro – disse.

O verdureiro não se moveu.

– Paolo! – gritou Scarabello.

O homem se aproximou timidamente, enquanto Scarabello segurava Benedetta pelo braço. Levantou a saia dela com a ponta da faca. Pegou a ponta da saia e moveu a faca até as ceroulas de linho. Com um golpe certeiro, cortou o laço que as segurava e, ainda com a ponta da faca, baixou-as.

– Apalpe – disse a Paolo, sem tirar o olhar de Mercurio.

O verdureiro resmungou um pedido de desculpas e enfiou as mãos.

Benedetta fechou os olhos.

— Não precisa fazer isso! Deixe-a em paz! – disse Mercurio.

Scarabello não respondeu. Levou a faca até a garganta de Benedetta. Depois, ainda fitando Mercurio, desceu a lâmina até o decote, introduziu-a um pouco e afastou da pele a borda do vestido.

— Olhe aí dentro – disse ao verdureiro.

— Não tem nada – suspirou Paolo, depois de ter verificado, com o rosto corado.

Então, Scarabello, com a mesma graça de um bailarino que acompanha todos os seus movimentos, fez Benedetta dar uma pirueta e a empurrou para o lado.

— Vista as ceroulas – disse a ela. Depois, dirigindo-se ao verdureiro: – Esconda a roupa da velha. Veneza inteira está procurando por ela. – Olhou para Mercurio. Sorriu. – Parece que você disse a verdade, rapaz.

Quase desabando depois de tanta tensão, Mercurio amarrou a calça e se entregou a um suspiro de alívio. Levou as mãos ao rosto, e seus olhos se umedeceram.

— Obrigado, Scarabello! – exclamou, mostrando todo o susto que havia refreado, e mais uma vez se lançou sobre ele e o abraçou. – Obrigado... obrigado...

— Pare com isso! – disse Scarabello, empurrando-o.

— Desculpe, Scarabello, desculpe. E obrigado, obrigado, obrigado...

— Tudo bem. Chega. Esses melindres de efeminado me dão nos nervos. – Scarabello virou-se para o verdureiro, que tinha voltado com um casaco. – Paolo, retire a pedra e derreta o ouro. Rápido. Vou dar uma volta aqui perto, mas volto logo para pegar a pedra. – Apontou o dedo para Benedetta. – E você, não dê muito na vista. – Aproximou-se tanto dela que poderia beijá-la. – Aqui em Veneza, uma ladra como você é condenada a ser esquartejada por quatro cavalos na Praça de São Marcos, e o que sobrar é jogado no canal. Estamos entendidos? Estão procurando uma velha e uma serva bonita...

Benedetta sorriu, contente.

— ...que o ourives reconheceria facilmente.

— Obrigada – disse Benedetta.

— Você entendeu mal – disse Scarabello, dirigindo-se à saída da loja. – Eu disse serva... cretina.

Mercurio riu.

Benedetta o fulminou com o olhar.

— Muito bem, Mercurio — disse Scarabello ao sair.

Mercurio foi atrás dele. Alcançou-o e lhe perguntou em voz baixa:

— Se eu estivesse procurando uma pessoa... você poderia me ajudar, não?

— Depende.

— Ela acabou de chegar — disse Mercurio, baixando ainda mais a voz e dando as costas para Benedetta.

— E por que a sua... irmã não pode saber dessa procura?

— Bom... é que...

— Por acaso é uma mulher de quem tem ciúme? Cuidado com o ciúme das garotas... elas podem fazer besteira.

Mercurio se enrijeceu. Benedetta estava se aproximando.

— Donnola — disse de um só fôlego. — É um homem e se chama Donnola.

— Donnola? — Scarabello olhou para ele. — Rapaz, você tem segredos demais para o meu gosto.

— É sério, ele se chama Donnola.

— Sei muito bem quem é Donnola. E com certeza ele não acabou de chegar em Veneza — respondeu Scarabello. — Todo mundo aqui em Rialto o conhece. É muito fácil encontrá-lo. Basta ir ao mercado. Ele está sempre lá, atrás de algum trouxa ou de um bico. Mas pensei que tivesse sido recrutado.

— Já voltou.

— Donnola... — Scarabello partiu balançando a cabeça. — Ah, rapaz, estou sentindo que você ainda vai me dar desgosto...

Mercurio virou-se para Benedetta.

— Vamos — disse-lhe.

— O que ele dizia sobre Donnola? — perguntou ao alcançá-lo.

— Quem? Não, você entendeu mal — disse Mercurio, evitando cruzar seu olhar com o dela. Não sabia por que, mas sua habilidade para mentir não funcionava muito bem com Benedetta.

Assim que entraram em uma rua estreita e escura, Benedetta o empurrou contra o muro.

— Como você fez?

— O quê? — perguntou Mercurio, fingindo não entender.

— O dinheiro. O verdadeiro. Onde o colocou? Eu tinha certeza de que ele ia te matar.

— Eu não estava com o dinheiro verdadeiro — riu Mercurio. — Só com o do teatro.

– Não acredito.

– É verdade. Quando me revistou, eu não estava com ele.

– Ora, vamos, seu idiota! – exclamou Benedetta, impaciente.

– É isso mesmo. Eu não estava com o dinheiro... – Mercurio brincou com a ponta do sapato na lama – ...ele é que estava.

– O quê?

– Não notou que o abracei antes de ele me revistar?

– Não acredito...

Mercurio riu.

– Pois então.

– Você colocou o dinheiro no bolso dele e... Não! Por isso o abraçou de novo, depois. Para pegá-lo de volta! – Benedetta estava admirada. – E eu que pensei que você fosse um cretino!

– Mas, como disse Scarabello, a cretina é você.

– Ele disse "bonita".

– Acho bom você lavar as orelhas.

Nesse meio-tempo, chegaram a Campiello del Gambero, empurrando-se em meio à multidão e rindo. E, enquanto girava em torno de si mesma para não cair, bem na frente de uma loja de tecidos, Benedetta reconheceu a moça judia de que Mercurio gostava. E viu que ela também os havia notado e se movia até eles, com o braço erguido. O sorriso congelou em seu rosto. Experimentou o mesmo ódio de poucos dias antes.

Sem pensar duas vezes, abraçou o pescoço de Mercurio.

E o beijou.

29

Naquela manhã, Giuditta estava radiante, feliz como nunca lhe parecera ter estado.

Seu pai a havia encarregado de escolher a casa onde viveriam. Donnola a acompanhara por Veneza, mostrando-lhe lugares sugestivos e mágicos, moradas de sonho, com vidros chumbados e coloridos, pisos de fragmentos de mármore, afrescos no teto, tapeçarias cobrindo as paredes, portas adornadas, colunas de mármore, cortinas coloridas. Tudo naquela cidade parecia mais bonito do que em qualquer outro lugar.

Apenas uma coisa destoava.

Fazia dias que Giuditta observava os barretes amarelos dos judeus que encontrava. Alguns tão claros que pareciam brancos, outros vivazes como girassóis. Outros ainda de um amarelo intenso como o bico dos patos. Ela gostava dos mais escuros, que tendiam ao laranja. Mas todos, sem exceção, eram rústicos, chamativos. Uma marca, justamente como queriam os cristãos. Era o que via com toda a clareza quando se despia à noite e colocava o vestido e o barrete na cadeira. Havia algo estridente, que destoava.

— Como você escolhe seu barrete? — perguntara a Donnola, querendo dar sequência a seu raciocínio.

— Se não for muito caro, eu compro.

— Estou falando da cor — explicara ela. — Se você tiver uma roupa preta, de que cor vai ser seu barrete?

— Preta, ora bolas!

— E se tiver uma roupa vermelha e roxa?

— Bem...

— Ou vermelho... — sugeriu Giuditta.

— Ou roxo!

— Exato — dissera, satisfeita. — Obrigada.

— Não entendi nada — resmungara Donnola.

Giuditta, por sua vez, sabia aonde levavam seus pensamentos. As pessoas comuns tinham a liberdade de escolher o barrete com base na roupa. Portanto, roupa e barrete combinavam harmonicamente. Então, havia pensado que aqueles como ela, condicionados pelo uso do barrete amarelo, deveriam fazer exatamente o contrário: escolher a roupa com base nele. A solução estava nisso, ao alcance da mão. No fundo, era simples.

– Deixe para lá – dissera a Donnola. – Bobagens de mulher.

– O que significa encrenca.

– Não, não tem nenhuma encrenca. – Olhara ao redor. A vida nunca lhe parecera tão bela como naquela manhã. – Me leve a uma loja de tecidos – pedira a ele.

– Por pura coincidência, a melhor é a de um velho conhecido meu – respondera Donnola. – Em Campiello del Gambero.

– Por pura coincidência... – Giuditta rira enquanto partiam para a loja.

Mas havia uma razão particular para estar tão alegre. E essa felicidade nova e desconhecida tinha suas raízes na noite anterior. Em um sonho que a deixara sem fôlego. E que a havia mudado.

Fazia alguns dias, sobretudo desde que o vira correr ao longo da Riva del Vin, que Giuditta pensava com grande intensidade em Mercurio. Em especial depois de tê-lo visto sem a batina de padre. "Portanto, era verdade", dissera a si mesma na escuridão do quarto da estalagem que dividia com o pai. Não era um religioso. Era um rapaz qualquer. Um rapaz no qual estava autorizada a pensar.

Mas, naquela noite, havia ido além. Os pensamentos, os desejos e os sentimentos se insinuaram em seu sono. Fora tão além que havia sonhado ainda estar na carroça de víveres do capitão Lanzafame, em Mestre. Ao seu lado estava Mercurio. Suas mãos se tocavam de leve. Depois se pegavam. Os dedos se entrelaçavam. Então, Giuditta olhava ao redor e não via seu pai nem mais ninguém. Estavam sozinhos. Giuditta não temera nem hesitara nem por um instante sequer. Virara-se para ele, com os lábios entreabertos, e oferecera-se para um beijo. E Mercurio a puxara para si. "Te encontrei", dissera-lhe, olhando-a com paixão. E a beijara.

– O que você tem? – perguntara-lhe Isacco, sacudindo seu ombro.

Na escuridão do quarto, Giuditta estremecera e despertara.

– Você estava gemendo. Está com dor de barriga? – Isacco tinha acendido a vela. – O que está fazendo com esse travesseiro?

Então, Giuditta percebera que estava esfregando a boca nele.

– Nada – respondera, enrubescendo. Virara-se, dando as costas ao pai, perturbada com a intensidade do sonho. E enquanto tentava inutilmente voltar a adormecer, sentira um formigamento na parte inferior do corpo. Algo novo, que a atraía e a assustava. E voltara a pensar que tinha se tornado mulher por Mercurio. Sem que ele o soubesse.

Assim, naquela manhã, quando saíra da loja de tecidos e o vira a poucos passos, como uma visão, como um presente, do outro lado de Campiello del Gambero, sentira o coração disparar.

"Te encontrei", pensara.

E, nesse momento, quanto mais olhava para ele, mais lhe parecia estar em contato com a paixão quente e ardente que naquela noite a revirara por dentro e lhe tirara todo o medo. Não se deixaria mais paralisar. Lançou-se até Mercurio. Não sabia o que lhe diria nem o que faria. Só queria alcançá-lo.

"Te encontrei", pensava.

Mas, de repente, sua corrida se interrompeu. Quebrou-se. Os pés, que deslizavam com leveza no calçamento, prenderam-se ao chão como dois arpões. Os braços estendidos na direção de Mercurio, antes flexíveis como fitas de seda, endureceram como se fossem muletas.

Seus olhos se petrificaram ao verem a cena. Queria desviar o olhar. Mas não conseguia.

Mercurio estava beijando outra.

Giuditta sentiu que seu coração se fendia. Sentiu um rio de lágrimas subir aos olhos. Sentiu que, se ficasse parada ali, gritaria. Com um ruído feroz, como um animal ferido, arrancou os pés do calçamento e os braços do céu. Virou-se e começou a correr.

– Giuditta! – gritou Donnola, correndo atrás dela. – Espere!

Enquanto fugia, pesada e pálida, Giuditta pensava que não saberia dizer se aquela alegria de pouco antes era amor, mas o sofrimento que sentia nesse momento, brutal como um caco de vidro esfregado no coração, isso, sim, era amor, com certeza.

Mercurio tinha beijado outra, repetia-se enquanto corria.

E pensou que o amor se assemelhava extraordinariamente à dor. E ao ódio.

Chegou ofegante à estalagem onde estava hospedada. Subiu correndo as escadas e entrou no quarto. Jogou-se de bruços no colchão. A cabeça afundou no travesseiro que na noite anterior havia beijado, acreditando que fosse a boca de Mercurio. Sentiu-se uma tola. Agarrou-o e despedaçou-o, gritando.

Quando Donnola chegou ao topo da escada, parou na soleira da porta. O quarto estava repleto de penas de ganso.

– O que aconteceu? – perguntou-lhe, preocupado.

Giuditta olhou para ele. Tinha os olhos vermelhos de lágrimas e raiva. Estava despenteada. Sua respiração era ofegante.

– Nada – respondeu.

– Vamos, Giu...

– Nada! – gritou, furiosa. – Nada! Nada!

Donnola não se pronunciou. Depositou em cima do baú aos pés da cama os tecidos que haviam comprado. Fez menção de ir embora.

– Desculpe, Donnola – disse, então, Giuditta.

Ele se virou. Não sabia o que fazer. Não sabia se deveria dizer alguma coisa, aproximar-se ou abraçá-la.

– Desculpe – repetiu Giuditta. – Eu não queria...

Constrangido, Donnola olhou para trás, na direção da porta.

– Se quiser, pode ir embora.

– Não tenho a menor intenção de ir embora – disse Donnola em um impulso, com o rosto corado.

– Mentiroso – sorriu Giuditta.

– Agora você deu para saber de tudo?

– Não fique bravo...

– Mas quem é que está bravo, santo Deus?

Giuditta desatou a rir, embora fosse uma risada triste.

– Você e meu pai realmente foram feitos um para o outro. E o capitão também.

– Por acaso isso é um elogio? – perguntou Donnola, perplexo.

Giuditta olhou para ele em silêncio. Depois, bateu lentamente a mão no colchão, ao seu lado.

– Sente-se aqui – disse com voz fina, de menina. – Me abrace.

– O que você disse? – perguntou Donnola, virando-se novamente para a porta, incomodado. – Isto é... quero dizer... sim, claro. – Mas não se moveu.

– Por favor – insistiu Giuditta.

– Já disse que sim, que diabos... só faltava essa. – Desajeitado, aproximou-se da cama, sentou-se e circundou os ombros dela com o braço rígido e acanhado, com uma lentidão exasperante.

– Me abrace – pediu Giuditta.

– O que estou fazendo?

– Com força.

Donnola engoliu em seco.

– Se o doutor entrar... – Puxou-a para si, com mais convicção.

Giuditta apoiou a cabeça em seu peito.

– Mais forte.

– Não vai querer que eu quebre seus ossos, vai? – Depois, constrangido, pegou-a nos braços. Começou a balançar o tronco, para a frente e para trás, ninando-a com rapidez.

– Desse jeito, você vai me fazer vomitar – riu Giuditta.

Donnola desacelerou.

– Isso, assim... – disse ela. E começou a chorar.

Donnola a ninava, sem saber o que mais poderia fazer ou dizer.

– Você já se apaixonou? – perguntou-lhe Giuditta depois de certo tempo.

– Eu? Não, claro que não. Não, não... Como você pode ver, não sou nenhuma belezura. Quem você acha que poderia se apaixonar por alguém como eu?

– Perguntei se *você* já se apaixonou.

– Ah, bem... – Donnola se agitava, como se Giuditta estivesse coberta de urtigas. – Não tinha entendido direito... Eu... bem, talvez... Mas faz tanto tempo! Nem me lembro como se chamava...

– Donnola...

– Agnese... se chamava Agnese.

Giuditta ficou em silêncio por um instante.

– E seu corpo todo doía?

– Ouça, Giuditta... olhe... – Donnola fez uma breve pausa, depois falou com rapidez, quase sem tomar fôlego. – Você não acha que deveria conversar sobre isso com o doutor? Bem, quero dizer, ele é seu pai, embora fosse mais lógico falar com outra mulher, porque as mulheres se entendem melhor, pelo menos acho que seja assim... Seja como for, quando não se tem nada melhor do que o pai... Ou seja, enfim... o que quero dizer é que não sei se sou a pessoa adequada, entende? Não quero te dar conselhos errados e...

– É tão terrível estar apaixonado? – interrompeu-o Giuditta.

Donnola não respondeu de imediato. Apertou-a em seus braços com mais força, enquanto balançava a cabeça, contendo uma dor que não queria confessar a si mesmo, sepultada havia tantos anos.

– Sim... – sussurrou por fim, com um fio de voz.

– Sim... – disse Giuditta.

30

— Por que me beijou? – perguntou Mercurio a Benedetta.

— De brincadeira, não vá ficar se achando – respondeu ela, acelerando o passo para que ele não visse que estava corada.

— Espere – disse-lhe Mercurio.

— Não encha – respondeu e, sem deixar que ele a visse, levou os dedos aos lábios. Ainda lhe pareciam arder pelo contato com os de Mercurio. Tinha sido vendida pela mãe para um padre e outros depravados, mas aquele, pensou, era seu primeiro beijo. Entrou em uma rua estreita e caminhou rapidamente até chegar a um amplo largo.

— Veja só quem está ali – disse Mercurio atrás dela. Alcançou-a, pôs a mão em seu ombro e lhe indicou um pequeno grupo de pessoas.

— Quem é? – perguntou Benedetta, ainda distraída por suas sensações. Mercurio riu.

— O imbecil do Zolfo com o frade dele!

— Arrependa-se dos seus pecados imundos e abjetos, Veneza! – gritava irmão Amadeo com os braços erguidos nos degraus do Oratorio degli Ognissanti, no Campo San Silvestro. O ar estava frio e úmido, mas debaixo do hábito sujo e gasto, o religioso usava uma dupla malha de lã nova em folha e ceroulas longas, compradas com o dinheiro de Zolfo.

— Arrependa-se, Veneza! – repetiu Zolfo.

O largo estava repleto de pessoas atarefadas. Alguns se viraram para olhar o pregador e o menino de cabelos parecidos com estopa e pele amarelada. Mas depois, cada um começou a caminhar, rumo às próprias ocupações. A maioria nem se voltou.

Benedetta moveu-se para ir até Zolfo, mas Mercurio a segurou.

— Espere – disse-lhe. Ficaram apartados.

Nos degraus, irmão Amadeo respirou fundo, enchendo os pulmões.

— Arrependa-se dos seus pecados, Veneza! – gritou de novo, com vigor renovado.

– Arrependa-se, Veneza! – imitou-o Zolfo.

Ninguém parou para ouvir a pregação.

– Parecem dois cretinos – disse Benedetta.

– *São* dois cretinos – rebateu Mercurio.

– O que vamos fazer? – perguntou Zolfo ao frade. – Estou com frio.

Irmão Amadeo o fulminou com um olhar feroz.

– Como pode sentir frio? Não é aquecido pela fé em Cristo?

Zolfo anuiu com docilidade.

O padre ergueu os braços ao céu e gritou obstinadamente:

– Arrependa-se dos seus pecados imundos e abjetos, Veneza!

– Pare com essa gritaria! – vociferou uma mulher do outro lado do largo, aparecendo à porta de uma taberna com a estranha placa de um cisne com duas cabeças. Cambaleava, e as veias do seu pescoço estavam saltadas. Seus olhos marejados tinham dificuldade para focalizar o religioso e o menino.

Irmão Amadeo apontou o dedo para ela.

– Saia dessa mulher, Satanás! Eu te ordeno no Santo Nome do meu Supremo e Altíssimo Senhor!

– Saia, Satanás! – repetiu Zolfo, também apontando o dedo para ela.

A mulher titubeou, indecisa, tentando voltar para a espelunca. No interior, alguém a chamou.

– É um pregador – disse apenas. E logo em seguida outra cabeça apareceu à porta da taberna. Depois outra, e mais outra. Eram bêbados e confabularam um pouco entre si.

– O que quer, frade? – gritou um dos últimos a sair, um homenzarrão alto e robusto, que se apoiava em um remo para manter-se em pé.

– Arrependam-se dos seus pecados! O Senhor está ordenando! – gritou irmão Amadeo. – Expulsem o judeu de Veneza!

– O que está dizendo? – gritou a mulher, que esperava uma lista de pecados conhecidos, no topo dos quais certamente o vinho e a fornicação.

– Expulsem o judeu! – gritou com mais ardor irmão Amadeo, evocando o cerne de sua cruzada pessoal – O judeu é o câncer de Satanás!

O pequeno grupo de bêbados, não mais do que dez, começou a atravessar o Campo San Silvestro a passos inseguros. Quando chegaram aos degraus do Oratorio degli Ognissanti, tinham um sorriso tolo estampado no rosto. E embora não soubessem direito o que queria o pregador, decidiram divertir-se à custa dele. Postaram-se à sua frente, balançando como barcos ancorados. A mulher arrotou. Alguns homens riram.

— O que os judeus te fizeram, frade? — perguntou um deles.

— Treparam com a sua mãe? — perguntou o bêbado que se segurava no remo.

— Não, eles o sodomizaram! — exclamou a mulher, provocando uma gargalhada generalizada.

— Arrependa-se, pecadora! — gritou Zolfo.

— Cale a boca, anão!

Zolfo bufou, com expressão ameaçadora.

— Cuidado, baixinho, ou vai se queimar — zombou a mulher.

Os bêbados ao seu redor riram novamente.

— Vão se meter em encrenca — disse Benedetta a Mercurio, dando um passo à frente.

Mercurio a segurou de novo.

— Espere.

— Eva! Não se entregue ao pecado! Não pegue a maçã que a Serpente te oferece! — gritou irmão Amadeo à mulher embriagada, com os olhos apertados como duas fendas.

— Que eu saiba, Eva era judia, não? — riu ela.

— Era, sim! E Moisés também — disse outro bêbado.

— E o rei Davi também — acrescentou outro.

— E João Batista! — exclamou um terceiro.

— Se continuarmos assim, capaz até de o frade ser judeu! — gritou o homenzarrão que se apoiava no remo.

O bando de bêbados deu uma rumorosa gargalhada.

Irmão Amadeo se ajoelhou de modo teatral.

— Pai que estais no Céu, e tu, Pai na Terra, santíssimo papa Leão X de Médici, faz descer teu perdão sobre estes pecadores...

— Frade, já passou por sua cabeça que o primeiro papa também era judeu? — gritou a mulher, que mais do que os outros se obstinava contra ele. — Pedro-sobre-esta-pedra, primeiro papa, o fundador da Igreja, era mais judeu do que qualquer outro que hoje caminhe pelas ruas de Veneza!

— Gentalha! — lançou irmão Amadeo, erguendo-se.

— Gentalha! — imitou-o Zolfo.

A mulher se inclinou, pegou um punhado de lama e arremessou-a contra Zolfo, atingindo seu rosto em cheio.

— Eu sabia — disse Benedetta.

— Esse padre é um imbecil — disse Mercurio.

– Temos de ajudar Zolfo – interveio Benedetta, pondo-se a caminho.

Enquanto ia atrás dela, à esquerda do frade e de Zolfo, na escadaria da igreja de San Silvestro, Mercurio notou um jovem vestido com grande elegância. Usava uma calça branca, imaculada, um casaco com mangas bufantes, adamascadas, um barrete com um enorme alfinete de ouro e uma corrente, também de ouro e com elos grandes, da qual pendia um pingente ornado com pedras preciosas. No flanco, um espadim com cabo de madrepérola.

Em torno dele, cinco rapazes, igualmente bem-vestidos, riam enquanto ouviam a pregação. Mercurio sentiu um arrepio na espinha.

– Gentalha! – repetiu irmão Amadeo.

– Quem é gentalha? – perguntou o bêbado que se apoiava no remo. Em um segundo, no rosto alterado pelo vinho as risadas cederam lugar a uma expressão ameaçadora.

– Frade, volte para Roma, para o seu Senhor! – gritou a mulher, agitando o punho no ar.

– Gentalha é você, padre! – vociferou outro bêbado, com o rosto inflamado, e inclinou-se para pegar uma pedra.

– Zolfo, saia daí! – disse Benedetta ao alcançá-lo.

O menino lhe lançou um olhar distante e não parecia sentir a menor emoção ao vê-la.

– Zolfo... sou eu... – disse Benedetta, consternada com esse olhar. Depois, virou-se para Mercurio, com ar enfurecido. – O que esse maldito padre fez com ele?

Voou a primeira pedra. Depois a segunda.

– Saia daí, Zolfo! – repetiu Benedetta e o agarrou pelo braço.

– Me solte! – gritou ele, empurrando-a e colocando-se na frente do pregador, como um patético guarda-costas. Uma pedra atingiu sua perna. Zolfo gemeu.

– Acalmem-se – Benedetta tentou dizer aos bêbados, que se aproximavam com ar ameaçador. Em seguida, precipitou-se novamente sobre Zolfo, agarrou-o com mais força e o arrastou escada abaixo. Zolfo resistia.

Mercurio lhe deu um tapa.

– Venha conosco, cretino! – ordenou-lhe. – Por aqui – disse a Benedetta, conduzindo-os na direção da igreja de San Silvestro.

Enquanto isso, a massa enfurecida de embriagados se lançava contra irmão Amadeo.

– Ele nos chamou de gentalha! Vai ter de pagar!

Ao perceber que a situação piorava, irmão Amadeo seguiu Zolfo, que era arrastado por Mercurio e Benedetta.

– Vá embora, frade! – gritou Mercurio quando viu que os bêbados começavam a correr atrás deles também.

No caminho que os separava da igreja, onde Mercurio pretendia se refugiar, estava o jovem bem-vestido que ele notara antes. Observava a cena com um olhar cruel, de quem se divertia. Estava imóvel, à vontade, com a perna direita no primeiro degrau e a mão direita dentro do amplo bolso do casaco. O ombro esquerdo era bem mais alto e robusto, e o espadim estava embainhado na cintura, à esquerda, sinal de que era canhoto.

Mercurio desacelerou a corrida. Olhou para trás. Os bêbados estavam ganhando terreno. E a retirada era impedida pelo jovem e seus companheiros.

– Saia da frente! – gritou para ele.

O jovem sorriu. Tinha dentes muito brancos, curtos e afiados, que fizeram Mercurio pensar em um peixe carnívoro. Também os olhos, tão distantes que pareciam dispostos artificialmente nas laterais do rosto, tinham a rigidez vítrea dos predadores dos mares. Inexpressivos, mas cruéis. Ou talvez, pensou Mercurio naquele instante de suspensão, cruéis justamente por sua total falta de luz. Frios.

De repente, o jovem se moveu, rápido e desajeitado como um caranguejo. A mão esquerda correu ao espadim e o tirou da cintura. Do bolso direito, por sua vez, extraiu um braço curto, com a mão contraída, e a perna apoiada no degrau, que à primeira vista tinha parecido normal, na realidade era mais curta e menos desenvolvida do que a outra e não podia estender-se, permanecendo parcialmente dobrada. Com o espadim em punho, virou-se para seus companheiros que, sem nem um segundo sequer de hesitação, desembainharam suas armas e o cercaram. O jovem saltitou, mostrando uma corcunda que inchava sua escápula esquerda. Era um monstro disforme.

Mercurio se enrijeceu enquanto o outro parecia lançar-se contra ele. Porém, em vez disso, ultrapassou-o, colocando a ele, Benedetta, Zolfo e o frade sob a proteção de seu pequeno exército.

– Parem com isso, seus idiotas! – gritou aos bêbados com uma voz quase feminina, estridente e enfadonha.

Sem conseguir frear, um dos bêbados já estava em cima dele.

Com seu espadim de lâmina dupla, o jovem desferiu um golpe de cima a baixo, que cortou o braço do pesado casaco do bêbado, quase na altura do ombro. Uma mancha de sangue começou a alastrar-se no tecido.

O bêbado gemeu de dor e caiu no chão.

– Recolham-no – disse o jovem, com um profundo desprezo na voz.

– Perdoe, Vossa Graça – disse a mulher que havia começado a discussão contra o pregador. – Não tínhamos visto o senhor. Tenha a generosidade de nos perdoar, Vossa Graça. – Inclinou-se e, sem perder de vista a ponta do espadim, esticou-se até o bêbado que estava no chão. Com uma força insuspeita, arrastou-o para trás, fora do alcance da arma. – Meu marido não queria fazer nada – continuou a mulher, ajudando o ferido a levantar-se. – Não faríamos mal nem ao frade nem ao menino.

– Sim, estávamos brincando – disseram em coro os outros bêbados.

O jovem se virou para irmão Amadeo.

– O que estava pedindo a eles?

– Que os judeus sejam expulsos de Veneza – respondeu o frade, recobrando a coragem perdida pouco antes.

– Estamos prontos a nos tornarmos mártires! – exclamou Zolfo.

– Cale a boca, cretino! – ordenou-lhe Mercurio.

O jovem riu.

– Seu amigo tem razão. Mártir pelas mãos de quatro bêbados? Você é mesmo um cretino.

– O martírio é a nossa... – começou Zolfo, com raiva.

– Cale a boca! – Irmão Amadeo lhe deu um tapa violento.

Zolfo se curvou com um olhar mortificado.

– O que eu tinha dito a você, imbecil? – indagou Mercurio. – Se estava procurando um patrão, podia ter ficado com Scavamorto. Certamente seria mais misericordioso.

O jovem inclinou a cabeça disforme para o lado, como um cão, achando graça. Sorriu para frade Amadeo.

– Você sabe de que lado está, não sabe, padre?

– Estou do lado do Senhor – respondeu o frade.

– E eu sou um grande senhor – riu o jovem. – Sou o príncipe Rinaldo Contarini. – Virou-se para os bêbados. – E agora vocês vão gritar: "Fora os judeus de Veneza!".

Os bêbados se olharam por um instante, depois, disseram em coro:

– Fora os judeus de Veneza!

— Mais forte, miseráveis!

— Fora os judeus de Veneza!

O jovem Contarini apontou o espadim para a taberna da qual tinham saído os bêbados. Na soleira estava o dono.

— E você, taberneiro, já que não sabe controlar seus clientes, vai ficar fechado uma semana inteira. A partir de agora. Por vontade minha. E se eu te pegar aberto, vou incendiar sua espelunca.

O taberneiro abaixou a cabeça e voltou para dentro, a fim de expulsar imediatamente os clientes que estavam sentados no estabelecimento.

O jovem príncipe pavoneou-se com seus companheiros, depois se aproximou de Benedetta.

— Como você se chama? – perguntou-lhe, sem que sua voz demonstrasse o menor interesse, mas acariciou a pele sob o decote com a ponta do espadim.

Benedetta não se moveu. Nem respondeu. Sentiu horror, medo e atração, embora jamais o admitisse. Algo retornava do passado e a sugava de volta para ele. Algo que lhe escapava, mas que seu lado obscuro buscava sem saber.

— Mãe... – murmurou baixinho, como um sopro.

— O que disse? – perguntou o príncipe.

Mercurio a pegou pelo braço e a afastou.

O príncipe Contarini olhou para ele com prazer. Como se esperasse apenas esse gesto. Mostrou-lhe a ponta da língua, com uma malícia quase sexual.

— Sabe que se te mandasse lamber meus sapatos, conviria a você fazê-lo, rapaz? Como ousa se colocar entre mim e essa puta?

— Ela não é uma puta. É virgem – respondeu Mercurio instintivamente.

O jovem arqueou a sobrancelha.

— A coisa está ficando interessante. É tão raro encontrar uma nos dias de hoje...

— Não coloque suas patas em cima dela – rosnou Mercurio.

O olhar do príncipe se iluminou de alegria. Um segundo depois, desferiu uma estocada.

Mas Mercurio estava preparado. Esquivou-se do golpe, agarrou o braço do nobre e o puxou para frente, esticando a perna. O jovem príncipe perdeu o equilíbrio e só não caiu no chão porque um dos seus companheiros, mais rápido do que os outros, segurou-o.

— Fuja! — gritou Mercurio a Benedetta.

A moça hesitou, depois foi atrás dele. Passaram em meio aos bêbados e logo foram perseguidos pelos homens do príncipe.

— Fuja! — gritou de novo a Benedetta, e entraram em uma rua estreita e escura.

Os homens de Contarini eram mais velozes do que Benedetta, impedida pela saia, e em breve os alcançariam. Mercurio se precipitou instintivamente na direção do Campo Santo Aponal. Antes de chegar, a Calle del Luganegher já havia sido bloqueada por uma figura preta, alta e familiar.

— Scarabello! — ofegou Mercurio.

Scarabello e seus homens se afastaram para deixá-los passar. Em seguida, enfileiraram-se de novo, bloqueando a passagem dos homens do príncipe. Os adversários se olharam em silêncio. Scarabello e os seus estavam a postos, com as mãos prontas nas espadas. Os homens do príncipe tinham boca e narinas dilatadas pela corrida. Ninguém se moveu. Ninguém se pronunciou.

Após um tempo que pareceu interminável, ouviu-se um ruído de passos em ritmo irregular. E, no fundo da rua, apareceu o disforme príncipe Contarini, que avançava mancando. Alcançou seus homens. Seu braço atrofiado estava aberto, como a asa sem penas de um pássaro. A boca escancarada, que mostrava os dentes afiados de peixe, e um regato de saliva que ensopava seu queixo.

— Só estávamos esperando o senhor, Vossa Graça — disse Scarabello, inclinando-se em uma reverência.

O príncipe Contarini ofegava pelo esforço. Balançava-se nas pernas, tão desiguais, oscilando. De novo, a Mercurio pareceu um caranguejo.

— Scarabello, você está protegendo esse jovem criminoso? — perguntou o príncipe com sua vozinha estridente, quando conseguiu falar.

— Efetivamente, sim, Vossa Graça. Por acaso, é um de meus homens — respondeu Scarabello, abrindo as mãos, como se o fato o desagradasse.

O príncipe Contarini sorriu e limpou a saliva com a manga do precioso traje. Na penumbra do beco, as sedas brancas reluziam como a pele viva de um animal fantástico. Apenas os cabelos albinos de Scarabello conseguiam sobressair naquela luz. Todo o restante parecia não existir.

Mercurio olhava para Scarabello com admiração. Virou-se para Benedetta e viu que ela, ao contrário, fitava Contarini.

— Quero esse jovem — disse o príncipe. — Ele me ofendeu e deve pagar.

– Vossa Graça, sabe que sou seu devoto servidor – respondeu Scarabello. – Mas, queira me perdoar, tenho de lhe negar esse pedido. Meus homens respondem unicamente a mim por suas ações. – Olhou intensamente para o príncipe, sem submeter-se. – E somente eu respondo ao mundo. Por isso, Vossa Graça, a discussão terá de ser entre nós, caso o senhor tenha queixas que não possam ser resolvidas nem perdoadas.

Contarini lhe dirigiu um olhar impassível. Porém, enquanto isso, mordeu o lábio inferior com ferocidade. Até fazê-lo sangrar. Quando se pronunciou, sua voz era ainda mais estridente:

– Diga a seu homem para não andar por aí sozinho. Sua cabeça me pertence, e se houver ocasião, vou tomá-la. – Virou-se e fez sinal para seus homens o seguirem. – Vamos voltar para aquele frade. Gostei dele. É devorado pela inquietação. Promete sangue – riu histericamente.

– Zolfo... – começou Benedetta.

Mercurio pôs a mão em seu braço.

– Não podemos fazer nada.

Scarabello os alcançou.

– Obrigado – disse Mercurio.

– Não fiz isso por você – respondeu. – O príncipe é louco. Se eu soltar suas rédeas, ele toma tudo. Mas tenho um amigo nas altas esferas, muito acima de Contarini. Tão acima que, depois dele, só há o *doge*. E o príncipe sabe disso. É louco, mas não é burro.

– Obrigado da mesma forma – repetiu Mercurio.

– Ele vai te esquecer – continuou Scarabello. – Vai encontrar outro com quem implicar. Mas, até lá, saia de circulação.

– Eu me viro – minimizou Mercurio. – Sei cuidar de mim.

– Sim, eu vi – sorriu Scarabello. Em seguida, bateu o indicador em seu peito. – Mas esse não é um conselho. É uma ordem.

– Ouça, Scarab...

– Não, ouça você. – Scarabello bateu o dedo com tanta força em seu peito que Mercurio foi obrigado a recuar dois passos. – Já te disse uma vez. Vou explicar com outras palavras. Se eu mandar você se enfiar no cu de uma baleia, você se enfia, está claro?

– Tudo bem.

– Você irá para a terra firme. Vou arranjar um lugar para você. E ficará lá pelo menos por algumas semanas. Não gostaria de ver as ratazanas passeando com a sua cabeça pelos canais enquanto comem seus olhos. E é exatamente isso que você tem de esperar do príncipe. Depois que fizer você sofrer de verdade, é claro. – Scarabello arrumou os longos cabelos atrás das orelhas, recolheu-os em um feixe ordenado e os amarrou com uma fita vermelha de seda, que alcançava metade das suas costas. Sorriu para ele. – Está com medo de ficar sozinho por algumas horas?

– Vou ver se consigo – respondeu Mercurio, enfiando os polegares no cós da calça.

– Fanfarrão – riu Scarabello ao partir.

Tão logo ele dobrou a esquina, Benedetta pegou a mão de Mercurio.

– Vamos para a estalagem.

Mercurio olhou para seus lábios. Seguiu-a sem resistir.

Subiram ao quarto.

– Feche a porta – disse Benedetta.

Mercurio obedeceu.

Ela se deitou na cama e desabotoou o vestido, desnudando os pequenos seios de alabastro e os mamilos rosados. Tinha a respiração ofegante. Não pensava no primeiro beijo dado em Mercurio. Pensava no medo que o príncipe Contarini lhe causara. Na sensação que tivera. Na atração pelo abismo. Olhou para Mercurio e pensou que ele não parecia com nenhum dos monstros para os quais sua mãe a vendera. Esticou o braço para ele. Mercurio nunca lhe faria mal.

Ele se deitou ao seu lado, imóvel, atordoado. Nunca tinha beijado uma moça antes daquele dia.

Benedetta pegou de novo sua mão.

Mercurio se enrijeceu.

– O que está fazendo? – perguntou-lhe. E sentiu-se um tolo.

Benedetta guiou sua mão, lentamente, até o próprio seio. Apoiou-a sobre ele.

–- O que está fazendo... – repetiu Mercurio, mas já não era uma pergunta.

– Está com medo? – perguntou Benedetta.

Enquanto estava ali, deitado, com o olhar fixo no teto, a mão imóvel no seio de Benedetta e uma estranha agitação sanguínea na calça, Mercurio pensou que sabia tudo da vida, mais do que a maior parte dos seres humanos. Sabia viver em um esgoto de Roma e em uma cidade misteriosa como Veneza. Sabia criar trapaças, usar a faca, violar os bolsos de qualquer um sem ser pego, misturar cal virgem na terra para cobrir os mortos; tinha lutado com homens duas vezes maiores do que ele, matado um mercador, enfrentado Scavamorto e conquistado um criminoso como Scarabello. Sabia tudo da vida.

Mas não sabia nada do amor.

– Não consigo respirar – disse.

– Me acaricie – sussurrou Benedetta.

– Não consigo respirar, já disse! – exclamou Mercurio, levantando-se.

– O que está acontecendo? – perguntou ela, perturbada.

Mercurio não entendia a fúria que o sacudia. Mas não conseguia controlá-la.

– Preciso ir – disse com voz sufocada.

– Vou com você.

Mercurio não lhe respondeu e saiu, batendo a porta.

Benedetta abotoou o vestido e se encolheu debaixo da coberta. Fechou os olhos. Viu o rosto assustador do príncipe Contarini. Levou a mão entre as pernas. E sentiu-se suja.

A essa altura, Mercurio já tinha chegado a Rialto, ofegante.

Aproximou-se do caolho, o homem de Scarabello.

– Preciso partir imediatamente. Me arrume um barco.

31

Mestre

Mercurio desceu do barco em Mestre.

— O que digo a Scarabello? — perguntou o caolho, que o havia acompanhado até ali. — Onde vai ficar?

— Dou sinal de vida — respondeu Mercurio, afastando-se.

— Scarabello não vai gostar nada disso.

— E daí? — disse Mercurio sem se virar. Acelerou o passo. Tinha pressa em desaparecer. Em um piscar de olhos, a névoa que subia com a noite o engoliu.

— Mercurio! — gritou o caolho.

O rapaz se virou. Não viu o homem nem o barco e sentiu-se aliviado. Entrou em uma vereda, onde se lembrava de ter visto uma pequena estátua de Nossa Senhora. Prosseguiu por cerca de vinte passos e encontrou a estrada que procurava. À sua esquerda, onde a névoa era mais densa, ouviu o marulhar lento do canal. O rumor da água era abafado pelo muro irregular de juncos que cresciam na margem. À sua direita, a cada cinquenta passos, emergia da bruma um casebre baixo e rústico. Passou por sete.

Ao chegar diante do oitavo, hesitou, desacelerou o passo e, por fim, parou. A respiração se condensava diante de seu rosto, confundindo-se com a neblina. Já estava escuro. Aproximou-se do casebre, espiou pelas janelas de madeira. Estava tudo apagado. Teve medo. Sentiu-se perdido.

A porta não estava fechada, apenas encostada. Mercurio teve um mau pressentimento. Empurrou-a devagar.

— Tem alguém aí? — perguntou. Sua voz tremia quando enfiou a cabeça na entrada. Esperou uma resposta. Nada. Silêncio. — Tem alguém aí? — perguntou novamente.

— Quem é? — perguntou alguém na sala ao lado.

Mercurio logo reconheceu a voz. Mas havia alguma coisa errada, algo fora do tom.

– Sou eu, Mercurio – disse timidamente – Aquele a quem você deu...

– Que Deus te abençoe, rapaz! – respondeu a voz. Mas era como se não conseguisse colocar entusiasmo em sua entonação.

– Anna... você está bem?

Ouviu-se o ruído de uma cadeira sendo arrastada no chão. Depois, o de uma pederneira. Mercurio viu um clarão fraco, incerto. Depois a luz ganhou força e, tremeluzindo, aproximou-se cada vez mais.

Anna del Mercato apareceu à porta da grande cozinha. Segurava uma vela. Tinha os cabelos desgrenhados, os olhos inchados, e sua respiração também se condensava no ar. Somente então Mercurio se deu conta de que fazia muito frio.

– Você está bem? – perguntou novamente.

A mulher sorriu. Mas, na verdade, parecia chorar.

– Venha – disse. Virou-se e caminhou arrastando os chinelos.

Mercurio fechou a porta com a corrente e foi até ela na cozinha. A grande lareira estava apagada. Anna del Mercato estava sentada à mesa. Em cima do móvel, o colar que Mercurio havia resgatado. Crepitando, a vela fazia brilhar gotas transparentes no rosto da mulher. Mercurio pensou que fossem lágrimas. Ela não se virou para olhá-lo quando ele se sentou à sua frente. Tinha os olhos fixos no colar, e com a mão o acariciava devagar, como se fosse um ser vivo.

– Não vou dá-lo de novo ao usurário – murmurou, consumida por uma infinita tristeza. – O padre diz que não se pode levar um colar para o além... – disse. Levantou o olhar. Tinha olhos tão desesperados que Mercurio pensou que estivessem furados. – Mas não vou dá-lo de novo ao usurário... – Tornou a abrir aquele sorriso que parecia um choro, esticou a mão com a qual acariciava o colar e tocou a de Mercurio. – Que Deus te abençoe, rapaz – disse. – Obrigada.

– O que está acontecendo, Anna? – perguntou Mercurio.

Ela não respondeu. Voltou a fitar o colar. Agarrou-o e apertou-o contra o peito.

– Não me interessa o que diz o padre – afirmou com obstinação, mas com voz fraca. – Vou levar o colar para o além. E se São Pedro não me deixar ficar com ele, paciência, vou embora de lá também. Não, não vou dá-lo a Isaia Saraval. Não vou trair meu bom marido. De novo, não. Deus não pode querer uma coisa dessas. Não vou trocar este colar por um pedaço de pão. Não, eu...

— Anna, acalme-se — interrompeu-a Mercurio.

— Não, prefiro morrer a...

— Anna... — Mercurio pegou as mãos dela, debruçando-se na mesa. — Anna...

— Sinto muito, rapaz, não tenho comida para lhe dar...

— O que está acontecendo?

Anna olhou para ele em silêncio, com grande dignidade. Depois, esticou o colar.

— Coloque-o no meu pescoço, rapaz — disse-lhe. — Estou com frio. Acho que vou morrer esta noite.

Mercurio ergueu-se com um salto. A cadeira caiu no chão.

— Não diga bobagem. Onde está a lenha?

— Coloque o colar em mim. Quero estar com ele quando morrer.

— Ninguém vai morrer — disse rispidamente Mercurio. — Onde está a lenha?

Anna sorriu distante.

— Acabou.

Mercurio permaneceu imóvel por um instante, olhando para ela. A vela estava para acabar.

— Espere aqui — disse com voz firme.

— E aonde você quer que eu vá? — respondeu Anna del Mercato, em voz baixa.

— Espere aqui — repetiu Mercurio e se dirigiu à saída. Tinha visto uma carroça na lateral do casebre. Enquanto a empurrava pela estrada, uma roda rangia. Não estava no eixo. Mercurio torceu para que aguentasse. Chegou ao casebre vizinho ao de Anna. Bateu à porta.

Uma velha desdentada, com rosto murcho e expressão maldosa, abriu com ar desconfiado.

— Quem é? — disse a voz de barítono de um homem, vinda de dentro.

— Um rapaz — respondeu a velha, que fitava Mercurio com seus olhos enrugados. — Com uma carroça.

— Diga a ele que não estamos comprando nada — disse a voz do homem.

— Sou eu que estou comprando — anunciou ele em voz alta.

A velha não se moveu nem se pronunciou. Após um instante, apareceu atrás dela um homem robusto, com uma coberta nos ombros, por cima da roupa. Era vigoroso, tinha o nariz rachado, sulcado por uma teia de pequenas veias vermelhas, e fedia a vinho. Os olhos eram pequenos como os da velha.

— Saia — disse a ela.

A mulher se afastou, curvando-se, como se esperasse um golpe.

— Não estou gostando — murmurou.

— Cale a boca — ordenou o homem, fitando Mercurio. — Minha mãe não confia em forasteiros.

— Preciso de lenha, pão, vinho, toucinho e sopa — disse Mercurio.

O homem permaneceu imóvel.

— Posso pagar — acrescentou Mercurio.

— Quanto? — perguntou a velha.

— Quieta, mãe! — gritou o homem, erguendo a mão no ar.

A velha protegeu o rosto.

— É para Anna del Mercato — acrescentou Mercurio.

— Achei que já estivesse morta — resmungou a velha.

Mercurio sentiu raiva.

— Vocês têm o que preciso ou dou minha moeda de prata para outra pessoa?

— Uma moeda? — indagou a velha.

— Fique quieta, mãe!

— Ele disse uma moeda!

O homem a golpeou repentinamente na cabeça.

A velha cambaleou e gemeu.

— Duas moedas — negociou o homem.

Mercurio nem respondeu. Empunhou as barras da carroça, como para ir embora.

— Está bem, uma moeda — apressou-se em dizer o homem, segurando-o pelo braço. Virou-se para a mãe, que massageava a cabeça onde havia sido atingida. — Pegue o pão, o toucinho e ponha a sopa em uma tigela. Eles a devolvem amanhã. — Saiu da porta e fez sinal para Mercurio segui-lo atrás da casa.

— O vinho — disse Mercurio.

O homem titubeou.

— E o vinho, mãe – gritou. Depois, dirigiu-se aos fundos. Carregou a carroça com a lenha e voltou com Mercurio até a porta de entrada.

A velha estava para lhe passar a comida, mas o filho a deteve.

— Me mostre o dinheiro — disse ao rapaz.

Mercurio pegou uma moeda de prata e a colocou em sua mão.

O homem anuiu, dirigindo-se à mãe, e somente então a velha pôs a comida na carroça.

Mercurio partiu sem se despedir.

Apressou-se para transportar a lenha para dentro da casa e acendeu a lareira. A vela tinha se apagado. Anna del Mercato continuava sentada à mesa. Mercurio a acomodou perto do fogo, como ela havia feito com ele. A mulher se deixou deslocar como um fantoche, sem opor resistência nem colaborar. Apertava o colar na mão.

Mercurio olhou para ela enquanto a lenha estalava. Em seguida, saiu e pegou a comida. Esquentou a sopa e a derramou em um prato fundo sujo, que havia encontrado em cima da mesa. Cortou o pão e o toucinho, verteu o vinho em uma taça e pôs tudo em um banco, ao lado de Anna.

– O que fiz para merecer tudo isso, rapaz? – perguntou ela com voz embargada pela emoção.

– Se você morrer, eu não saberia para onde ir – respondeu Mercurio.

Anna del Mercato anuiu. Depois, comeu em silêncio. E, quando terminou, bebeu um pouco de vinho de uma taça desbeiçada. O rosto pálido recuperou a cor. Os olhos voltaram a ver o mundo ao redor. Esticou a mão com o colar até Mercurio.

O rapaz o pegou, postou-se atrás dela e o colocou em seu pescoço.

A mulher sorriu.

– O que fiz para merecer isso, rapaz?

– Tenho de passar um tempo aqui. Preciso de uma cama quente, de uma casa quente, de uma sopa quente. Não posso viver em um pardieiro. Você vai ter de se mexer.

– Não tenho dinheiro, rapaz, sinto muito.

– Mas eu tenho. E vou te pagar.

– Por que está me ajudando? – A voz de Anna era suave.

Mercurio não respondeu. Pegou uma cadeira, pôs ao lado dela e se sentou.

Anna olhou para ele. Seu rosto se distendeu. Abriu o braço e circundou os ombros de Mercurio, que permaneceu ereto na cadeira, tenso sob seu abraço.

– Você está mais duro do que um bacalhau seco.

Mercurio não sabia o que fazer. Mesmo com ela, teve o instinto de levantar-se e partir.

Anna o puxou para si.

Mercurio resistia.

– Nunca tive uma mãe. Não sei como agir – disse de repente.

A pressão de Anna cedeu por um instante. Depois, ela tornou a puxá-lo para si com mais fervor ainda.

– Apoie a cabeça, rapaz – sussurrou.

"Tinha a voz quente da noite em que a conhecera", pensou Mercurio.

– Onde? – perguntou.

Anna del Mercato riu, com aquele seu modo gentil que não o feria.

– No meu ombro.

Mercurio dobrou o pescoço, ainda com rigidez. E pensou que seria bom fechar os olhos quando sentiu a mão de Anna acariciar seus cabelos. Mas ainda não conseguia.

– As roupas do seu marido... – disse erguendo a cabeça para olhá-la.

– Apoie a cabeça – interrompeu-o Anna, empurrando-a de novo para o próprio ombro. – Não sabe falar com o pescoço dobrado?

Mercurio sorriu.

– As roupas do seu marido estão fedendo a peixe... preciso lavá-las.

– Podia tê-las trazido. Eu as lavaria para você.

– Sim... – disse Mercurio, enquanto a tepidez do fogo relaxava suas pálpebras.

– Pensamos nisso amanhã – decidiu Anna.

– Sim...

– Você ainda está duro como um bacalhau seco.

– Não...

– Está, sim. Pode fazer melhor.

– Não sei como fazer.

Anna del Mercato sorriu.

– Não existe um modo.

Mercurio estava ficando cada vez mais cansado.

– Feche os olhos.

– Sim...

Anna olhou para ele.

– Eu disse para fechá-los – riu baixinho.

Assim que o fez, Mercurio sentiu-se mais pesado. A mão de Anna acariciava seus cabelos.

– Acho que entendi o que você quis dizer da outra vez.

– Sobre o quê?
– Quando disse que as mãos participaram de alguma forma quando você e seu marido se conheceram.

Anna del Mercato enrubesceu.

– Ah, é?
– Sim...

Permaneceram um pouco em silêncio. Anna continuava a acariciar sua cabeça com uma mão, e com a outra tocava o colar.

– Acho que magoei uma pessoa... – disse Mercurio, quase adormecendo.
– Quem?
– Uma moça...
– Ela não queria? – perguntou Anna, enrijecendo-se.
– Não... ela queria... fui eu que...
– Se fizeram o que estou pensando – sorriu Anna –, não creio que você possa tê-la magoado.

A respiração de Mercurio tornava-se cada vez mais pesada.

– Não fizemos nada. Eu fugi.
– Está apaixonado? – perguntou-lhe Anna. Sua voz tinha um tom melancólico e feliz ao mesmo tempo.
– Como dá para saber? – Mercurio pensou na emoção inebriante que sentira quando havia segurado a mão de Giuditta. E na sensação tão diferente, mas igualmente violenta, de sangue que fervia entre as pernas, que experimentara ao tocar o seio de Benedetta.

– Ouça este senhor aqui – disse Anna, tocando o peito dele na altura do coração.

– Venha, levante-se. Vá para a cama.
– Sim...

Anna o ajudou a se levantar. Desta vez, era Mercurio quem se movia como um fantoche, mais adormecido do que acordado. Anna o guiou até o canto onde estava o colchão de palha, deitou-o e cobriu-o com uma coberta. Voltou para a lareira e pôs no fogo dois cepos grandes. Em seguida, sentou-se ao seu lado.

– Foi o céu que te mandou, rapaz – disse Anna.
– Sim... – murmurou Mercurio.

Anna riu baixinho.

– Sim – repetiu.

Mercurio balbuciou alguma coisa.

Anna se inclinou sobre ele.
– O que disse?
– Giu... ditta...
– Giuditta? É assim que se chama a sua namorada?
– Giuditta...
– Giuditta, sim. – Anna del Mercato puxou a coberta até o queixo dele.
– Agora durma. – Beijou sua testa com ternura. – Durma, meu menino.

32

— QUE PROJETO EU PODERIA TER? — perguntou Mercurio ao despertar pela manhã, assim que abriu os olhos e viu Anna ocupada ao redor do fogo. — Encontrar uma moça pode ser o meu projeto?

— Não. Isso é um programa — disse Anna del Mercato. Tinha outra expressão em relação à noite anterior, embora tivesse dormido pouco e saído ao amanhecer, com o frio, para ir até a granja vizinha comprar fiado um balde de leite recém-ordenhado e biscoitos de uva-passa. Nesse momento, estava despejando um pouco de leite em uma pequena panela, mantida acima da chama graças a um engenhoso sistema de tirantes.

— Deixe que faço isso — disse Mercurio, levantando-se de um salto. — Vá se sentar e descansar.

Anna se virou com uma expressão furiosa no rosto.

— Como ousa, rapazinho? Acha que pode cuidar de mim? Eu poderia ser sua mãe, seu presunçoso, e você quer ser meu pai?

Mercurio se deteve, desconcertado. Mas depois viu que Anna não estava de fato furiosa como fingia estar.

— Olhe para suas mãos — continuou no mesmo tom. — Estão imundas. Vá lavá-las se quiser comer. E nunca mais pegue comida e lenha dos vizinhos. Quer que me considerem uma miserável? Se você visse como me olharam esta manhã!

— Eu só queria ajudar...

— Queria ajudar, mas causou problemas. Vá se lavar. O rosto também.

Mercurio saiu da casa. A água estava gelada, mas ficou feliz em obedecer-lhe. Quando voltou, tinha um sorriso tolo estampado no rosto. Mostrou-lhe as mãos.

— Ah, assim está melhor — disse Anna, recuperando o tom de voz habitual. — Sente-se, o leite está quente. — Encheu uma tigela com uma concha e pôs os biscoitos sobre a mesa.

— E então, o que é um projeto? – perguntou Mercurio com a boca cheia.

Anna del Mercato balançou a cabeça.

— Você sempre faz perguntas difíceis.

— Desculpe – disse Mercurio. – Nunca tive ninguém a quem fazer perguntas. Não sei como fazê-las.

Anna se virou de repente, dando-lhe as costas e mordendo os lábios. Aquele rapaz a comovia. Arregalou os olhos com exagero para secar as lágrimas que os haviam embaçado.

— Um projeto é algo que preenche a sua vida – explicou-lhe, virando-se e sentando-se à mesa. Enquanto falava, continuava a acariciar o colar. – Um projeto diz quem você é.

— Mas diz a quem?

— Antes de tudo, a você. E àqueles que você ama e, portanto, respeita.

Mercurio enfiou dois biscoitos na boca, um após o outro, depois bebeu um gole de leite para amolecê-los.

— Pode até ser que eu faça perguntas difíceis, mas você usa palavras difíceis. Não sei o que quer dizer amar. Ou seja... não sei se realmente posso amar alguém. Nem se posso respeitá-lo.

— Você é um mentiroso – disse Anna, sorrindo, daquele modo que aquecia o rapaz mais do que o fogo da lareira. – Acha que não ama Giuditta?

Mercurio se engasgou com o que restava dos biscoitos que tinha na boca. Tossiu e cuspiu uma papa branca na mesa.

— Desculpe – apressou-se em dizer e, preocupado, passou a manga do casaco no tampo para limpá-lo. – Como sabe o nome dela? – perguntou, enrubescendo.

Anna del Mercato olhou para ele. Tinha vontade de rir ao vê-lo com as bochechas e as orelhas vermelhas. Mas não queria mortificá-lo.

— Você disse ontem à noite.

— Ah... – Mercurio baixou o olhar para a xícara.

— E acha mesmo que não sabe amar, depois do que fez por mim?

— Bom... eu precisava de um lugar para dormir e estava fazendo um frio terrível.

Anna del Mercato anuiu.

— Sim, eu sei.

Mercurio mexeu o conteúdo da xícara com a colher de madeira.

– Quer mais?

Ele ficou de cabeça baixa. Bufou. Bateu a colher na borda da xícara.

– O que devo fazer, Anna? – perguntou, por fim.

– Por enquanto, vá procurar essa moça. O que está esperando? Ou está pensando que vou fazer isso por você?

Mercurio levantou o olhar e sorriu.

– E pense em quem você é. Em quem quer ser. Acima de tudo, por você.

– O que quer dizer?

– Você não me parece burro, rapaz.

– Quem sou eu?

Anna pegou a mão dele.

– Não posso saber por você.

– Mas como a gente faz para entender quem quer ser?

– Para cada um de nós é diferente. Não importa o modo.

Mercurio limpou a boca.

– Quero ser respeitável.

Anna del Mercato desatou a rir.

– É verdade – disse Mercurio.

– Mas você é respeitável.

– Não. Sou um trapaceiro. – Mercurio olhou diretamente nos olhos dela.

Anna continuou a sorrir para ele.

– Estou te dizendo que sou um trapaceiro.

– Trapaceiros não resgatam colares para viúvas desconhecidas...

– O que isso tem a ver...

– Nem as salvam quando elas se entregam à morte...

– Você não estava...

– Quieto! Não me interrompa. – Séria, Anna apontou o dedo para ele. Mercurio encolheu os ombros.

– Você é especial – disse Anna del Mercato.

Mercurio enrubesceu de novo.

– Nunca ninguém me disse isso – murmurou.

– E só por causa disso você não o seria?

– Nunca ninguém me disse isso – repetiu.

– Bem, agora estou te dizendo.

Mercurio se calou e continuou a bater a colher na xícara.

– Desse jeito você vai quebrá-la – advertiu Anna.

Mercurio apoiou a colher na mesa.

– O que devo fazer?

– Já te disse. Vá procurar a moça.

– Vou ser especial para ela – exclamou ele, com ênfase.

– Seja especial para você. E assim você o será para ela – afirmou Anna. – Só funciona dessa maneira. Mas, se você tentar ser especial apenas para ela, vai acabar traindo os dois. Nunca vai descobrir quem você é de verdade e dará a ela algo falso.

– Por que tem de ser tão difícil?

– Não é nada difícil.

– Pois, para mim, parece.

– Quando você achar que é difícil, é porque está usando a cabeça.

– O que quer dizer?

– Foi difícil apaixonar-se por Giuditta?

– O que isso tem a ver?

– Foi difícil?

– Não, mas...

– Está vendo o que torna as coisas difíceis? Os *mas*, por exemplo. Por que se preocupar com esse *mas*? É só um grande bastão entre as rodas. Agora me responda: foi fácil apaixonar-se por Giuditta?

– Foi.

– Foi – repetiu Anna. – A vida é simples. Quando se torna muito complicada, é porque estamos fazendo alguma coisa errada. Nunca se esqueça disso. Se a vida se torna complicada, é porque nós a estamos complicando. A felicidade e a dor, o desespero e o amor são simples. Não há nada difícil. Vai se lembrar disso?

Mercurio fez que sim.

– Você é especial e...

– Quero ficar rico! Agora sei o que quero!

O semblante de Anna escureceu.

– Foi isso que você entendeu? Se eu fosse sua mãe, te daria uma bofetada agora mesmo.

Mercurio viu que estava séria. Sentiu-se mortificado por ter dito aquilo. Mas, ao mesmo tempo, deu-se conta de que estava para aprender algo extraordinário.

– Não me interessa. Quero ficar rico – disse com insolência, desafiando-a e levantando-se.

Anna reagiu instintivamente. Debruçou-se na mesa e deu um tapa nele.

– Nunca mais quero ouvir você dizer uma bobagem dessas. Ficar rico não significa nada. Você tem de querer algo que alimente seu coração. Ou vai morrer por dentro.

Mercurio pensou que provavelmente Anna tinha razão. Sentiu a face arder com seu primeiro tapa de filho e ficou feliz.

– Sou especial para você? – perguntou.

– Venha cá, rapaz – disse Anna, com a voz embargada pela emoção. Esperou que Mercurio contornasse a mesa e o apertou em seus braços. Depois, afastou-o bruscamente. – Você é um chato, sabia, menino? E eu tenho muito que fazer. Tenho de cuidar do fogo, limpar a casa e arrumar seu quarto... Você não vai querer dormir no chão como um selvagem, vai? Depois, tenho de preparar um jantar decente e, para isso, preciso ir até o mercado. Não tenho tempo para toda essa filosofia. – Empurrou-o para o lado. – Saia do meu caminho, vá. Vamos, saia daí.

Enquanto se encaminhava para o atracadouro do mercado de peixes, em Mestre, Mercurio assobiava alegremente e, de vez em quando, passava a mão na bochecha que recebera o tapa de Anna. Assim que chegou, procurou o barco chamado Zitella. Ao encontrá-lo, chutou a quilha para chamar a atenção do pescador.

– Ei, que modos são esses? – perguntou o homem, virando-se. De repente, empalideceu.

– Muito bem – disse Mercurio –, isso significa que você me reconheceu, certo?

O pescador engoliu em seco, concordando com a cabeça.

– Também já está sabendo que agora sou um dos homens de Scarabello e que não pode me vender para Zarlino? – Mercurio enfiou os polegares no cós da calça e cuspiu na água.

Novamente, o pescador anuiu.

Mercurio saltou para dentro do barco.

– Ótimo, então, me leve para Rialto.

O pescador anuiu pela terceira vez.

– Vou terminar de carregar e...

– Não. Agora.

O homem se curvou e se sentou junto aos toletes.

Mercurio soltou as amarras. Empurrou o barco, tomando impulso no cais. O pescador girou a proa, apontando a embarcação para Veneza.

– Tenho um programa. E, enquanto isso, penso no meu projeto – sussurrou Mercurio para si mesmo, com um sorriso. Depois, dirigiu-se ao pescador. – Sabe qual é a diferença entre programa e projeto, ignorante?
– Não, senhor.
– Sua mãe não te ensinou?
E desatou a rir, todo feliz.

33

Rimini

SHIMON BARUCH ENTROU EM RIMINI passando sob o Arco de Augusto. O cavalinho árabe prosseguia devagar, cansado da cavalgada pelos Apeninos. Shimon soltou um pouco as rédeas e avançou. Atravessou a Ponte de Tibério e entrou na cidade velha. Virando à direita, viu ao longe o porto comercial e o mar Adriático, com suas extensas praias de areia clara.

Chegou a uma estalagem e desceu da charrete. Chamava-se Hostaria de' Todeschi. Logo um servente foi ao seu encontro, cumprimentou-o e ocupou-se do cavalinho árabe. Shimon entrou no estabelecimento. O proprietário era um homem gentil e afável. Quando entendeu que o novo cliente era mudo, apressou-se em lhe dar papel, pena e tinta.

– Só que não sei ler, Senhoria – desculpou-se. – Se não se ofender, há uma mulher, uma viúva, que poderia ler para mim. Mas devo lhe dizer que é judia...

Shimon enrijeceu-se.

– Se isso o incomodar, Senhoria, posso entender. Encontraremos outro modo – acrescentou logo o proprietário da estalagem.

Shimon negou com a cabeça.

– Então, aceita que eu chame a mulher? – quis confirmar o homem. Shimon anuiu.

O proprietário virou-se para sua esposa, que era gorda e tinha o rosto avermelhado, e lhe ordenou:

– Vá chamar Ester. E diga para ela vir depressa.

Ao ouvir o nome da mulher, Shimon estremeceu. A história de Ester era bem conhecida de todo judeu, pois era celebrada na festa de *Purim*. E a razão pela qual se sentia particularmente impressionado era que *Ester*, em hebraico, significa "eu me esconderei". E ele estava se escondendo. De si mesmo e do mundo.

— Fico feliz que não tenha nada contra os judeus, Senhoria – disse o homem nesse ínterim. – São tempos estranhos aqui em Rimini. No mês passado foram atacadas duas casas de penhor. E sabe por quê? Porque foram abertos dois Montes... acho engraçado que os chamem de "Montes"... enfim, dois Montes Pios, que, no final das contas, fazem o mesmo trabalho que as casas de penhor, mas por trás deles está a Igreja... Os padres falam tanto dos judeus, mas, na minha opinião, querem ganhar mais dinheiro à nossa custa do que eles. Só que, infelizmente, o povinho não entende isso e vai atrás da Igreja como...

— Não diga! – esbravejou a mulher, aparecendo atrás dele com uma mulher miúda e de aspecto modesto.

O homem riu com gosto, tomou fôlego e disse com ênfase:

— O povinho vai atrás da Igreja...

— *Não* diga!

— ...como as moscas vão atrás da merda! – e caiu em uma sonora gargalhada.

— Quando os esbirros do papa te queimarem na praça, quero ver se você vai rir – resmungou a esposa e empurrou para a frente a mulher que estava com ela. – Ester, ajude esse tonto do meu marido.

Shimon notou que Ester tinha sorrido com o chiste do dono da estalagem. Por trás do ar modesto, havia uma bela mulher. Tinha um rosto nobre, nariz afilado, olhos verdes, escuros como besouros, e lábios carnudos e rosados. Acenou com a cabeça para Shimon, com modéstia, mas sem submissão.

— Pois bem, Senhoria – disse o homem –, tenha a bondade de escrever o que deseja, e tentaremos satisfazê-lo.

Shimon olhou para Ester, que se aproximou dele. "Eu me esconderei", pensou.

Ester interceptou seu olhar e baixou os olhos.

De repente, Shimon sentiu-se confuso. Tinha mantido a distância todo pensamento sobre a moça de Narni e tudo o que lhe dizia respeito. Porém, mesmo tentando não pensar nela, sabia muito bem que esse fato havia aberto uma brecha na dura couraça que construíra. O frio que sentia por dentro não havia cessado; ao contrário, tinha aumentado, na mesma proporção de sua solidão.

Pegou a pena, mergulhou-a no tinteiro e, após hesitar um pouco, escreveu. Ao terminar, virou-se para Ester. Teve a impressão de que o olhar da mulher havia mudado.

— O senhor se chama Alessandro Rubirosa... cristão. Está indo para Veneza. Precisa de um quarto...

Shimon achou a voz de Ester melodiosa como a de certas cantoras de seu país distante.

— ...e gostaria de tomar um banho quente antes de jantar.

— Será servido – disse o zeloso dono da estalagem.

— Para o jantar, temos um leitão assado que o fará lamber os dedos – acrescentou sua esposa. – Com marmelos e castanhas.

Shimon estava para anuir quando seu olhar foi novamente atraído por Ester, que o fitava, então fez sinal de não com a mão, pegou a folha e escreveu: "Carne de porco é indigesta para mim. Gostaria de um caldo e de frango". E, enquanto Ester repetia suas palavras, ele teve a impressão de notar certo alívio em sua entonação.

A mulher do proprietário insistiu no leitão, mas Shimon fez que não, secamente.

— Não seja maçante – disse o marido. Virou-se para uma criada. – Peça para te ajudarem a levar uma tina ao quarto de Sua Senhoria e vá esquentar a água para um banho.

— Um banho? – perguntou a criada, surpresa.

— Nem todos são porcalhões como você – disse o homem, que dirigiu uma reverência a Shimon e se despediu. Depois, ao ver que Ester ainda estava ali, disse-lhe que podia ir.

Ester lançou um olhar furtivo a Shimon e se dirigiu à saída. Mas à porta se virou novamente.

Shimon se levantou e a alcançou no caminho.

— Você é judeu, não é? – perguntou Ester, sem rodeios.

Shimon estremeceu e negou, balançando resolutamente a cabeça.

Ester o observava em silêncio. Seus olhos verdes e inteligentes reluziam. E os lábios carnudos se franziram ligeiramente em um sorriso alegre de menina.

— Quando pegou a pena, estava para escrever da direita para a esquerda, como fazemos na nossa língua – disse-lhe. – Se não quer que saibam que é judeu, deve aprender a controlar esses detalhes. – Sorriu.

Shimon sentiu que ela lhe falava sem a menor reprovação.

— E quando escrever seu nome, não ressalte que é cristão – riu Ester com leveza. – Os cristãos não precisam se justificar.

Shimon a fitou sem negar. Tinha uma estranha sensação. Como se um grande peso lhe tivesse sido tirado das costas. Ou, ao contrário, como se todo o cansaço desabasse sobre ele. "Eu me esconderei", pensou novamente.

— Não tenha medo, não vou contar a ninguém, fique tranquilo – disse ela, com o mesmo sorriso compreensivo.

Shimon se deu conta de que não tinha temido em absoluto que ela o denunciasse. Pensou que aquela mulher tinha a capacidade de desatar nós. E de perdoar os pecados. Fez sinal para ela de que queria acompanhá-la até sua casa.

Ester anuiu e começou a caminhar a passos lentos.

Enquanto prosseguiam entre as pessoas, Shimon roçou a mão em seu vestido, sem se fazer notar.

Ester não falou até chegarem a uma casa de dois andares, humilde, mas digna. Então, parou e olhou Shimon nos olhos.

— Foi gentil da sua parte ter recusado o leitão – disse-lhe.

Surpreso, Shimon franziu as sobrancelhas, como a pedir-lhe explicações.

Ester sorriu, mas não disse mais nada. Abriu a porta. Depois, com a cabeça inclinada, disse em voz baixa:

— Espero que você tenha muitas coisas a escrever para o dono da estalagem. – Levantou o olhar sem enrubescer.

"Assim, tornaremos a nos ver", pensou Shimon. E não teve medo desse pensamento. Nem de Ester.

Na manhã seguinte, Shimon escreveu uma breve frase em uma folha e a entregou ao albergueiro, que mandou chamar Ester.

— Vou ficar mais alguns dias – leu Ester em voz alta, com os olhos verdes como dois besouros que brilhavam sem malícia.

34

Veneza

DONNOLA APARECEU À PORTA DO QUARTO DE GIUDITTA. Como todos os dias, ela estava costurando. A seus pés, jogados no chão, havia pelo menos cinco ou seis barretes amarelos de todos os formatos, costurados com vários tecidos.

– Bom dia – disse-lhe.

A moça respondeu com um sorriso distante e retomou o trabalho.

Donnola balançou a cabeça e percorreu o longo corredor da casa onde estava vivendo com o doutor e sua filha. Tinha um quarto só para ele, com uma cama grande e macia. E uma coberta quente. Nunca tivera nada parecido nem imaginara que pudesse ser tão agradável morar com pessoas que, dia após dia, estavam se tornando uma espécie de família.

Chegou à entrada da casa. Isacco batia o pé, impaciente.

– Doutor, preciso lhe dizer uma coisa importante... – iniciou Donnola.

– Vamos caminhando enquanto isso – Isacco fez sinal para ele e, depois de abrir a porta, começou a descer a ampla escadaria.

– Estou preocupado com Giuditta – prosseguiu Donnola.

– Sim... – resmungou o doutor, vasculhando a bolsa onde guardava os medicamentos e unguentos.

– Passa o tempo todo costurando, quase não come, está sempre triste; aliás, essa tristeza parece aumentar cada vez mais, dia após dia...

– Sim, entendo... – Isacco passou pelo portão em arco, sustentado por duas colunas, no topo das quais estavam empoleirados dois macacos de mármore.

– Tudo por causa de uma desilusão amorosa... – retomou Donnola, tentando alcançá-lo. – E acho que, de certo modo, tem a ver com aquele rapaz, Mercurio, lembra-se? Descobri que, na verdade, não era padre como nos deu a entender...

– Sim... – repetiu Isacco, subindo de dois em dois os degraus de uma pequena e estreita ponte de pedra e abrindo caminho entre a multidão, que já àquela hora congestionava as ruas de Veneza.

– Ouvi dizer que trabalha para um sujeito chamado Scarabello. Um pilantra, muito poderoso, que governa o submundo de Rialto.

– Ah, sei...

Donnola bufou.

– Doutor, o senhor me pediu para manter distância desse rapaz. Mas faz dez dias que ele pergunta a todo mundo a meu respeito. Diz que está me procurando porque precisa perguntar algo ao senhor. Enfim, é evidente que está interessado em Giuditta. Eu não disse nada a ela, por enquanto...

– Claro, claro...

– Doutor! – explodiu Donnola. – Não ouviu nada do que eu disse!

Isacco parou e olhou para ele com expressão ofendida.

– Ouvi muito bem. Giuditta está costurando. Pois bem, fico feliz.

– Não, doutor. – O rosto de Donnola estava vermelho. – Eu lhe disse que Giuditta está mal. Muito mal. E sofre por amor.

Isacco anuiu com seriedade. Depois balançou a cabeça.

– É a idade. Nessa fase, sempre se sofre por amor. – Ouviu os sinos da igreja vizinha dos Santos Apóstolos. – É tarde – disse, acelerando o passo pela Calle del Pistor, na qual se espalhava um agradável aroma de pão fresco. Virou-se para Donnola, que tinha ficado parado, e fez sinal para segui-lo. – Ouça, estou com pressa. Vou falar com ela, está bem? Mas agora vá até a farmácia Cabeça de Ouro e retire um óleo que encomendei. É um extrato de Palo Santo. Os índios das Américas o utilizam um pouco para tudo, e parece que funciona. E se o farmacêutico quiser te dar aquela teriaga asquerosa, mande-o para aquele lugar. Entendeu?

– Sim, doutor – respondeu Donnola, taciturno.

– Depois, leve o óleo até a casa do capitão.

– Sim, doutor – grunhiu Donnola.

– O que foi? O que você tem? – lançou Isacco, impaciente. – A mulher de Lanzafame está mal. Muito mal. Entende? Está nas minhas mãos, e eu não sei o que fazer. Todos os médicos com os quais conversei só disseram besteira, não têm a menor ideia de como enfrentar esse mal francês, ou seja lá como se chama. Sabe como descobri a respeito do Palo Santo? Porque fui até o porto falar com os marinheiros. A vida dessa mulher depende dos boatos que os marinheiros trazem do Novo Mundo. – Olhou para Donnola com os olhos inflamados. Repetia a si mesmo que estava fazendo todo o possível para salvar a prostituta que aquecia o coração de Lanzafame, mas, em seu íntimo, sentia que não estava fazendo o suficiente, que não estava à altura. E, sobretudo, em seu íntimo tinha confundido Marianna com sua mulher, H'ava. A cura da prostituta o purificaria do fracasso de tantos anos antes, quando sua esposa morrera no parto. Salvar Marianna seria como salvar H'ava. – E então? O que você tem? O que quer? – perguntou novamente, em tom agressivo.

Donnola baixou o olhar.

– Nada, doutor.

– Ótimo – disse Isacco e partiu rumo à Ruga dei Speziali.

Quando chegou à casa do capitão Lanzafame, a serva muda o recebeu com um semblante triste.

Isacco passou por ela e parou à porta da sala onde Lanzafame caminhava de um lado para o outro. Chutava tudo o que encontrava pela frente. No chão, uma garrafa de vinho vazia.

– Já estava na hora de você chegar – reclamou o capitão assim que o viu.

– Cá estou – respondeu Isacco, sem polemizar.

– Vá até lá. O que está esperando? – rosnou o capitão.

Isacco entrou no quarto. Marianna se debatia. Tinha o rosto encovado, como se tivesse passado um mês, e não uma noite apenas, desde a última vez que a vira. Isacco se aproximou dela e pôs a mão em sua testa. Ardia. Colocou o incenso e a garra do diabo em uma colher e a fez beber. A mulher deglutiu com dificuldade. Depois, arregalou os olhos e pareceu tentar identificá-lo.

– A noite toda ou só uma hora, forasteiro? – perguntou-lhe.

– Sou Isacco, Marianna... sou o doutor...

– É um soldado?

– Desde ontem à noite vem com essa história – disse Lanzafame, aparecendo à porta.

Isacco viu que parecia constrangido.

Marianna riu.

– Lanzafame? Que nome horrível! – riu novamente. – Vou te chamar de capitão. Não consigo fazer amor com você e te chamar com esse nome ridículo.

Isacco se virou para o capitão, que estava com os olhos brilhantes. Mas talvez fosse por causa de todo o vinho que tinha tomado já àquela hora da manhã.

– Não deveria beber tanto – disse-lhe.

– Não encha o saco – respondeu o capitão e saiu.

Isacco sabia o que Lanzafame estava fazendo. Achava que o vinho manteria a dor distante. Também entendia por que ficou tão constrangido com o que Marianna estava dizendo. Ela revivia obsessivamente o momento em que se conheceram. Recordava os detalhes de um encontro que, sem dúvida, havia mudado a vida de ambos.

– Então, uma hora ou a noite toda, belo capitão?

– A vida inteira – disse Isacco em voz baixa, tomando cuidado para não ser ouvido por Lanzafame.

A mulher teve um sobressalto. Seus olhos, desfocados em meio ao delírio, voltaram a enxergar. Olhou para Isacco. Reconheceu-o.

– Doutor – disse com um tom angustiado na voz –, onde está Andrea?

– Como está se sentindo, Marianna? – perguntou-lhe Isacco.

A prostituta agarrou seu braço com um aperto fraco.

– Onde está Andrea? – repetiu.

– Está aqui. Vou chamá-lo. – Foi até a sala. – Capitão... Marianna está chamando o senhor.

Lanzafame não se moveu de imediato. Tomou um gole da garrafa, depois apareceu à porta do quarto.

– O que você quer? – perguntou rudemente.

– Andrea... – disse Marianna, esticando a mão na direção dele.

O capitão hesitava na soleira.

– Venha...

Lanzafame avançou até a cama.

– Sente-se...

E ele se sentou.

Marianna acariciou seu rosto.

– Não fez a barba, como sempre... – Sorriu, cansada. – Se enfiar a cara entre as minhas pernas, vai me fazer cócegas – brincou.

O capitão não disse nada.

Marianna pegou sua mão e a levou ao peito.

– Não tenha medo.

O capitão forçou um sorriso.

– Do que eu teria medo?

– Não tenha medo – repetiu Marianna, olhando-o com os olhos cheios de luz. – Eu estava sonhando com a nossa primeira vez, sabe?

— Ah, é? – disse Lanzafame, fingindo que não sabia.

— No sonho, eu te perguntava se você queria passar uma hora ou a noite toda comigo... e você respondeu: "A vida inteira".

O capitão se calou.

— Andrea... estou morrendo...

— Não diga bobagem.

— Sim, estou morrendo...

— Vaso ruim não quebra...

— Ouça, Andrea.

O capitão apertou sua mão.

— Queria que você chamasse um padre...

— Não pense em padre agora.

— Queria que chamasse um padre e lhe pedisse... — Marianna ofegava.

— O quê?

— ...e lhe pedisse... para nos casar...

Houve um instante de silêncio, depois o capitão se levantou com um salto.

— Puta de uma figa, não tente me enganar! – vociferou. – Não tente me enganar!

Isacco apareceu à porta.

— O que está acontecendo?

— Finge que está morrendo para se casar comigo e me amarrar, isso é o que está acontecendo! – rosnou Lanzafame. – Quem é puta permanece puta por toda a vida! – Dirigiu-se à porta. Empurrou Isacco e se encaminhou até a saída. – Saia da minha frente! – gritou à serva. – Vou para a taberna. E me chame apenas se ela morrer de verdade. – Saiu batendo a porta.

A serva entrou no quarto. Tinha os olhos apertados, como duas fendas. Quando viu que o doutor estava sentado na beira da cama, parou a certa distância.

— A noite toda ou só uma hora, belo capitão? – perguntou Marianna, novamente perdida em seu delírio.

— A vida inteira – sussurrou Isacco.

A prostituta sorriu. Em seguida, adormeceu. Durante todo o dia, não fez outra coisa a não ser debater-se. O incenso e a garra do diabo não baixaram a febre. "Por outro lado", pensou Isacco, preocupado, "estava fraca demais para um banho gelado." Não teria sobrevivido.

Ao cair da noite, o capitão Lanzafame ainda não tinha aparecido. O doutor passou a noite sentado no quarto de Marianna, que já delirava sem voltar a si.

Pouco antes do amanhecer, teve um acesso de tosse que a impediu de respirar. Invocou o nome de Lanzafame, apertou convulsivamente a mão de Isacco e teve um espasmo suave como um calafrio. Soltou o a mão do médico, e seu corpo relaxou. Estava morta.

Nesse momento, a porta da casa se abriu, e Lanzafame apareceu. Atrás dele, um padre, com os ombros da batina cobertos de caspa. O capitão empalideceu ao ouvir a serva chorar. Olhou para Isacco, que balançou a cabeça. Lanzafame tinha o rosto desfigurado por ter passado a noite bebendo. Somente ao amanhecer tomara a decisão. Virou-se para o padre, agarrou-o pela nuca e o empurrou para dentro do quarto.

– Faça seu trabalho – disse-lhe. – Dê a extrema-unção a ela.

Desesperada, a serva muda desatou a chorar, emitindo gritos desafinados, como o zurro de um asno.

– Achou mesmo que eu me casaria com uma puta? – gritou o capitão. Depois, enquanto o padre mastigava as palavras do rito latino, Lanzafame se lançou sobre todos os objetos e móveis ao seu redor e destruiu tudo, como se estivesse em meio a uma terrível batalha. Destruiu a casa inteira. Por fim, deixou-se cair no chão e olhou para Isacco.

– E agora? O que eu faço? – perguntou em voz baixa.

35

Após quase dez dias de buscas, Mercurio estava com o moral debaixo dos pés. Donnola parecia ter evaporado. Ninguém sabia nada sobre ele. Já não visitava os antigos amigos nem aparecia nas tabernas habituais. Alguns diziam até que teria se afogado em um canal. Outros, ao contrário, diziam que tinha começado a trabalhar como ajudante de um doutor. Mas ainda ninguém em Veneza tinha ouvido falar nesse doutor nem sabia onde morava.

Mercurio fez a enésima tentativa na Taberna do Homem Nu, um lugar esquálido onde, em outros tempos, Donnola passava suas noites. Pôs a cara para dentro e espiou, mas não havia sinal dele.

Quando saiu na Calle del Sturion, viu chegar pela Ruga Vecchia San Giovanni um pequeno grupo de jovens bem-vestidos e, entre eles, um rapaz bem mais elegante, que avançava mancando e balançando-se como um caranguejo, com um braço contraído e erguido no ar, como para buscar um pouco de equilíbrio. Mercurio reconheceu o príncipe Contarini; virou-se e começou a correr na direção da Riva del Vin. Ao alcançar a esquina, voltou-se. Nem o príncipe nem seus capangas o haviam notado.

Deu um suspiro de alívio e estava para subir novamente o caminho à margem do Canal Grande quando viu que o príncipe batia à porta de uma casa miserável. Curioso, parou para espiar e viu Zolfo abrir a porta e receber o príncipe com uma reverência. Logo atrás dele se materializou a figura do frade. Com seu caminhar enviesado, Contarini entrou na casa, seguido por seus homens.

Mercurio retornou. Foi até a porta e espreitou por uma janela no térreo, da qual vinha uma luz fraca. Viu um cômodo miserável, deserto, com dois colchões de palha no chão. Deslocou-se para a janela seguinte. Era um ambiente mais amplo, mas igualmente pobre. Nele havia apenas uma mesa e quatro cadeiras, uma lareira e uma escrivaninha. Nada mais. À mesa estavam sentados o príncipe Contarini e irmão Amadeo. Zolfo estava atrás do frade, e os cinco capangas do príncipe estavam em pé, espalhados pela sala. Um deles se aproximou da janela.

Mercurio se encostou no muro e prendeu a respiração.

O homem se debruçou no parapeito, mas não olhou ao redor. Depois, um de seus companheiros se aproximou dele e murmurou alguma coisa, e ele se voltou para o interior da sala.

– Leia, frade – dizia o príncipe.

Mercurio voltou a espreitar pela janela. Embora o homem de costas cobrisse grande parte da cena, o rapaz percebeu que o príncipe havia passado um decreto a irmão Amadeo. O frade começou a ler em voz baixa. À medida que lia, seus olhos se arregalavam.

– É possível uma coisa dessas? – indagou ao final da leitura.

– Eu tinha prometido a você que o ajudaria na sua batalha, frade – disse o príncipe. – Isso é só o começo. Os judeus terão o que merecem.

O frade se ajoelhou à sua frente e beijou a mão que o príncipe prontamente lhe estendia.

– Essa é a vontade de Cristo! E Vossa Graça é Seu amado apóstolo!

– Me custou muito dinheiro e muito esforço – disse Contarini.

Confiando em seu instinto, Mercurio pensou que o príncipe estava mentindo. Não sabia do que falavam, mas tinha certeza de que, de todo modo, estava se vangloriando de um sucesso que não era absolutamente mérito seu.

– Isso é só o começo, só o começo, frade... – regozijou-se o príncipe.

– Deus o recompensará, Vossa Graça. – Em seguida, o frade pegou Zolfo pela manga da camisa e o obrigou a se ajoelhar. – Beije a mão do nosso protetor – disse-lhe.

Mercurio viu que Zolfo obedecia a contragosto. "Talvez seja menos tolo do que eu achava", pensou.

– E agora que sabe quem sou e o que posso fazer pela sua causa, frade – retomou o príncipe –, quero que ouça o que espero de você, para que sua cruzada, que agora também é minha, chegue a bom termo e com grande clamor.

– Às ordens – disse irmão Amadeo, com a cabeça inclinada. – É Deus quem fala por sua boca. E este humilde servo jamais poderia recusar algo a Deus em pessoa!

– Quanta baboseira... – Mercurio deixou escapar.

O homem que estava ao lado da janela se virou de repente. Mercurio se encostou novamente no muro, mas não com rapidez suficiente.

– Ei! – gritou o homem, debruçando-se e tentando agarrá-lo.

Mercurio escapou em direção à Ruga del Vin. Atrás dele, ouviu a porta se abrir e bater, mas sabia que levava bastante vantagem para que pudessem alcançá-lo. Correu pela margem até a ponte de Rialto, depois se misturou à multidão. Olhou para trás. Não viu ninguém. Então se dirigiu a passos rápidos até a estalagem da Lanterna Vermelha.

– Onde você estava? – perguntou Benedetta quando o viu à sua frente, no quarto que tinham dividido até dez dias antes.

Mercurio permaneceu em pé junto à porta, em silêncio. Depois, fechou-a lentamente atrás de si.

Benedetta parecia cansada e tinha olheiras escuras, que se destacavam em sua pele de alabastro. Seu vestido estava amarrotado. Um odor ruim pairava no quarto.

– Você ouviu o que o Scarabello me ordenou – justificou-se Mercurio, por fim. – Preciso ficar longe de Veneza por uns tempos...

– Sempre ficamos juntos... – disse Benedetta.

– Se acha que estou roubando seu dinheiro...

– Eu não disse isso – interrompeu ela, secamente.

Mercurio anuiu, constrangido. Naqueles dias, tinha pensado com frequência no beijo que se deram e no seio quente e macio de Benedetta.

– Do que você tem medo? – perguntou ela. Em seu olhar havia um profundo sofrimento. Humilhação. E vergonha por ter sido rejeitada. Riu para esconder seus sentimentos. – O que achava? Que eu estava levando a sério? Você é mesmo um menino bobo.

– Ouça... sinto muito... eu...

– Chega. – Benedetta encolheu os ombros e deu um sorriso forçado, como se o assunto não lhe dissesse respeito. Olhou para Mercurio. "Era lindo", pensou. Sentiu um nó subir do estômago para a garganta, e teve medo de desatar a chorar. Riu novamente e deu um tapa na própria coxa. – Não dá para fazer uma brincadeira que você cai como um patinho.

– Não, de verdade... Sinto muito – repetiu Mercurio.

Benedetta teve a certeza de que não conseguiria segurar as lágrimas. Aproximou-se dele e lhe deu um empurrão.

– Você já me encheu – explodiu. Depois, foi até a bacia de água e fingiu que lavava o rosto.

– Vi Zolfo – Mercurio mudou rapidamente de assunto, a fim de se livrar do constrangimento em que se encontrava.

– Onde? – perguntou Benedetta virando-se, enquanto enxugava o rosto. Uma madeixa daquele particular tom de ruivo acobreado encrespou-se em sua testa.

Mercurio pensou que era bonita.

– Você vai ter muitos pretendentes – disse-lhe.

– Vá à merda! – exclamou Benedetta. – Vá à merda, Mercurio!

– O que eu disse?

Benedetta olhou para ele em silêncio. "Ele nunca a notaria", pensou, nem se ficasse nua à sua frente. Sentiu uma pontada dolorida no peito.

– E então? Onde viu aquele cretino?

– Vive com o frade no térreo de uma casa na Calle del Sturion, atrás da Ruga Vecchia San Giovanni...

– Ah...

– Eu o vi quando estava vindo para cá. Sabe quem foi visitá-los?

– Quem? – A Benedetta custava levar a conversa adiante, como se não fosse nada de mais.

– O príncipe...

Benedetta sentiu uma pontada no ventre. Um calafrio pela espinha. Pensou na mãe. Novamente se sentiu suja.

– O príncipe louco... Não me lembro de como se chama...

– Contarini – disse Benedetta, em voz baixa.

– Ah, é, Contarini, muito bem.

– Rinaldo Contarini... – sussurrou ela. Virou-se, alcançou uma caixa de madeira no chão, abriu-a, pegou um longo alfinete de chapéu e prendeu os cabelos em um coque desordenado.

– Estão tramando alguma coisa – continuou Mercurio, sem perceber minimamente a perturbação de Benedetta. – Tinham um decreto e diziam que era o que mereciam os judeus... mas não entendi. O frade ficou todo feliz, e o aleijado lhe disse que o ajudaria. Formam uma dupla horrível... de dar medo.

– Onde você esteve nesses dias? – perguntou Benedetta à queima-roupa.

– Fora.

– Onde?

– Por que quer saber?

– Sempre ficamos juntos.

– Você já disse isso.

– Vá à merda, Mercurio.

– Também já disse isso.
– Somos uma dupla.
– O que significa? – enrijeceu-se Mercurio.
– Relaxe, imbecil – disse Benedetta, mais uma vez ferida. – Somos uma dupla de ladrões. Esqueceu?
– Não...
– Então, temos de ficar juntos. Aonde você for, eu também vou.
– Você não pode ficar onde estou agora...
– Por quê?
Mercurio nunca tivera alguém como Anna.
– Porque não – respondeu. Mas logo se arrependeu de ter dado uma resposta tão seca e acrescentou: – Mas venho a Veneza todos os dias, e podemos...
– Sim, ouvi dizer que um idiota anda procurando Donnola... – disse ela. Pensou que deveria ter se calado. Mas não conseguia. – Por que está atrás dele?
– Por nada... – respondeu Mercurio. – Ouça, Benedetta... estou tentando mudar de vida... pelo menos é o que acho... quer dizer, agora, neste momento, não sei, mas... enfim, você não pensa nisso?
– Em quê? – perguntou Benedetta, na defensiva.
– Em mudar de vida.
– Eu mudei de vida. Antes estava em Roma, agora estou em Veneza. Antes dava meu dinheiro àquele verme do Scavamorto e vivia em um barracão com animais que tentavam me apalpar o tempo todo, agora estou em uma merda de estalagem, com um sujeito que foge só de pensar em me tocar... – Deteve-se. – Estou brincando – disse, enrubescendo. – Quero dizer, quanto à última parte.
Mercurio tirou do bolso o saquinho onde guardava as moedas de ouro. Contou a parte de Benedetta e a entregou para ela.
– Está terminando comigo? – perguntou ela, em tom atrevido, mas sentindo que a voz tremia.
– Estou te dando a sua parte...
– Está terminando comigo – repetiu Benedetta.
– Não. Vamos trabalhar sempre juntos – disse Mercurio. Olhou para ela, que percebeu que ele estava mentindo. – Pelo menos é o que espero. Mas quero mudar de vida, quero ter um projeto.
– Ainda com essa bobagem? O que deu em vocês, afinal? Zolfo com aquele padre, e você com aquela maldita velha...

– Não fale assim dela – enrijeceu-se Mercurio.
– Está na casa dela? – perguntou Benedetta.
– Não te diz respeito.
– Então, é porque está.
– Não é da sua conta.
– E se eu quisesse ir para lá também?
Mercurio a fitou com um olhar cheio de preocupação.
Benedetta riu.
– Mas quem é que quer ir para lá? Relaxe, imbecil – disse, tentando assumir uma expressão leve. – Mas agora sei onde você se esconde.
– Preciso ir – disse Mercurio. Desceu a escada com o coração pesado. Não sabia como se comportar com Benedetta. Talvez devesse lhe dizer para ir com ele para a casa de Anna del Mercato. Mas não conseguia. Anna era sua, e ele não queria dividi-la com ninguém.

Chegou ao térreo, atravessou o átrio malcheiroso da estalagem e saiu, tomado pelo sentimento de culpa.

Mais adiante, viu Isacco, que cambaleava instável pela rua. Avançava trançando as pernas, bêbado, apoiando-se nos muros das casas, corroídos pela maresia.

Dois fidalgos também olharam para o doutor com desaprovação ao passarem por ele.

Isacco ensaiou uma reverência.

– Precisam dos meus serviços de médico, senhores? – perguntou com voz empastada. – Comecei minha breve carreira matando minha esposa. Depois, também matei a puta do capitão Lanzafame. Por isso, se precisarem que eu mate a esposa de vocês, é só me contratarem. – Deu uma risada grosseira enquanto tentava uma segunda reverência e caiu no chão, com a cara na lama. – Sou o doutor Ammazzadonne,* a seu dispor – gritou, enquanto os dois fidalgos se afastavam.

– Doutor! – exclamou Mercurio ao alcançá-lo.

Isacco olhou para ele com os olhos velados pelo excesso de vinho. A sensação de fracasso pela morte de Marianna o havia prostrado e lançado em um desespero profundo. Não se lembrava de quantas garrafas tinha bebido com o capitão nem de quantas vezes caíra em cima dele, chorando a morte da mulher, da qual tornava a se acusar; e não se lembrava de que

---

* Literalmente, "mata mulheres". (N. T.)

Lanzafame o havia expulsado de sua casa nem de que tinha rolado escada abaixo. Não se lembrava nem sabia por que seu lábio sangrava, seu braço doía nem por que sua calça estava rasgada no joelho e no traseiro. Lembrava-se apenas de que, ao voltar para casa, não suportara o olhar angustiado de Giuditta. Dera um empurrão em Donnola, que tentara segurá-lo, e fugira, tomado pela vergonha de ter se mostrado à filha naquele estado.

– Doutor, o que aconteceu? – perguntou Mercurio, tentando levantá-lo do chão.

Isacco se concentrou nele. E lentamente o reconheceu.

– Você é o trapaceiro!

– Fale baixo, doutor! – disse Mercurio, erguendo-o.

Isacco fitava o rapaz e anuía. Tinha os olhos avermelhados. Em sua cabeça embriagada, de repente emergiu a conversa do dia anterior, com Donnola, a respeito do estado deprimido de Giuditta, daquele rapaz que era a causa de sua tristeza e que o procurava por Veneza inteira. Agarrou-o pela gola, com um aperto inseguro.

– Deixe minha filha em paz – ordenou-lhe.

– O que está dizendo, doutor? – indagou Mercurio, espantado.

– Fique longe da minha filha! – gritou Isacco, com mais vigor.

Imediatamente se formou uma pequena aglomeração de curiosos.

– O senhor está bêbado, doutor. Por que eu deveria ficar longe de Giuditta? Eu...

Isacco ergueu o punho no ar, mas sem vontade nem força para golpear. Era apenas uma ameaça, tão fraca quanto ele.

– Um judeu batendo em um cristão – disse alguém no grupo de curiosos, escandalizado.

– Pai, não! – ouviu um grito às suas costas.

Mercurio viu Giuditta. Sentiu o coração disparar. Abraçou Isacco, com todo o corpo.

– Pare, doutor, do contrário, vai ter problemas – sussurrou em seu ouvido. Depois, virou-se para as pessoas. – Vão embora, somos amigos, estamos brincando.

Donnola, que acompanhava Giuditta na busca por Isacco depois que ele saíra de casa, interveio prontamente. Pegou o doutor pelos ombros e o amparou. Anuiu para Mercurio, como para agradecer-lhe.

Mas Mercurio já não olhava para ele; tinha se virado para Giuditta. E os olhos dela estavam ali, prontos a se perderem nos seus.

– Por quê? – perguntou Mercurio. – O que está acontecendo?

Giuditta balançou a cabeça. Nada mais tinha importância. Mercurio estava ali.

– Faz dias que te procuro... – disse ele. Depois, deu um passo até ela.

Giuditta se sentiu sorvida por um redemoinho. E não parava de repetir a si mesma que ele a estava procurando, como havia prometido. Também deu um passo até Mercurio. E, pela segunda vez, pensou que nada mais tinha importância.

– Por que não volta para o nosso quarto? – disse nesse momento Benedetta, abrindo caminho entre a aglomeração de curiosos e pegando Mercurio pelo braço.

O olhar de Giuditta se enregelou.

Mercurio olhou para Benedetta com uma expressão perplexa. Depois, de repente, compreendeu. Quando se virou para Giuditta, viu que ela recuava com ar furioso. Apontava-lhe um dedo esticado e trêmulo.

– Está se divertindo? – perguntou Giuditta com voz ressentida e raivosa.

– Giuditta, não...

– Quanto vocês não devem ter rido pelas minhas costas! – disse, ferida.

Benedetta a desafiava com o olhar.

– Beije-a! Beije-a de novo! – gritou Giuditta, com o dedo ainda esticado para Mercurio. – Eu vi muito bem. Ela me olhava e ria. E você também ria de mim, não é mesmo? Como sou imbecil! – Virou-se e correu para Isacco. – Vamos, pai.

O doutor não entendeu direito o que estava acontecendo. Mas viu que Giuditta chorava em desespero.

– Não a procure mais, ou te mato com minhas próprias mãos – rosnou para Mercurio com expressão feroz.

– Giuditta! – gritou Mercurio.

Mas Giuditta não se virou.

Mercurio permaneceu imóvel.

Os curiosos zombavam e comentavam a cena, como em um teatro. A distância, começou-se a ouvir um rufar de tambores.

Mercurio virou-se para Benedetta.

– Foi por isso que você me beijou... – disse, com voz carregada de ódio. – Nunca mais quero te ver. Não me interessa o que você faz. Para mim, você morreu. – Cuspiu no chão e abriu caminho entre as pessoas aos empurrões, gritando: – O espetáculo acabou, seus imbecis!

Benedetta sentia todos os olhares em cima dela. Disse a si mesma que não podia chorar. Endireitou-se o máximo que pôde, embora tivesse vontade de se curvar e morrer. Tentou sorrir, como se nada tivesse acontecido, e a passos lentos caminhou pela rua, sem saber aonde ia, concentrada apenas no enorme esforço que fazia para não cair no chão.

Enquanto isso, o martelar dos tambores se aproximava.

Embrenhou-se no labirinto de ruas escuras, encontrou uma esquina mais escura ainda, tirou o alfinete dos cabelos e, com um golpe firme, cravou-o na mão, entre o polegar e o indicador, atravessando-a.

Somente então gritou e chorou, dizendo a si mesma que gritava e chorava por uma dor do corpo, não da alma.

Isacco, Giuditta e Donnola já estavam quase chegando em casa, na Calle de l'Oca, quando ouviram um rufar de tambores. Em seguida, a voz distante de um mensageiro da Sereníssima anunciando alguma coisa.

– Sinto muito, filha – disse Isacco, parando. – Sinto por você, sinto por ter aparecido nessas condições, por...

Giuditta o abraçou e desatou a chorar.

Então, ouviu novamente o som ritmado dos tambores e, em seguida, uma voz potente anunciar:

– Hoje, aos 29 do mês de março do ano do Senhor de 1516, decreta-se e ordena-se que todos os judeus vivam agrupados no complexo de casas que formam o Ghetto* nas proximidades de San Girolamo...

Giuditta e Isacco se olharam, sem dizer nada.

– ...e para que não circulem livremente à noite, decreta-se e ordena-se que, tanto do lado do Ghetto Vecchio, onde há uma pequena ponte, quanto do outro lado da ponte maior, sejam erguidas duas portas, ou seja, uma para cada um dos mencionados locais. Também se ordena e decreta que essas portas sejam fechadas à noite, às 24 horas, e sejam reabertas pela manhã, ao primeiro toque do Marangona.** E se estabelece que as

---

* Bairro em Veneza onde originariamente havia uma fundição. O termo italiano *ghetto*, que deu origem a "gueto", deriva do veneziano *geto*, que significa "fundição". (N. T.)

** Principal sino de São Marcos, em Veneza. Anunciava o início e o fim de cada dia de trabalho. (N. T.)

portas sejam vigiadas e presididas por quatro guardas cristãos, designados para essa função e pagos pelos judeus ao preço que parecer conveniente e correspondente ao nosso colegiado. Também terão de pagar dois barcos, com dois homens cada um, que percorrerão os canais ao redor da referida zona, sem nenhuma parada...

Pai e filha permaneceram imóveis, abraçados, enquanto os tambores e o mensageiro passavam ao lado deles. Dois meninos afixaram em um muro o decreto que acabava de ser lido.

– Anselmo del Banco tinha razão... – sussurrou Giuditta.

– Vão nos colocar na gaiola – disse Isacco.

– Para onde vou agora? – perguntou Donnola.

Nesse mesmo instante, Benedetta vagava sem rumo e, sabe-se lá como, deu-se conta de que tinha chegado à Calle del Sturion, onde, segundo Mercurio, Zolfo morava com o frade.

A distância, ainda ouvia os tambores. A cidade inteira ecoava aquele martelar ritmado. O próprio ar de Veneza vibrava.

– ...E que sejam erguidos dois altos muros, para que todas as saídas sejam fechadas. E que sejam muradas as portas e as janelas que dão para os canais e além deles, ou seja, para o exterior do referido Ghetto... – anunciava um mensageiro na Ruga Vecchia San Giovanni.

Benedetta percorreu a rua a passos lentos, procurando a casa onde encontraria Zolfo. Restava-lhe apenas ele, dizia-se.

Justamente quando passava por ela, viu um portão se abrir e uma figura deformada sair. Um calafrio e uma sensação de medo a percorreram, como se uma mão a agarrasse pelos cabelos e a arrastasse para o fundo mais escuro de seu passado. Sentiu uma pontada no abdômen, apertou as coxas e prendeu a respiração. O coração parecia parar no peito, como se antecipasse a morte.

Apertou a ferida que tinha produzido com o alfinete. Os dedos ficaram úmidos de sangue. Sentiu uma dor ardente e se deu conta de ter encontrado o que buscava. Tudo o que merecia. Sentiu-se suja como queria sentir-se. Ajoelhou-se diante da elegante figura deformada.

– Boa noite, senhor príncipe – disse, cabisbaixa.

– Quem é você? – indagou o príncipe Contarini na escuridão do beco.

– Sua humilde serva, Vossa Graça ilustríssima.

— Ah, a menina virgem... — disse o príncipe, fitando Benedetta com interesse. Em seguida, esticou a mão e roçou sua madeixa. — Essa cor... — murmurou, deixando a frase suspensa.

— Benedetta! — exclamou Zolfo, aparecendo nesse instante com uma pesada trouxa nos ombros. — Irmão Amadeo e eu vamos viver com o príncipe, sabe?

O príncipe Contarini olhou para ele, sorriu e tornou a concentrar-se em Benedetta.

— Há lugar para você também — disse-lhe, estalando a língua na boca, como diante de um prato delicioso.

Nesse meio-tempo, o barco que transportava Mercurio atracou no cais do mercado de peixes com um leve ruído surdo.

Mercurio desceu com um salto ágil e partiu a pé, sem agradecer ao barqueiro. Também no trajeto não dissera uma única palavra. Estava confuso. Benedetta o traíra, repetia a si mesmo sem cessar. E Giuditta pensava que ele a tivesse traído.

Depois, na praça do mercado, ouviu o som ritmado de tambores. Viu uma pequena multidão reunida para ouvir um mensageiro da Sereníssima. Fora de sua casa de penhor, Isaia Saraval também ouvia o mensageiro.

— Hoje, aos 29 do mês de março do ano do Senhor de 1516, decreta-se e ordena-se que todos os judeus vivam agrupados no complexo de casas que formam o Ghetto nas proximidades de San Girolamo. E para que não circulem livremente à noite, decreta-se e ordena-se que, tanto do lado do Ghetto Vecchio, onde há uma pequena ponte...

Mercurio ouvia com uma grande confusão na cabeça. "Agora sei onde te encontrar, Giuditta", foi seu primeiro pensamento. Mas logo depois pensou que ele, mais do que qualquer outro, sabia a que Giuditta tinha sido condenada. Porque ele próprio havia sido prisioneiro. De um orfanato. De um barracão junto às valas comuns, acorrentado ao catre, à noite. De uma galeria de esgoto, embora fingisse que fosse uma casa e sua liberdade. Sabia muito bem a que ela estava condenada. E sentiu uma grande dor. E um tormento sem fim.

Voltou correndo para o cais. Lançou uma moeda ao barqueiro e pediu que o levasse de volta a São Marcos, onde estavam ancorados milhares de galés que sulcavam os mares do mundo. Disse ao barqueiro que remasse ao redor de cada uma daquelas embarcações. Ainda não sabia direito por que estava fazendo isso, mas respirou os odores, observou suas laterais imponentes, esticou o nariz até o topo dos mastros perfeitamente retos e fortes, imaginou os remos mergulhando nas ondas e as velas infladas pelo vento. E somente quando se sentiu inebriado por essas imagens, pediu para ser reconduzido a Mestre.

Enquanto retornavam pelo caminho das águas, compreendeu por que quisera ver aqueles navios.

– Vou tirar você daqui, Giuditta – disse.

– O quê? – perguntou o barqueiro.

Mercurio não lhe respondeu. Sorria para a lua que se erguia no céu.

Correu para a casa de Anna del Mercato, acordou-a e disse, agitado:

– Quero ser livre. É isso que quero.

Anna del Mercato esfregou os olhos. Sentou-se na cama. Acendeu uma vela.

– Repita, mas fale devagar. Minha cabeça velha não consegue correr atrás da de um rapaz.

– Quero ter um navio – disse Mercurio. – Um navio todo meu. E quero viajar pelos mares, até o Novo Mundo. E quero... – Quase não tinha coragem de dizer, por mais forte que fosse aquele desejo dentro dele. – Quero encontrar um lugar onde todos sejam livres. E onde Giuditta também possa ser livre – disse de um só fôlego.

Anna del Mercato o observava, comovida. O entusiasmo do jovem era como o vento do leste, quando sopra do mar.

– Isso é um projeto? – perguntou Mercurio, com os olhos arregalados como os de um menino.

– Venha cá, me abrace – disse Anna. E quando o teve nos braços, envergonhou-se, pois não podia deixar de pensar que, se Mercurio realizasse esse sonho, ela o perderia.

– Isso é um projeto? – perguntou novamente Mercurio.

– Sim, e é um projeto maravilhoso, meu menino...

Ele a apertou com mais força.

– E você virá comigo e Giuditta – disse.

Então, Anna desatou a chorar.

SEGUNDA PARTE
Primavera de 1516

36

Veneza

— Fechem! — ordenou uma voz.

As dobradiças rangeram. Os dois portões bateram com um ruído surdo. Ouviu-se o chiado das trancas, ferro sobre ferro.

— Fechado! — disse uma voz.

— Fechado! — ecoou outra.

Em seguida, fez-se silêncio.

Toda a comunidade hebraica estava reunida no largo do Ghetto. Ninguém havia ficado em casa. Não programaram, não planejaram nem combinaram nada. Simplesmente, encontraram-se ali. E todos estavam com aquela expressão atônita, estampada no rosto.

Pela primeira vez na vida eram trancados. Aquela era a primeira noite.

Em meio ao silêncio que se seguiu ao fechamento dos dois portões, ninguém sabia o que fazer. Ninguém se movia. Os olhos de todos estavam voltados para os portões, trancados por fora.

— Como galinhas em um galinheiro — disse de repente uma velha, com voz rouca. — Que horror!

E, naquele silêncio, todos a ouviram.

— Você podia ter encontrado outro exemplo — disse-lhe um homem ao seu lado.

E todos o ouviram também.

— Como um punhado de percevejos em uma tabacaria — disse, então, a velha. — Como um monte de baratas em um penico. Quer que eu continue?

Outra voz disse:

— Não.

Fez-se novo silêncio.

Então, o bobo da comunidade, um rapazinho que vivia de boca aberta, com a saliva escorrendo pelo queixo, com sua voz desafinada começou a entoar uma antiga cantilena, que se cantava para as crianças à noite, para fazê-las dormir:

— *Na escuridão há uma luz... está aí, dentro de ti... fecha os olhos e a verás...*

Uma menina de 5 ou 6 anos, que esfregava os olhos de sono, esticou a mãozinha e pegou a do bobo.

— *...fecha os olhos e a verás... é a luz do anjo que te protege... é a luz do dia de amanhã...*

Comovido, o pai do rapaz pegou a outra mão do filho e a apertou. E a mãe, por sua vez, pegou a do marido e apoiou a cabeça em seu ombro.

— Cante, filho – disse em voz baixa.

— *...é a luz do dia de amanhã... que será o teu dia, meu tesouro... porque a escuridão já é luz dentro de ti...*

— *Porque a escuridão já é luz dentro de mim...* — repetiram as crianças no largo do Ghetto, como queria a canção.

Os pais os afagaram e pegaram pela mão, enquanto o tolo concluía a canção:

— *Porque a escuridão já é luz dentro de nós... porque o cordeiro reencontrou seu rebanho... Dorme, meu amor, dorme... não tem medo, meu anjo... porque não há medo na luz.*

Uma a uma, em silêncio, naquele novo silêncio, todas as pessoas da comunidade se deram as mãos, sem se preocuparem com quem estava ao lado e sem tirar os olhos dos portões fechados, formando uma corrente que não tinha início nem fim.

Então, a voz do rabino se ergueu, séria e comovida:

— Amanhã, ao amanhecer, quando abrirem, voltaremos a ser uma multidão. Mas nesta noite, somos um só.

— *Amen Selah* — responderam todos em coro a essa oração nunca pronunciada.

Seguiu-se novo silêncio.

E, nesse momento, do outro lado do muro, alguém gritou:

— Vou te tirar daí, Giuditta! Vou te tirar daí, juro!

Todas as mulheres, as moças e até as crianças que se chamavam Giuditta se perguntaram quem era, e as mais vaidosas torceram para que o desconhecido se referisse a elas, mas apenas Giuditta da Negroponte sabia que era Mercurio. E sentiu uma profunda emoção; aquela voz embaralhava alguma coisa dentro dela, mesmo contra sua vontade e depois de ter jurado a si mesma que não pensaria mais nele.

Seu pai Isacco se virou para olhá-la.

Giuditta enrubesceu.

– Vamos para casa – disse com raiva. – Estou com frio.

Em um piscar de olhos, os guardas a bordo da embarcação que navegava em torno da jaula dos judeus descobriram uma figura escura em cima do muro de tijolos vermelhos, construído recentemente. Ao encontrar uma trave que, como uma pequena ponte, ia do talude de um estreito curso d'água até o recinto, Mercurio a escalou.

– Desça daí! – gritou um dos guardas, enquanto carregava a besta.

O rapaz levantou as mãos, em sinal de rendição, e desceu do muro.

O guarda o agarrou com rudeza e o puxou, até fazer com que ele caísse no fundo viscoso da embarcação.

– O que estava pensando em fazer, seu idiota? – vociferou. Em seguida, fez sinal ao companheiro para pegar os remos, e atracaram na Fondamenta dei Ormesini.

Uma pequena multidão de cristãos curiosos se havia aglomerado até as pedras brancas e quadradas de Ístria, que delimitavam a calçada junto ao Rio di San Girolamo, bem na frente do largo do Ghetto. Eles também não tiravam os olhos do portão fechado. E até mesmo aqueles que diziam detestar os judeus apresentavam um olhar atônito, como se não acreditassem que realmente se tivesse chegado a tanto.

– Santo Deus – disse uma mulher que segurava a filhinha pela mão, fazendo o sinal da cruz –, nós os colocamos em uma gaiola.

O guarda desceu da embarcação e abriu caminho entre as pessoas, arrastando Mercurio atrás de si até um edifício maciço e avermelhado. Abriu a porta e o fez entrar em uma sala de teto baixo e sufocante. No ar se respirava um odor rançoso de vinho.

O guarda empurrou Mercurio para a frente.

– Capitão, pegamos este rapaz gritando que queria dar fuga a uma judia. Talvez ele também seja judeu.

O capitão ergueu o olhar do copo que tinha à sua frente. Custou a identificar o prisioneiro. Em seguida, seu semblante carrancudo se distendeu e desatou a rir.

– Meio-padre! – exclamou.

Mercurio olhava sorrindo para o capitão Lanzafame.

– Deixe-nos a sós, Serravalle – disse o capitão ao guarda, que anuiu e saiu da sala, fechando a porta atrás de si. – Sente-se, meio-padre – convidou

Lanzafame, repentinamente de bom humor, indicando-lhe um banco de três pernas diante da mesa. – Beba comigo – disse, empurrando a garrafa até ele.

– Não, obrigado, eu não bebo.

– Vai beber comigo. Por educação, rapaz.

Mercurio levou a garrafa aos lábios e a inclinou para o alto, como para beber, mas a tampou com a ponta da língua, impedindo que o vinho descesse. Fingiu deglutir e, em seguida, passou-a de volta ao capitão.

Lanzafame olhou para ele, sorrindo.

– Eu fazia a mesma coisa quando era criança e meu pai queria me obrigar a beber – lembrou-se, balançando a cabeça melancolicamente. – Se tivesse continuado a fazer isso...

– O senhor se engana, capitão, eu beb...

– Meio-padre! – interrompeu-o Lanzafame, batendo o punho na mesa. – Aceito que não beba. Até sorri. Mas não retribua querendo me levar na conversa porque posso me aborrecer.

– Desculpe – disse Mercurio, baixando o olhar.

– Assim está melhor. – O capitão apanhou a garrafa e terminou de beber seu conteúdo. – Serravalle! – gritou.

O guarda apareceu à porta da sala. Tinha longos cabelos castanhos que se encrespavam ao redor do rosto redondo, alongado por uma barbicha. Os olhos claros e vivos sabiam o que o capitão queria. Abriu um armário à esquerda da porta, pegou uma garrafa e abriu com a faca. Em seguida, retirou-se.

– Era um bom soldado. Um dos melhores. E agora faz a guarda dos judeus – reclamou Lanzafame, com uma entonação enraivecida na voz. Fitou Mercurio com um olhar vazio.

– Eu não sabia que o senhor era o comandante do destacamento – disse Mercurio para romper o silêncio.

– Destacamento? – Lanzafame tornou a mirá-lo. – Os *cattaveri* também o chamam assim. Oito homens no total, quatro a pé e quatro em embarcação não são um destacamento. E nenhum "destacamento" faria a guarda de um grupo de judeus desarmados. E por que, afinal? Para não deixar que saiam à noite? – Lanzafame tomou um gole de vinho. – De manhã, abrimos os portões e os supostos prisioneiros são livres para ir aonde bem entenderem... Os cristãos entram para tomar dinheiro emprestado ou fazer negócios... Sabe o que isso quer dizer? Apenas uma coisa: que os cristãos têm medo da noite, rapaz. Como as crianças. Essa farsa não vai durar muito.

Mercurio anuiu, sem saber o que dizer.

– Cadê a sua batina? – perguntou o capitão.

– Perdi.

– Bom, Deus não vai ficar bravo comigo se eu disser que não fico triste. Você me parecia um desperdício como padre. E agora, o que anda fazendo?

– Quero um navio só meu – disse enfaticamente Mercurio.

– De meio-padre a meio-idiota não é um grande passo à frente – riu Lanzafame.

Mercurio, por sua vez, permaneceu sério. Impassível.

– Um dia vou ter um navio só meu.

O capitão ficou impressionado com a força que emanava do rapaz. Uma força que ele sabia ter perdido.

– É uma ideia tão cretina e absurda – disse com um misto de raiva e sarcasmo, de humilhação e nostalgia do homem que já não era capaz de ser – que te juro, aqui e agora, que se um dia você conseguir esse feito, vou fazer sua escolta armada sem cobrar um soldo sequer.

– Levarei suas palavras a sério – desafiou-o Mercurio.

Lanzafame olhou para ele através da desilusão e da fraqueza que o vinho estava produzindo em sua alma. Em seguida, sacudiu-se.

– E quem seria a moça a quem você queria dar fuga?

– Ninguém que o senhor conheça – respondeu Mercurio, tentando permanecer vago.

– E que diabos você sabe sobre quem eu conheço?

Mercurio não se pronunciou.

– Não seria a filha do doutor?

– Que doutor?

– Você está começando a me aborrecer, rapaz. – Lanzafame se debruçou sobre a mesa e tocou o peito de Mercurio com o dedo. – E isso não é bom para você. Já estou puto por ter de ficar aqui. Não faz nem um ano, eu era um dos heróis de Marignano, e agora tenho de fazer a guarda noturna para sobreviver. Você pode imaginar que meu humor não esteja dos melhores.

Mercurio anuiu.

– Sim, é ela.

Lanzafame suspirou.

– Aquele menino que te acompanhava agora anda com o frade pregador que tem empesteado Veneza. Que bela dupla de idiotas! – disse, mudando de assunto.

– Pois é.

– Você não tinha de levá-lo com a moça de cabelos ruivos a um figurão da Igreja?

– Sim, eu tinha...

– Mas o figurão não existia, por isso...

Mercurio sorriu.

Lanzafame também.

– E ela? Que fim levou?

– Não sei. Nos perdemos de vista.

– Que pena! Era uma bela moça.

– Se eu a encontrar, digo para vir até o senhor.

– Sou velho demais para ela. É ideal para você. Além do mais, é cristã, e não judia... – disse o capitão. – Tudo muito mais simples, não acha?

– Não sou feito para coisas simples – respondeu Mercurio, encolhendo os ombros.

– Mas talvez você devesse aprender a gostar delas, pelo menos enquanto eu estiver aqui de guarda – replicou Lanzafame em tom duro. – Embora essa situação seja uma farsa e não me agrade, por natureza sempre cumpro com meu dever, lembre-se disso. Não queira ser pego de novo. E não ponha ideias estranhas na cabeça da moça judia. Será um problema se ela for flagrada circulando à noite.

Mercurio quase não reconhecia o homem que vira montado em seu cavalo, com armadura e insígnias de guerra. Não conseguia mais ver aquele olhar orgulhoso, de guerreiro, que tanto o fascinara. E sentiu muita pena.

Como se o percebesse, Lanzafame tomou impetuosamente outro gole e se levantou, cambaleando.

– Agora me despeço de você, rapaz. Siga seu rumo que tenho o que fazer. – Abriu a porta e fez sinal para Mercurio se retirar. – Deixe-o ir, Serravalle – disse a seu homem. – Depois, volte para a embarcação.

– Sim, senhor – respondeu Serravalle, puxando Mercurio pelo braço e até a Fondamenta dei Ormesini. Recolheu uma pedra e disse: – Vá embora, cãozinho.

Quando Mercurio partiu, o capitão Lanzafame bebeu mais, depois pegou um pequeno copo, alguns dados e saiu. Chegou ao portão do Ghetto, como já era chamado por todos em Veneza. Fez sinal para que dois guardas o abrissem e entrou.

Isacco o esperava do lado de dentro.

– Boa noite, doutor – disse Lanzafame.

– Boa noite, capitão – sorriu Isacco.

– Vamos jogar?

– O que vão pensar do senhor se o virem com um judeu?

– O que vão pensar de você se te virem com um *gói*?

Os dois amigos se sentaram no chão, com as costas apoiadas no muro. O capitão lançou os dados contra o portão.

– Sabe quem encontrei esta noite? – continuou Lanzafame.

– Devo fingir que não sei? – respondeu Isacco, balançando a cabeça.

– Por quê? Você sabe?

– Gritou aquelas besteiras a plenos pulmões.

Lanzafame riu.

– Ele é simpático, não acha?

– Se eu não fosse o pai de Giuditta, o acharia mais simpático.

– Pois é – Lanzafame anuiu. – É a sua vez. Jogue.

Isacco agitou os dados no copo, depois os lançou contra o portão.

– Essa farsa vai acabar logo, doutor – disse Lanzafame.

– Pode ser uma farsa para quem vê de fora, capitão, mas para quem está aqui dentro não é. Acredite.

Lanzafame permaneceu em silêncio por um instante.

– Vai acabar logo – repetiu, então.

– Não devia nem ter começado – comentou Isacco com entonação grave.

Lanzafame recolheu os dados e os lançou distraidamente. Em seguida, passou o copo a Isacco, que fez a mesma coisa e com a mesma distração. Enquanto contava os pontos do outro, o capitão segurava uma fina correntinha sem valor, na qual passou o polegar.

Isacco a reconheceu.

– É de Marianna, não é? – perguntou.

Lanzafame pôs os dados no copo, mas permaneceu imóvel, desfiando a correntinha como um rosário.

– Nunca mais vou trabalhar como médico – disse Isacco.

— Está errado.
— Capitão, não sou médico. Sou um trapaceiro...
— Todos os médicos são trapaceiros — brincou Lanzafame.
— Estou falando sério. Não valho nada.
— Ouça. — Lanzafame pôs o copo no chão e agarrou Isacco pelo colarinho do casacão. — Não sou padre, e você não é cristão. Por isso, não faz sentido você se confessar comigo, e menos ainda eu te ouvir. – Soltou-o. — Eu sei quem você é. Todo o resto não me interessa — disse com seus modos rudes. Em seguida, baixou novamente o olhar para a correntinha.
— Sente falta dela? — perguntou Isacco em voz baixa.
— Como do ar — respondeu Lanzafame. — E nunca lhe dei a entender isso. Mas talvez nem eu mesmo o tivesse entendido.
— Há pessoas que entram na pele da gente.
Lanzafame se virou para olhá-lo. Tinha os olhos velados pelo vinho e pelas lágrimas.
— Sua mulher tinha entrado na sua pele?
— Sim. — Isacco suspirou. — E nunca mais saiu.
— Jogue, doutor — disse Lanzafame, sacudindo-se. — Não gosto quando ficamos nostálgicos.
Isacco jogou, mas nenhum dos dois recolheu os dados.
— Talvez sua filha Giuditta tenha entrado na pele desse rapaz — comentou Lanzafame.
Isacco encolheu os ombros.
— Azar dele.
— Ou sorte dele. Nós perdemos nossas mulheres, e ele acabou de encontrar a dele.
— Capitão, quer jogar ou falar? — irritou-se Isacco.
Lanzafame lançou os dados, anuindo, pensativo.
— Esse rapaz é um encrenqueiro.
— Pode dizer em voz alta — resmungou Isacco.
Lanzafame bateu em seu ombro.
— Mas você o acha simpático. Admita.
Isacco se levantou.
— O senhor pode fingir que não sabe, mas eu *sou* um trapaceiro — disse com seriedade. — Deixei a Ilha de Negroponte porque todos já sabiam quem eu era. E Giuditta nunca teria um futuro, porque ninguém, a não ser outro trapaceiro, se casaria com a filha de alguém como eu. Vim para

cá também para dar a ela uma possibilidade. Que eu seja incinerado por um raio se a deixar se aproximar desse embusteiro de meia-tigela depois de todas essas milhas de viagem.

– Seria uma bela brincadeira do destino, hein? – riu Lanzafame.

– Faça seu trabalho, capitão. Cuide para que nenhum judeu perigoso saia por aí, à noite, para devorar crianças cristãs – disse Isacco, o rosto vermelho como um pimentão. – Vou dormir.

Lanzafame riu ainda mais. Esperou que Isacco atravessasse o largo do Ghetto, já deserto. Viu-o entrar no pórtico, onde já havia sido instalada a casa de penhor de Asher Meshullam, depois passar por um pequeno portão estreito. O capitão olhou para o alto. No quarto andar, uma vela tremeluzia atrás de uma janela. Imaginou uma moça judia pensando em um rapaz cristão. Seu coração se enterneceu e, logo em seguida, sentiu um doloroso vazio na alma. Então, ordenou aos guardas que abrissem o portão e voltou a passos velozes para sua garrafa de vinho de malvasia.

37

Benedetta corria pelas ruas estreitas com lágrimas nos olhos. Esbarrou em um homenzarrão, tropeçou, caiu. Sentiu uma pontada no joelho enquanto se levantava e o homem gritava alguma coisa atrás dela. Viu que o vestido tinha se rasgado. Tornou a correr até perder o fôlego, pois tinha medo de afogar-se nas próprias lágrimas se parasse.

Já fazia quase duas semanas que Mercurio havia desaparecido. Benedetta aguardara na estalagem, na absurda esperança de que ele voltasse. Mas Mercurio não dera sinal de vida. Benedetta tinha pensado que poderia ir até a casa de Anna del Mercato, mas se sentira incapaz de suportar a ideia de uma segunda rejeição. Talvez porque fosse muito orgulhosa. Ou porque estivesse muito assustada. Ou porque fosse muito fraca. Estava sozinha como nunca havia estado. Assim, ficara imóvel no colchão de palha da estalagem, sendo devorada pelos piolhos.

Mas então, naquela manhã, entre o sono e a vigília, ouvira os pregoeiros gritarem na rua que havia chegado o dia em que o decreto da Serreníssima sobre os judeus seria executado. À noite, ao som do Marangona em São Marcos, seriam trancados. Desse modo, decidira ir assistir, levada por aquele desejo oculto de sofrer, que existe na trama de todas as histórias de amor. Inconscientemente, queria ver se Mercurio também estaria presente.

Contudo, não estava preparada para o que acontecera. Para o que ouvira. Reconhecera de imediato a voz de Mercurio. Quando ele gritara a Giuditta que a tiraria dali, com aquela paixão, Benedetta sentira que morria por dentro. Fugira, sacudida pela dor, pela humilhação, pelo ódio por aquela moça judia estúpida.

Agora Benedetta corria sob os pórticos que conduziam ao Campo San Bartolomeo. E enquanto se refugiava novamente na estalagem, subia os degraus de dois em dois e se jogava no colchão de palha que pululava de percevejos, pensou que não conseguia entender direito se sofria por amor ou por orgulho. Mas de uma coisa tinha certeza: morria de inveja de Giuditta, que tinha tudo sem ter feito nada.

– Você não o merece, sua vadia! – gritou, antes de desatar a chorar, sufocando o rosto no travesseiro preenchido com farelo.

Nessa noite, custou a pegar no sono. Procurava pensar nos belos traços de Mercurio, como para se torturar ainda mais, mas o rosto dele perdia os contornos em sua mente. Em seu lugar, continuava a aparecer o de Giuditta. Benedetta balançava a cabeça, tentando expulsar a imagem de sua rival, como se enxotasse uma vespa. Em seguida, o rosto de Giuditta se alternava com o de sua mãe.

E, quando adormeceu, sua mãe lhe sugeriu o que fazer.

Ao amanhecer, entrou em um banho público atrás de Rialto e se lavou como não fazia havia semanas, untou o corpo com um unguento de lavanda e esfregou os dentes com um emplastro à base de hortelã e cedro.

Depois, foi a um açougueiro e comprou o que precisava.

A decisão havia sido tomada.

Chegou ao atracadouro das gôndolas e deu um endereço.

Ao descer da gôndola, Benedetta sentiu um nó na garganta. Olhou para o Canal Grande como se o visse pela primeira vez. Em seguida, voltou-se para o palácio que a esperava. Ergueu a cabeça para os três andares, separados por colunas leves, que se enrodilhavam aos pares, como pontuações brancas na fachada de mármore verde e amarelo, com veios pretos. As janelas tinham vidros coloridos e chumbados. A pequena sacada do andar nobre era protegida por um amplo toldo de tecido listrado, nas cores dourada e púrpura, sustentado por quatro longos bastões pretos, laqueados e decorados com cabeças de leão de juba dourada.

Iria até o fim, disse Benedetta a si mesma.

Um serviçal de libré verde-esmeralda e calça amarela inclinou-se com deferência quando Benedetta passou pela entrada.

– Sua Excelência deu instruções para que eu a acompanhe até seus aposentos – disse pomposamente e a guiou ao interior do palácio.

À direita e à esquerda do átrio mergulhado na penumbra, abriam-se grandes salas que recebiam a luz do dia e a refletiam de maneira multiplicada através dos vidros das amplas janelas. No fundo, abria-se um vitral, engastado em montantes de ferro batido, que dava para um jardim bem cuidado, com sebes de buxo que se sucediam como as muretas de um labirinto. No centro, uma fonte obscena representava uma mulher seminua, que apertava o seio com as mãos, fazendo jorrar água dos mamilos e oferecendo-a a um menino à sua frente, com os braços erguidos.

Benedetta sentiu um calafrio percorrer sua espinha quando percebeu que o menino da fonte tinha um braço normal e outro encolhido, com a mãozinha contraída como por um espasmo.

Seguiu o serviçal pela escadaria que se enrodilhava até o coração do palácio. Chegaram ao primeiro andar e ultrapassaram uma ampla porta de duas folhas, de nogueira clara, cor de mel, acima da qual um santo esculpido em mármore dispensava uma bênção. Dali se tinha acesso direto à galeria, enorme e iluminada, com cinco portas que davam para o Canal Grande e outra no lado oposto, simétrica, que dava para o jardim. As paredes da galeria eram cobertas de quadros e tapeçarias, desde a altura dos olhos até o teto, em caixotões decorados com motivos florais. No chão, preciosos tapetes. E um pouco por toda parte, segundo um esquema geométrico que Benedetta não conseguia decifrar, poltronas, sofás, cadeiras e almofadas de aparência oriental.

Homens do dono da casa e cães, muitos cães, de todos os tamanhos, estavam sentados sem compostura nas poltronas e nos sofás. E tanto os animais quanto os homens tinham um ar entediado. Na sala pairava um odor forte e incômodo. Em um tapete claro, bem no centro da galeria, reinava um grande excremento, que ninguém se preocupava em limpar.

Benedetta espantou-se com o fato de não haver nenhuma mulher.

Alguns cães e três homens ergueram o olhar até ela. Um dos animais latiu com indolência. E um dos homens lhe mandou um beijo.

— Por aqui, siga-me — disse o serviçal. Atravessou a galeria, abriu uma porta e lhe indicou um cômodo.

Assim que Benedetta passou pela soleira, o serviçal voltou a caminhar à sua frente, abrindo caminho por um labirinto de salas e saletas, cada vez mais escuras. Por fim, diante de uma larga porta de duas folhas, revestida com um tecido adamascado, nas laterais da qual estavam acesos dois candelabros presos à parede, com uma dúzia de velas que gotejavam lágrimas de cera no piso de madeira, o serviçal afastou-se, abriu uma folha da porta e fez sinal para Benedetta entrar.

— Sua Excelência virá até a senhorita assim que puder — disse.

Benedetta entrou no quarto e teve um sobressalto quando a porta foi fechada às suas costas. Sentiu certo desespero quando ouviu o serviçal dar duas voltas de chave na fechadura. Instintivamente, agarrou a maçaneta, assustada. Em seguida, tentou se acalmar.

"Você sabe muito bem por que está aqui", disse a si mesma, respirando profundamente.

Quando ficara imóvel no colchão de palha da estalagem, à medida que a dor daquele silêncio interno se tornava intolerável, dera-se conta de que, se permanecesse ali, deitada, o ódio por Giuditta a consumiria e devoraria até os ossos, mais do que os percevejos. Por isso, decidira aceitar o convite que lhe havia sido feito no dia em que Mercurio terminara com ela. Fora o que a voz de sua mãe sussurrara em seu ouvido. Porque sua mãe a conhecia melhor do que ninguém. Porque sua mãe sabia quem ela era de fato.

"Você sabe muito bem por que está aqui", repetiu a si mesma.

A essa altura, seus olhos já se haviam habituado à penumbra. Encontrava-se em uma espécie de antecâmara sufocante e escura, pintada de preto. À sua frente, um pesado cortinado filtrava um pouco de luz. Avançou e afastou a cortina. E se viu em um cômodo enorme, azul-celeste e dourado, iluminado, cintilante. Mas essencial. De uma elegância que Benedetta tinha dificuldade para entender. No centro, uma mesa, simples, com pés sutis, torneados sem exageros. O tampo estava repleto de livros encadernados em couro e de folhas de pergaminho. A mesa havia sido colocada sobre um grande tapete, igualmente azul-celeste e dourado, como o restante do cômodo. Em uma reentrância semicircular da sala, havia uma alcova dourada, com colunas marchetadas, que sustentavam uma musselina quase transparente, pespontada com fios de ouro. Sobre a cama, uma colcha de seda azul-celeste com o brasão da família Contarini bordado à mão no centro. Nas duas lareiras idênticas, dispostas uma diante da outra, crepitavam cepos de carvalho.

Um leve perfume de jasmim pairava no quarto. Benedetta ergueu os olhos para o teto. O afresco representava um céu com nuvens vaporosas e uma moça de cabelos ruivos, vestida de branco, com uma pele clara como a túnica que vestia. A moça sorria em um balanço.

Justamente enquanto observava o afresco, Benedetta ouviu uma voz estridente dizer-lhe:

— Está se reconhecendo?

Benedetta se virou, mas não viu ninguém.

Ouviu-se uma risada difusa. Em seguida, a voz tornou a se pronunciar:

— Ainda não consegue se reconhecer, não é?

Benedetta tentou entender de onde vinha a voz.

— Há uma pequena porta à direita da cama. Abra-a.

Benedetta foi até a porta e a abriu. Dentro, havia uma longa túnica imaculada.

— Vista-a — disse a voz estridente.

Benedetta olhou ao redor.

— Dispa-se e vista-a — repetiu a voz. — Quero vê-la fazendo isso.

Benedetta sentiu o nó na garganta aumentar. "Você sabe muito bem por que está aqui", pensou de novo. Levou a mão ao bolso do vestido barato que usava. Apalpou o que havia preparado para a ocasião. Respirou fundo.

— Preciso urinar — disse e permaneceu imóvel.

No cômodo fez-se um longo silêncio.

Em seguida, a voz tornou a falar, mais estridente e aborrecida:

— Não podia ter pensado em mijar antes?

— Peço desculpas, Vossa Graça — disse Benedetta humildemente.

Houve outro longo silêncio.

— Debaixo da cama há um penico...

Benedetta estremeceu. Não podia fazer o que havia planejado sob o olhar do dono da casa.

— ...mas não vá estragar tudo. Mije na antecâmara, longe da minha vista. Rápido!

Benedetta deu um suspiro de alívio. Ajoelhou-se aos pés da cama, esticou a mão e pegou um penico de metal laqueado. Foi para a antecâmara preta, do outro lado do cortinado, ergueu a saia, pegou o que tinha no bolso, umedeceu a carne entre as pernas e o inseriu fundo o suficiente, mas não demais, com cuidado para não o romper. Contudo, deu-se conta de que o penico estava vazio. Qualquer um perceberia que ela não havia urinado. Então, fez com que rolasse ruidosamente no chão; depois, afastou as cortinas e voltou para o quarto azul-celeste e dourado.

— Sinto muito, Senhoria, derrubei o penico... — disse.

— Não me interessa! — A voz estava irritada.

Benedetta baixou a cabeça.

Novamente, fez-se um longo silêncio. Em seguida, depois de reconquistar a calma, a voz se pronunciou:

— Dispa-se. Jogue seus trajes horríveis debaixo da cama, pois não quero vê-los. E vista a túnica.

Benedetta começou a se despir.

— Devagar — disse a voz. — Um botão por vez... uma peça de roupa por vez...

Benedetta abriu um a um os botões do corpete e o tirou. Depois, lentamente, soltou os laços do vestido e o deixou cair no chão. E assim fez com a camisa, até ficar nua. Então, fez menção de vestir a túnica.

– Não! – deteve-a a voz. – Primeiro esconda seus trajes!

Benedetta os recolheu e os amontoou debaixo da cama.

– Muito bem. Agora, vista a túnica.

Benedetta a pegou e a vestiu. Era de seda. De uma maciez extraordinária, que lhe provocou calafrios em todo o corpo, como se lhe tivessem feito uma carícia invisível.

– Pronto – disse a voz estridente –, se reconhece agora?

Benedetta não sabia o que isso significava.

A voz riu baixinho.

– Olhe para cima.

Benedetta ergueu os olhos para o teto e se deu conta de que estava vestida como a moça no balanço. E de que tinha cabelos da mesma cor. E a mesma pele de alabastro.

– Sim... agora você se reconhece – sussurrou a voz, satisfeita.

Uma portinhola disfarçada na parede se abriu.

O príncipe Contarini avançou no quarto, com seu andar enviesado, uma perna mais curta do que a outra, o braço contraído e erguido, buscando equilíbrio, e o ombro esquerdo inchado pela deformidade da corcunda. Estava vestido de branco da cabeça aos pés, inclusive os sapatos, leves, abertos no colo, com uma simples fivela de ouro, como os botões do casaco justo e feito sob medida, com as mangas de comprimento diferente, para não dar defeito em seus próprios defeitos.

Benedetta teve a tentação de fugir, mas suas pernas estavam petrificadas. Olhava o príncipe horrível, que avançava em sua direção.

Ele pegou sua mão e a conduziu até a alcova. Fez com que se deitasse no centro da cama. Cruzou os braços dela sobre o peito, como se fosse uma defunta. Sorriu para ela, mostrando os dentes afiados, com seu olhar cruel e frio. Pôs em suas mãos uma coroa de jasmim. Em seguida, foi até a base da cama e afastou as pernas dela. Ergueu a túnica, descobrindo suas coxas e seu ventre. Sério, observou a densa pelugem avermelhada, sem a tocar, com a cabeça ligeiramente inclinada para o lado. Farejou o ar.

– Aprecio que tenha se limpado.

– Obrigada, Senhoria – respondeu Benedetta. E sentiu-se tola.

– Espero que seja verdade o que me disse – proferiu com sua vozinha, que se tornava rouca de excitação.

— Sou virgem, Excelência — mentiu Benedetta.

Contarini sorriu.

— Não vai ser difícil averiguar.

Benedetta fechou os olhos.

— Não — disse o príncipe deformado, desabotoando a frente da calça branca, que já se inflava. — Olhe para cima. Olhe para aquela bela moça, com a qual você indignamente se parece. Sabe quem era?

— Não, Senhoria...

— Minha amada irmã — disse o príncipe Contarini, subindo na cama. — Ela tão perfeita, e eu, tão imperfeito...

Benedetta sentiu a mão do príncipe guiar o próprio membro até ela.

— ...ela, tudo, e eu, nada...

Benedetta não tirava os olhos da moça no balanço.

— ...ela morta, e eu, vivo...

Benedetta sentiu a ponta do membro sendo empurrado para entrar dentro dela.

— Alguém a envenenou...

O príncipe começou a avançar em seu corpo.

— ...depois, sentiu sua falta...

Benedetta rezou para que o sistema que sua mãe usara tantas vezes, quando a vendia, funcionasse. Só mais uma vez. Rezou para que o príncipe se entregasse ao entusiasmo dos homens e não fosse delicado como parecia naquele momento.

— Você é virgem? — perguntou-lhe o príncipe com sua voz estridente.

— Sim... — sussurrou Benedetta.

— Agora vamos ver — disse Contarini, empurrando o membro com força para dentro dela.

Benedetta sentiu a fina membrana de linguiça, preenchida com sangue de frango, resistir por um instante e depois romper-se. Gritou, como por uma dor lancinante. E pensou: "Obrigada, mãe".

O príncipe se agitou dentro dela, cada vez mais veloz, até que seu corpo, maltratado pela natureza, contraiu-se em um espasmo. Gemeu e desabou sobre a coroa de jasmim. Permaneceu imóvel por algum tempo e se retirou, olhando entre as pernas de Benedetta, ansioso para verificar. Seu rosto assustador esboçou um largo sorriso de satisfação. Mergulhou o dedo no sangue jorrado do ventre de Benedetta, que manchava a túnica branca, e o cheirou. Em seguida, olhou para ela.

– Você não mentiu para mim.

– Não... – disse Benedetta.

O príncipe anuiu. Levantou-se da cama e abotoou a calça, também manchada de sangue.

– Não mentiu para mim – repetiu, satisfeito. – Vou te dar uma vida com a qual você nunca sonhou – disse.

Benedetta o observou enquanto ele cambaleava e desaparecia pela porta por onde tinha entrado. Permaneceu ali, imóvel, deitada naquela cama onde tinha fingido ser virgem, como anos antes, quando sua mãe, todas as noites, a vendia a um novo cliente como se fosse sua primeira vez.

Nesse momento, ouviu o barulho de uma fechadura sendo destravada, e a porta da antecâmara se abriu.

– Benedetta, que bom que também veio viver conosco e o príncipe! – gritou Zolfo, que entrou correndo no quarto, feliz por abraçá-la. Porém, assim que a viu nua, com sangue escorrendo entre as pernas, petrificou-se. Fez uma careta de nojo e virou as costas.

Ouviu-se a risada estridente do príncipe.

– Obrigada, príncipe – disse Benedetta em voz baixa, sem cobrir o púbis. – Obrigada porque, como minha mãe, o senhor me ajuda a ver quem sou. – E sentiu-se dominar pela sensação de repugnância por si mesma, que a havia acompanhado por toda a infância.

Mas também sabia que o ódio que a envenenava naquele momento encontraria um caminho para se revelar. Sabia que tinha encontrado um aliado, se fosse capaz de pilotar sua crueldade.

"Maldita vadia!", pensou com raiva.

38

Mestre

— Quem é aquele homem? — perguntou Anna del Mercato.
— Ninguém — respondeu Mercurio.
Anna olhou para o homem alto e magro que havia perguntado por Mercurio pouco antes e que, nesse momento, esperava em uma barca de laguna, larga e plana, atracada no canal que passava diante da casa. Estava vestido de preto e tinha extraordinários cabelos longos e lisos, quase brancos, presos com uma fita laranja, da mesma cor da faixa amarrada na cintura.
— É vistoso demais para ser *ninguém* — disse.
— Pois é — disse Mercurio, afastando-se e alcançando Scarabello.
— Surpreso por eu ter te encontrado, piolho? — sorriu.
Mercurio não respondeu.
— Sou dono deste mundo. E *seu* dono também — continuou Scarabello, certo do espanto de Mercurio. — Sempre sei tudo de todos. Especialmente dos meus homens.
Mercurio chutou uma pedra. Seus cachos escuros enrolaram-se em sua testa. Olhou para Scarabello.
— E você é meu, não? — disse Scarabello.
— O que você quer? — perguntou Mercurio.
— Tenho um trabalhinho para você. Suba.
Mercurio virou-se para a casa. Anna o observava, na soleira, rígida e impassível.
— Precisa de permissão? — riu Scarabello.
— Imbecil — disse Mercurio, saltando na barca.
— Vamos — ordenou Scarabello aos seus dois homens. Em seu rosto, uma expressão gélida.
A barca moveu-se entre os juncos. Ninguém falava. Ouvia-se apenas o rumor dos remos que imergiam na água parada do canal.

Quando estavam fora do campo de visão da casa, Scarabello fez sinal para Mercurio se aproximar. Em seu rosto, a mesma máscara de gelo. Quando ficaram frente a frente, Scarabello, com a velocidade de uma serpente, deu uma cabeçada no nariz do rapaz.

Mercurio caiu para trás, sentindo o sangue escorrer nos lábios e no queixo. Seus olhos se embaçaram com as lágrimas.

Scarabello pegou um lenço de linho com delicadas rendas e o mergulhou na água do canal, enquanto a barca continuava seu curso até Veneza. Torceu o lenço, agarrou Mercurio pela gola do casaco, puxou-o para si e limpou o sangue com cuidado.

— Não pode me chamar de imbecil, piolho – disse. – Está claro?

Mercurio sentia o nariz latejar.

Scarabello lhe estendeu o lenço, que de branco se tornara vermelho.

— Mantenha-o apertado.

Mercurio o pegou e comprimiu para estancar o sangue que ainda escorria das narinas.

— Como te disse antes, tenho um trabalhinho que parece feito especialmente para você – retomou Scarabello, como se nada tivesse acontecido.

— Não sei se quero continuar a bancar o trapaceiro – disse Mercurio.

Scarabello olhou para ele em silêncio. Depois, apenas sorriu.

— Quem pensa que sou, rapaz?

— O que quer dizer?

— Algum dia lhe dei a impressão de ser um bobo da corte?

— Não...

— Então, por que quer me tratar como um bobo da corte?

— Não estou entendendo...

Scarabello suspirou e se sentou ao seu lado. Pôs o braço em seus ombros.

— Você é meu, entende? Se te digo que tenho um trabalhinho para você, você vai lá e faz. Não me interessa se a sua Anna do caralho está te convencendo a se tornar um lavrador, um pescador, um sapateiro ou qualquer outra coisa. Você é um trapaceiro. E um gênio do disfarce. – Scarabello o apertou contra si. Podia parecer um gesto amigável. Ou o início de um estrangulamento. – E você é meu. – Em seguida, soltou-o. – Sabe o que penso? Que você me vê com os olhos de... uma moça. – Riu. – Você se deixa encantar pelas minhas roupas, pelos meus modos refinados... e acha que sou outra pessoa. Só que sou exatamente o que sou. Olhe nos meus olhos. É somente neles que você encontra a verdade. Eles te amedrontam? – Sorriu. – Sim, meus olhos amedrontam... Porque não sou nada além disso. E certamente não sou seu amigo nem de mais ninguém. E como não sou seu amigo, não me interessam seus desejos nem suas crises de consciência. Está claro?

Mercurio anuiu. Sentia o nariz inchar.

Scarabello sorriu, satisfeito.

– Ótimo.

Voltou a sentar-se em seu lugar, cruzou as longas pernas e permaneceu em silêncio.

Mercurio raciocinava. Buscava uma solução. Pensara que sua vida tinha chegado a um momento crucial, que poderia concentrar-se em seu sonho: possuir um navio e levar Giuditta embora. Amor e liberdade. Mas, nesse momento, sentado no banco da barca, percebia quão absurdos eram seus projetos.

"Você não passa de um garotinho tolo", disse a si mesmo, sentindo a raiva crescer.

Olhou para Scarabello. Seu novo dono.

– O que devo fazer? – perguntou.

Scarabello lhe fez sinal para esperar.

A barca atracou em Rialto, e eles se dirigiram a uma passagem sob um edifício, chamada Sotoportego del Banco Giro, onde se reuniam os mercadores e os armadores. Scarabello acenou para um homem bem-vestido e encaminhouse à igreja de San Giacomo. O homem os alcançou, e eles se insinuaram entre os escombros das Fabbriche Vecchie. Sentia-se o mau cheiro de urina e excrementos, bem como um odor de argamassa, tijolos cozidos ao sol e madeira queimada, que apodrecia sob a chuva e a umidade. Ratos do tamanho de pequenos gatos os farejaram e fugiram, escondendo-se entre as pedras e os detritos que o incêndio havia produzido. Scarabello, o homem e Mercurio pararam atrás de um muro em ruínas, ao lado de materiais de construção.

– Tenho a pessoa ideal para o seu caso, Senhoria – disse Scarabello, apontando para Mercurio.

– Um rapaz? – perguntou o homem.

– Se há alguém que pode fazer esse trabalho, esse alguém é ele – respondeu Scarabello.

Mercurio sentiu uma ponta de orgulho.

– Duas sobregatas de lona – disse o homem. – Não há no mercado nesse momento, e meu navio tem de zarpar daqui a uma semana. Os únicos a terem uma boa provisão são aqueles bandidos do Arsenale. Mas guardam tudo para si, e a nós, armadores independentes...

– O senhor é um armador? – perguntou Mercurio, interrompendo-o. – Tem um navio?

Scarabello lhe lançou um olhar de reprovação.

Mercurio se calou. Mas, de repente, pareceu-lhe que toda a história estava tomando um rumo diferente. "Você é um garotinho tolo, é verdade", pensou sorrindo. "Mas também tem uma tremenda sorte."

– É um dos meus melhores homens – dizia Scarabello. – É um mago dos disfarces. Acha que isso aqui é sangue? – Tirou o lenço da mão dele. Jogou-o na poeira. Depois, passou o dedo sob o nariz de Mercurio e esfregou o líquido vermelho na ponta dos dedos. – É tintura. – Riu.

O armador não sabia o que pensar.

Mercurio sorriu.

– É verdade, Senhoria – disse. – Olhe, não dói nada. Não está quebrado. – E deslocou o nariz para a direita e para a esquerda, resistindo à dor e arregalando os olhos, para que não se enchessem de lágrimas.

Scarabello olhou para Mercurio, depois para seus homens e para o armador. Por fim, observou novamente o rapaz, com uma espécie de admiração, e anuiu imperceptivelmente. Gostava daquele jovem, mas, ao mesmo tempo, sentia-se incomodado com ele. Ainda tinha a sensação de que um dia lhe causaria problemas.

– Posso entrar nesse lugar que vocês mencionaram – disse Mercurio. – E pego para vocês os sobretudos de lã.

– Sobregatas de lona – corrigiu-o o armador.

– Sobregatas de lona – repetiu Mercurio.

– Assim... simplesmente? – indagou o armador.

– Não. Não é nada simples – interveio Scarabello, com voz grave. – Meu rapaz corre um grande risco. – Os lábios finos se esticaram em um sorriso. – Quanto está disposto a gastar por esse perigo, Senhoria?

– Façam com que minha carga possa partir para Trebizonda e não vão ter do que se lamentar – disse o armador. – Mais alguma coisa?

– Sim – disse Mercurio. – Depois que eu lhe fizer essa cortesia, o senhor me ensinará como se compra um navio.

Scarabello e o armador olharam para ele, perplexos. Em seguida, desataram a rir em uníssono, e o homem se despediu. Quando ficaram a sós, Sacarabello se dirigiu novamente à barca em Rialto. Mercurio o seguia em silêncio. Subiram a bordo.

– Aonde vamos? – perguntou, então, Mercurio.

– Você realmente não sabe o que é o Arsenale? – perguntou-lhe Scarabello. – Nunca ouviu falar?

– Não. Por quê?

Os dois homens dos remos riram.

A barca tornou a descer o Canal Grande, navegou nas águas abertas da Bacia de São Marcos e, ao chegar perto da igreja de San Giovanni in Bragora, atracou na área da doca chamada Darsena Vecchia. A água tinha um odor acre, de betume. Grandes manchas densas e oleosas boiavam na superfície, brilhantes, sem se misturarem com a água e colorindo de preto as algas que afloravam.

– O Arsenale de Veneza é o maior estaleiro do mundo. Nele trabalham quase duas mil pessoas. Sabe quanto são duas mil pessoas? E, em tempos de guerra, até três mil – explicou Scarabello, com uma espécie de orgulho na voz. – É o lugar mais protegido de Veneza.

Mercurio o seguiu pela calçada. Deram poucos passos, e Scarabello parou e apontou o dedo.

– Aquela é a Porta di Terra.

Através da fina névoa que se erguera, Mercurio viu um grande portão. Pensou em certos arcos de Roma, embora eles fossem antigos e esse parecesse novo em folha. À direita havia duas torres que ladeavam a porta, margeando a água. E de ambos os lados se erguiam muros altos e sólidos, feitos com tijolos vermelhos. Dois guardas armados vigiavam a entrada da Porta di Terra.

– Meu pai era um *arsenalotto* – disse, então, Scarabello, com um tom de voz que pareceu quase triste a Mercurio. – Significa que era um dos privilegiados que trabalham ali dentro. Mas o imbecil foi pego roubando cordame. – Balançou a cabeça. – O Arsenale oferece grandes vantagens a seus operários – retomou. – São mantidos por toda a vida pela Sereníssima, e seus filhos têm o direito de trabalhar ali dentro. Mas vigoram as leis militares. Após a desonra do meu pai, minha mãe e eu fomos expulsos de nossa casa e abandonados ao nosso destino. Minha mãe começou a trabalhar como... bom, imagine o que pode fazer uma mulher. Mas tinha os pulmões fracos e morreu de tísica no inverno seguinte. E eu me tornei o que sou. – Fitou a Porta di Terra. – Nunca me arrependi de nada. Se meu pai não tivesse sido descoberto, provavelmente hoje eu seria um *arsenalotto* que trabalharia duro para construir navios por uma bagatela. E talvez até me sentisse sortudo. A vida é mesmo estranha... – Olhou para Mercurio. Pegou um pedaço de madeira e traçou na lama os muros perimetrais do Arsenale com a Porta di

Terra. Em seguida, fez um sinal. – Os depósitos das velas ficam aqui, no lado sul da Darsena Nuova. Sei disso porque ia encontrar meu pai, e ele trabalhava ali perto, na Tana, que fica ainda mais ao sul dos depósitos das velas. – Fez outro sinal, junto aos muros perimetrais. – É o empório do cânhamo público. É onde você encontra cordas e amarras de todos os tamanhos. Há sempre um vaivém de gente ali. Se eu fosse você, iria para lá depois de roubar as duas sobregatas. Se te pararem, diga que seu supervisor te mandou verificar o diâmetro dos envergues, porque os outros se emaranharam.

– Supervisor... vergas...

– Envergues.

– Envergues... se emaranharam...

Scarabello desenhou um canal do outro lado dos muros.

– Este é o Rio della Tana. – Apontou para a direita. – Fica ali. E dá diretamente para águas abertas. Há uma escada nos fundos da Tana. Eu sempre a subia quando era criança, depois, pulava por cima dos muros. É um belo salto. Você consegue. Quando estiver lá em cima, jogue-se no canal. Encontre alguém com uma embarcação que não dê muito na vista, talvez um pescador, e o jogo está feito. Ele te apanha e vocês vão embora. – Scarabello sorriu e apagou o desenho na lama com a ponta da bota. – Que história é essa de navio? – perguntou-lhe.

– Um dia quero ter um navio só meu – respondeu Mercurio, impetuosamente.

Scarabello arqueou a sobrancelha.

E, mais uma vez, Mercurio se sentiu um tolo.

– Estude um plano para entrar no Arsenale. – Scarabello lhe deu um tapinha e fez menção de partir. – Rápido.

– O que aconteceu com o seu pai? – perguntou-lhe Mercurio.

Scarabello parou. Virou-se.

– Foi condenado à morte por alta traição e afogado na laguna.

– Afogado? – disse Mercurio em voz baixa.

– É o método limpo da Sereníssima. Olhe ao redor. Água é o que não falta.

Mercurio sentiu o medo apertar sua garganta.

39

Veneza

GIUDITTA SE LEVANTOU DA MESA à qual estava sentada havia mais de quatro horas, costurando cabisbaixa. Seus dedos doíam, e a ponta do indicador esquerdo estava vermelha e inchada devido às contínuas picadas. No chão e sobre a mesa, uma dezena de barretes amarelos de vários tipos, costurados com tecidos de diferentes tramas e intensidades de cor. Espreitou o quarto do pai. Fazia dias que Isacco estava deitado com a cabeça entre as mãos. A morte de Marianna, mulher de Lanzafame, deixara-o desconsolado. Giuditta assistira a esse seu declínio sem saber o que fazer nem como ajudá-lo. Aos pés da cama, viu uma garrafa de vinho. Entrou no quarto, tentando não fazer barulho, e a pegou.

— Deixe-a aí — disse Isacco com voz rouca, sem se virar.

— Te faz mal, pai...

— Deixe-a aí!

Giuditta teve um sobressalto. Não estava habituada àquele tom de voz. Teve vontade de chorar, mas engoliu as lágrimas. Depositou a garrafa no chão.

— Você está ficando como o capitão...

Isacco se virou de repente, mostrando os dentes, com as narinas dilatadas:

— Não se pode ficar em paz nesta casa?

Giuditta deu um passo para trás, amedrontada.

Isacco se esticou até a garrafa, apanhou-a e a agitou no ar.

— É por causa disso que não posso ser deixado em paz?

Giuditta recuou até a porta.

— É por causa disso? — gritou novamente Isacco, lançando a garrafa contra a parede. O recipiente explodiu, manchando de vermelho a parede e o piso. – Pronto! Problema resolvido! – Isacco apontou o dedo para a filha. – E não tente recolher os cacos nem limpar. Saia! – Em seguida, tornou a se jogar no colchão, com a cabeça entre as mãos.

Assustada, Giuditta saiu do quarto. Fechou a porta e foi para perto da janelinha que dava para o largo do Ghetto. Mordeu os lábios para não chorar.

– Te peço ajuda, *Hashem* – disse em voz baixa. – Se eu perder meu pai... – segurou um soluço – não tenho mais ninguém.

Sentiu que o medo e o desespero a venciam. Virou-se para olhar a mísera casa na qual viviam. O teto era tão baixo que instintivamente se caminhava encurvado; os quartos eram apertados; o assoalho, podre e rangente; e as janelas, tão pequenas que, mesmo abertas, não deixavam passar o ar. Dois cômodos onde tinham de fazer tudo, dormir, cozinhar e comer. Casas miseráveis, nas quais todos os judeus eram obrigados a viver, amontoados uns sobre os outros, em uma humilhante promiscuidade, por um aluguel bem mais alto do que o dos inquilinos cristãos anteriores.

Da janelinha Giuditta viu alguns meninos brincarem no largo e, mais além, um dos dois portões que à noite eram fechados, com aquele ruído surdo de madeira e o chiado de correntes que dava calafrios na alma.

Olhou para os muros de tijolos vermelhos e desalinhados, construídos às pressas ao redor da área para trancá-los como animais em uma jaula. Pensou na família que morava ao lado deles, cujo apartamento dava para o canal, e não para o largo. A janela que dava para o mundo livre havia sido murada, como previsto pelo decreto. E sempre que se sentava à mesa, essa família de cinco pessoas tinha à sua frente uma fileira de tijolos e argamassa, que tampava a janela. "Murados vivos", pensava Giuditta.

"Vou te tirar daí!", gritara Mercurio na noite em que foram fechados ali dentro.

Giuditta ainda tinha sua voz nos ouvidos. Todos os dias olhava para a ponte, com a esperança de vê-lo surgir. Esperava por ele. Mas Mercurio nunca apareceu, nem quando era permitido, nem quando os portões da jaula permaneciam abertos. Então, Giuditta acabou sentindo uma raiva profunda, cheia de rancor e humilhação. Certamente, estaria beijando sua Benedetta, dizia a si mesma. E certamente estariam rindo dela e de sua ingenuidade.

"Você é uma cretina", pensou com irritação.

Porém, apesar disso, sua mão se encaminhou para um pano de linho que sempre carregava consigo. Um pano no qual o sangue de ambos se havia misturado quando se encontraram pela primeira vez. Seu "contrato", como chamava Giuditta, redigido pelo destino.

"Você é uma pobre cretina", repetiu a si mesma, com mais raiva ainda.

Bateram à porta.

Giuditta teve um sobressalto, arrancada de seus pensamentos.

– Quem é?

– Sou eu, quem mais poderia ser?

Giuditta foi até a porta, abriu-a e jogou-se nos braços de Donnola, que como todos os dias vinha visitar Isacco.

– Ei, calma... Que intimidades são essas? – brincou ele, sempre incomodado com as manifestações de afeto.

– Ele está bêbado – disse Giuditta e desatou a chorar.

Donnola se inquietou, sem saber o que dizer.

– Está mal, e eu não sei o que fazer... – soluçou Giuditta. – Não sei como ajudá-lo...

O assistente do doutor a afastou com um olhar sério e segurou-a pelos ombros.

– Agora ele vai me ouvir.

Giuditta baixou a cabeça.

Donnola foi até a porta do quarto de Isacco e a abriu com ímpeto.

– Levante-se, doutor! – disse com voz decidida. – Que história é essa que acabei de ouvir da sua filha?

– Vá embora!

Ouviu-se um rumor violento, de algo sendo lançado. E um gemido.

Após um instante, o assistente saiu com uma expressão de dor, massageando a perna.

– Ele vai ter de ser acalmar – disse a Giuditta, em voz baixa.

– Feche a porta! – gritou Isacco.

Donnola obedeceu de imediato. Deu um sorriso embaraçado para a moça.

– É preciso encontrar o jeito certo de falar com ele... É uma questão de estratégia, entende? – balbuciou.

Giuditta anuiu, pegou um dos barretes amarelos que havia costurado e o colocou na cabeça.

– Vou dar uma volta.

– Isso, ótima ideia – concordou Donnola. – Ótima ideia!

Giuditta abriu a porta de casa. No rosto, uma expressão assustada.

– Vamos, vá se divertir – encorajou-a, com falso entusiasmo, tão amedrontado quanto ela com a situação.

Giuditta passou pela soleira e desceu as escadas estreitas e escuras que cheiravam a mofo. O pequeno portão do edifício estava aberto. Viu-se diretamente sob os curtos pórticos do largo, em meio às duas casas de penhor.

Do outro lado do portão do Ghetto, ouviu a voz já conhecida do frade, que continuava a pregar o ódio pelos judeus. O mesmo frade que haviam encontrado na estalagem perto de Adria, assim que ela e seu pai desembarcaram. Era como se os seguisse. Ou como se ele fosse a voz daquele mundo.

– O Senhor falou comigo! – gritava irmão Amadeo. – Veneza, ouça. Agora que os fechou, vigie-os! Eles são a desgraça! São o câncer! São os magos e as bruxas do demônio!

Giuditta baixou a cabeça, tentando não ouvir aquela voz desagradável. Respirou fundo. O odor agridoce e putrefato da laguna era insuportável, especialmente quando o ar ficava parado e pesado como naquele dia. Uma névoa leve, aquosa, depositava-se no chão, banhando a terra do largo. Giuditta ergueu a roupa e, tentando evitar as poças de lama, dirigiu-se a uma loja de tecidos usados, onde às vezes comprava retalhos.

– Não é o mesmo barrete de ontem, não é? – perguntou-lhe Ariel Bar Zadok, o homem que administrava o pequeno estabelecimento.

Giuditta fez que não e, cabisbaixa, começou a vasculhar os retalhos.

– É muito bonito – interveio uma cliente. – Onde o comprou?

– Eu mesma o costurei – respondeu timidamente Giuditta, sem erguer o olhar.

– Você? – disse a mulher, admirada.

Giuditta encolheu os ombros e se encaminhou rapidamente para a saída. Contudo, poucos passos depois, na direção de Cannaregio, foi alcançada pela mulher da loja.

– Espere, aonde está indo? – perguntou ela, colocando-se ao seu lado.

– Desculpe, preciso ir às compras.

– Na feira?

– Sim, isso mesmo.

– Ah, que bom. Eu também – sorriu a mulher, dando-lhe o braço e dirigindo-se à feira de hortaliças logo depois das passagens sob os edifícios, do outro lado do segundo portão que à noite era trancado.

– Veneza, ouça! – gritava irmão Amadeo. – Arrependa-se dos seus pecados! Expulse o judeu imundo!

– Esse frade!... – exclamou a mulher. Em sua voz havia raiva e medo ao mesmo tempo.

Giuditta queria ficar sozinha, mas não sabia como se desvencilhar da mulher.

– Eu me chamo Ottavia... – disse a outra, balançando a cabeça, como para se livrar da voz do religioso. – Eu sei, eu sei, não é um nome judaico, mas meu pai tinha uma paixão pelos antigos romanos... Sabe quem era Ottavia?

Giuditta negou timidamente com a cabeça.

– A esposa menina de Nero! Imagine que ideia estúpida teve aquela cabeça louca do meu pai, que o Céu o tenha em glória. – Apertou o braço de Giuditta. – Pule! – disse ao se encontrarem diante de uma poça e a ultrapassou, rindo.

Giuditta também saltou, instintivamente. E sorriu.

– Basta um salto, não? – disse Ottavia.

– Como?

– Basta fazer algo tolo para romper nossa rigidez, e tudo parece diferente... mais leve. – Ottavia piscou para ela.

Giuditta sorriu novamente.

– Bem, se não estou enganada, você é a filha do doutor, que... que é amigo do nosso guarda.

– O capitão Lanzafame.

– E como você se chama?

– Giuditta.

– Do quê?

– Da Negroponte.

– Ah, então é por isso que são tão diferentes de nós! – exclamou Ottavia. – Quase todos nós viemos do centro da Europa. Enfim, somos alemães. Dá para perceber pelo sotaque?

Giuditta sorriu.

– Mal se nota...

– Acha engraçado?

– Não...

– Ora, vamos, não me ofendo.

– Um pouquinho, sim...

Ottavia riu com gosto. Depois, seu olhar se entristeceu.

— Sinto falta da nossa maneira de falar, sabe? Aqui, todos acham que a Alemanha é apenas fria. Mas, na verdade, é um lugar cheio de força e energia... – Olhou para Giuditta. Suspirou. – A mulher tem de seguir o próprio marido, minha querida. Por mim, eu teria ficado lá, mas meu marido queria trabalhar como usurário, e aqui estamos nós. Começou nos negócios com Anselmo del Banco. – Ergueu os ombros. – Que prazer há em emprestar dinheiro, eu não sei. Em Mainz éramos impressores, sabe? Os melhores da Europa estão todos lá. Mas aqui não nos deixam fazer esse trabalho... só porque somos judeus. Os venezianos poderiam aprender de graça todos os truques e as tecnologias mais avançadas, mas como existe essa questão de raça... – Ottavia bufou. – Até que ponto pode ir a estupidez do ser humano? E olhe que não estou falando só dos cristãos. Oh, há certos judeus que parecem ter a cabeça oca... Vamos deixar para lá... Falo demais, não é? – riu.

Giuditta riu com ela.

— Vamos falar de coisas sérias – disse Ottavia. – Fale-me sobre esse barrete. É lindo. E *Hashem* é testemunha: eu nunca poderia imaginar que diria algo do gênero a respeito dessa coisa horrorosa que nos obrigam a usar na cabeça.

— O que devo responder? – perguntou Giuditta, enrubescendo.

— Menina, fique corada se tiver uma culpa, não se tiver um mérito – disse a mulher. – O dono do brechó disse que você está com um barrete diferente do de ontem. O que ele quis dizer? Que você tem mais de um?

Giuditta fez que sim.

— Acho que vou precisar usar um alicate para tirar as palavras da sua boca – suspirou Ottavia. – Posso ver um dos seus barretes e, quem sabe, comprá-lo?

— Comprá-lo? – perguntou Giuditta, surpresa.

— E o que quer fazer? Me dar de presente? – brincou Ottavia.

— Estava pensando que sim...

— Tem certeza de que é judia? – Ottavia riu. – Estou brincando, minha querida. Gosto de brincar como esses cristãos estúpidos. Me acostumo com as bobagens deles, assim, me fazem menos mal.

— Venha, Ottavia – disse repentinamente Giuditta, pegando-a pelo braço e conduzindo-a de volta aos pórticos do largo do Ghetto. Quando chegaram, disse-lhe: – Espere aqui, desço em um instante. – Subiu as escadas correndo e entrou em casa.

Encontrou Isacco e Donnola sentados em duas cadeiras, um na frente do outro, em silêncio e de cabeça baixa. Isacco ergueu o olhar e a fitou por um segundo, com os olhos reluzentes. Depois, tornou a baixar a cabeça, sem dizer nada. Arrotou baixinho.

Giuditta pegou todos os barretes que havia costurado em suas horas solitárias e desceu correndo, feliz por sair daquela casa.

– Pronto, senhora, escolha um – disse a Ottavia.

– Ouça, menina, não me chame de senhora porque assim você me faz sentir velha.

– Tudo bem – sorriu Giuditta e lhe estendeu os barretes. – Escolha o que te agrada.

Ottavia os pegou e os olhou rapidamente, um a um.

– Você é muito talentosa – disse. Depois, sorriu com malícia. – Venha – e se encaminhou para o centro do largo, onde as mulheres estavam sentadas em círculo.

A maior parte delas fofocava, remendando roupas ou limpando verduras enquanto controlava os filhos, que brincavam. Porém, de vez em quando, mais de uma levantava o olhar para a Fondamenta dei Ormesini, onde irmão Amadeo continuava a gritar o próprio ódio contra os judeus.

– Bom dia, Rachele – disse Ottavia, aproximando-se das mulheres. – Bom dia a todas.

As mulheres observaram Giuditta com desconfiança.

Ottavia fingiu que não percebeu. Sentou-se em uma cadeira livre, fez sinal para a moça ir para perto dela e, com grande lentidão, começou a examinar os barretes.

– Como você disse que se chama este modelo? – perguntou-lhe, abanando uma das peças no ar.

Pega desprevenida, Giuditta abriu a boca e emitiu um longo som sem sentido.

– Se bem me lembro, você tinha dito "Mainz" – afirmou Ottavia. – Modelo Mainz. – Anuiu satisfeita. – Realmente, muito apropriado. – Enfiou o barrete na cabeça. – Fica bem em mim, Rachele? – perguntou a uma das mulheres.

– É um barrete amarelo – disse Rachele, dando de ombros, como se não estivesse interessada, mas com uma incerteza na voz e sem tirar o olhar da peça.

— Sim, tem razão – disse Ottavia, tirando o barrete e girando-o na mão. – Mas esses bordados, essas tramas diferentes combinadas entre si, essas diversas tonalidades de amarelo... não sei por que me fazem pensar... – Interrompeu-se e encolheu os ombros. – Ah, que bobagem eu ia dizer. – Estendeu o barrete até Giuditta. – Tome.

— O que você ia dizer? – perguntou uma das mulheres.

— Uma bobagem – repetiu Ottavia.

— Você diz tantas. Uma a mais, uma a menos... Vamos, diga.

— Bom, é tão bonito que não parece um barrete de judeu. Eu ia dizer que até uma cristã poderia comprá-lo. – Encolheu novamente os ombros. – Imagine como posso ser estúpida de vez em quando. – Virou-se para Giuditta. – Me deixe ver outro, vamos.

— Me mostre esse aí, menina – disse uma das mulheres, referindo-se ao barrete que Ottavia acabara de experimentar.

Com certa relutância e timidez, Giuditta o estendeu a ela.

A mulher o pegou, sob o olhar curioso das amigas, que já se lamentavam por não terem pedido antes dela.

— Ah, este também é muito especial! – exclamou Ottavia, com o novo barrete na mão.

— Modelo Negroponte – disse Giuditta.

Ottavia olhou para ela, balançando a cabeça.

— Você gosta de brincar, não é? – disse-lhe. – Antes tinha dito que este era o modelo Colônia.

— Ah, sim... – anuiu Giuditta.

Ottavia sorriu e sussurrou em seu ouvido:

— Cidade do Norte, menina.

— O que disse a ela? – perguntou uma das mulheres.

Ottavia se virou.

— Que vai ter de me fazer um desconto, porque estou pensando em comprar todos esses barretes. Quero trocar um a cada dia.

— Como, todos? – indagou a mulher que estava com o primeiro barrete na mão, apertando-o contra o peito. – Este é meu, já ia perguntar quando custa.

— E eu queria ver aquele outro – disse a mulher que se chamava Rachele, apontando para um dos barretes que Giuditta tinha na mão.

— O modelo Amsterdã? – interveio Ottavia. – Ah, não. Esse eu quero.

– Nem pensar! – exclamou Rachele, erguendo-se e arrancando um barrete da mão de Giuditta.

Em um piscar de olhos, as outras mulheres também cercaram Giuditta e começaram a provar os barretes.

Quando terminaram e foram embora, Giuditta contou o dinheiro que tinha em mãos. Ao todo, dois *matapan*, um soldo de doze *bagattini* e cinco *torneselli*.*

– Nada mal, hein? – disse Ottavia.

Giuditta não sabia o que dizer.

– Você é talentosa, menina – repetiu Ottavia. – E, modéstia à parte, eu também – acrescentou, dando-lhe uma cotovelada. – Poderíamos pensar em fazer negócio juntas, não acha?

Giuditta riu, surpresa.

– Jura?

– De que adianta ter um talento se não o aproveita?

Giuditta não acreditava no que estava ouvindo. E se deu conta de que estava realizando o que desejava e havia pensado. Olhou para as mulheres que se afastavam, orgulhosas, com seus barretes na cabeça. E pensou que estavam bonitas como havia imaginado.

– Jura? – perguntou novamente.

Ottavia anuiu. Sorriu.

– Sei que seu pai não está trabalhando... – disse em voz baixa.

Giuditta se enrijeceu.

– Nossa comunidade é pequena, menina...

– Não quero falar sobre isso – Giuditta interrompeu a conversa. Virou-se e partiu.

Quando chegou aos pórticos, encontrou uma menina que deveria ter cerca de 13 anos.

– É aqui que vive o doutor judeu? – perguntou-lhe a menina.

– Que doutor? – perguntou Giuditta, na defensiva.

– Aquele que tratou de Marianna, a prostituta.

– Quem é você?

---

* *Matapan*: antiga moeda veneziana de prata, cunhada a partir do início do século XIII. *Bagattino*: moeda equivalente à decima segunda parte do soldo, cunhada em várias cidades do norte da Itália do século XIII ao XV. *Tornesello:* moeda de prata criada pela República de Veneza por volta de meados do século XIV. (N. T.)

— Minha mãe também é prostituta. E era amiga de Marianna – disse a menina, baixando o olhar. Quando o levantou, tinha os olhos velados pelas lágrimas, mas uma expressão repleta de dignidade e força. — Minha mãe está doente. Tem a mesma doença de Marianna. Ela lhe disse que havia um doutor judeu com um grande coração, que conhecia remédios para não a deixar sofrer e... que fez de tudo para salvá-la.

Giuditta sentiu o peito estremecer.

— Esse doutor é meu pai – disse, com orgulho. — Venha.

Antes de passar pelo portão de casa, virou-se para a ponte, de onde ainda esperava ver surgir Mercurio.

40

Mestre

– Santo Deus, o que aconteceu? – exclamou Anna del Mercato ao abrir a porta e encontrar Mercurio, com o nariz inchado.
– Nada – reclamou ele, de mau humor. – Dei uma batida.
– Contra aquele homem que veio te procurar hoje de manhã? – perguntou Anna, impedindo sua passagem com o braço.
– Me deixe – disse Mercurio, liberando-se com um puxão.
– Não gosto daquele homem – disse Anna.
– E daí?
Anna ergueu a mão para lhe dar um tapa.
Mercurio a encarou, desafiando-a.
– O que vai me dizer? – indagou Anna. – Que não sou sua mãe?
– Isso mesmo – rosnou Mercurio.
Anna baixou lentamente a mão. Virou-se e dirigiu-se à sala com a lareira.
– Anna... – disse Mercurio, logo percebendo o que havia dito. – Sinto muito...
– Não. Você tem razão – respondeu ela, sem se deter.
Mercurio balançou a cabeça, frustrado. Ouviu Anna girar a concha no caldeirão da sopa.
– Sinto muito... – repetiu, entrando na sala.
Anna não se virou.
– Sente-se, está quase pronto.
– Não quis dizer isso... – murmurou Mercurio, aproximando-se.
– Ora, sente-se de uma vez, rapaz! – exclamou Anna, ainda de costas. – Será possível que você nunca consegue fazer o que te dizem?
Então, Mercurio entendeu que Anna estava chorando e não queria se mostrar. Sentou-se à mesa.

– Chama-se Scarabello... – começou a dizer.

Anna não parou de mexer a sopa.

– É um pilantra.

Anna pegou a concha e verteu a sopa em uma grande tigela de cerâmica.

Mercurio viu que enxugava os olhos com a manga do vestido.

– Estou toda suada – disse Anna, virando-se. Colocou a tigela na mesa e se sentou na frente de Mercurio, depois de lhe dar uma colher.

– Não vai comer? – perguntou Mercurio.

– Já comi.

Mercurio mergulhou a colher na sopa.

– Está para fazer uma besteira, não está? – perguntou Anna de repente.

Depois que Scarabello o deixara diante da Porta di Terra do Arsenale, Mercurio dera uma volta para inspecionar. Os guardas na entrada estavam armados e não deixavam ninguém se aproximar. Afastara-se e examinara os muros. Em mais de um ponto, a argamassa que unia os tijolos estava rachada e permitia que se agarrasse com as mãos e enfiasse a ponta dos pés. Se tirasse os sapatos, poderia escalá-los, embora fossem bastante altos. No passado, já havia pulado o muro de casas onde sabia que encontraria algo para roubar. "Você consegue", dissera a si mesmo. Mas, em seguida, um soldado aparecera na cornija da muralha e olhara para baixo. Estava armado com um longo bastão pontiagudo. Mercurio continuara a vagar ao redor, em busca de um ponto fraco. Mas Scarabello tinha razão. O Arsenale era uma fortaleza inexpugnável.

– Que besteira? – disse Mercurio. – Não... não.

– Dá para ler na sua cara.

Mercurio enfiou uma colherada de sopa na boca.

– Está boa – resmungou.

– Me conte o que te aconteceu.

– Nada. – Mercurio deixou a colher cair na tigela.

– Não tem idade para caprichos – disse Anna. Depois, com delicadeza, acrescentou: – Mesmo que não tenha tido uma mãe.

– Escolhi um sonho maior do que eu... – sussurrou, por fim, Mercurio.

Anna suspirou.

– Coma...

Mercurio tornou a comer, devagar, vencido.

Anna apontou para o nariz inchado.

– Acho que quebrou. – Sorriu. – Vai ficar mais interessante. Você tinha um narizinho de menina. Agora vai parecer mais homem. – Olhou para ele com amor. – Não existem sonhos grandes demais... – começou a dizer. Sua voz era calma. – Os sonhos não têm medida. Não são grandes nem pequenos.

Mercurio tomou uma colherada de sopa sem olhar para ela.

– Os homens que se propõem uma meta fácil... – continuou Anna, como se raciocinasse sozinha – a alcançam rapidamente, se acomodam... e morrem por dentro. Ficam ali, parados, por toda a sua vida entediante.

Mercurio não se pronunciou. Tinha o rosto sombrio e a cabeça abaixada sobre a tigela.

Anna se levantou e foi até uma pedra da parede que, vista de perto, tinha pouca argamassa ao redor. Moveu-a, enfiou a mão no buraco e extraiu um saquinho que tilintava. Voltou até Mercurio, desatou o nó do saquinho e despejou no colo dele as moedas de ouro que ele lhe havia confiado.

– Achava que fossem muitas? Bem, não são. Duplique-as – disse-lhe. – E, depois que as duplicar, duplique-as de novo. Quando as quadruplicar, quadruplique-as mais uma vez. E assim por diante.

– E depois? – perguntou Mercurio em voz baixa, erguendo a cabeça.

– Depois, compre o seu navio! – exclamou Anna, colocando as mãos nos quadris. – É disso que estamos falando, não é? E se o dinheiro não for suficiente, construa-o com suas próprias mãos.

– É fácil falar! – explodiu Mercurio, cheio de raiva. – Neste mundo de merda, ninguém te deixa fazer o que você quer!

– Se está pensando que vou bater a mão no seu ombro e dizer "coitadinho", está muito enganado – respondeu-lhe Anna. – Trate de se tornar homem, você não é mais um menino.

– Não consigo! – gritou Mercurio. Levantou-se de um salto e subiu a escada correndo. – Sou um trapaceiro e ponto-final!

Enquanto o via subir os degraus de dois em dois, Anna sentiu o medo apertar seu peito. Uma sensação de fracasso. Talvez semelhante à que experimentava Mercurio, disse a si mesma. Talvez ela também tivesse um sonho grande demais.

– Você tem razão! – gritou, com a força do instinto, um instante antes que ele desaparecesse em seu quarto. – Não está à altura de uma coisa tão extraordinária! – Em seguida, prendeu a respiração.

Mercurio parou por um momento, depois desceu rapidamente a escada. Anna viu que lutava contra as lágrimas.

— Acha mesmo que não estou à altura do meu sonho? – perguntou Mercurio com um olhar surpreso e ferido.

Anna olhou para ele.

— Não, não acho – respondeu.

— Mas ele é quase impossível de ser realizado – disse Mercurio, olhando para baixo.

Anna não disse nada.

— É... realmente grande... gigantesco...

— É grande porque um navio é grande? – Anna acariciou os cabelos dele e arrumou uma madeixa. – Está na hora de cortá-los, senão daqui a pouco vão te confundir com uma mulher. – Pegou-o pela mão e o levou de novo para a sala grande da lareira. Fez com que se sentasse em uma cadeira ao lado do fogo. – Não considere a grandeza de um sonho pela medida daquilo que precisa obter – disse-lhe. – Os sonhos não se medem por pérticas nem por peso.

— Mas um navio...

— Tem certeza de que seu projeto é ter um navio? – perguntou Anna, interrompendo-o. Pegou a tesoura e postou-se atrás dele. – Fique parado se não quiser que eu corte também suas orelhas – disse. Em seguida, enfiou os dedos entre os cachos escuros e cortou. Alisou os cabelos com um pente claro de osso e deu um passo para trás para observar.

— Nunca pensei... – Mercurio parou.

Anna cortou os cabelos pouco acima da orelha.

— Você não passa de um trapaceiro, certo? Um delinquente que não tem ideais nem sonhos.

Mercurio franziu as sobrancelhas.

— Você não entende... – murmurou.

— Olhe para mim. – Anna pôs o dedo sob seu queixo e o obrigou a virar a cabeça para ela. Verificou o comprimento dos cabelos, encurtando de um lado e de outro, com rápidas tesouradas. Depois de algum tempo, voltou para trás de Mercurio e começou a dar os últimos retoques no corte. Somente então falou: – Não acha que viver em uma galeria de esgoto já escondia seu projeto?

— Que projeto pode haver em viver...

Anna lhe deu um tapinha na nuca.

— Que língua comprida você tem! Quem é que manda? Você ou ela? Nem acabou de ouvir e já sai falando!

— Ouvi o que você disse – rebateu Mercurio, ofendido.

— Fique reto, não estou a fim de arruinar minha coluna para cortar seus cabelos.

Mercurio bufou.

— Por que você vivia em uma galeria de esgoto? — retomou Anna com entonação austera.

Mercurio encolheu os ombros e deu uma risadinha.

— Porque eu não gostava de ficar no palácio do meu pai e da minha mãe, no calor, sendo servido e reverenciado...

Anna lhe deu outro tapa.

— Se está achando que sou uma cretina, podemos parar por aqui — disse com seriedade. — Tente responder à minha pergunta. Nós dois sabemos que você não tem mãe nem pai, que era pobre, um morto de fome, que a vida é uma desgraça, que sempre chutaram seu traseiro e blá-blá-blá. — Anna agitou a tesoura na sua frente. — Por que não ficou com aquele tal de Scalzamorto?

— Scavamorto — sorriu Mercurio.

— Ah, tanto faz, pare de bancar o pedante comigo! Estou perdendo a paciência!

— Porque...

— Como você é cabeça-dura, Pietro Mercurio dos órfãos de São Miguel Arcanjo! — bufou Anna. — Era melhor estar em uma galeria de esgoto fedorenta, no escuro, sem comida, sozinho como um cão, a...

— Ele nos acorrentava aos catres! — explodiu Mercurio. — Como escravos! Como se fôssemos dele!

— Já no esgoto você era...

— Livre, porra!

Anna fez menção de lhe dar uma bofetada.

— Olhe como fala, boca suja! — Em seguida, esticou a mão até o rosto de Mercurio e o acariciou. — Livre, meu menino. Livre, sim.

Mercurio não sabia por que, mas sentiu vontade de chorar. Conteve-se. Mas era como se alguma coisa tivesse se quebrado dentro dele. Ou como se tivesse se rendido. Tinha uma grande confusão na cabeça.

— Para alguém que nunca teve paixão pelo mar, é bem estranho desejar de repente um navio — retomou Anna. — Vamos, qual é a primeira coisa que me disse ao falar do seu sonho?

— Que levaria Giuditta embora...

— Não.

— Sobre o Novo Mundo...

— Não! — Anna sacudiu seus ombros. — Lembre-se da emoção!

— Que eu queria... ser... — Os olhos de Mercurio se encheram de lágrimas.

— Diga!

— Livre...

— Repita.

— Que eu queria ser livre.

Anna o abraçou.

— Sim, meu amor. É isso que você quer. O que sempre quis. Não um navio, não um Novo Mundo, que você nem sabe como é feito e que talvez seja povoado por selvagens, mas ser livre. Esse é seu projeto. Sempre foi. — Afastou-se e, comovida, segurou novamente o rosto dele com as duas mãos. — Você tem a liberdade no sangue. E no coração. Você... sabe realmente o que é. E quer dá-la também a Giuditta. — Tornou a abraçá-lo. — Tem um projeto muito maior do que um mísero navio. Percebe?

Mercurio olhou para ela. O calor da lareira já enxugava suas lágrimas.

— O que é um navio, afinal? — riu Anna, levantando-se. Pegou uma vassoura de sorgo e varreu os cabelos até a lareira. Recolheu-os, segurou-os por um instante na mão, observando-os com um olhar perdido no passado. — Obrigada, rapaz — disse. — Antigamente eu cortava os do meu marido. É bom fazer isso de novo. — Em seguida, jogou-os no fogo e ouviu seu crepitar.

Mercurio pensou que ainda não era livre, pois pertencia a Scarabello. Porém, com a ajuda de Anna, conseguiria. E teve a impressão de que o fogo na lareira o aquecia ainda mais.

Mentalmente, voltou à sua vida de antes e se viu menino, em pé, na beira da vala comum, do outro lado da Piazza del Popolo, em Roma. Relembrou a raiva com a qual examinava os cadáveres amontoados, uns sobre os outros, e buscava sua mãe entre os mortos, esperando encontrá-la morta. Embora não houvesse a menor possibilidade de reconhecê-la porque nunca soube quem era. Relembrou e somente então entendeu que Scavamorto tentava arrancar aquela raiva dele fazendo-o brincar de *quem era a minha mãe*. Entendeu que Scavamorto, ao seu modo, como um senhor com seu escravo, queria uma espécie de bem a ele. E, nesse momento, perdoou-o em seu coração.

Contudo, nunca tinha procurado um pai. Sempre quisera uma mãe.

E agora, ali, diante da lareira, com mais intensidade ainda, experimentou uma nova sensação de plenitude interna. E teve medo de que não fosse real.

— Somos uma família, não somos? — disse, então.

41

Rimini

– Hoje, no porto, me contaram a respeito de uma tripulação macedônia que há quase um ano quis roubar dois judeus, um pai e uma filha, mas em seus baús encontraram apenas pedras. – A risada de Ester ecoou de maneira cristalina, superando o rumor da ressaca.

Shimon Baruch parou a fim de observá-la, enquanto seus pés afundavam na areia da praia.

Ela também parou e retribuiu o olhar sem acanhamento. O vento desgrenhava seus cabelos, desfiando madeixas do complicado penteado recolhido em tranças, pacientemente enroladas ao redor da testa e presas por finos grampos de osso. Um golpe de vento mais forte arrancou seu lenço quadrado, de seda bordada, preso à parte superior da cabeça. Ester tentou agarrá-lo, mas a rajada o levou embora, fazendo-o dançar no ar como uma borboleta. Ester riu mais uma vez.

Shimon Baruch, por sua vez, não se deixou distrair pelo voo do lenço. Continuou a fitar os olhos de Ester, verdes como besouros, e seus lábios carnudos e rosados.

– Não é uma história engraçada? – perguntou ela, sorrindo.

Shimon anuiu. Não sorriu. Pois ainda não tinha aprendido a fazê-lo. Mas sabia que Ester não esperava que ele sorrisse. Assim como não esperava que corresse como um menino na praia, onde todas as tardes se encontravam para caminhar, desde que ele decidira permanecer em Rimini.

Ela apenas enrubesceu sob seu olhar intenso.

"Tampouco esperava que ele fosse feliz", pensou Shimon.

Ester se virou para olhar o lenço, que havia planado na água e boiava como uma ninfeia. Virou-se para Shimon, sorriu para ele novamente, erguendo os ombros, como para dizer que não lhe importava, e fez menção de retomar o passeio.

Mas Shimon entrou na água, do modo como estava, vestido, alcançou o lenço, pegou-o e retornou. Torceu-o e o entregou a Ester.

Ela não sabia o que dizer e permaneceu imóvel. Depois, quando seu olhar deparou com as roupas encharcadas de Shimon, que pingavam a seus pés, escurecendo a areia, desatou a rir, sem conseguir segurar-se.

Shimon olhou para ela. E pensou que, desde que Mercurio revolucionara sua existência, a morte dormia ao seu lado na cama todas as noites, com a cabeça descarnada soprando em seu rosto o hálito fétido da degradação. A partir de então, sua vida se tornara uma pedra empurrada até a encosta de um precipício. Começara a rolar, cada vez mais veloz e sem controle, condenada ao abismo. E, nessa queda irrefreável, Shimon descobrira ser diferente do que sempre acreditara. Descobrira que nele dormira, por muitos e muitos anos, uma ferocidade idêntica à do mundo que tanto o assustava. Descobrira que podia matar sem experimentar a menor emoção, o menor sentimento de culpa. Sem medo.

Descobrira que podia viver sem Deus. Ou a despeito de Deus.

Já fazia quase cinco meses que chegara a Rimini e, mais uma vez, algo havia mudado. E de maneira radical. Fazia cinco meses que, todas as noites, dizia a si mesmo que no dia seguinte partiria e, em vez disso, inevitavelmente, ficava. "Por quê?", perguntara-se. Mas tardava em dar-se uma resposta que o incomodava. Era mais fácil fingir que estava pronto para partir. Mantinha vivo seu propósito de vingança. Mantinha vivo o objetivo primário da sua vida. Afastava uma possível resposta constrangedora. "Estou cansado", repetia a si mesmo. "Só preciso descansar um pouco."

Mas a verdade que se impunha, pretendendo ser reconhecida, era o fato de que cinco meses antes, ao chegar ali, conhecera Ester. A mulher cujo nome significava "eu me esconderei", como se conhecesse a história do homem que dizia chamar-se Alessandro Rubirosa.

Assim que a vira e ouvira sua voz, experimentara uma sensação de leveza, como se, de repente, tivessem tirado um enorme peso de seus ombros. Por outro lado, sentira-se cansado. Muito cansado. Como se apenas naquele momento pudesse admitir todo o cansaço que enfrentara.

Vira Ester e sentira-se perdoado, acolhido. Como se essa mulher pudesse perdoar pecados e acolher pecadores dentro de si.

— Venha. Não pode ficar molhado como um pinto. Vai acabar adoecendo. — Ester estendeu-lhe a mão.

Shimon deu meio passo para trás, fitando a mão.

Ela a retirou.

"Mas não tinha uma expressão mortificada", pensou Shimon. Então, pôs-se ao seu lado e começaram a caminhar na direção da Hostaria de' Todeschi.

Ester conseguiu permanecer séria por poucos passos, depois desatou a rir novamente.

– Desculpe... – disse, cobrindo a boca, como uma menina. Riu de novo, apontando para os sapatos de Shimon que, a cada passo, faziam sair um pouco de água, produzindo um rumor engraçado. – Parece que seus sapatos estão cheios de rãs – disse, com as faces ruborizadas e as tranças se embaralhando no ar. – Não fica ofendido, não é verdade?

Shimon fez que não. Não sabia como nem por que havia acontecido. Sabia apenas que, ao conhecer essa mulher, sentira que uma brecha se abrira em sua couraça. E, nesse momento, soube que não partiria de Rimini. Que não seguiria o rastro de Mercurio. Que não tinha vontade de privar-se da companhia de Ester. Pelo menos, não de imediato.

Às vezes, à noite, quando se deitava em seu quarto na estalagem, era assaltado por pensamentos funestos e de novo sentia o hálito da morte. Mas eram pensamentos sem peso. Leves como nuvens em dia de ventania. Desapareciam em um instante do panorama de suas reflexões.

Então, todo o seu ser voltava a concentrar-se nela. Rememorava o dia transcorrido e imaginava o que viria. E dessa metade entre um e outro, dessa suspensão entre hoje e amanhã, Shimon extraía seu máximo prazer. E seu equilíbrio.

Pois, nesse momento, Shimon sabia que não estava sozinho.

– O olhar das pessoas o incomoda? – perguntou-lhe Ester.

Shimon olhou ao redor e percebeu que tinham deixado a praia e estavam caminhando na área residencial. Ao passar por eles, os pedestres se viravam para olhar as roupas encharcadas.

Shimon se deu conta de que Ester era a única pessoa com a qual não se sentia diminuído pelo próprio mutismo. Essa mulher sabia fazer-lhe apenas perguntas que previam um sim ou não. Nada além disso. Com ela, não precisava escrever, fazer gestos, esperar que adivinhasse. Com ela, tudo era simples.

Balançou negativamente a cabeça. As pessoas que encontravam pelo caminho não lhe importavam nem um pouco.

Ester anuiu, satisfeita.

– Eu também não – disse.

Shimon olhou para ela.

Naquela manhã, ao notar que ele saía para caminhar com ela todas as tardes, o dono da estalagem lhe dissera:

– Embora seja judia, é uma boa mulher. – Depois, aproximara-se de seu ouvido e sussurrara: – Mas não é do tipo que se converterá, Senhoria. Por isso, considere os prós e os contras... com liberdade, digamos assim. – E, ao se afastar, sorrira como costumam fazer os homens entre si quando conversam sobre defender os próprios interesses em relação a uma mulher. Shimon lhe lançara um olhar gélido. O dono da estalagem logo se arrependera e abaixara a cabeça, murmurando: – Não me entenda mal, Senhoria... – Shimon continuara a fitá-lo com expressão de desprezo.

– Quer entrar na minha casa para se enxugar? – perguntou repentinamente Ester, parando diante do portãozinho onde todas as tardes, após o passeio, se separavam. – Poderia vestir as roupas do meu marido enquanto as suas secam.

Shimon ficou desconcertado. Olhou ao redor.

Nesse dia, depois que o dono da estalagem lhe externara suas insinuações vulgares, pela primeira vez desde que começara a sair com Ester, Shimon pensara em seu corpo nu enquanto caminhava ao seu lado na praia. Em seu calor. E imaginara que a beijava.

– Não me importo com o falatório dos outros, já lhe disse – afirmou Ester.

De repente, Shimon se lembrou da moça da espelunca em Narni, que não conseguira possuir, apesar do desejo que sentira e da beleza dela. Pela primeira vez depois de muitos dias, pensou que deveria partir e retomar a caçada a Mercurio. "Você não terá paz enquanto não encontrar aquele maldito rapaz e o fizer sofrer." Sentiu-se contra a parede. Percebeu a raiva gorgolejar em seu peito. Olhou para Ester como se estivesse olhando para uma inimiga. Depois, virou-se de repente e se afastou a passos furiosos.

Ela não disse nada. Não tentou detê-lo.

Ao chegar à viela onde deveria entrar, Shimon se virou. Viu que Ester estava abrindo a porta de casa, cabisbaixa. Viu que a chave caiu no chão e que, ao se inclinar para pegá-la, ela passou o dorso da mão sob o olho, como para apagar uma lágrima.

Viu novamente à sua frente o rosto corrompido pelo vício e o corpo provocante da moça de Narni, que o humilhara e fizera sentir-se um homem pela metade. Sua respiração se inflamou na garganta. Cerrou os punhos e os maxilares. Cravou as unhas na palma das mãos e rangeu os dentes.

Ester estava fechando lentamente a porta quando ele a empurrou. Puxou-a para dentro de casa com violência e os olhos avermelhados e arregalados de fúria. Bateu a porta, fechando-a atrás de si.

Ela o encarou sem recuar.

Shimon permaneceu imóvel por um instante. Vibrante. Depois, avançou sobre ela, com brutalidade, sem a menor atenção, sem o menor respeito. O sangue havia subido à sua cabeça como uma onda. E, como uma ressaca, todo aquele sangue descera rapidamente pelo corpo, devastando-o ao atravessá-lo e, em um turbilhão de espuma, fizera com o que o desejo crescesse entre suas pernas. Com a carne rígida, apertou-se contra Ester, comprimindo os quadris dela contra os seus, agarrando-se às costas dela e puxando-a para si. Levantou sua saia e a empurrou contra a parede. Enfiou a mão nas ceroulas de tela da moça, rasgou o tecido e insinuou seus dedos entre as coxas.

Ester fechou os olhos e abriu a boca, como em um grito mudo.

Shimon alcançou um áspero tufo de pelos. Desenredou-o e avançou com a mão. Sentiu uma resistência carnosa, recortada. Depois, de repente, a carne sob a ponta de seus dedos cedeu e se abriu. Molhada.

Ester estava sem fôlego. Nesse momento, ela também tinha os olhos arregalados.

A mão de Shimon começou a se mover naquela boca quente, úmida e viscosa que se abrira para ela em meio às pernas. Empurrou a ponta do dedo contra uma pequena excrescência, mais dura do que o veludo que a encerrava. E ouviu o corpo dela, que mudava sob o seu toque. Com a outra mão, alcançou o decote do vestido, agarrou-o e o rasgou com força, até desnudar um seio. Apertou o mamilo com ímpeto.

Ester gemeu de dor. E de prazer.

Então, Shimon a beijou, quase a mordendo, quase a humilhando com a prepotência da própria língua, que a violentava e inspecionava. Afastou-se sem fôlego, ofegante. Fitou os lábios de Ester, que reluziam, banhados pelo beijo. E viu que ela também olhava para seus lábios, banhados pelo mesmo beijo.

Em seguida, de repente, ela pegou sua mão e a impeliu com força, apertando as pernas, comprimindo a própria carne, enrolando-se em si mesma.

Shimon sentiu uma intensa emoção, como se fúria e alegria o puxassem e sacudissem ao mesmo tempo. Deitou Ester no chão, com brutalidade, levantou sua saia e olhou os pelos pretos, desgrenhados por sua mão. Viu que Ester abria lentamente as pernas, descerrando a pulsante abertura úmida. Viu que contraía os músculos do abdômen. Soltou o laço da calça e empurrou-se dentro dela como se tivesse de matá-la com a própria carne rígida. Sentiu um calor que nunca havia experimentado. E enquanto Ester favorecia seu movimento, Shimon sentiu novamente todo o sangue que corria desenfreadamente pelo corpo, como um furacão efervescente.

Ester pegou as mãos dele e as conduziu ao seio.

Shimon cerrou os dentes, até ouvi-los ranger. Deu um, dois, três impulsos, com ímpeto cada vez maior.

– Sim... – gemeu Ester.

Mas Shimon já não a ouvia. Seus ouvidos estavam preenchidos com os próprios gemidos, sua cabeça tinha se fundido na irresistível sensação que se agarrava à sua espinha dorsal como um parasita feroz. Por fim, rendeu-se com todo o seu ser àquele prazer que muito se assemelhava a um suplício.

Em seguida, deixando que Ester o mantivesse dentro de si, sentiu um nó que repentinamente se desatava.

E, pela primeira vez desde que ficara mudo, percebeu que era capaz de emitir um som.

– Chore – dizia Ester em voz baixa. – Chore...

42

Veneza

A MENINA INDICOU UM GRUPO DE EDIFÍCIOS, todos apertados entre si e altos como torres, na zona de San Cassiano, e acelerou o passo.

Isacco sentiu um aroma no ar que não conseguiu identificar. "Não era um perfume nem um odor", pensou. Mas certamente era o produto de vários perfumes e vários odores, fortes, violentos, sem nuanças. Ficou tentado a dar meia-volta e retroceder.

Como se tivesse percebido sua intenção, Donnola o pegou pelo braço. Olhou para ele. O doutor tinha o rosto marcado por aqueles tristes dias de vício, nos quais se abandonara ao desespero. Parecia um velho. Levaram quase uma hora para chegar ao local, do outro lado de Rialto, atravessando os escombros do incêndio das Fabbriche Vecchie. Isacco caminhava lentamente, sem olhar ao redor. A cada passo, Donnola temia que parasse e mudasse de ideia. Por sua vez, a menina que os guiava estremecia e sempre acelerava a caminhada, para poucos passos depois se ver seguindo sozinha. Então, parava e os esperava.

– Minha mãe está ali – disse a menina, entrando apressadamente no complexo de edifícios.

Donnola se voltou para Isacco e viu que ele tinha o olhar perdido.

– Venha, doutor...

Em um primeiro momento, Isacco resistiu. Depois, cedeu.

– Sim, vamos lá matar mais uma... – disse.

Donnola não fez nenhum comentário. Fazia dias que o doutor havia se fechado em si mesmo, culpando-se pela morte de sua esposa e de Marianna. E não havia meio de convencê-lo do contrário. Porém, nesse momento, algo tinha mudado. O doutor estava ali, a um passo de retomar sua atividade, a um passo de reagir. Graças àquela menina, pensava Donnola. Ou talvez ao amor de Giuditta. Isacco devia ter lido nos olhos da filha o orgulho de tê-lo como pai, enquanto a menina repetia que Marianna, à beira da morte, dissera à amiga que havia encontrado um bom médico, com um coração grande, sem preconceitos.

— Há quase doze mil prostitutas em Veneza — disse Donnola, enquanto passavam por um portão chamativo, pintado de escarlate, e seguiam a menina.

— Portanto, posso matar quantas eu quiser — comentou Isacco. — De todo modo, vai ser difícil extingui-las...

— Quando é que vai parar de choramingar e se fazer de vítima, doutor? — indagou Donnola.

— E por que eu deveria rir?

— Por exemplo, porque há doze mil prostitutas em Veneza.

— E daí?

— Em vez de pensar em quantas vai matar, seja mais judeu e imagine quantos honorários vai poder cobrar.

Isacco olhou para ele. A cada dia gostava mais do assistente. Ninguém faria o mesmo que ele.

— Obrigado, Donnola... — disse-lhe.

— Obrigado por quê?

— Deixe para lá... — Isacco sorriu, melancólico. — ...mas obrigado.

— Quem entender o senhor merece um prêmio, doutor — comentou Donnola. — Mas tente não dizer besteira com sua primeira cliente. Tem de passar uma boa impressão, por favor.

— Vá à merda, Donnola.

— Ah, agora, sim, estou reconhecendo o senhor! — riu o assistente. — Vamos, antes que a menina tenha um enfarte de tanta impaciência.

Isacco subiu os três degraus que davam para o átrio do edifício. Assim que entrou, foi agredido pelo aroma que havia percebido antes. Ou melhor, disse a si mesmo, havia entrado no laboratório onde aquele odor que sentira na rua era destilado. Dezenas de perfumes e cheiros nauseantes rivalizavam no ar: verbena, coentro, especiarias orientais, madeira, âmbar, mirra, incensos, flores exóticas. E suor, humores masculinos e femininos, urina e fezes, imundície, comida estragada. E leite, coalho, queijo e mofo. Todos lutavam entre si, em uma Babel olfativa que fez sua cabeça girar. Segurou-se no corrimão da base da escada que tinham acabado de alcançar.

— Está se sentindo bem? — perguntou Donnola.

Isacco olhou para o alto. Alguns degraus mais acima, uma mulher gorda tinha desmaiado contra a balaustrada. Um menino pequeno, com o nariz escorrendo, urinava contra o muro. Ao redor, homens e mulheres subiam e desciam, rindo, blasfemando, caindo, cuspindo, apalpando-se debaixo das roupas, brigando, batendo-se, beijando-se, fugindo e perseguindo-se. E os ruídos, tal como os odores, misturavam-se em uma única cacofonia.

A menina esperava, saltitando sobre um degrau sujo de vômito.

– Santo Deus... – disse Isacco – onde estamos?

Donnola riu.

– Este é o Castelletto, doutor. O bairro das putas.

– Santo Deus... – repetiu Isacco.

– Vamos, rápido, por favor! – pediu a menina.

Isacco fez que sim com a cabeça e começou a subir os degraus, enquanto uma prostituta magra, com um nariz adunco como o bico de uma águia real, abria a blusa diante de seus olhos, mostrando-lhe um seio murcho e descarnado, que parecia o peito magro de um homem doente de tísica. Isacco protegeu o rosto com a mão, fez uma careta e prosseguiu.

– Sodomita! – gritou-lhe a prostituta.

O doutor se virou. A mulher estava com a boca aberta, mostrando um punhado ralo de dentes compridos e amarelos.

– Não gosta de mulher, sodomita?

Donnola desatou a rir, sem conseguir segurar-se. Então, Isacco também riu, após tantos dias. Pouco. Mas riu. E algo novo e definitivo moveu-se em sua alma. Depois, a passos velozes, subindo de dois em dois degraus, superou Donnola e alcançou a menina.

– Espere, doutor! – gritou Donnola, ofegando pela escada. – Ora, vá plantar... Ah, quem entender sua cabeça merece um prêmio! O que deu no senhor?

– Rápido!

– Esse é louco de pedra, juro! – murmurou Donnola.

Ao chegarem ao quinto andar, após terem atravessado uma torrente de homens e mulheres, a menina guiou Isacco por um corredor estreito e escuro. A maioria das lanternas estava quebrada ou apagada. No corredor se abriam dezenas de portas, uma ao lado da outra. Algumas estavam abertas, e Isacco, ao passar, entreviu corpos que se entrelaçavam em amplexos sem nenhuma delicadeza, em cima de colchões sujos.

A filha da prostituta passou por elas sem demonstrar a menor perturbação. Quando chegou a uma portinhola, na qual Isacco viu pintada a silhueta tosca de uma mulher provocante e seminua, a menina bateu três vezes, depois duas e, por fim, uma, dizendo:

– Sou eu.

– Está sozinha? – perguntou uma voz fraca do lado de dentro.

– Estou com o doutor.

Do cômodo veio um soluço sufocado. Depois:

– Entre.

A menina pegou a chave que trazia pendurada no pescoço e a girou na fechadura. Antes de empurrar a porta, virou-se para Isacco.

– Cure minha mãe, doutor... por favor. – E mordeu o lábio inferior para conter as lágrimas. – E não diga a ela que chorei – acrescentou em um sussurro.

Isacco anuiu. Mas se sentiu novamente esmagado pela responsabilidade. Pensou que deveria ir embora. Que deveria ter dito à menina que sua mãe estava condenada, que sofreria as penas do inferno e depois morreria, devorada pela doença.

– Pronto, aqui estou – disse Donnola ao alcançá-lo.

Isacco olhou para ele.

– O que estamos fazendo? – perguntou-lhe em voz baixa.

A menina os fitava.

Pego de surpresa, Donnola não respondeu.

– Façam o que fizeram a Marianna – disse a menina, com os olhos vermelhos. – Mesmo que ela morra... – segurou um soluço – façam com que morra feliz como Marianna. – Depois, pôs a mão no bolso do avental, extraiu um lenço verde, enrolado em um nó, abriu-o, pegou um *marchetto** e o estendeu ao doutor.

Isacco sentiu a cabeça pesada por causa de todo o vinho que tinha bebido. Sentiu o cheiro insalubre do corredor. Olhou para o *marchetto* na palma da menina. Era uma daquelas moedas que circulavam apenas entre as crianças e os mortos de fome. Fechou a mão suja da menina em torno da moeda dos pobres.

– Fique com ela – disse-lhe.

E entrou.

---

* Moeda de cobre cunhada em Veneza nos séculos XV e XVI. (N. T.)

43

Mestre

— Pegue os remos – disse Mercurio, saltando no Zitella, o barco do pescador que o levara pela primeira vez a Veneza.

O pescador já sabia quem ele era.

— Aonde quer ir, Senhoria? – perguntou.

— Primeiro ao Rio della Tana, depois à Porta di Terra do Arsenale – disse Mercurio.

O homem hesitou.

— O Rio della Tana? – perguntou, abaixando a voz. – Não tem nada lá... Só os muros...

Mercurio se sentou na proa, de costas para ele. Sem lhe responder.

— Tonio! – chamou, então, o pescador. E quando apareceu um rapaz alto e robusto, com um brinco redondo no lóbulo esquerdo, disse-lhe: – Vá chamar seu irmão, temos que remar.

Tonio se virou.

— Berto! Vamos remar! – gritou.

Após um instante, outro rapaz apareceu no cais. Ele também tinha um brinco e era ainda mais robusto do que o irmão.

Mercurio olhou para eles. Não lhe agradou a ideia de encontrar-se em meio à laguna com aqueles dois gigantes.

— Este senhor é um amigo de Scarabello – disse, então, o pescador.

Os dois gigantes se curvaram só de ouvir esse nome.

— Senhoria... – cumprimentou um, dirigindo-se a Mercurio.

— Vamos ao Arsenale – disse o pescador.

Os irmãos se sentaram no banco central e arregaçaram as mangas dos casacos, apesar do frio.

— Chegamos antes se eles remarem – disse o homem, indicando-os a Mercurio. São dois *buonavoglia*.

– São o quê?

– *Buonavoglia*, Senhoria. Dois galeotes voluntários que recebem soldo – respondeu Tonio. Em seguida, mostrou-lhe o pulso. Em sua pele havia uma marca circular e escura, como uma espécie de cicatriz ou calo. – Mesmo sendo voluntários, somos acorrentados aos remos durante as batalhas, assim não sucumbimos à vontade de pular no mar e fugir – riu.

Mercurio anuiu. O pulso do outro era grosso como seu braço.

O pescador soltou as amarras e empurrou a barca para longe do cais. Tonio e Berto se olharam enquanto manobravam, depois respiraram fundo e afundaram os remos na água.

– E um... rema... e dois... rema... – disse Tonio, marcando o ritmo.

Os remos de faia envelhecida estalavam com o impulso potente dos dois irmãos.

– Mais devagar, senão eles quebram! – gritou o pescador junto ao leme.

Os dois riram, mas não desaceleraram.

Em um instante, o barco atingiu uma velocidade que Mercurio nunca tinha experimentado. A proa entrava na água com prepotência, cortando-a em duas ondas espumantes. Sempre que os gigantes puxavam os remos, Mercurio tinha de se segurar no banco para não cair, pois era empurrado para trás pela força que os homens imprimiam à embarcação. Olhou para eles. Tinham uma expressão alegre, como se estivessem se divertindo, e não pareciam cansados, apesar do suor que já brotava em seus rostos.

O pescador os guiava com segurança pelos canais margeados por juncos, embora a névoa não permitisse enxergar dez passos à frente. Mercurio não sabia onde estavam. Por cerca de meia hora, avançaram àquela velocidade desenfreada, sem que os dois gigantes dessem o menor sinal de esmorecimento nem desacelerassem em nenhum momento.

Mercurio estava tomado por seus pensamentos. Já havia estudado um plano para entrar no Arsenale. O único que lhe viera em mente. Não parecia haver alternativas. Assim como entendera que não havia alternativas para sua relação com Scarabello. Naquele momento, pertencia a ele. Era seu. Mas o enganaria. Como fizera com os padres do orfanato, com Scavamorto, com os guardas pontifícios. Cedo ou tarde, também enganaria Scarabello.

– Este é o Rio della Tana, Senhoria – disse o pescador.

Mercurio virou-se para observar, emergindo de suas reflexões. À sua esquerda erguiam-se os muros do Arsenale. Levantou os olhos. Seria um belo mergulho. Depois, virou-se para os dois irmãos. Com aqueles gigantes nos remos, nunca o alcançariam, mesmo que os seguissem.

– Vou precisar de vocês. Dos três. Daqui a poucos dias.

– O que temos de fazer? – perguntou Tonio.

– Estar aqui, por volta do anoitecer – respondeu Mercurio. – E me esperar. Vou chegar... e terei pressa.

– Senhoria, eu... – interveio o pescador.

– Cada um receberá três moedas de prata.

O rosto dos dois *buonavoglia* se iluminou.

– Senhoria... – continuou o pescador.

Mercurio apontou o dedo para o peito do homem.

– Você ainda tem uma dívida comigo que não foi perdoada. Eu também poderia cobrá-la sem nenhuma recompensa, pense bem nisso. Ou poderia dizer a Scarabello que você não quis me ajudar.

O pescador empalideceu e se calou, baixando a cabeça.

– E agora me levem à Porta di Terra. Quero fazer amizade com alguns *arsenalotti*. Como se pode reconhecê-los?

Quando chegaram à Darsena Vecchia, atracaram em um cais onde uma barca de grandes dimensões estava descarregando fardos de cânhamo cru para a fabricação de cordame.

– Veja – disse o pescador a Mercurio, indicando homens maltrapilhos –, aqueles são simples operários e carregadores. Os outros, com o uniforme cinza e a faixa branca e vermelha na calça... são *arsenalotti*.

Mercurio bateu a mão em seu ombro.

– Obrigado – disse. E saltou em terra.

– Senhoria – chamou o pescador, seguindo-o pela calçada. Parou à sua frente, cabisbaixo. Constrangido, inflou o tórax algumas vezes, depois falou em voz baixa, sem tirar os olhos do chão. – Eu queria lhe pedir desculpa pelo que aconteceu com Zarlino, na primeira vez em que nos encontramos. Tem razão, fui covarde. O fato é que... – O homem contorceu os dedos. – Bem, o fato é que sou mesmo um covarde... – Respirou fundo, erguendo os ombros. – Aceite minhas desculpas, Senhoria.

Mercurio não estava esperando essa conversa. Não respondeu de imediato nem sabia o que dizer.

– Como você se chama? – perguntou-lhe, por fim.

– Battista – respondeu o pescador.

– E eu, Mercurio. Pare de me chamar de "Senhoria".

O pescador levantou os olhos e sorriu. Grato, anuiu com a cabeça e disse:
– *Ciao*.
Mercurio franziu as sobrancelhas.
– *Ciao*? O que significa?
– Para cumprimentar, costumamos dizer *schiavo vostro**. Na nossa língua, *schiavo* é *s-ciavo*. Depois, com o tempo, perdemos o "s" e o "v"... vai se saber onde! – riu.
– Gostei dessa palavra – disse Mercurio. Bateu a mão no ombro do pescador. – *Ciao*, Battista.
O pescador o deteve, enrubescendo de novo.
– É perigoso o que temos de fazer no Rio della Tana? Tenho mulher e dois filhos pequenos...
– Que nada! – mentiu Mercurio. – É uma bobagem. *Ciao*, Battista.
Battista sorriu, contente.
– *Ciao*... Mercurio.
O rapaz piscou para ele, enfiou as mãos nos bolsos e passou perto da área de carregamento. Cumprimentou com a cabeça o grupo de *arsenalotti*. Nenhum deles lhe respondeu, exceto um jovem que devia ter quase a sua idade.
"Parecia um sujeito cordial. O que vinha bem a calhar", pensou Mercurio.
Fingiu seguir em frente, depois se escondeu atrás de um edifício para observá-lo. Já estava anoitecendo. Pouco depois, a barca se afastou e alcançou outra embarcação, larga e baixa, com fundo plano e o brasão do Arsenale a estibordo. Os *arsenalotti* carregaram-na com os fardos de cânhamo, depois a embarcação foi manobrada e voltou pelo canal rumo à Porta d'Acqua. Os homens se despediram, marcando de se encontrarem no dia seguinte. Partiram em pequenos grupos de dois ou três, na direção das casas reservadas a eles pela Sereníssima.
Sem aparecer, Mercurio seguiu o *arsenalotto* que havia respondido a seu aceno. Quando viu que se despedia dos colegas e entrava em uma construção comprida, de três andares, sentiu uma pontada de desilusão. Se fosse logo para casa, não haveria esperança de puxar conversa, como se havia proposto fazer. Mas, pouco depois de ter desaparecido, o rapaz pôs a cabeça para fora do portão e espreitou, atento para não ser visto,

---
* Vosso escravo. (N. T.)

na direção dos amigos já distantes. Escapuliu e se encaminhou a passos rápidos para uma rua escura. Mercurio, que logo se escondera na sombra, seguiu-o. Aquele sujeito tinha algo a esconder.

O *arsenalotto* chegou a uma lanterna que brilhava com uma luz fraca na metade da rua, abriu uma porta e entrou.

Mercurio foi até a porta. Era uma taberna. Espreitou pela janela na lateral. Viu o jovem apanhar avidamente um copo de vinho oferecido pela taberneira.

"Você gosta de beber", pensou. "Muito bem. Um ponto em meu favor."

Depois, viu que o *arsenalotto* se sentou a uma mesa onde se jogavam dados.

"E gosta de perder dinheiro. Estamos indo de vento em popa."

Enquanto se preparava para jogar, o *arsenalotto* fez sinal a uma moça para se aproximar. Ela foi até ele rebolando e riu quando o rapaz esfregou os dados em seu seio, antes de lançá-los.

"Além de tudo, é putanheiro", pensou Mercurio. "É o meu homem."

Então, entrou na espelunca, sem olhar para o *arsenalotto*. Dirigiu-se ao balcão, onde a taberneira catava os próprios piolhos com indolência, e lançou no tampo de madeira um *matapan*, com força suficiente para que fosse ouvido também nas mesas vizinhas. No ar viciado pela respiração dos clientes, sentia-se o odor de vinho rançoso e de carne cozida e caramelada com ameixas e marmelos.

– Quero comer e beber – disse. Depois, deu um tapa no traseiro da moça que deixara o *arsenalotto* esfregar os dados em seu seio.

Ela teve o instinto de reagir rispidamente, mas Mercurio pegou outro *matapan* de prata e deixou-o escorregar em seu decote. Então, ela riu e lhe fez uma careta maliciosa.

Mercurio sentou-se de modo que o *arsenalotto* pudesse vê-lo. Depois, convidou a moça a acomodar-se ao seu lado e lhe ofereceu seu copo de vinho. Não tinha a menor intenção de beber, pois sabia que o vinho era seu ponto fraco. Nunca o tolerara bem. Já a moça bebeu tudo de um só gole e bateu o copo no balcão.

Nesse meio-tempo, o *arsenalotto* estava para lançar novamente os dados e fez sinal para a moça ir até ele.

Mercurio lhe serviu mais vinho. Ela moveu o peito de maneira provocativa para o *arsenalotto*, enfiou dois dedos entre os seios e extraiu o *matapan* de prata. Semicerrou as pálpebras e encolheu os ombros. Depois, deu um beijo em Mercurio e bebeu o segundo copo.

Amuado, o *arsenalotto* lançou os dados. Perdeu. Deu um murro na mesa e se levantou, entre os protestos dos companheiros de jogo. A passos furiosos, foi até a moça e a agarrou pelo pulso.

– Quando digo para você vir me dar sorte, trate de obedecer. – Depois, virou-se para Mercurio, com ar provocador.

– Tem alguma coisa a dizer?

Não era forte, pensou Mercurio. Poderia derrubá-lo em um piscar de olhos. Mostrava a agressividade das pessoas com certa posição social. Como os nobres, que se acham melhores por nascimento e, por conseguinte, também se acham inatacáveis. Aquele rapaz era assim. Sua posição na sociedade o fazia pensar que tinha mais direitos que os outros e, portanto, achava natural que qualquer um visse as coisas do mesmo modo. No entanto, não era má pessoa. Não era um durão. Muito pelo contrário. Tinha um olhar fraco. E até simpático, pensou Mercurio. Sua primeira impressão não o havia enganado.

– Sim, tenho algo a dizer – respondeu Mercurio.

– O quê? – perguntou o rapaz, cerrando os punhos, incomodado.

Mercurio olhou para ele, sem agressividade.

– Acho que essa vadia deveria entender a grande honra de ter sido escolhida por um *arsenalotto*...

Pego de surpresa, o rapaz franziu as sobrancelhas.

– Posso te oferecer uma bebida? – perguntou Mercurio. – Você, caia fora – disse à moça, enxotando-a.

– Não pense que vou devolvê-la – disse ela, apertando a moeda de prata na mão.

– Dei a ela um *matapan* para pagar uma rodada a todos, amigos! – gritou Mercurio aos clientes da espelunca.

– Outro *matapan*? – indagou a taberneira, debruçando-se com rapidez por cima do balcão para apanhar a moça, que tentou se esquivar. Mas a mulher conseguiu agarrá-la pelos cabelos e, enquanto a segurava, alguns clientes tiraram a moeda de sua mão. Entregaram-na à taberneira e gritaram:

– Uma rodada para todos!

A moça olhou para Mercurio com rancor.

– Canalha – rosnou para ele.

– A vida é dura – disse-lhe Mercurio. – Sinto muito.

— Vá à merda!

— Chega, saia daqui — ordenou o *arsenalotto*, sentando-se ao lado de Mercurio. — Nos conhecemos? — perguntou-lhe.

Tinham se visto pouco antes, e o outro já não se lembrava do seu rosto. Não era nada fisionomista. E, para o que Mercurio tinha em mente, essa era outra vantagem.

— Não, não nos conhecemos — respondeu-lhe. — Acha que um zero à esquerda como eu, se conhecesse um *arsenalotto*, não se lembraria? — indagou.

O rapaz inflou o tórax, atingido em sua vaidade.

Nesse mesmo instante, Mercurio soube que o tinha na palma da mão. E pensou que, cedo ou tarde, certamente se livraria do jugo de Scarabello e decidiria o que fazer de sua vida. Mas, por enquanto, se divertiria muito com aquele palerma.

— Me conte tudo da sua vida — disse-lhe.

44

Veneza

Costanza Namez – conhecida como "República" porque "era um bem de todos", pelo menos dos homens venezianos – vivia com sua filha Lidia em um quarto miserável no quinto andar de uma das *Torres*, como eram chamados os altos edifícios do Castelletto. Fosse por causa da doença, em estágio bastante avançado, fosse por simples descuido, quando Isacco pôs o pé no cômodo reinava um odor nauseante.

O quarto tinha uma pequena janela, dividida ao meio por uma parede erguida para criar o ambiente contíguo, ocupado por outra prostituta, e assim duplicar os lucros. Perto da janela, havia um pequeno catre com um colchão fino, preenchido com farelo de aveia prensado, que pululava de percevejos. Uma cortina, presa a um fio que corria ao longo do quarto, separava essa parte privada, por assim dizer, da área de trabalho na entrada, onde havia uma cama mais larga, mas também com um colchão miserável, sobre o qual República se concedia aos clientes.

No entanto, fazia mais de um mês que não havia nenhum sinal deles. O boato logo se espalhara. Todos sabiam que República estava com a doença contagiosa.

Isacco se aproximou da cama onde a mulher estava deitada. Lidia tinha se sentado ao lado dela e segurava sua mão. República estava suada e febril. O doutor olhou para ela. Certamente não se podia dizer que era bonita. O rosto oval não era regular; os incisivos superiores, longos e salientes, acompanhados por um nariz pontiagudo, faziam com que se assemelhasse a um roedor. Mas quando Lidia despiu a mãe para que o doutor a examinasse, Isacco descobriu as qualidades de República. Mesmo sendo pequena, tinha um seio grande, redondo, que parecia de marzipã, cândido e sulcado por finas veias azuis. Os quadris eram macios e redondos, como um instrumento musical, e a pelugem do púbis era dourada, embora a base fosse escura.

— Sou eu que tinjo para ela — disse a filha com orgulho, enquanto afastava as pernas da mãe para mostrar a Isacco a primeira pústula que aparecera.

Isacco reconheceu os sinais da mesma doença que levara Marianna à morte.

— Cubra-a — disse a Lidia. Depois, virou-se para Donnola. — Uva-ursina, arnica, garra do diabo, bardana, calêndula, grãos de incenso... e pegue também o óleo de Palo Santo — disse-lhe.

— E nada de teriaga — acrescentou Donnola com um sorriso.

— Nada desse lixo de teriaga — anuiu Isacco. Depois, enquanto Donnola saía, o doutor suspirou, tirou o casacão e o barrete amarelo e arregaçou as mangas da camisa. — Ao trabalho — disse à menina. — Preciso de um pano de linho e de água quente, de preferência limpa, para enxaguar as feridas.

— Aqui não tem — disse Lidia. — Preciso ir até Boca.

— Então, vá até essa... Boca — ordenou Isacco ao ver que a menina não se movia.

— Agora não posso. — Lidia baixou a cabeça e sorriu. — Quando passamos, ouvi que estava trabalhando.

— Ah... Entendo... — O doutor abriu a cortina para deixar entrar um pouco de luz. — E quanto tempo acha que vai demorar?

Lidia encolheu os ombros.

— Sei — bufou Isacco. Aproximou-se da janela. — Como se abre? Sua mãe precisa de ar puro.

— Só dá para abrir do outro quarto — respondeu Lidia.

— Bom, então, vá até lá.

A menina encostou a orelha na divisória que separava os dois ambientes. Depois, balançou a cabeça.

— Não dá. Cardeal também está trabalhando.

— Que Cardeal?

Lidia riu.

— Quirina sempre se veste de vermelho e parece mais um homem do que uma mulher.

Isacco bateu na parede, impaciente.

— Abra a janela, Cardeal!

— Vá à merda, imbecil! — ouviu-se do outro lado.

— Também tem voz de homem — disse Isacco a Lidia.

— E bate como um homem — acrescentou a menina.

– Então, é melhor não insistir – disse ele, sentando-se no colchão ao lado de República. Pôs a mão em sua testa. Depois, virou-se para Lidia. – Vá ver se é possível ao menos buscar água quente com a tal de... Boca. Esse é o nome dela?

– Sim, é chamada de Boca porque...

– Posso imaginar – interrompeu-a Isacco. – Fique na frente da porta dela até se liberar e volte com a água quente e um pano. Seja boazinha.

A menina olhou para a mãe.

– Fico aqui com ela – disse-lhe Isacco.

Lidia saiu.

Isacco pegou um pedaço da coberta e enxugou o suor da testa de República.

A prostituta abriu os olhos. Estavam vermelhos, mas presentes.

– Sempre finjo que estou dormindo porque me dá pena olhar para a minha menina – disse com uma voz quente e sensual.

Isacco se surpreendeu. Era uma voz extraordinariamente bonita, mas destoava daquela fisionomia.

República pareceu entender o que ele havia pensado.

– Escureço o quarto, depois digo aos homens o que mais os excita... Eles gostam muito.

– Percebo – disse Isacco. – Como está se sentindo? Quando começou?

– Doutor, ouça – disse República com sua voz sensual e pegando sua mão. – Sei que vou morrer. Faça com que eu morra com serenidade, como fez com Marianna. Quando fui visitá-la, minha doença tinha acabado de começar. E ela me disse que o senhor a estava ajudando a morrer em paz. Abençoava o senhor pelo que estava fazendo. Nunca teve esperança de se curar... mas me disse...

– Agora chega. Você não vai morrer.

República olhou para ele em silêncio.

– Não tenho dinheiro – disse, então. E riu, com aquela entonação melancólica e sábia, "típica das prostitutas", pensou Isacco. – E duvido que queira receber em espécie.

O doutor sorriu.

– Até agora, consegui evitar que minha filha exerça a profissão – continuou República, semicerrando os olhos. – Mas e depois? Quando eu não estiver mais aqui, como ela vai fazer?

Isacco sentiu um aperto no estômago. Mas não foi capaz de dizer nada. Segurou a mão dela, cabisbaixo, e esperou que a menina voltasse logo e que Donnola também chegasse. Quando acreditara que ser médico fosse seu novo destino, não imaginara que isso significaria viver constantemente ao lado da morte, de maneira quase sempre impotente. E, nesse momento, não conseguia se conformar de ter sido estúpido a ponto de não ter formulado esse pensamento tão elementar e lógico. "Mas talvez você quisesse que eu chegasse justamente aqui", pensou, como se estivesse falando com sua esposa. "Eu tinha de respirar a morte para poder aceitar a sua?"

A porta se abriu bruscamente, e uma figura imponente, com duas tetas imponentes e firmes, que balançavam em uma túnica vermelha, entrou no quarto.

– Era você que estava enchendo o saco antes?

Isacco se levantou. Era pelo menos um palmo mais baixo do que aquele estranho ser que, evidentemente, era Cardeal.

– Sinto muito... Sou médico e...

– Como ela está? – perguntou Cardeal.

– Não está bem.

– Do que você precisa?

– Quero arejar o quarto – disse Isacco.

– Podia ter dito antes – resmungou Cardeal, saindo.

– Pois é, que tolo... – disse Isacco em voz baixa.

– É uma boa pessoa – comentou República.

A janela foi aberta.

– Fique debaixo das cobertas – disse-lhe Isacco. Depois, foi até o quarto de Cardeal ao lado. – Obrigado. Agora é preciso dar uma limpada. É importante.

Pareceu que Cardeal fosse lhe dar um soco. No entanto, saiu, foi até o patamar, debruçou-se na balaustrada e gritou:

– Quem tem esfregão, água e trapos? Temos de limpar o quarto da República. Vamos, marafonas, não me façam descer, senão quebro os dentes de vocês! – Virou-se para Isacco e disse: – Elas já vêm.

Pouco depois, chegaram duas prostitutas munidas de balde, trapos e esfregões. Uma delas também tinha trazido um pouco de lixívia. Sem perguntarem nada, ajoelharam-se e começaram a lavar o pavimento. Enquanto isso, Cardeal se livrou das roupas sujas, das quinquilharias, dos restos de comida e jogou a louça suja em uma bacia, na qual outra prostituta a lavou com água e cinzas.

Em um piscar de olhos, o quarto tinha sido arrumado e grande parte do mau odor havia desaparecido. Quando Donnola chegou com os medicamentos e Lidia com a água quente e o pano de linho, não conseguiam acreditar no que viam. A janela foi fechada e, na lareira, acendeu-se um fogo vivo. No quarto, uma pequena multidão de mulheres se havia aglomerado.

– Agora tenho de cuidar de República – disse Isacco.

As prostitutas anuíram, mas não se moveram.

– Tem certeza de que sabe o que vai fazer, doutor? – perguntou Cardeal com ceticismo.

Isacco lhe sorriu.

– Vamos, marafonas, saiam daqui – esbravejou Cardeal, fazendo sinal para que as colegas saíssem.

As prostitutas estavam desocupando o cômodo quando se difundiu um murmúrio assustado. Um segundo depois, entrou um homem vestido de preto, seguido por outros dois, um dos quais era caolho. Na cintura, tinha um espadim enfiado em uma faixa de seda.

– Scarabello... – murmurou Donnola, temeroso.

Scarabello olhou ao redor. Farejou o ar. Não se dignou a olhar para Donnola nem uma única vez. Por um instante, fitou Isacco, viu o casacão e o barrete amarelo em uma cadeira. Depois, tornou a olhar para as prostitutas.

– O que está acontecendo?

– Limpamos o... – começou Cardeal.

Scarabello fez sinal para ele se calar. Respirou de novo.

– Este quarto deve ser liberado – disse, sem olhar para ninguém em particular. Sabem disso, não sabem?

As prostitutas baixaram a cabeça. Mas nenhuma se pronunciou.

– E o que vai ser da minha mãe?

– Não é problema meu – respondeu Scarabello, com voz cortante. – Sinto muito, mas não é problema meu. – Examinou Lidia com olhar indiferente e profissional. – A menos que você assuma o lugar dela.

A menina enrubesceu. Seus olhos se encheram de medo.

Houve um murmúrio.

Em seguida, Lidia disse:

– Está bem.

– Não, Lidia! – gemeu a mãe na cama.

– Está bem coisa nenhuma! – interveio Isacco, dando um passo até Scarabello. – Que espécie de homem é o senhor? Essa mulher...

Em um piscar de olhos, Scarabello tirou o espadim da bainha, e sua ponta afiada estava sob o queixo de Isacco, que se calou.

Scarabello o fitou em silêncio. Depois, afastou a arma e se virou para Lidia.

– Então, estamos combinados, menina. Não me interessa quanto você vai ganhar. Quero uma moeda de prata por semana e não admito atrasos...

– Mas como pode fazer isso? – explodiu Isacco, indignado.

Scarabello disparou com rapidez, abrindo o braço que segurava o espadim e girando em torno de si mesmo. Isacco havia crescido em meio às rixas no porto da Ilha de Negroponte. Deu um salto para trás, evitou o corte e, antes que Scarabello pudesse voltar, afundando ainda mais o golpe, deu um passo para a frente, ficando em contato direto com ele, mas em posição de vantagem. Rapidamente, o caolho e o outro homem puxaram suas facas.

– Não, Scarabello! – exclamou Donnola, colocando-se no meio, de braços abertos. – Não, o doutor não queria te faltar com o respeito. Ele não sabe quem você é, não sabe como se comportar aqui, é novo... Por favor...

As prostitutas prendiam a respiração.

Scarabello fez sinal aos seus para ficarem parados. Em seguida, com o ombro, empurrou Isacco para longe de si.

– Como pode um médico e, além de tudo judeu, conhecer as regras da luta? – perguntou com um tom de respeito na voz.

– Cresci em lugares piores do que este.

Scarabello o fitou e desatou a rir. Dirigiu-se às prostitutas.

– Estão vendo? Vocês sempre se lamentam de que isto aqui é o inferno, mas o doutor diz que, no fundo, não é tão ruim assim.

As prostitutas permaneceram sérias.

– Sinto muito, senhor – disse Isacco. – Mas tente entender... essa menina é...

– Tente entender *você*, doutor! – Scarabello levantou a voz. Embainhou o espadim e se aproximou, ficando frente a frente com Isacco. – Isto aqui é um negócio. As Torres são um local de trabalho. E o trabalho deve produzir dinheiro, do contrário, não é trabalho. Este quarto não é a casa dela. – Foi até a cama onde estava deitada a prostituta. – República, por acaso você comprou este quarto?

– Não... – respondeu ela em voz baixa.

— Em todos esses anos, você ganhou mais de uma moeda de prata por semana? – perguntou-lhe Scarabello, tornando a fitar Isacco.

— Sim...

— E há quem peça às putas duas ou até três moedas por seus quartos?

— Sim...

— Ficava satisfeita de pegar um quarto do Scarabello, não ficava? Fui justo com você?

— Sim...

— Muito bem. Ouviu o que tinha de ouvir, doutor. Pode cuidar de República quando a menina não estiver trabalhando. – Scarabello deu uma última e longa olhada em Isacco.

— Ora, vamos, qual o problema? – interveio Cardeal. – Lidia vai trabalhar como puta. Tudo bem. Vou cuidar de instruí-la e lhe arranjar os primeiros clientes. Combinado?

Em seu leito, República desatou a chorar.

— Pare com isso, sua marafona patética – disse-lhe Cardeal, em tom de raiva e irritação. – Scarabello tem razão. E a conversa acaba aqui.

República cobriu o rosto com a coberta.

Scarabello farejou de novo o ar.

— Ah! Todos os quartos deveriam ser perfumados como este. Você vai ganhar uma fortuna, menina. Mas ouça meu conselho, precisa engordar um pouco. Os homens não gostam de ossos. – Somente então, ao se dirigir à saída, enquanto as prostitutas abriam espaço para deixá-lo passar, Scarabello pareceu considerar Donnola. – Me diga uma coisa: por que um rapaz que trabalha para mim, um tal de Mercurio, estaria tão interessado em te encontrar? – perguntou-lhe.

Donnola lançou uma rápida olhada a Isacco. Depois, balançou a cabeça e levantou os ombros.

— E quem é que sabe, Scarabello? – respondeu, tentando sorrir. – Como disse que chama esse seu homem?

Scarabello se virou para Isacco. Sorriu.

— Quantos mistérios para um doutor... – Depois, tornou a se dirigir a Donnola. – Na minha opinião, tem mulher nessa história – acrescentou. – Seja como for, vou dizer a ele que pode te encontrar aqui. Imagino que você seja o assistente do doutor, certo?

— Bem, você sabe como eu sou – respondeu Donnola. – Um dia aqui, outro ali...

Scarabello riu. Virou-se para Isacco.

— Então, o que acha do Castelletto, doutor? Pensou que só vocês, judeus, vivessem trancados, hein? Notou que, por lei, as putas têm de andar com um lenço amarelo no pescoço? Daria até para dizer que há uma semelhança entre judeus e putas. Por isso, bem-vindo, doutor. Sinta-se em casa. — Scarabello riu de novo e partiu.

No quarto fez-se um silêncio denso. Ouviam-se apenas os soluços abafados de República, que chorava debaixo da coberta. As prostitutas olhavam para Cardeal com reprovação, pelo modo como a tinha tratado. Mas não diziam nada porque temiam seus acessos de fúria.

— Não se preocupe, mãe — disse Lidia em meio ao silêncio generalizado, com voz trêmula. — Não vai me pesar fazer esse trabalho, você vai ver...

República soluçou.

— Sua cretina, por que está chorando? — disse Cardeal, aproximando-se da cama e descobrindo República com um gesto violento. — Acha mesmo que vamos deixar sua filha trabalhar como puta? Santo Deus, você é mesmo uma marafona tola. Scarabello terá sua moeda de prata por semana, mas Lidia não vai para o batente. — Virou-se para as outras prostitutas, que a olhavam, perplexas. — Comecem a economizar, raparigas. Temos de arranjar uma moeda por semana para República. E se Scarabello ganhar seu dinheiro, tenham certeza de que não virá controlar.

República desatou a chorar com força ainda maior. Agarrou a mão da filha e a puxou para si.

— Chega de choradeira! — resmungou Cardeal. Depois, deu um tapa nas costas de Isacco. — Não deixe Scarabello te matar. Precisamos de você, doutor. E agora, ao trabalho! Afinal, que diabos veio fazer aqui?

— Certo — disse Isacco. — Todos para fora!

45

Mestre

Estavam vestidos de preto. Encontravam-se em pé, em silêncio, dois na proa e dois na popa. O gondoleiro também estava de preto e remava em silêncio. A água estava imóvel, plana, lodosa, como se fosse óleo. O carrasco, com capuz abaixado no rosto, estava sentado no banco central, ao lado de Mercurio, que tinha os braços amarrados atrás das costas e estava de cabeça baixa, olhando para o fundo úmido da gôndola e para as mãos do carrasco, que eram magras e delicadas, com dedos longos e finos.

Em seguida, a gôndola parou.

Mercurio ergueu a cabeça e olhou ao redor. Estavam em um trecho de água aberta. A margem, tanto à direita quanto à esquerda, era apenas uma linha desfocada e clara por causa dos juncos. Não se viam casas. O silêncio era tão perfeito e absoluto que o marulho produzido pela quilha da gôndola parecia uma blasfêmia.

O carrasco fez sinal para ele se levantar.

Mercurio se ergueu, instável.

Um dos dois oficiais na proa amarrou em seu braço direito o pergaminho que continha a condenação pelo que havia feito no Arsenale.

Com as mãos afuseladas e hábeis, o carrasco pegou uma corda e, como uma aranha tecendo sua teia, entrelaçou-a até formar um nó corrediço, que apertou no pescoço de Mercurio. Em seguida, fez-lhe sinal para subir no banco.

Mercurio obedeceu.

– É aqui que todos morrem – disse o carrasco e lhe deu um empurrão.

Mercurio caiu desajeitadamente da gôndola. A água gelada cortou sua respiração. Tentou pôr a cabeça para fora e manter-se na superfície, mas teve dificuldade, pois só podia usar as pernas. Virou-se para a gôndola. Todos olhavam para ele. O carrasco estava amarrando a outra ponta da corda a uma pedra quadrada, com um grande furo no centro. Depois de apertados os nós, ele a ergueu acima da cabeça. O tempo parou. Em seguida, lançou no ar a pedra, que desenhou um breve arco e levantou um esguicho de água.

Mercurio sentiu o pescoço ser puxado. Tentou resistir. Escoiceou com toda a força que tinha. Contudo, em um segundo estava com a cabeça debaixo d'água. Enquanto afundava, movia as costas com fúria, arqueando-as, mas sem conseguir deter a descida ao abismo escuro. Viu a silhueta da gôndola tornar-se cada vez menor. Deu impulsos ainda mais fortes e, a certa altura, quando já se desesperava e sentia que as forças lhe faltavam, a corda se esticou e, de repente, parou de arrastá-lo para o fundo.

Mercurio viu a ponta da corda rompida, desfiada. A esperança lhe deu força para escoicear com mais força. Distendeu os músculos dos braços. Os nós que aprisionavam suas mãos também se soltaram. Começou a nadar até a superfície. Porém, na metade da subida, uma corrente muito forte o empurrou para o lado, até lançá-lo em uma espécie de gruta, escavada em um rochedo.

Quando estava dentro dele, deu-se conta de que seus pulmões não aguentariam por muito tempo. Olhou para o alto e viu uma luz. Entendeu que se encontrava em uma espécie de poço e nadou com rapidez, aproveitando a corrente que o levava para a superfície. Via a luz se aproximar cada vez mais. Logo respiraria, disse a si mesmo.

No entanto, quando a luz já estava próxima, a subida foi bruscamente interrompida por uma grade de ferro, que bloqueava seu caminho. Mercurio esticou a mão, sentiu que ela saía da água. Sentiu a tepidez do sol. Agarrou-se à grade e a sacudiu com toda a força, tentando arrancá-la da rocha na qual estava presa.

Depois, de repente, sentiu um toque no ombro.

Virou-se.

Diante de si, a menos de um palmo de distância, o rosto do bêbado que se havia afogado na galeria de esgoto romana. O mesmo bêbado que o tinha salvado, dizendo-lhe para nadar contra a corrente. E, como naquele dia, o bêbado estava com a língua inchada, os olhos tomados por vasos capilares vermelhos, arregalados, quase fora das órbitas.

– Mercurio... – dizia. Agarrava seu ombro e o detinha. – Mercurio... Mercurio...

O rapaz gritou com todo o fôlego que tinha na garganta.

– Mercurio, acorde!

Mercurio estava sentado na própria cama, ofegante e suado.

Anna del Mercato sacudia seus ombros.

Mercurio levou a mão ao pescoço. Não havia nó corrediço, nem condenação amarrada ao braço, nem água, tampouco grade e bêbado. Não conseguia falar. Ofegava.

– Você me assustou – disse Anna. – Não despertava nem respirava. Estava ficando roxo...

Mercurio engoliu em seco. Anuiu, com os olhos arregalados.

– Está bem agora?

– Sim...

Anna passou a mão entre seus cabelos.

– Está todo suado.

Mercurio olhava para ela sem se pronunciar.

– O que você sonhou?

– Nada... – respondeu o rapaz, balançando a cabeça, enquanto sua respiração voltava ao normal.

– Voltou tão tarde.

Mercurio não falou.

– Enxugue-se e desça para tomar café. – Ao sair do quarto, Anna aproximou-se de uma trouxa de roupas cinza, enrolada em um canto. Fez menção de pegá-la.

– Não! – gritou Mercurio.

Anna parou, com a mão no ar. Depois, sem dizer nada, saiu e fechou a porta atrás de si.

Mercurio permaneceu imóvel, sentado na cama, sentindo calafrios.

"Não vão te pegar. Você não vai morrer", disse a si mesmo.

No dia seguinte, tentaria entrar no Arsenale. E, se conseguisse, roubaria as sobregatas para o armador, como havia prometido a Scarabello. Contudo, o tipo de morte à qual seria destinado se fosse descoberto o aterrorizava.

Levantou-se e foi até a trouxa de roupas. Estendeu na cama a calça larga e curta, que ia até os joelhos. E a meia-calça cinza, com a faixa branca e vermelha nas laterais. E o casaco com pregas, largo e evasê, que chegava a cobrir a calça. E o barrete com a faixa estreita na cabeça e a parte superior frouxa, que deveria cair para o lado, sobre o ombro.

"Você não vai morrer", repetiu a si mesmo. "Tem um bom disfarce. Tem um bom plano. É melhor do que esses venezianos de merda, que afogam as pessoas."

Na noite anterior, na taberna, havia embriagado o *arsenalotto*, fazendo com que ele lhe contasse tudo sobre o Arsenale, o enorme número de homens que ali trabalhavam, as várias tarefas, os depósitos, as docas e os estaleiros. Quando saíram da taberna, Mercurio sabia tudo de que precisava, a começar pelos horários, e o *arsenalotto* não se aguentava em pé, de tão bêbado que estava. Chegaram a uma rua escura, atrás do Inferno, do Purgatório e do Paraíso, os três grandes complexos residenciais, construídos para os *arsenalotti* e suas famílias, atrás do Arsenale. Ali, Mercurio deixara o jovem no chão e o despira de seu uniforme. Antes de fugir no meio da noite, tivera o cuidado de tocar o sino de um portão, para não o deixar morrer congelado.

Nesse momento, olhava com preocupação para o vistoso rasgo na lateral do casaco, no ponto em que se prendia a manga esquerda. Enquanto era despido por Mercurio, o *arsenalotto* se agitara rudemente, e a costura acabara cedendo. E cedera também o tecido, que talvez estivesse puído. De fato, pensou Mercurio nesse momento, esse detalhe poderia atrair a atenção para ele, que obviamente queria passar o mais despercebido possível. Deveria manter o braço preso ao tórax, e isso tornaria seu modo de caminhar artificial, mas não havia outra saída.

"Você não vai morrer", tornou a repetir a si mesmo.

Em seguida, desceu até a cozinha, onde Anna o esperava com uma xícara de caldo quente, uma fatia de toucinho crocante, meia couve-flor cozida e um pedaço de pão que acabara de tirar do forno. Comeu em silêncio, com voracidade, de cabeça baixa.

Anna também não lhe dirigiu a palavra.

Quando terminou a refeição, saiu da casa para evitar perguntas. Perambulou sem meta, pensando e repensando no dia seguinte. Costeou um trecho do Canal Salso, voltou para o atracadouro dos barcos pesqueiros e confirmou o horário com Battista. Depois foi para a praça do mercado. O amplo espaço retangular estava tomado pela multidão. As bancas se amontoavam umas ao lado das outras. O perfume das frutas e verduras frescas misturava-se ao odor das que apodreciam na rua. Grandes tinas com dois braços de largura, que chegavam à cintura de um homem, pululavam de enguias. Os facões dos peixeiros estalavam nos tampos molhados, cortando cabeças e caudas, que eram jogadas no chão dos corredores e pisoteadas pelos pedestres. Cântaros bojudos de barro, simples ou decorados, espalhavam no ar seus aromas de vinho, melaço, vinagre e óleo de bagaço de azeitona. Os vendedores de tecidos cantavam as qualidades de sua mercadoria.

Os salsicheiros se enfeitavam com preciosos colares de linguiças e pulseiras de carne seca. Os comerciantes de lã gritavam o preço dos fardos de lã cardada.

Mercurio deixou-se atordoar pelas vozes e pelos odores e caminhou aos empurrões, de um lado para outro, sendo agarrado ora pelo braço esquerdo, ora pelo direito por algum ambulante. Depois, vagueando, viu-se diante de uma loja com um amplo toldo azul-celeste. Reconheceu a casa de penhor do usurário Isaia Saraval, onde tinha resgatado o colar de Anna. Parou na frente da porta.

Um dos guardas grandalhões do usurário o fitou com hostilidade.

– Bom dia, meu caro jovem – disse, por sua vez, Isaia Saraval, inclinando-se levemente e com ar respeitoso ao reconhecê-lo. Empurrou seu guarda, que logo se afastou sem no entanto alterar a expressão cansada e agressiva.

– Por que o senhor não expõe sua mercadoria ao ar livre, como todos? – perguntou Mercurio, curioso. – Não faria mais negócios?

Isaia Saraval sorriu tristemente.

– Não é possível – disse, abrindo os braços, com um gesto resignado.

– Tem medo de que o roubem?

– Oh, não, não. Somos proibidos por lei de expor fora da casa de penhor a mercadoria empenhada. Mesmo a que já perdeu o prazo e não foi resgatada. Quem quiser alguma coisa tem de entrar.

– Por quê? – perguntou novamente Mercurio, surpreso.

O usurário encolheu os ombros e inclinou a cabeça para o lado, fechando os lábios.

– Por que são judeus?

– E porque somos penhoristas.

Mercurio anuiu.

– Que grande bobagem – disse.

– Quer ver alguma coisa? – perguntou Isaia Saraval. – Seria um prazer dar um desconto a um bom cliente como o senhor.

– O colar era para ser restituído à mulher que o havia empenhado...

– Não faz a corte a nenhuma moça? Uma futura noiva?

Mercurio sentiu a respiração truncada. Ainda não tinha tido coragem de ir falar com Giuditta depois da noite em que toda a comunidade judaica havia sido trancada no largo do Ghetto. A bravata de gritar do muro tinha sido fácil. Olhar nos olhos dela e explicar-lhe que Benedetta a havia enganado já não era tão fácil assim. Tinha medo de que ela não acreditasse e não quisesse mais vê-lo.

Ficou imóvel, com o olhar fixo no vazio, enquanto o usurário olhava para ele, em silêncio. Depois, lentamente, a respiração voltou a encher seus pulmões e um sorriso se formou em seu rosto.

– Sim – respondeu. – Me mostre algo bonito.

Pouco depois, saiu com uma borboleta com asas em filigrana de prata e o corpo esmaltado em azul-cobalto intenso. Correu para o atracadouro do mercado de peixes e pediu a Battista que o levasse até Cannaregio. O pescador o desembarcou ao lado da ponte sob a qual o Bucentauro* entrava no Canal Grande para a festa do *Sposalizio*, na qual se celebrava o matrimônio de Veneza com o mar.

Mercurio seguiu pela Fondamenta Barzizza e Due Ponti, na direção de San Leonardo, virou em uma pequena praça e, por fim, chegou à Fondamenta dei Ormesini. Ali, atrás de um edifício, entre os refugos dos tecidos trabalhados nas fábricas da área, passou quase o dia todo esperando, olhando ao redor e espiando o vaivém de pessoas que entravam e saíam do gueto. Durante horas, ouviu o frade que o levara até Anna e que caminhava de um lado a outro da calçada, insultando os judeus e tentando inocular o próprio veneno no coração dos venezianos. Viu Zolfo, transformado e obediente como um macaquinho amestrado, que o seguia. Estava com os cabelos curtos, lavados, e uma bela roupa limpa. Também parecia menos magro. "Mas estava morto", pensou Mercurio, sem saber explicar esse pensamento. Tinha os olhos mortos. Quando ele e irmão Amadeo foram embora, Mercurio deu um suspiro de alívio.

Aos poucos, o sol começava a se pôr, e de Giuditta não se via nenhum sinal. Mercurio mantinha a mão direita no casaco e, com a ponta do polegar, seguia obsessivamente a linha das asas frágeis da borboleta em filigrana.

Quando a viu chegar, a luz já se tornara pálida com a proximidade da noite. Sentiu o coração acelerar no peito. E teve certeza de que não teria coragem de falar com ela.

Baixou o capuz de feltro sobre a testa, afundou a cabeça entre os ombros e começou a caminhar cabisbaixo e a passos rápidos. De vez em quando, erguia o olhar para vê-la. À medida que se aproximava dela, Mercurio sentia a respiração mais ofegante. Mas, sobretudo, sentia uma alegria profunda, empolgante, que apressava suas pernas e o fazia tocar a borboleta em filigrana com excessivo entusiasmo.

Quando estavam a apenas quatro passos de distância, Mercurio levantou um pouco a cabeça. Giuditta estava esplêndida. Ainda mais bonita de como conseguia imaginá-la todas as noites, quando se deitava e fechava os olhos. Seus cabelos pareciam mais brilhantes sob o barrete amarelo que, ao contrário dos outros judeus, pensou, caía bem nela. Seus lábios eram carnudos e estavam entreabertos. Os olhos, profundos sob as sobrancelhas escuras e espessas. Mercurio ficou tonto de emoção.

Deu outro passo, pensando que talvez tivesse encontrado a coragem para falar com ela. Porém, após um segundo, sua garganta se fechou. Fingiu que tropeçava e se precipitou em cima dela, agarrando-se a ela para não cair. Tocou seu ombro e pegou sua mão por um instante. Aquela mão que havia marcado o início do amor silencioso de ambos, cheio de esperança e sem promessas.

– O que está fazendo? – perguntou Giuditta, tentando afastar-se.

– Desculpe – disse Mercurio, ainda de cabeça baixa e camuflando a voz, que mal saía. Endireitou-se, levou a mão de Giuditta aos lábios e, curvado, beijou-a. – Desculpe...

– Me solte! – exclamou Giuditta, irritada, e retirou a mão. Afastou-o com um empurrão e acelerou o passo rumo à ponte do Ghetto, suspensa sobre o Rio di San Girolamo.

Mercurio se afastou e, um instante antes de desaparecer na Calle della Malvasia, virou-se. O coração ecoava em seus ouvidos. Diante dos olhos, manchas luminosas.

Nesse momento, também Giuditta, sobre a pequena ponte, virou-se para olhar, levada por uma estranha sensação, um sobressalto interno, uma respiração que forçava seu vestido na altura do seio. E, ao ver aquela estranha figura encapuzada que a fitava na esquina da rua, quase escondida, como se a espiasse, sentiu a face corar sem motivo. Deu-lhe as costas bruscamente, como assustada, e pôs as mãos nos bolsos do vestido. Então, sua mão direita tateou alguma coisa. Pegou-a e tirou-a do bolso. Era uma borboleta com as asas em filigrana de prata e o corpo esmaltado em azul-cobalto intenso. A respiração travou em sua garganta. Virou-se de repente. Mas na calçada não havia mais ninguém. Giuditta se apoiou na balaustrada da ponte. As pernas não a sustentavam. Viu-se refletida na água turva. Sentiu a vista embaçar-se pela comoção. Olhou novamente para a borboleta colocada em seu bolso. Depois, fitou a mão que o desconhecido havia apertado na sua. E beijado.

– Mercurio – murmurou. Então, como se nesse nome houvesse tudo o que tinha a dizer, repetiu: – Mercurio. E, depois de um segundo, antes mesmo de se dar conta, viu-se correndo para o local de onde tinha vindo, com uma esperança no coração que a agitava como uma desgraça. – Mercurio! – gritou. Surpreendeu-se com a potência do próprio grito. Teve o impulso de parar e calar-se, mas novamente, quase em desespero, gritou: – Mercurio! – E, enquanto corria, já temia tê-lo perdido.

Então, do mesmo ponto onde havia desaparecido, eis que a figura encapuzada ressurgiu.

Giuditta deteve-se, como paralisada.

Mercurio abaixou lentamente o capuz. Ele também não conseguia ir até ela.

– Estou aqui – disse, mas em voz tão baixa que Giuditta não podia ouvi-lo.

Estavam ali, após tantas noites em que pensaram um no outro e sonharam um com o outro, mas nenhum dos dois era capaz de mover-se, apesar da extraordinária força que os ligava e atraía.

– Não há mais ninguém – disse ele, mas ainda em voz muito baixa.

E Giuditta não conseguia ler seus lábios, pois sua vista estava velada pela emoção. Então, pediu a si mesma para dar um passo. Um único passo. E justamente quando se deu conta de que poderia dar outro e mais outro, até alcançar Mercurio, uma voz às suas costas disse:

– Venha, Giuditta.

O capitão Lanzafame foi até ela e a pegou pelo braço.

– Venha. Está na hora de fechar os portões. Seu pai está te esperando.

Giuditta se enrijeceu e arregalou os olhos.

Lanzafame acenou para Mercurio, como para lhe dizer que fosse embora.

Mas Mercurio via apenas Giuditta.

– Vamos – disse o capitão, puxando-a na direção do Ghetto, onde a trancaria.

Giuditta o seguiu, resignada, sem opor resistência nem colaborar. E sem tirar os olhos de Mercurio, que ia atrás dela, na mesma velocidade, mantendo intacta a distância que não tinham conseguido superar.

Giuditta deixou que Lanzafame a conduzisse à ponte e além do portão. Quando ele soltou seu braço e ordenou a seus homens que fechassem a área, permaneceu imóvel, olhando nos olhos de Mercurio. "Havia alguma coisa diferente nele", pensou. Então, entendeu. O nariz. Havia algo diferente em seu nariz que o fazia parecer mais homem. E mais bonito.

Mercurio tinha parado na base da ponte. Quando ouviu o baque do portão, disparou para a frente.

– Não há mais ninguém! – gritou, recobrando o fôlego que antes lhe faltara.

O capitão e os guardas se postaram na metade da ponte, barrando seu caminho.

Atrás deles, do outro lado do Ghetto, ouviu-se a voz de Giuditta.

– Encoste as mãos no portão – dizia.

Ofegante, Mercurio fitou Lanzafame e os dois guardas, com o desespero no olhar.

Então, Lanzafame e os dois guardas, sem que fosse necessária uma ordem ou uma simples palavra, baixaram o olhar e se afastaram.

Mercurio avançou devagar. Superou-os a passos lentos. Chegou ao portão e encostou as mãos abertas na madeira de carvalho.

– Estou aqui – disse.

– Eu também – respondeu Giuditta do outro lado do portão. E, lentamente, ela também encostou as mãos abertas na madeira.

– Estou te sentindo – disse Mercurio, do outro lado.

– Estou te sentindo – ecoou Giuditta.

46

Veneza

"Não vou mais derramar uma só lágrima", havia jurado a si mesma Benedetta.

Depois de se tornar a amante, tinha à sua disposição o dinheiro do príncipe Contarini. E decidira usá-lo da melhor forma.

E a melhor forma, para ela, era Reina Bonvicini, conhecida de todos como a maga Reina.

– Por favor, entre, Vossa Senhoria ilustríssima – disse uma voz do outro lado da cortina leve, de um azul-escuro como a noite e com estrelas amarelas, bordadas à mão.

Benedetta ficou impressionada com a reverência que percebeu naquela voz, bem como no título com o qual havia sido chamada. Virou-se para a janela da antecâmara. Nela viu o reflexo de uma jovem com um vestido de seda brilhante e furta-cor, que do marrom-escuro passava aos tons de laranja e vermelho intenso, dependendo de como recebia a luz, e frufrulhava quando ela se movia. Viu as finíssimas rendas de Burano, que enriqueciam o decote do traje. Viu o colar de pérolas de água doce que iluminava o pescoço. E viu os cabelos acobreados, recolhidos em tranças presas com alfinetes, igualmente de pérolas. No ar ao redor, sentiu um perfume delicado de jasmim misturado a madeiras indianas. Sorriu e inclinou-se com leveza e graça àquela figura elegante, emoldurada pela janela da antecâmara.

– Vossa Senhoria ilustríssima – sussurrou.

Em seguida, passou pela cortina pespontada de estrelas.

A seu modo, a sala na qual a maga Reina recebia os clientes era extraordinária. As paredes eram de um vermelho intenso, conhecido como *pompeiano*, escurecido por uma rede densa e preta de incompreensíveis símbolos pintados à mão. Ao longo das paredes, estantes abertas, repletas de cristais, amuletos, candelabros, velas antropomórficas, crânios de animais, grandes e pequenos; patas de coelho e raízes; potes de vidro escuro, preenchidos com sementes, flores secas, pedrinhas cintilantes, mirra e incenso, serpentes e lagartixas mortas, bem como insetos de diversas espécies. Além disso, cordas, mais espessas e mais finas, enroladas dos mais variados modos; conchas e olhos de vidro. Em um canto, sobre um leitoril, um grande livro com símbolos astrológicos e as órbitas dos planetas. No chão, tapetes orientais, sobrepostos uns aos outros, empoeirados e recobertos de pelos cinza e brancos. E dois grandes gatos, um cinza e outro branco, com pelos longos e caudas vaporosas, que se agitaram no ar com a lentidão de algas no fundo de abismos quando Benedetta entrou no cômodo.

– As pessoas os veem com temor, pois acham que estão a serviço do meu poder – disse a maga Reina ao se levantar e caminhar até ela, apontando para os dois animais. – Mas, na verdade, servem apenas para comer os ratos, Vossa Senhoria ilustríssima – acrescentou, inclinando-se.

Benedetta estava surpresa. Esperava uma velha, talvez deformada, com um nariz grande e desdentada. Em vez disso, a maga Reina era alta, magra, atraente, tinha longos cabelos tingidos de preto, soltos sobre os ombros, e estava vestida como um homem, ao modo oriental, com calça larga de seda laranja apertada nos tornozelos e uma túnica roxa e preta, pouco acima do joelho, abotoada até o pescoço. Seus olhos apresentavam uma maquiagem chamativa, e em ambos os pulsos ela trazia pesadas pulseiras de cobre, com guizos que tilintavam a qualquer movimento seu.

– Quero que a senhora me faça... – começou a dizer Benedetta, de imediato.

A maga levantou a palma da mão aberta, interrompendo-a.

– Primeiro sente-se, Vossa Senhoria ilustríssima – disse, indicando um sofá baixo de couro em um canto reservado da sala, sobre o qual pendia uma musselina clara. Ao lado do sofá estava aceso um lampião com dois braços, que representava um mouro. Na frente, uma mesinha ainda mais baixa, redonda, laqueada de preto e com símbolos mágicos em ouro. Além disso, uma esteira, simples, de cânhamo, puída e dobrada ao meio.

Benedetta se acomodou no sofá.

A maga se sentou na velha esteira, cruzando as pernas com um movimento lento e harmonioso, como uma serpente que se enrola no chão. Estalou os dedos com unhas bem cuidadas.

Imediatamente, um jovem musculoso entrou na sala, com os olhos voltados para o chão, e depositou uma bandeja com duas xícaras quentes e fumegantes sobre a mesinha.

A maga Reina estalou novamente os dedos, e o jovem desapareceu, sempre cabisbaixo e em silêncio, como havia chegado.

— Beba — disse a maga Reina.

— Não estou com sede — respondeu Benedetta.

A maga sorriu.

— Não é para matar a sede.

— É para que, então?

— Para nos fazer falar melhor. — A maga pegou uma taça e tomou um gole.

Benedetta fitou com desconfiança a xícara que lhe era destinada.

A maga pôs na bandeja a própria xícara, pegou a outra e bebeu dela também.

— Pode confiar, Vossa Senhoria ilustríssima.

Benedetta pegou o recipiente e cheirou o líquido leitoso dentro dele. Tinha um aroma penetrante e agradável de especiarias. Tomou um gole. O líquido era amargo. De um amargor que não se sentia na língua, mas na garganta. Fez uma careta e estava para colocar a xícara de volta na bandeja quando a mão da maga a deteve, com delicadeza e firmeza ao mesmo tempo.

— Não se bebe só pelo bom sabor — disse-lhe.

Benedetta teve a impressão de que sua voz vinha de mais longe, mas com um poder mais forte. Tomou outro gole. Sentiu-o menos amargo. E menos ainda o terceiro. No quarto, percebeu que havia perdido a sensibilidade na garganta. Aliás, ela lhe pareceu mais inchada. Levou a mão ao pescoço. Contudo, ao mesmo tempo, deu-se conta de que não estava preocupada.

A maga Reina observava-a com atenção. E ela própria bebia.

Benedetta sentiu uma calma repentina, como um afastamento das coisas que a circundavam. A primeira coisa que notou foi que sua visão estava mais restrita. No centro do campo visual enxergava perfeitamente, talvez até melhor do que o normal. As cores eram vivas; as sombras, bem recortadas; as formas, redondas e cheias. Contudo, um pouco mais além, o mundo inteiro perdia os contornos e se confundia, como se estivesse imerso em um líquido oleoso. Virou a cabeça bruscamente. Primeiro para a direita, depois para a esquerda.

— Agora, finalmente a senhorita poderá se concentrar no que de fato quer, de maneira plena – disse a maga. – O que está no centro do seu ser, o que fundamenta sua natureza.

A voz da mulher chegava em ondas aos ouvidos de Benedetta. E as ondas evidenciavam apenas algumas palavras, deixando outras mais para trás. Como se o que mais lhe interessava emergisse, e o restante naufragasse. Era algo muito semelhante à modalidade de sua visão, pensou. E se deu conta de que não estava assustada nem confusa. Ao contrário, pareceu-lhe estar particularmente lúcida. Sem distrações.

— As pessoas vêm me pedir de tudo – iniciou a maga. – Mas são poucos os que sabem o que querem de verdade. A maioria pede o que julga ser legítimo desejar. Pedem o que as convenções, a sociedade, a Igreja lhes impuseram. Pedem o que a honra exige, o que a tradição transmite, o que a família espera. Pedem com a voz de quem gostariam de ser, mas não são.

Benedetta ouvia as palavras da maga entrar dentro dela sem usar o caminho habitual dos ouvidos. Era como se penetrassem nela por absorção, como se seu corpo fosse uma esponja.

— Os sentimentos são secretos e complexos – continuou a maga. – Ainda mais secretos e complexos do que a teia de canais da nossa misteriosa cidade flutuante. Entende o que quero dizer, não?

Benedetta anuiu. Suas pálpebras se fechavam um pouco.

— Agora, Vossa Senhoria ilustríssima, poderia me dizer como se chama, por gentileza?

— Bene... detta...

— E, na realidade, seu nome é justamente como acabou de pronunciar. A senhorita é uma mulher "bendita".

Benedetta sorriu, feliz.

— Agora, poderia me dizer também a razão pela qual me procurou por intermédio de seu nobre e poderoso protetor, do qual sou e sempre serei uma humilde servidora?

Benedetta pensou na razão que a havia conduzido até ali.

— Não vou mais derramar uma só lágrima – disse em voz alta.

A maga não se pronunciou. Limitou-se a observá-la intensamente.

— Não vou mais derramar uma só lágrima – repetiu Benedetta. E a frase ecoou dentro dela, como se ricocheteasse de uma parede a outra de seu corpo. De repente, sentiu que era expelida e sentiu medo de ter ficado vazia, sem nada dentro. Fitou a maga Reina com os olhos arregalados e a boca aberta, como se buscasse ajuda.

— Não tenha medo, Benedetta – disse logo a outra. – Era algo que não lhe pertencia. Feche os olhos e ouça melhor. O que quer de mim? Ou melhor, o que quer para si?

Benedetta fechou os olhos. Sentiu um grande zumbido. Como se fosse o som da escuridão na qual estava imersa. Em seguida, apareceu uma mancha colorida. Era vermelha, palpitante. "Coração", pensou. E sentiu o próprio coração pulsar. Calmo, regular. Então, entendeu que o coração não lhe pedia nada. E, de fato, o coração desapareceu. E Benedetta compreendeu que não sabia se ainda choraria ou não. Mas tinha certeza de que não era o que realmente a interessava. A dor não a assustava. "Você sabe o que é a dor", pensou. Desse modo, voltou para a escuridão e para o zumbido melódico que ecoava dentro dela. E das trevas, rastejando como uma coluna de fumaça densa e pesada no ar parado ou como uma fita para os cabelos em um espelho d'água, começou a agitar-se uma serpente amarela, informe e sinuosa, que se dividiu em vários riachos ascensionais, até saturar e colorir toda a escuridão. "Amarelo", pensou. E teve a sensação de ter encontrado o que buscava dentro de si.

Abriu os olhos e olhou para a maga Reina. Sua vista estava livre da névoa. Sua mente estava leve.

— Amarelo – disse-lhe.

— Bile – afirmou a maga, anuindo.

— Judia – disse Benedetta.

— Agora sabe o que quer para si?

— Sei – respondeu Benedetta.

— O quê?

— Desgraça. Solidão. Desespero. Fracasso. Separação.

A maga sorriu. Havia melancolia em seu sorriso. E como uma espécie de consciência.

— Muitos vêm aqui acreditando que querem o amor – disse em voz baixa. – E descobrem que se nutrem de ódio.

— Desgraça, solidão, desespero, fracasso, separação... – repetiu Benedetta, destacando suas maldições.

A maga anuiu.

— Construção e destruição. Amor e ódio. Nossa natureza reside nisso. Em uma bifurcação. Ou por aqui, ou por ali. Não existe uma terceira via.

– Destruição – disse Benedetta.

A maga Reina olhou para ela.

– Ouça-me bem. Precisa saber o que está escolhendo...

– Destruição – disse Benedetta com mais força.

A maga anuiu. Tinha uma luz de pena no olhar. Respirou fundo e tornou a falar:

– O amor nutre e engorda. O ódio consome e encova. O amor enriquece, o ódio rouba. Me entende, Benedetta?

– Destruição – repetiu Benedetta pela terceira vez, com uma voz decidida, baixa e rouca.

– O amor aquece – continuou a maga. – O ódio congela.

Benedetta a fitou sem fraquezas nem incertezas.

– Já fez sua escolha – disse, então, a maga Reina. – Estou a seu serviço, mas não sou seu mal nem seu bem. O que faço é por sua vontade, e as consequências não recairão sobre mim. Amém. Diga "amém", Benedetta.

– Amém.

– Cedo ou tarde, todo o mal desejado retorna para o local de onde veio. Que não volte para mim, mas para quem o desejou. Está claro, Benedetta?

– Não me interessa.

– Diga "amém".

– Amém.

– Preciso que me traga algo da pessoa. Os cabelos são o instrumento mais eficaz. Mas uma peça de roupa também é suficiente.

– Terá os cabelos.

– Agora está pronta. Se quiser prosseguir, levante-se e feche os olhos – disse a maga Reina, também se colocando em pé.

Benedetta se ergueu e fechou os olhos.

A maga Reina colocou uma mão em sua testa e a outra no meio do peito, abaixo do osso esterno.

– Quem quer destruir, Benedetta? Diga seu nome diante dos espíritos que serão seus aliados e que eu invoco. Diga!

– Giuditta da Negroponte.

– Que assim seja.

47

Mestre

AINDA FALTAVA MUITO PARA AMANHECER quando Mercurio se levantou. Tinha dormido bem pouco. Não fizera outra coisa além de pensar em Giuditta. Estava cansado, agitado e assustado. Mas tinha certeza de que tudo ocorreria da melhor forma no Arsenale. Não poderia lhe acontecer nada. A vida lhe sorria.

Ele e Giuditta tinham conversado, repetia-se infinitas vezes desde a noite anterior. Disseram-se muito mais do que poderiam esperar. Poucas palavras, mas tão importantes e intensas que continham todos os seus sentimentos. Se tivesse contado a alguém que ele e Giuditta tinham se *tocado* através de um portão, o tomariam por louco. No entanto, para Mercurio – e sabia que para ela valia o mesmo – era como se tivessem se tocado de verdade. Mão contra mão.

E tinha certeza de que – hesitou em formular esse pensamento, de tão empolgante e enorme que era – Giuditta sentia exatamente o mesmo que ele por ela. Estavam ligados. Tinham se tornado uma coisa só.

Por isso, estava certo de que nesse dia nada poderia lhe acontecer no Arsenale. Por isso, sabia que não seria morto.

Porque, simplesmente, não estava em seu destino.

Porque seu destino era coroar seu amor com Giuditta.

Enxaguou o rosto na bacia com água. Pegou as roupas do *arsenalotto* e começou a vesti-las com uma lentidão ritual, como se esses movimentos estudados o ajudassem a entrar no papel. Ao vestir o casaco, apertou instintivamente o braço esquerdo contra o peito, para mascarar o rasgo no tecido, e abaixou o olhar para verificar o efeito. Não se via nada. Deu alguns passos para experimentar a caminhada com o braço aderente ao corpo. Não parecia muito natural. Então, deu mais dois passos, mal movendo o braço, e verificou se o rasgo se tornava muito evidente. Porém, nem assim podia ser visto. Havia algo estranho. Ergueu o braço no ar.

Então, deu-se conta de que não havia mais rasgo nenhum.

Anna o havia costurado.

Mercurio riu.

Em seguida, começou a se caracterizar. Pegou um espesso tufo de pelos que havia cortado no dia anterior da cauda de um cavalo. Selecionou alguns e os colocou à parte, depositando o restante em cima da cama. Depois, mergulhou a ponta dos dedos em uma tigela cheia de resina, que havia recolhido fazendo uma profunda incisão no tronco de um abeto. Com os dedos, lambuzou os cabelos na altura das orelhas, na parte posterior, pouco acima da linha do barrete do *arsenalotto*. Então, colou pequenos tufos da cauda do cavalo nos próprios cabelos. Em pouco tempo, sua cabeleira se tornou longa e densa. Prendeu-a com uma fita vermelha, muito chamativa. Quem olhasse para ele logo seria atraído por ela e não prestaria atenção em sua fisionomia. Em seguida, espalhou um pouco de resina sob o nariz, onde colou mais pelos, oportunamente cortados sob medida. Agora tinha bigodes. E, como toque final, colou mais pelos nas sobrancelhas, tornando-as mais espessas e quase unidas entre si. Sabia que esses poucos elementos o transformavam em outra pessoa, e o *arsenalotto* de quem havia roubado os vestidos muito dificilmente o reconheceria, até porque ele não estava com a menor vontade de se exibir.

Satisfeito, desceu a escada em silêncio para não acordar Anna e dirigiu-se à porta na ponta dos pés.

– Venha comer – disse a voz da mulher, vindo da cozinha.

Mercurio parou com a mão na porta.

– Está frio, e o dia vai ser longo – continuou Anna.

Mercurio tirou a mão da maçaneta e entrou na cozinha. Envergonhava-se de aparecer vestido e caracterizado como *arsenalotto*.

Anna desatou a rir.

– Você é bom mesmo!

O café da manhã estava sobre a mesa. Mercurio se sentou e começou a comer.

– O que está fazendo em pé a esta hora? – perguntou.

Ela olhou para ele e sorriu.

– Não é só por você, seu vaidoso – respondeu-lhe. – Arranjei um trabalho.

– Que trabalho? – perguntou ele, admirado e de boca cheia.

Anna vestiu uma longa capa de fustão, forrada com pele de esquilo.

– Há uma recepção a ser preparada na casa de um aristocrata que vai mal das pernas. Está contratando empregados domésticos por alguns meses para fazerem um pouco de tudo, mas principalmente limparem o palácio. Está uma verdadeira pocilga.

– Que necessidade você tem de trabalhar? – perguntou Mercurio. – Temos dinheiro suficiente.

– Esse dinheiro é seu. Guarde-o. Você tem um sonho ambicioso. E eu tenho condições de me sustentar... – Anna olhou para ele com amor. – E devo isso a você, que me restituiu a vontade de conseguir.

– Não concor...

Anna o interrompeu com um gesto.

– Preciso fazer isso por mim – disse.

– Sim, mas...

– Ouça, cabeça-dura. – Anna foi para o lado dele. – Imagine como seria importante para mim dar a você nem que fosse apenas meio soldo para o seu projeto. – Olhou nos olhos dele, com seu sorriso transparente. – Você entende, não?

Mercurio anuiu.

Anna beijou sua testa.

– Agora, me deixe ir que a viagem até Veneza é longa.

– Veneza? – sorriu Mercurio. – Então não é nada longa. – Pegou-a pela mão. – Venha – disse, arrastando-a até a saída.

– Espere... – Anna lhe estendeu uma cestinha de vime.

Mercurio olhou para ela sem entender.

– Não sabia que todos os *arsenalotti* levam o próprio almoço?

Mercurio abriu a cestinha. Dentro dela havia um pão envolvido em um pano de linho, duas grossas fatias de toucinho e duas cebolas.

Depois, perto da porta, Anna colocou nos ombros dele uma capa preta, larga e comprida.

– Fique parado. Nem todo mundo precisa te ver vestido de *arsenalotto* – disse rudemente, enquanto amarrava a peça de roupa na frente. – Essa é a besteira que você está para fazer? – perguntou-lhe.

Mercurio anuiu e baixou o olhar.

Anna pegou sua cabeça com as mãos rachadas e a puxou para si.

– O Arcanjo Miguel está com você. Não pode te acontecer nada. Mas tenha cuidado mesmo assim. Não cometa nenhuma imprudência.

Depois, encaminharam-se a passos rápidos para o cais do mercado de peixes. Mercurio lhe apontou Battista, que o esperava a bordo do barco Zitella, junto com Tonio e Berto, já sentados no banco, com os remos nas mãos.

– Bom dia, Battista – cumprimentou a mulher.

– Bom dia, Anna – respondeu o pescador, constrangido e, em um primeiro momento, custando a reconhecer Mercurio disfarçado, mas depois mostrando-se perplexo pela surpresa.

– Quer dizer, então, que o senhor é o comparsa de Mercurio... – disse Anna.

– Comparsa? – indagou Battista, com a voz trêmula.

– Ora, vamos, estou brincando! – riu Anna. Depois, olhou para Tonio e Berto, que fitavam Mercurio, espantados e achando graça. – Bom dia, rapazes. A mãe de vocês está melhor? Já se curou daquela tosse terrível?

– Sim – resmungou Tonio de cabeça baixa, também constrangido.

Anna ia dizer mais alguma coisa quando Mercurio a empurrou a bordo.

– Agora você vai ver quanto tempo se leva para chegar a Veneza – disse-lhe e dirigiu-se a Tonio e Berto. – Vamos fazer o vento assobiar nos cabelos da minha mãe.

Anna sentiu o coração disparar e um nó na garganta.

Em seguida, os remos começaram a gemer sob o impulso poderoso dos braços dos dois irmãos.

Anna pensou que havia muito tempo não se sentia tão alegre. E se lembrou de que, após a morte do marido, imaginara que nunca mais se sentiria assim. Olhou para Mercurio e, cruzando seu olhar com o dele, disse-lhe:

– Obrigada.

– Ahn? – indagou ele.

Anna encolheu os ombros.

– Nada.

Aquele rapaz realmente era especial, capaz de uma generosidade sem limites, embora ninguém nunca a tivesse ensinado a ele. Observou-o com amor ainda por um instante e se abandonou à sensação do vento nos cabelos.

Pouco depois, entraram no Rio della Maddalena e, pouco antes do largo, atracaram no Sotoportego de le Colonete.

Mercurio desceu e ajudou Anna.

Ela mostrou a ele uma entrada escura e malcuidada.

– É ali que trabalho.

– Tem certeza de que eles têm dinheiro para te pagar? – quis saber Mercurio.

– Sim. Esses aristocratas decadentes são estranhos... Também pensei a mesma coisa, mas a cozinheira que trabalha ali há anos me explicou que, para as recepções, o patrão sempre paga, pois não quer que circulem boatos de que não tem dinheiro. Não entendo nada, mas a cozinheira me disse que, quando o patrão quer tentar fazer negócios, tem de demonstrar que seu porta-moedas está saudável. Então, sabe o que faz? Para mim, parece loucura. Limpa todo o palácio, deixando tudo um brinco e... e depois, endivida-se até os cabelos, compra prataria, quadros, tapeçaria, librés para os serviçais e tudo o que é necessário para fazê-lo parecer rico, o que ele não é. Dá a recepção, organiza um banquete magnífico, tenta concluir negócios e, no final, revende o que comprou, tentando saldar as dívidas. Não é uma loucura?

Mercurio observava o palácio, sem se pronunciar, com um olhar distraído.

– Ouviu o que eu disse? – perguntou Anna.

– Quê?

– Em que está pensando?

Mercurio deu um sorriso vago.

– Nada. Uma ideia...

– Que ideia?

Mercurio encolheu os ombros.

– Nada.

– Às vezes você parece um homem – disse-lhe Anna.

– Eu *sou* um homem!

– Sim, claro – sorriu Anna. – Agora vou trabalhar, mas veja se não cresce rápido demais, meu menino. – Virou-se e cruzou com o olhar de Battista, que tinha ficado no barco. – O senhor tem filhos. Por favor, tenha juízo – disse-lhe, encaminhando-se para o palácio do nobre.

O pescador enrubesceu.

– E então? – perguntou Tonio quando ficaram sozinhos. – Vamos?

Todos olhavam para Mercurio com seriedade.

– Vamos – respondeu ele, solenemente, subindo a bordo.

Ninguém abriu a boca durante todo o trajeto. A tensão era palpável. Já não havia margem para brincadeiras.

Atracaram na Riva degli Schiavoni, mas adentrando em um canal lateral, pouco visível.

Mercurio se levantou para desembarcar. Virou-se para Battista e os dois irmãos.

– Como eu reconheço uma... sobregata de lona? – perguntou, contendo a respiração.

– A sobregata é a vela pequena do mastro principal. Aquela que fica no ponto mais alto – disse Tonio. – E todas as velas do... do Arsenale, se é disso que estamos falando, são de lona.

Mercurio anuiu. Pulou na calçada. Depois, com um gesto seco, abriu a capa e a lançou a bordo do Zitella.

– Não vou precisar dela agora. Guardem para mim.

– É uma loucura... – estremeceu Battista, ao ver o uniforme de *arsenalotto*.

Os dois irmãos ficaram boquiabertos de surpresa. Depois, Berto, com sua voz grave, deu uma sonora gargalhada. – Mostre a eles, rapaz! – exclamou. – Vamos te esperar no Rio della Tana.

Batistta balançava a cabeça. Estava assustado.

– No Rio della Tana – disse Tonio. – O melhor momento é quando vão todos para casa, ao anoitecer. Têm pressa e vão prestar menos atenção em você.

Um silêncio profundo pairou no ar.

Battista continuava a balançar a cabeça.

Mercurio olhou para ele.

– Posso contar com vocês?

– É uma loucura... – repetiu o pescador.

– Posso contar com você?

Battista levantou o olhar e fez que sim.

Nesse momento, ecoou no ar o som vibrante do Marangona, que dava início ao dia de todos os venezianos.

– Preciso ir – disse Mercurio. Virou-se e foi ao grande pátio diante do Paraíso.

"Que nome idiota", pensou Mercurio, olhando para os três imensos edifícios que abrigavam quase dois mil trabalhadores e suas famílias.

Em um primeiro momento, os *arsenalotti* jovens e velhos apareceram em pequenos grupos, depois, cada vez mais numerosos, trazendo suas cestas com o almoço a tiracolo e encaminhando-se em silêncio, na claridade sombria de uma alvorada sem sol, rumo às muralhas do Arsenale. Nenhum deles falava. Fazia frio e tinham sono. As ruas ecoavam o ruído de seus passos.

Mercurio se curvou, enfiou o barrete na cabeça e se misturou à multidão de operários. Para onde quer que olhasse, via pessoas vestidas como ele. As ruas estavam lotadas. Quem se encontrava no centro era empurrado de todos os lados; quem se encontrava nas laterais, era lançado contra os muros das casas. Era impossível parar ou mudar de direção. Mercurio pensou que era como uma gota de água em uma torrente. Passaria totalmente despercebido.

Perto da entrada do Arsenale, a multidão quase parou. Avançava-se muito lentamente, parando a cada passo. Começou a sentir medo. Haveria algum controle? Documentos? O que estaria acontecendo? Pôs-se na ponta dos pés, tentando ver mais além, mas não conseguiu enxergar nada.

Ao seu lado, um *arsenalotto* bocejou.

– Que encheção de saco esse primeiro turno! – exclamou.

Mercurio anuiu.

– É mesmo...

– Podiam ao menos fazer outra entrada – continuou o homem. – Não acha? Tem cabimento termos de ficar aqui parados toda manhã, como gado, porque a Porta é estreita demais para nos deixar passar rapidamente? – Bufou. – Sabe de uma coisa? Se um daqueles que fazem as leis e tomam as decisões levasse uma vida de gente normal, as coisas funcionariam melhor. Não acha? Se toda manhã entrassem na fila como nós, entre outras centenas de *arsenalotti*, alargariam a porta ou abririam outra.

– Pois é... – disse Mercurio, cerrando os punhos, em sinal de vitória, sem se fazer notar. A lentidão se devia ao número extraordinário de operários, não a um controle.

Porém, ao passar sob o grande arco da Porta di Terra, sentiu o coração retumbar nos ouvidos, como um tambor enlouquecido. Uma gota de suor escorreu por sua têmpora, apesar do frio. Abaixou a cabeça e tentou controlar a respiração. Refreou as pernas, que queriam começar a correr, e a cabeça, que o aconselhava a dar meia-volta e fugir.

"Pense em Giuditta", disse a si mesmo. "Nada pode te acontecer."

Os guardas não o notaram. Nem sequer olharam para ele. Era apenas um entre tantos. Inúmeros. Um *arsenalotto* qualquer entre centenas de *arsenalotti* quaisquer. Mercurio riu com seus botões. E, enquanto se afastava, pensou que os venezianos eram uns idiotas presunçosos. Vangloriavam-se de suas extraordinárias medidas de segurança, mas, na realidade, qualquer um podia entrar no Arsenale. E até com certa facilidade.

– Ei, você. Aonde vai? – disse uma voz às suas costas.

Mercurio se enrijeceu. "Você se deu mal ficando sozinho, seu cretino", praguejou. Não se virou e continuou a caminhar, sem acelerar o passo.

– Ei, idiota, responda! – disse novamente a voz, e uma mão forte agarrou seu ombro.

48

Veneza

– Você está proibida de ver aquele rapaz! – disse Isacco, diante do café da manhã que sua filha havia preparado. – Toda a comunidade está comentando a sua cena de ontem à noite!

– Não me interessa o que dizem – respondeu Giuditta impetuosamente, quase contando ao pai o que falavam a respeito dele. Mas se conteve.

– É o seu povo – continuou Isacco. – De todo modo, não quero que veja esse rapaz...

– O nome dele é Mercurio – disse ela com orgulho.

– Não! O nome dele é ladrão, e o sobrenome, impostor! – exclamou Isacco. – E pode estar certa de que não te tirei daquele fim de mundo que é nossa ilha para você acabar como... – Interrompeu-se, com o rosto vermelho.

– Como quem? – quis saber Giuditta.

Isacco se agitou, como se estivesse para explodir.

– Como a sua mãe, santo Deus! – Permaneceu um instante em silêncio, cabisbaixo, olhando para a tigela de caldo quente e bufando como um touro. – Sua mãe não teve escolha. Afastou-se da comunidade e só conseguiu arranjar um... bem, um como eu.

– Pai... – disse Giuditta aproximando-se, comovida.

Isacco a deteve com um gesto seco.

– Que fique bem claro que você não vai vê-lo nem vai se encontrar com ele! – reafirmou com voz firme. – Trate de tirá-lo da cabeça!

Giuditta se sentou com as costas curvadas e as mãos no colo.

– Sinto falta da vovó... – disse em voz baixa.

Isacco olhou para ela, surpreso e repentinamente constrangido.

– O que isso tem a ver agora? – perguntou-lhe.

– Eu poderia perguntar a ela por que isso que estou sentindo me dá tanto medo... – respondeu Giuditta com um sussurro. Levantou o olhar para o pai, mas logo tornou a baixá-lo. – Poderia desabafar com ela, que me pegaria nos braços e faria com que eu me sentisse segura...

Isacco sentiu-se perdido. Olhou ao redor, como se houvesse outra pessoa à qual delegar o caso. Bufou, mas desta vez sem raiva. Quase assustado. Abanou o rosto, que se tinha incendiado. Depois, lentamente, levantou-se do seu lugar e postou-se atrás de Giuditta. Inclinou-se e a abraçou com rigidez, de modo desajeitado. Permaneceu assim, imóvel, por alguns instantes, com os olhos arregalados.

– Mas não pode desabafar comigo – disse em voz muito alta. – Não sobre Mercurio, especialmente sobre ele.

Giuditta esboçou um leve sorriso.

– Não posso nem te perguntar o que é o amor?

– Não! Claro que não! – exclamou Isacco.

– Nem mesmo saber o que você sentiu da primeira vez em que viu minha mãe?

Isacco se desprendeu dela.

– Você está querendo me levar na conversa! – exclamou. – Santo Deus, está querendo me levar na conversa! – Afastou-se e começou a caminhar de um lado para outro da sala, com expressão obstinada. – Esse rapaz não é adequado para você. Ponto-final.

– Por quê?

– Está me perguntando por que um ladrão e impostor não é adequado para você? – indagou Isacco, abrindo os braços. – A resposta é elementar. Porque é um ladrão e impostor!

Giuditta fitou-o em silêncio. Depois, anuiu lentamente e baixou a cabeça.

– Tem razão.

– Claro que tenho razão – afirmou Isacco. Mas na defensiva, estudando a filha. Havia alguma coisa errada naquela rendição.

– Não, tem razão. Não gostaria que ele fosse o pai dos meus filhos – disse Giuditta, como se raciocinasse em voz alta. – Como pode um ladrão e impostor ser um bom pai?

– Mas... está dizendo... Como também sou um... – Isacco bateu o pé no chão com força. – Ah, vocês mulheres! Foram feitas pelo demônio em pessoa! É inútil você tentar. Já entendeu muito bem o que eu quis dizer. Chega de conversa! Eu sou eu, ele é ele. Não somos iguais.

Giuditta sorriu. O pai mudaria de ideia. Na noite anterior, ela fora se deitar com a certeza de que nada de ruim poderia lhe acontecer na vida. Não depois do que houvera com Mercurio. Muito tempo antes, o destino havia assumido uma promessa em nome deles. Porém, naquela noite, foram eles a assumi-la, em primeira pessoa. E a vida, dissera-se Giuditta, não podia preparar certos encontros para depois não permitir que se realizassem. Não podiam existir histórias tão tolas e cruéis, nas quais esse tipo de amor não triunfasse. A vida tinha entrelaçado os destinos de ambos em único. Suas existências separadas em uma única. A partir daquele momento, tudo o que acontecesse com ela só poderia ser para melhor.

Virou-se para a nova série de barretes que estava costurando.

– Há outra coisa que preciso te dizer... – começou.

Ao ouvir o Marangona tocar, sinal de que o portão do Ghetto seria aberto, Isacco agitou a mão no ar.

– Desde que não diga respeito àquele vigarista, tem a minha bênção – disse, abreviando a conversa.

– Trata-se...

– Agora não tenho tempo – disse Isacco, jogando a capa nos ombros. – A doença está se espalhando, e eu não sei como detê-la. – Abriu a porta de casa. Depois, viu que a filha tinha ficado triste e retornou. Beijou sua testa. – Conversamos outra hora... – Interrompeu-se e pegou as mãos dela. – O que fez nos dedos?

Giuditta se liberou do aperto. Estava com os dedos vermelhos e machucados pelas agulhas.

– Tenho costurado...

– Ah, bom... – Seu olhar pousou na pilha de barretes amarelos, dobrados sobre o banco perto da mesa. Apontou distraidamente para eles. – Aqueles? Mas quantos você já tem?

– Era sobre isso que queria te falar...

– Agora não, meu amor. – Beijou de novo sua testa e saiu de casa.

Giuditta suspirou e se sentou, com o olhar no vazio. Instintivamente, sua mão foi até a borboleta que Mercurio lhe dera de presente e que ela mantinha na bancada de trabalho. Sorriu, ainda com o olhar desfocado. Tudo se arranjaria. Tudo daria certo. Virou-se para os barretes. Já estava dando tudo certo. Todas as mulheres da comunidade pareciam querer uma de suas criações. Ottavia disse até que tinha vendido algumas peças por baixo do pano a três cristãs ricas. Era uma aventura empolgante. E lucrativa.

Esticou-se e pegou um barrete a ser terminado. A agulha e o fio estavam presos no avesso. Tirou a agulha e começou a costurar. Fez uma careta. Seus dedos estavam mesmo doloridos. Se Mercurio os visse os acharia feios, pensou. "Não", disse a si mesma. "Não. Ele os encheria de beijos." Sorriu. Depois, abandonando-se a esse pensamento, riu. E, no silêncio da casa, a risada ecoou alegremente, como a água de uma torrente de verão entre as pedras.

– Quem te visse assim poderia pensar que você está meio louca – disse uma voz junto à porta. – Mas você só deve estar feliz.

Giuditta se virou.

– Ottavia! – exclamou.

– Não tem o hábito de fechar a porta? – perguntou ela, entrando.

Giuditta sorriu para ela e tornou a pegar a agulha.

– Pare com isso – deteve-a a mulher. – Olhe para seus dedos. – Balançou a cabeça. – Estamos indo bem nos negócios, mas você não pode continuar assim. Além do mais, as encomendas estão aumentando...

Giuditta pousou a agulha. Estava com uma expressão cansada, os traços tensos. Acariciou as asas da borboleta de filigrana de prata.

– Se você ficar doente, adeus, negócios – continuou Ottavia. Sorriu. Mas algo em seu olhar dizia que não estava brincando. – E seu pai certamente não poderia cuidar de você. Nunca está em casa.

Giuditta ergueu o olhar para a amiga.

– Meu pai está se ocupando de questões muito sérias. Não tem tempo para essas bobagens.

Ottavia foi até a janela. Olhou para baixo, para o largo. Respirou fundo, como se buscasse as palavras certas.

– A comunidade não está tão convencida de que sejam questões... sérias.

Giuditta se enrijeceu.

– Meu pai está fazendo o seu dever de médico – disse na defensiva.

– A comunidade está convencida de que as pacientes que ele trata são bastante... inconvenientes.

– A comunidade, a comunidade... – bufou Giuditta. – Sabe o que penso às vezes? Que os cristãos nos trancam na gaiola à noite, sim, mas a comunidade, por sua vez, nos tranca...

– Pare por aí, Giuditta – interrompeu-a Ottavia. – Senão, você acaba formulando pensamentos perigosos, correndo atrás de palavras que escapam da boca. Vamos encerrar esse assunto, está bem?

Irritada, Giuditta voltou para a costura.

Ottavia dirigiu-se até ela, colocou a mão nas suas, detendo-a com ternura.

– É inútil costurar com esses dedos. Você vai acabar tingindo o tecido de vermelho. – Sorriu-lhe. – O barrete precisa ser amarelo, lembra-se? Não vermelho.

Giuditta ainda a olhava com expressão zangada.

– Você fica feia quando franze as sobrancelhas – comentou Ottavia. – Nunca te disseram isso?

Giuditta retirou as mãos. Olhou para Ottavia, relaxando lentamente a testa. Seria fácil pensar nela como uma mãe. Talvez a própria Ottavia pensasse em ser uma mãe para ela, já que não tinha filhos. Mas Giuditta não sentia falta de uma mãe, embora nunca tivesse tido uma.

– Quer ser minha amiga? – perguntou-lhe de repente.

Ottavia inclinou a cabeça, surpresa.

– Mas eu *sou* sua amiga.

– De verdade?

– Sim, claro.

Giuditta apertou sua mão.

– Tenho orgulho do meu pai. Ele está fazendo algo muito importante – disse, olhando fixamente em seus olhos.

Ottavia restituiu o olhar. Depois, lentamente, anuiu.

– Não sou uma mulher corajosa. Sou esperta, inteligente, boa nos negócios... mas nem sempre, nessas coisas, consigo pensar com a minha cabeça.

– Não quero que a comunidade nos separe – disse Giuditta.

– Sim. Tem razão.

– Então, o que vamos fazer? – perguntou Giuditta com um sorriso.

– Como assim?

– Você é a esperta, inteligente e boa nos negócios, não é? Como vamos resolver esse problema dos barretes? – riu Giuditta.

Ottavia a abraçou.

– Nisso eu já pensei.

– Diga.

— Vamos pedir ajuda às mulheres. Colocá-las para trabalhar. E vamos pagar um tanto por cabeça – disse Ottavia.

— E os maridos? O que vão dizer? O que a comunidade vai dizer?

— Depois pensamos nisso, não me sobrecarregue – disse Ottavia, arregalando os olhos. – Aliás, você vai pensar nisso. Sou a esperta, inteligente e boa nos negócios, mas a corajosa e rebelde é você.

Giuditta riu.

— Então, vamos fazer barretes de todas as cores, não apenas os amarelos para os judeus.

Ottavia levou a mão à boca.

— Você enlouqueceu? Não podemos vender aos cristãos! Aqueles três que vendi não contam, aconteceu porque elas me pediram, mas fazer disso um negócio é coisa séria.

Giuditta sorriu.

— Pensei nisso. Os cristãos nos permitem exercer apenas três profissões. Quais?

Ottavia balançou a cabeça.

— Você sabe muito bem...

— Quais?

— A de usurários... – começou Ottavia, titubeante.

— O que mais?

— A de médicos...

— E?

— A de donos de brechós.

Giuditta sorriu, satisfeita.

— Isso mesmo, os donos de brechós! E o que eles fazem?

— Vendem mercadoria usada. Mas não estou entendendo...

— Posso vender este a uma cristã? – interrompeu-a Giuditta, agitando no ar um barrete que tinha acabado de fazer.

— Não! Claro que não!

— Por quê?

— Ah, querida, porque é um barrete novo e...

— Espere. – Pegou a agulha, picou a ponta do dedo e a apertou entre dois dedos, até que saísse uma grossa gota de sangue. – Veja, Ottavia – disse, comprimindo a ponta do dedo com a gota de sangue na faixa interna do barrete. O tecido se manchou de vermelho.

— O que está fazendo?

— Ainda acha que este barrete é novo? Ou é usado?

Ottavia abriu a boca.

— Você é mesmo um gênio, Giuditta da Negroponte! — exclamou, dando uma gargalhada.

— Também quero fazer vestidos, Ottavia! Vestidos que combinem com os barretes — continuou Giuditta, com os olhos acesos pela paixão. — Faz muito tempo que penso nisso. Se somos obrigadas a usar barretes amarelos, combinaremos nossos vestidos com os barretes, como as pessoas livres, em vez de fazer o contrário.

Admirada, a amiga olhava para ela e anuía.

— Poderíamos ganhar mais dinheiro do que nossos homens, sabia?

— Não, não sou boa de cálculo.

— Poderia ser um problema maior do que o fato de trabalharmos como eles — disse Ottavia, pensativa.

— Meu pai vai ficar do meu lado — declarou Giuditta.

— Bom, vamos ver — sorriu Ottavia, embora estivesse assustada com o que acabara de intuir. — Vamos ver...

— Temos de encontrar um nome para a nossa empresa — disse Giuditta, entusiasmada.

— Que nome? Alguma coisa como "Brechó da Giuditta"? Ou "Giuditta e Ottavia, o brechó do Ghetto"?

Giuditta pegou a borboleta de filigrana de prata que Mercurio lhe dera e mostrou a ela.

— Borboleta? — disse Ottavia. — É horrível.

Giuditta riu, achando graça.

— Minha ilha foi governada primeiro pelos venezianos, agora é pelos turcos, mas a população é grega. São um povo antigo e nobre. Sabia que a borboleta, na mitologia deles, representa a alma? E sabe como os gregos chamam a alma?

— Não.

— Sabe, sim. Todo mundo sabe — riu Giuditta.

— Não sei mesmo...

— Psique.

— Psique?

— Isso mesmo. Nossa empresa se chamará "Psique".

— Psique?

— Pare de repetir.

Ottavia anuiu. Observou a borboleta de filigrana com mais interesse. Apontou para ela.

– Quem te deu?

– Uma pessoa – respondeu Giuditta, enrubescendo.

Ottavia sorriu.

– Como você ficou corada, pelo visto não foi uma mulher nem um velho caduco.

Giuditta encolheu os ombros.

– Não teria sido o rapaz... do portão?

Giuditta não respondeu.

– Ele não é judeu – disse Ottavia. – Essa é outra coisa de que a comunidade anda falando.

Giuditta baixou o olhar.

Ottavia suspirou.

– Muito bem. Quer dizer, mal, muito mal. – Tornou a apontar para a borboleta. – E esse negócio aí representaria a sua alma ou a dele?

Giuditta acariciou as asas da borboleta.

– A nossa... – respondeu em voz baixa.

– *Nossa?* – Ottavia olhou para cima, balançando a cabeça. – Oh, estamos em maus lençóis. Oficialmente, estamos mergulhando em um mar de problemas. – Suspirou de novo. – Tudo bem. Mãos à obra! Uma coisa por vez. Agora tenho de encontrar as costureiras. E você, pense nos modelos para os vestidos. – Dirigiu-se à porta. – Ou melhor, não, venha comigo. Se é para nos apedrejarem, ao menos que o façam quando estamos juntas.

Giuditta riu, levantou-se, pôs a borboleta no bolso, jogou nos ombros a capa pesada de feltro e saiu de casa.

– Preciso comprar os tecidos – disse ao descer a escada.

– Você deveria comprar uma cabeça nova, menina – replicou Ottavia. – E outra para mim também. Fique sabendo que não somos normais. Estamos fazendo uma verdadeira loucura.

– Sim – riu Giuditta.

– Sim, santo Deus! – exclamou Ottavia, saindo sob os pórticos. Ao ver o marido, disse-lhe: – Senhor Moeda, me dê um *tron** de ouro que preciso fazer uma loucura.

---

* Moeda veneziana do século XVI. (N. T.)

O marido olhou para ela, franzindo as sobrancelhas. Depois, sorriu, pôs a mão no porta-moedas que trazia na cintura e lhe deu a lira *tron*.

– Acha que estou brincando, não é, marido? – indagou Ottavia. Virou-se para Giuditta. – O senhor Moeda acha que estou brincando. – Tornou a olhar para o marido. – Lembre-se bem: eu te avisei que estava para fazer uma loucura e você me encorajou – disse-lhe, apontando o dedo para seu peito.

O marido sorriu, embora a suspeita de não entender direito o que estava acontecendo tenha atravessado seu olhar.

De braço dado com Giuditta, Ottavia a impeliu para a ponte do Ghetto.

Ao passar pelo portão, Giuditta desacelerou o passo. Esticou a mão e acariciou a madeira através da qual tinha tocado Mercurio. Semicerrou os olhos. Pensou em como as coisas podiam mudar de um dia para outro. Em um piscar de olhos, o símbolo de uma prisão transformado em símbolo de amor.

Ottavia a puxou.

– Estão olhando para você.

– Não me importa – riu Giuditta.

Atravessaram a ponte e caminharam pela Fondamenta dei Ormesini, olhando as lojas de rendas e tecidos.

– É aquele ali o seu cristão? – disse Ottavia, apontando para um homem de cerca de 30 anos, alto e com uma mandíbula forte e quadrada.

Giuditta olhou para ele.

– Não! – disse a Ottavia. – Mercurio não é tão velho assim e é muito mais bonito!

Ottavia deu um gemido, como um lamento.

– Mercurio... Esses cristãos têm cada nome! Para os antigos romanos, o deus Mercurio era o protetor dos ladrões. Mas o seu não é um ladrão, não é?

– Não... claro que não... – Giuditta sorriu, sem graça.

Nesse momento, viu sair de uma rua lateral um menino magro, com um barrete horrível, caído sobre os olhos, e uma malha de lã de gola alta, puxada até o nariz. O menino corria na direção dela.

Tudo aconteceu em um segundo.

O menino avançou sobre ela. Agarrou-a pelos cabelos, quase no couro cabeludo, e puxou com grande violência.

Giuditta sentiu uma dor lancinante, uma ardência intensa. Gritou. Viu a mão do menino apertar no punho uma longa madeixa dos seus cabelos.

– Judia de merda! – gritou o menino e, com um salto, agarrou seu barrete e o levou.

Enquanto ele fugia, veloz como tinha aparecido, Giuditta, transtornada pela dor e pela surpresa, pensou que parecia conhecê-lo, talvez por causa da pele tão amarela.

– Pare, delinquente! – gritou um comerciante. Tentou apanhá-lo, mas o menino se esquivou, ágil como um gato. O comerciante foi até Giuditta.

– A senhorita está bem?

Ela levou a mão à cabeça, onde doía mais. Sentiu que saía um pouco de sangue.

Ottavia a abraçou.

– Está ferida? – perguntou o homem.

Giuditta arregalou os olhos.

– Não posso ficar aqui sem o barrete – disse. Levou a outra mão à cabeça e baixou o olhar. Era como se estivesse nua. Dirigiu-se quase correndo para a ponte do Ghetto e a atravessou rapidamente.

Ottavia a seguiu. Alcançou-a e a parou quando chegaram ao largo. Abraçou-a.

– Giuditta da Negroponte – disse uma voz atrás delas.

As duas mulheres se voltaram. Diante delas estava Ariel Bar Zadok, mercador de tecidos do Ghetto.

– O que o senhor quer? – perguntou Ottavia, tentando despachá-lo.

– Giuditta da Negroponte – repetiu Ariel Bar Zadok, com uma espécie de tom oficial e obsequioso. Deu um passo à frente. – Se me permite... Eu gostaria de conversar com a senhorita sobre negócios e...

– Não é o momento – interrompeu-o Ottavia, com rispidez. – Não viu o que aconteceu?

– Não, eu... – respondeu o mercador, mortificado.

– Pode falar, Ariel – disse Giuditta, com um fio de voz. Talvez ele a distraísse de seus pensamentos e dos seus medos, pensou.

– Giuditta da Negroponte... bem, eu gostaria de lhe fornecer meus tecidos e tudo o que você precisar, sem nenhum custo – disse Ariel Bar Zadok, ganhando velocidade à medida que expunha sua ideia. Agitou a mão no ar com uma delicadeza que parecia um lenço de seda. – Entraremos em acordo para um porcentual sobre as suas criações. E gostaria de ter exclusividade na venda dos seus maravilhosos modelos.

Giuditta trocou um olhar com a amiga, que tinha uma expressão tão perplexa quanto a sua.

– Quanto à exclusividade, ainda vamos ver – lançou-se Ottavia, dando uma cotovelada leve em Giuditta. – Apresente uma proposta adequada e vamos pensar.

Enquanto isso, atrás de Ariel Bar Zadok, uma pobre mulher judia tinha se aproximado. Baixou lentamente a cabeça e juntou as mãos rachadas em sinal de cumprimento.

– Senhora, se precisar de uma boa costureira, eu ficaria feliz em lhe servir.

– Talvez precise de duas costureiras – disse atrás deles outra mulher, com semblante corado. – Também sou boa, e meu marido é um ótimo cortador de tecidos, com tesoura e instrumentos próprios.

Perplexa, Giuditta olhou para Ottavia. Depois, virou-se para o portão do Ghetto e pensou em Mercurio. Então, repetiu a si mesma que nada de ruim poderia lhe acontecer. A agressão de pouco antes havia sido apenas o gesto de um menino, pensou. Não tinha nenhum valor. Mesmo a dor na cabeça estava passando. A vida era uma coisa maravilhosa. Voltou-se para o homem e lhe sorriu com confiança.

Nesse meio-tempo, o menino correu pela interminável série de pequenas pontes entre uma calçada e outra. Depois, entrou em uma rua. Assim que dobrou a esquina, parou. Em uma das mãos segurava a madeixa de Giuditta e, na outra, o barrete amarelo. Foi até uma gôndola. Estendeu a madeixa e o barrete a uma mulher elegantemente vestida, com um véu que escondia seu rosto.

– Você é o melhor, Zolfo – disse a mulher.
– Obrigado, Benedetta.

49

— Então, idiota, aonde você vai? – repetiu a voz, e a mão que havia agarrado seu ombro, assim que ele entrou no Arsenale, obrigou-o a virar-se.

Mercurio viu-se diante de um homem alto, forte, com uma série de estranhos instrumentos de madeira e metal. A longa barba grisalha estava cheia de nós e migalhas do café da manhã. Tinha os olhos claros, azuis como o céu de verão, e um par de óculos redondos apoiados no nariz adunco.

– É mudo, por acaso? – perguntou o homem, com voz rude, sem fazer cerimônia.

Mercurio olhou ao redor, boquiaberto, buscando algo para dizer que não o revelasse. Em torno deles moviam-se várias dezenas de *arsenalotti*.

– Você é novo, não é? – indagou o homem.

Mercurio fez que sim.

– Eu sabia. Vi pelo modo como caminhava. Como alguém que não sabe aonde ir. – O homem balançou a cabeça, com os lábios comprimidos. – Cada idiota que contratam! – murmurou. – Depois se espantam se não conseguimos mais construir três galés por dia como antigamente. – Fitou Mercurio. Com um resmungo de descontentamento, deu uma palmada na nuca do rapaz, quase uma bofetada. Apontou o indicador para um casebre de madeira, com telhado feito de ripas de abeto. – Não sei para onde te encaminharam nem quero saber. Estou precisando de terra no estaleiro. Por isso, a partir deste momento, você trabalha para mim. Pegue um carrinho de mão, novato.

Mercurio partiu correndo, entrou no casebre e saiu empurrando um carrinho de mão de madeira, com roda raiada.

– Serve este aqui? – perguntou.

O homem não respondeu e lhe fez sinal para segui-lo, caminhando ao longo de um amplo cais.

Mercurio foi atrás dele. "Enquanto você estiver com alguém, estará salvo", pensou.

– Sabe quem eu sou? – perguntou-lhe o homem, sem se virar.

– Não, senhor.

– Sou o supervisor Tagliafico – disse o homem, superando um recinto de estacas de madeira, dentro do qual se erguia um monte de terra vermelha sob um alpendre. – Não sabe nem mesmo quem é o supervisor? – perguntou o homem, parando ao lado do monte de terra.

– Acabei de chegar, senhor Tagliafico...

– Mas como te contrataram? Veneza está mesmo naufragando. Por outro lado, parece que ninguém mais quer trabalhar e até pessoas como você acabam sendo úteis – reclamou. – O supervisor, ou carpinteiro naval do Arsenale, ou mestre de obras, é o deus dos navios. Sou eu que os crio. Um navio não pode nascer se não for fecundado por mim. Com os meus colhões. Ficou claro?

– Sim, senhor Tagliafico...

– Sim, novato – suspirou o supervisor. – Vamos, ponha a terra no carrinho e mãos à obra! Hoje você vai ser o assistente de todos os mestres de navio, um depois do outro. No final do dia, pelos menos você vai saber que diabos está fazendo no Arsenale, porra! Rápido, temos de fazer nascer uma galé.

Mercurio viu uma pá e encheu o carrinho de mão com terra vermelha, fina como areia. Assim que concluiu a operação, o supervisor saiu do Recinto delle Terre a passos firmes, virou à direita e dirigiu-se ao cais da Darsena Nuova. Contornou-o e cortou caminho por uma ponte de barcas planas, rumo à Darsena Nuovissima.

Enquanto se aproximavam dos grandes estaleiros terrestres, Mercurio ficou fascinado ao descobrir aquele mundo desmesurado, um reino inteiro de água, extenso como um lago, contido por calçadas, muros, atracadouros e rampas e coberto por alpendres. Um pequeno mar, para o qual davam os depósitos repletos de madeira, cordames e utensílios, de cujos telhados saíam densas baforadas de fumaça, onde as fundições estavam em plena atividade. Sem contar as inúmeras aparas de madeira, que crepitavam sob os pés onde quer que se caminhasse, como uma invasão de gafanhotos. Havia também um perfume de resina no ar, que fazia esquecer o mau odor da laguna.

– Pelo menos, você é curioso – disse o supervisor, notando seu interesse. – Mas agora caminhe.

Mercurio o seguiu até um gigantesco estaleiro terrestre. Era um espaço com no mínimo quarenta passos de largura e mais de cem de comprimento, coberto por um alpendre de madeira com amplas abóbadas apoiadas em colunas de granito de quatro ou cinco pérticas de altura e capitéis rústicos, mas imponentes, que sustentavam as vigas.

O supervisor indicou um instrumento reluzente, como um pequeno carrinho de mão fechado, com um funil sob a pequena caixa de metal leve e uma alavanca na lateral.

– Encha-o.

Com a pá, Mercurio colocou um pouco da terra vermelha no carrinho. A terra descia pelo bico do funil e se depositava no chão.

– A alavanca, imbecil! – gritou-lhe o supervisor, vendo que ele tentava tampar o funil por baixo.

Mercurio virou a alavanca na lateral do carrinho de mão, e o fluxo de terra vermelha se interrompeu.

Nesse momento, um menino soprou um estranho instrumento, que parecia um chifre, mas produzia um som mais agudo, e em poucos segundos uma verdadeira multidão acorreu ao estaleiro até então deserto. Na primeira fila, Mercurio viu carpinteiros segurando machados e serrotes, formões, furadores, macetas, goivas e outras ferramentas para trabalhar a madeira. Alguns deles era mais grosseiros, outros, mais refinados. Atrás deles, um bando de aprendizes, a maioria jovem, segurando serras de quase uma pértica de comprimento, com lâminas denteadas e cabos retos dos dois lados, para permitir a mais de duas pessoas manobrá-las. Havia outro grupo de operários com as mãos pretas e cobertas de crostas. Seus rostos também estavam sujos e seus cabelos, grudentos, parecendo estopa. Seguravam folhas metálicas, e uma folha maior estava apoiada na plataforma de ferro furada de uma carroça, sob a qual alguns operários preparavam um fornilho. Esses operários eram rodeados por um tropel de aprendizes, pretos e sujos como eles, que seguravam maços de madeira e formões de ponta chata, além de fardos de cânhamo cru. Todos, indistintamente, estavam dispostos ao redor do estaleiro, como se estivessem para assistir a um espetáculo. No entanto, não se misturavam; permaneciam ordenados em grupos, como os regimentos de um exército.

No centro deserto do estaleiro, apenas o supervisor. Olhava para o chão, como se lesse algo que somente ele fosse capaz de enxergar. Permaneceu assim, absorto, por um bom tempo. Ninguém dava um pio.

Mercurio tinha a sensação de que, de um instante a outro, pudesse acontecer um prodígio. E certamente era nisso que pareciam acreditar todos os espectadores, a julgar pela atmosfera que se respirava.

O supervisor Tagliafico levantou o olhar do chão. Girou em torno de si mesmo, de braços abertos, segurando os compassos e fitando os operários. Seu rosto estava sério. Houve um ligeiro murmúrio, como a reverberação sonora da espera. Em seguida, Tagliafico pegou um punhado de terra vermelha, caminhou a passos largos até uma extremidade do estaleiro e depositou um montículo. Ajoelhou-se e apontou para um complexo instrumento feito de medidores e lentes, no lado oposto do estaleiro.

– Vá para lá com a *traçadora*, novato – ordenou-lhe.

Mercurio sentiu o olhar de todos sobre ele.

– Traçadora? – perguntou em voz baixa ao menino que havia tocado o chifre.

– O carrinho de mão – respondeu o menino. – Rápido.

Mercurio correu até o outro lado do estaleiro, empurrando o carrinho. Postou-se no centro.

Tagliafico lhe fez sinal para avançar.

Mercurio moveu-se bruscamente.

– Devagar! – gritou o supervisor.

Os espectadores riram discretamente.

Mercurio parou.

– Gire a alavanca e avance em linha reta até mim.

Mercurio girou a alavanca. A terra vermelha começou a sair pelo funil. Na metade do estaleiro, virou-se para ver a linha que deixava para trás. Desviou-se.

– Olhe para a frente, imbecil! – gritou o supervisor.

Mercurio obedeceu. Sentia que todos olhavam para ele. Curvou-se, rezando para que o *arsenalotto* de quem havia roubado as roupas não o reconhecesse, caso estivesse entre os espectadores.

Quando Mercurio o alcançou, o supervisor fechou a alavanca do carrinho de mão e se virou para um homem do grupo de carpinteiros.

– Mestre carpinteiro Scoacamin, confio-lhe este novato. – Pegou Mercurio pela orelha e o puxou.

O rapaz fez uma careta de dor.

Os presentes riram.

– Não sabe como se constrói um navio. Hoje vamos torná-lo um verdadeiro *arsenalotto* – acrescentou Tagliafico com seriedade. Então, todos pararam de rir e anuíram. – O mestre carpinteiro vai encaminhá-lo ao mestre calafate; depois, vocês o mandam aos mestres seguintes em cada etapa. – Tagliafico empurrou Mercurio para o homem com o qual havia falado primeiro.

– Sou o mestre carpinteiro Scoacamin – disse-lhe o homem. – Tagliafico lhe deu uma grande honra. Retribua prestando atenção no trabalho. Ele é imbatível no traçado da curvatura do casco.

Enquanto isso, o supervisor arrastava o carrinho de mão, fazendo marcações ao longo da linha reta traçada por Mercurio e ajoelhando-se para medir com seus compassos. O traçado de várias linhas de terra vermelha resultou no desenho de uma densa teia no chão do estaleiro. Quando terminou, estava suado e tinha as mãos, o rosto, a barba, as lentes dos óculos e a túnica preta de supervisor vermelhos de terra. E quando ergueu as mãos para o céu, ouviu-se um aplauso, longo e sincero.

Mercurio não entendia.

– O navio – disse-lhe o mestre carpinteiro, apontando para os sinais vermelhos no chão. – O navio está todo aí. Agora, cabe a nós a tarefa mais fácil. – Virou-se para seus homens e gritou: – Ao trabalho!

Em um instante chegaram três grandes carroças, nas quais estavam empilhadas tábuas de madeira, grandes vigas de seção quadrada e outras de seção retangular, mais finas.

– Desçam a quilha! – ordenou o mestre carpinteiro a um grupo.

Os carpinteiros pegaram uma gigantesca viga e a posicionaram ao longo de uma das longas linhas vermelhas traçadas pelo supervisor, cortando-a e adaptando-a à linha. Em seguida, com extraordinária velocidade e uma coordenação de bailarinos, acrescentaram outras tábuas, umas sobre as outras e encaixando-as entre si. Fizeram furos perpendiculares, nos quais inseriram longos pernos de madeira, fixando as vigas da quilha entre si.

Enquanto o mestre carpinteiro ordenava "Roda de popa e roda de proa!", outro grupo de carpinteiros inseria dois elementos curvos, também de seção quadrada, depois de terem aplicado *cabeçotes* de encaixe. Esse encaixe ainda não estava concluído, e uma série de costelas, chamadas de *cavernas*, eram inseridas na quilha e sustentadas por uma viga menor, de seção retangular, chamada de *contraquilha*. O casco foi reforçado com vigas chamadas de *escoas*. Depois, entre elas e a contraquilha, dispôs-se um conjunto de tábuas, chamado de *forro interior do fundo*.

Após verificar o trabalho, o mestre carpinteiro ordenou uma breve pausa, na qual os aprendizes, e entre eles Mercurio, varreram o pavimento das aparas e lascas de madeira, bem como dos diversos descartes da obra. Quando terminaram, já não havia sinal das linhas de terra vermelha. Em seu lugar, porém, sobressaía a silhueta da futura galé como o poderoso esqueleto de um animal mitológico.

Então, começou-se a colocar a *pele* no navio, ou seja, o cintado, que foi sendo reforçado até o toque do sino do almoço.

Após a rápida refeição, o mestre carpinteiro Scoacamin levou Mercurio para o mestre calafate, um dos que tinham as mãos pretas e cheias de crostas. O homem acenou para ele com a cabeça e o confiou a um aprendiz.

– Cuidado para não se queimar – disse-lhe o rapaz, entregando-lhe uma lata de betume líquido, com uma concha toda cheia de crostas. Mercurio entendeu por que tinham as mãos pretas. O ajudante verteu o betume em um balde, no qual outro aprendiz havia enrolado uma série de tiras de cânhamo cru.

O mestre calafate passou a mão entre as tábuas do cintado.

– *Malabestia* – ordenou. Estenderam-lhe uma espécie de formão de ponta chata. – *Maço de calafate* – disse em seguida, e lhe passaram um martelo de madeira. Virou-se para o rapaz, que imediatamente mergulhou as mãos no balde e esticou uma tira de cânhamo embebida em betume fervente no espaço entre duas tábuas do cintado. Enquanto o rapaz esticava o cânhamo, o mestre calafate o empurrava entre as tábuas com o formão, batendo forte com o maço.

Mercurio observou o casco. Havia no mínimo cinquenta calafates martelando em cada parte, alguns no chão, outros empoleirados nas escadas, e pelo menos o dobro de ajudantes. O barulho dos maços batendo era ensurdecedor, e o trabalho prosseguia a uma velocidade extraordinária.

Quando terminaram, a voz do supervisor ecoou, potente:

– Para o tanque!

De repente, fez-se um silêncio tenso.

Todos os *arsenalotti* circundaram a galé em construção. Cerca de trinta homens ataram cabos espessos na proa do navio e outras cordas no costado, a estibordo e a bombordo, preparando-o para ser puxado.

– Atenção, vai! – gritou o chefe da equipe.

Então, os aprendizes dos mestres carpinteiros soltaram as longas escoras laterais, e outro grupo começou a posicionar estacas sob a quilha, à medida que o casco era puxado para a frente com os dois cabos de proa. Em pouco tempo, a estrutura começou a rolar rapidamente sobre as estacas, aproximando-se de uma rampa que terminava em uma doca seca. O grande tanque de alvenaria estava sem água, e o piso ficava abaixo do nível da Darsena Nuovissima, que se ampliava à frente dele. Quando o casco chegou ao centro do tanque, os homens que o tinham arrastado até ali correram para fora da doca seca e, com longos bastões dotados de ganchos, arpoaram as laterais do navio. Os operários se aglomeraram nas laterais do tanque, enquanto a antepara era aberta como uma comporta, com engrenagens de rodas denteadas. A água invadiu a doca.

Todos prendiam a respiração. Era o momento de verificar se o navio era impermeável e se tinha uma centragem que o tornasse estável.

Fascinado, Mercurio observava a água lodosa espumar ao passar sob a comporta da antepara. O casco da galé estremeceu sob o impulso da corrente. Quando o tanque se encheu, a antepara foi novamente fechada. Sob a inspeção do supervisor, o mestre calafate subiu a bordo. Segurava uma escora e controlava o casco, começando por baixo, pé após pé. Ao final da inspeção, olhou para o supervisor e anuiu.

Então, Tagliafico, para o qual todos se tinham voltado, ergueu as mãos ao céu e anunciou:

– A Sereníssima tem uma nova galé!

Houve um coro de gritos alegres.

– Fechem o casco! – ordenou o supervisor, com um sorriso satisfeito.

Em um piscar de olhos, Mercurio viu carpinteiros e seus mestres, calafates e aprendizes subirem na galé em construção e prepararem a *antepara de colisão* e a da *bucha*. Fecharam-se os *tanques de colisão* com os respectivos compartimentos e o paiol da amarra, criaram-se plataformas intermediárias, tanto a dos remadores quanto a coberta e a destinada à bateria, com as escotilhas para a artilharia, até chegar ao convés. Formaram-se os porões, as cabines e a despensa, e se lançaram as bases do *tombadilho*, o *estai de popa*, as *alhetas*, o *púlpito*, as entradas para o leme e as alças para a mastreação.

"Parecia uma mulher se vestindo", pensou Mercurio. Então, logo imaginou Giuditta. Pensou que um dia poderia observá-la vestir-se. Talvez pudesse vê-la todas as manhãs da sua vida, se conseguisse realizar seu sonho.

Um rumor de dobradiças girando em seus eixos o trouxe de volta à realidade. A comporta estava sendo aberta. O navio foi retirado do tanque e rebocado pelo lado leste das duas docas, e depois ao longo do lado sul da Darsena Nuovissima.

Durante todo o trajeto, Mercurio ficou a bordo, assistindo ao nascimento de cada mínimo detalhe. Nada era deixado ao acaso. E se deu conta de que as horas tinham se passado sem que ele percebesse.

Em pouco tempo, com dois altos guindastes de madeira, munidos de um braço giratório e movidos por engrenagens denteadas e cabos de cânhamo entrelaçados, foram montados os mastros *principal*, de *mezena* e de *traquete*. Depois, as *vergas* e, logo em seguida, o *cesto da gávea* no alto do mastro principal, e todo o cordame foi esticado. Passou-se, então, à fabricação dos remos, onde troncos longos e retos de faia dos bosques friulanos eram trabalhados e polidos, até receberem sua forma definitiva. Em seguida, eram carregados a bordo e inseridos nos toletes, em correspondência com os bancos, cada um munido de correntes e anéis à chave. Aos poucos, cada ínfimo detalhe da galé foi colocado em seu lugar, desde os *passa-cabos* de amarração até a infinita série de *moitões*, as roldanas usadas a bordo. Foram carregados os catres nos quais dormiriam os marinheiros e até mesmo o *pan biscotto*, alimento básico da tripulação em navegação, uma espécie de biscoito que era assado e preparado nos fornos do Arsenale, com farinha, água e um pouco de sal. Havia também as bombardas, fabricadas diretamente na fundição do Arsenale, e vários barris pequenos.

— Pólvora — disse um aprendiz. — Mandamos todo mundo pelos ares se alguém fizer besteira.

A essa altura, quando a galé já estava aparelhada, Mercurio compreendeu que havia chegado seu momento. Desceu do navio e seguiu os aprendizes que entravam no depósito das velas. Como já era conhecido, por um lado tinha muita liberdade de movimento, mas, por outro, todos queriam lhe ensinar alguma coisa e, portanto, era sempre controlado.

— O supervisor Tagliafico disse que precisa de duas sobregatas — arriscou a certa altura, dirigindo-se ao almoxarife.

O homem olhou para ele de esguelha.

— E para que o supervisor precisa de duas sobregatas se a galé é uma só?

— Pergunte a ele — respondeu Mercurio, encolhendo os ombros.

— Não, eu não vou lhe perguntar coisa nenhuma.

— Então, devo dizer a ele para vir te pedir pessoalmente, de joelhos? — indagou Mercurio.

O almoxarife não devia estar preparado para discutir com aprendizes linguarudos, como aquele que se encontrava à sua frente. Ficou desconcertado. Resmungou algo incompreensível e, com raiva, perguntou:

– Então, o que quer fazer?

– Você é idiota, por acaso? – disse Mercurio, ao entender que estava levando vantagem.

– Idiota é você! Que leve, então, essas duas sobregatas! – ralhou o almoxarife, derrotado. Entrou em uma sala com estantes enormes, nas quais estavam dobradas várias dezenas de velas, escolheu as duas pedidas por Mercurio e as depositou com rispidez no balcão. – Mas trate de carregá-las você mesmo – disse-lhe, com as mãos na cintura.

Mercurio pôs no ombro as duas pesadas peças de lona e saiu cambaleando do depósito.

Quando encontrou a Tana, o empório público do cânhamo, deu um suspiro de alívio. Virou-se para a doca da Darsena. Nela, à luz suave do anoitecer, olhou com admiração para a galé que vira nascer de poucas linhas de terra vermelha, traçadas em um piso de cerâmica. Em um único dia. O navio estava na enseada, com as velas frouxas. Viu os *arsenalotti* na coberta, erguendo os braços ao céu e saltando. Não podia ouvi-los, mas sabia que estavam rindo. E sentiu uma espécie de pontada no peito. Queria estar ali, com eles, festejando.

"Mas você não passa de um trapaceiro", disse a si mesmo, quase esmagado pelo peso das duas sobregatas.

Entrou na Tana e caminhou a passos rápidos, fingindo estar ocupado. Ninguém prestou atenção nele. Era apenas um *arsenalotto* que se demorava com duas sobregatas, em vez de ir para casa comer e repousar, como cabia a cada um deles após uma longa jornada.

Mercurio encontrou a escada dos fundos, subiu-a com muito esforço e, ao chegar ao topo, viu-se em uma sala com uma janela ampla, que dava para os muros do Arsenale. Olhou para baixo. O salto era perigoso. No entanto, a parte mais difícil era lançar o fardo do outro lado da muralha. Achou que não teria forças. Encostou-se à parede da sala quando viu dois guardas se aproximarem. Ouviu-os passar. Falavam de mulher. Um da própria esposa, e o outro, de uma prostituta. E riam.

Quando se afastaram, Mercurio se moveu. Não dava mais para esperar nem pensar. Simplesmente, era preciso tentar. Apertou uma sobregata contra o peito e pulou da janela sobre a muralha. Aterrissou de modo bastante ágil no caminho de ronda. Debruçou-se entre duas ameias e viu embaixo o barco de Battista, que o esperava no Rio della Tana. "Seria um belo mergulho", pensou.

– Ei – disse à meia-voz.

Battista e os dois irmãos logo levantaram a cabeça. Tonio lhe fez sinal para pular. Battista tinha uma expressão assustada.

Mercurio quis voltar.

– Quem está aí? – gritou um guarda, debruçando-se de uma torre no fundo, na face frontal da muralha.

Mercurio percebeu que já não teria tempo de recuperar a segunda sobregata. Sentiu o coração na boca. Pensou que, se o pegassem, o afogariam. Pensou no pesadelo que tivera, viu o rosto inchado do bêbado, afogado nas galerias de esgoto de Roma, viu a borboleta que dera de presente a Giuditta, imaginou o semblante de Anna del Mercato, chorando em seu funeral sem cadáver. Sentiu que o medo o vencia.

"Nada pode te acontecer", disse a si mesmo. Pensou em Giuditta, que era o objetivo daquela façanha. Seu destino. A razão pela qual nada poderia lhe acontecer.

– Quem está aí? – gritou novamente a voz do guarda, mais próxima.

Mercurio apoiou o pé na ameia da muralha, apertou a sobregata contra o peito e gritou com todo o fôlego que tinha, fechando os olhos. Enquanto caía, a sobregata se abriu, inflou-se no ar e desacelerou a queda. Mercurio aterrissou metade no barco, metade na água, com um forte ruído. Por causa do impacto, o ar saiu com tanta violência de seus pulmões que ele sentiu que perderia os sentidos.

– Parem! – gritaram os guardas no alto da muralha.

Tonio e Berto já estavam a postos junto aos remos e os faziam gemer, enquanto remavam o mais rápido que podiam. Enquanto isso, Battista havia resgatado Mercurio, içando-o completamente a bordo.

– Puxem também a sobregata! – gritou Tonio. – Ela está nos fazendo perder velocidade!

Um dardo disparado da besta de um guarda cravou-se no fundo do barco. Battista se assustou e soltou a sobregata, que havia resgatado quase por completo. A lona se desenrolou de novo na água.

– Puxem a vela a bordo, porra! – gritou Tonio com voz embargada pelo cansaço, enquanto remava cerrando os dentes.

Mercurio ainda estava tonto devido à queda. Também se debruçou para fora do barco, mas estava fraco, e suas mãos se moviam lentamente. Battista estava encolhido no fundo do Zitella e tremia de medo.

– Battista! Me ajude, me ajude, não estou conseguindo! – gritou Mercurio.

O pescador baixou a cabeça e evitou seu olhar, como já havia feito antes, quando Zarlino tentara roubar Mercurio e Benedetta.

– Covarde! – gritou Mercurio com raiva.

Outro dardo se cravou na lateral do barco, na popa. Mercurio não se deu por vencido e debruçou-se, tentando puxar a sobregata. Contudo, os dois irmãos aceleraram ainda mais a remada, e ele foi lançado para fora da embarcação. Mercurio se agarrou ao leme.

– Battista! – gritou, com a voz embargada pelo desespero. – Battista! Por favor!

Então, de repente, o pescador reagiu. Levantou-se, debruçou-se na popa e o agarrou. Enquanto era resgatado, Mercurio ouviu um sibilo no ar. Como um assobio sem som. Battista parou por um instante. Mercurio estava no meio do caminho.

– Battista...!

O pescador estava com os olhos arregalados. Olhava para Mercurio com uma expressão de espanto. Em seguida, cerrou os dentes e o içou a bordo. Mercurio se debruçou no barco e ajudou Battista com a sobregata.

– Mais rápido! Mais rápido! – gritava Tonio, remando em direção à embocadura do Rio della Tana. – Estamos quase lá!

Mercurio puxou com toda a força que tinha. Viu que Battista desacelerava os movimentos.

– Vamos! Porra, não pare justo agora! – gritou para ele.

Battista pareceu recobrar o ritmo, mas logo desacelerou de novo.

– Vamos, porra! – incitou-o Mercurio.

Depois, viu que a lona da sobregata começava a tingir-se de vermelho.

– Não! – gritou, entendendo o que havia acontecido. Puxou a bordo o último pedaço da vela, completamente ensopado de sangue. Battista caiu de costas no fundo do barco, que agora deslanchava a toda velocidade, perdendo-se nas águas abertas da Bacia de São Marcos. – Battista... Não...

O pescador agonizava, como os peixes que lançava a bordo havia tanto tempo.

– Conseguimos...

Mercurio viu o dardo, cravado na caixa torácica. Tinha entrado de lado, debaixo do braço.

– Viu... Mercurio? – dizia Battista em voz baixa, sacudido pela remada impetuosa dos dois irmãos, que apagavam seu rastro na laguna, procedendo sem a necessidade do leme. – Viu? – repetiu, buscando a mão de Mercurio. – Não sou... um... covarde...

Mercurio sentiu que as lágrimas turvavam sua vista.

– Não... não... você não é um covarde... – Segurou um soluço. – Não... você é um homem corajoso.

No rosto de Battista se formou um sorriso, distante e melancólico. Depois, seus olhos ficaram opacos, enquanto seu sangue se misturava ao dos peixes no fundo do Zitella.

50

Rimini

"Por que ele deve ser feliz?", dissera-se Shimon Baruch até o dia em que havia chorado nos braços de Ester. Essa simples pergunta lhe permitira manter vivo seu desejo de vingança em relação a Mercurio. Mas, sobretudo, afirmava implicitamente que ele, ao contrário, era infeliz. Imensamente infeliz.

No entanto, no dia em que havia chorado nos braços de Ester, essa segunda parte do postulado havia cessado de ter consistência. As lágrimas tinham desatado um nó, diluído a dor, dissolvido a dureza. E quando secaram em sua face, Shimon continuou a repetir a si mesmo, como por hábito: "Por que ele deve ser feliz?", mas já sentindo que ele também, naquele momento, era feliz. Talvez como nunca.

"Feliz...", flagrou-se a pensar.

Mercurio o fizera cair no mais profundo desespero, refletira Shimon nos dias que se seguiram. Arremessara-o em um pesadelo, fizera-o experimentar uma vertigem de medo que nunca sentira.

Nessa dramática queda, Shimon havia perdido tudo, não apenas o dinheiro. Tinha arriscado até mesmo perder a vida com a facada na garganta. De todo modo, tinha perdido a voz. E, sobretudo, tinha perdido a si mesmo.

Mas depois, enquanto observava à beira-mar a espuma das ondas sob um céu cinza como chumbo, Shimon concluiu que essa queda o fizera entender que não era tão fraco como pensava. Essa queda tinha "despelado" o velho Shimon e descoberto sua verdadeira natureza. Nesse momento, era um homem que já não conseguiria voltar para sua vida passada. Talvez não fosse melhor, de acordo com a lei de Deus e de sua gente. Mas a Shimon não interessava ser melhor. Essas categorias morais já não lhe diziam respeito. Nesse momento, Shimon sabia que era forte. Podia ser atormentado pela dor, mas não pelo medo. Sua vida de medroso tinha se encerrado no dia em que sentira a lâmina do punhal penetrar em sua garganta.

De certo modo, Mercurio o havia matado. Pois, efetivamente, *Shimon-Baruch-o-covarde* estava morto.

Shimon se levantou, sacudindo a areia do corpo. Dirigiu-se a Rimini. Rumo à casa de Ester, o lugar onde conseguia sentir-se feliz. Chegou à rua, sentou-se em uma pedra miliar, tirou os sapatos e esvaziou-os da areia clara e finíssima. Observou-a cair no chão. Como uma clepsidra que não media o tempo. Respirou fundo. Levou a mão à garganta. Passou a ponta do indicador na terrível cicatriz da queimadura com a qual havia cauterizado a ferida. Sentiu a flor-de-lis do ducado incandescente que havia pressionado contra a carne. Lembrou-se de sua incapacidade naqueles dias de sentir dor. Lembrou-se de sua incapacidade de formular pensamentos diferentes da vingança. Mas também se lembrou da empolgante sensação de força, de ferocidade. Da total ausência de medo. Naquela época, já deveria ter-se dado conta da própria sorte.

"Mas você era jovem", pensou, enquanto se formava uma espécie de sorriso em seus lábios. "Tinha apenas poucos dias." Depois, emitiu um ruído, semelhante a um soluço. E por mais desagradável e desafinado que soasse, Shimon o ouviu com espanto e alegria.

Tinha aprendido a chorar.

E agora estava aprendendo a rir.

Tentou novamente. Como um menino que ensaia um assobio. Depois de verificar se alguém poderia vê-lo ou ouvi-lo, enquanto caminhava para a casa de Ester continuou a fazer as provas de riso, deixando aquele ruído desagradável sair da boca muda, contraindo o diafragma e encolhendo os ombros.

Quando chegou à porta de Ester, estava pensando em contar-lhe a respeito de Mercurio e colocá-la a par de suas reflexões. Por isso, perdido em seus pensamentos, ficou por um instante com a mão fechada no ar, antes de bater. Foi quando ouviu uma voz masculina vindo do interior da casa. Enrijeceu-se. Baixou a mão e deu um passo para trás. Aguçou os ouvidos. Não estava gostando do tom daquela voz. Ou talvez simplesmente não gostasse de uma presença masculina dentro da casa de Ester, disse a si mesmo.

Olhou ao redor. Não se via ninguém. Então, contornou a construção com cautela, espiando pelas janelas. Por aquela que dava para a sala com a lareira, onde costumavam se sentar para ler, lado a lado, e onde certa vez também fizeram amor, viu um homem robusto, com ombros arredondados e imponentes, cabelos curtos e uma série de dobras na pele rosada da nuca, que o fizeram pensar no cachaço de um porco. Tinha mãos maciças e fortes, com dedos tão grossos que ele mal conseguia dobrá-los e que agitava no ar enquanto falava, ou melhor, quase gritava.

Ester parecia ainda menor do que realmente era. Seu corpo estava ligeiramente inclinado para trás, como se ela quisesse fugir. E mantinha os braços junto ao peito. Não cruzados, em sinal de desafio, mas juntos, para se defender. Pelo que Shimon pôde perceber em seu olhar, ela estava com medo e desesperada.

– Você não passa de uma judia rameira, e lembre-se de que posso te esmagar como uma barata – dizia o homem, de costas. Tinha uma voz esganiçada, de pessoa estúpida e malvada, e articulava mal as palavras. – Se não tem como devolver meu dinheiro, vou tomar a sua casa. – Agitou no ar um pedaço de papel. – Está tudo escrito aqui. É tudo legal.

– Senhor Carnacina – a voz de Ester tremia –, a casa... a casa é tudo o que tenho... o que me resta...

– E o que eu tenho com isso? – Carnacina avançou até ela.

Ester piscou, como se estivesse esperando um tapa na cara.

Junto à janela, Shimon ouvia a conversa e sentia as próprias emoções. Uma parte dele tremia de raiva. Mas, no fundo do seu ser, estava calmo. Não sentia nada.

– Senhor Carnacina – retomou Ester –, o senhor há de convir... que minha casa... vale bem mais do que esse empréstimo. Além do mais, não tenho para onde ir... não sei o que fazer...

Carnacina riu e bateu a mão na coxa.

– E o que eu tenho com isso? – repetiu e riu ainda mais alto. – Quem assinou este contrato? Leia aqui. É seu nome que está escrito aqui, sua judia rameira e burra. Se não me pagar a quantia que te emprestei de acordo com a lei, vou tomar sua casa.

– Pensei que conseguiria lhe devolver o dinheiro trabalhando, mas... – A voz de Ester estava embargada pela angústia.

– Peça ao mudo. Dizem que vem sempre visitá-la. Eu não daria nem um tostão furado a uma mulherzinha magra como você, mas se ele gosta... – Deu uma gargalhada. Depois, de repente, ficou sério e apontou o indicador contra ela. – Amanhã. Ou então, a casa é minha. – Virou-se e encaminhou-se à porta.

Shimon o observou. Tinha um rosto largo, achatado, com lábios exageradamente carnudos e vermelhos, dentes minúsculos, nariz arrebitado, faces avermelhadas e cobertas por vasos capilares rompidos.

Shimon se escondeu atrás de uma esquina e esperou que saísse. Levou a mão ao coração. Os batimentos estavam regulares. Nem o menor indício de aceleração. Viu Carnacina sair, caminhando com as pernas abertas e a passos pesados. E viu Ester, cabisbaixa, fechando a porta.

Então, Shimon saiu do esconderijo e começou a seguir o homem. Nem ele mesmo sabia por quê. Ou melhor, não se perguntava. Foi atrás dele até vê-lo entrar em um palacete de três andares. Um velho serviçal abriu a porta, e Carnacina o empurrou com grosseria para entrar. Shimon contornou o palacete e espiou pelas janelas. Em seguida, no lado leste, que dava quase na praia, na direção do mar, viu o homem ir para o jardim. Com inesperada leveza, pôs-se a cuidar de uma bela roseira e, enquanto podava, limpava os botões dos parasitas e adubava a terra, estampava um sorriso quase infantil no horrendo rosto largo.

Shimon retornou à casa de Ester, perguntando-se de quanto seria sua dívida. "Porém", pensou, "era uma pergunta inútil". Nesses dias, dera-se conta de que quase já não tinha dinheiro e, sobretudo, de que não tinha ideia de como arranjar mais.

Quando ele bateu à porta, Ester a abriu com um sorriso nos lábios. Mas Shimon viu que tinha os olhos avermelhados. Passou a noite com ela e, antes de despedir-se, sem que ela percebesse pegou o facão usado para cortar enguias. Beijou seus lábios com ternura e dirigiu-se à Hostaria de' Todeschi. Tão logo percebeu que Ester fechava a porta, Shimon entrou em um beco e tomou a direção contrária.

Ao chegar ao palacete de Carnacina, notou que em uma janela no primeiro andar ainda brilhava uma luz trêmula. Certamente o usurário fazia suas contas. Sabe-se lá por que os usurários cristãos não tinham a mesma fama dos judeus, perguntou-se Shimon. Em seguida, esgueirou-se no jardim, pulando o muro. Escondeu-se em um canto, tentando ouvir se chegava alguém. Ninguém. Tudo estava imerso no silêncio. Então, aproximou-se da roseira e cortou sua base. Com uma crueldade fria. Depois, sem se preocupar com os espinhos, pegou algumas rosas, bateu-as no chão, quebrando-as, e se dirigiu à casa com o maço de flores, que pendiam, despedaçadas.

Forçou a fechadura da porta leve que dava para o jardim e entrou, movendo-se com cautela. Tudo estava envolto na sombra. Os serviçais já deviam estar dormindo. Viu a escada que levava aos andares superiores. Subiu-a em silêncio. Ao chegar ao patamar do primeiro andar, aguçou os ouvidos, enquanto os olhos se habituavam à escuridão. Viu uma luz filtrar sob a porta à direita. Dirigia-se a ela a passos decididos quando ouviu um rumor vindo do térreo. Alguém arrastava os chinelos. E Shimon viu o velho serviçal avançar com uma vela na mão. O homem percebeu que a porta do jardim estava aberta. Foi até ela. Aproximou a vela da fechadura.

Shimon apertou o facão com mais força.

O velho olhou para o patamar. Depois, novamente para a porta e mais uma vez para o patamar. Por fim, fechou a porta e, com esforço, subiu a escada, bufando.

Shimon escondeu-se na escuridão e prendeu a respiração.

O servo chegou à porta ao lado da qual Shimon estava parado, com o facão vibrando no ar. Bateu devagar e a abriu.

— O que você quer? — resmungou Carnacina do lado de dentro.

— O senhor está bem, patrão? — perguntou o serviçal.

— Muito bem, ave de mau agouro. Vá embora — respondeu Carnacina com sua voz desagradável.

O servo se desculpou com uma reverência e, pouco antes de fechar a porta, viu no chão um botão de rosa ao se abaixar. Recolheu-o. Girou-o na mão, depois olhou para dentro do quarto.

— Feche! — gritou Carnacina.

O servo obedeceu, habituado a ser tratado como um cão. No entanto, à luz da vela, viu uma folha de rosa no chão, na passadeira. Recolheu-a e, então, viu outra pétala. Deu um passo à frente e, a essa altura, iluminou um par de sapatos. Ergueu a vela de repente, justamente no instante em que Shimon abaixava a mão que segurava o facão.

Shimon o atingiu na têmpora, com violência e determinação. Mas não com a lâmina. Não sabia por que, mas no último instante virou a mão e o atingiu com o cabo da arma.

O servo desabou no chão, desmaiado.

Shimon saiu em disparada, agarrou a maçaneta da porta do quarto de Carnacina e abriu. Entrou e a fechou com rapidez.

Carnacina estava de costas, sentado à escrivaninha. Bateu a mão no tampo de couro e perguntou:

— O que mais você quer, idiota?

Shimon avançou e parou atrás dele. Viu sua nuca de porco, franzida pelas dobras rosadas.

Carnacina se virou, irritado.

Shimon estendeu-lhe o maço de rosas despedaçadas.

– As minhas... – Em seguida, Carnacina se deu conta de que o homem à sua frente segurava um facão, e abriu a boca para pedir ajuda.

Shimon desferiu um golpe rápido da esquerda para a direita, mirando a garganta com o gume da arma.

O grito foi sufocado pelo sangue. Com os olhos arregalados, Carnacina levou as mãos à garganta rasgada.

Shimon deixou as rosas caírem no chão e riu, com aquela sua risada desagradável, batendo a mão na coxa, enquanto Carnacina morria e caía no chão.

Então, Shimon vasculhou entre os papéis na escrivaninha. O contrato de Ester estava em evidência, pronto para o dia seguinte. Shimon o amassou. Depois, abriu a gaveta da escrivaninha, mas nada encontrou de interessante. Revistou o corpo sem vida e encontrou um saquinho com sete moedas de ouro do Estado Pontifício e uma chave grande. Olhou ao redor. Viu o cofre. Experimentou a chave. O cofre se abriu. Dentro dele havia outro pequeno cofre, repleto de moedas e joias. Shimon pegou as moedas, uma pequena fortuna, e deixou as joias.

Quando terminou, olhou novamente para o cadáver e riu, batendo a mão na coxa. Em seguida, aproximou o contrato de Ester da chama do lampião e o queimou. Com ele, incendiou os livros de contabilidade de Carnacina. E, com estes, o pesado cortinado. Depois, saiu do quarto. Olhou para o local onde o serviçal havia desmaiado. O homem não estava mais lá. Shimon desceu a escada correndo e deixou a casa passando novamente pelo jardim e pulando o muro.

Enquanto se afastava, ouviu vozes que gritavam:

– Fogo! Fogo!

Nessa noite, não voltou para a Hostaria de' Todeschi. Bateu à porta de Ester e, assim que ela abriu, surpresa e talvez um pouco assustada, beijou-a. E somente ao fazer amor com ela sentiu o gelo que abandonava o próprio corpo e a própria alma.

Não conseguiu pegar no sono. Ao seu lado, ouviu a respiração inquieta de Ester, que provavelmente sonhava com a perda da própria casa. E, pouco antes do amanhecer, ao acertar as contas com aquela parte da própria natureza que havia despertado e tirado Carnacina do caminho como uma roseira, disse a si mesmo que talvez essa gélida e implacável natureza lhe pedisse para concluir sua vingança. Não importava que, nesse meio-tempo, Mercurio tivesse se tornado um benfeitor aos seus olhos. Esse fato não tinha a menor importância, pois sua natureza se alimentava de morte. Assim, enquanto adormecia, sentindo que o ódio e o rancor tornavam a envenenar sua alma, perguntou-se: "Por que ele deve ser feliz?".

Quando se levantou da cama, encontrou Ester lavando seu casacão. A água da tina estava vermelha de sangue.

Na cidade se dizia que Carnacina tinha morrido em um incêndio.

"Mas o serviçal estava vivo e provavelmente poderia reconhecê-lo", pensou Shimon.

Então, entendeu por que não o havia matado.

Porque agora já não poderia permanecer ali por muito tempo.

51

Mestre

À NOITE, MERCURIO SONHOU que Battista se transformava no mercador judeu que ele havia matado em Roma. Como naquela ocasião, sentiu o próprio corpo sujo de sangue, viscoso e pegajoso.

De repente, como acontece apenas nos sonhos, sem uma aparente conexão lógica, estava na cama com Benedetta. Como naquele dia na estalagem, depois que ela o beijara. E, do mesmo modo, Benedetta pegava sua mão e a levava ao seio. Também ela tinha o corpo coberto por um líquido viscoso, mas não era sangue.

Mercurio acordou, suado e agitado.

Obrigou-se a direcionar seu pensamento imediatamente para Giuditta, como sentindo-se culpado, como se a tivesse traído. Como se tivesse de libertar-se o mais rápido possível daquele sonho assustador e sensual, que lhe mostrava uma parte de si mesmo da qual tinha medo.

Desde a noite em que Battista morrera, quis correr até Giuditta. Mas não conseguiu. Como se aquela morte o tivesse maculado.

E ainda se sentia sujo porque não conseguia fixar a imagem de Giuditta. Seu pensamento voltava irremediavelmente para Benedetta, como um pedaço de ferro atraído por um ímã. Sentia seus lábios. Via seu corpo nu. Sentia a pele macia sob as próprias mãos, o mamilo duro entre os dedos. E por mais que tentasse opor-se com a vontade, uma parte profunda e incontrolável de seu ser se demorava nessas imagens sensuais e cultivava o desejo de acariciar novamente aquele seio e possuir aquele corpo.

Levantou-se da cama. Foi até a bacia de água e nela mergulhou o rosto. A água fresca cortou seu fôlego e os pensamentos que o assustavam.

Saiu correndo do quarto, depois de ter se vestido, mas desacelerou o passo na metade da escada. Esperava não encontrar Anna.

Mas ela estava ali. E parecia aguardá-lo.

– Battista morreu? – perguntou assim que o viu. – É verdade?

Mercurio sentiu um peso nos ombros. Curvou-se e deixou-se cair em uma cadeira perto da mesa.

– Então, é verdade.

Mercurio levantou os olhos para ela. Estavam vermelhos e desesperados. Queria chorar, mas não conseguia. Desde que Battista morrera, parecia que as lágrimas tinham secado dentro dele.

– Foi culpa minha – disse com voz embargada. – Foi tudo culpa minha.

Anna se aproximou dele. Devagar. Quase com cautela.

– Era um homem adulto, sabia o que estava fazendo...

– Não, não, não! – Mercurio bateu o punho na mesa. Depois da fuga do Arsenale, tinham amarrado uma pedra ao cadáver de Battista, deixando-o afundar na laguna. Não podiam devolver à viúva um corpo ferido por um dardo. Recitaram às pressas uma oração e abandonaram Battista à fome dos peixes e caranguejos. – Era um homem medroso, e eu o obriguei a me obedecer. Cheguei a ameaçá-lo. Disse a ele que contaria tudo a Scarabello... Ele não queria. Era um pescador, um homem bom... e eu o matei. Eu o matei!

– Então é verdade o que ouvi no mercado. Por isso você comprou o barco dele por duas moedas de ouro – disse Anna, sentando-se ao seu lado e colocando a mão em sua perna.

Mercurio virou o rosto para o outro lado.

Na noite anterior, tinha procurado a esposa de Battista. Dissera-lhe que seu marido tinha se afogado na maré alta e que não tinham conseguido recuperar o corpo. A mulher desabara no chão com um gemido. Segurava uma faca que usava para limpar os peixes. Nos braços e na barriga, sua blusa estava coberta de escamas. Olhara para a faca, depois abrira a mão, deixando-a cair.

– O que vou comer agora? – perguntara-se em voz baixa enquanto começava a tirar lentamente as escamas da blusa, observando uma a uma, como se a visse pela primeira vez, ou talvez pela última, e ordenando-as ao lado da faca. Como se estivesse se despindo. Então, Mercurio lhe dissera que compraria o barco de Battista por dois soldos de ouro. Um valor extraordinário. A mulher pegara as moedas e as mordera, incrédula. Depois, levantara o olhar para Mercurio e, com o dinheiro na palma da mão, dissera: – Vocês o mataram, não é?

Anna apertou sua perna.

– Sempre morre alguém perto de mim – disse Mercurio, com voz monótona, como se não fosse de fato sua. Ou como se ele não estivesse presente. – Trago a morte. Sou maldito...

– Não diga isso...

– Sabe por que vim parar aqui? – perguntou Mercurio virando-se de repente para olhá-la. – Você nunca me perguntou.

– Bom, você era um trapaceiro...

– Eu *sou* um trapaceiro!

– Tudo bem, você é um trapaceiro, tem tantas moedas de ouro... Não é difícil imaginar...

– Pois você se engana – disse com voz grave e voltou a baixar o olhar para a madeira manchada da mesa. – Estou fugindo porque... porque matei um homem.

Fez-se silêncio.

– Não acredito – disse, então, Anna.

– Mas precisa acreditar.

Anna ergueu o rosto dele e olhou em seus olhos. Longamente. Depois, disse com ainda mais firmeza do que antes:

– Não acredito.

Mercurio abriu a boca para falar. Em seguida, foi tomado por uma emoção violenta, quase feroz, que pareceu dilacerá-lo e perturbá-lo. Por fim, desatou a chorar desesperadamente, sem conseguir controlar-se. Um choro selvagem, feito de gritos e lágrimas. E chorou as lágrimas que não tinha conseguido verter por Battista nem pelo mercador judeu de Roma. Chorou pelo bêbado afogado nas galerias de esgoto diante da Ilha Tiberina. E chorou porque nunca tivera uma mãe e somente agora, com Anna, podia permitir-se escutar aquela dor sem limites, aquele vazio, aquele abismo que tinha no coração.

– Me conte tudo – disse Anna com uma voz cheia de amor, acariciando seus cabelos quando os soluços que sacudiam Mercurio se aplacaram.

Ele se virou e a abraçou, cingindo seu corpo quente e protetor. Apertou-a com ardor, banhando o vestido dela com suas lágrimas.

– Agora não – sussurrou. – Não consigo...

Anna beijou sua cabeça.

– Estou sempre aqui – murmurou em seu ouvido. Depois, levantou-se. – Venha, vamos lá para fora. Sempre me fez bem olhar a relva, as árvores, o céu. Olho para eles e não me sinto mais sozinha.

Mercurio deu uma pequena risada gutural.

– Que bobagem...

– Coragem, vamos! – repetiu Anna, puxando-o pela mão.

Oscilando, Mercurio se levantou. Enxugou o rosto com a manga da roupa e seguiu a mulher para fora da casa.

Anna o levou para os fundos, onde cresciam poucas e mirradas hortaliças. Ergueu o braço e apontou um pouco mais além para uma enorme construção que parecia abandonada, com a parte inferior de pedra, encaixada a seco, e a parte superior de madeira de abeto.

– Está vendo ali? Antigamente aquele era o estábulo. Éramos considerados ricos. Podíamos nos permitir viver em uma casa para duas famílias.

Mercurio olhou para o edifício. Ele o via da janela do seu quarto, mas nunca perguntou o que era.

Anna pegou sua mão.

– Venha – disse e o conduziu à porta desconjuntada do estábulo. Abriu-a. Do lado de dentro, alguns passarinhos que tinham feito ninho esvoaçaram. Um rato pôs a cabeça para fora das manjedouras. – Também tivemos cinquenta vacas. Foi nessa época que ele me comprou este colar – recordou com um sorriso, acariciando a joia que Mercurio havia resgatado. – Em seguida, veio a carestia. Não havia capim nem mesmo para as vacas. Ficaram magras de dar dó e já não produziam leite. Certa noite, no fim daquele ano, os bandidos desceram das montanhas friulanas[*] e nos roubaram dez. Depois de pouco tempo, vieram os camponeses dos arredores. Pediram desculpas. Disseram que era carne para os filhos deles, que estavam morrendo de fome. E pegaram uma vaca. E dez dias depois, mais outra. E uma terceira. E sempre vinham mais arrogantes. Já não pediam desculpas e traziam facões cada vez mais compridos. – Suspirou. Balançou a cabeça. – Por fim, veio a epidemia, que nos levou todas as vacas em uma semana. – Deu um passo para trás e fechou a porta do estábulo. – Estávamos na miséria. Mas estávamos juntos. – Sorriu. – Ainda estávamos juntos, meu marido e eu. Era o que importava. E, mais do que nunca, agora que ele está morto, me dou conta da sorte que tínhamos. – Olhou para Mercurio. – Não sei por que te contei isso.

Mercurio continuou a fitar o estábulo, pensativo.

– Preciso ir. Volto logo – disse.

---

[*] Relativo a Friuli, região do nordeste da Itália que faz fronteira com a Áustria. (N. E.)

Anna anuiu. E enquanto o via afastar-se, sorriu novamente, daquele seu modo gentil. Sabia muito bem por que lhe havia contado a história. Também sabia aonde ele estava indo com tanta pressa.

Mercurio chegou à casa de Tonio e Berto e bateu à porta.

Tinha de ver Giuditta de todo jeito. Era o que tinha entendido com a história de Anna. Independentemente do que acontecesse, tinha de estar com Giuditta, pois era o que importava.

Pediu que o levassem a Cannaregio no barco de Battista, que haviam escondido entre os juncos até o pintarem de novo, para que não fosse reconhecido pelas autoridades. Depois, marcou com os dois irmãos no Campo Santo Aponal, ao anoitecer, para receberem o pagamento de Scarabello.

Assim que se viu sozinho, encaminhou-se ao largo do Ghetto. E ali esperou, sentado, para ver Giuditta passar.

Contudo, quanto mais o tempo passava, mais sua mente voltava a Benedetta. Não conseguia tirá-la da cabeça. E as imagens sensuais se tornavam cada vez mais doentias, mais inquietantes. Pensava em Benedetta e se sentia incomodado. Era como ter uma nuvem preta sobre a cabeça. E, sem saber por que, experimentou uma sensação de perigo e medo.

Era quase noite, e Mercurio estava para ir ao encontro no Campo Santo Aponal quando Giuditta apareceu na Fondamenta dei Ormesini, avançando entre as rendas e peças de organza expostas na frente das lojas como luxuosos estandartes. Assim que a viu, as nuvens que pareciam adensar-se sobre sua cabeça se dissiparam, como por encanto. Moveu-se para ir até ela, mas logo desacelerou o passo. Giuditta não estava sozinha. Era acompanhada por um rapaz corpulento, que trazia um bastão curto e maciço na cintura.

Giuditta, que carregava os tecidos, viu-o ao erguer o olhar. Seu rosto se iluminou. Sorriu. Depois, virou-se envergonhada para seu acompanhante e o indicou para Mercurio com um aceno de cabeça, encolhendo os ombros.

Mercurio não entendia. Sentiu o sangue ferver nas veias. Queria absolutamente saber quem era aquele sujeito que caminhava com as pernas abertas, ar atrevido e olhando ao redor.

Postou-se na frente de Giuditta.

— *Ciao* — disse-lhe, usando a saudação que havia aprendido com Battista.

— Também gosto dessa palavra — respondeu Giuditta.

— O que você quer? — indagou de imediato o rapaz, colocando-se entre Mercurio e a moça, com a mão no bastão.

Mercurio não olhou para ele. Fitava Giuditta.

– Fui agredida por um menino, e meu pai pediu a Joseph que... – começou logo a explicar.

– Agredida? – interrompeu-a Mercurio, preocupado.

– Você é o rapaz do portão! – exclamou Joseph, apontando o dedo para ele.

– Sou quem? – perguntou Mercurio, franzindo as sobrancelhas.

– Vá embora. Fique longe dela – intimou-o Joseph, mostrando-se agressivo. – O pai dela não quer você por perto.

Mercurio olhou para Giuditta e leu a surpresa em seus olhos. Nem mesmo ela sabia a verdadeira razão pela qual seu pai a havia confiado a Joseph.

– Te derrubo quando eu quiser, seu gorila – reagiu Mercurio.

Joseph inflou o tórax.

Mas, nesse momento, Mercurio viu que Giuditta lhe dirigia uma prece silenciosa com os olhos. Estava constrangida e mortificada. Pedia-lhe para desistir. Ir embora.

– Brincadeira, bolo fofo – disse Mercurio. Tornou a olhar para Giuditta por um instante, intensamente, depois se afastou.

Ainda não tinha dobrado a esquina da rua à sua esquerda, e a raiva explodiu dentro dele, de maneira incontrolável.

– Filho da puta! – resmungou. – Filho da puta, filho da puta! – E como um transeunte olhou para ele com excessiva insistência, mostrou-lhe os punhos e indagou: – O que foi, idiota? – Em seguida, encostou-se no muro rachado de um edifício e tentou respirar fundo para recobrar a calma. Após um instante, voltou para a Fondamenta dei Ormesini e olhou na direção do Ghetto.

Ao chegar à ponte, Giuditta também se virou.

Seus olhos se enlaçaram.

Mas Mercurio sentia que aquela troca de olhares em que estavam aprisionados já não lhe bastava. Não aceitava ser excluído. Tinha de encontrar um modo para enganar a vigilância. Não podia tocar Giuditta através da madeira inanimada de um portão. E assustou-se só de pensar em roçar sua pele, pois logo suas mãos se recordaram do seio aveludado de Benedetta. Virou-se e foi embora, tentando desafogar-se na corrida e esperando calar os pensamentos. Quando chegou ao Campo Santo Aponal, parecia um touro enfurecido.

– Então? Quanto deu a minha parte? – perguntou Mercurio a Scarabello de um ímpeto, sem nem sequer cumprimentá-lo.

– Nem um *marchetto* – respondeu Scarabello, fitando os dois gigantes atrás de Mercurio, imóveis, com os braços cruzados sobre o peito vigoroso.

– Como assim?

– Você não vai receber nada porque eu também não recebi nada – respondeu Scarabello. – Os marinheiros são supersticiosos. E os armadores são até piores.

– O que isso tem a ver? – perguntou Mercurio.

– A sobregata estava vermelha de sangue – respondeu Scarabello de mau humor. Olhou novamente para os dois gigantes. Tocou o lóbulo da orelha. – Vocês usam esses brincos porque são marinheiros?

– Sim – respondeu Tonio.

– Zarpariam com uma sobregata ensanguentada?

– Não.

– Não! – exclamou Scarabello. – Claro que não! – Abriu os braços de maneira teatral. – Você fracassou, rapaz. E me fez fracassar aos olhos do mercador.

– Um homem morreu! – gritou Mercurio tomado por um ódio profundo, fitando-o com os olhos avermelhados.

Scarabello sustentou seu olhar.

– A morte desse homem não me diz respeito.

Mercurio continuou a fitá-lo com ódio. Mas sabia que Scarabello tinha razão. A morte de Battista não lhe dizia respeito.

– Por que veio com esses dois? – quis saber Scarabello. – Achou que fosse me intimidar?

Mercurio franziu as sobrancelhas. Não havia pensado nisso. Mas agora entendia que Scarabello devia estar sentindo o mesmo incômodo que ele próprio havia experimentado na primeira vez em que viu os dois irmãos gigantescos.

– Não – respondeu. – Queria te dizer que temos um barco só nosso. Se precisar de algum transporte particular que não deva ser controlado pelos guardas, somos a equipe perfeita. Ninguém é mais veloz do que nós.

– Você é o mesmo fanfarrão de sempre – comentou Scarabello. Gostava daquele rapaz. E cada vez mais tinha a desagradável sensação de que um dia se arrependeria disso. – Vou me lembrar de vocês. Muitas vezes preciso de transportes... rápidos. Geralmente à noite.

Mercurio anuiu.

– Sabe onde me encontrar.

– Espere, rapaz – deteve-o Scarabello. Pôs a mão em seu ombro e se afastou com ele, falando em voz baixa. – E se eu te disser que encontrei o seu amigo Donnola? Ainda está procurando por ele?

Mercurio lhe deu a entender que pouco lhe importava.

– Não está mais procurando por ele? Nem seu amigo doutor?

Mercurio negou com a cabeça.

Scarabello sorriu.

– Isso significa que se cansou da filha do doutor ou que já a encontrou?

– Que te interessa?

– Nada, só para jogar conversa fora – disse Scarabello, em tom vago. – Como o doutor está atravessando meu caminho em certos negócios e está enchendo meu saco...

Mercurio se enrijeceu.

Scarabello desatou a rir.

– Ah, pronto, você não se cansou da pequena família judia.

– O que ele te fez? – quis saber Mercurio.

– Nada. Negócios.

– Que negócios?

– Está transformando o Castelletto em um lugar aonde as pessoas não gostam mais de ir.

– O que é o Castelletto?

Scarabello arregalou os olhos.

– Rapaz, você nunca trepa?

Mercurio enrubesceu.

Scarabello desatou a rir.

– Não sabe o que é o Castelletto?

– O que o doutor te fez? – perguntou novamente Mercurio.

Scarabello ficou sério. Fincou o indicador no peito de Mercurio e o bateu três vezes antes de falar.

– Se o vir, lembre-o de que negócios são negócios. E ele está fazendo uns muito bons, disso tenho certeza. Antes cuidava apenas de uma prostituta doente, agora são dezenas. Mas as Torres não são um hospital, e eu não quero perder clientes por causa dele. Não estou nem aí para os outros. Sou como certos carneiros... já viu como eles são? Que animais estranhos! Gosto deles. Nunca contornam os obstáculos que bloqueiam seu caminho. Enfrentam-nos com os chifres e os destroem. É a minha filosofia. – Beliscou a bochecha de Mercurio entre o indicador e o dedo médio e piscou para ele. – Caso venha a falar com o doutor, conte-lhe a história dos carneiros. Você vai ver como ele vai entender. – Em seguida, fez sinal para que seus homens o seguissem, mas parou, como se de repente tivesse se lembrado de algo. – Fiquei sabendo que sua outra garota se tornou amante do príncipe louco. Que gosto! E que coragem!

– Amante? – Mercurio teve uma sensação estranha e desagradável. – Não é possível...

– Ah, pronto, mais uma dor de cotovelo...

– Não estou nem aí para Benedetta – disse Mercurio, com exagerada veemência.

Scarabello riu.

– Não estou nem aí! – repetiu Mercurio, quase gritando.

Scarabello o agarrou pela gola.

– Calma, piolho – disse, gélido. – Essa brincadeira já está perdendo a graça – e se afastou com seu casaco de pele preto, aberto na frente, e os cabelos prateados ondeando no ar.

Mercurio ficou imóvel no centro do largo, fitando o poço de pedra de Ístria, sem na verdade enxergá-lo. Estava desorientado. Havia algo que se movia em seu interior e que ele não conseguia identificar.

– O que fazemos agora? – perguntou Tonio, aproximando-se.

Mercurio se virou de repente, como se voltasse à realidade. Olhou para Tonio com os olhos apertados e inflamados. – Sumam daqui – sibilou. – Façam o que bem entenderem.

Partiu a passos furiosos e chegou à Lanterna Vermelha, estalagem onde se havia hospedado com Benedetta.

– Onde ela está? – perguntou ao velho, como sempre sentado na entrada.

– Quem?

Mercurio chutou a cadeira. O velho caiu no chão.

– Onde ela está?

– Foi embora algum tempo atrás com um homem do príncipe Contarini – choramingou o velho, massageando o cotovelo e encolhendo a cabeça entre os ombros.

– Para onde?

– Não sei – respondeu o velho enquanto se levantava, assustado, e arrumava a cadeira. – Juro...

Mercurio nem sequer olhou para ele e foi embora. Chegou a Rialto, virou à esquerda e sentou-se em um pequeno barril vazio, ao longo da Riva del Vin, vendo as embarcações passarem.

Tornou a pensar em Benedetta. E mais uma vez sentiu um peso e uma opressão no peito, junto com aquela excitação doentia que o atormentava desde a noite anterior.

"Não te protegi como havia prometido a Scavamorto", disse a si mesmo.

Sentiu-se culpado.

Depois, pensou em quando Benedetta o beijara para fazer Giuditta acreditar que era a sua mulher. Pensou na desenvoltura e na determinação com que havia elaborado o próprio plano.

Então, mais uma vez, experimentou uma sensação de perigo e medo.

52

Veneza

– AQUI ESTÁ, FRADE, UM CÁLICE DE VINHO e mirra, tal como foi oferecido a Nosso Senhor Jesus Cristo quando ele chegou ao topo do Gólgota, para que pudesse suportar melhor as penas que sofreria – disse o príncipe Contarini, indicando um copo de vidro soprado de Murano, que um serviçal equilibrava em uma bandeja.

Irmão Amadeo o pegou e bebeu de um só gole.

O príncipe disforme riu.

– Mas Nosso Senhor se recusou a subtrair-se à dor. – Riu de novo. – No fundo, acho você prudente. – Virou-se para a lareira, na qual ardia uma brasa viva, e fez sinal a um de seus homens. Depois, vestiu luvas de trabalho, de couro espesso, como as usadas por ferradores e ferreiros.

O homem lhe passou um ferro pontiagudo, do diâmetro de um prego grande. O ferro estava em brasa.

Um dos cães que assistiam à cena latiu.

– Segurem-no – disse o príncipe Contarini.

Dois homens, um de cada lado, agarraram irmão Amadeo pelos braços e os mantiveram esticados, com as mãos apoiadas sobre dois cepos de madeira, com a palma virada para cima.

Zolfo se apertou contra Benedetta.

Com os olhos arregalados, o frade ofegava enquanto o príncipe se aproximava dele com o ferro incandescente.

– Segurem-no – ordenou Contarini, apontando o ferro para o braço esquerdo do frade.

Os dois homens que seguravam o braço apertaram com mais força.

Instintivamente, irmão Amadeo tentou se desvencilhar e cerrou o punho.

— Abra a mão — ordenou o príncipe.

Lentamente, irmão Amadeo abriu os dedos.

O príncipe empurrou com força a ponta ardente no centro da palma do frade. A carne fritou enquanto se abria e cedia à penetração do ferro.

O religioso gritou, contorcendo-se de dor.

Os cães tornaram a latir. Dois rosnaram como se quisessem morder os calcanhares do frade. O príncipe os chutou, e eles recuaram, ganindo.

Zolfo fechou os olhos e empurrou a cabeça contra o elegante vestido de Benedetta. Ela, por sua vez, permaneceu imóvel, impassível. Observou o ferro penetrar fundo na palma do frade e queimar a superfície do cepo que estava embaixo.

Quando o odor da madeira se sobrepôs ao da carne assada, o príncipe, com expressão satisfeita, retirou o ferro.

Irmão Amadeo chorava e suava.

— Excelência... — disse com voz lamentosa — por favor...

— Cale-se — interrompeu-o o príncipe, contornando-o e postando-se diante de sua mão direita. — Segurem-no — disse a seus homens. Depois, ao ver que o frade cerrava o punho, ordenou-lhe: — Abra.

— Excelência... por favor... não... — choramingou irmão Amadeo.

— Abra a mão — repetiu Contarini com um fio de voz.

— Não! Soltem-no! — exclamou Zolfo, lançando-se na direção do príncipe.

Benedetta nada fez para segurá-lo.

Um dos homens do príncipe golpeou Zolfo com uma violenta bofetada, fazendo-o cair no chão, com o lábio partido.

Zolfo se levantou e voltou a se agarrar ao vestido de Benedetta.

Ela se afastou.

— Você está sujando meu vestido — disse.

O príncipe Contarini lhe dirigiu um olhar de satisfação. Depois, fitou o frade.

— É para tornar mais fácil seu caminho e sua cruzada, padre. Não entende que estou lhe fazendo um bem, como fez Nosso Senhor ao pobre Francisco de Assis quando lhe transmitiu seus sagrados estigmas? Agora ninguém o ouve, suas palavras se afogam na laguna, ninguém está interessado na sua batalha contra os judeus... Mas depois desse pequeno sacrifício, as pessoas o verão como um santo, e suas palavras vão adquirir o som das trombetas do Juízo Final. Abra a mão, vamos.

— Excelência, não... — chorou irmão Amadeo, ainda mais desesperado.

No rosto do príncipe surgiu uma expressão de irritação. Abaixou a ponta ardente sobre os dedos fechados do religioso.

O frade gritou de dor e abriu a mão.

Então, o príncipe fincou o ferro com violência. Perfurou a carne. E, ao extraí-lo da mão martirizada, lançou-o na lareira.

— Pronto, agora você é santo! — exclamou, rindo.

Seus homens também riram e soltaram o frade. Os cães latiram, sem entender se deveriam fazer festa ou atacar. Dois se pegaram, e novamente foram atingidos por um chute.

Irmão Amadeo se encolheu no chão, com as mãos trêmulas de dor.

Zolfo se precipitou até ele e o abraçou. O frade o afastou com uma cotovelada.

Benedetta olhou para Zolfo, que se retraía, mortificado. "Escolhemos donos muito parecidos", pensou. "E isso porque somos muito parecidos."

— Levem-no a seus aposentos e lhe deem vinho à vontade — ordenou o príncipe, apontando para irmão Amadeo, que ainda estava encolhido no chão. — Não sabia que poderia se tornar santo. Deve se acostumar com a ideia — e se voltou sorrindo para Benedetta.

Ela lhe restituiu o sorriso. E sentiu uma espécie de tremor na virilha. Algo que se assemelhava tanto ao prazer quanto ao medo.

— Vamos — disse o príncipe Contarini, dando-lhe o braço atrofiado. — As misérias humanas que seguem os grandes eventos me deixam de mau humor.

Benedetta pegou seu braço, como uma dama bem-educada, e a passos comedidos deixaram a sala, que cheirava a carne assada. Junto à porta, Benedetta se virou e viu Zolfo seguir o frade como um cão vadio. "Sim, escolhemos dois donos muito parecidos." Olhou para a própria mão no braço disforme do príncipe, que nunca lhe oferecia o braço bom. "E isso porque nós dois só buscamos o desprezo", pensou, virando-se para seguir com o canto do olho a figura de Zolfo, que desaparecia.

O príncipe chegou ao quarto onde acreditava ter tirado a virgindade de Benedetta e sentou-se à escrivaninha repleta de documentos. Pegou em uma gaveta um pincenê redondo, colocou-o e abaixou a cabeça sobre livros de contabilidade, com a pena na mão, pronta para ser mergulhada no tinteiro.

Benedetta tirou o elegante vestido, um dos tantos que o príncipe lhe permitira vestir a partir daquele dia e que tinham pertencido à sua falecida irmã. Em seguida, abriu a porta ao lado da alcova e vestiu a túnica branca do primeiro dia, ainda manchada de sangue. Sangue de frango. Tirou de uma gaveta o barrete amarelo que Zolfo havia arrancado de Giuditta e o apertou na mão. Por fim, foi até o balanço que o príncipe havia mandado montar bem na frente de sua escrivaninha e se sentou. Arrumou a túnica de modo que a mancha de sangue ficasse em evidência. Depois, começou a se balançar com indolência.

O príncipe não deu sinal de que a havia notado.

Mas Benedetta sabia que ele a sentia com toda a sua alma, que não era menos disforme do que o corpo. E sabia que logo ergueria o olhar. Primeiro, distraidamente, depois, com crescente cobiça. E, enquanto se balançava, para frente e para trás, Benedetta apertava na mão o barrete amarelo, com ódio, como se tentasse imprimir nele toda a sua malevolência.

O príncipe tirou o pincenê, deixou cair a pena no tampo da escrivaninha e começou a enrubescer. Foi até Benedetta e a pegou ali, ele em pé, e ela no balanço. No momento de gozar, ergueu o olhar para o afresco que retratava sua irmã morta. Depois, afastou-se de Benedetta e, quase com desprezo, ordenou-lhe que tirasse a túnica e se vestisse. Por fim, com o membro mole ainda para fora da calça, deitou-se na cama de barriga para cima.

Benedetta colocou o vestido elegante que estava usando antes do coito, pôs um colar de pérolas do tamanho de ervilhas e se deitou ao lado de seu braço deficiente. Continuava a apertar o barrete amarelo, ao qual o príncipe não deu nenhuma atenção. Esperou que o corpo de seu senhor relaxasse completamente.

– Queria te pedir um presente, meu amor – disse, então.

O príncipe não moveu nenhum músculo. Mas sua voz soou gélida como um pedaço de gelo e cortante como uma navalha.

– Se me chamar de amor de novo, mando jogá-la em um canal com uma pedra no pescoço.

Benedetta sentiu o medo apertar sua garganta. Sabia que o príncipe não hesitaria em fazê-lo. Permaneceu em silêncio.

– Agora quero dormir – murmurou o príncipe depois de algum tempo. – Quando eu acordar, pode me pedir o que quiser. – Enfiou a mão disforme no decote do vestido e beliscou um mamilo até machucá-lo. – E você o terá. – Retirou a mão e respirou profundamente.

Com delicadeza, Benedetta limpou seu membro com um pedaço do lençol e o colocou dentro da calça.

— Obrigado — disse o príncipe Contarini, com a voz já perto de se apagar no sono.

Quando sentiu que a respiração de seu amante se tornava profunda e regular, Benedetta se levantou sobre um cotovelo e abriu a mão que apertava o barrete amarelo. Observou-o. Ficara sabendo que muitas cristãs, mulheres aristocráticas ou até mesmo cortesãs cultas tinham ficado fascinadas com aquelas formas originais, aqueles tecidos tão diferentes entre si, tão bem combinados, mesmo sendo todos amarelos, a ponto de decidirem comprar os barretes, embora a lei proibisse os judeus de vendê-los.

Enquanto observava o barrete de Giuditta, no lado interno, no avesso, notou uma mancha vermelho-escura. Parecia sangue.

Benedetta acariciou o peito de pombo de seu poderoso amante, que inflava e desinflava em um ritmo constante. Ele dormia profundamente.

— Preciso do seu dinheiro e não posso esperar... meu amor — murmurou.

Abriu o porta-moedas de veludo e seda que o príncipe trazia na cintura e dele tirou três moedas de ouro. Em seguida, levantou-se e pegou um saquinho com os cabelos de Giuditta. Por fim, saiu do quarto e do palácio e mandou um serviçal levá-la à casa da maga Reina.

— Trouxe tudo o que te pedi? — perguntou-lhe a maga.

Benedetta estendeu-lhe o saquinho com os cabelos e o barrete amarelo.

— Há uma mancha no verso do barrete — disse, mostrando-lhe. — Parece sangue.

— Será que é uma bruxa? — riu a maga. Depois, abriu o saquinho com os cabelos e os pegou. — Estão molhados — disse, fazendo uma careta.

— Sim — respondeu Benedetta. — Cuspi neles.

53

– Você não confia em mim! – exclamou Giuditta, furiosa, bloqueando a porta para o pai, que estava para sair de casa.

– Não confio naquele ladrão! – respondeu Isacco, com voz mais alta.

– Pare de chamá-lo assim! – rebateu ela, com o rosto vermelho.

Isacco balançou a cabeça, tentando se acalmar, mas parecia um animal enjaulado. – Você está proibida de vê-lo! – disse, cerrando os punhos.

– E como eu poderia, com esse guarda-costas que você colocou no meu encalço? – sibilou Giuditta. Estava fora de si. Tinha acreditado que o pai havia colocado Joseph ao seu lado para fazê-la sentir-se mais segura depois da agressão do menino que havia arrancado seus cabelos e roubado seu barrete. Mas, nesse momento, sentia-se enganada. – À noite, são os cristãos que tratam de me fechar na gaiola – disse com tristeza –, e, durante o dia, é meu pai.

– É para o seu bem – cortou Isacco.

– Sim, claro – respondeu Giuditta, com um sorriso de desprezo no rosto.

– Você é jovem – continuou Isacco, tentando acalmar os ânimos, embora sentisse o sangue subir à cabeça. – Hoje você não entende, mas um dia vai me agradecer.

– Um dia vou fugir! – gritou Giuditta com raiva, inclinando-se em sua direção.

Então, Isacco, sem conseguir controlar-se e antes até de perceber o que estava prestes a fazer, deu-lhe um tapa.

Giuditta arregalou os olhos. E abriu a boca. Em seguida, lentamente, levou a mão à face, que pulsava.

– Minha menina... – disse Isacco em voz baixa.

Giuditta virou as costas para ele e abriu a porta para deixá-lo passar.

Isacco permaneceu imóvel por um instante. Queria abraçar a filha, pedir-lhe desculpas. Queria explicar-lhe. Dizer-lhe que sentia muito. Mas ficou com a boca entreaberta e os pulmões contraídos, incapaz tanto de falar quanto de respirar. Pensou em como gostaria que sua mulher ainda estivesse viva. Ela certamente saberia como resolver a questão. Sentiu-se impotente, inadequado. Passou pela porta quase fugindo, enquanto Joseph aparecia na escada.

– Bom dia, doutor – disse o rapaz, com a mão no bastão.

– Bom dia o cacete! – resmungou Isacco, descendo os degraus a passos pesados. Ainda não tinha chegado ao patamar quando se virou para Joseph. Apontou-lhe o dedo e gritou: – Você está demitido!

– Mas, doutor... – disse Joseph, surpreso.

– Saia do caminho ou arrebento sua cabeça com esse seu bastão.

Sem entender, o rapaz começou a descer a escada lentamente.

– Rápido! – ordenou Isacco.

Joseph passou por ele encolhendo a cabeça entre os ombros, como se temesse um golpe, e desapareceu no mesmo instante.

Isacco desceu mais dois degraus e, de repente, voltou para a porta de casa, subindo em disparada, de dois em dois degraus.

– Mas se seu souber que você deu corda àquele trapaceiro... – gritou sem terminar a frase. Agitou o punho no ar e bateu a porta.

– Ele se chama Mercurio! – ouviu Giuditta gritar atrás dele.

– Sim, eu sei, ele se chama Mercurio, esse infeliz – murmurou Isacco, indo embora.

Quando saiu pelo portão, encontrou Donnola, que o esperava na calçada e brincava com um dos guardas. Passou por ele sem sequer cumprimentá-lo.

Donnola o alcançou.

– Pelo que estou vendo, estamos de bom humor – disse.

– Santo Deus, Donnola! – explodiu Isacco, acelerando ainda mais o passo. – Por que tinha de me acontecer justo uma filha mulher?

Donnola riu.

– Ah, vá para o diabo você também! – exclamou Isacco.

Donnola riu ainda mais alto.

No ar, respirava-se o odor acre do vinho barato, vendido nas lojas ao redor da Calle della Malvasia. Os vapores eram pestilentos. O vinho logo se transformava em vinagre, azedo e rançoso. Isacco sentiu ânsia de vômito e se moveu a passos rápidos, quase correndo.

Ao chegarem à abadia de Santa Maria della Misericordia, o mau cheiro de vinho rançoso foi substituído por um odor mais sutil, mas não menos enjoativo. Os doentes, alguns feridos, outros corroídos por uma enfermidade interna, esperavam nos degraus dos confrades que administravam o hospital. O odor que se respirava era o da carne e da morte.

Isacco refletia sobre a evolução da doença que afligia as prostitutas. O mal era um verdadeiro castigo. A essa altura, o número das infectadas crescia a cada dia. Só as que ele estava tratando eram mais de quarenta, mas não se sabia quantas havia na realidade. Muitas não queriam se tratar por medo de perderem os clientes. E, assim, o contágio se difundia. Porém, o que mais preocupava Isacco era a ideia que se espalhava entre as pessoas, alimentada por padres e médicos de má-fé. "O homem quis fazer sexo com os macacos", diziam, "e agora está com uma doença animalesca."

Nesse panorama desolador, apenas duas pessoas compartilhavam seus pensamentos e tentavam enfrentar a doença com os sistemas empíricos: o prior da Scuola Grande di Santa Maria della Misericordia e sua esposa, da irmandade laica dos Battuti, que dirigiam o hospital. Diante da igreja, no fundo da Fondamenta della Misericordia, Isacco avistou o *zappafanghi*, como era conhecido o emissário do supervisor da irmandade, e o chamou com um aceno. Ao reconhecê-lo, o emissário foi ao seu encontro e lhe disse que o prior e sua esposa tinham acabado de acolher três homens que mostravam sinais claros do mal francês.

– Posso vê-los? – perguntou logo Isacco.

– Não – respondeu o homem. – O prior pediu discrição... – Inclinou-se para ele em tom de conspiração. – São pessoas importantes. Aristocratas. Parece que um deles é até do Conselho dos Dez...

O médico anuiu. O prior certamente o colocaria a par dos aspectos da doença nos dias seguintes. Por outro lado, a Isacco não interessava saber quem eram aqueles homens, apenas queria conhecer a evolução da doença nos indivíduos do sexo masculino. Sua primeira impressão era de que parecia ainda mais letal. Tirou um frasco da bolsa e o estendeu ao *zappafanghi*.

– Dê isso ao prior – disse. – É óleo de Palo Santo. Alivia a dor das feridas. – Despediu-se e fez sinal a Donnola para retomarem o caminho.

Quando chegaram ao Castelletto, dirigiram-se à Torre delle Ghiandaie, atravessaram a entrada suja e malcheirosa e começaram a subir os degraus. No terceiro andar, Isacco parou. Olhou para seu ajudante.

– Donnola... – Isacco apertou os lábios e suspirou, erguendo a cabeça até o quinto andar. – O que estamos fazendo com essas pobres mulheres?

— Ajudando-as, doutor — respondeu Donnola, sem nenhuma dúvida na voz. — E o senhor está ganhando bem menos do que poderia.

— Estou ganhando mais do que mereço — disse Isacco. — Já são quatro mulheres mortas, sem que eu tenha conseguido salvá-las. Por que deveria ser pago?

— Pelo tempo que dedica a elas — respondeu Donnola com seriedade. — O senhor chega aqui de manhã e fica até a noite. Quem mais faria isso?

— Uma dama de companhia qualquer.

— Eu já lhe disse que vocês, judeus, não fazem outra coisa além de se vitimizarem. Com o passar do tempo, confesso que aborrece ouvi-lo.

Isacco sorriu.

— Na sua opinião, estou descuidando de Giuditta? —perguntou-lhe.

— Isso, só o senhor pode saber, doutor. Mas se há alguém a quem fazer essa pergunta, esse alguém é sua filha, não eu.

— Você está se tornando um filósofo chato, Donnola — disse Isacco, batendo a mão em seu ombro. — Mas obrigado.

Subiram os dois últimos andares e chegaram ao quinto.

Cardeal, que os vira chegar, esperava por eles.

— Há mais outras três — disse. — Está faltando espaço.

— Vamos nos apertar — respondeu Isacco.

— Na verdade, haveria mais outras duas — disse Cardeal em voz baixa e constrangida. — Mas dizem que... dizem que não...

— Que não vão deixar um judeu pôr as mãos nelas?

Cardeal anuiu com tristeza.

— Quem dera fossem só duas — suspirou Isacco. — Sinto muito por ser judeu — abriu os braços. — Mas é o que sou, não?

— O senhor é o nosso doutor e ponto-final — afirmou Cardeal.

Donnola passou na frente dela e sorriu.

— Boa resposta. Como prêmio, um dia vou deixar você provar do meu corpinho, belezura — disse-lhe.

— Como prêmio, um dia vou deixar você experimentar uma bofetada — respondeu ela.

Donnola riu e alcançou Isacco, que já percorria o longo corredor, parando em cada quarto, cumprimentando e sorrindo a todas as prostitutas doentes. Donnola o ultrapassou e abriu uma porta no final do corredor.

— Bom dia, República — disse alegremente. — Como está se sentindo hoje?

– Melhor – respondeu.

Donnola virou-se para Isacco, que acabava de chegar. Sorriu para ele.

– Está vendo? Há quem pareça se recuperar, apesar da sua incapacidade, minha bela dama de companhia.

– Não vamos cantar vitória cedo demais – disse Isacco.

Donnola pôs a mão na cabeça.

– Doutor, às vezes dá vontade de esganá-lo.

Isacco entrou no quarto.

Lidia, filha de República, correu ao seu encontro e o abraçou.

– As feridas estão cicatrizando! Estão cicatrizando! Obrigada, obrigada!

– Vamos ver – disse Isacco. Aproximou-se de República, sentou-se na beirada da cama e viu que estava menos pálida. A doença havia como que sugado seus seios exuberantes, mas ela ainda estava viva. Isacco afastou a coberta e controlou os curativos, um a um, com uma atenção obsessiva. "Você não é um doutor de verdade", pensou. "Nunca se esqueça disso."

– Marianna está orgulhosa do senhor, doutor – disse-lhe República, como se tivesse intuído seus pensamentos. – Sonhei com ela esta noite.

Isacco ouviu sua voz sensual, que entrava dentro dele como um bálsamo, fazendo-o sentir-se homem. Levantou-se de repente.

– Sim – disse com seriedade –, de fato, as feridas estão melhorando.

Os olhos de República ficaram marejados. Comprimiu os lábios, segurando o sorriso que a faria desatar a chorar.

Isacco baixou o olhar para o chão. Depois, no silêncio que se seguiu, sentiu uma mão pegar a sua. Viu que era a de Lidia.

A menina colocou algo pequeno e frio em sua palma, depois retirou a mão.

Isacco olhou e viu, lustrado para a ocasião, o *marchetto* que a menina já lhe oferecera como pagamento na primeira vez em que Isacco pusera os pés naquele quarto. Virou-se.

Lidia olhava para ele e balançava a cabeça, em um mudo, mas decidido não. Não aceitaria uma segunda recusa, parecia dizer.

Isacco fechou os dedos em torno da pequena moeda dos pobres. "Sim. Você fez por merecer, seu impostor", disse a si mesmo.

54

— Saia do meu caminho, serva! Não vê que devo passar? – grasnou o gordo com uma voz lamentosa, alta e desagradável. – Está querendo enlamear meus sapatos de cetim de Flandres?

Anna del Mercato conteve um gesto de revolta. Baixou a cabeça, pegou o esfregão e o balde e se encostou humildemente no muro, embora não precisasse absolutamente fazer isso, pois o homem tinha espaço suficiente para passar, apesar de sua barriga.

"Ricos de merda", pensou com raiva.

— Mas que vergonha você me faz passar, sua estúpida! – exclamou o dono da casa, Girolamo Zulian de' Gritti, o nobre arruinado para o qual Anna estava trabalhando. Desceu a escada correndo, com os cabelos despenteados e as mãos para cima, aflito, indo ao encontro do rico visitante, que havia acabado de ser anunciado. Passou ao lado de Anna e lhe disse: – Serva estúpida, eu deveria demiti-la! – Depois, alcançou o visitante e quase se prostrou. – Perdoe, senhor, os servos... – e deixou a frase suspensa.

— Os servos são estúpidos por natureza – disse o gordo, virando-se para Anna, com uma careta no rosto estranho, magro na altura dos zigomas e no queixo e com as faces anormais, nas quais crescia uma rala penugem que parecia sarnenta.

Além de antipatia, Anna sentiu uma imediata repulsa pelo gordo. Tinha um nariz adunco, avermelhado, provavelmente sinal de gota ou de alguma outra doença. Os olhos eram estreitos, duas fendas, como se estivessem incomodados com a luz. E a boca arqueada para baixo, em uma constante expressão de desgosto.

— Dizem que os negros são inferiores – retomou o gordo, ainda fitando Anna –, mas acho que qualquer servo é inferior. Sua ignorância e limitação os tornam outra raça em relação a nós. Estão pouco acima dos animais – disse com profundo desprezo. Depois, voltou-se para a entrada do palácio e apontou para dois serviçais gigantescos, de pele escura e com turbante, que estavam parados ao lado de uma liteira. – Como aqueles dois gorilas – disse. – Poderia dizer que são humanos?

Girolamo Zulian de' Gritti riu com cumplicidade. Enquanto isso, olhava para a liteira na qual havia chegado o visitante, ornada de colunas finamente torneadas e douradas e de preciosos véus de seda. "Os uniformes dos dois serviçais mouros também deviam custar os olhos da cara", pensou.

No entanto, o convidado avantajado parecia não ter terminado sua conversa com Anna del Mercato. Era como se a tivesse escolhido como alvo para humilhá-la. Olhou intensamente para ela e deu um passo em sua direção. Farejou o ar.

– Pelo menos esta não fede como um animal – disse, agitando debaixo do nariz um lenço perfumando.

O dono da casa riu.

Anna sentiu que estava para explodir. Queria jogar todo o balde com água suja na cara daquele barrigudo repugnante. Em vez disso, tornou a baixar a cabeça, enquanto o outro lhe dava as costas e se dirigia ao nobre arruinado.

– Se houvesse um Padre da Igreja aqui, talvez me criticasse – disse o gordo –, mas pouco me importo. É assim que vejo as coisas. Quem está no alto está no alto, e quem está embaixo... respira os meus peidos – disse, rindo. – Mas agora vamos, pois quero lhe propor um negócio que me parece ideal para o seu caso, Excelência.

– Oh, não me constranja com seus elogios, com seu "Excelência"... sou apenas um dos tantos aristocratas de antiga estirpe desta tão nobre cidade... – regozijou-se Girolamo Zulian de' Gritti, que por estar ávido de dinheiro e quase falido, não entendia muito bem o que aquele ricaço queria com ele.

– Tem alguma coisa contra os judeus? – perguntou o gordo, encaminhando-se para a escada.

– Além do fato de serem judeus? – riu o dono da casa.

O gordo riu com ele.

– Já estou sentindo que vamos nos entender.

Enquanto subiam a escada, Anna continuou a fitá-lo, como se pudesse fulminá-lo. Depois, voltou ao trabalho. Estava com dor nos joelhos, nos braços e nas costas. Suas mãos estavam rachadas. A direita, que durante o dia todo segurava o esfregão, tinha começado a sangrar.

"Você está ficando velha", pensou.

Na noite anterior, Mercurio percebera que estava cansada e tinha a mão ferida. Pedira-lhe para desistir desse trabalho, mas Anna teimou. Trabalhar tinha se tornado uma espécie de desafio. Simplesmente não queria render-se à evidência de que, por causa da idade, já não conseguia fazer certos serviços pesados.

Olhou para o gordo, que, ofegante, tinha quase chegado ao andar superior.

"Talvez eu morra antes de você, seu porco", pensou com rancor.

Depois, virou-se para os dois serviçais mouros ao lado da liteira.

— De água a eles — disse ao criado incumbido dessa tarefa. Fez sinal para os dois mouros. — Venham beber.

Eles se viraram, dando as costas para ela.

— Vão ao diabo vocês também! — resmungou Anna e pôs-se a esfregar o chão, que começava a mostrar, sob a sujeira que se dissolvia, os extraordinários entalhes do mármore.

— Anna del Mercato! — gritou da balaustrada de mármore amarelo do primeiro andar um serviçal de libré, após meia hora.

— O que foi?

— Suba — respondeu ele. — O patrão e seu convidado querem vê-la.

Anna apertou os punhos e cerrou os maxilares.

— Ainda não está satisfeito? — murmurou.

Enquanto se punha a caminho, todos os servos cravaram os olhos nela. Olhares de pena e medo. Os patrões nunca te chamam por um bom motivo.

— Coragem — disse uma velha serva desdentada e tocou seu ombro.

— Obrigada — respondeu Anna. Apoiando-se na balaustrada, um degrau por vez, sentindo os joelhos estalarem e gemerem, chegou ao topo da escada, onde o serviçal de libré a esperava, ansioso.

— Depressa, vamos — disse.

— Não estou com pressa — respondeu Anna com ar taciturno, avançando pelo corredor que levava à galeria. Enquanto caminhava, ouvindo os sapatos úmidos que faziam barulho a cada passo, pensou em suas preces matinais e noturnas para que Mercurio encontrasse seu caminho e que este não fosse o do ladrão. Mas, nesse momento, considerou que, se ele tivesse mesmo de continuar ladrão, esperava que roubasse todos os bens daquele gordo maldito, que certamente estaria rindo com o outro nobre desonesto da ideia de humilhá-la de novo.

O serviçal bateu à porta da galeria e anunciou:

— Anna del Mercato, senhor.

— Faça-a entrar – disseram de dentro da galeria.

O serviçal afastou-se e olhou para Anna.

Ela hesitou por um instante, depois, respirou fundo e entrou.

— Então, você é Anna del Mercato? – perguntou o convidado, quase surpreso quando a viu.

"Filho da mãe", pensou Anna. "Acabe logo com essa comédia."

— Parece que te devo desculpas – continuou o gordo, com sua voz estrídula.

Por um instante, Anna se surpreendeu com o que acabara de ouvir. Depois, deu-se conta de que, desse modo, os dois se divertiriam ainda mais. Não disse nada e, como um animal de carga, baixou a cabeça. "Vamos, bata", pensou.

— Eu também – disse Girolamo Zulian de' Gritti. – O senhor Bernardino da Caravaglio, aqui, com o qual acabei de fazer um ótimo negócio e que goza de minha total e desmesurada estima e confiança...

O gordo se fez de modesto.

— Ora, vamos, nobre de' Gritti, não exageremos...

— Não, não, meu caro – replicou de imediato o dono da casa, – o que é certo é certo...

— É bondade sua – e Bernardino da Caravaglio tentou esboçar uma reverência, mas a enorme barriga o impediu.

"Vamos, batam, deem o golpe de misericórdia, pois já estou farta", pensava Anna, cabisbaixa.

— O senhor Bernardino da Caravaglio já estava indo embora – retomou o nobre arruinado –, quando me disse, sem saber que a mulher era você, que eu deveria recorrer a certa Anna del Mercato para arranjar as provisões para a minha festa iminente, pois algum tempo atrás você fazia isso para as famílias importantes de Veneza. É verdade o que diz? É você essa mulher?

Anna levantou a cabeça, perplexa. Ficou boquiaberta de surpresa.

— Eu...

— Meu amigo, se assim posso chamá-lo, diz que você era muito boa para escolher as melhores mercadorias... pelo preço mais baixo. É verdade?

Anna olhou para o gorducho ao qual, até aquele momento, havia desejado todo o mal possível. De fato, era verdade que tempos atrás havia ajudado algumas importantes famílias em dificuldades econômicas a se abastecerem, pois conhecia muito bem o mercado de Mestre, que era bem menos caro do que os venezianos. Mas não fazia ideia de como aquele homem podia saber disso. "Talvez conhecesse alguma daquelas famílias", pensou.

— Então? — insistiu o nobre. — É você?

— De fato... Excelência ilustríssima... — balbuciou Anna.

— Mas, bendita mulher — grasnou o gordo, elevando em uma oitava sua voz desagradável. — Você tem um talento, experiência... e se põe a esfregar pavimentos? Não podia ter dito logo a seu nobre patrão?

— Bem... eu... — Anna estava confusa. Não conseguia entender mais nada. Sua cabeça girava. Sentiu que perdia as forças. Apoiou-se no encosto de uma cadeira para continuar em pé. — Eu...

— Vá para casa — interrompeu-a o nobre arruinado. — Descanse por alguns dias. Depois, apresente-se na cozinha e peça a lista do que precisa e os créditos necessários. Seu pagamento será quadruplicado. Agora vá. — Fez um gesto com a mão para dispensá-la.

Anna ficou boquiaberta. Depois, como se voltasse a si, virou-se de repente e saiu arrastando os chinelos, quase fugindo.

Os dois riram às suas costas.

— Anna del Mercato — chamou-a o gordo quando ela chegou à porta. — No futuro... seja esperta!

— Obrigada, Senhoria, obrigada — disse Anna, inclinando-se.

Saiu, desceu a escada sem sentir dor nos joelhos, chutou o balde com água suja, derrubando-o no chão e, ao passar pelos dois mouros gigantescos, disse:

— O patrão de vocês é menos ruim do que eu imaginava. — E desapareceu pelo Sotoportego de le Colonete, rindo como uma menina.

Mais tarde, quando voltou para Mestre, precipitou-se em casa, agitada, quase gritando:

— Mercurio, meu menino! Você não sabe o que me aconteceu!

— O que te aconteceu? — perguntou uma voz estridente e familiar.

Anna quase parou. Depois, entrou devagar na sala da lareira.

E ali, sentado à mesa, viu o gordo Bernardino da Caravaglio.

Anna ficou transtornada. Em seguida, tudo ficou claro.

O gorducho riu e tirou dois pedaços de tecido das bochechas.

— Bem-vinda! — disse-lhe Mercurio, deixando de camuflar a voz.

Anna ficou sem fôlego. Seu coração disparou. Seus olhos se encheram de lágrimas. E enquanto Mercurio soltava a roupa estofada, ela se lançou contra ele e o encheu de tapas, rindo e chorando ao mesmo tempo, de alegria, emoção e surpresa.

Feliz, Mercurio riu com ela.

– Serva estúpida, você bem que sentiu vontade de me apunhalar, confesse! – disse-lhe, orgulhoso por nem mesmo ela o ter reconhecido.

– Mas como você fez isso? – perguntou-lhe Anna. – Ou melhor, como não te reconheci?

– Porque te agredi de imediato – riu Mercurio. – O truque é não deixar o tolo raciocinar. Jogá-lo no mar revolto das emoções. – Riu mais uma vez. – Como me diverti! Se você visse a sua cara! Achei que fosse estourar. Não reconheceu nem mesmo Tonio e Berto!

– Tonio e... – Anna abriu a boca de novo. – Por isso se viravam sempre que eu falava com eles! Mas onde você arranjou todas essas coisas... a liteira...

– No Teatro dell'Anzelo – sorriu Mercurio. – Tenho um crédito por lá.

Anna deu um tapa na testa.

– Então está explicado por que o gordo nojento sabia da história do abastecimento – disse ao compreender. – Porque fui eu que te contei!

– Na primeira vez em que nos vimos – disse Mercurio. – Você me contou que aqueles imbecis não te chamaram mais depois que voltaram a ficar ricos e te viam como uma ave de mau agouro porque você os lembrava dos tempos de vacas magras, em vez de serem gratos a você...

– Você ainda se lembra – disse Anna, comovida como todas as pessoas que, de repente, se dão conta de terem sido ouvidas. Sorriu. Também voltou com a memória àquele dia, quando irmão Amadeo batera à sua porta com aqueles três meninos imundos, desnutridos e assustados. – Você estava molhado como um pinto... e vestido de padre! Eu devia ter entendido logo que era um trapaceiro!

Mercurio riu de novo. Parecia um menino de novo.

Anna olhou para ele, orgulhosa.

– Você é mesmo muito bom, meu menino. É um fenômeno. Tem um enorme talento.

Mercurio enrubesceu.

Então foi a vez de Anna rir. Abraçou-o e beijou-o nas bochechas. Fez uma careta.

– Ai, que nojo... estou com seus pelos na boca...

– Não são meus, mas do gato da vizinha – riu Mercurio. – Por algum tempo, vai sentir frio no rabo. – Terminou de se despir, tirou a maquiagem e preparou-se para sair. – Preciso ir até Isaia Saraval – disse.

Mas Anna já não o ouvia. Olhava para o fogo e revivia todas as emoções e as imagens daquele dia, balançando a cabeça e sorrindo, feliz.

Mercurio chegou à loja do usurário na praça do mercado. O nobre arruinado tinha logo compreendido a vantagem do plano de Mercurio. Mas agora era preciso que também Isaia Saraval o aceitasse.

– Vamos estabelecer uma cifra hipotética – explicou ao penhorista judeu. – Com essa cifra, o nobre cristão compra tudo de que precisa, inclusive as joias para a sua esposa e para si mesmo, porque tem de parecer muito rico. Compra do senhor tudo o que precisa. Mas o senhor logo compra de volta, por uma cifra inferior e igualmente hipotética. Desse modo, ele só terá de lhe pagar a diferença, entende? E tudo o que pegar continua sendo seu. Enfim, é como se o senhor lhe alugasse, compreende?

Saraval anuía, admirado.

– Mas isso não é tudo – disse Mercurio. – Por que se contentar em alugar seus maravilhosos penhores?

– Por que me contentar? – repetiu Saraval, que ainda não estava entendendo.

Mercurio riu.

– O senhor me disse que não pode expor sua mercadoria porque isso é proibido aos penhoristas judeus, certo?

– Certo...

– De fato, nesse caso, não é o senhor que a está expondo...

– ...Mas o nobre cristão! – exclamou Saraval. – Portanto, ninguém está violando a lei!

– E, se o senhor lhe der um pequeno desconto sobre o que de agora em diante chamaremos de aluguel – concluiu Mercurio –, ele vai espalhar entre seus convidados que pretende renovar a decoração da sua casa... Quadros, tapeçarias e qualquer coisa que o senhor lhe tenha dado, até mesmo as joias... Assim, entre seus riquíssimos convidados, quem quiser poderá comprar o que lhe agradar. E, aparentemente, ele encarregará justamente o senhor de cuidar dos negócios, dizendo que essas transações comerciais baixas e mesquinhas o aborrecem. O que acha?

Saraval estava sem palavras. Balançava a cabeça e olhava ao redor, acariciando com os olhos toda aquela mercadoria que já não ficaria ali, no fundo da casa de penhor, cobrindo-se de poeira. Até aquele momento, nenhum penhorista havia pensado nisso. No entanto, era uma ideia simples. E, como todas as ideias simples, era genial.

— Acho... acho... — Respirou fundo. — Acho que você é um presente que *Hashem*, bendito seja sempre seu nome, quis me mandar. — Olhou para ele. — E imagino que uma ideia como essa deva ser recompensada.

— E por um preço elevado – disse Mercurio. — Quero um quarto do seu lucro.

— Um quarto? – disse Saraval. Refletiu e anuiu. — Está certo. Negócio fechado! – Pôs a mão no ombro dele. — Tem certeza de que não é judeu, rapaz?

— Absoluta – respondeu Mercurio. — Sou um trapaceiro.

Saraval ficou sério por um momento, indeciso se acreditava nele ou não, depois deu uma sonora gargalhada.

55

MERCURIO FICOU BOQUIABERTO DE SURPRESA ao se encontrar diante do mais absurdo conglomerado de edifícios que já vira: as construções eram altas como torres, unidas umas às outras sem nenhuma lógica.

– Este é o Castelletto – disse o menino que o conduzira até ali.

Mercurio lhe estendeu um *marchetto* e olhou ao redor. O pátio que se abria entre as Torres estava repleto de uma inacreditável quantidade de mulheres com o rosto pintado de alvaiade e batom, com trajes vistosos e decotados. E todas com um lenço amarelo no pescoço. Eram jovens e velhas, maduras e meninas. Algumas, ao passarem por ele, fizeram-lhe gestos obscenos com a língua. Uma delas chegou a levantar a saia e agitou o traseiro redondo, branco e macio na sua frente, depois foi embora rebolando.

– A única dificuldade é escolher – riu um homem que saía de uma das Torres, ao vê-lo tão surpreso.

– Estou procurando o doutor Isacco da Negroponte – disse-lhe Mercurio.

– Um doutor? Aqui? Não quer trepar?

– Isacco da Negroponte – repetiu Mercurio.

O homem balançou a cabeça, incrédulo, enquanto se afastava.

Mercurio se encaminhou a passos decididos para o primeiro edifício. Entrou e experimentou uma espécie de vertigem quando respirou o odor acre e fétido do sexo barato. Instintivamente, levou as mãos aos ouvidos para se proteger do vozerio que ecoava pela escadaria. Uma prostituta se aproximou, requebrando-se.

– Conhece o doutor Negroponte? – perguntou-lhe.

A prostituta esticou a mão, sem a menor hesitação, e agarrou seu membro.

– Onde dói, meu amor? Pode deixar que eu cuido de você...

Mercurio a empurrou.

— Estou procurando o doutor Negroponte – repetiu.

— Aqui os homens procuram putas, imbecil – respondeu a prostituta com hostilidade. Virou-se e foi embora.

Mercurio olhou ao redor. Viu uma mulher de certa idade, imóvel e em pé, com as pernas um pouco abertas, no centro do átrio. Tinha os cabelos brancos tingidos com estrias rosadas e verdes.

— Desculpe – disse Mercurio ao se aproximar –, a senhora conhece o doutor Negroponte?

A mulher olhou para ele sem responder. Deu um suspiro de alívio.

— Tenho urgência em encontrá-lo – insistiu Mercurio.

A mulher levantou um pouco a saia e se moveu. No chão, uma poça de urina.

— Eu também tinha uma urgência, belo rapaz – sorriu.

— Mas e o doutor Negroponte? A senhora o conhece?

— Quem sabe? Conheço tantos, mas nunca sei o nome deles. E mesmo que me digam, esqueço antes que tirem seu troço das minhas coxas.

Mercurio fez menção de partir, mas uma bela moça, com um decote vertiginoso que mostrava os mamilos claros, cor de damasco, fez sinal para ele. Mercurio ficou profundamente perturbado. Baixou o olhar, evitando cruzar com o da jovem prostituta, e saiu da Torre com um peso no peito.

— Espere – disse uma voz atrás dele.

Mercurio se virou. A moça o tinha seguido e estava se aproximando. Seus seios saltitavam, convidativos.

— Não, obrigado! – disse ele, com ímpeto excessivo.

A moça riu.

— Aposto que é virgem – piscou ao alcançá-lo.

Mercurio queria ir embora, mas seus olhos o seguravam.

— Cuidado! Se os arregalar mais um pouco, vão acabar caindo no chão.

— Ah... desculpe... – disse Mercurio e, com grande esforço, fez que ia embora.

— Ouvi que está procurando o médico das putas – deteve-o a moça, segurando-o pelo braço.

— Você o conhece? – perguntou-lhe Mercurio e, novamente, seus olhos pousaram nos seios descobertos da prostituta.

Ela puxou o vestido, cobrindo os seios.

— Está melhor assim? Agora consegue prestar atenção no que digo?

Mercurio enrubesceu.

– Sim, você é virgem, com toda a certeza – riu a moça mais uma vez. – Na Torre delle Ghiandaie. Quinto andar. Pergunte por Cardeal – disse a prostituta e apontou a entrada de um dos edifícios.

Mercurio anuiu.

– Obrigado – disse-lhe.

A prostituta tornou a abaixar o decote e agitou os pequenos seios diante de seus olhos. Depois, desatou a rir como uma menina, sem malícia, e foi embora.

Mercurio se encaminhou para a Torre delle Ghiandaie a passos lentos, virando-se de vez em quando para a prostituta. Ela lhe acenou com a mão, como teria feito uma moça qualquer, e Mercurio respondeu, sorrindo e ainda confuso. Deu-se conta de que seu corpo e seus instintos tinham despertado. Então, pensou em Giuditta. E entendeu que já não podia contentar-se em tocar a madeira de um portão.

"E, de fato, você está aqui por isso", disse a si mesmo ao atravessar a entrada da Torre delle Ghiandaie. Olhou para o alto. A escada se enrolava como uma gigantesca serpente. Começou a subir. Em seu bolso tilintavam cerca de trinta e uma moedas de ouro e sete de prata. Um pequeno tesouro, fruto da festa do nobre arruinado. Recebera-as naquela manhã. Era a sua parte, depois de apenas duas semanas desde o dia em que tivera a ideia. E Saraval pagou com entusiasmo, pois os negócios tinham ido muito além das mais promissoras previsões. Provavelmente receberia mais moedas, pois duas fidalgas estavam negociando um colar e um anel muito preciosos. Havia sido um verdadeiro sucesso. Por isso, nesse momento, ao subir a escadaria suja da Torre delle Ghiandaie, Mercurio trazia todas consigo, como um amuleto da sorte. Enquanto isso, repetia a frase que havia decorado. Uma frase simples, mas ele tinha certeza de que produziria efeito.

– O que você quer? – perguntou-lhe um mulherão enorme, que usava um vestido vermelho em tom de púrpura, quando ele chegou a um andar onde o odor de sujeira e sexo havia desaparecido, substituído por um perfume de limpeza, sabão e lixívia.

Mercurio olhou para ela.

– É aqui o quinto andar?

– O que você quer? – perguntou novamente o mulherão.

– Estou procurando Cardeal.

– Hoje eu não trabalho.

– É você a Cardeal? – quis saber Mercurio.

– Você é idiota? – indagou a mulher.

– Conhece o doutor judeu?

No rosto de Cardeal apareceu uma expressão de desconfiança.

– Vou te perguntar pela última vez, depois te jogo pela escada: o que você quer?

– Preciso dizer uma coisa a ele.

– Diga a mim que transmito a ele quando o vir – respondeu ela.

– Não, preciso falar pessoalmente com ele. – Mercurio fez uma pausa. – É importante. Diz respeito à filha dele.

Os traços do rosto de Cardeal se enrijeceram.

– Ela está doente? Aconteceu alguma coisa com ela?

– Não... não... o que você entendeu?

Cardeal o esquadrinhou por um instante.

– Fique aqui – disse-lhe. Em seguida, foi até uma porta, no início de um corredor estreito. Bateu e abriu.

– Quem é? – ouviu-se uma voz de dentro do quarto.

– Sou eu, doutor – respondeu Mercurio, que tinha seguido Cardeal.

– Eu, quem?

– Mercurio.

– Ah, merda! – exclamou Isacco.

– Jogo o cidadão pela escada? – perguntou Cardeal, agarrando Mercurio pelo colarinho do casaco.

Isacco apareceu à porta. Tinha o rosto marcado por vários dias de luta contra o mal francês. Olhou para Mercurio, mas quase sem vê-lo. Depois, virou-se para Cardeal e negou com a cabeça.

A prostituta se enrijeceu, e seus olhos se encheram de lágrimas.

Isacco tornou a se dirigir a Mercurio.

– Entre – disse-lhe. Não foi um convite amigável. Em seguida, acariciou o ombro de Cardeal. – Organize você – disse.

Mercurio entrou no quarto. Viu uma mulher deitada em um colchão. Tinha uma expressão serena, apesar do nariz escavado e corroído por uma ferida.

– Bom dia – disse em voz baixa.

– Ela já não pode te ouvir – disse Isacco, fechando a porta. – Hoje terminou seu sofrimento.

Mercurio recuou.

– Deixei você entrar só porque quero te dizer uma coisa – disse Isacco, avançando até ele com ar agressivo, apesar do cansaço e da frustração que se lia em seus olhos. – Fique longe da minha filha. – Bateu o indicador em seu peito e repetiu, destacando cada palavra: – Fique... longe... da... minha... filha.

Mercurio sentiu o sangue subir à cabeça. A raiva fez seu corpo vibrar. As velhas defesas inatas que disparavam sempre que se sentia agredido injustamente se ativaram. Fez um esforço para se conter e dizer a frase que havia preparado. Respirou fundo.

– Me tornei como o senhor... doutor – disse, com voz embargada. – Me tornei um homem honesto.

– Está escrito na sua cara que você é um impostor – resmungou Isacco, aproximando o rosto do de Mercurio. – Você é um delinquente. Não vale nada.

– E o senhor, então?

– Está me ameaçando? – perguntou Isacco, agarrando-o pelo pescoço.

– Por que o senhor tem o direito de mudar e os outros, não? – indagou Mercurio com os olhos enfurecidos, sentindo o peso da injustiça. Libertou-se do aperto. – Quem o senhor acha que é?

Isacco olhou para ele em silêncio.

– Doutor, me ouça – retomou Mercurio, tentando controlar-se. – Tenho um trabalho honesto agora. – Pegou o saquinho com as moedas que havia ganhado, abriu-o e estendeu-o a Isacco, certo de impressioná-lo. – Olhe. Vou ficar rico, além de honesto – disse com orgulho.

– Fique longe da minha filha – repetiu Isacco, como se não soubesse dizer outra coisa, sem nem mesmo olhar para as moedas.

– Estou apaixonado por sua filha! – gritou Mercurio, quase assustado por pronunciar essas palavras em voz alta.

Isacco estava para se lançar sobre ele quando a porta se abriu.

Cardeal apareceu com os olhos avermelhados, acompanhada de outras duas prostitutas, de cabeça baixa. Entraram em silêncio, segurando uma padiola, na qual depositaram o cadáver da companheira com atenção e respeito, como se ainda estivesse viva, depois a levaram para fora.

Então, Isacco, a passos lentos e medidos, foi até a porta e a fechou. Permaneceu com a mão na maçaneta, dando as costas para Mercurio.

– Se você ama mesmo Giuditta – disse com voz grave e baixa –, pense em quanto mal poderia fazer a ela. Pense nisso, se a ama.

Mercurio se sentiu mortificado e humilhado. Fechou o saquinho das moedas e o guardou. Uma parte dele lhe dizia que o doutor tinha razão. Quase se enrolou em si mesmo. Vencido. Mas depois pensou em Anna, na confiança que tinha nele. E, sobretudo, pensou em como Giuditta olhava para ele sempre que se encontravam. Pensou que ela também o amava, com igual determinação.

– Não! – disse. – Não!

Isacco se virou, com o rosto vermelho.

– Vou ser um homem honesto! – continuou Mercurio. – Vou ser digno dela!

– Sim, e depois? – O rosto do doutor se inflamava cada vez mais. – Vai se tornar judeu também?

– Sim, se necessário!

– Vá embora, rapaz. Nossos dois mundos podem conviver, mas não se tornar um só.

– Porque o senhor não tem imaginação – respondeu Mercurio instintivamente.

– E o que você faz com a imaginação? – perguntou Isacco, com a sobrancelha arqueada e uma entonação sarcástica.

– Pode-se imaginar um mundo diferente.

O doutor olhou para ele em silêncio. Balançou a cabeça. Depois, abriu a porta.

– Vá embora, rapaz – repetiu, convidando-o a sair. – Você não passa de um imbecil.

Mercurio moveu-se lentamente, com o máximo de dignidade possível. Passou por ele e, ao superar a porta, começou a dizer:

– Vou me tornar...

– Você nem sabe quem é – interrompeu-o Isacco, com hostilidade. – Imagine se pode saber quem vai se tornar.

Mercurio virou-se de repente.

– Sou todos aqueles que quiser ser!

– Está vendo como não passa de um impostor? – Isacco o empurrou para a escadaria. – Só um trapaceiro inveterado pode pensar uma coisa dessas. Você deve ser um deles, imbecil!

Mercurio se sentiu ferido. Teve medo de que Isacco estivesse certo. Teve medo de não saber de fato quem era. De não ser ninguém. E o medo se inflamou dentro dele como álcool puro e desencadeou a raiva, aquela que sempre o fizera ir adiante.

– O senhor, que dá tanta lição de moral, como pode aceitar que sua filha viva em uma gaiola, como um animal? Que tipo de homem o senhor é? Que tipo de pai o senhor é? É isso que Giuditta merece?

Isacco disparou para cima dele, com os braços esticados, sem nem sequer se dar conta do que estava para fazer.

– Canalha maldito! – gritou, arrastando Mercurio com toda a sua fúria. Depois, quando algumas prostitutas os separaram, o doutor não teve coragem de olhar em seu rosto. Pois também Isacco tinha medo. Medo de que Mercurio tivesse razão. Havia tirado sua filha da ilha onde viviam para oferecer-lhe uma vida melhor, dissera a si mesmo. Mas era uma vida melhor, aquela?

– Vou levar Giuditta embora daqui! – gritou Mercurio.

– E eu vou arrancar seu coração com os dentes! – respondeu Isacco. Mas sem energia. – Tirem-no daqui – disse, então, cabisbaixo.

Mercurio abandonou o Castelletto com uma revolta que não o deixava raciocinar. Sentia um enorme desprezo pelas coisas injustas que Isacco lhe dissera e uma profunda insegurança, pois muitas de suas palavras ecoavam dentro dele. Será que conseguiria? Seria capaz de se tornar um homem, um homem de verdade, daqueles que não precisam passar a vida fugindo nem se escondendo?

Enquanto se perdia nesses pensamentos, caminhava a passos furiosos, sem perceber aonde ia. Às vezes, esbarrava em um passante. Mas não ouvia os insultos nem parava para pedir desculpas. Era como se apenas seus pensamentos existissem. Aos poucos, à medida que a noite se aproximava, caiu uma densa névoa que o isolou ainda mais do mundo circunstante.

Podia realmente permitir-se amar Giuditta? O que tinha a lhe oferecer? Isacco o havia ferido com suas palavras. Tinha tocado em um nervo exposto. "Quem é você?", perguntava-se. "Todos aqueles que quiser ser", respondera ao doutor. Mas, na realidade, quem era sem os disfarces?

Depois de repetir inutilmente essa pergunta a si mesmo, tantas vezes a ponto de perder o fôlego, parou ofegante, com as mãos nos olhos, apertando-as com uma força que era filha da raiva e do desespero. Começou a se acalmar. Depois, tentou entender onde estava. Mas o mundo era minúsculo, escondido por uma névoa densa como um tecido de algodão.

Deu um passo à frente. O sapato afundou na lama. Deu um salto e parou em uma pedra quadrada, branca, uma pedra de Ístria, como aquelas que delimitam os canais. Porém, olhando mais além, não via a água, apenas uma rampa, ou pelo menos assim lhe pareceu, feita de tábuas imersas no terreno. Em toda a superfície cresciam algas meio apodrecidas. E havia um odor de mofo. Forte e persistente.

Desceu da borda de pedra para a rampa. Seguiu-a até embaixo, onde ouviu um marulhar. E ali, suspenso entre a terra firme e a água, viu-se diante de um muro escuro, arredondado e gigantesco.

– Quem está aí? – disse uma voz. Também se ouviu o rosnado baixinho de um cão.

Mercurio não sabia o que dizer.

– Onde estamos? – perguntou, sem entender de onde vinha a voz. Nesse meio-tempo, apoiou a mão no muro à sua frente. Era de madeira e oscilava devagar. Como se respirasse. Mercurio sentiu uma emoção muito intensa, à qual não soube dar um nome nem uma explicação.

– Você está no estaleiro de Zuan dell'Olmo, que sou eu – disse a voz, materializando-se atrás dele.

Mercurio se virou de repente.

Um cão tigrado, magro, com orelhas desgrenhadas, cauda fina e focinho arrebitado, mostrando dentes amarelos e corroídos, rosnou, aproximando-se. Parecia mais assustado do que agressivo.

Mercurio esticou a mão na direção do animal.

O cão se retraiu, depois deu mais um passo à frente, confortado pela presença do velho dono, que também tinha saído da densa cortina de névoa. O cão cheirou a mão de Mercurio e abanou a cauda.

– Quieto, Mosè – disse mesmo assim o velho Zuan dell'Olmo.

Mercurio prendia a respiração, hipnotizado pela massa de madeira escura que não parecia ter fim, nem à direita, nem à esquerda, nem no alto.

– O que é isso? – perguntou.

– É uma *carraca* – respondeu Zuan.

– Uma carraca?

– Um veleiro – disse o velho. E riu baixinho.

– É grande... – murmurou Mercurio.

O velho anuiu.

– Eu deveria dizer "era" – acrescentou com seriedade.

– Era?

– Vai ser afundada – disse Zuan, com uma entonação melancólica na voz. – Assim que eu conseguir algum dinheiro, vou ter de afundá-la, sim... – suspirou.

– Mas por quê?

Zuan deu um passo à frente, foi até a embarcação e bateu a mão em sua lateral.

– Você não entende porra nenhuma de mar, não é, rapaz? – Riu. Mas sem alegria.

Mercurio encolheu os ombros.

– Não – respondeu.

– É como um cavalo – explicou Zuan. – Quando fica manco, precisa ser sacrificado.

– E ela está... manca?

– Sim, coitada...

– É sua?

– Agora que está nesse estado, sim – riu Zuan, ainda com seu jeito muito triste, e novamente bateu na lateral. – Foi o navio em que embarquei quando jovem. Envelheci aí dentro. Esse madeirame tem 40 anos – desta vez, sem bater a mão, mas acariciando o cintado da quilha. O navio se inclinou ligeiramente, movido pela ressaca indolente, e rangeu como resposta.

Novamente, Mercurio teve a sensação de que estava vivo.

– E quando o armador decidiu afundá-lo – retomou Zuan –, quase cinco anos atrás... – Interrompeu-se e balançou a cabeça, como se ele próprio não acreditasse no que havia feito. – Bom, todos aqui na vizinhança riem de mim. E com razão... Te digo isso porque assim você também vai poder pensar que sou um velho louco e idiota... Quando o armador decidiu que estava na hora de afundá-lo, pedi que o desse para mim em troca de um ano de remuneração. Eu não conseguia me separar desse... desse... ah! – exclamou com incredulidade. – Velho idiota... Achei que ele merecesse ser afundado por alguém que lhe quisesse bem, e não por uma equipe de desconhecidos.

O cão abanou a cauda e deu uma tímida lambida nos dedos de Mercurio.

Zuan olhou para ele.

– Você também é um velho idiota, Mosè – disse. – Como sabe se esse aí é boa pessoa? Talvez agora corte nossa garganta e nos roube.

– Oh, não, senhor! – disse Mercurio. – Não tenho a intenção de...

– Eu sei, rapaz – disse Zuan, detendo-o com um gesto da mão contorcida pela velhice e pela umidade daquele mundo suspenso sobre a água. – Mosè não é nada bobo. Se você fosse um delinquente, já teria te mordido.

– Então, o senhor tem certeza de que não sou um delinquente? – indagou Mercurio.

– Claro – respondeu Zuan, sem hesitar.

– E sabe quem eu sou?

– Como é que vou saber quem é você? – Zuan olhou para ele, surpreso.

Mercurio o fitava intensamente, como se esperasse uma resposta. Como se aquele velho pudesse resolver todas as perguntas que ele havia feito a si mesmo, como se pudesse responder a ele e a Isacco.

– Você parece ser... – recomeçou o velho.

– O quê? – insistiu Mercurio, esperançoso.

– Alguém que se perdeu – disse Zuan, encolhendo os ombros.

Mercurio o fitou em silêncio.

– Sim – admitiu, então. – O senhor tem razão.

Zuan apontou para trás.

– Siga pelo canal à sua direita, é o Rio di Santa Giustina. Vá em frente até encontrar outro canal à esquerda, o Rio di Fontego. Seguindo sempre por ele, você chegará ao Arsenale. Sabe voltar para casa de lá?

– Sim... – respondeu Mercurio. – Obrigado.

– Vamos, Mosè – disse o velho, caminhando a passos lentos para o local de onde tinha vindo.

Mercurio apoiou a mão na quilha, exatamente onde Zuan dell'Olmo havia colocado a sua. Sentiu o cânhamo e o piche endurecido nos espaços do cintado.

O navio se moveu e rangeu, como se também falasse com ele.

– Por que não o conserta? – perguntou à figura que começava a desaparecer na névoa.

– Não tenho dinheiro para afundá-lo – disse o velho com sua voz triste, desaparecendo –, que dirá para colocá-lo em ordem.

Por um instante se ouviram seus passos; depois, mais nada.

O navio rangeu. Como se ainda tivesse algo a dizer.

A mão de Mercurio foi até o saquinho com as trinta e uma moedas de ouro que tinha ganhado honestamente.

– Eu arrumo o dinheiro! – gritou para o muro de névoa.

A frase ecoou no vazio, até que as vibrações se extinguiram.

Em seguida, fez-se silêncio.

Então, desse silêncio surgiram as figuras tortas do cão e seu dono.

– Você deve ser mais tolo do que Zuan dell'Olmo, rapaz – riu o velho.

E de sua risada tinha desaparecido toda entonação triste.

56

— Feche os olhos – disse Ottavia, pegando Giuditta pelo braço e guiando-a pelo largo do Ghetto, enquanto abria caminho por entre uma pequena multidão de curiosos.

Giuditta estremeceu, mas manteve os olhos fechados.

Tudo acontecera rapidamente. Em apenas três semanas, sua vida tinha sofrido uma revolução. Dois sonhos estavam para ser realizados.

Naquele dia, o céu estava extraordinariamente limpo e claro. Azul como raras vezes acontecia em Veneza. Enquanto caminhava devagar, guiada pela amiga, Giuditta sentia os raios benevolentes do sol esquentarem a pele de seu rosto. Imaginou que aquele calor fosse a respiração de Mercurio, seus gestos de carinho e atenção. Algo na parte mais profunda do seu corpo se moveu. Giuditta enrubesceu. Desde o dia do encontro, aquém e além do portão, quando Mercurio lhe confessara seu amor, acontecia com frequência cada vez maior de seu corpo lhe lembrar que ela era uma mulher. Enrubesceu ainda mais, abandonando-se ao desejo que a invadia. Pois aquele era o primeiro dos dois sonhos que estava se realizando. E a borboleta com as asas de filigrana de prata que apertava na mão era a prova disso.

— Você vai ver – disse Ottavia em seu ouvido, quando chegaram à metade do largo. – Vai ver...

Giuditta sorriu. Seu segundo sonho. Esse também tinha se realizado com extraordinária velocidade. Ariel Bar Zadok, o dono do brechó do Ghetto, o mercador de tecidos, tinha sido muito eficiente sob a condução de Ottavia. Fizeram Giuditta trabalhar de imediato. Disseram-lhe para desenhar dez modelos de barretes e o mesmo número de vestidos. Giuditta quase não acreditava. Deram-lhe papel, lápis, corantes, penas, pincéis e tinta. Pediram-lhe medidas, sugeriram tecidos. Aceitaram todas as suas ideias. Depois, recrutaram toda uma equipe de costureiras da comunidade e um cortador de tecidos. Giuditta tinha passado dias inteiros com eles, em um grande salão que Ariel Bar Zadok havia guarnecido com lampiões espelhados, como aqueles dos teatros, que reverberavam a luz por todo o ambiente. As costureiras e o cortador a cumprimentaram pelos modelos e pela ideia inovadora, simples, mas funcional, que havia por trás deles.

E agora tinha chegado o momento.

– Está pronta? – perguntou Ottavia, parando.

Giuditta sentiu o coração martelar na garganta de emoção.

– Espere... – disse, sem fôlego.

Ottavia riu.

E sua risada leve tranquilizou Giuditta.

– Estou pronta! – respondeu, animada.

– Então, vamos lá, Ariel Bar Zadok! – exclamou Ottavia. – Vamos abrir a loja! E você, abra os olhos, Giuditta!

– Arrependa-se, Veneza! – gritou nesse momento uma voz retumbante e cheia de raiva.

– Arrependa-se! – ecoou outra voz, mais jovem, mas igualmente impregnada de ódio.

Giuditta virou-se para o ponto de onde provinham as invocações, do outro lado da ponte sobre o Rio di San Girolamo. E ali, circundado por um pequeno grupo de fanáticos, viu um frade com as mãos erguidas para o céu.

Chamavam-no de Santo, pois ele dizia ter recebido os estigmas de Nosso Senhor do próprio São Marcos. Mas Giuditta sabia bem quem ele era. Era irmão Amadeo, o religioso que vira pela primeira vez na estalagem onde ela e seu pai tinham parado assim que desembarcaram e que os seguira para linchá-los. O frade era acompanhado por um menino com ar arrogante. E justamente por acompanhá-lo em toda parte e pela roupa chamativa que lhe havia sido imposta pelo príncipe Contarini, acabou ganhando um apelido bem menos lisonjeiro que o do frade: o Macaquinho. Mas Giuditta também sabia seu verdadeiro nome. Chamava-se Zolfo e tinha tentado apunhalá-la no acampamento do capitão Lanzafame. E, nesse dia, Mercurio a defendera.

– Frade maldito – resmungou Ottavia. – Mas não vai estragar a inauguração. – Vamos, Ariel!

Giuditta sentiu um arrepio de medo. E um mau pressentimento.

– Não olhe para ele, Giuditta – disse-lhe Ottavia, puxando-a. – Finja que não existe. – Virou-se para as pessoas. – Finjam que não existe! – gritou. Depois, deu uma palmada em Ariel Bar Zadok. – Vamos, Ariel, pelo amor de Deus!

Mas o mercador de tecidos não se moveu. Apontou o dedo para o frade e seus fiéis.

– Ele está queimando nossos livros sagrados... – disse com horror.

As pessoas da comunidade se voltaram. Diante da ponte, na Fondamenta dei Ormesini, chamas começavam a erguer-se. Das portas de suas lojas, os tecelões cristãos balançavam a cabeça.

– Os judeus são o câncer de Deus! – gritou o Santo, lançando um livro grosso na fogueira.

– O câncer de Deus! – repetiu Zolfo, o Macaquinho, virando-se para a multidão de possessos e exortando-a a unir-se ao coro.

– O câncer de Deus! – gritaram eles, em uma cacofonia em que as vozes se misturavam às risadas.

– Liberte-se do peso deles, Veneza! – disse o Santo, destacando as sílabas e com as mãos feridas pelos estigmas voltadas para o céu. – Liberte-se de seus livros imundos!

As chamas se levantaram. E, quanto mais cresciam, mais os fanáticos se agitavam.

– Povo de Satanás! – bradou o Santo, girando ao redor de si mesmo, sempre com os braços erguidos. Pegou um rolo de pergaminho, mostrou-o às pessoas e o lançou nas chamas.

– A Torá! – murmuraram os judeus reunidos no largo, com o olhar aterrorizado pelo sacrilégio. Uma velha começou a chorar em silêncio, resignada, como se já tivesse visto muitas vezes essa cena.

A multidão de seguidores gritou com mais força, como para dar voz às chamas.

– Queime, Sião! – dizia o Santo.

Uma dezena de furiosos fez menção de se lançar rumo à ponte e invadir o largo do Ghetto, com bastões nas mãos.

Os judeus se assustaram e recuaram um passo, embora os outros ainda estivessem distantes. As crianças se agarraram às saias das mães.

Nesse momento, da guarita da ponte saiu o capitão Lanzafame, cambaleando. Devia ter bebido. Era seguido por Serravalle e cinco homens, com as espadas desembainhadas. Lanzafame se precipitou sobre a fogueira e, com chutes, jogou tudo no canal. Os livros sagrados crepitaram e se apagaram. No ar se ergueu uma coluna escura de fumaça e um odor acre.

– Fora daqui! – gritou o capitão.

– Temos todo o direito de ficar! – respondeu o Santo.

– Sempre você, padre – disse Lanzafame, com voz grave e apontando o dedo para ele.

– Sempre você, soldado de Satanás – respondeu o Santo, virando-se para seu pequeno exército para inflamá-lo e receber seu apoio.

Mas Lanzafame não era do tipo de se deixar intimidar. Furioso, agarrou o frade pelo capuz do hábito. Depois, arrastando-o por alguns passos como um cão pela coleira, arremessou-o no chão.

– Padre de Satanás! – gritou.

A multidão de fanáticos resmungou, em tom indistinto, sem saber o que fazer, enquanto o Santo se levantava do chão, com o hábito enlameado.

– Serravalle! – esbravejou Lanzafame. – Chute esses idiotas daqui!

Serravalle e os soldados os atacaram, dando alguns golpes de espada no ar e atingindo alguns com o guarda-mão das armas.

Então, até os mais mal-intencionados, de lobos que haviam sido um segundo antes, retiraram-se de cabeça baixa, como um rebanho de ovelhas. Partiram encurvados e, assim que ganharam uma distância segura, dispersaram-se.

Somente Zolfo parou na frente de Lanzafame, desafiando-o. Fitou-o em silêncio e cuspiu no chão, entre os pés do capitão.

Sem hesitar um só instante, Lanzafame o ergueu e arremessou no canal.

– Devia ter feito isso já na primeira vez em que nos vimos, moleque!

Enquanto Zolfo voltava à superfície, cuspindo a água suja, as pessoas que haviam assistido à cena desataram a rir.

Nesse meio-tempo, sem que ninguém percebesse, o Santo havia ido embora.

– Irmão Amadeo! – chamava Zolfo, correndo atrás dele depois de sair do canal, semeando água a cada passo. – Irmão Amadeo!

– Corra até seu dono! Corra, Macaquinho! – gritavam-lhe os espectadores.

Lanzafame subiu na ponte do Ghetto. Tinha os punhos cravados na cintura, os cabelos desgrenhados, as narinas dilatadas, a boca fechada e os músculos dos maxilares contraídos.

Por um instante, Giuditta teve novamente a impressão de que ele era o guerreiro que ela havia conhecido.

– Continuem a vida de vocês! – gritou o capitão à comunidade de judeus assustados. – Não aconteceu nada! – Olhou para eles em silêncio, imóvel, depois retornou à guarita.

Da comunidade reunida no largo, ninguém se moveu. Depois, um menino pegou do chão um bastão e se lançou contra um inimigo imaginário.

– Sou o capitão Lanzafame, frade de Satanás! Vou fazer você pagar!

– Não, Simone! – A mãe tentou detê-lo, pegando-o pelo braço. – Não! Embora tenha nos ajudado, é um cristão!

O menino olhou para ela por um instante. Depois, desvencilhou-se e repetiu:

– Sou o capitão Lanzafame, maldito!

Então, outros dois meninos se juntaram a ele, gritando:

– Sou o capitão Lanzafame!

Em seguida, todos os outros, em uma alegre guerra.

Giuditta os observou. O que poderiam fazer aqueles meninos se nenhum judeu havia sido heroico naquele dia? O que poderiam fazer se todos os homens da comunidade se refugiaram em seu medo e não os defenderam?

– O capitão tem razão– disse Ottavia atrás dela. – Não aconteceu nada.

Giuditta se virou para observá-la.

– Não aconteceu nada? – perguntou.

Ottavia estava pálida. Mas também disse:

– Coragem, vamos inaugurar nossa loja.

Giuditta também olhou para Ariel Bar Zadok. O mercador estava confuso. Não sabia direito o que fazer.

– Venha, minha gente! – gritou de repente Ottavia, convidando as mulheres da comunidade. Venha ver as criações de Giuditta da Negroponte! – Puxou Ariel Bar Zadok e insistiu: – Vamos, depressa, seu bode velho!

O mercador segurava o pedaço de um pano de seda vermelho, que havia pendurado no umbral da entrada da loja, para mostrá-la apenas no último momento. Mas hesitava em puxá-lo.

As pessoas da comunidade ainda se demoraram no largo por alguns instantes, mas todas estavam voltadas para o Rio di San Girolamo, do qual ainda se erguia a fumaça da fogueira dos livros sagrados. Com dois ajudantes, o rabino tentava tirar da água as folhas que ainda não haviam sido destruídas.

– Venha, Rachele – disse Ottavia, convidando uma das primeiras mulheres que havia adquirido um barrete de Giuditta. – Venha ver que maravilha.

– Hoje, não, Ottavia – respondeu a mulher e se encaminhou para casa.

E, um após o outro, todos os moradores do Ghetto que não estavam trabalhando foram para casa. Ficaram apenas algumas crianças que, com suas espadas de madeira, ainda brincavam de capitão Lanzafame e frade de Satanás.

– E você? Não quer ver? – disse Ottavia a Giuditta, derrotada.

Giuditta se virou para a loja. Ariel Bar Zadok estava junto à porta, com o pedaço de tecido de seda vermelho na mão. Giuditta o achou irresistivelmente ridículo. E triste. Abraçou-o e lhe deu um beijo na face.

– Claro que sim! – respondeu, dirigindo-se a Ottavia e fingindo estar alegre. – Me deixem ver o que vocês aprontaram.

– Vamos, Ariel – encorajou-o Ottavia, tirando de sua mão o pedaço de tecido e puxando-o. O tecido farfalhou no ar e mostrou a loja.

Giuditta fez que ia entrar, mas ficou boquiaberta ao ver na vitrine um dos vestidos que havia desenhado. Era ainda mais bonito do que havia imaginado no papel.

– E então? O que achou? – perguntou Ottavia com um sorriso de satisfação.

– É lindo...

Ottavia riu.

– Você fala como se não tivesse sido você a criá-lo.

– É mesmo... não me parece real... – balbuciou Giuditta.

– Vamos, entre! – convidou-a a amiga. – Ariel fez tudo como você havia dito.

Giuditta hesitou em entrar. Era como se sentisse que aquele era o dia errado para inaugurar a loja. Pensou que deveriam adiar para o dia seguinte. Porém, enquanto olhava ao redor, como buscando palavras para dizer à amiga, viu uma mulher vestida com muita elegância atracar com sua reluzente gôndola coberta no ancoradouro na Fondamenta dei Ormesini. Desembarcou com a ajuda de dois serviçais de libré e, sempre escoltada por dois homens, dirigiu-se à ponte que dava no Ghetto.

Giuditta sentiu um arrepio na espinha, sem saber por quê.

Enquanto isso, a dama já havia alcançado os primeiros degraus da ponte.

– Aonde vai, senhora? – perguntou o capitão Lanzafame, que estava junto à porta da guarita com uma garrafa na mão.

A dama se virou. Usava um chapéu estranho e um véu de cetim preto, bordado com minúsculas rosas azuis.

– Não tenho a permissão para ir aonde bem entender? – disse com voz sensual.

Lanzafame deu um passo indolente até ela.

– Que interesse pode ter uma nobre como a senhora por este lugar? – perguntou.

– O senhor é... o porteiro? – perguntou a mulher. O tom era autoritário e cheio do desprezo que os aristocratas sentem pela plebe; contudo, sua voz era imperceptivelmente afetada pela tensão.

– Houve uns probleminhas com um frade e quatro gatos agitados – respondeu Lanzafame.

A dama sabia muito bem o que havia acontecido, pois ela própria havia organizado tudo. Farejou o ar.

– Mandou assá-los?

Lanzafame sorriu.

– Ouvi dizer que o senhor é amigo dos judeus – comentou a mulher.

– Ouviu mal, minha senhora – replicou Lanzafame. – Com todo o respeito, estou pouco me lixando para judeus e cristãos. Sou amigo dos indivíduos.

– Então é melhor do que dizem – acrescentou a mulher. Deu-lhe as costas e subiu na ponte.

Havia algo familiar na voz daquela dama, pensou Lanzafame enquanto a observava dirigir-se para o brechó.

Benedetta avançava, rígida e empertigada. O capitão não a reconhecera. Tampouco a judia a reconheceria. Respirou fundo. Tinha de permanecer calma e lúcida para fazer o que tinha em mente. A primeira coisa era simples. A maga Reina lhe aconselhara estabelecer um contato físico após o sortilégio, para ativá-lo. O restante era mais complicado. Mas conseguiria, tinha certeza. Era uma boa ladra. Sabia como mover as mãos sem ser notada. Com rapidez. Enquanto se aproximava da loja, sorriu. Desta vez não levaria nada. Ao contrário, aproveitaria toda a sua habilidade para deixar alguma coisa. E essa coisa estava na pequena bolsa de veludo, pespontada de ouro, que segurava no braço esquerdo. O braço do coração. O braço do amor. E do ódio.

Giuditta, Ottavia e Ariel Bar Zadok viram-na aproximar-se sem conseguir tirar os olhos dela. Aquela mulher tinha algo magnético.

Giuditta sentiu novamente aquele arrepio desagradável na espinha.

– Não é hoje a inauguração da loja de Giuditta... Giuditta da... Não me lembro bem do nome... – disse Benedetta, tocando a testa através do véu e tentando alterar a própria voz.

– Giuditta da Negroponte – ajudou-a Ottavia.
– Isso mesmo, muito bem – anuiu Benedetta.
– É ela! – exclamou Ottavia, apontando para a amiga.

Benedetta fez um gesto de surpresa, como se não a conhecesse. Em seguida, tirou rapidamente a luva e esticou a mão para a de Giuditta, pegando-a com firmeza.

– Muito prazer – disse.

E a segurou mesmo quando Giuditta, sorrindo sem jeito, tentou retirá-la. Apertou-a com força, quase cravando as unhas em sua pele. "Ative-se, sortilégio!", pensou. Somente então liberou a moça.

Giuditta se sentia incomodada. Tinha a impressão de que aquela mulher a olhava com uma estranha insistência por trás do véu que escondia seu rosto.

– A nossa Giuditta ainda não viu sua loja... – começou a dizer Ottavia.

Benedetta levantou a cabeça para olhar a placa. Uma borboleta de madeira e uma inscrição nas asas.

– PSYQUE – leu.

– ...por isso, vamos mostrá-la à senhora e a ela, Senhoria – riu Ottavia.

– Vim por causa dos vestidos, não pela loja – respondeu Benedetta. – Me esperem aqui fora – disse aos dois serviçais e entrou, após dar uma olhada no vestido exposto na vitrine e comentar com frieza: – Bonitinho.

– Nossa primeira cliente – sussurrou Ottavia, animada, para Giuditta, antes de entrar.

– Ottavia... – Giuditta tentou detê-la, pois não conseguia libertar-se da sensação de opressão.

Mas a amiga já estava dentro da loja, atrás da dama.

– Estão vendo? Cor de sálvia nas paredes e lavanda na cabine de prova e na oficina de costura. – Rodopiou. – Tudo muito simples. E sabem por quê? Porque temos as cores dos vestidos. É neles que a atenção dos clientes deve se concentrar.

Benedetta não respondeu e se dirigiu a um bastão de madeira, no qual estavam pendurados os vestidos.

– Já estão prontos? – observou-os. – Mas este está descosturado... e este também... – disse, surpresa.

Ottavia sorriu, mostrando todos os dentes.

– Senhora, esse é o segredo dos nossos modelos! – exclamou.

– Estarem descosturados? – perguntou Benedetta com sarcasmo.

Ottavia se virou para Giuditta.

– Vamos, explique você à Sua Senhoria.

Giuditta não se moveu.

– Sim, vamos, me explique essa singularidade – disse Benedetta.

– Bem... – iniciou Giuditta, titubeando. – Nossos vestidos são subdivididos por modelo, cor e... tamanho.

– Tamanho? – indagou Benedetta.

– Tamanho! – confirmou Ottavia.

Por um instante, Giuditta se distraiu do incômodo. Olhou sorrindo para os vestidos expostos. A loja estava exatamente como havia sonhado. E, nesse instante, esqueceu-se da dama com véu e da desagradável sensação que lhe causava. Concentrou-se apenas no que via, em seu sonho, que havia sido realizado com tanta dedicação por Ottavia e Ariel Bar Zadok.

– Sim. Tamanho – disse com orgulho. – Imaginei cinco tipos de compleição física. E com base nesses... tamanhos, vamos chamá-los assim, fabricamos nossos vestidos.

– Vão dar defeito se não forem costurados sobre o corpo – objetou Benedetta.

– Se ficassem assim, dariam mesmo – retomou Giuditta. – Mas esses não são os modelos definitivos. Existe a possibilidade de fazer pequenas, mas importantes correções. O que para a senhora parece *descosturado* é, na realidade, nossa margem para alargar ou apertar um pouco, alongar ou encurtar, tanto a saia quanto o corpete, tanto as mangas quanto o decote. Mas a estrutura de base já está pronta.

– E por quê? – perguntou Benedetta, que começava a entender que Giuditta tinha tido uma ótima ideia e poderia ganhar muito dinheiro. Então, ao ódio se acrescentou a inveja. E seu propósito de prejudicá-la se fortaleceu.

– Ouça – recomeçou Giuditta, já tomada pelo entusiasmo por seu projeto –, quando vou a uma alfaiataria, me apresentam um modelo, na maioria das vezes desenhado. Depois, me mostram os tecidos. Peças inanimadas que são colocadas em cima de mim e que só me permitem ver se combinam com meu tom de pele, nada mais. Quando saio da loja, tenho duas preocupações. A primeira é a insegurança: será que esse vestido vai ficar bem em mim? A segunda é a impaciência: quando vão me entregar? Não é assim?

– Sim... – disse Benedetta.

– Aqui, ao contrário, a senhora poderá vestir no mesmo instante o modelo que lhe agradar. Poderá verificar imediatamente se o vestido lhe cai bem e, após uma hora, retirá-lo e vesti-lo, sem ter de esperar uma semana, porque ali, na cabine de prova, há uma costureira à sua inteira disposição. – Giuditta olhou para Ottavia e Ariel Bar Zadok, no auge da euforia. -- É uma moda...

– ...pronta para ser levada! – concluíram em coro Ottavia e o mercador.

– Engenhoso – disse Benedetta. Bateu as mãos, fingindo-se indiferente, enquanto um fel amargo subia à sua garganta. – Uma moda pronta para ser levada... engenhoso.

Giuditta abraçou Ottavia.

"Maldita vadia", pensou Benedetta.

– Quer provar um modelo? – perguntou-lhe Ottavia.

– Não – respondeu Benedetta. – Quero provar todos.

Ottavia levou as mãos ao peito, emocionada. Depois, começou a pegar, um por um, os vestidos que Benedetta lhe indicava. Levou-os à cabine de prova e a deixou sozinha com a costureira.

Benedetta se despiu atrás de um biombo de cetim, articulado em três folhas, cor de lavanda como as paredes, no qual haviam sido bordadas dezenas de borboletas. Não tirou o chapéu com o véu. Vestiu o primeiro traje. Mesmo sem as retificações da costureira, era magnífico. O tecido tinha uma maciez extraordinária. O corte envolvente exaltava as formas femininas. A saia caía reta, a prumo, sem defeitos. O seio era cingido e valorizado com uma simplicidade sensual. Benedetta sentiu o ódio e a inveja crescerem em seu corpo a cada segundo.

Então, pegou a bolsa de veludo pespontada de ouro e a abriu. Tirou o vestido e, em uma prega interna, na altura do coração, escondeu uma pena de corvo.

– Não, não gostei deste – disse à costureira. – Me dê outro.

A costureira lhe passou o vestido do outro lado do biombo.

Aquele também era maravilhoso. "Aquela maldita judia tinha talento", pensou Benedetta. Se não a detivesse, ficaria rica e famosa. Mas logo depois pensou: "Talvez seja melhor que fique rica e famosa". Saboreou a alegria maligna desse pensamento. "Quanto mais alto você estiver, mais vai se machucar na queda."

Não experimentou o vestido, mas nele também escondeu uma pena de corvo e um dente de bebê.

— Não, não gosto – disse e pediu outro, depois mais outro e mais outro, até esconder em todos os vestidos penas de corvo, dentes de bebês, garras de gato, pele seca de serpente, nós de cabelos e até uma pérola quebrada com um pequeno alfinete torto. No final, pegou o primeiro vestido que havia experimentado, deixou que a costureira o arrumasse e o comprou, sem discutir o preço.

— Mas vocês, judeus, não podem vender mercadoria nova – disse Benedetta antes de partir.

Giuditta e Ottavia se olharam. Sorriram. Giuditta abriu o pacote que continha o vestido adquirido por Benedetta e lhe mostrou a borda do corpete, onde se franzia para prender-se à saia. Esticou dois pedaços de tecido sobreposto e lhe mostrou uma pequena mancha vermelha.

— Não é novo – disse, sorrindo. – É usado. Está vendo? Espero que não se importe.

Benedetta a fitou.

— Então você é uma impostora.

Giuditta enrubesceu intensamente.

— Estou brincando, minha cara – disse Benedetta. Pegou sua mão e novamente pensou: "Ative-se, sortilégio!". Depois, olhou a mancha de perto, cuja existência já conhecia. Só lhe restava mais uma coisa a fazer. A mais difícil. Pois não dependia apenas dela. Precisava da colaboração da própria vítima.

— Parece sangue – disse, apontando para a mancha.

— Não, não se preocupe – respondeu logo Giuditta. – É só tinta. Mas é estranho que o diga...

Benedetta notou que Giuditta se interrompeu bruscamente e se voltou para a amiga, como para buscar um consenso. E a outra, de fato, encorajou-a com um gesto.

— Da primeira vez, quando tive essa ideia... – retomou, então, Giuditta – a mancha era mesmo de sangue.

Benedetta não conhecia esse detalhe. Sentiu um arrepio de excitação correr de maneira irresistível por todo o seu corpo. A sorte estava do seu lado. Agora só faltava usá-la, e o jogo estaria feito.

— Sabem o que acho? – disse com tom suave. – Que o acaso quis lhe dar um presente.

— Que presente? – perguntou Giuditta.

Benedetta se dirigiu a Ottavia. Era chegada a hora de usá-la. – A senhora me entendeu, não?

Ottavia sorriu, aproximando-se.

– Talvez... – mentiu. – Mas diga a senhora...

"Obrigada, imbecil", pensou Benedetta.

– Eu não, não entendi... – disse Giuditta.

– A concorrência é grande. – Benedetta dirigiu-se com ar de cumplicidade a Ottavia, que anuiu prontamente.

– Queiram me desculpar, vocês duas, mas não estou entendendo – disse Giuditta. – Por favor, Senhoria, diga.

Benedetta passou a mão na mancha do vestido que tinha acabado de comprar.

– Suas roupas até que são bonitas... mas não extraordinárias... – Olhou para Giuditta. – Para serem especiais, seria preciso algo a mais.

– O quê?

– Sangue.

– Sangue?

– Digam que essas manchas são de sangue – explicou Benedetta, olhando para o alto, como se essa inspiração lhe tivesse vindo naquele instante. – Sangue de apaixonados. Assim, as mulheres vão comprar seus vestidos não apenas porque são bonitos, mas esperando amar e serem amadas. Vestidos... enfeitiçados! – Depois, sem esperar nenhuma resposta nem lhes deixar tempo para pensar, raciocinar e objetar, pegou seu pacote e saiu da loja Psyque, da qual havia sido a primeira cliente, e alcançou a passos velozes sua gôndola preta.

Giuditta e Ottavia permaneceram em silêncio, olhando-se, indecisas.

– Sangue de apaixonados! – exclamou Ariel Bar Zadok atrás delas, depois de um instante. – Que ideia! Queria ter uma sócia como essa mulher. Mesmo sendo cristã.

Então, Giuditta e Ottavia desataram a rir e disseram em coro:

– Sangue de apaixonados!

E enquanto a amiga continuava a rir, Giuditta ficou séria e pensou no lenço no qual seu sangue e o de Mercurio se misturaram. E novamente o desejo fez seu corpo e sua alma tremerem.

– Sangue de apaixonados – suspirou languidamente.

57

Rimini

TINHA SIDO RECONHECIDO. Não havia possibilidade de erro. Porém, por alguma razão obscura, não fora denunciado. Pelo menos por enquanto.

Shimon fingiu não ter percebido nada. Continuou a caminhar. Mas com o canto do olho observava as reações do servo que deixara vivo na noite do homicídio de Carnacina, o usurário cristão que queria tomar a casa de Ester.

Talvez não o tivesse denunciado porque ele próprio havia roubado as joias de seu patrão. Ou simplesmente porque tinha medo. Ou ainda porque queria chantageá-lo, pensou Shimon, escondido atrás de um palacete, ao ver o servo correr até dois sujeitos mal-encarados e tatuados, fazendo-lhes sinal para segui-lo. Talvez, pensou Shimon, o servo fosse ainda mais ávido que seu patrão. E decidiu averiguar.

Saiu do esconderijo e deixou que os dois sujeitos tatuados o seguissem e achassem que ele não os havia notado.

Após o assassinato de Carnacina, tivera noites agitadas. Nunca sonhava com sangue nem com os terríveis delitos. Apenas com a roseira que cortara na noite do homicídio. E sempre que tinha esse sonho com a roseira destruída, Shimon despertava perturbado, como se esse fosse o anúncio de uma desgraça.

Na realidade, o que acontecera com Carnacina o abalara profundamente. Não pelo assassinato em si, que não o havia alterado em nada, nem do ponto de vista emocional e menos ainda moral, mas porque o fizera por Ester. Como se nesse gesto brutal pudesse haver afeto.

"Quem é você?", perguntava-se todas as manhãs ao despertar.

Sabia que era judeu e tinha abandonado sua esposa sem jamais voltar atrás; sabia que era o assassino que havia mergulhado no sangue de tantos outros homens, sem que jamais seu coração se acelerasse.

"Quem é você realmente?"

E, todas as manhãs, a imagem do rosto sorridente de Ester se formava em sua mente, como uma espécie de resposta muda. E, todas as manhãs, ele pensava com alegria em seu encontro tranquilo da tarde, em sua noite afetuosa, no prazer de observá-la jantar, sentada à sua frente, no desejo de fundir-se em seu corpo.

"Quem é você, afinal?"

Também nesse dia estava concentrado nesses pensamentos quando vira o servo de Carnacina. E o servo o vira. E se reconheceram. Seu coração havia parado. Saltado duas ou três batidas, como se estivesse travado. Apenas um instante de suspensão. Depois, voltara a bater.

E, nesse momento, dois delinquentes o seguiam, tentando não dar na vista. Será que o matariam, ou o chantageariam? Na cabeça de Shimon, não havia espaço para outra pergunta.

Fez os delinquentes perambularem atrás dele até que, perto da Hostaria de' Todeschi, decidiu arriscar. Virou em uma esquina e se escondeu. Quando os dois chegaram, postou-se na frente deles e os encarou. Sem medo.

Os delinquentes pararam, surpresos. Por um instante, perderam toda a ousadia.

Shimon compreendeu que não iam matá-lo.

– Um amigo nosso quer te fazer uma pergunta – disse um dos dois mal-encarados. – Mas quer discrição.

Shimon anuiu. Evidentemente, o servo era mais ávido do que seu patrão.

– Esta noite. Depois do pôr do sol – disse o outro mal-encarado.

Shimon anuiu novamente.

– Viremos te buscar. Onde você mora?

Shimon dobrou a esquina e indicou a Hostaria de' Todeschi.

Os dois delinquentes olharam para ele em silêncio, tentando recuperar o terreno perdido e incutir-lhe temor.

Shimon sustentou o olhar sem hesitar.

– Depois do pôr do sol – repetiu o primeiro, e foram embora.

Shimon entrou em uma loja de armas e comprou uma longa faca com a lâmina ligeiramente curva. Depois, fechou-se em seu quarto. Pegou uma pedra, óleo e água e passou o dia afiando a lâmina. Não foi até a casa Ester.

Pouco antes do pôr do sol, bateram à porta de seu quarto.

Shimon pôs a faca sob a camisa e abriu.

Ester olhava para ele sorridente, como era de sua natureza.

— Vim ver se te aconteceu alguma coisa – disse, sem a menor reprovação na voz. – Você está bem?

Shimon admirou como sempre a capacidade de Ester de fazer apenas perguntas às quais ele podia responder com um aceno de cabeça, que fosse um sim ou não, sem nunca o colocar na condição de sentir-se impotente. Porém, nessa noite, não podia responder com um sim ou não. Dirigiu-se à escrivaninha. Pegou um pedaço de papel e mergulhou a pena de ganso no tinteiro. Escreveu e lhe entregou o bilhete.

"Vá embora", estava escrito.

O sorriso de Ester se apagou. Havia espanto em seus olhos. Mas, por trás daquele véu, Shimon pôde ver seu sofrimento. Com determinação, bateu o dedo na escrita.

"Vá embora."

Ester deixou cair a folha no chão e recuou, mal balançando a cabeça em um minúsculo "não", cheio de dor.

Shimon fechou a porta em sua cara. Depois, cerrou os punhos e os olhos, tentando conter o sofrimento que ele próprio experimentava no momento. Apoiou a testa na porta e ali ficou, imóvel. Após algum tempo, ouviu os passos se Ester se afastarem pelo corredor da estalagem. Eram lentos e se arrastavam no assoalho.

Shimon tornou a afiar a lâmina. Depois, amarrou a faca na barriga da perna e a escondeu com a longa túnica que vestia.

Quando o dono da estalagem anunciou que dois homens o esperavam, saiu e seguiu-os até o porto, em um depósito úmido e escuro. Antes de entrar, os dois o empurraram contra o muro e o tatearam na altura da cintura e do tórax, em busca de uma arma. Depois, abriram a porta e o empurraram para dentro.

O servo estava no fundo do depósito, sentado em uma caixa. Em outra ardia uma vela de sebo.

— Venha – disse. – Tinha uma voz melíflua.

Shimon teve a impressão de que ele tentava imitar seu falecido patrão. Devia tê-lo odiado, devia ter sido humilhado de todos os modos, e agora que estava livre a única coisa que conseguia fazer era parecer-se com ele.

Shimon avançou lentamente.

Um dos delinquentes o empurrou.

Shimon não reagiu. "Talvez desta vez ele próprio morresse", pensou. Reviu diante dos olhos a roseira cortada no jardim de Carnacina. Talvez a imagem contivesse de fato uma mensagem e significasse que nunca tinha aprendido a amar a vida.

Então parou na metade do depósito, pensando em Ester. Pensando que com ela, ao contrário, estava começando a amar a vida. E talvez por isso tivesse poupado aquele homem que agora estava à sua frente. Para que o obrigasse a fugir.

– Quem é você? – perguntou o servo.

Shimon sorriu. Era a mesma pergunta que se fazia todas as manhãs.

– Você roubou muito dinheiro. Quero a metade, do contrário, te denuncio às autoridades – disse o servo sem meias-palavras.

Shimon se abaixou, puxou a faca que estava amarrada na barriga da perna e se virou de repente, com o braço esticado e a arma na altura da garganta do primeiro delinquente. Ouviu um gemido e a lâmina cravar-se na carne. Quando se virou totalmente, foi inundado por um jato de sangue.

O servo se levantou da caixa e correu para a saída.

Shimon se lançou atrás dele, mas o outro delinquente jogou um bastão entre suas pernas, fazendo-o cair, e logo pulou em cima dele com uma faca curta de lâmina dupla.

Do chão, Shimon conseguiu levar as pernas ao peito e esticá-las com toda a força, atingindo-o em cheio no abdômen.

Enquanto era projetado para trás, o outro desferiu um golpe e enfiou a faca na barriga da perna de Shimon, que abriu a boca e emitiu um grito mudo de dor. Extraiu a faca da perna, tentou levantar-se e acabar com o delinquente.

Mas, a essa altura, outros homens já acorriam, chamados pelo servo.

Shimon viu um gigante lançar-se sobre ele com um bastão curto e maciço. Sentiu o golpe quebrar suas costelas. Conseguiu rolar para o lado e levantar-se. Não conseguia respirar, mas se lançou na direção da porta. Outro sujeito o golpeou no rosto com um pedaço de pau. Shimon sentiu o supercílio se abrir e o sangue começar a escorrer sobre o olho. Afundou um golpe com o punho cerrado na garganta do homem. Ao contato com os nós dos dedos, a traqueia estalou. O homem levou as mãos ao pescoço e caiu no chão. Com um esforço sobre-humano, Shimon superou o corpo e perdeu-se nos becos atrás do porto.

Permaneceu escondido como um animal selvagem, ofegando e resistindo à dor. Depois, quando as vozes se afastaram, saiu e se arrastou até o único lugar para onde queria ir.

Quando bateu à porta de Ester, não precisou esperar muito.

A mulher abriu, viu-o coberto de sangue e tapou a boca para não gritar. Deixou-o entrar e tentou cuidar de seus ferimentos, sem dizer nenhuma palavra, como se ela também fosse muda.

Mas Shimon a deteve. Foi até a escrivaninha. Pegou papel e tinteiro e começou a escrever, com ímpeto.

"Meu verdadeiro nome é Shimon Baruch, venho de Roma. Eu era mercador..."

Escrevia rapidamente, com a cabeça baixa. O sangue da ferida no supercílio pingava nas folhas que passava a Ester, para que lesse toda a sua história, sem censura.

"...Então, entrei na galeria de esgoto e descobri que ali havia um homem, chamado Scavamorto, que estava levando embora as coisas daquele rapaz..."

Respirava com dificuldade. A dor no tórax, onde o gigante com o bastão tinha quebrado suas costelas, era lancinante.

"...E, antes de morrer, me disse que o ladrão se chamava Mercurio..."

Ester lia com o mesmo ímpeto com que Shimon escrevia. E, assim que terminava uma folha, deixava-a cair no chão, erguia-se para colocar-se atrás de Shimon e, apertando os olhos à luz trêmula da vela, lia o que ele estava escrevendo.

"...E, quando a carroça foi atacada pelos bandidos, me dei conta de que provavelmente seria morto, mas não tinha medo..."

O sangue começava a escorrer com mais indolência do corte no supercílio. Shimon escrevia. Ester lia. E parecia que estavam em uma competição entre si.

"...Então, você chegou."

Shimon parou, com o rosto contraído de dor, e olhou para Ester.

Ela também tinha os olhos sobre ele e prendia a respiração.

"Não sou capaz de dizer o que sinto por você. Nem eu mesmo sei..."

Ester olhou para ele. Depois, lentamente, disse:

– Você me defendeu do Carnacina.

Shimon sentiu o coração disparar.

"Você sabia?", escreveu.

– Sim.

Shimon pousou a pena de ganso.

– Me deixe cuidar de você – disse Ester.

Shimon fez que não. Puxou-a e a beijou, sujando-a de sangue. Depois, Ester se deitou no chão e deixou que ele a tomasse e gotejasse nela sangue e lágrimas.

E finalmente Shimon entendeu o que significava a roseira cortada: um amor que não floresceria.

Na manhã seguinte, desapareceu.

"Adeus", dizia a folha que Ester encontrou sobre o travesseiro ao seu lado.

58

Veneza

OS GUARDAS DO GHETTO já estavam fechando o portão que dava para a Fondamenta dei Ormesini quando viram chegar um retardatário. O homem avançava correndo e mancava, como se arrastasse a perna direita. Estava todo agasalhado e curvado, e na cabeça trazia um barrete amarelo tão grande que parecia quase um capuz. O judeu subiu a ponte suspensa sobre o Rio di San Girolamo, agitando as mãos.

– *Shalom Aleichem* – disse aos guardas, ofegando.

– Sim, paz para você também – resmungou Serravalle. – Você sabe que, se ficar para fora, vai ter problemas, não sabe?

– *Mazel Tov! Mazel Tov!* – disse o judeu, que tinha um nariz comprido e adunco, com rugas que pareciam fendas, e uma barbicha de cabra.

– Mais um que não sabe uma palavra de veneziano – suspirou Serravalle, dirigindo-se ao outro guarda. – Sim, pode ir, rápido – disse ao retardatário.

O judeu, ainda encurvado e com o barrete quase cobrindo os olhos, mancou até o primeiro portão dos pórticos. Tentou abri-lo, mas estava fechado. Olhou ao redor e, nesse momento, viu um dos ajudantes do rabino fazer a ronda no Ghetto, para verificar se estava tudo em ordem. Abaixou a cabeça e atravessou o largo, tentando evitá-lo.

– *Shalom Aleichem*, irmão – disse-lhe o ajudante do rabino.

– *Aleichem Shalom* – respondeu o judeu, acelerando o passo, embora mancasse.

– Quem é você? – perguntou o ajudante.

– *Mazel Tov!*

– Boa sorte a você também, irmão – respondeu o ajudante. – Mas eu te perguntei quem você é? Onde mora?

– *Mazel Tov!* – repetiu o judeu e entrou quase correndo entre dois edifícios que davam para o canal do Ghetto.

– Ei! – exclamou o funcionário, caminhando atrás dele.

O judeu chegou a uma pequena horta atrás da escola, escalou uma cornija a meia altura e, dali, agarrando-se a uma calha, como um gato, alcançou um pequeno telhado saliente, no qual subiu e se deitou de barriga para baixo, apagando o próprio rastro.

O ajudante do rabino chegou ofegando. Inspecionou os cantos escuros, mas não encontrou nenhum sinal do homem que havia seguido. Depois, enquanto erguia o lampião e olhava ao redor, tentando compreender como seu confrade tinha desaparecido no nada, na base da mureta da pequena horta viu algo no chão que chamou sua atenção. Pegou-o. Girou-o na mão, sem conseguir entender direito o que era. Depois, de repente, entendeu. Levou o objeto ao nariz. Anuiu e sorriu.

– Crianças... – Girou-o novamente na mão, admirando a qualidade do artefato e lembrando-se de que ele também, quando pequeno, havia feito essa brincadeira. Mas fazia anos que não via um. E ainda por cima tão bem-feito. – Um nariz de mentira, feito com miolo de pão – riu. Colocou-o no bolso. No dia seguinte, daria o brinquedo ao filho. – É tarde, crianças! – gritou, com um sorriso nos lábios. – Vão dormir!

– Vá dormir você, Mordechai! – esbravejou uma voz atrás de uma janela. – Já encheu a paciência!

O ajudante do rabino encurvou-se e partiu na ponta dos pés.

Deitado no telhado, Mercurio tocou o nariz e somente então percebeu que o tinha perdido.

– Que merda! – disse em voz baixa. Levou a mão à barba e a arrancou, segurando um gemido. Massageou o queixo, irritado com a cola de peixe, e vestiu o barrete amarelo. Desceu devagar, segurando-se na calha. Assim que chegou ao chão, pôs a mão no bolso, para certificar-se de que não tinha perdido também a ferramenta que trazia consigo. Com prudência, voltou para debaixo dos pórticos. Não havia ninguém nas ruas. Tirou do bolso a gazua e, em um instante, abriu a simples fechadura do portão. Entrou e o fechou silenciosamente atrás de si.

– Quarto andar – murmurou com o coração acelerado.

Depois, começou a subir a escada estreita. À medida que avançava, convencia-se de estar cometendo uma loucura. À medida que avançava, tinha a impressão de que seu coração também subia dentro do seu corpo, tentando forçar a garganta. À medida que avançava, sentia as pernas tão rígidas que lhe parecia impossível dobrá-las. Mas continuou a subir, pois no dia da briga com Isacco, no Castelletto, entendera que queria estar perto de Giuditta.

Estava tão emocionado que, quando chegou ao quarto andar, a gazua escorregou de sua mão. O instrumento bateu nos degraus, produzindo um ruído de metal e pedra. Mercurio se encolheu contra a parede, prendendo a respiração, certo de que todos no edifício o tinham ouvido. No entanto, ninguém apareceu para verificar. Então, recobrando a coragem, desceu os degraus e os tateou à procura da gazua. Encontrou-a e voltou ao patamar do quarto andar. Havia duas portas. Tentando orientar-se, supôs que a da esquerda correspondesse ao apartamento que dava para o largo do Ghetto. E Mercurio sabia que Giuditta morava ali porque, poucos dias antes, a vira na janelinha que dava justamente para o largo, fazendo uma coisa estranha que ele não tinha entendido. Ele a vira apontar o dedo para o céu, como para indicar alguma coisa, e permanecer por algum tempo nessa estranha posição. Depois, voltara para dentro.

Enfiou a gazua na fechadura e começou a girá-la.

Tinha acabado de enganchar o mecanismo interno e estava prestes a acioná-lo quando a porta se abriu de repente, arrancando a gazua de sua mão. A primeira coisa que viu foi uma faca, erguida ameaçadoramente no ar.

– Pare, sou eu! – disse Mercurio, saltando para trás.

Com uma longa camisola de linho, que chegava aos seus pés, Giuditta estava pálida à luz da vela.

– Você... – disse em voz baixa, e seus olhos se encheram de lágrimas pelo medo. Mas, depois, o medo cedeu lugar a uma espécie de raiva, e ela apontou a faca contra ele, sem perceber, como teria feito com o dedo indicador. – Você...

– Shhh... fale baixo... – murmurou Mercurio, aproximando-se da ponta da faca e afastando-a com a mão. – Fale baixo...

– Você quase me matou de susto...

– Sinto muito... – disse Mercurio, dando mais um passo.

– O que está fazendo aqui? – perguntou Giuditta boquiaberta, perplexa, comovida, atordoada pela emoção, com as lágrimas riscando sua face e os olhos arregalados, que não conseguiam desprender-se do rapaz que havia jurado amar.

– Eu queria te ver... – disse Mercurio e colocou-se perto dela, a menos de meio passo, sentindo que já não conseguia respirar.

— Como fez para entrar aqui? – sussurrou Giuditta, deixando cair a faca, que se cravou com um ruído surdo nas tábuas rangentes da soleira.

— Eu queria te ver – repetiu ele e completou o meio passo que os separava. – Não dava mais para esperar...

— Você entrou no Ghetto por minha causa... – Os lábios de Giuditta se entreabriram.

— Sim... – Os lábios de Mercurio se aproximaram.

— Você me assustou... – suspirou ela, oferecendo os seus.

— Sinto muito...

Os lábios de Mercurio se uniram aos de Giuditta. Depois, lentamente, como se ambos conhecessem os movimentos e as danças do amor, mesmo nunca os tendo praticado, as mãos de Mercurio abraçaram Giuditta, começando a acariciar suas costas, e as mãos dela apertaram os quadris dele, agarrando-se como para não correr o risco de perdê-lo. Então, os lábios, que até aquele momento tinham permanecido unidos de maneira comedida, quase estática, perderam a compostura, ganhando vida própria, tornando-se dois animais em luta, como se cada um deles quisesse nutrir-se do outro. E as mãos, por reflexo, apertaram-se com mais força, buscaram com mais ímpeto, arranharam, beliscaram e afundaram na carne do outro, já sem se conterem. E sob esse novo impulso as bocas ousaram mais, e as línguas começaram a se entrelaçar, a escavar nas profundidades molhadas do outro.

Depois, de repente, quase em uníssono, os dois pararam. Ofegantes, extenuados, fitando-se com olhos arregalados. Os lábios molhados e reluzentes à luz da vela.

E cada um deles ouviu o desejo dentro de si. Ali. Ao alcance da mão. Aquele desejo que os tornava homem e mulher.

— Nunca fiz – disse Giuditta.

— Nem eu – disse Mercurio.

— Está com medo? – perguntou ela.

— Não. Agora não. E você?

— Não... agora não.

Permaneceram assim, olhos nos olhos, com a sensação do beijo nos lábios.

— Você quer... me ver? – disse, então, Giuditta.

Mercurio anuiu, devagar.

Giuditta soltou o laço da camisola, sem tirar os olhos dos de Mercurio. Depois, deixou-a cair no chão. Enrubesceu. Mas não se cobriu.

– Você é linda...

– O que devo fazer?

Mercurio estendeu a camisola no patamar, puxou Giuditta para si e encostou a porta da casa. Depois a deitou.

– Está com frio? – perguntou-lhe.

– Um pouco...

Mercurio se deitou sobre ela, cobrindo-a com seu corpo e sua capa.

– E agora? – disse Giuditta.

Mercurio a beijou. E, enquanto a beijava, sentiu a própria carne crescer. E Giuditta, ao beijá-lo, sentiu a própria carne dissolver-se. Mercurio levou a mão aos seios dela. Beliscou um mamilo. Giuditta abriu a boca e afastou-se do beijo.

– Te machuquei?

– Não...

Mercurio sentiu que Giuditta movia os quadris, ritmadamente, empurrando-se contra ele. Então, ele também se empurrou contra ela. Sentiu a necessidade de apertar os maxilares. Um gorgolejar rouco subiu à sua garganta. As mãos de Giuditta agarraram os glúteos dele e o apertaram convulsivamente a si. Mercurio levou a mão à calça e a baixou, com ímpeto e de maneira desajeitada. Também com ímpeto e de maneira desajeitada, as mãos de Giuditta o ajudaram. Depois, as pernas dela se afastaram e o envolveram, prendendo-o a si. Mercurio sentiu a própria carne vibrar. Empurrou a mão entre ele e Giuditta e sentiu que ela também estava molhada. Depois, a mão de Giuditta o alcançou. Seus dedos se entrelaçaram, ali, entre os dois corpos que se empurravam um sobre o outro, um na direção do outro. E começaram a se acariciar juntos, e juntos aprenderam o que nunca tinham feito.

– Está com medo? – perguntou novamente Mercurio, ofegante.

– Não – sussurrou Giuditta, abrindo mais as pernas.

– Você quer?

– Quero...

O membro de Mercurio impeliu-se contra Giuditta. Depois, quase de repente, afundou em sua carne. Giuditta sentiu um rasgo lancinante, ardente. Agarrou-se com todas as suas forças às costas de Mercurio. Mas a dor passou em um segundo e se dissolveu. Giuditta lambeu a pele do pescoço de Mercurio. Emitiu um gemido rouco, à medida que a dor se transformava em uma pulsante vibração, que a tomava em ondas, em ritmo cada vez mais acelerado. Ouviu Mercurio gemer.

– É assim para você também? – arquejou Giuditta no ouvido dele.

– Sim... – respondeu ele com um fio de voz.

E, à medida que Mercurio se movia de maneira cada vez mais veloz dentro dela, Giuditta também se contraía e o apertava com as pernas e os braços e tentava sincronizar o movimento.

De repente, Giuditta arregalou os olhos.

E assim fez Mercurio.

Olharam-se. Como se estivessem assustados. Incapazes de se beijarem, por medo de morrerem sufocados. E, enquanto eram sacudidos por algo que nunca tinham imaginado, apertaram-se e afastaram-se ao mesmo tempo, agarrando-se e tentando desvencilhar-se, até que permaneceram inertes, um sobre a outra, um dentro da outra. Respirando lentamente.

– É isso, então... – sussurrou Giuditta.

– Sim... – disse Mercurio.

Novamente se fez silêncio. As mãos dos dois foram ao rosto um do outro, acariciando-o devagar, sem mais nenhum ímpeto. A respiração dos dois se acalmou. A pele sentiu a pele do outro.

– É *isso*... o quê? – perguntou Mercurio em voz baixa.

– O amor – disse Giuditta em voz ainda mais baixa, enrubescendo.

– Sim... – disse Mercurio. Afastou o rosto do de Giuditta e a observou. Nunca havia imaginado que ela pudesse ser tão bela como naquele momento. Nem mesmo depois do que tinha acabado de acontecer entre eles, encontrou coragem para dizer isso a ela. Apenas sorriu e a beijou.

E Giuditta deixou-se beijar, assim, com ternura. E lhe pareceu que aquele beijo fosse ainda mais belo do que os anteriores.

59

— E agora? — perguntou Giuditta, ainda nua na úmida penumbra do patamar.

Deitado sobre ela, Mercurio acariciava seus cabelos. Sua mão parou, sentindo o peso dessa pergunta. Desviou o olhar, evitando os olhos de Giuditta, fixos nos seus. Depois, fez o que sempre fazia quando estava em dificuldade.

— Agora você se veste, do contrário, vai morrer de frio — brincou.

Giuditta não se moveu. Apenas sorriu. E seus olhos se velaram com uma sutil desilusão.

Mercurio sentia a pressão, a luta interna. Não estava habituado a falar dos próprios sentimentos. Não sabia por onde começar. E, pela primeira vez na vida, não queria perder essa batalha. Queria sair da casca.

— Agora... — disse em voz baixa — Agora... — Sentiu os olhos encherem-se de lágrimas de raiva. Achou-se um tolo. Sabia muito bem o que responder àquela pergunta. Sabia na parte mais profunda da sua alma, na parte mais verdadeira do seu coração. Mas não conseguia dizê-lo.

Giuditta olhava para ele, à espera. Depois, lentamente, virou a cabeça para o lado, deixando o olhar vagar na direção da luz trêmula da vela que agitava a penumbra dentro do apartamento.

Mercurio sentiu que a estava perdendo.

— Agora vou te levar embora daqui — disse de um só fôlego, com a voz embargada e um pouco estridente, virando o rosto dela para o seu até os olhares se cruzarem. Esperava que, naquela escuridão, Giuditta não percebesse a cor de suas faces. Sabia que estavam inflamadas, sentia perfeitamente que estavam quentes. Mas tinha vencido. Tinha dito. E nesse momento, depois de ultrapassado aquele obstáculo que lhe parecera insuperável, sentia uma espécie de euforia. — Tenho um navio. — Voltou a pensar no que havia restado da embarcação de Zuan dell'Olmo. — Não é grande coisa. – Sorriu. – Mas tenho um trabalho. Vou arrumar o navio e levar você embora daqui! – repetiu com entusiasmo.

– Shh, fale baixo – riu Giuditta, colocando o dedo em seus lábios.

Mercurio viu que ela estava com uma luz diferente nos olhos. Beijou seu dedo, depois sua mão, aproximou o rosto do seu e tornou a beijar seus lábios.

– Como é bom o seu sabor!

Ela semicerrou os olhos.

– Mas tem de se vestir, senão vai morrer de frio – disse Mercurio. Afastou-se de Giuditta e sentiu um vazio na altura do estômago. – Só mais um segundo – sussurrou, voltando a deitar-se sobre ela. – Só mais um segundo. – E entendeu que era inteiro apenas com ela. Mas ainda não tinha forças para lhe dizer isso. Beijou-a apaixonadamente e estremeceu de prazer ao sentir os dedos de Giuditta se enfiarem entre seus cabelos, desemaranhando os nós. Depois, levantou-se e estendeu-lhe a mão. Agora que era sua, pareceu-lhe ainda mais bela. E, sem saber por que, envergonhou-se desse pensamento. – Vamos, vista-se – disse-lhe.

– Já se cansou de me olhar? – perguntou Giuditta com um fio de voz, enrubescendo até a ponta dos cabelos, abandonada sobre a camisola, com os mamilos enrijecidos pelo frio.

Mercurio pegou sua mão e a fez levantar-se. Ajudou-a a vestir a camisola. Lembrou-se do dia em que estivera no Arsenale e, ao ver o navio que se formava, pensara no momento em que poderia ver Giuditta vestindo-se. Riu.

– Por que está rindo? – perguntou ela.

– Porque já tinha imaginado este momento – respondeu Mercurio, apertando-a contra si. Depois, fez Giuditta sentar-se no primeiro degrau e a envolveu com a capa. Pôs-se ao lado dela e passou o braço sobre seus ombros.

– Venha aqui para dentro você também – disse Giuditta, abrindo a capa.

Mercurio a trouxe mais para perto. Sentia o calor do corpo dela. E quase não conseguia acreditar na maravilha daquele momento.

– Vou te levar embora daqui – disse mais uma vez, de maneira mais resoluta. – Não suporto ver você fechada em uma gaiola.

Giuditta pousou a cabeça em seu ombro. Sorriu, feliz.

– Não me sinto em uma gaiola.

– E como chama isto aqui, então? – estremeceu Mercurio. – Sei o que é isso. No orfanato, eu estava em uma gaiola, me batiam, me chicoteavam.

Alguns de nós eram amarrados à cama à noite. E a mesma coisa aconteceu quando Scavamorto me comprou... – Mercurio sentiu o sangue ferver, mas, pela primeira vez, a lembrança produzia dor pura, e não raiva. E o mérito era de Giuditta. Virou-se para ela, que o olhava, comovida.

– O que foi? – perguntou Giuditta.

– Sei o que significa. E não posso suportar que você esteja em uma gaiola.

Giuditta pegou sua mão, levou-a aos lábios e a beijou.

– Obrigada. Mas não me sinto em uma gaiola. No início, talvez. Também tinha medo. Nem sei do quê. Talvez medo de que a situação piorasse. Mas agora não me sinto em uma gaiola...

– Como consegue? – perguntou Mercurio, agitando-se.

– Porque tenho um truque – riu Giuditta baixinho.

– Que truque?

– Minha mãe morreu ao me dar à luz – iniciou Giuditta em voz baixa. – Não cheguei a conhecê-la.

Mercurio a apertou com força. Também sabia o que isso significava.

– Fui criada pela minha avó... – retomou Giuditta. – E a vovó era amiga de um velho que todos na Ilha de Negroponte achavam que era meio louco. Mas ela dizia que era bobagem de gente ignorante... – sorriu. – Talvez porque ela fosse mais louca do que ele.

Mercurio riu.

– Shh, não faça barulho, senão vai acordar meu pai.

Mercurio a beijou nos olhos.

– Continue.

– Enfim, esse velho ia à nossa casa quase todas as noites. A vovó lhe dava comida, depois eles se sentavam na varanda. Ficavam conversando até tarde. Eu era pequena, e a voz deles chegava até meu quarto. E aquele rumor me fazia adormecer sem que eu me sentisse muito sozinha. Acho que eu também gostava daquele homem. Certa noite, acho que já era bem tarde, acordei com medo. Tinha tido um pesadelo. Desci até o térreo, de onde vinham as vozes, porque precisava do abraço da minha avó. Eu estava sonolenta, tinha a impressão de não estar totalmente fora do sonho. Quando saí de casa, chamei minha avó, mas nem ela nem o velho responderam. Estavam no meio do pátio, em pé, com o braço esquerdo levantado e o indicador apontando para o céu estrelado. Parei. Aquilo também parecia uma espécie de sonho. E parecia que eles não estavam ali. Não sei por que pensei isso. Mas pensei justamente que não estavam ali, embora eu pudesse vê-los. E foi por isso que não me ouviram. Riam baixinho, com ternura e cumplicidade. Isso bastou para fazer meu medo passar, e voltei para a cama. Na noite seguinte, como sempre, dei um beijo de boa-noite na minha avó e, nesse instante, vi o velho chegar e lhe perguntei: "O que vocês estavam fazendo ontem à noite?". Então, ele me colocou sobre seus joelhos e me disse: "Vou te revelar o meu truque. Assim, você também vai poder usá-lo. Olhe lá para cima", e apontou para o céu. "Está vendo as estrelas? Se olhar daqui a pouco, elas não vão estar mais lá, vão ter se deslocado. E sabe por quê? Porque as estrelas são as carruagens do céu. E sabe como fazer para subir nelas?" Esticou meu braço esquerdo e me fez apontar o indicador para o céu. "Você tem de usar o esquerdo, porque é o do coração, e o coração é infinitamente mais forte do que a mente. Depois, escolha uma estrela. Olhe bem para ela, não são todas iguais. Eu, por exemplo, gosto daquela. Tem assentos muito confortáveis, e na minha idade as nádegas doem. Mas você que é tão jovem pode pegar aquela outra ali, veja. É uma das mais rápidas. Sempre gostei de viajar. Sou marinheiro. Mas agora ninguém mais me quer a bordo de um navio, e me entedio nesta ilha. Me sinto em uma gaiola..." – Giuditta se virou para Mercurio, que ficou fascinado com essa história e ouvia boquiaberto, como um menino. – Disse justamente "gaiola", como você. Me explicou que toda noite cavalgava as estrelas. E que muitas vezes a vovó também viajava com ele. Tinham visto a Índia, a China, a África, a Espanha... – Riu. – E até a Lua. "Mas você precisa acreditar com o coração", me disse o velho ao final e bateu o dedo no meu peito. – Giuditta pousou de novo a cabeça no ombro de Mercurio. Sua voz ficou triste. – Naqueles anos, meu pai nunca aparecia em casa, e eu sentia falta dele. Cheguei até a acreditar que ele me odiasse porque eu tinha feito minha mãe morrer...

Mercurio a apertou com mais força.

– Assim, toda noite depois daquela, eu ia para a janela do meu quarto, tocava o céu com o dedo e montava em uma estrela. E a fazia levar-me até ele...

Mercurio finalmente entendeu o que Giuditta estava fazendo quando a vira junto à janela do apartamento do Ghetto.

– Quando cresci, acabei me esquecendo disso. Mas depois que nos colocaram na gaiola, como você diz, lembrei que podia tocar o céu, cavalgar as estrelas e partir quando quisesse, sem que ninguém pudesse me impedir.

Mercurio olhou para ela. Seu coração batia com força no peito.

– Mas agora que seu pai está com você... para onde você vai?

Giuditta enrubesceu e baixou os olhos.

Mercurio sentiu uma onda de emoções atropelá-lo. Não era preciso que ela lhe dissesse quem buscava. Ele levantou o rosto dela e, com o polegar, acariciou suas sobrancelhas pretas e espessas.

– Então, amanhã vou te esperar – sussurrou com a voz sufocada na garganta. Depois, aproximou os lábios dos dela.

– Giuditta! – ouviu o chamado vindo do apartamento.

Os dois tiveram um sobressalto.

– Giuditta! – chamou novamente Isacco. – Cadê você?

Mercurio se levantou de um salto. Giuditta estava com uma expressão assustada. O rapaz sorriu para ela e beijou rapidamente seus lábios. Depois, desceu correndo o primeiro lance de escada.

– Estou indo, pai! – respondeu Giuditta com voz trêmula.

Mercurio lhe sorriu novamente e fez sinal para ela ficar calma.

– O que está fazendo aí fora? – perguntou Isacco.

Giuditta ainda estava com expressão assustada, incapaz de encontrar uma desculpa. Mercurio estalou os dedos. Depois, assim que atraiu sua atenção, franziu os lábios e o nariz e exibiu os incisivos.

Giuditta riu.

– Um rato, pai!

– E que graça tem isso? – indagou Isacco com sua voz mal-humorada, enquanto arrastava os chinelos até a porta. – Mate-o com a vassoura.

Mercurio pôs a língua para fora, ficou vesgo e abriu os braços, como se tivesse sido esmagado.

Giuditta segurou uma risada.

– Não, ele é muito bonitinho.

– Um rato bonitinho? – A voz de Isacco já estava perto da porta.

Mercurio mandou um beijo para Giuditta.

– Um rato tão bonitinho que me apaixonei.

Mercurio desapareceu descendo a escada, no exato momento em que Isacco aparecia à porta.

– Deixe de besteira – resmungou, balançando a cabeça. – Vá para a cama, vá.

60

Mestre

— Entendi o que é o amor! — exclamou Mercurio ao voltar para casa e encontrar Anna del Mercato acendendo o fogo.

— Eu estava justamente me perguntando onde você foi parar essa noite — suspirou Anna, aliviada e com expressão mais relaxada. — Mas agora posso imaginar — acrescentou com um sorriso. Mexeu o leite que fervia sobre o fogo. — Quer comer?

— Estou morrendo de fome — disse Mercurio, sentando-se à mesa.

Anna cortou uma fatia grossa de pão. Verteu o leite em uma tigela e a deu a ele.

Mercurio mergulhou o pedaço de pão no leite e o mordeu com voracidade.

Anna cortou mais pão. Depois, sentou-se na frente dele.

— E então? Como é esse amor?

Mercurio sorriu, com os olhos cheios de luz. Um regato de leite saiu de sua boca e escorreu pelo queixo.

Anna olhou para seus olhos.

— Sim, é amor — disse. Depois, vasculhou o bolso do avental cinza de cânhamo, que vestia por cima do vestido cor de ferrugem.

Ouviu-se o tilintar de moedas. Colocou-as na mesa.

— Três liras *tron* de ouro e nove de prata. Isaia Saraval passou aqui à sua procura. Disse que você sabe o que são.

— Vendeu um colar e um anel! — Mercurio esfregou as mãos. — Vamos ficar ricos, Anna!

Anna sorriu, depois colocou na mesa outras moedas.

— Meia lira, três moedas de prata e dezesseis *marchetti* — disse, toda contente. — Vamos ficar ricos — repetiu. — É meu pagamento pela festa. — Pôs os *marchetti* no bolso e estendeu as outras moedas sobre a mesa. — Pegue-as.

Mercurio viu que as faces dela enrubesciam de alegria. Empurrou as próprias moedas para Anna, junto com as dela.

– Fique com elas. É melhor.

– Mas são suas – disse Anna.

Mercurio anuiu. Sentiu-se sortudo. Tinha tudo o que podia desejar.

– Saraval me pediu para te dizer que daqui a duas semanas haverá uma festa na Casa Venier e, na semana seguinte, mais outra no Palazzo Giustinian. É preciso organizar o transporte – informou Anna.

– Temos Tonio, Berto e o barco de... enfim, o barco.

– Encontrei os rapazes. Me disseram que você deu mais dinheiro para a viúva de Battista.

– Uns trocados – disse Mercurio, desviando o olhar.

– Você vai precisar desse dinheiro – disse Anna.

– Ela também. Não era para ter ficado viúva.

Anna levou a mão à boca.

– Ouça o que vou dizer – murmurou. – Para te proteger, sou capaz de virar uma fera.

Mercurio pensou que um dia aprenderia a dizer a ela o quanto lhe queria bem.

– E Saraval não disse mais nada?

Anna negou com a cabeça.

– Então é verdade?

– O quê?

– Ora, vamos... Quando você faz assim, é um péssimo ator.

– Mas o quê? – perguntou Mercurio, achando graça.

Anna sorriu.

– Disse que sou eu que tenho de organizar o abastecimento para os Venier e os Giustinian.

– Jura? – Mercurio fingiu estar surpreso, depois desatou a rir.

Anna se debruçou sobre a mesa e lhe deu um tapinha na cabeça encaracolada.

– Você disse que queria trabalhar... – disse ele. – Agora, aguente! – Devorou o último pedaço de pão, bebeu todo o leite da tigela, limpou-se com a manga do casaco e se levantou. Pareceu pensar em alguma coisa, sorriu e pegou um pouco de dinheiro.

– Vou precisar. Já vou indo – disse, encaminhando-se para a porta.

– Mas aonde você vai? Acabou de chegar...

– Preciso cuidar do meu navio! – gritou Mercurio ao sair.

– Que navio?

A porta bateu.

Anna se levantou e a abriu.

– Que navio? – gritou atrás dele.

Mas Mercurio já estava longe e corria para o cais do mercado de peixes.

Quando chegou ao barco que havia sido de Battista, assobiou, e logo Tonio e Berto apareceram.

– Aonde vamos, chefe? – perguntou Tonio, alegre. Tinham ganhado catorze moedas de prata pelo transporte de toda a mercadoria da casa de penhor de Saraval para a residência do nobre arruinado.

– Me levem para o Rio di Santa Giustina – disse Mercurio. – No cruzamento com o Rio di Fontego.

– O que vai fazer lá? – quis saber Tonio. – Só tem mortos de fome naquela região.

– Cuidem da vida de vocês e remem – respondeu Mercurio, de bom humor. Não queria que o levassem até o estaleiro de Zuan dell'Olmo. Gostava da ideia de chegar lá sozinho. Pensou que era seu local secreto.

Enquanto os dois gigantescos *buonavoglia* remavam com a velocidade habitual, Mercurio respirava fundo o ar da manhã. A vida não poderia ser mais bela, repetia a si mesmo. Em um instante, tudo havia mudado. Para começar, tinha se tornado honesto. E sem o menor esforço. Bastara uma simples ideia. Tinha encontrado uma ocupação que o deixaria bem de vida, sem ter de arriscar ser preso ou coisa pior. Talvez Deus existisse de verdade, disse a si mesmo. Tinha conhecido Anna, a mãe que havia procurado por toda a vida. Tinha conhecido Giuditta, a mulher que iluminaria sua existência. Riu com seus botões desses pensamentos.

Enquanto entravam na densa teia de canais da laguna, ao se virar teve a impressão de ver atrás deles sempre o mesmo barco preto e delgado. Mas foi um pensamento fugaz, que ele não agarrou. Ergueu os olhos para o céu limpo e azul, com poucas nuvens brancas como flocos. E ainda estava com a cabeça nas nuvens quando Tonio e Berto atracaram no Rio di Santa Giustina.

Desceu e fez sinal para os dois amigos irem embora. Voltaria sozinho. Com o canto do olho, viu de novo o barco preto e delgado, que atracava mais atrás. Porém, mais uma vez, não prestou atenção.

Pensava na noite que tinha passado com Giuditta. Sentiu o desejo reacender-se em seu corpo. Caminhou ao longo do Rio di Santa Giustina até o estaleiro de Zuan dell'Olmo, quase correndo.

O barco preto e delgado se moveu. Lentamente. Em silêncio.

Quando Mercurio chegou ao final do canal, viu o que a névoa tinha escondido nos dias anteriores. Estava no mar. Ou pelo menos assim lhe pareceu. Teve a impressão de que Veneza terminava ali. À frente, havia apenas uma imensa extensão de água. O próprio odor do ar tinha mudado. Não era de mofo, de água parada. Sentia-se o sal, como se ele pinicasse as narinas. E na água, bem na frente dele, surgia uma ilhota.

Olhou ao redor. As casas eram de madeira, pouco mais do que cabanas. Não havia sinal do fausto veneziano. Deviam ser moradias de pescadores, baixas, opressoras. Por quase toda parte, no chão, na margem que era um pouco lamacenta e um pouco arenosa, espinhas de peixes, gatos lambendo as patas, barcos no seco. Havia pequenos cais tortos. No final de alguns deles, havia duas casinhas sem janelas, com uma portinha que se abria para o píer. Mercurio notou um menino que vestia apenas um casaco. Na parte inferior do corpo, estava nu e sem sapatos. Apertava o pênis. Ao seu lado, a mãe lhe deu um tapa enquanto amamentava um bebê que segurava nos braços. O menino parou de se tocar e começou a chorar. A mãe lhe deu outro tapa. O menino também parou de chorar. Depois, a mulher bateu à pequena porta. Após um instante, da casinha saiu um homenzarrão apertando o laço da calça. A mãe empurrou o menino para dentro. Mercurio viu que não havia nada na casinha suspensa sobre a água, apenas um buraco no pavimento. Era uma latrina. Enquanto o menino cagava, de porta aberta, o homenzarrão afastou o bebê do mamilo materno e se prendeu a ele, de brincadeira. A mulher riu e, depois que o menino terminou de fazer suas necessidades, pegou-o pela mão ao longo do píer e o empurrou na água. O menino se agachou e limpou o traseiro.

Mais adiante, à sua direita, Mercurio descobriu redes de pesca quadradas, suspensas no ar, que podiam ser lançadas na água a partir de atracadouros mais estreitos. Depois, uma série de pequenas hortas com poucas verduras mirradas. Uma velha limpava folhas de couves, jogando fora as lesmas que se prendiam a elas. Mercurio conseguiu perceber em cheio a pobreza daquela gente, que disputava comida com as lesmas. Uma ratazana passou em um regato sujo e malcheiroso que terminava na água.

Mergulhou e avançou nadando, com o focinho fendendo a água. Dois meninos atiraram pedras nela. A ratazana afundou.

Mercurio se deu conta de que os mármores e o esplendor de Veneza o haviam feito esquecer-se de todo o resto. Os mortos de fome que frequentavam os arredores de Rialto, a grande Praça de São Marcos ou o Canal Grande pareciam menos pobres. Já ali, na periferia, a pobreza era como a que Mercurio havia conhecido em Roma, na sua galeria de esgoto. Ali, a pobreza era o que era. E Mercurio se sentiu à vontade. Pois aquelas eram as suas origens. A mulher que levava os filhos para cagar em uma latrina suspensa sobre a água, enquanto um homem que certamente não era seu marido sugava seu mamilo ou apalpava seu traseiro, poderia ser sua mãe. Um daqueles meninos poderia ter nascido de um coito naquela latrina. Outro talvez tivesse sido abandonado, como ele, na roda de um orfanato. Não, não havia nada naquele mundo abjeto que o assustasse, simplesmente porque ele o conhecia.

Sem saber por que, ainda ficou observando aquela miséria, respirando seus odores, ouvindo seus gritos, seu vozerio, seus lamentos. E sentiu uma força dentro de si. Porque havia se livrado disso.

Depois, virou-se para a direita. Então, finalmente, a viu. Viu a razão pela qual tinha retornado àquele lugar. Viu-a por inteiro, sem o pudico véu da névoa.

E se deu conta de que era a carcaça de um navio.

Quase teve vontade de rir. Era muito pior do que havia imaginado. No entanto, enquanto se aproximava, sentiu-se ainda mais atraído pela embarcação.

"É como eu", pensou.

Aquele navio o representava perfeitamente. Era Mercurio em sua galeria de esgoto. Parou. Olhou para seus belos trajes, para os sapatos com sola espessa e robusta, o chapéu quente. Levou a mão às moedas que trazia consigo. Ouviu-as tilintar. Apertou-as. Sentiu o ouro absorver seu calor e se aquecer.

"Se eu consegui", pensou, como se estivesse falando com o navio, "você também vai conseguir."

Olhou para a quilha escura, talvez apodrecida em alguns pontos. Viu incrustações de algas e moluscos sob a linha de flutuação. Viu o mastro principal quebrado. A balaustrada do castelo de popa tinha desaparecido quase por completo. As poucas velas remanescentes tremulavam como teias de aranha ou bandeiras de um exército derrotado. O cesto da gávea, as enxárcias, as vergas, tudo dava a impressão de que estava a ponto de desabar, como os galhos de uma árvore seca. A roda do leme estava jogada em um canto, arrancada de seu poço. Metade da carraca se encontrava no seco, na rampa do estaleiro, cujo teto havia desabado, como se se adaptasse à decadência geral. A outra metade, a parte da popa, estava na água.

Mercurio respirou fundo o ar salobro. Depois, assobiou.

Ouviu-se um latido, agitado e lamentoso, quase um ganido. Depois, Mosè, com seu caminhar ágil e torto ao mesmo tempo, saiu da cabana que havia sido erguida ao lado do estaleiro e foi ao seu encontro, abanando a cauda. Mercurio sorriu e se agachou para esperá-lo. O cão o alcançou, começou a saltitar ao seu redor, indeciso se se deixava tocar ou não, querendo, mas temendo. Ao final, convenceu-se, deixou que Mercurio o pegasse e sentou-se entre suas pernas, agitado e feliz.

– Mosè, você é mesmo um bobalhão – disse o velho Zuan dell'Olmo, apoiando-se em sua bengala junto à porta da cabana.

– Vamos, Mosè – disse Mercurio, levantando-se e dirigindo-se ao velho. O cão corria ao seu lado, latindo.

– Ele gosta mesmo de você – disse Zuan.

– E eu, dele – completou Mercurio.

– Então, vocês estão quites. – Zuan se virou para a laguna.

– Esse é o mar? – perguntou-lhe Mercurio.

– Não! – respondeu o velho, quase escandalizado. Apontou para a sua direita, na direção leste. – O mar é ali. – Depois, colocando as mãos paralelamente, como se desenhasse um canal, à direita de onde havia indicado, na direção sul, acrescentou: – E desce, sempre reto, como um imenso corredor que leva ao salão do Mar Mediterrâneo. – Apontou para a esquerda. – Daquele lado estão os mercados orientais, o Mar Morto, a rota para a China. – Girou 180 graus. Abriu as mãos. – E deste está o Mediterrâneo, que une a África e a Europa... – juntou as mãos em forma de funil e encolheu os ombros. – Até Gibraltar, onde... – Parou. Seus olhos se velaram. Depois, lentamente, abriu os braços ao redor de si, sem limites. – Lá fica o Mar Oceano,* que quando eu era jovem acreditávamos que fosse o fim do mundo...

Mosè ganiu. Mercurio estava boquiaberto.

---

* Assim os antigos chamavam o Oceano Atlântico. (N. T.)

— Só que... — disse em voz baixa, como para não romper a magia.

O velho Zuan se virou.

— Só que tem terra, porra! — Balançou a cabeça. — Tem o Novo Mundo!*

— E como é?

— Que o diabo me carregue se eu souber, rapaz. — E novamente os olhos de Zuan se velaram de tristeza. — Sabe o que significa para um marinheiro como eu não ter podido ir até lá? — Olhou para Mercurio. Riu, mostrando os poucos dentes que ainda tinha. — Claro que não sabe. Você não sabe porra nenhuma do mar. — Virou-se para o navio. — E quer comprar minha carraca! — Riu novamente. Mas não havia escárnio em sua risada. Tampouco aquela melancolia do primeiro dia, quando se conheceram. — O que alguém como você quer com um navio? — perguntou.

— Uma vez estive no Arsenale — contou Mercurio. — E... — Parou, deixou a frase suspensa. Lembrou-se de Battista, morto por culpa sua.

— E...? — insistiu o velho marinheiro.

— Vi um navio nascer — respondeu Mercurio. — E entendi que nada se parece mais com a... liberdade do que um navio.

O velho Zuan ficou em silêncio, olhando para ele. Depois, anuiu imperceptivelmente.

— Você não entende porra nenhuma do mar — disse em voz baixa —, mas talvez não seja tolo como parece. — Virou-se novamente para seu navio.

Mercurio notou que olhos dele cintilavam quando observava a embarcação.

— Com esse navio dá para ir ao Novo Mundo? — quis saber Mercurio.

O velho olhou para ele com seriedade.

— Você está vendo uma banheira, uma carcaça, rapaz. Mas era uma grande senhora. *É* uma grande senhora, porque ainda a vejo como era.

— Então, com ela ainda é possível ir ao Novo Mundo? — perguntou novamente Mercurio.

— Aquele vaidoso imbecil do Colombo, que Deus o tenha em glória porque vai acabar afundando Veneza, você vai ver... Como acha que chegou ao Novo Mundo? Com uma carraca e duas caravelas. Era sua nau capitânia, a Santa Maria. Do tamanho dessa, doze pérticas de comprimento e quatro de largura. Uma carraca, rapaz!

---

* Nome dado pelos antigos às Américas. (N. E.)

Mercurio olhou para a carcaça que balançava com indolência. Ouviu seu rangido. O madeirame estalou. Gostava daqueles ruídos. Era o navio que falava. E, nesse momento, parecia rir.

— Mas você saberia chegar a esse Novo Mundo? – perguntou ao velho.

Zuan balançou a cabeça para a direita e a esquerda, surpreso com essa pergunta.

— Estou velho... – disse.

— Mas saberia chegar?

— Além do mais, não sei se o Mosè aguenta o mar, nunca embarcou...

— Saberia chegar, sim ou não?

— Puta que o pariu, rapaz! Agora que sabemos que o Mar Oceano não termina, qualquer um sabe chegar lá. Basta ir para oeste e ali está o Novo Mundo, caramba! – Cuspiu no chão, emocionado. Agitou a bengala no ar, como para acrescentar alguma coisa, mas nenhuma palavra lhe ocorreu; então, cuspiu de novo. Mosè latiu. Zuan olhou para ele. – Fique quieto, imbecil! – disse-lhe. – Você nunca subiu nem mesmo em uma gôndola! – Mosè latiu de novo.

Mercurio riu e se virou para olhar a laguna.

— Que ilha é aquela?

— Como, que ilha é? – espantou-se o velho. – É a Cavana di Murano.

— O que é?

— Você não sabe nada mesmo – resmungou o velho. – Me admiro que ainda esteja vivo, ignorante do jeito que é. É o abrigo dos barcos da Ilha de Murano, que fica mais adiante, agora não dá para ver. Por isso a chamam de Cavana. Mas, na verdade, é a Ilha de San Michele, porque ali está a igreja dedicada a São Miguel Arcanjo com a espada. Pelo menos sabe quem é o Arcanjo Miguel, ignorante?

Mercurio olhou para o velho, boquiaberto. Sim, Deus devia mesmo existir. "E o Arcanjo Miguel era aquele que Deus destinara para cuidar dele", pensou. O orfanato no qual crescera era dedicado ao Arcanjo Miguel, e a ele o tinham consagrado. Depois, quando fugira de Roma, chegara a Veneza, mas acabara encontrando uma mãe e uma casa em Mestre, que era protegida pelo Arcanjo Miguel. E agora o navio estava diante do Arcanjo Miguel. Não havia dúvida. Aquele navio seria seu.

— Então, velho, vai ou não me vender essa banheira?

Zuan lhe deu uma bengalada.

— Não a chame assim! – repreendeu-o.

– Mas você...

– Eu posso! Você, não! – exclamou Zuan, agitando a bengala. – Ela nem te conhece. Se sou eu a dizer, ela sabe que é brincadeira, um modo afetuoso de falar... mas você... Não pode falar assim, lembre-se disso.

Mercurio olhou para o navio. O velho tinha certeza de que podia ouvi-los. E quando a embarcação rangeu, pensou que talvez tivesse razão.

– Tudo bem, me desculpe – disse. – Então, quanto você quer?

– Você sabe quanto custaria para colocá-lo de novo no mar? – indagou Zuan, ainda com a bengala no ar.

– Quanto?

– Sei lá! – gritou o velho. – Não sou armador! – cuspiu no chão. Mosè se afastou para não ser atingido. – Centenas de liras *tron*... talvez até mil... Como vou saber? Nunca vi nem dez liras de uma só vez!

– É isso que custa o navio? Dez liras?

– Está querendo me passar a perna, rapaz?

– Me diga o valor, velho.

Zuan agitou o bastão, como se isso o ajudasse a pensar.

– Espere aqui – disse. Depois, foi até a carraca. Aproximou-se dela e apoiou a mão na quilha. Virou-se. – Venha cá você também, imbecil!

– Eu? – perguntou Mercurio.

– Que você, que nada! – respondeu Zuan, irritado. – Mosè, seu cão vadio e tigrado, filho do demônio, venha já aqui!

Com a cauda abaixada, Mosè aproximou-se do velho e se sentou aos seus pés, mas olhando para outro lado, como para manter a compostura.

Depois de refletir, Zuan voltou e, em tom infantil de desafio, disse:

– Onze liras *tron* de ouro. Quero só ver o que vai me responder, rapaz.

Mercurio não disse nada. Pescou as moedas que havia trazido consigo, contou onze e as estendeu ao velho.

Zuan arregalou os olhos, surpreso. Esticou o pescoço enrugado e olhou para as moedas na mão de Mercurio como se fossem animais exóticos, sem as tocar.

– Nem tenho dentes bons para sentir se são de ouro verdadeiro ou não.

– São de ouro, juro.

Zuan balançou a cabeça, incrédulo.

– Mas o que você vai fazer com um navio?

– Levar uma pessoa embora.

– Você também pode levar uma pessoa embora no lombo de um burro.

— Talvez eu tenha de ir mais longe. Estou procurando um mundo livre.

O velho oscilou nos calcanhares. Parecia refletir.

— Sim, nesse caso, sim. Vai precisar de um navio. Poderia ir mais longe do que cada um de nós já imaginou. — Olhou para Mercurio. Apontou o dedo para ele e o moveu no ar. — Com certeza você deve ser mais tolo do que eu, não é, Mosè? — O cão latiu, alegre.

— Então, negócio fechado? — perguntou Mercurio.

Zuan abriu os braços.

— Mas veja só o que me tinha de me acontecer — resmungou, fitando as moedas de ouro como se fossem uma desgraça. — Em todo caso, fique com elas. Se alguém neste lugar souber que tenho onze liras, não chego vivo até a noite.

— Tudo bem, eu fico com elas para você.

— Não — disse uma voz atrás deles. — Deixem que eu fico com elas.

Mercurio e o velho se viraram. Mosè rosnou.

— Controle o cão, senão corto a garganta dele — disse Scarabello, descendo do seu barco preto e delgado.

Zuan pegou Mosè pela coleira de corda.

— Fique quieto, idiota.

— E por falar em cãezinhos educados... Não vai cumprimentar seu patrão? — perguntou Scarabello ao se aproximar de Mercurio. Esticou a mão com luva preta, com a palma aberta na direção dele. — Me dê.

— Por quê? — Mercurio deu um passo para trás.

— São minhas.

— Não. São minhas — respondeu Mercurio, tenso, com o corpo vibrando. — Eu as ganhei honestamente, por isso são minhas.

Scarabello olhou para ele, apertando um pouco os olhos.

— Você é meu. E um terço do que ganhar, não me interessa como, deve a mim.

— Não.

Scarabello não se descompôs. Ultrapassou Mercurio e desceu no estaleiro. Olhou ao redor, viu um bastão com cabo longo, daqueles usados para fincar estacas, pegou-o, aproximou-se da quilha do navio, ergueu o bastão e o abateu com força no cintado. A madeira gemeu e rachou. Scarabello ergueu de novo o bastão. E de novo a abaixou. A madeira cedeu de repente.

O velho Zuan tinha lágrimas nos olhos.

— Está bem! Sete! — gritou Mercurio.

— Você é um sentimental. É uma fraqueza. Mas te admiro, sabe? — disse Scarabello, deixando o bastão cair no chão. — Hoje vou me contentar com onze — continuou, aproximando-se dele e estendendo-lhe de novo a mão aberta. — Mas, a partir de agora, diga ao seu amigo judeu que recebo por você. Depois te dou a sua parte. — Pegou as moedas de Mercurio e as fez tilintar, uma por uma, na carteira. — Confio em você — disse, sorrindo e dando-lhe um tapinha na face —, mas, como se costuma dizer... não confiar é melhor. — Encaminhou-se para seu barco elegante. Antes de embarcar, virou-se e apontou para a carraca. — Que belo negócio! — e desatou a rir.

Mercurio o observou afastar-se. Depois, quando ele desapareceu, sentou-se com o rosto virado para os atracadouros e as cabanas à sua esquerda. Fitou a miséria da qual pouco antes havia presunçosamente pensado ter-se emancipado. Agora, ao contrário, parecia-lhe não haver saída. Nunca se libertaria. Ouviu o ódio, a raiva e o desespero crescerem em seu corpo, como antes, voltando a tomar as rédeas de sua vida.

— Vou matá-lo — disse em voz baixa e grave.

Ouviu o velho se aproximar.

— Não deixe que ele tire seu navio de você — disse-lhe Zuan.

— É por isso que vou matá-lo.

— Não deixe que o tire... *agora*.

— O que quer dizer, velho? — perguntou Mercurio, como os olhos apertados como duas fendas.

— Veja como está sentado. Está dando as costas para o seu navio. Para o seu sonho, a sua esperança — disse Zuan. — O ódio já o tirou de você.

Mercurio teve a sensação de estar em uma encruzilhada fundamental da sua vida. Havia uma profunda verdade nas palavras do velho marinheiro. Era o momento de fazer escolhas. E essas escolhas determinariam seu futuro.

— O que devo fazer, então? — perguntou, consciente da importância daquele momento.

Zuan olhou para ele, balançando a cabeça.

— Puta que o pariu, rapaz! Você é burro? — exclamou. — Vire-se! Basta mudar de posição e se virar. Seu navio está ali.

61

Veneza

— É UMA PALHAÇADA! — explodiu Isacco, acelerando o passo. — É uma verdadeira palhaçada! E o senhor também sabe disso, capitão!

— Me informei — respondeu Lanzafame com calma, caminhando ao seu lado. — Esse Scarabello é perigoso. Não é um simples cafetão, é de fato um criminoso com organização própria. Por isso, é melhor parar por aqui, doutor, e me agradecer.

Isacco se virou. Atrás deles, quatro homens de Lanzafame os seguiam, armados. E outros cinco, guiados por Serravalle, chegariam ao Castelletto pela manhã. Desde que Scarabello voltara a ameaçar Isacco, havia três dias, o quinto andar da Torre delle Ghiandaie estava ocupado.

— Nem mesmo o *doge* tem uma proteção como essa — bufou.

— Portanto, você deveria se sentir importante — disse Lanzafame.

— Ah, vá para o diabo o senhor também, capitão.

Lanzafame sorriu.

— E o que me diz da sua filha? Vejo um grande entra e sai naquela loja. Pelo visto, ela vai ficar bem mais rica do que você.

— Pelo visto... sim — resmungou Isacco.

— Ora, sorria pelo menos uma vez. É uma coisa boa, não? — perguntou Lanzafame, dando uma palmada em seu ombro.

Isacco segurou um sorriso, como para não lhe conceder essa satisfação, mas disse:

— Tenho muito orgulho dela. — Depois, amarrotou o barrete amarelo, vistoso, com duas fitas laterais quase laranja. — Por que acha que estou com esse negócio na cabeça? É de Giuditta, foi ela que fez e me deu de presente. Acha que se eu não tivesse orgulho da minha filha sairia por aí desse jeito?

Lanzafame desatou a rir.

– Desacelere um pouco – disse-lhe, então, agarrando seu braço. – Hoje ainda não bebi e estou fraco.

Isacco balançou a cabeça.

– Está fraco porque bebe, não porque não bebe. O vinho embaralhou suas ideias a ponto de fazê-lo ver as coisas ao contrário.

– Não estou com disposição para sermões, doutor – respondeu Lanzafame em tom mal-humorado.

Prosseguiram em silêncio por alguns passos. Depois, Isacco disse:

– Me desculpe. Eu não queria lhe passar nenhum sermão.

– Queria, sim. Sei que faz isso para o meu bem – respondeu Lanzafame. – E tem razão...

– E então?

Lanzafame não respondeu.

Isacco atravessou em silêncio a ponte sobre o canal. Sabia que era hora de se calar. Às vezes, o silêncio é mais eficaz do que muitas palavras.

– Se não bebo, minhas mãos tremem – disse o capitão depois de algum tempo.

– E beber faz parar o tremor? – perguntou Isacco, distraidamente.

– Não consigo aguentar isso, Isacco – disse Lanzafame, com uma voz fraca, vencida. – Veja. – Esticou a mão. – Tremem como as mãos de uma mocinha. – Passando na frente de uma taberna, quase parou.

– Mas quanto mais o senhor bebe, mais o tremor aumenta depois, não é mesmo? – disse, então, Isacco.

Lanzafame olhou novamente para a taberna.

– Sim, e piora a cada dia.

– Então, pela lógica, todo dia poderia melhorar – sorriu Isacco. – E, por amor à ciência, o senhor poderia pelo menos tentar.

– Tentar o quê?

– Passar um dia sem beber.

– Um dia?

– Sim. Hoje, por exemplo.

– Está querendo me levar na conversa, não está?

– Eu tento – disse Isacco. – Mas o senhor é um osso duro.

– Talvez eu pudesse beber só alguns copos, para me animar, depois paro. É sempre o último copo que me derruba.

– Não creio, capitão. Ao contrário, tenho a impressão de que é o primeiro.

– Que bobagem é essa que você está dizendo? O primeiro eu aguento muito bem.

– Mas, depois do primeiro, o senhor não para mais. Os copos vão rolando goela abaixo como uma pedra em um penhasco. Já não consegue controlar a fera.

Lanzafame caminhou em silêncio, refletindo.

– Só hoje, certo?

– Só hoje.

– E amanhã?

– Estaremos vivos amanhã? – perguntou Isacco.

– Que seja. Hoje.

– Hoje – repetiu Isacco e dobrou a esquina da rua que desembocava no largo do Castelletto, sentindo no ar o familiar odor de sexo e misérias humanas.

– Doutor! Doutor! – gritou uma das prostitutas doentes, indo ao seu encontro com os olhos arregalados. – Venha! Depressa!

Isacco se apressou atrás dela. Lanzafame corria ao seu lado. Mais adiante, onde se aglomerava um pequeno grupo de mulheres, viram Serravalle, com as armas na mão, assim como os homens sob seu comando.

– O que está acontecendo? – perguntou o doutor, abrindo caminho entre as prostitutas. – República! Você deveria estar na cama – disse ao vê-la em pé. Virou-se para Lidia, a filha, que tinha os olhos cheios de medo. – Por que deixou sua mãe descer?

A menina começou a chorar.

Uma a uma, Isacco viu todas as prostitutas que estava tratando.

– O que estão fazendo aqui? Voltem para a cama! – ordenou.

– Serravalle! – exclamou Lanzafame. – Que diabos aconteceu?

Isacco abriu caminho entre as prostitutas, que se seguravam umas nas outras, fracas, sentindo calafrios. Tinham o olhar assustado.

– Vieram à noite, doutor – respondeu o guarda.

– Quem? – quis saber Lanzafame.

As prostitutas se aglomeravam em torno de uma pessoa que Isacco ainda não conseguia ver.

– Os homens de Scarabello.

– Saiam, me deixem passar – disse Isacco às últimas prostitutas que bloqueavam sua visão. Tinham as faces riscadas pelas lágrimas. Então, ele a viu.

– Sabiam que vigiávamos apenas de dia, para o doutor – continuou Serravalle. – Assim, vieram esta noite, as atacaram, espancaram e jogaram na rua. E uma delas... que lutou...

Isacco viu Cardeal no chão. Estava pálida. O vestido de cor púrpura reluzia em um dos lados. Molhado. E rasgado. Entendeu que era sangue, vermelho sobre vermelho.

– Cardeal... – disse-lhe, ajoelhando-se. – O que você fez?

– Dois deles... acabaram... rolando escada abaixo... doutor – ofegou o mulherão. – Covardes... covardes...

– Não fale – disse Isacco. Olhou ao redor. Apontou para os pórticos, enquanto uma chuva fina começava a cair do céu cinzento e baixo. – Vamos levá-la para lá.

– Colocaram prostitutas novas nos quartos e agora ocupam o andar – Serravalle concluiu o relatório.

– Ocupam? – esbravejou Lanzafame, erguendo os braços.

– Donnola, vá buscar meus instrumentos, depressa.

– Onde estão?

– No quinto... – Isacco parou. – No quinto andar...

– Os homens do Scarabello estão lá – disse Donnola, assustado.

– Leve Cardeal para debaixo dos pórticos. Mantenha a ferida pressionada. Com força – ordenou Isacco e dirigiu-se à Torre delle Ghiandaie.

– Aonde vai, doutor? – perguntou Lanzafame, detendo-o.

– Preciso pegar meus instrumentos, do contrário, Cardeal vai morrer – respondeu Isacco.

– Você não pode ir – disse Lanzafame. Viu um bêbado sentado em um canto, com uma garrafa. Foi até ele e arrancou-a da sua mão, sob o olhar perplexo do doutor.

– Não se preocupe – disse a Isacco. – Não vou beber por hoje, temos um acordo. Preciso dela para subir ao quinto andar. Onde guarda seus instrumentos?

– No último quarto, no fundo do corredor.

– Tem janela?

– Sim.

– Posso jogá-los?

– Ficariam destruídos se caíssem dessa altura.

Lanzafame fez sinal para Serravalle.

– Uma corda. Comprida o suficiente para eu poder descer a bolsa com os instrumentos do doutor. Depressa.

Habituado a obedecer, Serravalle saiu em disparada e confabulou com seus homens, que se dispersaram em todas as direções.

– Vá cuidar da prostituta – disse Lanzafame a Isacco. Enquanto o doutor se afastava, o capitão se voltou para a Torre delle Ghiandaie e ergueu o olhar até o quinto andar.

– Estou indo – murmurou, com voz rouca e grave, que parecia o rosnado de um animal feroz. Depois, olhou para a garrafa. O tremor estava começando. Apertou a mão, com raiva. – Só por hoje – disse a si mesmo, embora sentisse a vontade vacilar. Para sua sorte, Serravalle chegou.

– Aqui está, capitão – disse-lhe, estendendo-lhe a corda.

Lanzafame levantou o blusão e a camisa. Enrolou a corda na cintura. Apontou para o bêbado.

– Tire o casaco dele. Tem tanto vinho no corpo que nem vai perceber.

Serravalle despiu o bêbado.

O capitão vestiu o casaco sujo do homem por cima da corda.

– Último quarto do lado norte. Fique na janela do quarto andar. Vou descer os instrumentos até você.

– Estarei lá – respondeu Serravalle.

Lanzafame tirou o espadim da cintura e deu a ele.

– Não me deixariam passar com isso.

– Tenha cuidado, capitão.

Lanzafame se dirigiu à Torre delle Ghiandaie. Entrou. Pouco antes de chegar ao quinto andar, começou a cambalear, como se estivesse repleto de vinho.

– Caia fora ou te dou um chute no traseiro – disse-lhe um sujeito mal-encarado no topo da escada.

– Caia fora você, infeliz. Quero trepar...

– Tem dinheiro?

Lanzafame vasculhou o bolso e pegou umas moedas, deixando algumas caírem.

O outro as recolheu antes dele e ficou com algumas, certo de que o bêbado não poderia perceber.

– Passe.

Lanzafame fingiu que tropeçava. Deixou-se cair no chão. Depois, levantou-se com dificuldade e começou a cambalear pelo corredor.

– Esse aí não consegue nem mesmo encontrar o próprio pinto – riu o sujeito, dirigindo-se a outros dois homens de guarda.

Lanzafame chegou ao quarto no fundo do corredor. Viu que a porta estava aberta. Entrou.

– Oi, amor – disse uma prostituta magra, de pele escura.

Lanzafame fechou a porta.

– Onde estão os instrumentos do doutor? – perguntou, colocando a garrafa no chão.

– Que instrumentos? Quem é você? – perguntou a prostituta e foi até a porta.

Lanzafame a deteve.

– O doutor que ajuda vocês, putas.

– Me solte. Não sei de nada – disse a mulher, assustada.

– Se eu não encontrar os instrumentos, uma prostituta chamada Cardeal vai morrer. Não te interessa?

– Não sei nada dos instrumentos do doutor.

Lanzafame a empurrou para trás.

– Não saia daqui – ameaçou-a. Depois, viu em um canto uma bolsa grande e achatada, de couro. Abriu o casaco, desenrolou a corda e a prendeu na alça. Aproximou-se da janela. Debruçou-se. Embaixo, viu Serravalle, também debruçado, com o nariz para cima.

– Vou passá-la a você.

A prostituta aproveitou para escapar. Assim que chegou no corredor, começou a gritar pedindo ajuda.

– Merda! – praguejou Lanzafame.

– O que foi, capitão? – perguntou Serravalle.

– Pegue os instrumentos e leve-os ao doutor. – Lanzafame desceu a bolsa.

– Capitão...

– Porra, Serravalle! É uma ordem!

O guarda pegou a bolsa e desapareceu.

Lanzafame mal teve tempo de se virar, e um homem armado com faca se precipitou no quarto. Lanzafame o derrubou com um soco no estômago. Depois, pegou sua faca, quebrou a garrafa e, segurando-a pelo gargalo, lançou-se pelo corredor.

Dois homens já chegavam. E outros quatro atrás deles.

Lanzafame acertou com um chute o primeiro que foi de encontro a ele, enquanto desferiu, de alto a baixo, um golpe com a garrafa quebrada no rosto do outro. Os dois homens gritaram, mas não tiveram como recuar, porque os quatro que chegavam os prensavam pelas costas.

– Você é um homem morto! – gritou um deles, afundando uma punhalada.

Lanzafame se esquivou e lhe deu uma facada no flanco esquerdo. Sentiu a lâmina entrar no tórax. O homem se enrijeceu e arregalou os olhos. O capitão puxou a faca e deteve o golpe de outro. Mas percebeu que não conseguiria resistir por muito tempo. Por um instante, pensou que havia escapado da morte em tantas batalhas somente para morrer entre as prostitutas de Veneza. Recuou, defendendo-se como podia. Sentiu uma pontada no braço que empunhava a faca. Tinham-no ferido. A mão se abriu, e a arma caiu no chão. Lanzafame ergueu a garrafa e a rodopiou no ar. Viu que a camisa do homem à sua frente se tingia de vermelho. Acertou outro na garganta, mas superficialmente. Enquanto isso, outra facada atingiu seu ombro. A mão estava para soltar também a garrafa. Apertou os dentes e pensou que se ao menos acreditasse em Deus, esse seria o momento oportuno para rezar. Depois, como em um sonho, enquanto tudo se ofuscava, viu um turbilhão de punhais e espadas, e os homens de Scarabello fugirem correndo.

– Capitão! Capitão! – gritava Serravalle à frente dos soldados que se haviam lançado na peleja para salvar seu comandante.

– Serravalle! – riu Lanzafame. – Quanto tempo você levou para subir cinco andares?

Serravalle o agarrou justamente quando Lanzafame caía no chão.

– Quanto... tempo... – repetiu Lanzafame. Sentiu que lhe faltavam as forças. Gemeu de dor. – Vá à merda, Serravalle. Você sabe que não sou capaz de dizer... obrigado.

– Então não diga – respondeu Serravalle. – Vamos até o doutor. Pelo visto, hoje é dia de corte e costura.

– O quinto andar... é nosso?

– Posto conquistado.

– Serravalle... – ofegou Lanzafame.

– Diga, capitão.

– Minhas mãos não tremeram, sabe?

– Nunca tremeram, capitão.

Quando anoiteceu, Isacco voltou ao Ghetto. Lanzafame caminhava ao seu lado, todo enfaixado. E as ataduras estavam vermelhas de sangue. Mas o capitão tinha o olhar de um homem. E caminhava com orgulho, pois sabia que tinha novamente esse olhar. Ao chegarem ao portão, despediu-se do doutor e foi conduzido à guarita.

Curvado, Isacco entrou no largo. Estava tão cansado que mal ouviu o ruído do portão sendo fechado atrás dele. Tirou o barrete e entrou nos pórticos.

— Veja onde viemos parar — disse Anselmo del Banco a Isacco, saindo de sua casa de penhor. — Veja onde veio parar o Povo Eleito. Barrete amarelo e jaula, que belo negócio. Já ouviu esse Santo? Inflama os ânimos. Agora anda por aí dizendo que o menino cristão que desapareceu em Torcello foi pego pelos judeus para rituais de bruxaria. Diz que oferecemos o sangue das crianças a Satanás. Estou preocupado.

Isacco encolheu os ombros.

— Converso com pessoas comuns, Anselmo. Os venezianos nada têm contra os judeus nem acreditam nessas bobagens.

— Sim, também penso assim — disse Anselmo. — Mas como chefe da comunidade, tenho de estar sempre vigilante, não acha?

O doutor anuiu distraidamente.

— Tenho de estar vigilante em relação a tudo — continuou Anselmo, insinuante. — Tenho até mesmo de prevenir possíveis ataques...

Isacco olhou para ele.

— Anselmo, por que tenho a impressão de que você está querendo me dizer alguma coisa específica?

— Porque você é um homem inteligente — sorriu Anselmo del Banco. — E talvez porque, no fundo, saiba que, cedo ou tarde, teríamos de falar de certos assuntos.

— Estou cansado, Anselmo. Tive um dia horrível, acredite — disse Isacco. — Seja breve. Vá direto ao ponto.

— Se quer que eu seja tão direto...

— Sim, prefiro.

— Então vou ser direto — sorriu novamente Anselmo. — Imagino que você saiba como é conhecido na comunidade e em Veneza.

— Esse é seu modo de ir direto ao ponto?

— O doutor das putas — disse Anselmo. Já não sorria, e seu olhar nada tinha de amigável.

— Que original!

— Não tem graça nenhuma, Isacco — disse Anselmo, cada vez mais sério. — A comunidade não está nada satisfeita com essa sua atividade. Ou melhor, com essa sua clientela. Lança descrédito sobre todos nós.

— Descrédito? — Isacco balançou a cabeça, com um sorriso sarcástico nos lábios. — Estou tentando fazer alguma coisa contra a epidemia...

– São prostitutas, Isacco.

– São seres humanos.

Anselmo del Banco o fitou em silêncio, com rigor.

– Não te interessam as preocupações da comunidade da qual faz parte?

– Se são essas, não.

– As prostitutas são seres corrompidos. Desprezíveis. Lançam infâmia também sobre nós.

– Muito bem. Você já disse o que tinha para dizer.

– Não – objetou Anselmo. Sua voz ficou mais baixa, quase um sibilo. – Fingi que acreditei na história da sua chegada a Veneza por via terrestre. Mas se eu descobrir que você não é quem diz ser, e sim certo impostor de que falava uma tripulação macedônia, o que você diria à comunidade?

– Lembraria a todos que, aos olhos do Senhor, mais acima do *tsadic*,* do justo, está o homem que caiu e se levantou.

– E acha que essas belas palavras também funcionariam com as autoridades venezianas... doutor?

Isacco o fitou. Imaginou que Anselmo del Banco teria esse mesmo olhar sempre que estivesse para fechar um negócio decisivo.

– Está me chantageando?

Anselmo olhou para ele em silêncio.

Isacco sentiu todo o peso da ameaça. Em um segundo, lembrou-se dos lugares mal-afamados que frequentava quando jovem, cheios de ladrões, trapaceiros e prostitutas. E pensou que deveria haver uma razão para Deus ter querido que ele tomasse esse caminho e seu pai teimasse em ensinar os rudimentos da medicina apenas a ele, e não a seus irmãos. Evidentemente, o desígnio de Deus, ou simplesmente seu destino, era fazer conviver as duas realidades que ele conhecia tão bem, disse a si mesmo.

– Faça a sua escolha – intimou-o Anselmo del Banco.

Isacco se lembrou das prostitutas do porto, que o acolheram em suas camas e lhe deram um pedaço de pão para não o deixar morrer de fome.

– Tenho orgulho de ser o doutor das putas.

---

* No judaísmo, pessoa considerada íntegra e correta, que nunca sucumbe ao mal. (N. T.)

62

Quando entrou pela primeira vez no salão de baile, Benedetta sabia que os olhos de todas as aristocratas e cortesãs presentes estavam voltados para ela. Quase conseguia sentir seus olhares hostis e de superioridade.

Avançava de braço dado com o príncipe Contarini, tentando permanecer o mais ereta possível e não se deixar desequilibrar pelo andar torto e cambaleante de seu estropiado senhor, consciente de que cada uma daquelas mulheres ria dela e a desprezava por ser a amante de um homem repugnante e disforme tanto no corpo quanto na alma.

Deixou que a observassem, sem nunca cruzar seu olhar com o delas. Suas joias não eram menos preciosas do que as delas. Seu penteado não estava menos na moda. Sua maquiagem não era menos cuidadosa. De aspecto, era uma senhora. Como todas as mulheres presentes.

Mas também tinha algo especial.

Era muito mais bela do que a maior parte delas. E sabia disso pelos olhares dos homens.

Usava um vestido que nenhuma delas possuía. Um vestido que realmente olhariam com curiosidade e inveja. Todas.

E talvez, justamente graças a esse vestido, lhe dirigiriam a palavra.

Havia um quê de revolucionário nesse traje. Das grandes mangas bufantes, que se alargavam na altura do antebraço, partiam duas mangas internas, mais aderentes, de seda leve e quase transparente, que deixava intuir a pele sob o tecido. O corpete não era rígido como nos vestidos das outras mulheres, mas macio, ajustado ao corpo, de modo que não caía reto, mas se franzia logo abaixo dos seios, criando uma espécie de saliência. Assim que vira a simples, mas inovadora costura, Benedetta pensara que qualquer homem teria o desejo de acariciar aquelas taças. Além disso, quatro varetas rígidas, duas atrás e duas na lateral, na altura dos flancos, modelavam a cintura, apertando-a e tornando-a graciosa. Por fim, a saia não era o habitual sino pesado que escondia a parte inferior do corpo, mas era composta por uma série de véus sobrepostos. Embora mantivessem a forma típica, as camadas finas tornavam a saia suscetível ao movimento das pernas, que, por um instante, ao caminharem ou se sentarem, podiam ser imaginadas sob o tecido delicado.

Ao chegar ao centro do imenso salão, que cintilava com velas de todas as cores e lampiões espelhados, o príncipe Contarini parou e, com a graça de um caranguejo mutilado, fez uma espécie de reverência aos convidados que o aplaudiam. Estava inteiramente vestido de branco e dourado. Virou-se para a orquestra e ordenou que começasse a tocar. Por fim, esboçando sem pudor um passo de dança, conduziu Benedetta para uma poltrona à parte e a fez sentar-se. Por sua vez, ele se dirigiu a uma poltrona disposta sobre uma plataforma revestida de seda azul, que dominava o salão, e se acomodou. Sozinho.

Benedetta podia perceber o suspiro de satisfação das mulheres presentes, que apreciavam o fato de o príncipe, mesmo impondo-lhes sua amante, não a consagrar ao nível delas.

No centro do salão formou-se um círculo de convidados que começaram a dançar. Os outros se aglomeraram nas laterais do salão de baile e aplaudiram. Muitos estavam ao lado de Benedetta, mas não se dignaram a olhar para ela nem a lhe dirigir a palavra.

Ela mantinha o olhar reto à sua frente, imóvel. E se admirou muito ao dar-se conta de que, sob os caros perfumes que borrifavam em si mesmos, aqueles nobres cheiravam mal. Seus corpos exalavam odores fortes, azedos, de suor e mau hálito, de dentes podres e cabelos sujos. Então decidiu olhar para eles, um por um. Sorriu, pensando que a diferença entre aquele salão de baile e um estábulo para cabras era que, ali, as cabras usavam perfume. Não teve medo de nenhum deles. Nem se sentiu inferior. Tampouco intimidada. Olhou para o príncipe e, ostensivamente, mandou-lhe um beijo. Em seguida, arrumou as pregas da saia e esperou.

À sua direita, viu que um pequeno grupo se formara em torno de uma mulher vistosa, sentada logo ao lado. Tinha os cabelos tingidos de azul e um decote tão profundo que deixava aparecer os mamilos, pequenos como os seios minúsculos e escuros como duas pérolas negras. A mulher estava cercada de homens e parecia achar a situação natural. Segurava um libreto e declamava poemas, que se vangloriava de ter composto. Assim que terminou de ler, o pequeno grupo de homens que a rodeava bateu palmas abafadas pelas luvas de feltro que vestiam. Então, a mulher guardou o libreto na bolsa que trazia presa ao pulso esquerdo e se virou para Benedetta. Sem pudor, estudou seu vestido.

Quando a mulher se levantou, Benedetta notou que era muito mais alta do que os homens que estavam sempre ao seu redor. Aproximou-se de Benedetta, e bastou um olhar para o nobre que estava sentado ao seu lado para ele se levantar de repente e ceder o próprio lugar. A mulher se sentou sem nem mesmo agradecer-lhe. Benedetta viu que usava sapatos com saltos muito altos, que mais pareciam pernas de pau. Então, entendeu que não era uma aristocrata, mas uma cortesã. E que aqueles sapatos serviam para caminhar pelas ruas lamacentas de Veneza sem sujar as roupas.

A cortesã sorriu para Benedetta.

— Depois de mim, também virão as outras, minha cara — disse com um tom de voz aveludado.

Benedetta respondeu ao sorriso e não falou.

— Como eu, vão querer saber tudo sobre este vestido — disse a cortesã.

— É apenas um vestido.

A cortesã riu.

— Você é boa nisso, minha cara.

— Boa em quê?

— Em fazer de conta que não sabe de nada.

Benedetta olhou para ela em silêncio. Mas sabia o que ela queria dizer.

— Guarde suas afetações para as outras tolas — declarou a cortesã, debruçando-se em sua direção e sussurrando-lhe: — Sou tão puta quanto você.

Benedetta sorriu.

— O que quer saber?

— Este é um dos vestidos desenhados por aquela judia, de quem se começa a falar em Veneza?

— Exatamente.

— Imaginei. — A cortesã esticou a mão. — Posso? — Apalpou o tecido entre os dedos. — Seda de ótima qualidade.

— Sim.

— É macia assim também entre as pernas? — riu a cortesã.

Benedetta desatou a rir com ela.

— Mas certamente não tão macia como alguns bastões masculinos — disse a cortesã, pegando sua mão enquanto continuava a rir com cumplicidade.

Em pouco tempo, formou-se uma procissão de mulheres, em uma sequência que a Benedetta pareceu hierárquica. Começou com a cortesã, depois foi a vez das damas de companhia, em seguida, das mulheres dos mercadores, das mais jovens e, por último, aproximou-se uma mulher de semblante duro, impenetrável, com o nariz afilado e longas mãos nodosas, cobertas de anéis e pulseiras de grande valor.

De longe, a cortesã revirou os olhos para Benedetta, dando-lhe a entender que estava mais do que surpresa quando viu a nobre aproximar-se dela.

Quando a mulher chegou a dois passos do lugar onde estava sentada, Benedetta se levantou e fez uma reverência.

A aristocrata pareceu apreciar. Mas logo voltou a se formar em seu rosto uma expressão dura e antipática.

— Como se faz para comprar um vestido de uma judia? — disse.

Benedetta esperou para responder. Sentiu que a voz tremeria. No entanto, tinha de parecer tranquila, talvez até impertinente, se quisesse que seu plano chegasse a bom termo. E, como era uma boa trapaceira, sabia que agredir era a técnica correta.

— Da maneira habitual — respondeu, escondendo a intimidação que aquela mulher tão influente, poderosa e rica lhe incutia. — Colocando a mão na carteira e pagando.

A aristocrata se enrijeceu, embaraçada com a resposta. Sua dama de companhia deu uma risadinha e cobriu a boca com um lenço bordado.

— A senhorita é espirituosa — disse a aristocrata.

— A senhora é generosa, Vossa Graça.

— Muito bem. Agora responda adequadamente à minha pergunta. — Tinha uma voz gélida.

E, de fato, Benedetta sentiu o sangue gelar. Aquela mulher tinha em seu favor a força dos antepassados, de séculos de história, de patrimônios imensos. Benedetta sabia que não era nada a seus olhos. Não fosse pela novidade daquele vestido, a aristocrata não a teria sequer notado. Por isso, tinha de continuar a atacar, embora preferisse fugir e se esconder, embora se sentisse muito inferior.

— Gosta? — perguntou-lhe no tom mais mundano que conseguiu imitar.

— Não lhe ensinaram que não se responde a uma pergunta com outra?

— Quer dizer, como a senhora acabou de fazer? — A resposta chegou sozinha a seus lábios. Benedetta sentiu-se exaltada. Estava conseguindo. Usava as mesmas armas que aquela mulher para lutar com ela.

— De espirituoso a mal-educado, leva-se apenas um segundo – disse a aristocrata, ofendida, enquanto ao seu redor se formava um pequeno grupo de mulheres curiosas, inclusive a cortesã, que sorria abertamente a Benedetta.

— Peço-lhe desculpas, Vossa Graça – inclinou-se Benedetta. – Mas minha pergunta já continha a resposta. Perguntei-lhe se gostava do meu vestido. Se a senhora me tivesse respondido que sim, como tenho a presunção de supor que seja verdade, eu lhe teria dito que foi justamente por essa razão que o comprei de uma judia. Pois, mesmo sendo judia, tenho de reconhecer que tem talento. Se ela pouco me importa, muito me importo comigo. E este vestido, perdoe-me a falta de modéstia, cai muito bem em mim. Não acha?

A aristocrata a observou por um bom tempo.

— Às vezes penso que não receber uma educação adequada seja uma vantagem, pois pessoas como a senhorita são emancipadas de toda uma série de regras que nós penamos para abandonar, o que pareceria um elogio à ignorância – concluiu, olhando para seus pares que, satisfeitos, sorriram da lição. Então, restabelecidas as hierarquias, a aristocrata se dirigiu à Benedetta em um tom menos duro e gélido. – Sim, mocinha. Este vestido lhe cai magnificamente. Mas creio que não seja apenas mérito dessa judia que o desenhou. Para ser justa, a senhorita é bastante... graciosa.

A cortesã fez uma careta para Benedetta e, enquanto a aristocrata se virava para confabular com outras duas nobres, sussurrou em seu ouvido:

— Estou impressionada, minha cara. Comigo ela nunca falou assim. E acho que com mais ninguém.

"Você conseguiu", pensou Benedetta, com o coração disparado, olhando a nobre que se dirigia novamente a ela. "O peixe mordeu a isca."

— Saia daí, varapau – disse a aristocrata, empurrando a cortesã. Voltou-se a Benedetta. – Não posso permitir-me ir a uma lojinha barata em plena jaula dos judeus. Mas, conversando com minhas amigas aqui... – e apontou para as mulheres com mais joias na festa. – Talvez se pudesse fazer com que essa judia viesse a uma de nossas casas, sem fazer muito alvoroço, para nos mostrar esses seus vestidos.

Benedetta anuiu. E, internamente, estremecia de alegria.

— O que acha? – perguntou a aristocrata, olhando para ela.

— Vossa Graça – respondeu Benedetta –, eu não gostaria de ser repreendida novamente por replicar com uma pergunta, mas, mesmo a contragosto, devo perguntar-lhe: que peso pode ter para a senhora o que penso?

– Achei que a senhorita fosse uma das habituais putinhas do príncipe – disse a aristocrata –, mas é uma moça com a cabeça sobre os ombros. E tem juízo.

Benedetta fez uma profunda reverência.

– Sim, esse vestido realmente cai bem. Mesmo em movimento – admitiu a aristocrata. – Pode mandar um dos seus... quero dizer, um dos serviçais do príncipe à loja dessa judia? Prefiro que nem mesmo meus serviçais se misturem a essa gente.

– Certamente, Vossa Graça – respondeu Benedetta.

– Marque no palácio para a Segunda-feira de Páscoa.

– Como queira.

– Faça-me um favor.

– Com prazer.

A aristocrata estava para partir, mas parou.

– É capaz de entender que não posso convidá-la, não é?

Benedetta sentiu a humilhação. E a raiva. Mas não deixou transparecer.

– Certamente, Vossa Graça.

A aristocrata olhou novamente para o vestido.

– Lindíssimo.

– Sim, é mesmo – disse Benedetta. – Aquela judia me enfeitiçou com seus vestidos.

– Enfeitiçou? Que estranho termo está usando! – riu a aristocrata.

– Acha? Mas é verdade. Tenho três e não consigo vestir nenhum outro traje. – Depois, com naturalidade, como se já não o tivesse premeditado, abriu a prega do corpete e mostrou uma pequena mancha vermelha à aristocrata. – Veja. É sua marca distintiva. Sangue de apaixonados. – Riu. – Mas é claro que não acredito nisso...

A aristocrata não disse nada. Mas se voltou imperceptivelmente para um homem com a mesma idade dela e que cortejava uma jovem serva. Então, Benedetta entendeu a razão daquele olhar duro e frio. Era uma mulher traída. Era uma mulher humilhada. Era uma mulher sozinha. Uma mulher que precisava de um vestido manchado de sangue de apaixonados para aquecer-se e ter esperança.

– Cairá muito bem na senhora – sussurrou-lhe Benedetta.

Por um instante, a aristocrata olhou para ela sem sua máscara fria. Parecia menos velha. E muito mais frágil. Tinha séculos de história nas costas e joias que valiam uma fortuna, mas seus sentimentos não eram diferentes dos de uma mulherzinha qualquer. Mostrava a altivez de quem se acredita superior, mas tinha as mesmas fraquezas de uma moça crescida nas valas comuns. Após um instante, a aristocrata voltou a ser a mulher mundana que não podia ser tocada pelas misérias humanas.

Benedetta farejou o ar e sentiu um leve cheiro de urina.

Quando a festa alcançou o ápice, o príncipe foi até ela e a convidou para dançar. Benedetta se levantou e se dirigiu ao centro do salão. Todos se calaram e os fitaram.

Então, Benedetta levou a mão ao decote, escancarou a boca e ficou roxa. Um segundo depois estava no chão, desmaiada. E, antes de se recuperar, enquanto um médico lhe prestava os primeiros socorros, começou a tremer e a delirar.

– A alma... está roubando minha... alma... estou sufocando... soltem meu vestido... estou sufocando... o vestido... o vestido...

Foi levada para o quarto. Duas servas cuidaram dela e a despiram.

Quando o médico entrou no quarto, Benedetta estava bem.

– Tirei o vestido e tudo passou, doutor – disse-lhe.

– Talvez estivesse muito apertado – conjeturou o médico.

– Talvez... – respondeu Benedetta. – Mas foi estranho... era como...

– Como? – quis saber o médico.

– Como se o vestido me... não, é uma bobagem. Devo estar sugestionada. – Riu. – Imagine se um vestido pode roubar a alma de alguém.

O doutor riu com ela.

Mas as duas servas, que estavam segurando o traje, logo o apoiaram em uma cadeira e partiram.

Na Segunda-feira de Páscoa, Benedetta estava passando diante de um imponente palácio justamente quando a aristocrata saía com as amigas. Benedetta a cumprimentou muito discretamente e lhe perguntou como tinha sido o desfile de modelos com a judia.

– A senhorita tem toda a razão, essa moça tem talento – disse a aristocrata, alegre. – Encomendamos alguns vestidos. Sabia que a lojinha dela se chama Psyque?

– Não – mentiu Benedetta. – Alma... que nome esquisito.

– Psyque e Amor – disse a aristocrata. – E sangue de apaixonados. – Riu. – Quanta bobagem!

– De fato, quanta bobagem! – repetiu Benedetta.

A aristocrata notou que estava com o mesmo vestido da noite da festa. – Menina, aceite um conselho, não saia por aí sempre com o mesmo vestido – disse-lhe.

– Tem razão, Vossa Graça – disse Benedetta balançando a cabeça. – Mas não consigo. Nenhum outro me agrada tanto. Eu lhe disse... Aquela judia me enfeitiçou.

– É a segunda vez que usa esse termo, menina – notou a aristocrata. – É um termo... comprometedor. Especialmente porque hospeda em sua casa... ou melhor, na do príncipe, até mesmo um Santo. Fique atenta, ele poderia queimá-la na fogueira – e ela mesma riu.

– Não o usarei mais – sorriu Benedetta. Dirigiu uma reverência à mulher e se despediu.

Porém, mal deu poucos passos e caiu no chão, gritando e agitando-se como uma possessa.

Em um primeiro instinto, a aristocrata e as amigas se afastaram para o lado oposto, mas depois a mulher parou e olhou na direção de Benedetta.

No chão, a moça levou a mão ao decote. Tinha o rosto vermelho, os olhos arregalados e gritava frases desconexas.

– Não! Você não vai me pegar... Me ajudem! Estou queimando... Tirem... Tirem meu vestido... Estou queimando! Vou... pegar fogo... por favor... não! Não!

Depois, ali no centro do largo, enquanto as pessoas se aglomeravam e assistiam sem intervir, Benedetta rasgou a frente do vestido, desnudando o seio.

– Oh, santo Deus! – exclamou a aristocrata.

– Socorro! – gritava Benedetta, lacerando cada vez mais o vestido, tomada pelas convulsões. Ergueu a saia, mostrou as pernas, o púbis e as nádegas. – Estou ardendo! Vou pegar fogo!

Por fim, justamente quando a aristocrata e as amigas intervinham, chamando os serviçais e o porteiro do palácio para que a socorressem, Benedetta se ajoelhou e, com um último e doloroso esforço, arrancou completamente o vestido e ficou nua.

– Olhem! – exclamou, então, uma mulher. – Está coberta de feridas. Está queimada!

E todos viram que Benedetta tinha as costas violáceas, cobertas de pústulas aquosas.

– Levem-na para dentro! – ordenou a aristocrata aos servos.

Benedetta se virou para ela, com os olhos velados pela dor.

– Não... estou bem... agora estou bem... – disse antes de estatelar-se no chão, desmaiada. E, nesse momento, saiu um coágulo de sangue de sua boca.

O vozerio correu pela multidão. A aristocrata cobriu os olhos.

Os servos do palácio a ergueram.

O vestido rasgado estava no chão, sujo de lama. Uma mulher do povo se abaixou até a roupa e pegou algo que saía de uma prega. Mostrou-a às pessoas ao redor. Era a pena de um corvo com uma agulha retorcida na base e suja de sangue em cima.

– Sortilégio! – gritou. – É uma bruxaria, pobre moça!

O vozerio correu pela multidão. Uma velha se afastou a passos rápidos, fazendo repetidamente o sinal da cruz.

– Que bobagem! Isso é superstição! – repreendeu-a a aristocrata. Mas olhou o vestido no chão, desconfiada. Depois, desapareceu rapidamente dentro do próprio palácio.

Pouco mais adiante, no pequeno canal lateral, avançava lentamente o barco que recolhia o lixo. Na popa, a grande tina com os excrementos. Na proa, a dos descartes de outro tipo. De algumas casas, os cidadãos usavam uma corda para descer baldes cheios de imundície malcheirosa. Na maioria das vezes, quando o barco não passava, os mesmos baldes iam parar no canal, contaminando as águas e boiando por vários dias. Um bando de gaivotas rodopiava no ar, cortejando a sujeira. A caixa de ressonância dos edifícios, apertados em torno do canal, amplificava seu ruído, que parecia uma lúgubre risada.

– Bruxaria... – murmuravam as pessoas no largo.

63

Giuditta olhava pela janela que dava para o largo, na direção do Rio di San Girolamo. Isacco estava dormindo em seu quarto. Dava para ouvi-lo roncar. Giuditta, por sua vez, não dormia. Espreitava entre as pessoas que entravam no Ghetto e procurava Mercurio, esperando que naquela noite ele fosse até ela.

No entanto, o portão estava deserto. Os dois guardas se balançavam, entediados, esperando o último toque do Marangona para fechá-lo.

Giuditta viu Lanzafame sair da guarita da guarnição. Soube que tinha sido ferido. Ainda estava enfaixado. Todos os dias seu pai cuidava dos ferimentos dele, mas não havia explicado nada a ela. Porém, ao observá-lo nesse momento, Giuditta notou sobretudo que não cambaleava, não estava bêbado.

O Marangona repicou. Os dois guardas se espreguiçaram.

– Fechem! – ordenou Lanzafame.

– Fechado! – ouviu-se a resposta do outro portão, o que dava para o Ghetto na direção de Cannaregio.

Os guardas de San Girolamo começaram a empurrar os dois batentes.

Giuditta olhou na direção da Fondamenta dei Ormesini, esperando ver Mercurio chegar atrasado, vestido de judeu. Mas a calçada também estava deserta. Na meia hora anterior, Giuditta vira entrar o relojoeiro Leibowitz, duas velhas lavadeiras, um homenzarrão manchado de sangue, que devia ser um *shochet*, ou seja, um abatedor ritual, e uma garota com um fardo de palha na cabeça, amarrado em um pano branco, como um lenço. Depois, um jovem magro, sujo, sem uma perna, que avançava com dificuldade, apoiando-se em duas muletas. Giuditta tivera um sobressalto. Poderia muito bem ser Mercurio. Mas depois ele não apareceu nem raspou a porta de casa, como combinado.

Os dois batentes do portão que dava para o Rio di San Girolamo se chocaram um contra o outro, encaixando-se e produzindo uma vibração baixa e abafada. Ouviu-se a corrente deslizar nos trilhos de ferro.

– Fechado! – gritaram os guardas.

Lanzafame voltou para seu posto.

Giuditta permaneceu junto da janela, com a cabeça apoiada no vidro frio. Mercurio não viria naquela noite.

Começou a arrumar a cama, com indolência. Depois, aguçando os ouvidos, ouviu passos na escada.

Sorriu e correu para a porta, abrindo-a antes do sinal combinado. Seu coração batia com força no peito.

Mas, em vez de Mercurio, viu-se diante de uma moça. "Aquela com o fardo", pensou, "pois ainda estava com alguns fios de palha entre os longos cabelos claros."

– Oh... desculpe – disse Giuditta, decepcionada, já querendo fechar a porta.

A moça levantou o olhar e disse:

– Espere. Posso te beijar antes?

Giuditta recuou instintivamente, depois desatou a rir.

– Cretino!

Mercurio levou o dedo aos lábios, com os olhos reluzentes de alegria.

– Quieta... Quer acordar todo mundo?

Giuditta se jogou em seus braços.

– Como você está *linda*! – sussurrou em seu ouvido, continuando a rir.

– Venha – disse-lhe Mercurio, apertando sua mão.

– Espere – pediu Giuditta. Entrou em casa, pegou a coberta da cama e deixou a porta entreaberta.

Depois, em silêncio, mas já deixando que as mãos explorassem o corpo um do outro, sem conseguir esperar, subiram até o telhado do edifício. Saíram no terraço e entraram em uma casinha, metade de alvenaria, metade de madeira. Havia um forte odor de excrementos de pássaros.

– Boa noite, meninos – disse Giuditta ao entrar.

Alguns pombos, alinhados em um bastão de madeira, arrulharam levemente como resposta.

– Olhe – convidou-a Mercurio.

Giuditta viu uma pequena fogueira que ardia no centro do cômodo. E, em um canto, a palha que ele havia trazido, coberta pelo pano que a contivera, tinha se tornado um colchão.

– Que luxo! – exclamou.

– Não acabou – disse Mercurio e lhe ofereceu um doce caramelado, coberto de avelãs em pedaços e recheado de mel.

— É por isso que te amo – suspirou Giuditta. Depois, pegou um pedaço da saia de Mercurio e, rindo, agitou-a no ar. – Claro que não é pela sua virilidade.

— Imagina o que diriam se nos descobrissem – riu Mercurio. – Duas moças em um pombal.

— E, ainda por cima, uma delas cristã – riu Giuditta.

— Sou judia – disse Mercurio, fingindo-se ofendido. – Tenho até o barrete. – Tirou-o do bolso e enfiou-o na cabeça.

— Mas... – Giuditta estava perplexa. – É um dos meus!

— Comprei hoje. Você nem percebeu quando entrei na loja. Estava muito ocupada, tentando fazer uma gorda caber em um vestido horrível.

— Era um vestido lindo, mas aquela gorducha... – Giuditta se interrompeu. Olhou para Mercurio, séria. – Gostaria de ter visto você.

— Já eu gostei de te espiar.

— Antipático... aliás, mocinha antipática.

— A propósito – disse Mercurio –, me deixe ver se aqui embaixo somos duas moças iguais – e enfiou a mão sob a saia dela.

Giuditta parou de rir e enfiou as mãos sob a saia de Mercurio. Depois, rolaram no colchão de palha e esmagaram com seus corpos o doce caramelado. Fundiram-se um na outra, como já vinham fazendo havia dias, sempre que tinham oportunidade.

Depois, quando estavam satisfeitos, Giuditta apertou-se contra ele, aninhando-se em seu abraço acolhedor e quente. Acariciou suas costas nuas, passou os dedos entre as escápulas, descendo até a lombar, que poucos segundos antes tinha agarrado com paixão enquanto ele se comprimia dentro dela.

— Você tem um cheiro bom – disse-lhe, empurrando o nariz em seu peito. – E sinto seu coração bater... – Levantou os olhos. Olhou para ele, enrubesceu, abaixou de novo a cabeça e apoiou a orelha no coração. – Por mim.

— Por você – sussurrou Mercurio.

Permaneceram abraçados. Do lado de fora, começava a clarear.

— Todo mundo está falando de você em Veneza – disse Mercurio. – Está ficando famosa. E rica, imagino.

— Tenho milhares de modelos em mente! Vai ser uma grande aventura!

Mercurio a ouvia sorrindo. Beijou seus lábios carnudos.

Giuditta se desvencilhou.

— Está me ouvindo? – perguntou.

— Um pouco... – respondeu Mercurio.

— Só um pouco?

– Você é linda demais. Não consigo me concentrar.

Giuditta sorriu.

– Daqui a pouco meu pai vai acordar.

– Ah, que bom, assim posso dar bom-dia a ele – disse Mercurio.

Giuditta riu de novo.

– Preciso me vestir.

– Não, espere. Me deixe tocar de novo a sua pele. – Passou as mãos no corpo dela, que favorecia as carícias, arqueando-se.

– Preciso ir... – sussurrou Giuditta.

– É cedo. O galo ainda não cantou – disse Mercurio.

– Não há galos no Ghetto – riu Giuditta, baixinho.

– Mentirosa.

Giuditta o empurrou, sorrindo.

– Fique mais um pouco – insistiu Mercurio, puxando-a para si.

– É uma loucura...

– Sim...

Giuditta o abraçou e abandonou a cabeça em seu tórax.

– Tentei falar com o seu pai.

Giuditta se enrijeceu.

– Não sou o tipo dele – brincou Mercurio. Mas sua voz traiu certa opressão. – Seu pai nunca vai me aceitar, não é?

– Qual é a surpresa? É normal – respondeu Giuditta. – Ele é judeu, e você, cristão.

– E que diferença isso faz para nós?

– É tão difícil assim para você entender? Para você, tudo é fácil. Não está trancafiado em uma jaula. Não precisa vestir um barrete amarelo para que todos saibam que não é como eles. Você é livre!

– Então, torne-se livre você também!

– Como?

– Torne-se cristã!

– Trair a minha gente? Trair meu pai? – Na voz de Giuditta sentia-se todo o peso de sua condenação, de sua batalha, de seu desespero. – É isso que está me pedindo? Para cortar meu braço, um pedaço do meu coração, metade da minha cabeça? O que exatamente está pedindo para eu cortar?

Mercurio sentiu seus olhos encherem-se de lágrimas. E uma dor sem fim que o sorvia e se abria em seu peito.

– Como pode...? – explodiu Giuditta. Mas parou. Ela também sentiu que estava para chorar. E a mesma dor dilacerava seu peito. Permaneceu em silêncio. – Na sua opinião, o que eu deveria fazer? Me colocar do lado daqueles que trancam minha gente em uma gaiola, como você diz? Ou gritar pelas ruas de Veneza, junto com aquele Santo falso, que minha gente está a serviço de Satanás? Que rouba e degola crianças inocentes para verter seu sangue em rituais de magia? Não temos nada, a não ser nossa condenação por sermos judeus. Mas se eu renunciar a isso também, então... quem vou ser?

Mercurio suspirou.

– E, assim, minha condenação vai ser ter você... mas não ter. Ser seu... mas não ser.

Giuditta escondeu o rosto no peito dele, apertando-se em seu tórax, em um abraço desesperado, tentando sufocar os pensamentos e a dor.

Mercurio a afastou. Com graça, mas de modo decidido. Olhou para ela.

– Fique comigo... – sussurrou Giuditta.

– Por quanto tempo? – respondeu Mercurio, com a voz embargada pela emoção. – Até o amanhecer? Obrigado a sussurrar em seu ouvido que te amo porque sou proibido de dizê-lo em voz alta?

– Acha que para mim também não é insuportável? – Giuditta tornou a abraçá-lo.

– Sim, eu sei... – murmurou Mercurio. – Eu sei, meu amor...

Giuditta olhou para ele.

– E então?

– Estou pronto a me tornar judeu – disse-lhe Mercurio. – Mas seu pai vai me aceitar?

Giuditta sentiu uma pontada lancinante no coração.

– Os cristãos não te deixariam fazer isso.

– Mas seu pai me aceitaria? – repetiu Mercurio. – E você? Estaria pronta a ser minha? Não me interessam os cristãos.

– Te queimariam em uma fogueira.

– Mas você seria minha? Responda.

– Já sou sua...

– Não. Não é!

Giuditta baixou o olhar.

– Sou um trapaceiro. Vou encontrar um jeito de me tornar judeu sem ser queimado pelos cristãos. Mas você vai ser minha?

Giuditta sentia no fundo de sua alma que Mercurio estava disposto a sacrificar a própria vida pelo amor de ambos.

– Agora tenho um navio – retomou Mercurio. – Um navio de verdade. E um trabalho que vai me permitir colocá-lo no mar. Então, virei te buscar e te levar embora.

— Para onde?

— Para um lugar livre, Giuditta. Livre. Onde não existam judeus nem cristãos, mas apenas pessoas! – exclamou Mercurio, quase com raiva.

— Como você pode falar sempre de liberdade e não entender que quero ser livre como judia? – disse Giuditta, com voz cansada.

Mercurio ergueu-se rapidamente e apoiou-se no cotovelo.

— Mas é... – interrompeu-se.

— O quê? – Giuditta o desafiava com o olhar. – Impossível?

Mercurio baixou o olhar. Deitou-se de costas para ela.

Giuditta colocou-se ao seu lado, abraçando-o por trás. Um profundo desespero cortou as asas de sua esperança. Pensou que o amor deles não sobreviveria porque pertenciam a dois mundos que só se podiam tocar de leve. Pensou que não conseguiriam seguir adiante.

— Você não pode entender. Nasceu livre – disse. – Eu, não. Eu pertenço ao povo dos barretes amarelos...

Ficaram assim, imóveis, sem falar.

Após um instante, Giuditta rompeu o silêncio.

— Preciso ir.

Então, Mercurio pegou sua mão e a esticou diante de si.

— Você olha para suas mãos e diz: "São parecidas com as do meu pai. Tenho as mãos dele. Sou dele". Ou então seu pai te conta que você tem as mãos da sua mãe, e você diz: "Sou igual à minha mãe. Sou dela". – Mercurio falava em voz baixa, acariciando os dedos finos de Giuditta. Virou-se. Tinha os olhos cheios de dor. E não havia sinal de raiva. Seguiu os traços do rosto de Giuditta com a ponta do indicador. – E te dizem que você tem os lábios da sua avó e os olhos do seu avô. Você é parte de algo. E sabe disso porque tem as mãos deles, os olhos deles, os lábios, os cabelos... até mesmo um defeito no modo de falar te diz que você é parte deles. – Mercurio parou por um instante. – Já eu nunca soube se tinha as mãos do meu pai ou da minha mãe. Talvez por isso eu não entenda por que ser judeu ou cristão é tão importante... Porque não sou de ninguém. Te peço desculpas.

Giuditta soluçou de repente. Tão forte que teve de enfiar a cabeça na palha para não ser ouvida por todo o edifício. Quando conseguiu se acalmar, agarrou-se a Mercurio com toda a força que tinha, ancorando-se nas costas dele com as unhas, e o beijou com toda a paixão que a sacudia. E o acolheu dentro de si. Com fúria.

64

Quando Giuditta entrou em casa, Isacco tinha acabado de se levantar.

— Onde você estava? — perguntou-lhe com frieza.

— No telhado...

— Fazendo o quê?

Giuditta olhou pela janela e viu Mercurio, vestido de moça, encaminhar-se ao portão que estava sendo aberto justo naquele momento. Ainda sentia o calor do corpo dele. Sentia a parte interna das coxas pegajosa com seu sêmen. Sentia o desejo que nunca se aquietava.

— Queria ver se o amanhecer chega primeiro lá em cima.

— Por quê?

Giuditta viu que, antes de se misturar à multidão na Fondamenta dei Ormesini, Mercurio virou-se para a janela e acenou, mesmo sem poder vê-la. Mas, em seu coração, naquele coração tão grande e generoso, pensou Giuditta, sabia que ela estaria ali, olhando para ele. Porque ele teria feito o mesmo.

— Porque o amanhecer significa que estamos livres. Por mais um dia. Apenas até a noite, mas livres.

Isacco balançou a cabeça. Apertou os lábios. Deu um murro, não muito forte, no muro pintado de cal.

— Te pesa muito?

Giuditta se afastou da janela. Mercurio tinha desaparecido.

— Para você, não?

Isacco suspirou. Sustentou apenas por um segundo o olhar da filha, depois se virou, fingindo que se ocupava de alguma coisa na mesa.

— Para mim, pesa o dobro — disse, então. — Porque fui eu que te trouxe para cá.

Somente nesse momento Giuditta se deu conta do sentimento de culpa do pai. Nunca tinha pensado nisso.

– Estou feliz por ter me trazido a Veneza.

– Por causa daquele trapacei... – Isacco mordeu a língua – ...daquele rapaz? – Virou-se para olhar para a filha.

Giuditta permaneceu em silêncio.

Agora Isacco já não tirava os olhos dela.

– Acha que sou um mau pai? – perguntou, com dignidade. – Acha que sua mãe se comportaria de outro modo?

Giuditta negou com a cabeça.

– Não conheci minha mãe. Como posso te responder?

Isacco suspirou.

– Eu queria que ela estivesse aqui – disse baixinho.

– Para te tirar de maus lençóis? – sorriu Giuditta.

Isacco retribuiu o sorriso.

– Também. – Mas sua expressão era distante e melancólica. – Ela me faz muita falta. Uma falta enorme. Nunca me senti "inteiro" desde que ela se foi.

– Ao me dar à luz – acrescentou Giuditta, desolada.

Isacco a fitou, voltando ao presente.

– Está na hora de você se livrar desse fantasma. É uma invenção da sua cabeça. Como uma pedra que carrega no bolso. Deixe-a cair, não te serve para nada.

Giuditta sentiu que seus olhos se enchiam de lágrimas.

– Somos capazes de nos agarrar ao que nos causa horror, só para não mudar – disse Isacco. – Sabia que esse é um dos pontos fortes das trapaças? – sorriu. – Eu não deveria estar falando de trapaças, já que... bem, você entendeu o que quero dizer. Mas, enfim, se sabe que sua vítima tem certo hábito, pode apostar que vai repetir o que costuma fazer. Mesmo que acabe se enforcando pelas próprias mãos.

Giuditta sorriu.

– Vou tentar...

– Seja como for, você só respondeu a uma das minhas perguntas – disse Isacco. – Acha que sou um mau pai?

– Não.

– O que devo fazer, Giuditta? – disse Isacco, aproximando-se.

Ela se afastou sem responder.

– Vou preparar seu café – disse. – Sente-se.

Isacco se sentou à cabeceira da mesa.

– O que aconteceu com o capitão? – perguntou Giuditta, colocando a panela do caldo no fogo.

– Nada – respondeu o pai e começou a brincar com a tigela de madeira.

Sem dizer nada, Giuditta remexeu o caldo com uma concha até ele esquentar. Depois, fatiou o pão e espalhou manteiga por cima. Encheu a tigela, pôs o pão e a manteiga em um prato, que colocou bruscamente à frente dele.

– Quer saber mesmo o que deve fazer? – perguntou de repente e com agressividade. – Me perguntou o que deve fazer. Quer mesmo uma resposta?

– Sim.

– Deve falar comigo como se fala com uma mulher – disse Giuditta. – Não sou uma menina. Sou uma mulher.

– Mas eu falo com você como a uma mu...

– O que aconteceu com o capitão Lanzafame? – interrompeu-o Giuditta.

– Tivemos uns problemas... no Castelletto...

– Que tipo de problemas?

Isacco abanou a mão no ar, minimizando.

– Nada, nada...

Giuditta se virou rispidamente.

– Quando terminar de comer, ponha a louça na bacia. – Dirigiu-se à porta. – Preciso lavar roupa.

– Giuditta...

– Com todo o respeito, pai – disse ela ao sair de casa sem se voltar –, vá para o inferno!

Isacco mergulhou o pão no caldo e o mordeu com fúria.

– Maldição! – exclamou.

Depois, vestiu-se e saiu, de péssimo humor, caminhando a passos apressados com Lanzafame, que, ao contrário, estava alegre.

– Decidi que hoje também não vou beber – anunciou o capitão.

– Que bom para o senhor.

– Mas amanhã já não sei.

– Está bem.

– Seu método é eficaz – continuou o capitão. – Sabe o que me fez pensar?

– Não.

– Quando eu era criança, meu pai ia a uma taberna onde se lia: "Amanhã se vende fiado". Todo dia eu pensava que, no dia seguinte, iríamos a essa taberna e meu pai pegaria o vinho sem pagar. Mas o cartaz sempre dizia: "Amanhã...". – Riu com gosto. – Entendeu?

– Sim.

– Era sempre hoje, nunca amanhã. Como o seu método.

– Sim, é engraçado – disse Isacco, distraído.

– Que um raio me parta, doutor, se você não é uma peça! – lançou Lanzafame. – Porra, quanta risada não damos juntos!

Isacco esboçou um sorriso.

– Odeio as mulheres.

– Está virando sodomita?

– Odeio minha filha, em particular. Ela faz com que eu pareça um idiota.

– E que lição tira de tudo isso?

– Que lição deveria tirar?

– Que você *é*, de fato, um idiota! – riu Lanzafame ao ultrapassar a entrada da Torre delle Ghiandaie.

Subiram ao quinto andar e se separaram. Lanzafame foi até Serravalle para se informar sobre os turnos de guarda. Já Isacco se dirigiu primeiro ao quarto onde se recuperava Cardeal, depois de ter sido apunhalada pelos homens de Scarabello. A prostituta já estava sentada e se mostrava impaciente.

– Não pode ficar na cama pelo menos por hoje? – perguntou-lhe Isacco após examinar os ferimentos.

– Não, há muito que fazer – respondeu Cardeal. Mas seu olhar ia de um lado a outro.

– O que foi? – suspirou Isacco. – Qual é a verdadeira razão pela qual não pode ficar na cama?

– Boca morreu esta noite.

Com ela, já eram vinte e sete falecimentos. Em cada quarto disponível no quinto andar, amontoavam-se de oito a dez prostitutas doentes. A epidemia não dava sinais de que ia parar. A velocidade com que se difundia era impressionante. Isacco havia mandado divulgar entre todas as prostitutas do Castelletto e entre as do pequeno núcleo de Ca' Rampani a informação de que era necessário observar a presença de feridas em seus clientes, sobretudo no pênis. Mas não era fácil advertir e instruir quase doze mil prostitutas. E muitas delas, mesmo avisadas, levavam uma vida tão miserável que não tinham condições de recusar um cliente quando ele aparecia. Desse modo, o ciclo da doença não parava.

– Sinto muito – disse Isacco.

Contudo, o clima de solidariedade que se criara na Torre delle Ghiandaie era maravilhoso. Em suas pausas de trabalho, muitas prostitutas não contaminadas ajudavam as colegas doentes, limpavam o chão, levavam comida e bebida. Mas, sobretudo, fofocas, conversas e alegria que mantinham o moral alto.

Pelo menos até uma delas morrer.

— Boca era uma grande puta – disse Cardeal. – E não quero perder seu funeral.

Os corpos eram envolvidos em um lençol branco e levados embora por funcionários da Sereníssima. Havia sido decretado que os cadáveres infectados deveriam ser queimados. Isacco sempre assistia com emoção à procissão de prostitutas que acompanhavam o corpo até o local onde seria incinerado, desafiando a lei que as proibia de circular livremente pelas ruas de Veneza, com exceção do sábado. No entanto, embora no início as autoridades venezianas tivessem tentado fazer respeitar o decreto, nenhuma das prostitutas desistira. A administração foi suficientemente flexível para compreender que não era o caso de obstinar-se diante daquela sincera dor corporativa. Depois de darem o último adeus à companheira, as mulheres voltavam para o Castelletto, sem se perderem nas tabernas e estalagens nem atrair clientes.

Isacco foi aos dois últimos quartos, para onde eram transferidas as pacientes que estavam melhorando. Quando entrou, as prostitutas o aplaudiram. O doutor respondeu com uma reverência alegre. Não deveria tirar-lhes a esperança de que era mérito de seu tratamento, mas em seu íntimo não sabia a razão daquelas recuperações. A única coisa que conseguia identificar era um período de vinte e um dias ou pouco mais, como no caso de República, que marcava o tênue limite entre a morte e a lenta regressão da doença. Sempre que fingia aceitar aqueles elogios sentia-se sujo, mas sabia que devia fazê-lo. Pela primeira vez na vida, ele, que vivera de trapaças, envergonhava-se de uma fraude por uma boa causa.

Seu olhar cruzou com o de Donnola. Sorriu para ele. E seu assistente anuiu, contente. "Era mérito dele se trabalhava como médico em Veneza", pensou. Aproximou-se dele.

— Você está pálido. Vá descansar.

— Não... "Não deixe para amanhã o que pode fazer hoje", já dizia minha avó – respondeu Donnola.

— Como pode ter conhecido sua avó se não sabe nem mesmo quem era sua mãe? – ironizou uma prostituta.

Todas as outras riram.

Donnola também riu. Depois, começou a recolher as ataduras sujas e as colocou em um saco.

– Vou queimá-las – disse em voz alta para que o ouvissem.

Isacco anuiu, sério. E, ao vê-lo sair com o saco no ombro, pensou que aquela era a segunda fraude que havia posto em prática. Na realidade, Donnola não queimaria as ataduras. Não tinham dinheiro suficiente para comprar todas de que precisavam. Eram levadas a uma mulher que removia suas manchas com lixívia e as fervia em um grande caldeirão com folhas de buxo e mercúrio.

– República – disse Isacco solenemente –, você que é a veterana e a primeira a ter se curado, verifique se está tudo em ordem no quarto branco – assim haviam nomeado o quarto ao qual tinham acesso as prostitutas que já eram consideradas fora de perigo. Saiu e foi até a balaustrada no topo da escadaria. Viu Donnola conversando com dois dos soldados de guarda. – Não era você que tinha dito: "Não deixe para amanhã o que pode fazer hoje"? – perguntou.

– E não era o senhor que tinha dito: "Vá descansar"? – respondeu Donnola.

– Eu estava brincando.

– Eu também, doutor – rebateu Donnola no mesmo instante. – Tudo bem, estou indo... – Fingiu que reclamava e começou a descer os degraus com indolência. Porém, mal chegou à metade do primeiro lance de escada, parou e balbuciou: – Sca... Scarabello...

Tão logo ouviu pronunciar esse nome, Lanzafame desceu correndo a escada, seguido por dois soldados de armas em punho. Isacco também desceu, alarmado.

– Chegou o comitê de boas-vindas! – sorriu Scarabello, sem dar a impressão de estar preocupado, enfrentando as armas dos soldados.

– O que você quer? – perguntou-lhe o capitão.

– Fiquei sabendo outro dia que houve uma pequena rixa aqui – disse Scarabello com um sorriso suave.

Curiosos, as prostitutas e seus clientes começaram a se aglomerar ao redor.

Scarabello se movia à vontade, como um ator experiente.

– Meus homens devem ter levado minhas palavras muito ao pé da letra quando eu disse que queria o quinto andar de volta – disse, sempre sorrindo. Olhou para Isacco. – Acho que está na hora de nos comportarmos como cavalheiros e chegar a uma solução que satisfaça ambas as partes, o que me diz?

— Acho que é melhor você dar o fora daqui — rosnou Lanzafame.

— Certamente, a carreira diplomática não é para você, capitão — brincou Scarabello.

— Não te bastou ter perdido seus homens? Não entendeu que somos soldados, não bufões? — Lanzafame agarrou Scarabello pelo pescoço. A atadura em seu ombro se tingiu de vermelho.

Scarabello permaneceu impassível. Apenas tamborilou delicadamente no ombro do capitão, onde havia começado a sangrar.

— Talvez seja melhor você não se agitar tanto. Não é, doutor? — disse, dirigindo-se a Isacco.

— Vá embora, não quero você aqui — esbravejou Lanzafame.

— Tire as mãos de cima de mim — disse Scarabello, sempre sorrindo, mas seu tom tinha perdido a jovialidade.

O capitão desferiu um soco em sua boca.

— Vá embora, verme!

Scarabello absorveu o golpe sem recuar. Passou sensualmente a língua no lábio fendido.

Então, Lanzafame perdeu a cabeça. Lançou-se sobre ele com toda a força. Golpeou-o com as mãos e, depois de jogá-lo no chão, cobriu-o de chutes. E o teria matado se seus homens não o tivessem detido.

Scarabello se levantou, sangrando. Arrumou a camisa preta. Viu que estava rasgada. Arrumou os cabelos. Olhou para o capitão com um olhar gélido e cortante. Depois, deixou o olhar vagar pelas balaustradas da Torre delle Ghiandaie.

As prostitutas prendiam a respiração, como no teatro.

— Podíamos encontrar uma solução! — gritou de repente Scarabello, com os braços abertos, girando sobre si mesmo. Aproximou-se de Lanzafame. Falou em voz baixa, sibilante, enquanto o sangue escorria dos lábios e se misturava à saliva. — Mas você quis me humilhar. Pode até ser um bom soldado. Mas certamente seria um péssimo general. Você me encurralou. E essa não é uma boa política. — Deu um passo para trás, olhando novamente para seu público. — Se agora eu deixasse por sua conta, perderia minha reputação, e qualquer uma dessas putas pensaria que pode pisar em mim. Ou talvez um de seus clientes pensasse isso. Ou ainda um menino que tenha acabado de comprar uma faca. Entende o que você fez? Se eu deixasse por sua conta, teria de combater mil batalhas. – Respirou fundo e gritou: – Que seja, então, uma única guerra!

Lanzafame o agarrou novamente pelo pescoço.

Mas Scarabello não se calou.

– Em breve você vai descobrir que isso aqui é bem diferente das palhaçadas que está habituado a combater. Para gente como eu, guerra é coisa séria. Sem regras! Sem exclusão de golpes!

Lanzafame o empurrou.

– Você acha que é um veterano – sibilou Scarabello –, mas logo vai ver que não passa de um novato. – Fez uma reverência ostensiva e se dirigiu à escada.

– Não apareça mais aqui, verme! – gritou Lanzafame.

– Oh, pode ter certeza de que não vou aparecer – disse Scarabello, sem se voltar. Riu baixinho, sem exageros, como se realmente estivesse se divertindo, e desapareceu descendo a escada.

– Dobre a vigilância – ordenou Lanzafame a Serravalle.

Donnola olhou para o doutor, acenou-lhe com a cabeça e colocou novamente o saco das ataduras sujas sobre o ombro.

Isacco sentiu um arrepio correr pela espinha. Como uma espécie de pressentimento. Queria detê-lo. Mas precisavam de mais ataduras. Respondeu ao gesto de Donnola com outro aceno. Depois, observou-o ir embora. E pensou que queria bem a ele.

Donnola sentia as pernas bambas. Fazia dias que exigia do seu organismo mais do que ele era capaz de dar. Mas sabia que eram os últimos. Depois, inevitavelmente, já não poderia ajudar o doutor. Porém, não dissera nada. Talvez porque se envergonhasse. E a primeira emoção fora justamente de vergonha quando, algumas manhãs antes, encontrara aquela ferida tão familiar no próprio corpo. No início, dissera a si mesmo que deveria ser uma irritação passageira. Mas, no dia seguinte, ela ainda estava ali. Aliás, tinha até aumentado. E, a essa altura, ele já conhecia bem essas feridas, que via, limpava e tratava todos os dias. Era o mal francês.

– Então, Donnola, vamos retomar nossa conversa? – disse uma voz às suas costas, enquanto ele se encaminhava para o barco na Riva del Vin.

Donnola sentiu o sangue gelar nas veias. Nem precisou voltar-se para saber que se tratava de Scarabello. Uma mão forte o agarrou pela nuca. Donnola se encurvou.

– Que tal dar um passeio conosco? – perguntou-lhe Scarabello.

O caolho e outro dos homens de Scarabello agarraram Donnola pelos braços, obrigando-o a segui-los.

– Preciso... entregar isto aqui... – balbuciou Donnola, mostrando o saco. Scarabello arrancou-o de sua mão e o deixou no meio da rua.

– Pronto. Está entregue.

Enquanto se afastavam, meninos começaram a vasculhar o saco e, ao encontrarem as ataduras contaminadas, começaram a correr uns atrás dos outros, desenrolando-as como bandeiras.

– Por favor, Scarabello... – choramingou Donnola.

– Por favor o quê?

– Não estou fazendo nada de mal...

– Talvez não esteja, Donnola. Talvez não esteja mesmo – disse Scarabello, com uma entonação compreensiva, acariciando a cabeça calva do outro. – Mas preciso de um exemplo. Você entende, não?

– Por favor...

– Sinto muito, Donnola. Viu o que fizeram comigo. Olhe para a minha cara. Tente entender. – Depois, fez sinal para seus homens, que empurraram Donnola para trás da igreja de San Giacomo. Ao chegarem ao canteiro de obras das Fabbriche Vecchie, adentraram uma área deserta. Ali, Scarabello tirou da cintura sua longa faca.

– Sinto muito – repetiu.

Donnola viu-o aproximar-se com o facão ao lado do corpo. Durante toda a vida, mesmo tendo estado na guerra, sentira medo de tudo. Mas, de repente, agora que estava para morrer, não sentia mais. E logo entendeu por que: fazia dias que aquela ferida o ajudava a habituar-se à ideia. Mas havia algo mais. "Obrigado, Senhor", pensou. "Eu não tinha entendido que o Senhor me deu um presente tão maravilhoso." Olhou para Scarabello, que já estava a apenas um passo dele. Olhou para seu rosto inchado e para o lábio fendido pelo soco do capitão Lanzafame. Viu o corte e o sangue que já começava a se coagular. Sorriu e enfiou a mão por dentro da calça. Cravou as unhas na ferida, dilacerando-a. Sentiu uma dor ardente, mas não parou.

– O que está fazendo, idiota? – quis saber Scarabello, erguendo o punhal.

Donnola tirou a mão para fora. Tinha os dedos sujos de sangue infectado. Lançou-se contra Scarabello enquanto a faca entrava em seu flanco, na altura do fígado, e cortava sua respiração. Mas encontrou forças para prender-se a ele, enquanto a lâmina abria a ferida mortal, e colocar a mão ensanguentada em sua boca. Agarrou seu lábio e fincou as unhas infectadas na ferida.

– Você... perdeu... – murmurou, caindo no chão.

– O que está dizendo, infeliz? – indagou Scarabello, cheio de desprezo.

– Sem regras... foi você quem disse... – Donnola sentiu que a morte o sorvia entre seus braços escuros. Era um herói. Ninguém jamais saberia, mas ele, sim, sabia que era. Fechou os olhos sem deixar de sorrir.

Scarabello observou-o morrer, tentando estancar o sangramento da ferida no lábio, enquanto um mau pressentimento apertava seu estômago.

– Levem o corpo para a Torre. Façam com que seja encontrado na escada.

– Faremos isso esta noite – respondeu o caolho.

– Nada disso! Agora!

– Mas como vamos transportar um cadáver em pleno dia?

– Então cortem a cabeça dele, ora! – gritou Scarabello, enquanto seu rosto inchava e se deformava pelos socos sofridos. – Consegue levar uma cabeça cortada em um saco, em pleno dia, seu cagão?

65

— Não! Não! — Giuditta chorava, desesperada, e Mercurio segurava a cabeça dela em seu peito para que não gritasse muito alto.

— Shh... shh... — sussurrou em seu ouvido. — Me conte o que aconteceu... mas em voz baixa...

Assustados, os pombos se agitaram em seu cavalete.

Giuditta foi sacudida por um soluço terrível. Depois, pareceu acalmar-se. Liberou a cabeça do abraço de Mercurio e olhou para ele. Tinha os olhos vermelhos e arregalados. O rosto reluzente de lágrimas. Uma expressão assustada, mais até do que aflita.

— Donnola... — disse.

— O que tem o Donnola?

— Está morto...

— Morto?

— Assassinado... eles... eles... — Giuditta se conteve. Mordeu o lábio com força, tentando respirar e não se abandonar aos soluços que voltavam a apertá-la por dentro. — Eles... cortaram sua cabeça... — Cedeu e desatou a chorar.

Mercurio a apertou de novo contra si. Desta vez, ele também estava com os olhos arregalados.

— Donnola... — disse. — Eu... eu... Quem pode ter feito uma coisa dessas?

— Meu pai disse que foi um criminoso... — soluçou Giuditta.

— Mas quem?

— Scannarello... ou algo pareci...

— Scarabello? — indagou Mercurio. — Scarabello? É esse o nome que seu pai disse?

Giuditta se afastou. Olhou para ele.

— Você... o conhece?

Mercurio sentiu um peso no coração. E nos ombros. Ouviu o ódio e a raiva que tornavam a possuí-lo.

– Mercurio... – A voz de Giuditta era suave como uma reza.

Ele a abraçou.

– Não se preocupe – disse-lhe. – Não se preocupe... – repetiu. Mas era como se não estivesse ali.

Quando amanheceu e o Marangona fez vibrar seu primeiro repique sobre todas as vidas de Veneza inteira, Mercurio deixou o Ghetto. Foi ao Campo Santo Aponal e se sentou na frente da loja de Paolo, o verdureiro, mordiscando um doce de gengibre que havia comprado em um forno atrás de Rialto. Enquanto isso, mantinha a mão no bolso, apertando uma faca que havia pegado com um armeiro.

Paolo o viu da janela de casa. Desceu com uma xícara de caldo.

– Preciso falar com Scarabello – disse-lhe Mercurio.

– Está para chegar – respondeu o verdureiro. – O caolho foi até sua casa, em Mestre. Estava te procurando para dar sua parte de não sei que golpe.

– De nenhum golpe! – disse Mercurio, furioso. – É dinheiro limpo, de trabalho honesto. Mas até isso Scarabello tem de sujar com suas patas.

– Fale baixo, pelo amor de Deus – murmurou Paolo, baixando a cabeça. Abriu a loja e foi para detrás do balcão vazio, como fazia todos os dias.

Mercurio entrou no local atrás dele.

– Você está parecendo um fantasma.

Paolo não moveu um músculo. E permaneceu imóvel, quase inanimado, até Scarabello aparecer, seguido por quatro homens armados e barulhentos.

– Ah, aí está você – disse ao ver Mercurio. – E onde está o caolho?

– Preciso falar com você – retrucou Mercurio.

Scarabello tinha o rosto deformado pelos socos de Lanzafame. O lábio inchado e violáceo. Um olho roxo. Um supercílio arrebentado. Do nariz pingava um líquido amarelado. Onde não estava lívida e esfolada, a pele se mostrava pálida.

Mercurio experimentou um sutil prazer ao vê-lo nesse estado. Continuava a apertar a faca no bolso.

– Você está ganhando um dinheirão – disse Scarabello. Depois, enfiou o dedo na boca e tocou um molar que tinha ficado instável.

– Não, *você* está ganhando um dinheirão – rebateu Mercurio com rispidez. – Eu estou fazendo por merecer.

Scarabello riu baixinho.

– Ontem estive com aquele judeu, Saraval. A festa na Casa Venier te rendeu vinte e sete *tron* e oito moedas de prata. Nada mal. Minha parte é de nove *tron* e três moedas de prata. O resto é seu. – Jogou um saquinho no chão, em sua direção, como um osso a um cão. – Está aí dentro. Agora vá embora porque tenho o que fazer.

– Do contrário?

– Do contrário o quê, piolho? – A voz de Scarabello endureceu.

– Se eu não for embora, o que vai fazer? Vai cortar minha cabeça?

– Se você quiser, sim – disse Scarabello em voz baixa, aproximando o rosto do de Mercurio. Seu hálito cheirava a sangue e álcool.

Com um espasmo, Mercurio apertou a faca. Bastaria tirá-la do bolso e fincar a lâmina em seu peito.

– Sinto muito por Donnola – disse Scarabello. E, por um instante, a máscara que cobria seu rosto mudou, tornando-se humana. – Mas foi preciso.

Mercurio se deu conta de que não tinha força para apunhalá-lo. Nunca teria. Sentiu-se um covarde, um perdedor. Baixou o olhar.

Scarabello pôs a mão em seu ombro e a levou até a nuca. Apertou-a. Sua mão estava quente.

Mercurio quase sentiu prazer.

– Por quê? – perguntou em voz baixa, abandonando-se a esse aperto.

– Você não pode entender – respondeu Scarabello, também em voz baixa.

Mercurio levantou a cabeça. Olhou para ele.

– Não pode entender – repetiu Scarabello.

Mercurio começou a chorar baixinho. Sem soluços nem desespero. Sem ênfase nem sobressaltos. As lágrimas desciam livremente, sem esforço. Toda a raiva estava derretendo, como um pedaço de gelo.

Scarabello o puxou para si, ainda com a mão em sua nuca. Com a outra, deu um tapinha em sua face. Depois, com o polegar, enxugou suas lágrimas, tirando-as da poça que se formara nas olheiras.

Mercurio tirou do bolso a mão que segurava a faca. Seu braço vibrava pela tensão.

– Cuidado, ele tem uma faca! – gritou um dos homens, fazendo menção de se lançar em defesa do próprio chefe.

Mas Scarabello o deteve, erguendo em sua direção a mão banhada de lágrimas.

– Ele a estava jogando no chão – disse, olhando para ele e segurando-o pela nuca, sem tensão.

A mão de Mercurio se abriu. A faca caiu no chão.

Scarabello anuiu. Voltou a abraçá-lo. Depois, afastou-se dele e se inclinou. Pegou o saquinho com as moedas de Saraval e o colocou na mão que havia apertado a faca.

– Vá para casa, rapaz.

Mercurio deu um passo para trás. Sentia-se fraco, esvaziado.

– Uma última coisa – acrescentou Scarabello. – A questão com o doutor não se encerra aqui. Vai se encerrar em breve, mas, até lá, diga a ele que nenhum deles está seguro.

Mercurio se enrijeceu. Sentiu o sangue gelar em suas veias. Pensou imediatamente em Giuditta.

– A quem você está se referindo?

– A ninguém em particular. E a todos.

Mercurio olhou para a faca no chão.

Scarabello a chutou, lançando-a para seus homens.

– Convença o doutor a dar o fora – disse.

Mercurio permaneceu imóvel por alguns instantes, digerindo o terrível golpe.

Os homens de Scarabello olhavam para ele como se fosse um estranho animal exótico. Nenhum deles teria sobrevivido se tivesse puxado uma faca para matar Scarabello.

Mercurio saiu da loja de Paolo.

Um segundo depois, corria para o Castelletto.

Chegou ao quinto andar da Torre delle Ghiandaie com o coração na garganta e sem fôlego.

– Doutor! Doutor! – começou a gritar desde o térreo, de modo que, quando chegou ao topo, os soldados de Lanzafame, o próprio capitão e Isacco já o esperavam a postos.

– Rapaz, quer fazer o favor de entender que não quero conversa com você? – agrediu-o Isacco de imediato.

Mercurio estava curvado. Ofegava. Tentava recuperar o fôlego.

– Scarabello... disse...

– Você trabalha para aquele delinquente? – interrompeu-o Isacco. – Era de esperar! Foram feitos um para o outro.

– Deixe-o falar – interveio o capitão.

– Scarabello – retomou Mercurio – disse que ninguém está seguro... até o senhor ceder... – Olhou para ele, balançando a cabeça. – Giuditta... – murmurou.

Isacco avançou contra o rapaz. Pegou-o pela gola do casaco. No dia anterior, tinham encontrado o corpo mutilado de Donnola, jogado em meio aos móveis das Fonderie Vecchie.* Isacco deu um grito que era metade rugido, metade estertor. Tinha os olhos vermelhos, transtornados pela dor.

– Seu cúmplice matou Donnola – disse, com voz embargada. – Recompus seu corpo... Eu... – Isacco parou. Sentiu que não teria condições de contar todo o seu sofrimento ao costurar a cabeça no tronco. Cerrou os punhos e mostrou os dentes, babando, tentando conter aquela dor lancinante. Ao recompor o corpo, descobriu que Donnola estava doente. Morreria de todo modo, mas não tinha dito nada. Queria ser útil até o fim.
– E agora você vem aqui me ameaçar... – Isacco cerrou os maxilares. – Não!

Mercurio se desvencilhou do aperto.

– O senhor não passa de um saco de merda cheio de orgulho! – gritou.

– Calma, rapaz – interveio Lanzafame.

– Scarabello poderia fazer mal a Giuditta! Entende ou não? – gritou Mercurio a plenos pulmões.

Isacco, que estava para se lançar sobre ele, parou. Baixou o olhar. Depois, olhou para Lanzafame.

O capitão estremeceu. Sua índole de guerreiro estava em luta com o homem e o amigo.

Isacco se virou para as prostitutas. Tinham uma expressão assustada. Esperavam, prendendo a respiração.

– Não nos abandone, doutor... – disse uma delas.

Isacco voltou a olhar para Lanzafame. Não sabia o que fazer.

– Doutor... – disse Mercurio, dando um passo à frente.

– Ele pronunciou o nome de Giuditta? – perguntou-lhe Isacco.

– Não, mas...

Isacco apontou o dedo para ele. Toda a sua tensão interna se canalizou contra ele.

– Vá embora – ordenou em voz baixa e feroz. – Vá embora, maldito. Diga a seu patrão que ele não nos assusta. Vá embora ou é você quem vai pagar a conta por Donnola.

Lanzafame se colocou entre os dois.

– Vá, rapaz.

Mercurio não se moveu.

---

* Antigas Fundições. (N. T.)

– Desista, doutor. Desista. O senhor não o conhece.
– Vá – repetiu Lanzafame de maneira decidida, e o empurrou.
Mercurio desceu a escada. Devagar. Virando-se de vez em quando. Os olhos de todos estavam voltados para ele. Não adiantava dizer que não era um homem de Scarabello. Não acreditariam nele. E, no fundo, tampouco era verdade.
– Tem certeza, doutor? – perguntou Lanzafame quando ficaram sozinhos.
Isacco não respondeu. Estava pálido. Saiu de cabeça baixa e trabalhou sem trégua até quase de noite. Fez curativos, espalhou unguentos, limpou feridas, verificou o estado de suas pacientes, uma por uma. Não parou um segundo sequer. E, nesse dia, nem uma única risada ecoou no quinto andar. Ninguém falava, a não ser quando indispensável. Os olhares se voltavam para o chão. Todos pareciam prender a respiração. E o tempo parecia ter parado. Em suspensão.
– Cuidado para não virar um teimoso, Isacco – disse o capitão Lanzafame quando se preparavam para voltar para casa. – Cuidado. A teimosia faz o homem decidir antes de ouvir o coração. E isso nunca é bom. – Depois, acrescentou: – Eu jamais cederia à ameaça de Scarabello. Mas sou um soldado estúpido. E Giuditta não é minha filha. Pensou bem nisso?
– Scarabello não tem minha filha em mente.
– Como pode saber?
– Porque foi o que li no coração daquele rapaz. Viu como ele estava assustado? Teria feito de tudo para nos convencer. Se pudesse, nos expulsaria daqui com suas próprias mãos.
– E então?
– Scarabello o está usando. Talvez saiba que ele é apaixonado por ela. Faz com que pense que lhe fará mal para manipulá-lo. A mensagem não foi para mim, mas para ele – disse Isacco. – No passado, eu também fiz isso muitas vezes...
– Você está apostando em uma sensação.
– É o ofício do trapaceiro. Embora o senhor teime em acreditar que sou médico.
– Você *é* médico.
– Está vendo? – sorriu Isacco. – O que eu disse?
Lanzafame colocou a mão em seu ombro.
– Tem certeza?

Isacco o fitou em silêncio. Depois, abaixou o olhar e acelerou o passo.

– Tem certeza, doutor? – perguntou novamente Lanzafame, seguindo-o.

Mais uma vez, Isacco não respondeu. Caminhava a passos velozes, com as sobrancelhas franzidas. Tinha uma expressão dura. Depois, parou perto de um casebre baixo.

Um vulto se escondeu na sombra.

Tremendo, Isacco olhou para Lanzafame.

– Nós, judeus, vivemos com o medo no coração, dia e noite. Medo de sermos expulsos de Veneza. Medo de sermos trancados. Medo de sermos queimados. Medo de sermos roubados. Medos de sermos obrigados a nos converter. Medo de ter de pedir permissão até para... para... para cagar! – Apontou o dedo para a Torre delle Ghiandaie, que se entrevia além dos telhados baixos das casas de San Matteo. – E, por tudo o que é mais sagrado, não vou permitir que também esse criminoso me assuste. Fitou o capitão por mais um instante, depois se virou e retomou sua furiosa caminhada rumo ao Ghetto.

O vulto que se havia ocultado na sombra saiu de seu esconderijo.

– Maldito cabeça-dura – resmungou Mercurio.

No céu se aglomeravam grandes nuvens negras e ameaçadoras, que roncavam em tom abafado.

– Que seja! Cuido eu da sua filha.

66

— Te dou metade do que ganho — disse Mercurio. — Mas não faça mal à filha do doutor.

Scarabello olhou para ele em silêncio, erguendo uma sobrancelha.

— Por favor — pediu Mercurio.

— Já te disse, seu ponto fraco é que você é um sentimental. — Sorriu.

— Por favor. Ela não tem nada com isso.

Scarabello encolheu os ombros.

— Ela não tem nada com isso — repetiu. — E o que significa?

Mercurio tinha lágrimas nos olhos. Quanto mais suplicava a Scarabello, mais crescia a preocupação com Giuditta.

— Estaria disposto a me dar tudo o que ganha por essa moça? Estaria disposto a se tornar meu fiel cãozinho?

— Tudo o que você quiser — respondeu Mercurio sem hesitar.

— Tudo o que eu quiser — anuiu Scarabello com satisfação.

— Mas se fizer mal a ela — de repente a voz de Mercurio se tornou dura, decidida —, juro que te mato.

Scarabello se aproximou dele. Fitou-o nos olhos.

Mercurio não baixou o olhar.

— Acredito em você.

— Então, não vai fazer mal a ela? — A voz de Mercurio se alterou.

Scarabello manteve o suspense por mais alguns segundos.

— Não. Não vou fazer nada a ela.

Mercurio sentiu as pernas bambas de alívio.

— Você ainda precisa me dizer "obrigado" — sorriu Scarabello.

— Obrigado...

— Venha. E me agradeça também porque não tomei nem a metade, nem todo o seu lucro.

— Obrigado — repetiu Mercurio, indo atrás dele.

— Sou um ladrão honesto, não acha?

— Sim...

— Pois não sou, não. — Scarabello se voltou. Sua expressão era séria. Esticou bruscamente as mãos e o agarrou pelas orelhas. Depois, puxou-o para si. — Se eu quisesse a metade do que você ganha ou tudo o que tem, inclusive sua vida, eu tomaria sem precisar da sua permissão. Não consegue entender isso, hein? — Entortou os lábios em um sorriso malicioso. — Não sou um ladrão honesto — acrescentou em voz baixa, com a boca próxima à dele, como se estivesse para beijá-lo. — Sou um homem muito forte. E poderoso. É diferente. Está claro?

— Sim...

— Agora venha comigo, assim vai poder ver de verdade o quanto sou forte e poderoso.

Mercurio o seguiu até o Palazzo della Merceria, onde ele tinha um encontro com um homem que usava uma máscara.

— Excelência — disse Scarabello em tom respeitoso, mas como se tivesse intimidade com aquele homem —, quer dizer que decidiu me ajudar?

O homem apontou para um grupo de guardas ducais, comandados por um funcionário da Sereníssima em uniforme de gala. — Estão às minhas ordens.

Scarabello fez uma profunda reverência.

— Renovo minha amizade pelo senhor, Excelência, e meus serviços — disse em tom alegre, quase de escárnio.

— Ora, pare. Nós dois sabemos muito bem por que estou fazendo isso — rebateu o outro sem disfarçar o desprezo. Virou-se e partiu.

— Quanta presunção pode se permitir um verme, se tem bordado no peito o brasão da nobreza! — disse Scarabello, fitando com insistência a figura mascarada que desaparecia. E seu olhar se turvou, como se tivesse sido tomado pela melancolia.

— Quem é? — quis saber Mercurio.

— Alguém em uma posição tão elevada que, se você se sentasse ao lado dele, sentiria vertigem, piolho — respondeu Scarabello. — Venha — disse, caminhando em direção aos guardas ducais.

— Sabemos o que fazer — afirmou o funcionário da Sereníssima, assim que Scarabello estava ao alcance da voz. — E me repugna fazer isso por um homem como o senhor.

— Se lhe tivessem ordenado para deixar eu cagar na sua cabeça, você também obedeceria – respondeu Scarabello. – Mesmo com toda essa altivez, você não passa de um servo. E esse seu uniforme é um traje de bufão. Por isso, não me aborreça com essa conversa fiada e se apresse.

— Não permito que fale assim comigo – protestou o funcionário, levando a mão ao espadim.

— Quer me matar? – riu Scarabello. – Seria uma honra para você. Poderia finalmente se sentir um homem.

O funcionário ficou vermelho de raiva, mas se conteve. O homem que lhe dera a ordem não estava habituado à desobediência.

— Muito bem. Questão resolvida – disse Scarabello. – Vamos, tropa.

Mercurio o seguiu até o Castelletto. Quando avistou as Torres, desacelerou o passo.

— O que pretende fazer?

— Eu? Nada... Vou ficar no meu canto. Esses guardas do Conselho Maior* é que farão tudo.

— O que é o Conselho Maior?

— A cúpula presidida pelo homem que está me fazendo esse favor.

— E por que ele está fazendo isso?

— Porque me deve. – Bateu o dedo no peito de Mercurio e repetiu: – Porque me deve. Está lá em cima, mas eu, daqui de baixo, tenho os colhões dele nas minhas mãos. Como você acha que alguém como eu sobrevive? Graças a amizades influentes. – Dirigiu-se ao funcionário ducal e indicou a Torre delle Ghiandaie. – Quinto andar. Cumpra sua obrigação.

Em duas fileiras cerradas, o destacamento dos guardas ducais seguiu seu comandante.

Atrás, Scarabello subia os degraus com indolência, olhando ao redor e sorrindo com satisfação para prostitutas e cafetões que cruzavam com seu olhar. No rosto, ainda tinha as marcas dos socos de Lanzafame. Estavam cicatrizando. Apenas o lábio parecia ter piorado. Estava inchado e tinha uma cor violácea e artificial.

— O que querem aqui? – perguntou o capitão no topo da escadaria, depois de ter sido avisado da chegada do destacamento.

---

* Órgão político mais importante da República de Veneza, atuante entre 1172 e 1797. (N. T.)

O funcionário ducal não parou. Subiu até o último degrau e se postou diante de Lanzafame, com expressão autoritária. Em seguida, tirou da bolsa que trazia a tiracolo um rolo de pergaminho.

Isacco também apareceu no patamar. Ao redor deles, as prostitutas se aglomeravam junto às balaustradas.

– Em nome da Sereníssima República de Veneza – começou a ler o funcionário – e por ordem do Conselho Maior e do Senado, intimam-se o médico judeu Isacco da Negroponte e seus mercenários...

– Seríamos nós os mercenários? – soltou Lanzafame, inflamando-se.

– Não interrompa, capitão – disse o funcionário. – Respeito o senhor como soldado, mas o que está fazendo foi julgado fora de suas competências e incumbências. O senhor recebeu a missão de comandar os guardas de campo do Ghetto. Atenha-se às ordens.

Lanzafame engoliu a repreensão cerrando os punhos. Olhou ao redor. Seu olhar cruzou com o de Scarabello.

– Você! – esbravejou, apontando o dedo contra ele.

Scarabello riu em sua cara.

Mercurio se escondeu. Não queria que Isacco e Lanzafame o vissem, mas queria ouvir.

– São intimados a cumprir a ordem – retomou o funcionário ducal – de desocupar imediatamente este local, destinado ao exercício do meretrício, para que não o contaminem com a enfermidade de que são acometidas as prostitutas e evitem propagá-la ainda mais...

– Não propagamos o mal francês! – protestou Isacco.

– Cale-se! – intimou o funcionário. – Por conseguinte, por motivos sanitários, ordena-se que se retirem do mencionado quinto andar da Torre delle Ghiandaie e, ainda em nome do Conselho Maior e do Senado, proíbe-se que ocupem qualquer outro local do estabelecimento conhecido como Castelletto.

Lanzafame se aproximou do funcionário.

Os guardas ducais levaram as mãos às armas.

– Envergonhe-se. Você vendeu a República a esse merda. – Lanzafame apontou para Scarabello. – Portanto, não é melhor do que ele. Nem você, nem quem te comanda. – Virou-se para Isacco. – Temos de ir embora.

– Mas... – Isacco encolheu os ombros.

– Temos de ir embora, doutor! – gritou Lanzafame, furioso. – A política venceu! A fraude venceu! Não consegue entender?

Isacco olhou para as prostitutas. Tinham o medo estampado nos olhos.

– Para onde vamos? – murmurou, quase desabando no chão.

– Não sei! – gritou Lanzafame, ainda mais alto. Depois, virou-se para Scarabello, que sorria com satisfação da própria vitória. – Vou te matar, seu verme! Vou te matar!

– Mas não hoje – riu Scarabello. – E não aqui. – Abriu os braços, como um ator em busca de aplausos. – Quartos limpos estão liberados, minhas queridas putas, mas o custo continua o mesmo. Sem aumento. Agradeçam!

As prostitutas permaneceram em silêncio.

– Quem não agradecer não terá direito ao quarto – sibilou Scarabello com entonação dura.

Muitas murmuraram:

– Obrigada.

Escondido debaixo da escada, no quarto andar, Mercurio saiu furtivamente, tentando não ser visto. Porém, na rampa, não resistiu à tentação e se virou para Isacco. Viu que tinha uma expressão de derrota estampada no rosto enquanto exortava suas doentes a pegar seus poucos pertences. E sentiu muita pena.

– Você é um sentimental, piolho – disse-lhe Scarabello, rindo.

Mercurio desceu a escada correndo, com um nó na garganta.

– Depressa – dizia, enquanto isso, o funcionário ducal às enfermas do quinto andar.

Lanzafame se aproximou ainda mais dele.

– Cá entre nós, pelo menos você se envergonha? – perguntou-lhe em voz baixa, sem ser ouvido pelos outros.

O funcionário baixou o olhar, sem responder.

– Vamos, força! – gritou o capitão. – Doutor, pegue seus instrumentos e seus unguentos, vamos!

Em pouco tempo, estavam todos reunidos no patamar. Os guardas se afastaram para deixar passar a procissão de infelizes. As prostitutas curadas davam o braço às doentes. Lanzafame e seus soldados transportavam em padiolas leves as que não conseguiam andar. Uma delas tinha acabado de morrer.

Começaram a descer a escada com dificuldade. Depois, quando chegaram ao pátio do Castelletto, olharam ao redor, sem saber para onde ir.

Mercurio estava escondido atrás da coluna de uma das Torres. Pensou que pareciam náufragos. E certamente ninguém os abrigaria.

Sem se fazer notar, seguiu-os até ver que paravam em um local lamacento atrás da Scuola Grande di Santa Maria della Misericordia. Desolado, o prior da irmandade dos Battuti balançava a cabeça. Era evidente que dizia não poder internar as prostitutas no hospital.

Mercurio viu que Lanzafame e seus soldados tentavam montar um acampamento para a noite. O prior lhes dera as barracas. Enquanto acendiam fogueiras, afundavam na lama até os tornozelos. Isacco estava sentado em um canto, com a cabeça entre as mãos. A noite se aproximava. Fazia frio. Muitas mulheres choravam.

Então, Lanzafame aproximou-se do doutor:

– Você precisa ir embora. Está na hora – disse.

Isacco levantou a cabeça para o capitão. Tinha um olhar perplexo. Havia se esquecido completamente do fato de que não poderia dividir a sorte com as prostitutas. Como todas as noites, teria de voltar para sua gaiola para nela ser trancado.

Mercurio viu que se erguia com dificuldade.

Enquanto voltava para Mestre, ele também se sentia derrotado. A Justiça havia cometido mais uma injustiça, disse a si mesmo.

Nesse meio-tempo, Isacco percorreu todas as calçadas até o portão que dava para o Rio di San Girolamo. Entrou em seu edifício e subiu até o quarto andar. Parou junto à porta, incapaz de abri-la, pois não queria que sua filha o visse naquele estado. Sentou-se no degrau, e apenas algumas horas mais tarde Giuditta, preocupada, encontrou-o dormindo ali.

No começo da manhã seguinte, assim que os portões se abriram, Isacco foi ao acampamento. Encontrou as prostitutas em um estado lastimável. Mais uma tinha morrido durante a noite. E provavelmente, mais do que a doença, tinha sido o frio a matá-la.

– Não vamos conseguir resistir assim – disse-lhe Lanzafame.

– Não... – respondeu Isacco. E sentiu a tentação de fugir. Em vez disso, arregaçou as mangas e fez seu trabalho, limpando e enfaixando as feridas. Mas não tinha forças nem confiança no futuro.

Perto da metade da manhã, porém, o prior da Misericordia apareceu no acampamento.

O doutor fez sinal ao capitão.

– Venha – disse e foi ao encontro do prior. – Mudou de ideia? – perguntou com esperança na voz.

O outro negou com a cabeça.

– Doutor Negroponte, o senhor sabe que não se trata de mudar de ideia... – respondeu, embaraçado. Deixou o olhar vagar entre as prostitutas. E não acrescentou mais nada.

Isacco anuiu com tristeza. "Se não fossem prostitutas, a Scuola Grande della Misericordia as acolheria. Pois, no fundo, a *misericórdia* não era para todos", pensou Isacco.

– Mas há uma mulher... – retomou o prior. – Bem, vamos, quero apresentá-la a vocês. Hoje me procurou com uma proposta que não me interessa, mas talvez seja conveniente para vocês...

– Que proposta? – perguntou Isacco.

– Julguem vocês mesmos. Venham – disse o prior, voltando para o imponente edifício da Scuola Grande.

Isacco olhou para o capitão e seguiu o prior. Lanzafame foi atrás dele.

– A doença me parece mais letal para os homens do que para as mulheres – observou o prior enquanto caminhavam, afundando na lama. – Mas seu óleo de Palo Santo age melhor nas feridas do que outros unguentos.

– Só ouvi o que os marinheiros que chegavam das Américas diziam no porto – respondeu Isacco. – Não é o *meu* óleo. Não tenho nenhum mérito.

– Ouvir é um mérito – disse o prior ao entrar na Scuola Grande. – Também tenho usado mercúrio. Parece funcionar. Mas é difícil calibrar a dosagem. Corre-se o risco de curar as feridas, mas de envenenar o paciente.

– Mercúrio? Interessante.

– Venham – convidou-os o prior, abrindo a porta do refeitório. Indicou uma mulher no fundo da sala. – Ali está ela.

Aproximaram-se de uma mulher de aspecto simples.

– Este é o doutor Negroponte, de quem acabei de lhe falar.

Isacco notou que a mulher olhava para seu barrete amarelo.

– O prior falou muito bem do senhor – iniciou ela.

"Tinha uma voz quente", pensou Isacco, mas não parava de fitar o barrete amarelo.

– Mas não lhe disse que sou judeu, não é? – observou o doutor com uma entonação agressiva na voz. – Disse que minhas pacientes são prostitutas?

– Eu queria ajudar o prior – respondeu a mulher, sem dar atenção ao ataque. – Mas ele não precisa da minha humilde ajuda. E disse que talvez o senhor, sim.

Isacco franziu as sobrancelhas.

— O que o senhor faz é um belo ato, e quero ajudá-lo. Não me interessa se é judeu.

— Agradeço — respondeu Isacco, arrependido da própria agressividade. — Mas como pode nos ajudar?

— Gostaria de colocar à disposição de vocês um local, um local bem espaçoso... É claro que precisa de uma reforma... Enfim, precisa ser arrumado. Bem... eu gostaria de lhes oferecer um local onde se pode criar um hospital.

Isacco sentiu um arrepio correr pela espinha. Olhou para o capitão Lanzafame, que também tinha os olhos atentos e presos à mulher.

— De que local está falando? — perguntou Isacco.

— Bem... se trata do meu estábulo... — disse a mulher timidamente. — É apenas um estábulo, eu sei, mas é quente. Poderia se tornar um lugar habitável. Minha casa fica ao lado, e eu poderia fornecer refeições regulares a vocês se alguém me ajudar e...

— Por quê? — interrompeu-a Isacco.

— Porque... — a mulher olhou para a direita e a esquerda, como se buscasse uma resposta. — Porque vocês fazem o bem, e eu não tenho mais vacas e...

— Porque foi Deus quem a mandou! — interveio Lanzafame repentinamente. — O meu, o seu, o das putas... que importância tem isso, ora bolas! Seja o qual for o deus, é sempre bendito. E que seja bendita você também, generosa mulher! Agradeça-lhe, doutor!

Isacco se virou para ela, mas não conseguiu falar.

— Quando podemos ir? — perguntou Lanzafame.

— Não sei... — respondeu a mulher. — Eu havia dito um mês ao prior, se organizasse os trabalhos.

— Um mês... — murmurou Isacco, e da janela do refeitório olhou para o acampamento na lama, atrás da Scuola Grande. — Em um mês estarão todas mortas... — Balançou a cabeça. — De todo modo, obrigado — disse, fazendo menção de partir.

— Mas se acharem que estarão melhor em um estábulo do que a céu aberto... — começou a dizer a mulher.

O doutor olhou para ela. Depois, virou-se para Lanzafame.

— Quer dizer que podemos ir imediatamente? — perguntou o capitão, fazendo-se porta-voz do pensamento de Isacco.

– Por mim, sim, claro – respondeu a mulher. – Se aguentarem...

– Aguentamos qualquer coisa, desde que tenhamos um teto sobre a cabeça, não é, doutor? – disse Lanzafame com os punhos cerrados.

Isacco o fitava sem conseguir tomar uma decisão.

– Doutor! – quase gritou Lanzafame.

– Me parece uma boa proposta – intrometeu-se o prior. – Além do mais... – sua voz demonstrava embaraço – esse acampamento aí fora... bem... os padres da igreja já vieram me perguntar quando vocês vão embora...

– Doutor! – repetiu Lanzafame.

Isacco teve um sobressalto.

– O que estamos esperando? Vamos!

Foi necessário quase o dia inteiro para transferir as prostitutas para o estábulo, que ficava fora de Veneza. Os soldados de Lanzafame se puseram ao trabalho, e à noite o local havia sido limpo da melhor maneira possível. No chão, havia sido espalhada palha limpa, que serviria de leito provisório para as enfermas, e no centro ardiam fogueiras. As prostitutas riam como meninas, como se tivessem encontrado abrigo em um castelo.

O próprio Isacco sentia a confiança renascer. Conseguiriam.

– A partir de amanhã, vamos organizar melhor as coisas – disse uma voz às suas costas.

Isacco se virou.

– Bem-vindo – sorriu-lhe Mercurio, abraçado a Anna del Mercato.

67

"Agora é entre nós dois", disse Shimon Baruch a si mesmo ao colocar o pé em Veneza.

Olhou ao redor. O gondoleiro o deixara no atracadouro de Rialto. Dissera que aquele era o coração pulsante da cidade, e não São Marcos, como acreditavam os forasteiros.

"O ar de Veneza fedia", pensou Shimon. Subiu a ponte de madeira de Rialto para observar o famoso Canal Grande. A água não era água, mas lama líquida. Não era doce nem salgada. O sal era insuficiente para impedi-la de apodrecer e excessivo para torná-la água de rio ou lago. Olhou ao redor. Os edifícios se amontoavam uns aos outros. O luxo de suas fachadas de mármore, com cortinados, colunas e vidros coloridos era apenas aparência. Nos canais ou nas ruas laterais mostravam os flancos de tijolos, como as casas dos pobres. As pessoas urinavam neles. O ar era estagnado, aprisionado nos espaços exíguos. Veneza era apenas forma e aparência. Os barcos que obstruíam o Canal Grande davam a impressão de serem enormes insetos aquáticos.

Odiou Veneza de imediato.

Desceu do outro lado da ponte. Embora fosse o coração pulsante da cidade, como dissera o gondoleiro tagarela, e, portanto, o lugar onde era mais provável encontrar um trapaceiro como Mercurio, Shimon não tinha a menor intenção de dormir naquele caos. As pessoas o empurravam sem sequer prestar atenção nele ou nos outros. Sem sequer se sentirem incomodadas com essas contínuas colisões. "Formigas, insetos", pensou Shimon com profundo desprezo. Assim era a tão celebrada Veneza, uma cidade de insetos amontoados em palafitas. Podiam revesti-las de mármores preciosos, mas isso não mudava sua natureza. Eram palafitas em um pântano, embora fosse pomposamente chamado de "laguna".

Partindo do Campo San Bartolomeo, percorreu o Sotoportego dei Preti e chegou à Calle dell'Aquila Nera. Viu uma taberna quase escondida, com poucos fregueses.

Entrou e mostrou ao dono uma folha na qual estava escrito: "Procuro um quarto".

– Não sei ler – disse o homem.

Shimon lhe indicou por mímica que queria dormir.

– Quer um quarto?

Shimon fez que sim.

– Na estalagem – disse o dono da taberna, com olhar obtuso.

Shimon continuou a fitá-lo.

– Fica na rua de trás – disse o taberneiro, indicando-lhe que, ao sair, deveria dobrar à esquerda e depois, novamente à esquerda.

Shimon chegou a uma pequena praça que sequer tinha nome, de tão pequena que era. Parecia mais um pátio interno dos edifícios circunstantes. Para ela davam poucas janelas estreitas, protegidas por grades de ferro, e uma única porta, pintada de vermelho e preto. Em um canto do pequeno pátio, havia dois baldes repletos de lixo. O mau cheiro era insuportável.

Shimon empurrou uma das folhas da porta. O interior estava escuro. Quase tropeçou ao se ver repentinamente diante de uma escada. Não havia mais nada, apenas a escada íngreme e estreita. Os degraus eram viscosos devido à umidade. Ao subir, apoiou-se na parede. O reboco se esfarelou sob seus dedos. A parede era esponjosa de tanta água que havia absorvido.

Chegando ao topo, viu-se diante de outra porta. Empurrou-a para entrar, mas estava fechada. Bateu. Após um instante, ouviu passos arrastados, e um jovem com ar indolente abriu. Olhou para ele sem dizer nada.

Shimon subiu o último degrau e entrou, obrigando o jovem a se afastar. O ambiente não tinha ventilação, e o ar cheirava a podre, mas um pouco de luz filtrava por uma janela baixa e pequena à esquerda, que dava para a Calle dell'Aquila Nera. Estavam em cima da taberna. Mostrou ao jovem a folha com a escrita "procuro um quarto".

– Não sei ler – disse o rapaz. – E a patroa também não.

Shimon lhe fez sinal de que queria dormir.

O rapaz se virou e, sem responder, foi até uma porta. Abriu-a e disse:

– Cliente.

Ouviu-se o rangido de uma cama. Em seguida, surgiu uma mulher de cerca de 40 anos, gorda, com rosto simiesco e uma penugem escura sobre o lábio superior. Amarrou o vestido na frente enquanto passava ao lado do jovem, quase se esfregando nele.

Shimon entendeu que a mulher se aproveitava de seus serviços.

– Pois não – disse a dona da estalagem. Tinha modos desagradáveis.

Shimon lhe exibiu a folha.

– Não sei ler – disse a mulher.

– Já disse a ele – interveio o jovem.

– Estrangeiro? – perguntou ela.

Shimon fez que não.

– Então? – perguntou ela novamente.

Shimon desabotoou o casaco e lhe mostrou a cicatriz da ferida na garganta. Depois, sibilou.

A dona da estalagem deu um passo para trás.

– Mudo?

Shimon fez que sim.

A mulher pegou uma vela e a aproximou de Shimon. Queria examinar sua ferida. Seu horrível semblante de macaco se contorceu em uma careta de surpresa.

– Venha ver! – disse ao rapaz. – Olhe! Santo Deus! – Aproximou novamente a vela do pescoço de Shimon enquanto o jovem se inclinava para a frente. Iluminou a cicatriz escura, violácea, na qual se via uma flor-de-lis, estampada ao contrário na carne. Como em negativo, havia sido impressa em relevo a borda do ducado fiorentino.

– Puta merda! – exclamou o rapaz.

– Não vai querer pagar com esta, não é? – riu a dona da estalagem, apontando para a cicatriz.

Shimon não sorriu.

Com atraso, o jovem deu uma gargalhada.

– Essa moeda não é boa! – disse, como para verificar se tinha entendido.

– Meio soldo por noite – disse a mulher. – Uma moeda de prata por semana.

Shimon pôs a mão na pequena bolsa e lhe deu quatro moedas de prata.

A dona da estalagem arregalou os olhos.

– Vossa Graça, se quiser, posso até chupá-lo – riu.

O jovem se amuou.

A mulher lhe deu um tapa na testa.

— Pegue as bagagens do senhor, imbecil.

Shimon lhe indicou que só tinha a bolsa que carregava a tiracolo.

A mulher o acompanhou pelo estreito corredor sujo e malcheiroso, com um piso de tábuas que estalavam à passagem deles. O corredor era tão estreito que muitas vezes o traseiro grande da mulher roçava a parede. Ao chegar a uma porta baixa, a mulher abriu. Depois, escancarou as folhas da única janelinha do quarto. A luz mal entrava. Alcançou um pequeno móvel carcomido pela umidade e acendeu um toco de vela, que iluminou um penico meio enferrujado.

— Para cagar e mijar. Esse inútil vem retirá-lo toda manhã – disse, apontando para o jovem. Depois, deslocou a vela até uma tina. – Se quiser, também pode tomar banho – informou com orgulho. – Esquento a água por três *marchetti*. É um bom preço. E por mais dois lhe dou um pedaço de sabão. – Por fim, mostrou-lhe a cama. Sobre ela havia uma coberta manchada.

Shimon anuiu. Pegou a certidão de nascimento que atestava que ele era Alessandro Rubirosa, nascido em Roma, em 1471.

— Já lhe disse, não sei ler – repetiu a dona da estalagem. – E, com todo o respeito, Senhoria, não me interessa quem o senhor é.

Shimon guardou a certidão.

A dona da estalagem parou junto à porta.

— Bom, com certeza o senhor não é um cliente que vai armar confusão! – E desatou a rir. Depois, saiu do quarto, seguida pelo jovem.

— Como sabe que não vai fazer barulho? – perguntou o jovem, enquanto se afastavam.

— Porque é mudo, imbecil – disse a mulher.

Shimon fechou a porta e se deitou na cama. Somente então ouviu o jovem que ria da piada, com atraso. Permaneceu imóvel até a noite, sem mover um músculo nem formular um pensamento. Depois, quando escureceu, levantou-se devagar. Tirou o casaco e apertou de novo a atadura no tórax. As costelas quebradas começavam a doer menos. Durante a primeira semana, havia cuspido sangue. Pensara que não conseguiria se recuperar. A ferida na barriga da perna tinha infeccionado. Mas ele ficara escondido nos campos, vivendo como um cão vadio, por medo de que os guardas pontifícios o procurassem. Acendera uma fogueira, queimara um pedaço de madeira pontiagudo e o inserira na ferida. O fogo o havia salvado uma vez, fechando a ferida na garganta, também o salvaria nesse caso, pensara. E, de fato, foi o que aconteceu. Porém, quando ele caminhava por muito tempo, a barriga da perna ainda doía muito. E percebera que começava a mancar. Pensou nos gatos que se deleitavam ao sol nas ruas de Roma, junto das ruínas do Circo Massimo, com as orelhas cortadas pelas mordidas ocorridas nas pelejas e o pelo estriado de cicatrizes.

Saiu do quarto. Aquela era a pior hora do dia. Conseguia manter distante qualquer pensamento, mas não a imagem de si mesmo na casa de Ester, naquele mesmo horário, quando se sentava na poltrona e a ouvia remexer o jantar na panela, diante da lareira.

Desceu até a rua e começou a caminhar.

Vagou sem rumo, apenas para afastar o que mais lhe faltava. A imagem de uma casa.

Desde que abandonara Ester, o ódio por Mercurio havia crescido. Pois antes havia tirado dele sua velha vida e, agora, a possibilidade de uma nova existência com ela.

"E você não terá paz enquanto não encontrar aquele maldito rapaz e o fizer sofrer."

Corroído por seu ódio, Shimon chegou sem se dar conta a um espaço gigantesco, livre da opressão dos edifícios amontoados uns aos outros. De repente, o mundo se abriu. À sua frente havia uma basílica e uma torre alta. À direita, o Canal Grande se ampliava até o infinito.

Era São Marcos.

Já não havia limites. Não havia fronteiras.

Em seguida, viu uma multidão reunida ao redor de uma coluna. Aproximou-se. Um homem seminu, com o olhar aterrorizado, tinha mãos e pés amarrados a quatro grandes cavalos irrequietos, que espumavam pela boca.

– Sodomita! – gritou uma mulher.

O carrasco estalou o chicote, e os cavalos disparam em quatro direções distintas. O homem amarrado gritou. Ouviu-se um estalar de ossos e tendões. O infeliz emitiu um último grito e desmaiou, vomitando.

Com dois rápidos golpes de cutelo, o carrasco cortou os ombros, e imediatamente os braços se soltaram com o empurrão dos cavalos. O sangue esguichou no pavimento. Depois, o carrasco desferiu um talho de cima a baixo no que restava das ancas do condenado, e as pernas também se separaram, espalhando as vísceras pelo chão.

A multidão se moveu, como uma massa única, para frente e para trás. No ar, o odor de sangue e medo.

Shimon não se deixou exaltar por aquela terrível grandeza.

"Agora é entre nós dois, Mercurio", disse a si mesmo enquanto os pombos alçavam voo no céu, escapando, assustados, da chegada de um bando de corvos, que se preparavam para o banquete com as carnes do condenado.

Shimon olhou para as aves pretas de mau agouro. E lhe pareceram um bom sinal. Depois, farejou o ar. Como um cão de caça. Como se pudesse sentir o odor de sua presa.

68

— O que você aprontou com meu pai? – perguntou Giuditta no pombal, apertando-se ao corpo quente de Mercurio. – Desde ontem ele anda resmungando que você passou a perna nele.

Mercurio riu.

— Passei mesmo. E ele caiu como um patinho. Me diverti muito.

— Mas o que você fez? Posso saber?

— Dei a ele um hospital de presente.

— Um hospital?

— Exatamente. No fundo, ele é o pai da minha amada, não?

Giuditta riu baixinho.

— Você é completamente louco, sabia?

— E você sabia que esse hospital é em Mestre? – perguntou Mercurio, afastando-se dela para olhar diretamente em seus olhos. – E sabe o que isso significa?

— Não...

— Que cedo ou tarde seu pai vai se convencer e aceitar a oferta de um quarto para dormir lá.

— Mas não podemos dormir fora do...

— Está vendo como você é tonta como seu pai? – riu Mercurio.

Giuditta ficou amuada.

Mercurio riu mais ainda.

— Eu disse Mestre. Não entendeu?

— Não.

— Você é obrigada a dormir trancada no Ghetto apenas se viver em Veneza. Mas em Mestre não há guetos. É livre para dormir onde bem entender. Por isso, basta sair de Veneza e se transferir para Mestre.

— É mesmo? E onde?

— Deus do céu! Como você pode ser tão tonta?

– Vamos, pare com isso. Me diga!

– Na minha casa! – sorriu Mercurio. – Anna já ofereceu um quarto para seu pai, assim ele poderá ficar dia e noite em seu hospital. E tem outro quarto prontinho para você. – Abraçou-a e acariciou seu corpo. – O que foi? Não tem vontade de morar debaixo do mesmo teto que eu?

Giuditta olhou para ele, boquiaberta.

– Meu pai nunca vai aceitar – respondeu, desconsolada.

– Vamos ver – disse Mercurio. Levantou-se do colchão de palha do pombal. Espreguiçou-se. – Se não começarmos a fazer amor em uma cama de verdade, vamos acabar envelhecendo antes do tempo.

Giuditta riu.

– Ganhei mais dezenove liras de ouro – comentou Mercurio. – Daqui a pouco vou ter o dinheiro para iniciar o conserto do navio de Zuan. E, então, vou te levar embora.

Giuditta olhou para ele com seriedade, sem responder. Dia após dia, sentia que pertencia cada vez mais a ele. Pertencia-lhe tanto que era apenas dele, dizia a si mesma. Por isso, havia escrito uma carta que sempre relia. Pois sabia que em breve chegaria o dia em que faria seu pai encontrá-la. Era uma carta dolorosa e, ao mesmo tempo, cheia de alegria.

– E sua loja? Como vai? Sempre vejo um grande vaivém de clientes.

Giuditta se iluminou.

– Sim – disse, orgulhosa. – Os vestidos estão agradando. Vendemos mais do que conseguimos costurar. Também temos clientes da aristocracia. É... é...

– Um sucesso – concluiu Mercurio.

– Sim, um sucesso.

– Aonde quer que a gente vá, você terá a sua loja – prometeu Mercurio com a mão no coração. Depois, começou a se vestir. – Não vou deixar que nossos doze filhos te distraiam a ponto de você não conseguir ganhar tanto dinheiro.

– E você? O que vai fazer? – sorriu Giuditta.

– Bom, vou ficar em casa, de papo para o ar, verificando se a governanta, jovem e bonita, paga com seus imensos lucros, está limpando a bunda dos meninos. Depois, vou me certificar se a cozinheira, também jovem e bonita, está cozinhando as melhores carnes *kosher*. E vou passar o dedo no assoalho para ter certeza de que a criada, ainda mais jovem e mais bonita do que as outras duas, varreu direito.

Giuditta riu, levantou-se e pulou em seus braços.

– Não vou te dar nem meio filho e, sobretudo, não teremos serviçais. Não pretendo dividir você com mais ninguém.

Mercurio a beijou. Acariciou suas costas lisas e deslizou a mão até seu seio.

Ela se retraiu.

– Pare, é tarde. – Enquanto vestia a saia, olhou como por acaso entre as pregas internas da costura. – Sabe que uma cliente encontrou uma pena de corvo em um dos meus vestidos?

– E o que estava fazendo ali? – perguntou Mercurio distraidamente, enquanto abotoava o casaco.

– Estranho, não é? – respondeu Giuditta, pensativa. – E outra, um dente de bebê.

– Talvez seja melhor pedir para suas costureiras prestarem mais atenção.

– Não consigo entender...

– E o que há para entender?

– Não sei... é estranho.

– Não pense nisso e se apresse. O Marangona está para tocar, e o "doutor das putas" está para acordar.

– Não o chame assim – ressentiu-se Giuditta.

– Eu estava brincando.

– Não brinque com isso.

Mercurio anuiu, sorriu para ela, beijou-a e desceu a escada, pronto para misturar-se às pessoas que saíam do Ghetto. Mas, depois de um instante, voltou a aparecer no pombal.

– Eu disse que te amo?

Giuditta riu, feliz.

– Para sempre – acrescentou Mercurio e foi embora.

– Para sempre – repetiu Giuditta. Depois, voltou para o apartamento, preparou o café da manhã para Isacco, cumprimentou-o, desejou-lhe bom trabalho e, por fim, já sozinha, sentou-se à mesa e tirou de uma fenda na parede, onde a escondia todas as noites, a carta que havia escrito. E a releu.

Caro pai,
é com a maior dor que te comunico essa minha grande alegria. Não sei como sobreviverei à dor nem, ao mesmo tempo, como poderei me privar dessa alegria. Se eu fosse capaz de me dividir em duas, juro que o faria. Se tivesse condições de ser uma boa filha e, ao mesmo

tempo, uma boa esposa, juro que o seria. Se pudesse evitar partir seu coração, juro que o evitaria. Do mesmo modo como não gostaria de partir o coração do homem ao qual prometi o meu. Com toda a minha alma, rezo para que aconteça um milagre que nos permita viver uma existência diferente da que está por vir. Rezo para poder passar minha vida com você, assim como rezo para poder passar minha vida com o homem que amo. Mas que vida será a minha de agora em diante, não sei dizer. E será possível chamá-la de vida, se uma metade é amor e a outra é morte? Que vida pode haver para um coração cortado em dois?
    Não sei se você vai conseguir me perdoar, porque eu mesma não sei se conseguirei. Mas a decisão está tomada.

    Sempre que a relia, sentia o coração apertado. Essa breve carta a continha por inteiro. Porém, além das palavras, dia após dia se dava conta de um fato inelutável. Ela era de Mercurio. Nada a deteria. Nada. A decisão estava tomada, tinha escrito. E era exatamente assim. Seguiria Mercurio aonde quer que fosse. Porque ele era a sua vida. A vida que ela queria.
    – Custe o que custar – disse em voz baixa, mas com muita força. – E para sempre.
    Às vezes, à noite, quando Mercurio não a levava ao pombal frio e malcheiroso, que, no entanto, para ela era como um palácio, Giuditta se perguntava se fizera bem em perder a virgindade. E até tentava se envergonhar, como esperaria a sociedade, tanto a judaica quanto a cristã. Mas não conseguia. Compreendia a regra. Mas, ao mesmo tempo, parecia-lhe que valesse para os outros, não para ela. Não para eles. Pois ela e Mercurio eram especiais. Estavam apaixonados. E o amor de ambos era tão grande e absoluto que nada do que faziam em seu nome poderia ser errado.
    Com o tempo, seu pai também aceitaria a verdade. Giuditta tinha certeza. E como poderia ser diferente? Como imaginar que um amor tão puro pudesse ser um pecado aos olhos do Senhor? Por acaso não tinha sido o próprio Deus do Mundo, que tudo sabia e tudo podia, a fazer com que se conhecessem?
    Pensou na primeira vez em que sentira a mão de Mercurio na sua. Depois, em seu primeiro beijo. E na primeira vez em que ela o acolhera dentro de si e se dera conta de que seus corpos se fundiam em um único organismo, do qual já não era possível distingui-los nem os separar. Faria tudo de novo? Sim. Mil vezes, sim. Sem pensar duas vezes.

– Para sempre – repetiu.

Quando bateram à porta, Giuditta sobressaltou-se na cadeira. Levou a mão ao peito e sorriu, voltando à realidade. Deixou a carta sobre a mesa, levantou-se e foi até a porta.

– Quem é? – perguntou.

– Giuditta, a judia – respondeu uma voz de homem –, minha patroa quer falar com a senhora.

Giuditta abriu. Não conhecia aquele servo.

– Minha patroa quer falar com a senhora – repetiu o servo.

– Quem é sua patroa?

– Vai ver.

– Quando?

– Agora.

Giuditta foi pega desprevenida, não sabia o que responder.

– A gôndola da senhora nos espera.

– É por um vestido?

– A patroa me mandou vir buscá-la. Não sei de mais nada.

Giuditta pôs uma capa de fustão sobre os ombros, desceu a escada atrás do servo e atravessou o largo. Enquanto caminhava, ainda se sentia inebriada pelos pensamentos em Mercurio. Sim, ela o seguiria aonde quer que fosse.

A gôndola estava atracada na Fondamenta dei Ormesini. O servo a ajudou a embarcar e fez sinal ao gondoleiro para remar.

Em pouco tempo, chegaram ao atracadouro particular de um edifício de três andares no Canal Grande. A fachada era elegante, desenhada com refinamento. As janelas eram emolduradas entre delicadas colunas de mármore, que se enrodilhavam em si mesmas até os capitéis, e decoradas com vidros coloridos e chumbados.

O servo a fez descer e lhe disse para seguir um serviçal de libré que, em silêncio, acompanhou-a até o primeiro andar do edifício. No ar se respirava o odor desagradável de excrementos caninos. O serviçal a fez acomodar-se em uma sala revestida de cetim adamascado. Assim que entraram, uma criada se afastou de uma parede, como se tivesse sido pega em flagrante.

– O que está fazendo? – perguntou o serviçal com severidade.

A criada enrubesceu e partiu às pressas.

O serviçal se aproximou da parede e fechou um pequeno postigo.

– Espere aqui – disse a Giuditta antes de sair.

Giuditta não sabia o que fazer e, atraída por um vozerio que provinha da sala ao lado, aproximou-se do postigo. Resistiu por um instante, depois, cedendo à curiosidade, afastou o pequeno fecho de cetim, idêntico às paredes, e espiou.

A primeira coisa que viu foi uma mulher de costas. Estava sentada com a coluna ereta a uma escrivaninha delicada e dourada. Toda a sala era elegante e refinada.

Além da mulher, havia dois servos, robustos e empertigados, ao lado de uma porta. Também havia um homem de cerca de 50 anos, com aspecto adoentado. Sem dúvida era um homem do povo, embora seus trajes fossem bastante decorosos. Segurava um chapéu macio de veludo preto. Era calvo e suava. Tinha uma expressão preocupada.

— Por favor, Vossa Graça... — choramingou, dirigindo-se à mulher.

— Poderia ter pensado antes — disse ela, sempre ereta.

Giuditta teve a impressão de que conhecia aquela voz.

Depois, entrou um aristocrata. Muito elegante. E disforme. Avançou na sala sem se dignar a olhar para o homem. Deu apenas uma olhada satisfeita à mulher de costas.

— Você gosta de assistir, não é? — perguntou-lhe com voz estridente.

— Sua satisfação é a minha — respondeu ela, levantando-se, e se virou.

Então, Giuditta a reconheceu. Era Benedetta. Teve a tentação de fugir, mas permaneceu colada ao postigo. E viu que Benedetta a fitava. Afastou-se, acreditando ter sido descoberta. Mas depois entendeu que Benedetta sabia muito bem que ela estava ali atrás. E talvez a própria criada tivesse apenas fingido ter sido descoberta. Talvez, como o serviçal, tivesse sido apenas incumbida de mostrar-lhe o postigo. Tudo havia sido feito para que ela espiasse.

Quando Giuditta voltou a olhar pela abertura, Benedetta sorriu para ela. Depois, virou-se e olhou para os dois servos que tinham imobilizado o homem, que nesse momento chorava, desesperado. O nobre disforme tinha na mão uma navalha de barbeiro. Colocou-a na boca do outro. O homem chorava com mais intensidade.

— Por aquilo que você disse — declarou o aristocrata e fez um corte no ponto em que o lábio superior se unia ao inferior, à esquerda, rasgando a face do homem.

A vítima gritou, jorrando sangue.

— Limpem — ordenou o nobre aos dois servos. Depois, dirigiu-se a Benedetta.

– Vem comigo, minha cara?

Ela se virou para o postigo, atrás do qual Giuditta estava petrificada de horror.

– Não. Tenho um compromisso.

Giuditta sentiu que ia desmaiar. Correu na direção da porta, para fugir, mas se deparou com o serviçal, que lhe disse:

– Siga-me.

Com o coração martelando na garganta, foi atrás dele por um longo corredor. Alguns cães pequenos e sarnentos latiram para ela. Depois, o servo a fez entrar na sala onde Benedetta a esperava, em pé, sobre o tapete azul-celeste, manchado com o sangue do homem que teve a boca cortada.

Benedetta a fitou em silêncio. "Que a destruição, a ruína e a desgraça se abatam sobre você. Até a morte", pensou. O ódio que sentia por aquela judia não tinha fim.

– Olá, Giuditta – disse-lhe. – Gostou do espetáculo?

Giuditta estava com medo. Não conseguia falar.

– Aquele homem disse algo inconveniente a meu respeito – declarou Benedetta. – E meu senhor príncipe não suporta que falem mal de mim. É irascível. E cruel.

Giuditta anuiu. Sentiu-se tola e vulnerável.

Benedetta a observava com satisfação. Não era verdade que o homem tinha falado mal dela. Provavelmente o príncipe Contarini não se importaria com isso. Na realidade, havia falado mal dele. Mas Giuditta não tinha como sabê-lo. E a única coisa que interessava a Benedetta era que a judia ficasse assustada o suficiente para acreditar em tudo o que estava para lhe dizer. Aproximou-se dela.

– Sabia por que sou a amante do príncipe? – perguntou-lhe.

Giuditta voltava a respirar. Fez que não.

– Porque é conveniente para mim. Agora sou rica, bem servida e reverenciada. Respeitada. Tenho poder. – Anuiu devagar. – Porque é conveniente para mim... – tornou a dizer. – E por Mercurio.

Giuditta franziu as sobrancelhas.

– O que... Mercurio tem a ver com isso?

Benedetta deu um passo até ela.

– Deu para você sentir toda a crueldade que corre nas veias do meu senhor?

Giuditta assentiu, acenando rapidamente com a cabeça.

– Algum tempo atrás, Mercurio ofendeu o príncipe. Pergunte a ele – disse Benedetta, desafiando-a com o olhar. – O príncipe me queria, me desejava. E Mercurio me defendeu. Humilhou-o. Só se salvou porque um criminoso muito poderoso interveio. Chama-se Scarabello...

Giuditta ficou boquiaberta. Lembrava-se do nome desse homem. Era quem tinha assassinado Donnola.

– Ah! Você o conhece! – exclamou Benedetta, feliz. Isso favorecia seu plano. – Mas, mesmo assim, o príncipe jurou que mataria Mercurio. Por que acha que ele foi viver em Mestre? Com certeza não por ser uma cidadezinha agradável. Foi para lá porque, em Veneza, correria perigo. E corre perigo sempre que põe os pés aqui. – Benedetta fez uma pausa, deixando que o peso de suas palavras abrisse caminho na alma de Giuditta. – Por enquanto, posso manter meu príncipe sob controle – retomou. – Estou com ele também para salvar Mercurio.

– E... então?

Benedetta balançou a cabeça, cheia de desprezo.

– Pobre tola – disse. – Então, não tenho a intenção de salvá-lo para que se divirta com você.

Giuditta estava confusa.

– Ainda não entendeu? – perguntou Benedetta, elevando a voz. – Você tem de se afastar de Mercurio. Dizer a ele que não o quer. Também precisa ser convincente. – Beliscou sua bochecha, como se faz com as crianças. – Do contrário, deixarei de protegê-lo.

– Por que está fazendo isso? – perguntou Giuditta, abalada por um horror ainda maior.

Benedetta riu.

– Porque te odeio. Porque você não vale nada. Porque não o merece. E porque não quero que possa desfrutar dele graças ao meu sacrifício. – Aproximou-se dela. – Ou ele não terá nenhuma das duas... ou vou deixar que o príncipe o mate.

Giuditta sentiu uma fúria irresistível sacudir seu peito.

– E, para você, isso é amar? – indagou, com o rosto vermelho.

Ao vê-la tão exaltada, Benedetta sentiu o coração disparar.

– O que há entre vocês? – perguntou, enquanto uma suspeita abria caminho em sua mente. Conhecia aquela luz nos olhos de uma mulher. Giuditta tinha o olhar de quem sabe o que significa ter um homem. O olhar de quem conhece suas mãos e suas carícias. – Foi para a cama com ele? – perguntou, taciturna, mas sem esperar uma resposta, pois já a havia lido nos olhos da outra. E, enquanto pronunciava essas palavras, sentiu uma pontada muito dolorida no peito, que a fez apertar os maxilares e mostrar os dentes, como um animal feroz.

Giuditta enrubesceu e deu um passo para trás.

– Sua vaca! – gritou Benedetta e ergueu a mão para lhe dar um tapa, mas se conteve. – Vaca judia! – repetiu, ofegante. – Sim! Eu o amo tanto que estou disposta a matá-lo! – Fitou Giuditta. – Mas você nunca vai conseguir entender isso – disse em voz baixa e rouca. – Porque você não é uma mulher, mas uma ordinária com a boceta molhada e o coração seco. Uma mulher se dispõe a qualquer coisa pelo homem que ama. Até a matá-lo, sim! – Olhou para ela com um ódio tão intenso que Giuditta recuou mais um passo. – E você? Está disposta a fazer o mesmo? Está disposta a qualquer coisa? Até a renunciar a ele? – Esperou que a respiração se regularizasse. – Estou te dando a oportunidade de comportar-se como uma mulher de verdade pelo menos uma vez nessa sua vida esquálida e morna. Mostre que o ama, como você diz. Deixe-o. Afaste-se dele. – Apontou o dedo contra ela. – E trate de ser convincente! Se eu souber que está se encontrando com ele às escondidas... – Deixou a frase suspensa, fitando-a com um olhar inflamado. Depois, virou-se de repente, pegou um cordão que pendia do teto e o puxou com fúria. Quando a porta se abriu e apareceu o servo, ordenou-lhe: – Ponha essa vaca judia daqui para fora!

Quando se viu na rua, Giuditta deu poucos passos e levou a mão ao peito. Não conseguia pensar com lucidez. Não podia acreditar no que tinha acontecido. Apoiou-se contra o muro de uma casa. Quase não percebia o vaivém de pessoas ao seu redor. Respirou fundo enquanto o furacão de emoções e pensamentos começava a aquietar-se. Tinha de raciocinar, disse a si mesma. Como poderia ter certeza de que Benedetta não havia mentido? Como? De um único modo. Somente Mercurio poderia lhe dar essa certeza. Perguntaria a ele sobre o príncipe Contarini. Perguntaria a ele... E, de repente, sua mente se clareou. Não. Não podia perguntar isso a ele. Se o fizesse e ele confirmasse a versão de Benedetta, certamente não aceitaria deixar de vê-la, pois entenderia que ela o evitava por alguma razão ligada a esse assunto e que Benedetta tinha algo a ver. Era um risco muito grande, e Giuditta se deu conta de que não poderia corrê-lo. Não podia correr o risco de Mercurio não aceitar sua recusa. Era verdade que tinha se mudado para Mestre, sem nenhuma lógica? A resposta era sim. Conhecia

Scarabello? A resposta era sim. Isso era tudo o que tinha em mãos para tomar sua decisão, disse a si mesma.

Compreendeu o que Benedetta quis dizer. Se ela realmente amava Mercurio, não poderia correr o risco de condená-lo. Mesmo não tendo certeza, deveria afastá-lo de si. Tinha acabado de assistir ao que aquele monstro do príncipe era capaz. E sentira todo o ódio de Benedetta. Essa história era verdadeira. Devia ser verdadeira, e ela não podia pôr a vida de Mercurio em risco.

– Te amo... – disse. Mas não foi capaz de pronunciar seu nome.

Deixou-se cair no chão. Já não conseguia respirar nem chorar; não conseguia raciocinar. Pensava apenas que sua vida tinha acabado.

Ficou ali, no chão, até a noite. As pessoas passavam ao seu lado, mas ela não se movia. Então, quando escureceu, dirigiu-se ao Ghetto a passos cansados.

Estava quase chegando à ponte quando encontrou seu pai, que descia de um barco.

– Onde você estava? – perguntou Isacco.

– Em lugar nenhum – respondeu ela com um fio de voz e a cabeça baixa, sem olhar para ele.

– O que fez?

– Nada.

Chegaram em casa em silêncio. Quando abriram a porta, Giuditta viu a carta que tinha escrito para o dia em que fugiria com Mercurio para onde ele quisesse.

– O que é isso? – perguntou seu pai, apontando para ela.

Giuditta a pegou.

– Um pedaço de papel.

– O que está escrito nele?

– Bobagens sem sentido – respondeu ela, jogando o papel na lareira.

– Você está bem? – quis saber Isacco.

Giuditta olhava para as chamas que devoravam a carta. E sua vida.

– É para aquele... para Mercurio?

Giuditta se virou, enfurecida, o rosto transtornado pela dor e pela raiva.

– Não quero mais ouvir falar nele! Lembre-se disso! Nunca mais! – gritou.

TERCEIRA PARTE
Verão de 1516

69

Veneza

— Acabou, não quero mais te ver. Não me procure – disse Giuditta.

Mercurio a olhava com uma espécie de sorriso tolo. Sabia que ela não estava brincando, mas não conseguia acreditar que aquilo estivesse realmente acontecendo. O nervosismo esticava seus lábios naquele espasmo que parecia um sorriso e contraía os músculos de seu abdômen, produzindo um gorgolejo semelhante a uma risada ou ao início de um choro. Olhou ao redor, tentando recobrar o fôlego.

Já estava escuro. As poucas pessoas que ainda circulavam pela cidade subiam e desciam correndo a ponte de madeira de Cannaregio, sem prestar atenção neles.

Naquela manhã, carrancudo e quase sem graça, Isacco lhe dera um bilhete que dizia para ele ir até a ponte de Cannaregio à noite, pouco antes que fechassem os portões. Sem dúvida, era estranho que o próprio Isacco lhe tivesse entregado essa mensagem, pensara Mercurio... justo ele, que se opunha com tanta obstinação ao amor dos dois. Sem dúvida, havia algo estranho, repetira a si mesmo enquanto corria para o encontro. Mas nunca poderia imaginar o que aconteceria.

Tornou a olhar para Giuditta. Quase não conseguia distinguir seus traços naquela escuridão sem estrelas nem lua. Balançou a cabeça.

— Não... – disse.

— Sinto muito, mas não me procure mais – repetiu Giuditta. Sua voz parecia vir de longe. Seus olhos eram frios.

— Por quê? – conseguiu dizer finalmente Mercurio.

— Porque descobri que não te amo – respondeu ela. Seu tom não era rude. Ao contrário, era quase compreensivo.

Mercurio sentiu que morria por dentro. Virou-se, dando-lhe as costas. Ofegava como após uma corrida.

– Não acredito – murmurou.

– Não quero mais te ver – disse ainda Giuditta.

Mercurio teve a impressão de perceber uma ligeira alteração em sua voz. Virou-se de repente.

Giuditta cerrou os punhos. Sentiu as unhas apertarem dolorosamente a palma das mãos.

– Não te amo. – Quase sorria, como se fosse algo sem importância.

Mercurio continuava a balançar a cabeça.

– Não. Não acredito. Não acredito... não...

– Olhe bem nos meus olhos – interrompeu-o Giuditta. Estava com medo de começar a gritar a qualquer momento, mas tinha de permanecer calma. – Não-te-amo – disse, destacando as palavras.

Mercurio a fitava. Teve a impressão de que não a reconhecia. Levou as mãos ao peito, ainda ofegante.

– Olhe para mim. – Giuditta esperou que os olhos de Mercurio parassem nos seus. Torceu para que a escuridão a ajudasse a esconder a angústia. – Olhe bem. Está vendo dor? Desespero? Está vendo medo? Mentiras? – Seu tom agora era tranquilo, como se estivesse falando com um menino, pelo qual sentia pena, mas não afeto. Mas por dentro sentia que morria. – Não, não é mesmo? – continuou baixando a voz. – Você olha nos meus olhos e vê... o que está vendo. Nada. E sabe por quê? Simplesmente porque não te amo.

Mercurio deu um passo até ela.

Giuditta se enrijeceu.

Ele esticou a mão para tocá-la.

– Não! – exclamou ela. Não suportaria um contato físico. Não aguentaria. – Não – repetiu em tom menos expressivo.

Mercurio retraiu a mão.

– Não acredito... – disse mais uma vez. Mas sem força.

– Conforme-se.

– Por quê?

– Porque aconteceu uma coisa que eu não tinha previsto – respondeu Giuditta com calma.

– O quê?

– Não tem importância. Não tem mais importância.

– Como pode ser tão cruel? – Mercurio balançava a cabeça, incrédulo, transtornado. – Eu... eu...

Nesse momento, o último toque do Marangona vibrou no céu de Veneza.

– Sinto muito. Preciso ir – disse Giuditta, rezando para não desabar aos pedaços, pelo menos naqueles poucos passos que a separavam do portão que dava para o Ghetto. Virou-se e caminhou lentamente. Rígida.

– Giuditta... – chamou Mercurio.

Ela apertou os olhos e mordeu os lábios. Mas não parou.

Mais adiante, um ambulante dedilhava as cordas de seu alaúde, tocando uma melodia melancólica.

– Giuditta... – repetiu Mercurio.

Giuditta prosseguiu, entrando lentamente na passagem sob um edifício que conduzia ao largo do Ghetto.

O músico continuava a tocar o alaúde. A melodia escavava abismos de tristeza. Na caixa de ressonância da passagem, as notas assumiram uma intensidade espectral, reverberada pelo espaço estreito. No ar expandia-se o odor de urina e do mofo que crescia na base dos muros.

Giuditta sabia que Mercurio a seguiria. Não ouvia seus passos, mas conseguia perceber toda a sua dor. Mas não era suficiente. Ainda não era suficiente. Tinha previsto fazê-lo sofrer muito mais.

Antes de chegar ao portão do Ghetto, sorriu para um rapaz que a esperava, aquele Joseph que Mercurio já tinha visto quando Isacco o incumbira de proteger sua filha. Giuditta acariciou sua face com ternura. Depois, aproximou os lábios dos seus e o beijou. Languidamente.

Percebeu um sobressalto atrás de si. Pensou que fosse o coração de Mercurio se rompendo. Agora a odiaria. Ia pensar que não passava de uma vadia.

Giuditta pegou a mão de Joseph e apoiou a cabeça em seu ombro forte. Depois, prendendo a respiração, passou pelos guardas.

Atrás de si, ouviu o baque dos portões. Em seguida, o rangido do ferrolho. Abriu a boca. Suas pernas cederam. Joseph quis socorrê-la, mas ela o empurrou. Com raiva. Apoiou-se em um muro. Tentou respirar. Depois, retomou o caminho de casa. Mas agora corria.

Joseph ficou parado no meio do largo. Sabia que não deveria fazer mais nada.

Giuditta passou pelo portão. Tinha na boca o sabor de Joseph, tão diferente do de Mercurio. Curvou-se. Vomitou na base dos degraus. Então, cambaleando, chegou ao patamar do quarto andar. Olhou para o assoalho no qual se deitara nua na primeira vez em que fizera amor com Mercurio. Pensou no pombal no telhado. E pensou que nunca mais seria vista pelos pombos, testemunhas de seu prazer e de sua alegria. Depois entrou em casa e se deixou cair no chão. Exausta.

Isacco apareceu à porta de seu quarto, já pronto para dormir.

– O que está acontecendo? Está passando mal? – perguntou, preocupado.

Giuditta não respondeu.

Nesse instante, ouviu-se a voz de Mercurio gritando alguma coisa no meio da noite.

O doutor foi até a janela e fechou-a rapidamente. Olhou para Giuditta e não foi capaz de aproximar-se dela. Permaneceu imóvel, em pé.

– Não diga nem uma palavra... – murmurou ela.

Isacco foi para seu quarto, assustado com a dor da filha.

Então, novamente o grito de Mercurio dilacerou a noite.

Giuditta não conseguiu entender o que dizia.

Mas lhe pareceu o grito de um animal ferido mortalmente.

70

— O QUE VOU FAZER SEM VOCÊ? — gritou novamente Mercurio, jogando-se contra o portão. — O que vou fazer?

— Rapaz, vá embora — disse um dos homens de guarda.

Mercurio não o ouviu. Bateu com fúria os punhos na madeira.

— Se não for embora, vou chutar seu traseiro — ameaçou o guarda.

O outro soldado fez sinal para o colega se acalmar. Aproximou-se de Mercurio e o pegou pelo braço.

— Sinto muito, rapaz.

Mercurio olhou para ele com uma expressão confusa.

— Acabou?

O soldado fez uma careta envergonhada.

— Acabou, sim, não encha o saco — disse o outro guarda.

Mercurio se virou de repente, com os punhos cerrados. Mas logo percebeu que em sua alma só havia lugar para a dor.

Então, foi embora.

E pensou que realmente não sabia o que fazer.

Vagou durante toda a noite, caminhou por ruas e passagens sob edifícios, atravessou largos e pequenas praças, subiu em pontes de pedra e de madeira. Sob os pórticos de São Marcos, abrigou-se da chuva que em certo momento começou a cair furiosamente. E se sentou em um degrau molhado da basílica quando parou de chover.

Depois, assim que o sol nasceu, despertou e tornou a caminhar. Quanto mais clareava, mais se sentia perdido. Pensou que à noite, na escuridão, podia conter a própria dor. Mas não estava pronto para olhar sua vida na claridade do dia.

Quando viu o sol surgir sobre os telhados das casas, começou a correr na direção oposta, como se pudesse fugir do seu primeiro dia sem Giuditta.

Escondeu-se em uma passagem sob um edifício até a luz chegar ali também. Então, subiu em um barco e pediu que o levassem a Mestre. Chegou à casa de Anna na metade da manhã.

Enquanto atravessava a horta, viu Isacco olhar para ele e baixar o olhar.

Sentiu-se humilhado, ferido. Com os punhos cerrados, esticados no ar, disparou contra o doutor:

– Está olhando o que com essa cara desolada? – gritou. – Devia estar dançando e festejando! Você venceu! Você venceu!

O capitão Lanzafame colocou-se entre os dois, pronto a enfrentar o ataque.

Mas Isacco pegou seu braço.

– Não – disse apenas. E, por um instante, seu olhar cruzou com o de Mercurio.

Nesse momento, Mercurio se deu conta de que Isacco sentia pena dele. Sentiu-se ainda mais ferido e furioso.

– Agora você sente muito? Agora? – gritou. As veias de seu pescoço estavam inchadas, a saliva espumava em seus lábios, e seus olhos pareciam sair das órbitas. – Agora?! Imbecil! Imbecil!

– Mercurio! – disse atrás dele Anna del Mercato, que tinha saído de casa, atraída pelos gritos.

Mercurio se virou.

– Vá à merda você também! – gritou para ela e saiu correndo.

Precipitou-se até o cais do mercado de peixes e ordenou a Tonio e Berto que o levassem de novo a Veneza. Desembarcou em Rialto e correu para o Castelletto.

Quando chegou ao pátio entre as Torres, olhou ao redor. Procurava a jovem prostituta que o deixara perturbado, antes que fizesse amor com Giuditta. Mas eram tantas que não conseguiu encontrá-la.

Então, acabou indo com uma que o chamou para seu quarto no térreo. Quase rasgou seus trajes. Pegou seu seio flácido e o espremeu até machucá-la. Atirou-a contra um estrado, onde um rato roía um pão embolorado, sem ser incomodado. Virou-a de costas e levantou sua saia com fúria. Afastou as pernas dela, baixou a própria calça e a penetrou com violência. Empurrou-se no corpo da prostituta com toda a força, como para nela se perder. Ou como se aquela mulher fosse uma lixeira para ser preenchida com sua raiva, sua dor ou seu desespero.

Quando alcançou o prazer, rosnou com os dentes cerrados, como se segurasse um soluço. Contraiu-se, agarrando-se nas nádegas gordas da mulher e fincando as unhas em sua carne.

Ela gritou.

Mercurio levantou o punho, pronto para bater em suas costas.

A prostituta se assustou.

– Não, por favor... não me machuque...

Então, Mercurio se afastou, ofegante. Abriu a mão. Pegou uma moeda e a jogou sobre a mesa. Levantou a calça e saiu, cambaleando, sentindo-se um animal.

– Filho da puta! Maldito! – gritou a prostituta quando ele já estava distante o suficiente.

Mercurio mal a ouviu. Olhava para suas mãos. Como se estivessem sujas de sangue.

Já não tinha força nas pernas, mas continuou a caminhar lentamente, arrastando os pés na lama.

Chegou ao Rio di Santa Giustina e o seguiu, até ele se dilatar na laguna. Viu a ilhota de San Michele. Viu a mulher com o menino diante da mesma latrina em cima do píer oscilante. Viu a água pulular de ratazanas e excrementos. Sentiu o cheiro das carcaças de peixe que apodreciam, empesteando o ar. Viu um bêbado que caía com a cara em uma poça de lama. Viu alguns meninos que riam ao cutucá-lo com pedaços de pau.

Deixou seu olhar perder o foco. Então, viu a si mesmo na galeria de esgoto em Roma, diante da Ilha Tiberina. E novamente se viu acorrentado a uma cama no dormitório de Scavamorto. E jogando pás de terra e cal virgem nas valas comuns sobre os cadáveres dos pobres, que não tinham direito nem mesmo a um caixão. E nas salas frias do orfanato de São Miguel Arcanjo. Viu as próprias mãos rosadas pelo gelo, com os dedos amarelos e roxos, cheios de feridas, enfaixados com trapos. Viu o frade que erguia um fino ramo de salgueiro e o fazia estalar em suas costas magras. Viu a tigela de madeira na qual derramavam uma única concha de sopa no refeitório.

Depois, viu o que nunca vira.

Uma mulher, idêntica à prostituta com a qual havia acabado de fazer sexo no Castelletto, avançava com fadiga, quase se arrastando nos degraus do orfanato. Tinha um embrulho. Era um menino, um recém-nascido. E nesse recém-nascido reconheceu a si mesmo. A prostituta o deixava na roda, no frio, e dizia: "Espero que você morra, bastardo".

E o dizia com a mesma raiva dos homens que a haviam possuído. Como ele próprio havia feito pouco antes.

Raiva. Raiva que gera raiva. E que da raiva havia sido gerada. Em uma cadeia sem fim.

Nesse instante, Mercurio soube que ainda estava ali, prisioneiro de seu nascimento. Como se nunca tivesse saído daquela roda nem daquele orfanato. Gente como ele nascia em areia movediça. E nunca ninguém se salvou.

Olhou para a direita, ainda mergulhado nessas reflexões sombrias, e arregalou os olhos.

Zuan dell'Olmo havia colocado o navio no seco. A quilha era escorada por grossos troncos. E o telhado do estaleiro havia sido consertado.

Mercurio se aproximou. Observou a embarcação na qual queria levar Giuditta embora, em busca de um mundo melhor. Um mundo livre.

Inclinou-se e recolheu uma pedra grande. Em seguida, com toda a força, lançou-a contra a quilha.

Atrás de si, ouviu um rumor. Mosè tinha ido até ele, mas não ousava aproximar-se. Gania baixinho, abanando a cauda com receio, as orelhas caídas.

Mercurio recolheu outra pedra e arremessou novamente contra o navio. Mosè fugiu.

– Quem é? – perguntou Zuan dell'Olmo, aparecendo.

Mercurio não respondeu.

– Ah, é você... – disse o velho. – Que bicho te mordeu?

– Afunde-o.

– O que está dizendo, rapaz? – Zuan tinha a mesma expressão assustada de seu cão.

– Você se queixava porque não tinha dinheiro para afundá-lo, não? – disse Mercurio com uma voz dura, como se fosse feito apenas de ódio. Tirou do bolso onze liras de ouro e as jogou no chão. – Bom, agora você tem. O navio é meu. E estou te dizendo para afundá-lo.

Zuan abriu a boca desdentada. Tinha os olhos reluzentes. Balançava a cabeça. Depois, olhou para o cão. Abriu os braços.

– Mosè aprendeu a andar de barco... Fiz uma experiência... – balbuciou como um menino. – Não sofre de enjoo...

Mercurio não se pronunciou. Tinha o olhar voltado para a laguna e a Ilha de San Michele. Mas não enxergava nada.

– No final, deixou que o tirassem de você... – disse Zuan dell'Olmo baixinho. E a costumeira entonação triste havia voltado para sua voz.

– Afunde-o – repetiu Mercurio.

71

Mestre

– O QUE ACONTECEU? – perguntou o capitão Lanzafame. – Não está mais aborrecido com o rapaz?

Isacco olhou para ele.

– Deixe para lá. Me dá pena.

– O que aconteceu? – perguntou novamente Lanzafame.

– Não sei, mas Giuditta não quer mais ouvir falar nele...

– Então, o rapaz tem razão. Você deveria estar festejando.

– Pois é. – O doutor balançou a cabeça com tristeza. – Em vez disso, sinto muito. Me dá pena. Coitado. Eu nunca poderia imaginar.

– Por quê?

– Porque... Porque estava dando tudo de si. E agora vai desistir.

– Como você sabe?

– Sua natureza sombria vai lhe dizer isso. – Isacco cerrou os lábios. – Vai lhe dizer que... que não vale a pena.

– Com você foi assim?

– Sempre... Sempre.

– No entanto, aqui está você. O doutor das putas que luta contra o mal francês, apesar de tudo e de todos.

Isacco olhou para o capitão. Seus olhos se entristeceram.

– Tenho mais sorte do que ele. Tenho minha esposa que, onde quer que esteja agora, mantém a mão sobre minha cabeça. Dia e noite. E me protege. Já esse rapaz... não tem ninguém.

– Você está fazendo o funeral sem o morto, doutor.

– Sei lá... Espero que o senhor tenha razão. – Isacco olhou ao redor. No estábulo, trabalhava-se a todo vapor. – Estamos atrasados. Nesse ritmo, nunca vamos terminar – reclamou.

Lanzafame farejou o ar.

– Veja pelo lado positivo. Pelo menos, o cheiro de vaca sumiu. Donnola tinha razão: vocês, judeus, só sabem se fazer de vítimas.

Isacco sorriu com melancolia.

– Como nos ajudaria! Era o melhor assistente que eu poderia desejar.

– Não posso devolvê-lo a você – disse Lanzafame em tom duro. – Mas aquele canalha do Scarabello vai pagar pelo que fez. Vou degolá-lo com minhas próprias mãos. Depois, vou pendurá-lo em uma trave, de cabeça para baixo, e fazer sair todo o sangue pela garganta, um pouco por vez.

De repente, do lado de fora, gritos ecoaram.

– O que está acontecendo? – perguntou Lanzafame, aproximando-se da porta.

Isacco o seguiu.

– Judeus e putas! – gritava um homem robusto, à frente de um grupo numeroso. – Não queremos vocês em Mestre! Fora daqui!

– Fora! Fora! – gritava a multidão. Alguns tinham forcados e foices nas mãos.

As prostitutas que conseguiam ficar em pé se aglomeraram junto à porta. Seus rostos e corpos, outrora atraentes, estavam devastados por pústulas, feridas, fraqueza, fome e medo. E tinham um olhar preocupado. Tinham sido expulsas da Torre delle Ghiandaie poucos dias antes e ainda traziam nos ossos e na alma o temor de se verem na rua. Agora, estavam aterrorizadas com a ideia de perder o pouco que tinham.

Assim que as pessoas as viram, gritaram com mais força ainda. Sobretudo as mulheres, que temiam por seus maridos.

– Putas! Putas!

– Vão para dentro – ordenou Lanzafame.

Mas elas estavam como que petrificadas.

– Malditas putas! – gritou uma mulher, dando um passo à frente. Pegou uma pedra e a atirou contra a entrada do estábulo.

Uma das prostitutas foi atingida no joelho. Gritou e perdeu o equilíbrio. Assim que foi ao chão, na lama que cheirava a esterco de vaca, a multidão se inflamou. Avançou como um rio na cheia.

– Parem! – gritou Lanzafame, desembainhando a espada. Mas estava sozinho. Tinha dispensado seus soldados, pois já não era necessário defender-se de Scarabello. – Parem!

A multidão desacelerou, mas não parou. Fervia e espumava, como uma onda de ressaca que se prepara para arrebentar na praia.

– Parem, em nome de Deus! – gritou Anna del Mercato, colocando-se diante da multidão.

– Saia daí, Anna! – intimou o homem que liderava o protesto. – Maldita seja você por ter trazido putas e judeus até nós! – Empurrou-a, e Anna caiu.

Lanzafame se lançou na direção dela, com a espada apontada para a multidão.

As pessoas pararam diante da arma, mas pressionavam por trás e gritavam.

– Venha! – disse Lanzafame, ajudando Anna a se levantar. Sabia que só conseguiria controlar aquelas pessoas por poucos instantes.

Anna tinha um olhar assustado. Não conseguia se mover.

A multidão empurrava e avançava, ameaçadora.

– Depressa, mulher! – gritou Lanzafame.

Em vez de se levantar, Anna cobriu os olhos com o braço.

– Pode deixar, eu a ajudo. – Tendo chegado nesse momento, Mercurio a ergueu do chão. – Vamos, força!

Anna pareceu despertar. Correu para trás, enquanto Lanzafame também recuava, desacelerando a multidão com a ponta de sua espada.

Anna se apertou contra Mercurio quando chegaram à entrada do estábulo.

– Por quê? Por quê? – repetia.

– Porque a vida é uma merda – respondeu ele, com dureza. – Na sua idade, ainda não entendeu isso? – Depois, fez menção de se lançar contra o homem que liderava o protesto.

Isacco o agarrou com força pelo casaco.

Mercurio o fitou com um olhar furioso.

O doutor sustentou o olhar sem falar. Enquanto isso, segurava-o com firmeza.

Uma saraivada de pedras foi lançada pela multidão.

– Para dentro! Para dentro! – gritou Lanzafame.

Mercurio se liberou das mãos de Isacco, recolheu as pedras que eram lançadas e as arremessou de volta, com toda a raiva que continuava a sacudi-lo.

Alguém no meio da multidão foi atingido e caiu. O ímpeto da turba diminuiu. Muitos pararam. E os que ainda avançavam, ao se verem sozinhos, desaceleraram e olharam para trás. Depois, gritaram com mais força, como para compensar o fato de que eles também tinham parado e já recuavam, voltando para seu lugar.

Isacco avançou.

— Que incômodo damos a vocês, brava gente? – perguntou.

— Não queremos putas e judeus em Mestre!

— Mas por quê? – indagou Isacco. – São mulheres doentes...

— Putas! São putas!

— ...e eu sou médico...

— Judeu! Judeu imundo!

Lanzafame se aproximou dele.

— Venha para dentro, doutor.

— Não! Não quero mais me esconder! – esbravejou Isacco.

Junto à porta, Mercurio olhava para as pessoas. Via apenas ódio, raiva e desespero. Via a areia movediça na qual se agitavam. E já os via mortos. Afogados em seu destino. Condenados. E se espelhava em cada um deles.

Em seguida, um jovem se destacou da multidão que fervia de hostilidade. Avançou devagar, fitando Isacco. Era um rapaz forte, alto, louro. E tinha apenas um braço. O outro havia sido cortado na altura do cotovelo.

De repente, todos se calaram. A multidão e os sitiados. Todos prendiam a respiração.

O jovem parou a poucos passos do doutor.

Mercurio viu que não havia ódio nem raiva em seus olhos.

O jovem sorriu para Isacco.

O doutor olhava para ele, sem saber como se comportar.

O rapaz ergueu o coto no ar e o agitou para ele.

— Foi o senhor que cortou – disse com alegria. Virou-se para a multidão e examinou, como se procurasse por alguém. – Susanna! – gritou, ainda agitando o coto no ar. – Foi ele que cortou!

A multidão rumorejou, sem entender.

Uma moça de cabelos longos e louros, com um menino nos braços, saiu da massa de pessoas. Olhava para o rapaz e anuía.

Mercurio viu que ela também sorria, acelerando o passo.

A moça alcançou o rapaz, passou-lhe o menino e foi até Isacco. E, quando chegou à frente dele, jogou-se no chão. Pegou sua mão e a beijou.

– Que Deus o abençoe, senhor.

Então, o rapaz, segurando o filhinho com o braço saudável e agitando o coto para as pessoas, como um troféu, exclamou:

– Esse é o doutor que me salvou!

Nesse momento, enquanto as pessoas murmuravam, confusas, e as prostitutas voltavam a colocar o nariz para fora do estábulo, outro homem, de cerca de 30 anos, sem uma perna e apoiando-se em muletas, saiu do meio da multidão e foi até o rapaz com o coto, depois de olhar para Isacco e sorrir. E logo a mulher do homem se colocou ao seu lado. Em seguida, com muito esforço, mais dois mutilados se postaram, eretos e orgulhosos, lado a lado com os companheiros de outros tempos. E com eles estavam as mulheres e os filhos.

– É graças a ele que ainda respiro e caminho! – afirmou outro, ao qual faltava um pé e que se apoiava em um membro de madeira, amarrado com couro ao que havia sobrado da perna.

Um após o outro, entre a multidão e o estábulo, alinhou-se um pequeno e patético exército. A alguns faltava um braço, a outros, uma perna, a outros ainda, apenas alguns dedos; e havia quem simplesmente era manco ou cego, quem tinha cicatrizes que não se viam, mas haviam sido costuradas por Isacco naqueles longínquos dias em que ele fora parar em meio à tropa de feridos do capitão Lanzafame.

Isacco sentiu uma profunda emoção.

– E você ainda diz que não é um doutor – sussurrou Lanzafame em seu ouvido.

O pequeno destacamento virou-se para seu comandante de outros tempos.

– Conte conosco, capitão – disse o jovem falando por todos os outros.

Lanzafame foi até eles.

– Por Deus! Nunca tive um exército tão extraordinário! – exclamou com os olhos reluzentes.

A multidão havia emudecido.

Mercurio viu que o ódio e a raiva evaporavam, como gotas de orvalho ao primeiro sol. E viu que nesse momento aqueles homens estavam livres da areia movediça. Virou-se para Anna.

– Sinto muito por ontem... – disse.

Anna apertou sua mão.

– É bom estar vivo para assistir a uma cena como essa, não?

Mercurio não disse que sim. Ainda não tinha forças para isso.

– Precisa de ajuda, doutor? – perguntou a Isacco o homem de muletas.

– O que há para fazer? – perguntou outro.

– Tudo, porra, olhem ao redor – respondeu o rapaz com o coto.

– Vocês, homens, vão cuidar da cal – disse uma moça. – E nós vamos ajudar essas pobres mulheres, que já não devem aguentar ver mãos masculinas subindo pelas coxas!

As companheiras riram e foram ao encontro das prostitutas.

– E vocês? O que vão fazer? Vêm nos ajudar ou não? – gritou à multidão o rapaz com o coto.

A maioria baixou a cabeça e foi embora, em silêncio, mas alguns se uniram a eles.

Isacco procurou Mercurio e foi até ele.

– Tudo isso é mérito seu, rapaz. Percebe? – disse-lhe. – Obrigado.

Mercurio olhou para ele com ressentimento.

– Agora que o senhor está tranquilo em relação à sua filha, é fácil bancar o generoso, não é, doutor?

– Rapaz, eu queria que você soubesse... – iniciou Isacco.

– Vamos parar por aqui com essa conversa fiada, está bem? – interrompeu-o Mercurio.– O senhor conseguiu o que queria. Mas nós dois sabemos que, se tivesse sido eu a oferecer ajuda, o senhor teria recusado. Por isso, chega de todo esse teatro.

– Tem razão. Te peço descul...

– Não me peça porra nenhuma, doutor! – disparou Mercurio. – Não me interessa – murmurou, afastando-se.

E, como não podia suportar olhar para toda aquela gente que não tinha ódio nos olhos e havia conseguido tirar os pés da areia movediça, dirigiu-se ao centro de Mestre.

Encontrou Scarabello, que tinha acabado de sair da casa de penhor.

– Está com a minha parte? – perguntou.

Scarabello cambaleava. Estava pálido. Seu lábio inferior estava inchado, violáceo, fendido por uma ferida purulenta. Suas roupas pretas estavam amarrotadas e sujas, e seus cabelos pareciam opacos e mais ralos.

– Sim, rapaz... estou com a sua parte – respondeu Scarabello e fez sinal para o caolho, que lhe estendeu um saquinho de couro preto, espesso e pesado, fechado com um laço dourado.

Scarabello o pegou e o abriu.

Mercurio viu que suas mãos tremiam.

Scarabello tirou a luva para contar as moedas. O dorso de sua mão estava literalmente carcomido por uma ferida infeccionada. Notou que Mercurio a fitava.

— Admito que já tive dias melhores — sorriu.

— Sim, estou vendo — resmungou Mercurio.

Scarabello ficou impressionado com seu olhar.

— Você se tornou um homem — disse, ligeiramente ofegante. — Em poucos dias.

Mercurio esticou a mão.

— Me dê meu dinheiro.

Scarabello contou as moedas que lhe devia e as depositou uma a uma na palma da mão de Mercurio. Ao chegar à última, manteve-a suspensa no ar.

— E somente grandes derrotas nos tornam homens. Qual é a sua?

— Cuide da sua vida — respondeu Mercurio e arrancou a moeda dos dedos do outro.

O caolho quis intervir.

— Não — disse Scarabello com fraqueza. — Era dele.

Mercurio fitava o caolho, desafiando-o.

Scarabello sorriu e se voltou para seu capanga:

— A partir de hoje, acho melhor você ficar longe dele. Esse homem não tem mais nada a perder.

— Você sempre foi um grande filósofo — disse Mercurio. Fez que ia embora, mas parou. — E a sua grande derrota, qual foi? — perguntou-lhe.

Scarabello apontou para o lábio ferido.

— Esta — respondeu. — E, de repente, desabou no chão.

Pouco depois, quando Mercurio entrou no estábulo carregando Scarabello, imediatamente se fez um silêncio tenso.

Lanzafame desembainhou o punhal.

Isacco se aproximou com um olhar duro.

— O que mais você quer? — perguntou a Scarabello.

— Está doente — disse Mercurio.

— E daí? — indagou o capitão, apertando o punhal.

— E daí que ele é um doutor — respondeu Mercurio.

— Não para ele — disse Lanzafame e aproximou a faca da garganta de Scarabello. — Quem vai cuidar dele sou eu. — Olhou para ele. — Lembra-se de Donnola?

Scarabello sorriu com fraqueza.

– Capitão, não precisa... vingá-lo... – disse com um fio de voz. – Ele mesmo... fez isso sozinho... – Tocou o lábio. – Foi ele quem me deu isso de presente... Donnola. Me condenou a uma morte lenta e dolorosa... não suave e rápida como poderia me dar a sua lâmina... Deixe... Deixe que seja ele a me matar... – Arquejou e desmaiou.

– Coloque-o naquela cama – ordenou o médico a Mercurio.

– Que diabos você tem na cabeça? – disparou Lanzafame. – Este verme mat...

– O rapaz tem razão! – gritou Isacco, enquanto todas as prostitutas se aglomeravam ao redor. – Sou um doutor e, por tudo o que há de mais sagrado, vou cuidar dele!

72

Veneza

O SERVO ENTROU NA LOJA e, perplexo, olhou ao redor.

Por toda parte viam-se vestidos jogados de qualquer jeito no chão, em cima do balcão, nas cadeiras. O manequim na vitrine também havia sido derrubado e, ao cair, sua cabeça de madeira pintada havia se soltado.

– Quero saber como é possível uma coisa dessas! – gritava Giuditta, furiosa, arrancando os trajes pendurados no longo bastão. – Quem foi?

– Acalme-se, tem gente – disse-lhe Ottavia, aproximando-se dela.

Giuditta se virou para o servo, mas nem chegou a vê-lo.

– Quero saber quem foi! – tornou a gritar. Tinha apenas raiva no corpo. Desde que se afastara de Mercurio, não havia derramado uma lágrima sequer. Nem mesmo uma.

Ottavia a empurrou para a cabine de prova.

– Cuide disso, Ariel – disse ao mercador de tecidos, apontando o servo.

– Foi você? – gritou Giuditta para a costureira. Mostrou o interior de um vestido, no qual havia encontrado um pedaço de pele de serpente. – Foi você?

A costureira encolheu os ombros.

– Como pode pensar uma coisa dessas? – disse Ottavia.

– Os vestidos estão cheios de cacos de vidro, peles de serpente, penas de corvo! Os meus vestidos! E Veneza inteira...

– Ora, vamos, que Veneza inteira o quê! – gritou mais forte Ottavia, virando-se para Ariel Bar Zadok, paralisado pela perplexidade. – Acorde! – disse-lhe com raiva, antes de fechar a porta da cabine.

O mercador pareceu voltar a si e se dirigiu ao servo.

– Diga...

– Vim retirar os vestidos das senhorias ilustríssimas Labia, Vendramin, Priuli, Venier, Franchetti e Contarini.

– Ah, sim... – disse Ariel Bar Zadok, olhando ao redor, desconsolado. Ficou imóvel por um instante, depois ergueu o dedo no ar. – Espere um minuto – disse e entrou na cabine, a passos curtos e velozes.

– Só pode ter sido alguém que trabalha para nós! – ouviu-se Giuditta gritar. – Quem mais poderia ter feito isso?

O mercador tornou a fechar a porta atrás de si.

– Pode ter sido qualquer pessoa! – exclamou Ottavia.

– Não! Os vestidos só estiveram na alfaiataria e aqui! É alguém que trabalha para nós! – gritou Giuditta. – O que foi? Nossa maravilhosa comunidade não está de acordo? Está aborrecida comigo ou com o doutor das putas?

Ariel voltou com um pacote volumoso. Sorria, embaraçado.

– Pronto, rapaz. Por sorte já havia sido encomendado e separado...

O servo pegou o pacote, olhou novamente para a desordem e foi embora.

O mercador abriu a porta da cabine de prova e anunciou:

– Estamos sozinhos.

Giuditta olhou para ele. Apertou os maxilares.

– Estamos sozinhos – repetiu. – Estamos sozinhos, sim. – Depois, saiu da loja e se dirigiu para casa, onde havia dias vivia entrincheirada, sem responder às perguntas do pai, sem comer. E sem chorar.

Enquanto isso, o servo usou as passagens sob os edifícios, que conduziam à ponte de Cannaregio, e entregou o pacote a Zolfo.

– Obrigado, Rodrigo.

– A moça judia gritava como se a estivessem trucidando.

– Quem dera a trucidassem...

– O que ela te fez?

– É judia. Para mim é mais do que suficiente.

O servo Rodrigo encolheu os ombros.

– E o que ela dizia?

– O que todos já sabem em Veneza.

– Ou seja?

– Diga às senhorias para tomarem cuidado antes de colocarem esses vestidos – advertiu Rodrigo. – E a patroa também.

– Por quê?

– Diga para ela verificar se não há nada nas roupas – disse o servo, com um tom conspiratório, como se soubesse de um grande segredo.

– E o que deveria haver?

Rodrigo olhou ao redor.

– Bruxarias – sussurrou. – Sortilégios.

– Que tipo de bruxarias?

– O que você acha que aconteceu com a patroa? – indagou o servo, baixando ainda mais o tom de voz.

– Pare com essas bobagens – respondeu Zolfo.

– Ouça o que estou dizendo, não se deve brincar com certas coisas – continuou Rodrigo. – Quer saber o que acho? Não deixaria minha namorada colocar um vestido desses nem se me dessem de presente. Nem se me pagassem, pode apostar. – Balançou a cabeça. – Em Veneza dizem que estão enfeitiçados.

– Quem diz?

– Todo mundo!

– Deixe de história!

– Ouça – disse Rodrigo, aproximando-se ainda mais. – Conheço uma serva, amiga de uma lavadeira que conhece o porteiro do Palazzo Soranzo. Ele lhe falou de uma mulher que havia usado um desses vestidos e sofreu algo ainda pior do que o ocorrido com a patroa.

– E o que foi? Vamos, conte!

– O vestido pegou fogo...

– Não!

– Pode acreditar! E quando a mulher conseguiu arrancá-lo do corpo... E olhe que não morreu queimada por puro milagre divino... Bem, essa minha amiga me contou que a pele de serpente que era...

– Ela viu?

– Não, ignorante! – disse o servo, impaciente. – Já te disse, minha amiga é amiga de uma lavadeira que conhece o porteiro do Palazzo Soranzo...

– Ah, e foi lá que tudo aconteceu?

– Não sei, mas com certeza deve ter sido nas redondezas. Agora, não me interrompa. Ouça. Havia uma pele de serpente no vestido. E, enquanto o vestido era consumido pelas chamas, a pele se animou e se tornou uma serpente viva e robusta, e saiu rastejando aos olhos de todos. Então? É ou não é bruxaria?

– Minha Nossa Senhora! – disse Zolfo, assobiando.

– Pois é. Você está avisado.

– Obrigado, Rodrigo. Você é mesmo um amigo. Vou espalhar a história por aí. Faça isso você também, por favor.

– Fique tranquilo, vou fazer. Até porque dizem que esses vestidos são manchados com o sangue de apaixonados...

– Claro. É o que elas próprias dizem na loja – acrescentou Zolfo.

– Pois é – concordou o servo. – Mas, nesse meio-tempo, um menino desapareceu em Torcello. E todo mundo sabe que os judeus fazem rituais de sangue com crianças cristãs...

– Não!

– Sim, estou te dizendo. – Rodrigo apontou para o pacote de vestidos. – Tenha cuidado.

Zolfo arregalou os olhos, assustado. Depois, dirigiu-se ao Palazzo Contarini e foi até o quarto de Benedetta. Fechou a porta atrás de si e desatou a rir, contando-lhe tudo, nos mínimos detalhes.

– A serpente que sai rastejando por entre as chamas de Satanás! – riu.

Na cama, Benedetta anuía, com ar soturno. Estava pálida e tinha olheiras pretas e profundas.

Zolfo se aproximou da cama.

– Estão melhores as queimaduras nas costas? – perguntou-lhe.

– Sim.

– Água fervente é uma coisa. Mas tem certeza de que esse não vai te matar?

– Logo vou parar de tomá-lo – disse Benedetta. – Assim que ficar evidente para todos que sou vítima de uma bruxaria, vou pedir para o imbecil do seu Santo me benzer e exorcizar e me curarei milagrosamente...

– Não fale assim dele! – disse Zolfo.

Benedetta sorriu. Sem escárnio. Sorriu por compaixão.

– Não vê que, agora que ele é famoso, nem olha mais para você?

– Não é verdade!

– Empanturra-se de vaidade... com aquele bando de bajuladores ao redor... Ele não precisa mais de você – disse Benedetta.

– Não é verdade... – disse Zolfo com menos convicção.

Benedetta o interrompeu.

– Vá entregar os vestidos depois de fazer o que deve. – Afundou entre os travesseiros. O arsênico que a maga Reina lhe dera a deixava muito fraca.

Zolfo saiu do quarto. Escondeu nas pregas dos vestidos urtiga, cacos de vidro, caudas de lagartixa, um sapo seco e nozes apodrecidas que pareciam minúsculos fetos pretos. Depois, foi até o salão que o príncipe Contarini havia concedido ao Santo desde que este alcançara uma boa popularidade.

Irmão Amadeo estava sentado em uma poltrona forrada de veludo espesso e macio. Mantinha as mãos abertas, com as palmas viradas para os hóspedes daquele dia, e as inclinava de tal maneira que o sol que filtrava pela janela atrás dele batia nos estigmas, dando a impressão de que eles se iluminavam com luz própria. Os hóspedes o observavam com submissão. Eram mocinhas tolas, velhas desdentadas, maridos doentes de tumor ou mal francês. E, naturalmente, também havia algum aventureiro que esperava levar vantagem com essas visitas.

– Chegou o Macaquinho – disse um deles ao ver Zolfo, que se aproximava. Zolfo não lhe deu ouvidos, embora esse apelido o desagradasse muito. Aproximou-se de irmão Amadeo para cumprimentá-lo.

– Aí não, idiota, que me faz sombra – sibilou o frade.

Zolfo se deslocou.

– Eu queria cumprimentá-lo, irmão Amadeo...

O Santo lhe dirigiu um olhar cheio de maldade.

– É a terceira vez que me cumprimenta hoje. Não tem mais nada a fazer a não ser ficar me rodeando? – disse, irritado.

– Se fica rodeando, então é uma mosca, não um Macaquinho – brincou um dos aventureiros.

O frade desatou a rir.

Zolfo sentiu que morria por dentro.

Quando a risada se exauriu, o Santo o fitou sem expressão e lhe fez um gesto impaciente.

– Esta noite sonhei com a Virgem Maria, envolvida em uma esfera de luz – disse Zolfo, recitando a frase que irmão Amadeo lhe escrevera –, e ela me mandou dizer a vocês que o menino desaparecido em Torcello foi raptado pelos judeus para seus ritos satânicos.

Irmão Amadeo dirigiu-se a seu auditório e disse:

– A Virgem Maria me falou pela boca deste tolo. É preciso procurar o menino desaparecido nas casas dos judeus, em seu templo imundo, na cama de seu rabino.

A pequena multidão se agitou. Todos se inclinaram para o Santo, à espera de que a luz divina de seus estigmas e a sabedoria de suas palavras os purificassem de seus pecados.

– Judeus, gente de Satanás – murmuraram em coro.

Zolfo ainda permaneceu ali por alguns instantes. Esperava que irmão Amadeo lhe fizesse um aceno ou lhe sorrisse. Um sinal para lhe dizer que tinha desempenhado bem o seu papel. Mas ele não lhe concedeu nada além de um olhar. Então, sem que ninguém percebesse, Zolfo foi até a porta e saiu para a rua com o pacote de vestidos. Entregou todos, um por um.

Quando terminou, deu-se conta de que quase tinha medo de voltar para o palácio. Tinha medo daquela solidão que já não podia fingir que não via. Irmão Amadeo o havia traído. Zolfo não era nada para ele. E nunca havia sido. Benedetta também só conseguia pensar em si mesma e em seu ódio por Giuditta.

"Você está sozinho", disse Zolfo a si próprio.

E, após quase um ano em que havia respirado, caminhado, comido e dormido graças ao ódio feroz ao qual se abandonara, sentiu um sofrimento na alma e uma pontada dolorosa na altura do estômago. Cerrou os dentes para não gritar. Abriu o casaco, como para verificar. Mas não se via nada. Pôs a mão em cima e comprimiu.

– Aperte com força... – disse.

Mas não era a sua voz. Era a de Mercurio. Então, baixando a cabeça e olhando para o abdômen, deu-se conta de que o abdômen também não era seu. Tampouco aquela dor. Era a dor de Ercole, ferido de morte. Caiu no chão, chorando baixinho.

– Onde está você, seu bobalhão? Onde? Sinto sua falta... sinto muito a sua falta...

Levantou-se. Pôs-se a caminhar por Veneza, sem rumo, imaginando que segurava Ercole pela mão, como antigamente. Pensou de novo em sua cara feia. Pareceu-lhe bonita. Pensou em seu olhar de idiota. E pareceu-lhe não se lembrar de nada mais caloroso. Os olhos de Benedetta e os do Santo, ao contrário, eram vazios. Olhos mortos.

– Sinto sua falta, seu tonto – disse, entrando em uma área que não conhecia, que nunca tinha visto, com casas baixas, feitas de madeira e tijolos, afundando na lama das ruelas com esgoto a céu aberto, no qual boiavam excrementos e navegavam ratos do tamanho de gatos.

– Onde está você? – perguntou ao ar, pensando em Ercole.

Por certo tempo, acreditara que Benedetta pudesse lhe dar amor. Mas não foi o que aconteceu. Até pouco antes, agarrara-se à esperança de que o Santo pudesse lhe dar amor. Em vez disso, nem ele nem ela sabiam o que era isso. Benedetta e o Santo eram criaturas sombrias, como ele. Criaturas amalgamadas no ódio. Não eram como Ercole.

– Onde está você? – repetiu, parando.

– Aqui – riu uma vozinha à sua esquerda.

Zolfo se virou. Atrás de uma paliçada meio podre, viu aparecer a cabeça de um menino que não devia ter nem 5 anos. Estava sujo. Usava calças curtas, imundas, e suas perninhas magras terminavam em tamancos de madeira. Um deles estava lascado. Um longo fio de catarro havia endurecido sobre o lábio superior. Sorria. E segurava um estranho brinquedo, feito de dois pedaços de madeira esculpidos. Era um animal. E os entalhes haviam sido feitos de maneira tão admirável que o animal parecia mover o longo pescoço.

– Estou aqui! – exclamou novamente o menino, respondendo à pergunta que Zolfo fizera a Ercole.

– Estou te vendo – respondeu Zolfo, enquanto repetia a si mesmo que Benedetta, o Santo e ele próprio eram criaturas que Deus havia fabricado esquecendo-se de preenchê-las com amor. Então, o diabo havia acrescentado uma dupla dose de ódio nesse recipiente vazio.

– Cadê a sua mãe? – perguntou ao menino, enquanto se formava em sua mente um pensamento sugerido por sua natureza obscura.

O menino pôs o polegar na boca e o sugou, sem responder. Depois, mexeu a outra mão, movimentando o pescoço do seu animal.

"Nunca poderia receber amor de pessoas como Benedetta e o Santo", pensou Zolfo. O que poderia fazer, porém, era pagar-lhes com a única moeda que conheciam. Havia apenas uma maneira de conseguir a atenção deles e, talvez, um carinho: dando livre curso ao ódio que tinha dentro de si e colocando-o a serviço do plano deles.

Zolfo olhou ao redor. Não havia ninguém. Olhou para cima. As janelas das casas estavam todas fechadas.

– Quer um *marchetto*? – perguntou ao menino, mostrando-lhe uma moeda.

O menino se aproximou, esticando a mãozinha.

– Venha – disse-lhe Zolfo, entrando em uma passagem escura sob um edifício, que cheirava a peixe podre e urina.

O menino seguiu o brilho da moeda.

Então, Zolfo pegou uma pedra pontiaguda e a ergueu no ar. "Se matasse aquele menino e fizesse a culpa recair sobre Giuditta e os judeus, Benedetta e o Santo ficariam orgulhosos dele", pensou.

Sentiu-se invadido por uma espécie de força obscura, como uma fumaça tóxica. Sentiu seu corpo vibrar. E a alma junto com o corpo. Imaginou atingir o menino com a pedra. Imaginou-o enquanto morria. Enquanto sangrava. E a força obscura que o estava possuindo o fez imaginar que riria e sentiria prazer. Que mergulharia as mãos no sangue daquele menino. Que saciaria a raiva, a frustração e o ódio naquele lago de sangue. Pensou que a dor se aplacaria. Que aquela força dentro dele se calaria.

Tinha apenas de matar aquele menino indefeso. Um golpe. Seco. Dado com força. Na têmpora, onde o sangue deveria pulsar com mais intensidade. Um único golpe. Depois, ofereceria esse sacrifício ao Santo e a Benedetta. "Um inocente que morria por outros inocentes", pensou de repente.

Imobilizou-se com a mão erguida e a pedra pontiaguda vibrando no ar.

O menino leu algo no olhar de Zolfo. Ou talvez tenha sentido a respiração fria da morte no ar. O brinquedo escorregou de sua mão e caiu na lama. Em seguida, fugiu.

Zolfo ainda ficou por um instante com a pedra erguida no ar. E, enquanto reconhecia a si mesmo no medo daquele menino, seus olhos se encheram de lágrimas. A mão se abriu, e a pedra caiu ao lado do brinquedo. Zolfo se soltou no chão. Seus joelhos afundaram na lama. Pegou o brinquedo. Moveu o pescoço do animalzinho esculpido.

– Muito lindo lindo... – disse baixinho, imitando o modo de falar de Ercole.

Não sabia o que fazer. Não sabia para onde ir.

– Zolfo ter medo do escuro...

E se sentiu ainda mais sozinho.

73

Giuditta caminhava lentamente entre as bancadas da alfaiataria. Tinha a testa franzida, os lábios comprimidos, os olhos semicerrados em uma expressão dura, fria e distante.

A atmosfera era sombria. As costureiras trabalhavam cabisbaixas, em silêncio, com as costas encurvadas, ouvindo os passos lentos de Giuditta, que as controlava.

No fundo do depósito, o cortador Rashi Sabbatai tirava as medidas para os modelos, marcava os tecidos com traços rápidos de giz e deslizava a lâmina da tesoura. Contudo, ele também era distraído pela presença de Giuditta. Ele também estava sob acusação.

Ottavia entrou na alfaiataria e foi até Giuditta.

– O que está fazendo aqui? – perguntou em voz baixa. – Venha.

Giuditta olhou para ela, distraidamente, como se não a visse. Ou como se a visse do outro lado de um muro espesso e intransponível.

– Deixe-as trabalhar em paz – continuou Ottavia. – Estamos atrasadas com as entregas. Se você continuar aqui, não vão conseguir...

– Não vão conseguir o quê? – perguntou Giuditta com a voz rouca de quem não havia dito uma única palavra durante todo o dia. – Não vão conseguir esconder penas de corvo imersas em sangue entre as pregas dos meus vestidos?

– Giuditta...

– ...Ou dentes de bebês, cabelos enrolados, sapos secos, caudas de lagartixa, asas de morcego...? – continuou Giuditta, impassível. – O que exatamente não vão conseguir fazer?

– Não podem ser elas...

– E quem mais pode ser?! – Giuditta elevou a voz.

A tesoura de Rashi Sabbatai deteve-se na metade de um corte. As agulhas das costureiras pararam no ar. As cabeças estavam abaixadas; os olhos, no chão.

Giuditta fez seu olhar vagar pela alfaiataria.

– Como você pode pensar que nossas mulheres seriam capazes de fazer algo do gênero? – indagou Ottavia com uma entonação de profunda repreensão na voz, pegando-a pelo braço. – Os *seus vestidos*, como agora você os chama, existem por mérito delas. E são tanto delas quanto seus. Elas têm orgulho do sucesso, do dinheiro que ganham e com o qual contribuem para criar os filhos; têm orgulho de ser uma equipe de mulheres que trabalham como homens...

– Me deixe em paz! – exclamou Giuditta, desvencilhando-se.

– O que há com você? – perguntou Ottavia, cheia de compaixão.

Giuditta apertou os lábios, como para resistir à tentação de dizer alguma coisa. Virou-se para as costureiras, que estavam olhando para ela.

– Trabalhem! – gritou. Depois, a passos rápidos, quase fugindo, dirigiu-se à entrada da alfaiataria e saiu.

O céu estava escuro e baixo, com grandes nuvens densas e planas, que mais pareciam um teto sufocante. Giuditta se sentia esmagada.

"O que há com você?", perguntara Ottavia.

Poderia responder que sua vida tinha acabado? Poderia dizer que já não lhe importava mais nada, nem mesmo as roupas? Que aquela violência com a qual acusava as costureiras e controlava o trabalho delas era apenas fruto da terrível raiva que sentia contra si mesma? Poderia dizer que desejava a morte de todas elas, só porque desejava a própria, sem ter coragem de confessar isso a si mesma?

Caminhou rapidamente, saiu do Ghetto, com os pensamentos subindo à mente como um refluxo ácido que não conseguia controlar e que lhe dava náusea. E tão logo os pensamentos se tornavam mais difíceis de aceitar, acelerava o passo, como se pudesse semeá-los, perdê-los pelo caminho, como a cauda mal costurada de um vestido.

Poderia dizer a Ottavia que sua vida tinha acabado? Não conseguia pensar em outra coisa. Porque não havia outra coisa. Estava na hora de admiti-lo pelo menos a si mesma. E havia sido ela a pôr fim na própria vida. Tinha sido ela a afastar Mercurio.

Quando parou, estava ofegante. Os pensamentos tinham violado a espessa cortina que ela havia tentado colocar para manter-se separada deles. Agora via. Agora sabia. Agora aceitava. Então, a raiva foi substituída por essa dor lancinante que ela havia mantido a distância. Uma dor aguda e pulsante, como uma infecção, no início, que depois se torna feroz, como uma ferida aberta, sangrenta.

Levou as mãos ao rosto, enquanto uma careta o distorcia. Apertou os dedos nos olhos, que se dilaceravam em lágrimas. Em seguida, levou a palma da mão à boca, que se tinha aberto e gemia, deixando sair todo o sofrimento atroz por ter renunciado para sempre a Mercurio.

Olhou para cima e ao redor. E somente então reconheceu o palácio no qual vivia Benedetta com seu poderoso e terrível amante. Entendeu que suas pernas não podiam tê-la conduzido até ali por acaso. Olhou para o portão. Sentiu o coração bater na garganta. Sentiu um medo infinito. Sua mente foi invadida pela cena à qual Benedetta a fizera assistir. Reviu o homem cuja boca era cortada pelo príncipe. Sentiu a própria respiração bloquear-se no peito.

No entanto, tinha chegado até ali. Por quê?

– Você tem de falar com o príncipe – disse a si mesma, em voz alta, para ganhar coragem.

Se falasse com ele, talvez pudesse convencê-lo a não fazer mal a Mercurio. Mas poderia mesmo convencer um homem tão cruel? Por outro lado, o que tinha a perder? De todo modo, sua vida já tinha acabado. Precisava tentar.

Deu um passo até o portão. Dois guardas armados e o porteiro se voltaram para ela. Olharam com desprezo para seu barrete amarelo. Giuditta deu mais um passo, mas justamente nesse momento viu o Santo com um séquito de fiéis de ar suspeito, segurando bastões e rindo. Retirou-se para a sombra. Viu que o frade se dirigia ao palácio.

O céu escuro começou a soltar toda a água que havia segurado até aquele momento. Inicialmente, poucas gotas, depois um aguaceiro que ensopou suas roupas em um segundo. A chuva penetrava fundo, superando as camadas de seda, feltro e fustão. Sentiu a água gelada chegar à pele. Os músculos se contraíram de frio.

O Santo passou correndo pelo portão. Ergueu para os fiéis as mãos machucadas pelos estigmas, e eles se dispersaram.

Giuditta estava imóvel sob a água que continuava a cair, e não conseguia dar nem mesmo um passo para se proteger.

O Santo estava para desaparecer quando se inclinou profundamente, até quase o chão. Um instante depois, apareceu o príncipe, com seu andar torto, de braço dado com Benedetta, que parecia pálida e tinha horríveis olheiras escuras.

Giuditta estremeceu.

Quatro servos saíram correndo do palácio segurando, cada um em um canto, uma grande tenda branca e dourada, içada sobre estacas pretas adornadas. Colocaram-se na frente da entrada. O príncipe e Benedetta examinaram o céu, e o príncipe entrou debaixo da tenda, que o cobria amplamente, e começou a caminhar. Os servos acompanhavam sua marcha, impedindo que até mesmo uma única gota o molhasse.

Giuditta deu um passo à frente. Se queria falar com o príncipe, essa era a ocasião.

Nesse momento, Benedetta a viu.

– Rinaldo! – chamou.

O príncipe Contarini se voltou.

Então, Benedetta levantou o braço e o apontou para Giuditta.

– É ela – disse ao príncipe.

Ele seguiu a linha traçada por Benedetta e cruzou com o olhar de Giuditta. Fitou-a, inclinando para o lado a cabeça disforme, como tomado por curiosidade. Fez uma careta, que talvez fosse um sorriso. Depois, ergueu o braço deformado, que não conseguia esticar por completo, e com um dedo contraído, também apontou para ela.

Giuditta estava parada no meio da rua, ensopada, com o barrete amarelo de judia afrouxando na cabeça, pesado como uma palmada. Observou os olhos inexpressivos do príncipe, seus dentes, o braço aleijado, e foi invadida pelo terror. Abriu a boca, virou-se e saiu correndo, enquanto a risada de Benedetta e do príncipe a perseguiam.

Quando chegou ao Ghetto, ofegante e ainda abalada e desesperada, a chuva tinha acabado. Atravessou a ponte e notou um pequeno grupo de pessoas ao redor de sua loja. Aproximou-se.

As pessoas se afastaram, abrindo passagem para ela.

Viu Ariel sentado em uma pedra do lado de fora da loja, com o barrete amarelo nas mãos. Sua mulher comprimia um lenço em sua cabeça. E o tecido do lenço se tingia de vermelho. Depois, viu uma mulher de costas, com o vestido rasgado no ombro. Era Ottavia. Segurava o traje com a mão para não ficar com o seio descoberto. Seus olhos estavam arregalados de medo. Somente então Giuditta se deu conta de que no chão havia pedaços de pano. Sedas e veludos. A vitrine tinha sido quebrada, e os cacos de vidro cintilavam, banhados pela chuva e refletindo o cinza do céu.

– Chegaram de repente... – disse Ottavia com um fio de voz.

– O Santo – completou uma mulher atrás dela.

– Tinham paus e pedras e gritavam... – Ottavia se calou.

– "Bruxa"... – concluiu a mulher que havia falado antes.

– Os guardas chegaram tarde – disse Ariel Bar Zadok.

Giuditta observou novamente a destruição, enquanto as roupas ensopadas congelavam em seu corpo. Estremeceu. Virou-se para os guardas na entrada na ponte. Depois, curvou-se e recolheu um pedaço de seda rasgado.

– Por quê? – perguntou Ottavia em voz baixa.

– Porque Deus nos abandonou... – respondeu Giuditta.

– Não diga isso – declarou Ottavia.

Os olhos de todos estavam voltados para Giuditta.

Uma rajada de vento moveu uma pena de corvo, com a ponta manchada de vermelho, que despontava de um pedaço de vestido na lama.

– E porque há uma maldição pendendo sobre mim.

74

Mestre

SCARABELLO TOCOU O LÁBIO. A ferida havia comido boa parte da carne.

Mercurio tinha se sentado na beira do catre no qual o haviam colocado, em um canto do estábulo, onde se trabalhava intensamente.

Scarabello apontou para Lanzafame.

– Não tira os olhos de mim.

Mercurio se virou e cruzou com o olhar sombrio do capitão.

– Acho que não quer correr o risco de perder a minha morte – sorriu Scarabello. A ferida no lábio sangrou um pouco. Fez uma careta de dor. Tinha uma ferida semelhante por dentro da bochecha e mais outra no antebraço. Além delas, duas chagas haviam aparecido na glande e no escroto. As glândulas das axilas estavam inchadas e se comprimiam.

Mercurio o via apagar-se. Estava cada vez mais fraco e pálido.

– Sabe o que é pior? – continuou Scarabello. – Até consigo suportar as feridas e a dor, mas me dei conta de que a cabeça está começando a me pregar algumas peças. Há momentos em que percebo que tenho dificuldade para raciocinar.

Mercurio olhava para ele sem falar. Pouco tempo antes, tinha desejado matá-lo. E nesse momento estava sentado em sua cama, ouvindo-o como um amigo. Seu único amigo.

– Perguntei ao doutor – retomou Scarabello. – Ele me disse que muitos, antes de morrer, ficam dementes. – Seu olhar se desfocou por um instante. – O doutor não me esconde nada. Me descreve ponto por ponto a doença e a morte que me esperam, com riqueza de detalhes. Cuida de mim com a mesma dedicação com a qual cuida dos outros, mas... – balançou a cabeça – mas não pode esquecer que matei seu amigo. Eu o admiro.

Trava uma batalha interna muito dura sempre que vem fazer meus curativos; vejo isso. Eu o admiro de verdade. Eu nunca conseguiria fazer o mesmo.

Mercurio anuiu.

– E você? Por que fez isso?

– O quê?

– Me ajudar.

Mercurio encolheu os ombros.

– Porque não tinha nada melhor para fazer.

Scarabello riu baixinho. Levou a mão ao peito. Tossiu.

– Você é mesmo um sentimental, rapaz.

Mercurio não sorriu.

– Quando tudo isso se aproximar do fim, vou te dizer onde guardo o meu dinheiro – retomou Scarabello. – E você vai dar uma parte a Paolo, o verdureiro, combinado?

Mercurio não respondeu. Continuou a fitá-lo em silêncio.

– Quando eu me tornar comida para os vermes, o caolho vai assumir o comando. Vai governar por alguns meses, no máximo, depois vão acabar com ele. E vão se matar entre si. – Scarabello esticou a mão para Mercurio. – Você sabe que não posso pedir isso a mais ninguém, não é?

Mercurio anuiu imperceptivelmente.

– Então, estamos acertados? – repetiu Scarabello.

– Sim.

– O restante é seu – concluiu Scarabello. – Conserte aquela merda de navio que você comprou e faça com ele o que queria fazer.

– Não preciso mais dele – disse Mercurio, com uma entonação sombria.

– Problema seu – comentou Scarabello. – Em todo caso, pegue o dinheiro.

– Por quê?

– Porque o dinheiro é o sal da vida.

Mercurio fez que não.

– Por que está fazendo isso?

– Ah... – Scarabello olhou para ele com seus olhos inteligentes, em silêncio, depois disse: – Talvez porque eu também seja um sentimental.

Mercurio anuiu. Levantou-se.

– Uma última coisa, rapaz.

Mercurio permaneceu em pé, à espera.

– Se eu... – Scarabello hesitou. – Se eu ficar como aqueles dementes que babam e dizem besteiras... ponha um travesseiro na minha cara e me mate.

Mercurio se virou instintivamente para Lanzafame.

– Ele não seria tão piedoso – disse Scarabello. – Me prometa que vai fazer isso.

Mercurio o fitou. Tinha um olhar forte. E, por trás dessa força, uma dor incômoda, que ele não conseguia esconder.

– Ainda há tempo.

– Sim, você se tornou um homem – disse Scarabello. – Por um lado, sinto muito por você, pois significa que sofreu e perdeu uma batalha. Mas vai te fazer bem.

– Bobagem – disse Mercurio.

Scarabello olhou para ele com seriedade. Depois, sorriu.

– Sim.

Mercurio se virou para ir embora.

– Me prometa que vai fazer o que te pedi – disse-lhe Scarabello.

– Ainda há tempo – repetiu Mercurio e saiu do estábulo, que se parecia cada vez mais com um hospital.

Olhou ao redor. As atividades eram intensas. As mulheres de Mestre e as prostitutas curadas trabalhavam na horta ou na cozinha, ou então lavavam lençóis e ataduras. Os homens empastavam cal e tijolos, pintavam, construíam camas e consertavam o telhado. Com o barco, Tonio e Berto transportavam incessantemente medicamentos, mais prostitutas doentes e amigas visitantes.

Mercurio experimentou uma espécie de mal-estar com toda essa vitalidade. Sentiu-se excluído, incapaz de ter emoções e projetos. Para ele, nada importava. Tampouco valia a pena ocupar-se de alguma coisa. Tinha sido presunçoso. Acreditara que poderia sair da areia movediça do próprio destino, que poderia ter uma vida como todo mundo. Mas não. Pessoas como ele estavam condenadas. E, quanto mais dizia isso a si mesmo, mais sentia a raiva e o ódio crescerem dentro de si. Quanto mais o repetia, mais conseguia silenciar as emoções e manter a dor afastada. Essa dor terrível que ele não tinha como enfrentar porque era maior do que ele. Porque o mataria, tinha certeza disso.

– Tem uma pessoa procurando por você – disse Anna atrás dele.

Mercurio se virou.

– Uma moça... – acrescentou.

Mercurio estremeceu.

– Onde? – perguntou com uma espécie de urgência na voz. Seu coração acelerou no peito. – Onde? – repetiu, elevando a voz.

– Está te esperando na cozinha.

Mercurio permaneceu imóvel por um instante, como petrificado, enquanto a respiração estrangulava sua garganta. Em seguida, correu para a casa. Não poderia ser Giuditta, mas, mesmo assim, correu. Entrou em casa ofegante. Estava pronto para morrer de alegria. E já estava pronto para se decepcionar.

A mulher estava de costas. Contra a luz. Apenas uma silhueta escura.

O coração de Mercurio parou.

A mulher usava um vestido elegante.

Mercurio deu um passo até ela.

Os cabelos da mulher estavam presos por um alfinete precioso, de pérolas de água doce. Virou-se.

– Oi, Mercurio.

Ele deu meio passo para trás. Sentiu o peso da decepção. Seus ombros se afrouxaram.

– Oi, Benedetta... – disse. Depois, foi invadido por uma onda de ódio. Não por Benedetta, mas em relação a Giuditta. Porque não era ela. Porque não estava ali.

Benedetta ficou imóvel, observando-o.

– O que você quer? – perguntou-lhe Mercurio, na defensiva.

– Que grosseria! – sorriu ela.

Mercurio encolheu os ombros.

– Não frequentamos os mesmos ambientes.

– Não, parece que não. Posso me sentar?

– O que você quer? – perguntou-lhe novamente Mercurio.

– Não quero nada. Vim te oferecer minha amizade.

– Por quê?

Benedetta deu um passo até ele.

Mercurio levantou a mão, imperceptivelmente, como se quisesse detê-la.

Ela percebeu e avançou ainda mais, até chegar perto dele e sentir o odor de sua pele.

– Porque errei.

– O que está querendo dizer? – A voz de Mercurio ficou sufocada. Ele estava em dificuldade.

– Quando te beijei... – disse Benedetta, sedutora. – Errei.

– Sim...

– Eu queria te pedir desculpa.

– Tudo bem...
– Tudo bem o quê? Você me perdoa?
– Sim.
– Então, podemos ser amigos?
Mercurio recuou.
– Não queria se sentar? – perguntou.
Benedetta aproximou-se dele novamente.
– Você me ajudou a fugir do Scavamorto. E disso eu não me esqueço. Você cuidou de mim, e eu te traí. Agora quero recomeçar do zero. Éramos uma boa dupla de ladrões, podemos ser uma boa dupla de amigos, não?
– Sente-se – disse Mercurio, com voz demasiado alta.
Benedetta ainda o observou por um instante, depois pegou uma cadeira e se acomodou.
– Você parece cansada – disse ele, notando suas olheiras escuras. – Está bem?
– Sim. Nada de grave. Um mal-estar passageiro. – No dia seguinte, pararia de tomar o arsênico da maga Reina. – Estou feia? – perguntou, inclinando a cabeça de lado.
– Não...
– Não estou feia? – perguntou Benedetta, com voz de menina.
– Não, está... bonita – murmurou Mercurio. Deu-se conta de que ainda se sentia atraído por ela.
– Está me cortejando? – perguntou Benedetta.
Mercurio se enrijeceu.
– Estou brincando – riu ela. – Você nunca teve senso de humor. – Por um instante, olhou para ele em silêncio. – Sei muito bem que seu coração bate por outra.
– Está enganada. Meu coração não bate por ninguém.
Benedetta sentiu um arrepio aquecer sua espinha. Aquela judia estúpida tinha obedecido. Mas queria ter certeza.
– No entanto, você criou um hospital para o pai da sua namorada – disse com leveza, como se não lhe importasse nem um pouco.
– Ela não é minha namorada! – rebateu Mercurio, com ímpeto. – Estou pouco me lixando para ela e não quero vê-la nunca mais!
Benedetta sentiu uma pontada no peito. Dolorosa. A raiva de Mercurio era proporcional ao amor que ainda sentia. Não era indiferente, não era frio. Havia cerrado os punhos, mostrado dos dentes. Olhou para ele. Era bonito,

assim, furioso. Era bonito com aquela dor subterrânea que o consumia. "Era bonito", pensou, "e nunca seria seu." Conseguia perceber que era atraído por ela, por seu corpo, por sua sensualidade. Provavelmente, conseguiria seduzi-lo, mas não seria capaz de fazê-lo sofrer como o fazia Giuditta.

Mercurio se virou para a janela. Tinha o rosto vermelho.

Benedetta bateu a mão na cadeira diante dela.

– Sente-se.

"Teria de se contentar em vê-los separados", pensou. Teria de se nutrir desse mal. Não poderia ter mais nada.

– Não quer me contar?

Mercurio olhou para ela.

– Quer conversar com uma amiga que te quer bem de verdade? – perguntou Benedetta em voz baixa. Pensou que aprenderia a se contentar. Estendeu a mão, convidando-o. – Venha, você não está sozinho...

Como um animal que se encaminha para a doma, Mercurio se aproximou.

– Sente-se – repetiu Benedetta quando pegou sua mão.

Mercurio se sentou.

– Está tão mal assim?

Mercurio percebeu que já não conseguia conter toda a dor dentro de si. Que já não conseguia escondê-la atrás do anteparo da raiva. Teve medo. Ficou tentado a fugir, mas permaneceu ali. Apertou a mão de Benedetta e disse:

– Sim. Estou mal.

Benedetta sorriu para ele.

– Estou aqui – sussurrou.

Então, Mercurio sentiu que algo o dilacerava por dentro. Teve o desejo de render-se, de abandonar-se, de aceitar a ideia de que não era um homem, mas um rapaz, como todos os outros rapazes. Pensou que seria bom reconhecer que era fraco e estava assustado. Pensou que talvez pudesse se libertar desse peso grande demais para carregar sozinho no coração. Sentiu a força escapar.

– Obrigado – disse em voz baixa. Colocou a cabeça no colo dela e começou a chorar baixinho, como se estivesse esvaindo-se em sangue.

Benedetta olhava à sua frente, com uma expressão de triunfo, enquanto passava os dedos por entre os cabelos dele, desembaraçando seus cachos como faria com uma boneca.

– Estou aqui, agora – dizia, sentindo que Mercurio se abandonava com docilidade às suas carícias.

75

Veneza

Fazia dias que Shimon percorria a área de Rialto. Desde a manhã até a noite. Os negócios, as tratativas, as mercadorias, as transações comerciais, tudo passava por ali. Desde as minúcias até as expedições ao Oriente. E um ladrão não poderia encontrar lugar melhor para agir do que aquele imenso mercado. Todos os dias, centenas de pessoas se aglomeravam no labirinto de ruas, largos e passagens sob edifícios. Vendia-se, comprava-se, imaginava-se, programava-se. E, naturalmente, roubava-se. Qualquer coisa. Naquele pequeno quadrilátero denso de gente, as grandes riquezas conviviam lado a lado com a miséria mais profunda. Mendigo e mercador eram igualmente esmagados pela multidão. Os corpos, as roupas tão diferentes, os rostos, tudo entrava estreita e fisicamente em contato. Misturavam-se as vozes, os odores e os humores.

E ali, naquele bairro que fervilhava de gente, Shimon sabia que cedo ou tarde encontraria Mercurio.

Nesse dia, havia observado o vaivém na área do Banco Giro. Os ricos mercadores de especiarias e tecidos orientais caminhavam circundados por capangas cuja missão era protegê-los. Mas era quase impossível. De quando em quando, a multidão obedecia a um impulso inexplicável e passava a mover-se de repente, expandindo-se ou contraindo-se, como um corpo único, e não havia brutamontes capaz de enfrentar essa força. Por um instante, sem saber, a multidão acabava separando o mercador de seus guarda-costas. E se nas imediações houvesse um bom ladrão, esse instante seria fatal para o mercador.

Antes do pôr do sol, quando o calor do verão secava os canais e exaltava os odores da cidade e dos corpos, Shimon foi para a região das Fabbriche Vecchie. Nos dias anteriores, havia notado que, quando os canteiros eram fechados e os operários voltavam para suas casas, as áreas não cercadas, que ainda traziam as marcas do terrível incêndio que devastara aqueles edifícios, povoavam-se de miseráveis e rejeitados. Esses arranjavam um lugar entre os escombros, construíam cabanas ou abrigos provisórios com a madeira chamuscada que encontravam no chão. Acendiam fogueiras, ao redor das quais se reuniam, disputando um pouco de vinho azedo ou um pedaço de toucinho para tostar. Havia velhos desdentados e jovens de olhar fugidio, mulheres dispostas a se venderem e crianças sem tempo para brincar; havia casais que se uniam em amplexos sem nenhuma reserva, como os cães vadios ao redor; e havia quem os observasse, os menores aprendendo o que fariam, e os mais velhos relembrando o que não faziam mais.

Shimon se movia com circunspecção. O odor acre dos corpos e excrementos não o incomodava. Apenas a lembrança de Ester, de vez em quando, fazia-o desacelerar e o entorpecia. Mas era um instante. Depois, ele voltava a olhar ao redor, buscando sua presa com paciência e confiança. Quando entrava nessas áreas, apertava na mão uma faca de lâmina larga e dois gumes. Escondia-a sob a capa, suando por causa do calor úmido que grudava em seu corpo como a cola feita com as carcaças dos velhos cavalos do exército.

Um jovem com rosto sujo e olhar malvado aproximou-se dele. Tinha a face inchada e o olho meio fechado naquele lado do semblante.

— Me passe o que você tem -- ordenou a Shimon, bafejando contra ele um hálito fétido. Empunhava um bastão curto com ar ameaçador.

Shimon tirou a faca da capa e a empurrou embaixo do queixo do outro.

O jovem soltou o bastão e deu um salto para trás.

— Vá à merda, velho – disse. Depois, levou a mão à face inchada, atrás da qual os dentes apodreciam, e se afastou choramingando.

Shimon viu um movimento à sua direita. Algo vermelho. Virou-se rapidamente e percebeu apenas um traje bem cortado e cabelos parecidos com estopa. Sentiu uma espécie de arrepio de caçador. Algo que ia além daquele pouco que tinha visto. Como se seu instinto tivesse intuído algo que a mente ainda não conseguia decifrar. Foi atrás da mancha vermelha, que estava entrando em uma série de estreitas passagens escavadas entre os escombros do incêndio.

A figura parou ao chegar a uma área protegida por um telhado que ameaçava ruir. Era um rapaz, baixo e magro. Olhou ao redor, como uma ratazana.

O judeu se escondeu na sombra. Foram os cabelos que atraíram sua atenção e lhe causaram aquele arrepio de excitação. Agora que já não era governado pelo medo como antes, tinha aprendido a ouvir o próprio instinto.

A delgada figura vermelha olhou para a direita e a esquerda. Depois, virou-se.

Então, Shimon agradeceu ao próprio instinto.

Aqueles cabelos parecidos com estopa e aquela pele amarelada tinham ficado impressos em sua mente. Sabia quem estava à sua frente. Era o menino que o seguira até o mercado das cordas, muito tempo antes, em Roma, quase em outra vida. O mesmo que o tinha interpelado, apontando-o para seu comparsa, o gigantesco demente, em Sant'Angelo in Pescheria. Era um dos que o haviam roubado. De seu esconderijo, sorriu. "Portanto, todo o bando havia se mudado para lá", pensou. Não tinha imaginado semelhante sorte.

Seria fácil capturá-lo. Poderia amarrá-lo e torturá-lo, colocá-lo diante de uma série de perguntas escritas para obrigá-lo a dizer o que queria. Mas era quase certo que aquele menino era analfabeto e não sabia ler. E se Shimon se revelasse, depois teria de matá-lo para impedir que ele desse o alarme.

Não, não podia arriscar. Deixaria o moleque levá-lo até Mercurio.

E somente então o mataria. Como merecia.

Viu que se agachava em um canto, preparando-se para passar a noite.

"Agora era só de ter paciência", pensou.

Agora sua vingança estava ao alcance da mão.

Sentou-se, tirou do bolso um pedaço de carne seca não *kosher* e a mordiscou devagar, sentindo o sal que pinicava na boca. Foi invadido por uma extraordinária sensação de paz. Ficou olhando o menino adormecer, evidentemente exausto, depois de ter brincado com alguma coisa. Shimon não conseguiu entender o que era.

Quando já era noite alta, aproximou-se dele. A mão foi até a faca. Pensou que seria bom abrir a garganta dele, fitando-o nos olhos enquanto tirava a alma de seu corpo. Porém, repetiu a si mesmo que deveria resistir a essa tentação. Tinha de ser conduzido até Mercurio.

Viu que o menino ainda apertava na mão o objeto com o qual havia brincado antes de adormecer. Aproximou-se um pouco mais e debruçou-se. Era um animalzinho. Um cavalinho.

O menino era muito jovem, mas não tanto a ponto de ainda brincar como uma criança. Portanto, o animalzinho esculpido devia ter um valor sentimental. Devia lembrar-lhe alguma coisa. Ou alguém.

Dormia de boca aberta. Profundamente. Um fino regato de saliva sujava seu queixo.

Shimon esticou a mão com uma lentidão exasperadora. Prendia a respiração. E sorria. Alcançou o animalzinho. Exerceu uma pressão firme no fino pescoço do cavalinho. E o pescoço se rompeu, com um ligeiro estalo da madeira.

O menino não deu sinal de ter percebido nada.

Shimon pegou a cabeça do cavalinho e voltou para seu posto, escondido na sombra, atrás de um parapeito de madeira marchetada, comido pelo fogo. Mesmo com a luz da manhã, o menino não o veria. Mas ele, sim.

Enquanto isso, girava na mão o pedaço do brinquedo e pensava: "Sua cabeça é minha".

Ao amanhecer, o jovem abriu os olhos.

Shimon estava acordado e atento. Apertou a cabeça do cavalinho.

O menino bocejou, estremeceu. Depois, olhou para seu brinquedinho. Arregalou os olhos e a boca. Apalpou-se. Depois, remexeu o chão. Ajoelhou-se e revistou entre os escombros, onde havia se deitado. Levantou-se e sacudiu as roupas. Depois, quando aceitou a ideia de que não encontraria o que estava procurando, sentou-se, ou melhor, deixou-se cair no chão e fitou o cavalinho decapitado.

Shimon viu sua horrenda cara amarela se contrair-se em uma careta. Viu um pequeno brilho em sua face. Chorava. O judeu sorriu de prazer, enquanto empunhava a cabeça do cavalinho. Respirou o ar viciado daquela cidade que se apoiava em um pântano, e lhe pareceu um perfume delicioso. Saboreou-o. Um dia, depois que cumprisse sua vingança, só teria recordações às quais se apegar. Por isso, tinha de memorizar todos os detalhes.

O menino enxugou as lágrimas e jogou o brinquedinho. Levantou-se e partiu. Shimon tinha saído de seu esconderijo quando ele voltou de repente. Shimon se virou, subitamente, dando-lhe as costas, e fingiu que procurava por alguma coisa no chão. Com o canto do olho, viu o menino recolher o brinquedo e levá-lo embora.

O judeu tornou a segui-lo.

O menino entrou no mercado atrás de Rialto, ao lado daquele do peixe. Roubou uma maçã e, depois, um pedaço de pão. Entrou em um beco e comeu com voracidade. Estava com fome. Voltou para o mercado e roubou uma cebola. O verdureiro o viu e o seguiu. Virou em uma série de ruelas e, por alguns instantes, Shimon temeu perdê-lo.

Depois, descobriu-o de novo. Utilizando uma concha de madeira, bebia de um balde, apoiado em um poço no centro de uma pequena praça.

Shimon se escondeu atrás de um edifício.

O menino olhava ao redor. Depois, baixava o olhar para o cavalinho decapitado. E novamente observava a vizinhança.

Shimon pensou que ele não sabia o que fazer. Achou que estava sozinho. E teve medo de que não pudesse levá-lo a Mercurio.

Depois, o menino se moveu, e Shimon o seguiu.

O jovem passou metade da manhã perambulando. Parecia não ter rumo. Então, Shimon se deu conta de que girava em círculos. Parecia caminhar ao acaso, porém, na realidade, dava voltas. Mas ao redor do quê?

Perto da hora nona, ele parou. Devia estar exausto. Olhou na direção do Canal Grande e se moveu a passos rápidos e decididos.

Shimon sentiu sua excitação crescer.

No entanto, o menino desacelerava à medida que se aproximava da meta, e Shimon temeu que pudesse mudar de ideia. Mas o outro não parou. Seguiu reto até um palacete nobiliário de três andares, com uma fachada elegante. Parou apenas quando chegou ao local.

Shimon viu que o porteiro o cumprimentava. Não o expulsou, como seria de esperar. Ele o conhecia.

O menino permaneceu diante do portão, imóvel, até que apareceu um frade, talvez chamado pelo porteiro. Shimon notou que tinha as mãos feridas. O religioso também devia conhecer o menino, pois falou com ele, fitando-o com olhos duros. O menino fez que não com a cabeça. O frade falou de novo, com mais veemência. E o menino balançou novamente a cabeça.

Então, Shimon decidiu aproximar-se. Tinha imaginado que o menino iria até Mercurio, em uma estalagem mal-afamada, em uma taberna. No entanto, estava diante de um frade que vivia em um palacete patrício. Não fazia sentido.

Quando se aproximou o suficiente, ouviu que o religioso dizia com voz fria, sem nenhum sentimento:

— Estou mandando você voltar, idiota!

— Não – respondeu o menino.

— O Altíssimo precisa de nós!

— Não! *Você* precisa de mim! – O tom do menino era agudo. Fraco, apesar do volume.

O frade se aproximou dele. Viu o brinquedo. Arrancou-o de sua mão, jogou-o no chão e o pisoteou.

Shimon tremeu. O sofrimento o excitava.

– Faz uma semana que estamos te procurando – disse o frade. Depois, ergueu a mão e o atingiu em cheio o rosto do menino com uma terrível bofetada.

– Pare, frade! – exclamou uma voz de mulher, vinda de uma janela no primeiro andar. Shimon não conseguiu vê-la.

O menino recuou, tocando a face e olhando para seu brinquedo em pedaços.

Estava para ir embora. Shimon se preparou para segui-lo.

– Zolfo! – gritou a mulher no primeiro andar.

"Ele se chama Zolfo", pensou Shimon. Devia ser órfão. Mercurio e Zolfo. Obviamente, os frades do orfanato não tinham muita imaginação e davam aos meninos os nomes de elementos químicos, sorriu o judeu.[*]

– Ordeno que entre e faça seu dever! – exclamou o frade.

– Vá à merda! – gritou Zolfo, irritado, mas em sua voz era possível perceber medo e dor. Depois, virou-se e saiu correndo.

– Zolfo! – gritou novamente a mulher, aparecendo ao portão.

Shimon estava se lançando na perseguição quando parou. Uma emoção violenta influ ou seus pulmões, contraindo-os e bloqueando sua respiração. Surpreso, abriu a boca. A moça estava diferente daquele dia em Sant'Angelo in Pescheria. Desta vez, usava um vestido elegante. E um colar precioso e os cabelos presos em tranças enroladas, como uma mulher da nobreza. Mas Shimon se lembrava muito bem dela, e não havia possibilidade de enganar-se. Os cabelos ainda eram acobreados, com nuanças claras que capturavam a luz do sol. A pele de alabastro. Lembrava-se de ter pensado que se assemelhava à Susana assediada pelos anciãos no episódio do livro do profeta. Essa moça havia mexido com seus sentidos. E nesse momento tornava a mexer com eles. Com prepotência.

Voltou-se para Zolfo, que desaparecia no fundo da rua estreita ao lado do palacete. Se não se movesse, o perderia.

Mas agora tinha encontrado um tesouro bem maior, disse a si mesmo.

– Zolfo! – gritou novamente a moça.

---

[*] Em italiano, *zolfo* significa "enxofre". (N. T.)

Shimon pensou que tinha crescido. Algo havia mudado em seu olhar. "Talvez os anciões tivessem levado a melhor desta vez. Talvez ela não os tivesse expulsado. Ou talvez Daniel não a tivesse salvado", pensou sorrindo.

– Imbecil! – disse a moça ao religioso. Sua voz não era como a de Zolfo. Era dura, violenta. Forte. Não tinha medo do frade. Nem lhe queria bem.

– Cuidado como fala, mulher – disse o religioso.

A moça se aproximou. Fitou-o em silêncio.

– Não consegue entender, idiota, que Zolfo pode nos criar problemas se falar?

Shimon aguçou ainda mais sua atenção.

O frade ergueu a mão com a palma aberta, mostrando a ferida.

– Vai voltar – disse com voz maldosa. – Está domesticado.

– Quer dizer como você? – indagou a moça, com uma entonação repleta de desprezo. Depois, olhou para a rua na qual Zolfo havia desaparecido. Balançou a cabeça e entrou no palacete.

Shimon sentiu uma aflição profunda enquanto a observava requebrar-se na penumbra do vestíbulo.

Seria maravilhoso torturá-la.

"Até breve", pensou.

76

— Sou uma tola — sussurrou Giuditta, abrindo os olhos ao amanhecer, enquanto o som do Marangona vibrava sobre os telhados de Veneza.

A casa estava em desordem. Já fazia dias que tinha deixado de cozinhar para seu pai, de lavar as roupas dele e de arrumar o espaço. Fechara-se em um mutismo rancoroso. Respondia com monossílabos. Não permitia que ninguém se aproximasse. Nem mesmo Ottavia. E menos ainda que participasse de seus pensamentos. Para ela, a vida simplesmente tinha deixado de ser interessante. Olhava para a louça que se acumulava e não a via. Ouvia os rumores da vida e as palavras das pessoas sem escutá-las. Era como se tivesse se mudado para outro mundo, tão distante daquele em que parecia viver que nada podia tocá-la.

— Sou uma tola mesmo — repetiu, porém, naquela manhã, ao se levantar da cama.

Pela primeira vez desde que renunciara a Mercurio, sorriu. E, quando percebeu, levou a mão aos lábios, como para se certificar daquela inesperada alegria com a ponta dos dedos, pelo tato.

Foi até a janela. Viu o pai entrando na fila com o restante da comunidade que devia sair do Ghetto, enquanto os guardas abriam os portões.

Enxaguou o rosto e começou a se vestir. Não tinha tempo a perder.

Agora que tinha entendido, era tudo muito simples.

Percebeu que o medo não a deixara raciocinar. Era como seu pai lhe havia explicado uma vez a respeito de certas trapaças. Quando colocado contra a parede, o tolo perde a capacidade de avaliar a realidade e as alternativas de que dispõe. Esta era a essência das trapaças: o tolo tinha de levar em consideração apenas as oportunidades sugeridas pelo trapaceiro. Não devia raciocinar com a própria cabeça.

"E foi assim que o medo a enganou", pensou Giuditta.

Não tinha conseguido ver nada além daquilo que o medo sugeria. Nada além daquilo que Benedetta queria fazê-la enxergar.

No entanto, havia uma solução ao alcance da mão. E ela tinha sido tão ingênua que não a vira. Nessa manhã, o véu tinha se rasgado. Não poderia nem saberia explicar como isso aconteceu. Mas não havia a menor importância. As coisas aconteciam de repente. As pessoas morriam ou desapareciam de repente. Apaixonavam-se de repente, como tinha ocorrido com ela no dia em que seu sangue se misturara ao da ferida de Mercurio. De repente, ela se tornara mulher quando o acolhera dentro de si, e a vida começara a fluir com prepotência em suas veias. E, de repente, essa mesma vida deixara de ser assim, quando Benedetta a colocara contra a parede.

Mas agora Giuditta se dava conta de que tinha uma possibilidade. Para si e para Mercurio. Para ambos. Para o amor dos dois.

De repente, a vida voltou a parecer bela e digna de ser vivida. Sentiu o sangue voltar a correr em seu corpo. Sentiu a esperança voltar a preencher seus pulmões.

"Era tão evidente", disse a si mesma, rindo, e começou a se vestir.

Benedetta tinha inoculado nela o veneno do medo. E ela havia permitido que o fizesse. Abandonara-se ao medo. Deixara de lutar, de pensar e de viver.

Mas agora sabia o que tinha de fazer. Iria imediatamente até Mercurio e lhe contaria tudo, dizendo-lhe para fugir. O príncipe não poderia encontrá-lo se ele fugisse. E lhe diria que fugiria com ele para onde ele quisesse. Porque nada mais lhe importava além dele.

Dessa vez, não escreveria uma carta ao pai. Falaria com ele olhando em seus olhos, como merecia um progenitor. E como merecia o amor que sentia por Mercurio. Falaria abertamente, porque não queria mais ser covarde.

Abriu a porta de casa e começou a descer a escada. De baixo vinha um vozerio exaltado, mas Giuditta não o ouvia. Escutava apenas as palavras que diria a Mercurio. Imaginava apenas o seu abraço.

– Ali está ela! – disse um homem quando ela chegou ao térreo.

Giuditta levantou o olhar.

Viu o Santo com um dedo apontado para ela. Depois, viu Ottavia com os olhos arregalados. E, mais atrás, entre as pessoas que se aglomeravam, viu seu pai, que a fitava e erguia o braço. Ao lado do Santo, um funcionário em uniforme de gala. E, ao lado dele, guardas armados.

O funcionário afastou o Santo, deu um passo à frente e disse:

– Giuditta da Negroponte, judia, em nome da Sereníssima República de São Marcos e da Santa Inquisição, eu te declaro presa por bruxaria!

Giuditta viu Ottavia levando as mãos à boca. Viu seu pai empurrar as pessoas para conseguir chegar até ela, balançando a cabeça em sinal de negação, o Santo sorrindo, satisfeito, e o funcionário, afastando-se.

"Mercurio", pensou.

Em seguida, sentiu o aperto dos guardas, que a puxavam para fora dos portões, abrindo caminho entre a multidão.

"Mercurio", continuou a pensar.

Sentiu o metal frio das algemas sendo apertadas em seus pulsos e os anéis de ferro da corrente, que tilintavam. Sentiu que levantavam sua saia para prender um cepo em seus tornozelos.

Depois, ouviu uma voz dizer:
– Caminhe, judia.

E outra voz, a de seu pai, gritar:
– Giuditta!

E a voz do Santo berrar:
– Bruxa!

E a de Ottavia dizer:
– Giuditta!

E o coro de cristãos repetir:
– Bruxa!

E ouviu as costureiras, Ariel Bar Zadok e o cortador Rashi Sabbattai chamarem seu nome e exclamarem:
– Não! É uma injustiça!

Ouviu novamente seu pai gritar, desesperado, sobrepondo-se a qualquer outra voz:
– É minha filha! Soltem a minha filha!

Somente então, em meio a toda aquela balbúrdia, deu-se conta de que, dentro dela, havia apenas um pensamento: "Tenho de ir até Mercurio...".

– Caminhe, judia – ordenou mais uma vez o comandante dos guardas, empurrando-a.

Giuditta deu um primeiro passo. O cepo que trazia preso aos tornozelos a fez tropeçar. Caiu com as mãos na lama seca pelo verão.

Isacco avançou entre os guardas e a ajudou a levantar-se. O barrete amarelo escorregou de sua cabeça.

Giuditta pensou apenas que ficava engraçado com aquele barrete. Olhou para ele. Mas não conseguia focá-lo. Não conseguia focar nada do que a circundava. Era como se conseguisse ver distintamente apenas as coisas e as pessoas distantes. Porém, assim que entravam em seu campo de visão, perdiam a nitidez.

– Giuditta... – disse-lhe Isacco.

Um guarda o golpeou nas costas. Isacco fez uma careta de dor.

Giuditta viu que o guarda pisava no barrete amarelo.

– Caminhe – repetiu-lhe o comandante, empurrando-a.

Giuditta deu pequenos passos, velozes, na curta distância permitida pelo cepo.

Uma multidão maior se havia reunido na Fondamenta dei Ormesini, atraída pelo evento.

– Bruxa! – gritavam. – Bruxa!

Giuditta se virou. Isacco a seguia. Estava curvado. Parecia um velho. Olhava para ela, depois se voltava, como buscando uma ajuda que ninguém lhe daria.

– A justiça está sendo feita! – gritava o Santo, à frente de todos, como se liderasse uma procissão, com as mãos esticadas para a luz. – A justiça está sendo feita! Louvado seja, meu Deus!

– Bruxa! Bruxa! – repetiam as pessoas, inflamando-se cada vez mais.

Um jovem recolheu uma pedra e a lançou contra Giuditta.

Ela sentiu uma dor intensa na testa e caiu novamente no chão.

– Levante-se! – ordenou o comandante dos guardas.

Giuditta se levantou. Suas pernas não a sustentavam. Algo quente escorreu em sua testa. A vista se enevoou.

– Bruxa! Bruxa! – continuavam a gritar as pessoas.

Outra pedra a atingiu nas costas. E mais outra no queixo.

– Afastem-se! – disse uma voz autoritária.

Giuditta sentiu que alguém a pegava pelo braço e a erguia.

– Não se intrometa! – intimou o funcionário da República.

O capitão Lanzafame pôs a mão na espada e a desembainhou.

O comandante dos guardas desembainhou a sua.

– Estava na hora de você se lembrar de que está armado – disse-lhe Lanzafame, sem soltar Giuditta, que mal se aguentava em pé.

– Ouviu o que eu disse? Não se intrometa! – disse o comandante dos guardas.

– Minha tarefa é cuidar dos judeus – respondeu Lanzafame. – E como você não sabe cuidar dos seus prisioneiros e deixa que sejam linchados por uma multidão sanguinária sem um processo justo, afaste-se você!

– Em nome da Sereníssima... – iniciou o funcionário.

– Em nome da Sereníssima? – interrompeu-o o capitão. – Se alguma coisa acontecer a esta moça, se permitir que ela não chegue ao local aonde deve escoltá-la, juro que arranco sua cabeça depois de denunciá-lo ao *doge* em pessoa por não ter feito o seu dever! Em nome da Sereníssima!

O funcionário olhou para o comandante dos guardas. O comandante olhou para os soldados de Lanzafame, que os haviam cercado e mantinham as mãos preparadas sobre as armas. Viu que tinham cicatrizes em todo o corpo. E entendeu que eram verdadeiros combatentes.

– Protejam a prisioneira! – ordenou a seus guardas, que se apertaram ao redor de Giuditta.

– Você consegue? – perguntou Lanzafame a Giuditta.

Ela olhou para ele. "Tinha acabado de jurar que não seria mais dominada pelo medo", pensou. Mas não estava preparada para aquilo.

– Sou uma tola – disse em voz baixa, pensando que deveria ter fugido logo com Mercurio. Se o tivesse feito, não estaria ali.

– O que você disse? – perguntou Lanzafame.

– Deixe-a conosco – disse o comandante dos guardas.

O capitão se virou para seus homens.

– Proteção – ordenou.

Os soldados se alinharam em torno dos guardas. Dois seguiram à frente, fendendo a multidão. Dois permaneceram atrás. Serravalle e outros quatro se colocaram nas laterais. E, assim, Giuditta parecia ser prisioneira dos guardas, e estes, dos homens de Lanzafame.

– Soldado de Satanás! – gritou o Santo.

Lanzafame o fitou sem responder. Depois, ao passar ao lado do primeiro jovem que havia atirado uma pedra e que já estava com outra na mão, golpeou-o em cheio no rosto com o guarda-mão da espada, com raiva, sem nem mesmo dignar-se a olhar para ele. O jovem caiu no chão, desmaiado, enquanto um regato de sangue saía de seu nariz e do lábio rompido.

A multidão se acalmou. Mas nem por isso deixou de seguir o cortejo até a Praça de São Marcos, onde o número de pessoas aumentou desproporcionalmente.

– Bruxa! Bruxa! – recomeçaram a gritar.

Os soldados desembainharam as espadas e as mantiveram bem visíveis até a entrada das prisões do Palácio Ducal.

– Não podem entrar aqui – disse o comandante dos guardas a Lanzafame.

– Deixe o pai despedir-se dela – disse o capitão.

O comandante dos guardas anuiu.

– Depressa – disse a Isacco.

Isacco foi até Giuditta. Limpou seu rosto sujo de sangue com a manga da camisa. Olhava para ela, mas não conseguia dizer nada.

– Vamos, chega, agora vá embora – ordenou o comandante dos guardas após um instante, preocupado com a multidão que avançava.

Isacco não se moveu.

– É culpa minha – disse baixinho a Giuditta, enquanto dava pequenos socos no peito. – É culpa minha, pois te trouxe para cá.

– Eu disse "chega"! – exclamou o comandante dos guardas.

Lanzafame pegou Isacco pelo braço, com delicadeza, e o doutor começou a recuar, sem desprender o olhar da filha.

Então, Giuditta, quase sem fôlego, disse-lhe:

– Mercurio...

Isacco a fitava.

– Conte a Mercurio – sussurrou Giuditta.

Em seguida, os guardas a agarraram e empurraram na direção da escada que conduzia às prisões.

– Seja louvado Jesus Cristo, nosso Salvador! – gritou o Santo, dirigindo-se à multidão. – A justiça está sendo feita.

– A justiça está sendo feita! – ecoou a turba.

77

Mestre

– Não – disse Mercurio, com um fio de voz.

Isacco olhou para ele, sem entender. Tinha o semblante marcado pelo sofrimento e pela preocupação. Os ombros fortes estavam encurvados, arqueados, esmagados por um peso que não conseguiam suportar. Seus olhos estavam apagados, como que velados.

– Não? – perguntou Isacco.

Mercurio não falou.

Permaneceram assim, no estábulo que se parecia cada vez mais com um hospital, olhando-se com aquele assombro nos olhos.

As prostitutas se moviam devagar, cabisbaixas. Ninguém dizia nada.

– Disse apenas... – pronunciou Isacco, com dificuldade. – Apenas: "Conte a Mercurio". Nada mais...

Mercurio anuiu, quase assustado. O que queria dizer? Por que Giuditta queria que ele soubesse? Tinha outra vida, havia escolhido deixá-lo de fora, renunciar a ele. Então, por que queria que ele soubesse? Começou a sentir-se agitado. Percebeu que o ritmo da respiração aumentava.

– Fui eu que a tranquei na prisão... – continuou Isacco. – Fui eu que a trouxe para Veneza...

Mercurio olhou para ele e somente então conseguiu focalizá-lo. Uma espécie de fúria se agitava dentro dele. Estava bravo com Giuditta, que o havia excluído de sua vida e agora o chamava com tanta intensidade.

– Não tenho forças para suportar o senhor também, doutor.

Isacco abaixou a cabeça. Encolheu-se ainda mais.

– Ah, merda! – exclamou Mercurio. – Pare com isso, doutor!

– O que está acontecendo? – perguntou Lanzafame ao se aproximar.

– É amigo dele, capitão? – indagou Mercurio, com o rosto vermelho, perturbado com a própria reação e, ao mesmo tempo, incapaz de se controlar. – Então, console-o o senhor! Este homem só chutou o meu traseiro, e agora quer que eu... que eu...

Lanzafame o empurrou.

– Saia. Não quer absolutamente nada de você, imbecil. – Pegou Isacco pelo braço. – Venha, vamos.

– Para onde?

– Não sei. Vamos tomar um pouco de ar, venha...

– Sim, vão. Não estou nem aí para essa bobagem – disse Mercurio, com tristeza. Cerrou os punhos, mostrou os dentes. Mordeu o lábio.

Então, Lanzafame soltou o braço de Isacco, lançou-se contra Mercurio e o jogou contra a parede.

– Chore, rapaz! – gritou. – Chore, porra! – Olhou para ele por um longo instante e o soltou. Pegou de novo Isacco pelo braço e lhe disse, em voz baixa e com ternura:

– Chore você também, velho idiota.

Isacco o seguiu sem opor resistência até a saída do estábulo.

– Ele tem razão... – disse Scarabello de sua cama.

Mercurio se voltou com o rosto contraído por uma expressão que desfigurava seus traços. Emitiu um grito gutural, como um rosnado, que raspou sua garganta. Balançou a cabeça com violência.

– Não! – gritou.

– Renda-se... – A voz de Scarabello estava cansada por causa da doença.

Mercurio cerrou ainda mais os punhos e os dentes. Depois, saiu sem dizer nada. Correu pelo campo até sentir que o coração não aguentava mais. Então, deixou-se cair, com o rosto na relva, que começava a amarelar, e os dedos cravados na terra seca, que entrava por baixo de suas unhas. Permaneceu assim, com as costas queimando ao sol. Permaneceu imóvel, incapaz de derramar uma única lágrima.

– Conte a Mercurio... – murmurou após um tempo, que não saberia medir, um tempo em que o mundo tinha parado de existir. Ergueu a cabeça. A luz o ofuscou. – Por quê? – gritou para o céu.

Levantou-se e voltou para casa. Viu Isacco e Lanzafame perto do bebedouro. O doutor estava sentado em uma pedra, curvado pela dor e pelo sentimento de culpa. Chorava. O capitão estava ao seu lado e olhava para o sol de braços cruzados.

Mercurio desacelerou o passo. Sentiu a raiva e o medo agitarem-se dentro dele. Mas também uma espécie de esperança.

– Por quê? – perguntou em voz baixa.

Pensou no dia em que Giuditta lhe dissera que estava tudo terminado. Lembrou-se de tê-la seguido, como um cão vadio, e de tê-la visto beijar Joseph, o rapaz que Isacco tinha colocado em seu encalço para protegê-la. Dele.

Virou-se repentinamente para Isacco e sentiu um impulso de ódio por ele. "É culpa sua", pensou.

Nada fazia sentido. Mas tinha de encontrar uma resposta para a única pergunta que lhe interessava.

– Por quê? – perguntou mais uma vez enquanto corria para o cais do mercado de peixes e repetiu a pergunta a si mesmo enquanto Tonio e Berto remavam a toda velocidade para levá-lo a Veneza, à ponte de Cannaregio.

Desceu com um salto e levou a mão ao bolso em que guardava a faca. Foi até o largo do Ghetto e esperou. Estava disposto a tudo, mas antes tinha de saber.

"Conte a Mercurio", ouvia em sua cabeça. E lhe parecia ouvir realmente a voz de Giuditta. "Conte a Mercurio..."

Então, finalmente apareceu Joseph, que ele havia esperado com crescente tensão.

Caminhava com seu passo oscilante. Mercurio não se lembrava dele tão robusto. Mas não tinha medo. Nesse momento, nada poderia assustá-lo.

Seguiu-o até chegarem a uma pequena rua escura e deserta. Então, Mercurio saltou em cima dele com a faca na mão e a apontou para sua garganta.

– Lembra-se de mim, infeliz? – soprou em seu rosto.

Joseph anuiu devagar.

– O que há entre você e Giuditta? – perguntou Mercurio, empurrando a ponta da faca contra seu queixo. E, enquanto perguntava, não conseguia tirar os olhos daqueles lábios que tinham beijado Giuditta. – Responda, seu merda!

– Você está me machucando – disse Joseph.

– Quer sentir o que é ser machucado de verdade? – Com mais raiva ainda, Mercurio afundou a ponta da lâmina. – Se não me disser, arranco a resposta pelos seus olhos, entendeu?

O outro fez que sim. E, assim que Mercurio diminuiu a pressão da faca, com inesperada agilidade para o seu tamanho, Joseph livrou-se do aperto e o lançou contra o muro, invertendo as posições, após torcer seu pulso e fazer a faca cair. Imobilizou-o apertando seu pescoço.

— Posso ser burro, mas sou forte e sei como usar minha força — disse sem raiva. — A única coisa que sei fazer bem é lutar.

Mercurio o observava com animosidade.

— Não há nada entre mim e Giuditta.

— Então, por que... a beijou? — perguntou Mercurio com dificuldade.

— Não sei — respondeu Joseph, enrubescendo. — Ela me pediu para beijá-la e eu a beijei. Não tenho intimidade com as mulheres, me deixam sem graça... — Olhou para Mercurio com seus olhos bovinos. — Vou te soltar agora — disse-lhe. — Não faça nenhuma besteira.

Mercurio anuiu devagar.

Joseph afrouxou o aperto e deu um passo para trás.

Mercurio sentiu as pernas bambas, que quase não o sustentavam. Tinha uma grande confusão na cabeça.

— Sinto muito — disse-lhe Joseph.

— Vá à merda, seu barril de banha — resmungou Mercurio ao se afastar.

Quando chegou à ponte, do outro lado do Sotoportego del Ghetto, em Cannaregio, seus joelhos cederam. Agarrou-se à balaustrada de madeira.

— Está se sentindo mal, rapaz? — perguntou-lhe uma serva idosa que voltava do mercado carregada de compras.

Mercurio a fitou com um olhar cheio de ódio.

A mulher baixou os olhos e prosseguiu apressadamente com sua carga.

Mercurio se deu conta de que, quanto mais a frágil esperança, à qual ainda não queria dar um nome, ganhava terreno em seu coração, mais subia em seu corpo uma raiva cega. E a raiva lhe deu força novamente.

Virou-se e correu para São Marcos.

Quando chegou diante da entrada das prisões da galeria do Palácio Ducal, estava sem fôlego. Viu dois soldados de guarda diante do portão. E, mais atrás, outros cinco, entre os quais o comandante.

Na extensão da Praça de São Marcos, conhecida como Piazzetta, havia uma pequena multidão de mandriões. Todos falavam da bruxa.

— Preciso ver... — ofegou Mercurio — Giuditta da Negroponte...

O soldado olhou para ele distraidamente. — Vá embora! — disse.

— Eu disse que preciso vê-la — insistiu Mercurio.

O soldado se virou para ele.

— Quem é você?

– Sou... Sou...

– Não é ninguém. Vá embora! – interveio o comandante dos guardas, aproximando-se.

Mercurio permaneceu imóvel. Sentiu um tremor percorrer seu corpo. Deslocou o peso de uma perna a outra, balançando-se e esticando o pescoço na direção da galeria do Palácio Ducal. A angústia que já o dominava crescia ainda mais.

– Entendeu o que eu disse, rapaz? Vá embora! – repetiu o comandante.

– Giuditta! – gritou Mercurio de repente. – Giuditta, está me ouvindo?

– O que pensa que está fazendo? – perguntou o comandante.

Alguns dos mandriões que se aglomeravam na Piazzetta, ao lado da basílica, aproximaram-se com curiosidade.

– Giuditta! – continuava a gritar Mercurio, com as mãos abertas nas laterais da boca, com todo o fôlego que tinha na garganta. Como se pudesse expelir a angústia com aqueles gritos. – Por quê? Me diga por quê?

A um sinal do comandante, dois soldados junto ao portão tentaram pegá-lo pelos braços.

Mercurio deu um salto, desvencilhando-se.

– Giuditta! – gritou de novo.

– Pare, rapaz, ou te prendo! – intimou o comandante.

Enquanto isso, os outros soldados se aproximaram, à espera de uma ordem.

– Vá à merda! – gritou Mercurio, já fora de controle.

O comandante disparou e o pegou pelo casaco.

– Você pediu e está preso.

Os guardas o agarraram, um de cada lado.

– Giuditta! – continuou a gritar Mercurio, tentando libertar-se do aperto. – Me diga por quê!

– Você verá que uma noite na prisão vai te ajudar a esclarecer as ideias – disse o comandante. – Como se chama? Quem é você?

Atraído pelos gritos, o Santo apareceu na escadaria que levava às prisões.

– Sempre você atrapalhando o caminho, frade de merda! – disse Mercurio com raiva.

O Santo o reconheceu e lhe lançou um olhar cheio de desprezo.

– Modere suas palavras – disse o comandante, aproximando-se. Virou-se para seus soldados. – Levem-no para dentro – ordenou.

Então, instintivamente, Mercurio golpeou o comandante com uma cabeçada em pleno rosto.

Desorientados, os guardas o soltaram por um instante, e Mercurio deu um salto para trás.

O comandante gemeu de dor e caiu no chão, com o nariz quebrado.

– Prendam esse maldito!

Mas Mercurio já tinha fugido.

– Peguem-no! – gritou o capitão, enquanto o sangue jorrava de seu nariz.

– Sei quem ele é – disse o Santo. – E acho que sei onde vive.

Enquanto isso, Mercurio já atravessava a Praça de São Marcos. Os guardas o perseguiam, mas estavam sobrecarregados com as armas e os uniformes. Despistou-os rapidamente. Subiu no barco de pescadores que voltavam a Mestre. Desembarcou no cais do mercado de peixes e foi até a casa de Anna.

Havia apenas uma pessoa, além de Giuditta, capaz de responder à sua pergunta.

– Preciso falar com o senhor, doutor – disse a Isacco, que estava inclinado sobre uma prostituta, ocupado em cuidar de uma ferida.

Isacco olhou para ele. Depois, anuiu e o seguiu para fora do hospital.

Caminharam em silêncio até o bebedouro. Pararam, um ao lado do outro, sem se olhar.

Mercurio se sentia fraco, mas já não podia adiar. Tinha de saber, tinha de deixar que a esperança contra a qual havia lutado o dia todo evaporasse ou se realizasse.

Isacco não disse nada. Permaneceu imóvel, fitando o horizonte velado pela névoa de verão.

Então, Mercurio respirou fundo e disse apenas:

– Por quê?

O doutor deixou que o som da pergunta entrasse nele. Depois, com a voz cheia de compaixão e calor, respondeu.

– Porque ela te ama, rapaz.

Então, o pânico explodiu sem controle.

– Socorro! – murmurou Mercurio.

78

Veneza

– SIGILLUM DIABOLI – DISSE O SANTO. – Sabe o que é, judia?
Giuditta olhava para ele, aterrorizada. Depois da noite passada em uma cela escura e fria, foi levada ao amanhecer para aquela sala sem janelas, com teto abobadado. Nas paredes estavam presos grilhões e correntes. E, no centro do grande ambiente úmido, havia uma mesa com instrumentos estranhos. Instrumentos de tortura.

O Santo estava ao lado de um homem musculoso. O homem musculoso era o carrasco. E o Santo havia sido nomeado inquisidor.

– Então, sabe o que é *sigillum diaboli*? – perguntou novamente irmão Amadeo.

Giuditta fez que não com a cabeça.

– O gado sempre é marcado pelo dono, que desse modo decreta sua posse – sorriu irmão Amadeo. – E, pela mesma razão, seu dono, o demônio, Satanás em pessoa, certamente te marcou. – Aproximou-se dela. – E agora vou encontrar essa marca, bruxa.

Giuditta sentiu um arrepio de terror.

– Carrasco, proceda – disse o Santo. – E que a mão de Deus te guie.

O carrasco começou a afiar uma navalha na tira de couro.

– Dispa-se – disse-lhe sem hostilidade, com a voz neutra de quem simplesmente está cumprindo seu dever.

– Não... – disse Giuditta, arregalando os olhos de medo e recuando um passo. Cruzou os braços sobre o peito, como se já estivesse nua.

O carrasco se virou para os dois guardas que a haviam escoltado.

– Dispam-na – ordenou.

– Não... – disse novamente Giuditta, olhando ao redor. Depois, quando os guardas se aproximaram dela, fugiu como um pássaro enlouquecido.

Correu até a porta que a separava da liberdade. Bateu as mãos contra a madeira de lariço reforçado por espessas barras de ferro. Raspou-a com as unhas.

– Não! Por favor! – gritou quando a agarraram com firmeza.

Os dois soldados a levaram para o centro da sala.

O carrasco se aproximou.

– Se você se opuser, vão arrancar seu vestido – disse com sua voz calma e ponderada. – Depois, quando terminarmos e você puder se vestir novamente, vai estar com a roupa toda rasgada. E será como estar sempre nua.

– Por favor...

– Deixem que te dispam – disse o carrasco.

Então, Giuditta abaixou os braços. Enquanto sentia as mãos dos guardas soltarem o laço do corpete, inclinou a cabeça, e as faces foram riscadas por lágrimas quentes, grossas e pesadas.

– Por onde quer começar, inquisidor? – perguntou o carrasco.

O Santo indicou o púbis.

– Coloquem-na sobre a mesa – ordenou o carrasco.

Os dois soldados pegaram Giuditta e a içaram sobre a mesa de madeira, munida de grilhões de ferro. Prenderam seus pulsos acima da cabeça, com os braços esticados. Depois, agarraram e prenderam os tornozelos.

O carrasco se aproximou da mesa. Fechou um grilhão grosso de ferro, frio e áspero, ao redor dos quadris de Giuditta, imobilizando-a. Em seguida, girou uma alavanca. A parte inferior da mesa começou a dividir-se em duas. Quando o carrasco bloqueou a alavanca, Giuditta estava com as pernas afastadas.

O carrasco lhe mostrou a navalha.

– Se você não se agitar, não vou te cortar – disse-lhe.

Depois, postou-se entre as pernas de Giuditta, verteu um jarro de água e lixívia sobre o púbis, friccionou os pelos sem hesitar e, por fim, começou a raspá-la.

Giuditta fechou os olhos, segurando os gritos de desespero que queriam sair de sua boca.

Quando o carrasco terminou, verteu mais água gelada entre suas pernas, para enxaguá-la.

– Está pronta – disse, dirigindo-se ao Santo.

Irmão Amadeo se aproximou. Fitava a flor de carne macia e nua que Giuditta tinha entre as pernas, como toda mulher. Sabia que tinha nascido de algo muito semelhante. Sua mãe tinha aproximadamente a mesma idade daquela judia quando o dera à luz. E aquela excrescência carnosa, como uma boca traiçoeira, tinha atraído para fora do convento seu pai, irmão Reginaldo da Cortona, herborista da Ordem dos Pregadores. E o tinha corrompido. Condenado.

Apontou o dedo para a vagina de Giuditta.

– Pinças – disse.

O carrasco olhou para ele.

– Para quê? – perguntou. – Se não quiser tocá-la, posso fazer isso com minhas mãos.

– Pinças! – disse o Santo, quase gritando. – Esta bruxa já me escapou muitas vezes para que eu possa confiar nas suas mãos!

– Agora não vai escapar mais – disse o carrasco.

Irmão Amadeo avançou contra ele. Era quase dois palmos mais baixo. Mas seus olhos azuis, pequenos como cabeças de alfinete, ardiam.

– Pinças – repetiu em voz baixa.

O carrasco foi até a parede onde estavam pendurados os seus instrumentos. Pegou pinças longas de ferro, com pontas chatas.

Giuditta viu que se aproximava. Fechou os olhos, aterrorizada. Ordenou a si mesma pensar em outra coisa. Viu seu pai, com aquela expressão de velho estampada na cara. Viu o semblante de Ottavia, refletindo seu próprio medo. Mas quando tentou pensar em Mercurio, não conseguiu imaginar o belo rosto amado. Tinha desaparecido da sua memória. "Conte a Mercurio", havia pedido a seu pai. Porque ela era dele e não queria morrer sem dizer isso a ele. Mas por que não conseguia imaginar seus olhos verdes e sorridentes? E os belos lábios que beijara tantas vezes?

– Vamos, depressa – disse o Santo.

Giuditta abriu os olhos. Viu o carrasco ajoelhar-se entre suas pernas. E o frade que se aproximava com uma vela na mão.

Depois, sentiu uma coisa fria agarrar sua carne e puxar, afastando-a.

– Mais – disse o Santo.

O carrasco apertou as pinças e abriu mais.

Giuditta mordeu o lábio inferior, até sentir a pele ceder e o sangue escorrer na boca.

– Assim o senhor vai queimá-la, inquisidor – disse o carrasco.

– Cuide do seu trabalho! – respondeu irmão Amadeo. – Minhas mãos são guiadas por Deus em pessoa!

Giuditta sentiu a chama da vela queimar sua carne. Gritou e se agitou. O grilhão que prendia seus quadris dilacerou a pele.

– Não há nenhum sinal – observou o carrasco.

– E o que você entende dos truques do demônio, seu tolo? – indagou o Santo. – Isto aqui, por exemplo. Acha que é uma simples pinta? Não! É um beijo de Satanás!

Giuditta sentiu de novo a chama da vela na carne. Gritou.

– Por favor... por favor... – chorou.

– Ouça como esta bruxa imita bem a voz da inocência – riu o Santo. – Quase daria para acreditar, não é?

O carrasco não respondeu.

– Aqueça as pinças – ordenou irmão Amadeo.

– Inquisidor... já viu o que tinha de ver... – disse o carrasco.

– Aqueça-as! – repetiu o Santo. – E o alicate para os mamilos. Vou fazer essa bruxa confessar. E extirpar a imundície do seu corpo e da sua alma.

O carrasco foi até o braseiro. Nele mergulhou as pinças. Depois, foi até a parede e pegou um alicate torto, parecido com o usado pelos tira-dentes, e o colocou igualmente para arder nas brasas.

– Corte os cabelos e os pelos das axilas dela – ordenou o Santo. – Depois, prepare o clister fervente e o afastador para a inspeção anal.

O carrasco permaneceu imóvel por um instante, como se estivesse para se rebelar. Em seguida, pôs-se ao trabalho.

Enquanto isso, irmão Amadeo aproximou-se do ouvido de Giuditta.

– Vou verter chumbo derretido no seu corpo se você não confessar seus crimes – sussurrou. – Em todo orifício por onde Satanás te violou. – Sorriu. – E veremos se seu dono virá te salvar. Veremos se valeu a pena vender a alma para ele.

– Por favor... por favor... – chorava Giuditta, sem conseguir dizer mais nada. – Por favor...

O carrasco se aproximou dela com a navalha e o jarro de água e lixívia. Derramou um pouco em uma axila e a raspou. Passou para a outra axila. Raspou essa também. Por fim, ensaboou os cabelos. Tinha acabado de apoiar a navalha na base da testa quando a porta da sala de tortura vibrou e foi aberta pelo lado externo.

– Quem ousa incomodar? – esbravejou irmão Amadeo.

Quatro guardas da Sereníssima entraram e se dispuseram dois de cada lado da porta. Logo em seguida entrou um prelado, vestido de preto, com uma batina aparentemente modesta, mas de tecido muito brilhante. E, atrás do prelado, auxiliado por dois clérigos recém-tonsurados, avançou a figura franzina e frágil, mas carismática, de um velho com um barrete, do qual pendia um floco vermelho e um bastão pastoral de ouro na mão.

— Sua Excelência, o patriarca de Veneza, Antonio II Contarini — anunciou o prelado de preto.

Imediatamente, o carrasco baixou a cabeça. Do mesmo modo procederam os dois guardas que se tinham ocupado de Giuditta.

O Santo correu para a suprema autoridade eclesiástica de Veneza e logo se jogou a seus pés, tentando pegar sua mão para beijar seu anel.

O patriarca o afastou com um gesto de aborrecimento.

— Beije-me sem me tocar — disse com uma voz fina, ligeiramente estridente, mas cheia de força. — Essas suas mãos me dão aflição.

O Santo encostou os lábios no anel e o beijou sem segurar a mão enluvada.

— Pelo que vejo, cheguei bem na hora — disse o patriarca, lançando um rápido olhar para Giuditta, presa nua à mesa, e para os instrumentos que ardiam no braseiro. — Apague o fogo, carrasco.

— Mas, Santidade... — iniciou irmão Amadeo.

O patriarca o fulminou com um olhar severo.

— Não ouse me interromper. — Arqueou uma sobrancelha. — Ainda que, de nós dois, o Santo pareça ser você — virou-se para o prelado de preto e riu com ele. — Cadeira — ordenou, então.

Os dois clérigos pegaram uma cadeira e o ajudaram.

Cansado, o patriarca suspirou. Levou o indicador e o polegar da mão esquerda à raiz nasal e a apertou, como para espantar uma dor de cabeça.

O prelado aproximou dele um frasco e o destampou.

O patriarca o cheirou. Tossiu, depois pareceu sentir-se melhor. Agradeceu com um aceno de cabeça.

— Faz tempo que Roma quer um processo público, embora isso esteja fora das nossas regras — disse, então, com sua voz estridente —, para celebrar e afirmar a autoridade da Igreja também aqui em Veneza, onde se considera hostilizada pelo poder temporal do *doge* e pela política da nossa Sereníssima República de São Marcos. — Fez uma careta. Evidentemente, como nobre cidadão de Veneza, fiel aos ideais de independência da República, essa ordem do chefe supremo da Igreja não lhe agradava. Porém, como servo de Deus, era obrigado a obedecer. – Portanto, *fiat voluntas Dei.*[*] – Olhou para o Santo. – E o que pode ser melhor para nós do que esse escabroso caso da judia que, com seus vestidos, enfeitiçou as mulheres venezianas e roubou sua alma? É um fato do qual se falará em todo lugar, que terá ressonância em meio ao populacho, que apaixonará poetas e cantores. Assim, a Igreja... a Igreja... – repetiu enfaticamente – salvará os cidadãos da Sereníssima. Fui claro, Santo?

– Claríssimo, patriarca – inclinou-se irmão Amadeo.

– Então, inquisidor – retomou o patriarca –, não a mate antes do processo...

– Não, patriarca, eu...

– Não me interrompa!

O Santo se ajoelhou humildemente.

– Não a mate nem a apresente no tribunal como uma mártir. Não a reduza a um estado tão piedoso que faça qualquer um sentir compaixão. Entende o que quero dizer? Temos de agir de maneira diferente dos processos realizados a portas fechadas. Temos de usar a inteligência que Deus nos concedeu.

– Sim, patriarca.

– Quero que ela esteja bonita. Lembre-se, inquisidor, o mal sempre é sedutor. Alguma vez já ouviu falar do diabo oferecendo merda?

O frade não respondeu.

– Devo repetir a pergunta? – indagou o patriarca.

– Não.

– O diabo nunca oferece merda, certo?

– Certíssimo.

– Oferece poder, riqueza, beleza, correto?

– Corretíssimo.

– E, se não parecer que essa moça obteve poder, riqueza e beleza... quem vai acreditar que fez um pacto com o diabo?

– Ninguém.

– Ninguenzíssimo, é o que você deveria dizer.

O prelado vestido de preto riu.

– Ninguenzíssimo – disse o Santo.

---

[*] Seja feita a vontade de Deus. (N. T.)

– Você me foi indicado como inquisidor única e exclusivamente porque o povo de Veneza o conhece. Você conquistou certa fama graças a esses... – o patriarca fez uma careta – a esses furos nas mãos – disse, evitando deliberadamente chamá-los de estigmas. Olhou para ele quase com desprezo. Era evidente que o Santo não lhe agradava. – Será que você terá condições de assumir o processo? – perguntou, então. – Ou será melhor eu procurar outro paladino?

– Conceda-me essa possibilidade, patriarca. Não o decepcionarei. Faz quase um ano que persigo esta judia – disse o Santo, inflamando-se.

– Não a transforme em uma questão pessoal – admoestou-o o patriarca. – Você trabalha para mim, que trabalho por conta de Sua Santidade, que, por sua vez, trabalha para a glória maior de Nosso Senhor.

– Sou seu humilde servidor – afirmou irmão Amadeo.

– Então, aproxime-se.

O Santo se levantou e aproximou o ouvido da boca do patriarca.

– Uma das acusadoras da judia é uma mulher da vida – sussurrou o patriarca. – Quis o infortúnio que meu pobre, louco e demente sobrinho Rinaldo seja seu amante... Aliás, como você bem sabe, já que também se regala com a demência do príncipe, segundo me dizem.

Irmão Amadeo enrubesceu.

– Não fique corado como uma virgenzinha, Santo – disse o patriarca com voz gélida. – Onde há carne em decomposição, sempre haverá vermes e parasitas. – O patriarca prendeu a orelha do Santo entre dois dedos e o aproximou ainda mais de si. – O que me interessa é que o nome da minha família não seja associado a essa mulherzinha nem a esse processo. Pelo menos, não oficialmente. Portanto, antes de convocar essa meretriz que vive no *petit* Palazzo Contarini para depor, você a instruirá como se deve. Se o nome do meu sobrinho não aparecer, ela será recompensada. Mas, se aparecer, deixe bem claro que os ferros do nosso carrasco sempre poderão ser aquecidos para ela.

O Santo recuou um passo. Anuiu.

– Fique tranquilo.

O patriarca fez sinal aos clérigos, que imediatamente se puseram a seu lado e o ajudaram a levantar-se. Depois, seguraram-no enquanto ele se voltava, sem nunca olhar para Giuditta, presa à mesa. Quando já estava quase na porta, virou-se para o frade, que o havia escoltado, caminhando encurvado e de lado.

— O povo de Veneza o conhece. Somente por isso você terá a sua oportunidade, apesar da sua inexperiência como inquisidor. Repito isso para que não se esqueça.

— Não me esquecerei...

— Já leu o livro que lhe enviei? – perguntou o patriarca.

— O *Malleus Maleficarum*?* Claro, patriarca. É um manual... extraordinário – respondeu o Santo.

— Atenha-se aos procedimentos. Decore-os. E cite sempre a *Approbatio* da comissão dos teólogos alemães de Colônia para deixar claro que toda a Igreja aceita o manual – disse o patriarca, mesmo sabendo que a introdução era uma falsificação que servia apenas para dar ao tratado o *imprimatur* de obra teologicamente irrepreensível.

— É o que farei. Pode confiar.

— Não me decepcione, frade.

— Não o decepcionarei – disse o Santo, erguendo as mãos para o patriarca, que fitou os estigmas sem se descompor.

— Trate de não bancar o bufão no tribunal com esses buracos – disse com profundo desprezo. – Você não é o bobo da corte de Deus. – E foi embora.

Então, o frade se dirigiu ao carrasco.

— Solte-a – ordenou. – Conhece alguma prostituta?

O carrasco fez uma expressão de espanto, sem saber o que responder.

— Encontre uma prostituta – disse o Santo – e peça-lhe para cuidar da judia com seus bálsamos, suas maquiagens e seus óleos. Quero que ela seja lavada, penteada e perfumada. A bruxa tem de ser transformada em uma meretriz excitante. – Aproximou-se de Giuditta, que se agitava sobre a mesa, nua e humilhada. – Temos de mostrá-la como ela é – sussurrou, olhando-a nos olhos. Abaixou-se até ela, até quase roçar seu rosto com a boca, como um amante que estivesse jogando um perverso e refinado ritual amoroso. – A meretriz do diabo.

Então, Giuditta realmente sentiu medo.

---

* Também conhecido como *O martelo das bruxas* ou *O martelo das feiticeiras*, esse manual foi escrito pelos dominicanos alemães Jacob Sprenger e Heinrich Kramer por volta de 1486 e ajudava os inquisidores a identificar e julgar as mulheres acusadas de bruxaria. Seu prefácio incluía uma aprovação (*Approbatio*) da Faculdade de Teologia da Universidade de Colônia. (N. T.)

79

Mestre

Os guardas do Palácio Ducal, com o comandante à frente, irromperam no hospital.

– Onde está o rapaz que responde pelo nome de Mercurio? – intimou o comandante, que estava com o nariz inchado.

Isacco, Anna, o capitão Lanzafame, as prostitutas curadas e as acamadas se viraram para eles. Os jovens soldados mutilados, que já ajudavam Isacco de maneira permanente, também foram ao encontro dos guardas, apoiando-se em suas muletas. E todos olhavam para os militares como se estivessem surpresos com aquela invasão.

Na realidade, os guardas tinham chegado poucos instantes antes em duas vistosas embarcações, que haviam atracado no canal diante da casa de Anna, fazendo tanta algazarra que qualquer um, no raio de um quarto de milha, os teria notado.

Lanzafame deu um passo até o comandante.

– Quem disse que está procurando? – perguntou, fingindo-se surpreso.

– Chama-se Mercurio. Não sei mais do que isso.

– E o que teria feito? – perguntou Anna, aproximando-se.

– Não lhe diz respeito, mulher – respondeu o comandante.

Isacco e algumas prostitutas também se reuniram em torno dos guardas. Todos fitavam o nariz de seu chefe.

– E então? Respondam ou serão considerados seus cúmplices. Sei que vive aqui.

– O senhor está certo e errado ao mesmo tempo – respondeu o capitão. – Ele é meio andarilho. Às vezes fica aqui, outras vezes, não. Neste momento, por exemplo, não está. E não temos ideia de onde possa estar.

– Vocês o estão protegendo? – indagou o comandante.

– Verifique com seus próprios olhos.

— Pode averiguar – disse Isacco. – Mas sugiro que não toquem em nada. – Apontou para as prostitutas nas camas. – São contagiosas.

Os soldados olharam ao redor, incomodados. Fitaram as prostitutas, corroídas pelas feridas.

— Se virem esse delinquente, têm o dever de denunciá-lo às autoridades – disse o comandante. – É procurado, e quem o hospedar ou esconder será considerado seu cúmplice e inimigo da República.

Todos os presentes olharam para ele em silêncio, sem anuir. Após um instante, o comandante e seus guardas se dirigiram à saída do hospital, fazendo barulho como quando haviam entrado.

Lidia, a filha de República, seguiu-os até as embarcações. Depois, voltou e anunciou:

— Foram embora.

— Pode sair – disse, então, Scarabello.

Mercurio saiu de baixo de sua cama. Estava pálido. Tinha uma expressão cansada.

— Você o deixou em péssimo estado – riu Lanzafame. – Está com o nariz quebrado.

Mercurio anuiu distraidamente. Desde que Isacco lhe dissera que Giuditta ainda o amava, não teve um só segundo de paz. A primeira pergunta que o torturava era por que ela quis terminar a história de ambos. Mas havia algo mais urgente. Uma angústia, um pânico incontrolável que o sacudia. Conseguiria salvá-la?

— Então? – perguntou a Scarabello, quase ofegante.

Scarabello olhou para ele com olhos velados.

— O quê?

— Pode ajudá-la? Sim ou não? – repetiu Mercurio, que já lhe havia feito essa pergunta antes da chegada dos guardas.

— Você não pode ficar aqui – disse Anna, preocupada, aproximando-se da cama. – Precisa se esconder. Ouviu? Está sendo procurado.

— Sim, tudo bem, vamos dar um jeito nisso – cortou Mercurio, tentando respirar. Tornou a dirigir-se a Scarabello, com a urgência ditada pelo pânico. – Responda: você pode ajudar Giuditta?

— Como... eu poderia? – Scarabello balançou a cabeça.

Mercurio se sentou na beira da cama.

— E aquele homem poderoso que você conhece? Aquele que está tão no alto que me daria vertigem? Lembra-se?

Scarabello esticou a mão e agarrou seu casaco leve de linho com um aperto tão fraco que quase não conseguia segurar o pano entre os dedos.

– Por que está falando comigo como se eu fosse um débil mental, rapaz? Estou te entendendo... Por enquanto, estou te entendendo.

– Então me responda – insistiu Mercurio.

– A sua Giuditta... está perdida – arquejou Scarabello.

– Não!

– Sim, rapaz... Se ela tivesse roubado o anel... do *doge* em pessoa... o homem que está no topo do Conselho Maior... poderia intervir – Scarabello parou, ofegante. – Mas essa história... é assunto da Igreja. A Santa Inquisição... não responde ao governo da Sereníssima, mas diretamente ao Papa, a Roma. Entende?

– Não. Deve haver alguma coisa que...

Scarabello tentou rir, mas o fôlego lhe faltou enquanto erguia o braço para interrompê-lo.

– Ela não tem direito nem mesmo a um defensor – completou. – Sabe o que se costuma dizer? Que uma bruxa já está queimada... antes de acenderem a fogueira... – Olhou para ele. Viu o desespero em seus olhos.

Mercurio pegou sua mão, tenso.

– Por favor, me ajude...

Scarabello sentiu pena dele. A essa altura, a vida de Giuditta não valia um *marchetto*. Todo mundo ali dentro sabia disso. Até o pai dela. Mas aquele rapaz queria mudar um destino já escrito. Estava disposto a carregar toda a responsabilidade em seus ombros jovens. Então, sentiu que não podia decepcioná-lo.

– Talvez...

Mercurio apertou sua mão.

Scarabello olhou para Anna, que tinha ficado ali ao lado. Aquela mulher o desprezava. E ele podia entendê-la.

– Nos deixe a sós – disse Mercurio a Anna, achando que aquele olhar de Scarabello significasse que estava para lhe confiar um segredo.

Anna desviou o olhar para Scarabello. E balançou a cabeça devagar. Não queria que aquele delinquente colocasse em perigo a vida de Mercurio. Mas não encontrou forças para dizer nada. Virou-se e saiu.

– Talvez pudesse haver uma ocasião para... dar fuga a ela... embora seja muito difícil.

– Como?

– Não sei... agora não sei... – Scarabello respirava com dificuldade, enquanto buscava uma esperança para dar a Mercurio. – O ponto fraco é o trajeto das prisões ao local do processo e vice-versa... Se for possível tentar alguma coisa... é ali... – Agitou o dedo no ar. – Mas ainda que conseguíssemos... te encontrariam... se você fugir por terra.

– Então?

– Então, conserte seu navio, rapaz. Se conseguir tirar sua namorada da prisão, você só terá uma possibilidade... a via marítima. Não vão pensar nela... Suba no navio. E comece a rezar.

– Eu disse para Zuan afundá-lo... – lamentou Mercurio.

– E você acha que aquele velho vai obedecer a um garoto? – sorriu Scarabello. – Eu o vi. É um velho teimoso que se casou com aquele barco. Nunca vai afundá-lo... aposto...

– Não tenho dinheiro para...

– Tem, sim. Vou dá-lo a você... Já te disse...

– Eu te devolvo.

– Você é mesmo um idiota, rapaz – riu Scarabello baixinho. – Olhe para mim. Estou morrendo. Quer colocar o dinheiro no meu caixão?

Mercurio balançou a cabeça.

– Você não vai morrer.

– Procure o velho...

– Obrigado.

– Vá...

Enquanto Mercurio corria para fora do estábulo, Scarabello o seguiu com o olhar. "Não conseguiria dar fuga à filha do doutor", pensou. Era uma loucura. E a história do navio era uma bobagem. Mas pelo menos o manteria ocupado. Sempre gostou do rapaz. Queria ajudá-lo. Embora não pudesse lhe dar nada além de uma frágil esperança. "Mas já era alguma coisa", pensou. Desde que se encontrava naquela cama, tinha entendido que a esperança era um bem precioso.

Mercurio se aproximou de Isacco e Lanzafame, ao lado do bebedouro.

– Capitão, o senhor poderia assumir a tarefa de escoltar Giuditta da prisão ao processo e em seu retorno?

Lanzafame olhou para ele, surpreso.

Isacco também se virou, atento.

– O que você tem em mente? – perguntou-lhe.

– Poderia assumir a guarda? – repetiu Mercurio a Lanzafame.

O capitão negou a cabeça.

– Como? São ordens superiores e...

– Tudo bem – interrompeu-o Mercurio. – Mas se eu conseguisse fazer com que lhe dessem essa incumbência e depois... alguém ajudasse Giuditta a fugir... o senhor a mataria?

Lanzafame se virou para Isacco. Depois, tornou a olhar para Mercurio.

– Como pode pensar que eu faria uma coisa dessas, rapaz?

– Você quer ajudá-la a fugir? – A voz do doutor vibrava de emoção.

– O senhor não tentaria? – perguntou Mercurio.

"Havia medo em seus olhos", pensou Isacco. Mas também coragem.

Mercurio voltou correndo para o leito de Scarabello.

– Quantos favores você pode pedir ao seu homem poderoso?

– Enquanto eu estiver vivo tenho... crédito ilimitado...

– Tenho um, para começar.

Isacco e Lanzafame foram até eles e se colocaram ao redor do leito. Pareciam prender a respiração.

– Do que se trata? – perguntou Scarabello.

– Da escolta da prisioneira – disse Mercurio.

Scarabello pensou, em silêncio.

– Sim... acho que dá para fazer... – Virou-se para Lanzafame e lhe sorriu com fraqueza. – Mas assim... o senhor corre o risco de perder a minha morte, capitão...

Lanzafame o fitou. Algo em seu olhar tinha mudado. Anuiu. E franziu imperceptivelmente o lábio, como se estivesse segurando um sorriso.

– Vou arriscar.

– Que Deus nos proteja – disse Isacco, enquanto seus olhos se enchiam de lágrimas. – Que Deus nos proteja e cuide de Giuditta.

Mercurio se dirigiu a Scarabello.

– Mando o caolho ir em seu nome?

– Não. Vá você mesmo falar com ele.

Mercurio levou a mão ao peito, como para tentar desacelerar a respiração ofegante de ansiedade.

– Tudo bem.

– Aproxime-se – disse Scarabello e, assim que Mercurio se abaixou, sussurrou em seu ouvido: – Esse sujeito acaba com o caolho em dois tempos. Quando te receber, olhe diretamente nos olhos dele e faça-o entender que ele não é melhor do que você. Assim, ele vai te ouvir.

– Vou tentar...

– E seria melhor... pedir a ele tudo de uma vez... Por isso, se você se lembrar de outros favores...

– Está certo.

– Espere... – Scarabello pegou Mercurio pela mão. Virou-se para Isacco e Lanzafame. – Nos deixem a sós, por favor...

O doutor e o capitão se afastaram.

Scarabello abriu a camisa. Agarrou entre os dedos uma corrente de ouro e tentou arrancá-la do pescoço, mas não tinha forças para puxá-la. Os elos da corrente tilintaram, e os dedos feridos de Scarabello a soltaram. Ofegou, cansado. Fez sinal para Mercurio ajudá-lo.

Com delicadeza, Mercurio tirou a corrente de seu pescoço. Um longo tufo de cabelos brancos permaneceu preso a um elo. Mercurio os tirou rapidamente, esperando que Scarabello não os visse.

– Mostre isso a ele... mostre a Jacopo... Giustiniani... – Scarabello mostrou o selo preso à corrente. – É assim que se chama... mas não pronuncie seu nome aqui... Você precisa... – Semicerrou os olhos, como se buscasse a palavra certa. – Você precisa... protegê-lo.

– Está certo – disse Mercurio. Baixou o olhar para o selo de ouro, com uma cornalina na qual havia sido gravada uma águia com duas cabeças e asas abertas.

– Se eu morrer antes... isso servirá para fazê-lo acreditar por algum tempo que ainda estou vivo...

– Você não vai morrer.

– Todo mundo morre... mais cedo ou mais tarde...

Mercurio saiu de Mestre com um peso no coração. Sabia que estava tudo sobre seus ombros. Mas tinha de conseguir, tinha de salvar Giuditta.

Pediu que Tonio e Berto o deixassem, como sempre, no cruzamento do Rio di Santa Giustina com o de Fontego. Mais do que nunca, queria evitar que muitas pessoas soubessem de sua embarcação.

Enquanto caminhava na calçada, quase correndo, ouviu um rufar de tambores no largo nas proximidades. Foi até lá e viu uma pequena multidão reunida ao redor de um pregoeiro.

– Domingo, dia do Senhor, por vontade do nosso patriarca Antonio II Contarini – escandia o pregoeiro com sua voz potente –, na Piazzetta de

São Marcos e próximo ao cais do Palácio Ducal, na presença das autoridades da nossa Sereníssima República de Veneza, a Santa Inquisição Romana lerá e exporá publicamente as acusações contra Giuditta da Negroponte, bruxa e judia...

A multidão aplaudiu.

Mercurio se deu conta de que não tinha muito tempo. A fogueira já estava sendo preparada.

Talvez os outros tivessem razão. É bem provável que Giuditta estivesse perdida. Mas ele não podia nem queria se render.

Dirigiu-se ao estaleiro de Zuan dell'Olmo. Dobrou a esquina prendendo a respiração.

– Cadê você, velho? – gritou.

Mosè o recebeu, latindo com alegria.

– Não o afundou! – disse a Zuan quando ele apareceu.

– Não, rapaz. E não quero suas moedas. Não vou vender meu navio a você. Eu não saberia o que fazer com o ouro. Prefiro ficar aqui e apodrecer com ele...

Mercurio riu e o abraçou com excessivo entusiasmo. Algo estava começando a dar certo.

– Adoro você, Zuan!

– Que diabos está fazendo, rapaz? – perguntou o velho, incomodado e embaraçado, tentando desvencilhar-se do aperto.

– Não deve afundá-lo. Tem de consertá-lo.

– Você não bate bem, rapaz – disse Zuan, apontando-lhe o dedo. – É isso mesmo, pelo amor de Deus! Logo vi que você não batia bem da cabeça.

– Você precisa consertá-lo. Depressa.

– Depressa quanto? E com que dinheiro?

– Uma semana...

– Uma semana? Está vendo como não ba...

– Uma semana – interrompeu-o Mercurio. Tinha um olhar determinado. Apertou o ombro ossudo do velho. – É uma questão de vida ou morte.

Zuan prestou atenção.

– Certa vez, estive no Arsenale. Construíram um navio do nada em um único dia – disse Mercurio. Apontou para a embarcação. – Daqui a uma semana, precisa estar na água. E não se preocupe com o dinheiro.

Zuan balançava a cabeça, enquanto Mosè latia, agitado.

— Fique quieto, imbecil! – gritou-lhe o velho. Mosè latiu ainda mais forte, abanando a cauda.

— E preparem-se para partir, vocês dois – disse Mercurio, apontando para o cão.

— Você não bate bem! Não bate bem mesmo... – Agitou os braços no ar. – É preciso ter uma tripulação para dirigir um navio. Nunca pensou nisso?

— Então, arranje-a. Tenho dois *buonavoglia*. É suficiente?

— São necessários pelo menos vinte homens, porra!

— Nesse caso, você só vai precisar arranjar dezoito, velho. – Fitou-o. – Não estou brincando. Pode acreditar.

Zuan ergueu as mãos em sinal de rendição. Em seus olhos havia uma luz alegre.

Mercurio o agarrou pelos ombros.

— Olhe para mim – disse com seriedade.

Mosè uivou e se sentou, bem-comportado.

— Preciso de você, velho. Não me traia.

— Não... – sussurrou Zuan e, enquanto Mercurio partia, enxugou uma lágrima de comoção e tentou chutar Mosè, que se esquivou e começou a saltitar em torno dele com alegria. – Grande imbecil que você é! Fica rindo dessa merda embalsamada! Quero só ver se vai mesmo aguentar o mar...

Ao longe se ouviam os tambores da Inquisição.

80

Veneza

A PRAÇA DE SÃO MARCOS havia sido invadida pelo sol. Um sol impiedoso, feroz. As pessoas caminhavam respirando com dificuldade por causa do calor, à sombra, sob os pórticos das Paratie Nuove,* recém-construídas.

O verão tinha se abatido sobre Veneza como uma doença. O ar era irrespirável. O céu estava baixo e cinzento, com uma luminosidade indefinida e artificial. Os canais menores estavam quase secos. A lama aprisionava os peixes-gatos, e, onde estava mais seca, era possível ver as pegadas deixadas pelos ratos. Mais do que nunca, a água parada tinha odor de podridão. Os excrementos, líquidos e sólidos, humanos e de animais, fermentavam depressa, rodeados de nuvens de moscas. Os cadáveres de pombos, ratazanas, gaivotas, gatos e até de cavalos se decompunham rapidamente, mostrando sem pudor o pulular de vermes, como que se regalando em um banquete.

Benedetta estava suada, mas mesmo assim avançava a passos velozes, sem desacelerar. Em uma das mãos trazia um lenço bordado com preciosas rendas de Burano. Na outra, um salvo-conduto que poucos poderiam obter nesses dias.

Enquanto caminhava entre as pessoas, olhou para trás. Tinha a sensação de estar sendo seguida. Desde que saíra do Palazzo Contarini, estava com a impressão de ouvir passos nas ruas mais desertas, passos que acompanhavam os seus e paravam quando ela parava. Talvez o príncipe tivesse colocado um servo em seu encalço. Era de sua natureza querer ter tudo sob controle. Na realidade, mais de uma vez naqueles dias ele lhe pedira satisfação sobre seus deslocamentos. Talvez o servo que a levara a Mestre,

---

* Paliçadas estanques, construídas provisoriamente para a realização de trabalhos em seco. (N. T.)

à casa de Mercurio, tivesse dito alguma coisa. Por isso, quase uma hora antes, havia saído de casa sozinha, sem acompanhantes. E, ao se dirigir a São Marcos, fez um trajeto tortuoso.

Mais uma vez, Benedetta se virou de repente, mas não notou ninguém.

Ao chegar ao final das Paratie Nuove, atravessou a praça, passando na frente da basílica, e foi até o Campanário, na base do qual haviam sido instaladas algumas lojas para a venda de madeira. Ao passar pela última, onde uma equipe de homens estava arrumando altas pilhas de lenha, viu à sua esquerda o Palácio Ducal. Tinha chegado. Sentia-se excitada. E, ao mesmo tempo, talvez por causa do calor excepcional, também insegura e agitada.

Parou à sombra da marquise de uma loja. No chão, um tapete de aparas, e no ar, o odor da resina fresca. Benedetta enxugou o suor da testa com o lenço. Depois, passou o lenço no decote e o enfiou dentro do vestido, sob as axilas. Respirou fundo. Impôs a si mesma acalmar-se. Relaxou os traços do rosto, tentando demonstrar uma expressão indiferente e, quando se sentiu pronta, moveu-se.

No céu, as gaivotas davam suas risadas estridentes e se aglomeravam nas pilastras do cais do Canal Grande.

Benedetta notou que os dois guardas do Palácio Ducal tinham se virado para observá-la. Sentiu o suor escorrer pela espinha e entre as pernas. Não desacelerou o passo nem baixou o olhar. Quando chegou à frente dos dois soldados, sem falar, com um gesto altivo e sem ênfase, como se fosse uma praxe normal, à qual sua classe estava habituada, entregou-lhes o salvo-conduto.

O guarda mais velho rompeu o selo e leu. O documento era assinado pelo Santo, o inquisidor, e rubricado pelo príncipe Rinaldo Contarini. O homem inclinou-se ligeiramente para Benedetta, deu uma olhada ao redor e lhe perguntou, surpreso:

— A senhora não tem serviçais?

Ela o fitou com um olhar gélido.

— Prefiro não dar destaque a esta visita — respondeu.

O guarda se inclinou novamente, depois se dirigiu ao colega e disse:
— Acompanhe Sua Senhoria até a judia.

O outro guarda também se inclinou e se dirigiu à galeria das prisões.

Benedetta se virou para os pórticos. A sensação de estar sendo seguida não a havia abandonado. Porém, mais uma vez, não conseguiu identificar nenhum suspeito.

Foi até o guarda que a esperava na entrada dos cárceres.

Quando entrou nos subterrâneos escuros e úmidos, sentiu o suor gelar em seu corpo. Teve um calafrio. Passaram diante das celas comuns, das quais provinham lamentos, orações e um odor desagradável. Depois, atravessaram um corredor com celas individuais e, por fim, pararam diante de uma porta de nogueira escura e antiga, blindada por grades transversais de ferro batido. O guarda fez sinal a um colega que tinha um grande molho de chaves preso à cintura.

A porta finalmente foi aberta.

– Fique do lado de fora – disse Benedetta.

– Como quiser, Senhoria – concordou o guarda, entregando-lhe um lampião a óleo. – Cuidado, o chão certamente estará escorregadio. Os prisioneiros sempre urinam nele.

O outro guarda farejou o ar na escuridão da cela e riu. Depois afastou-se.

Benedetta pegou o lampião e o ergueu diante de si. A escuridão da cela era impenetrável. Havia um odor forte. Não de urina. Era diferente. Pensou que fosse o odor do medo. E se deu conta de que ela própria se sentia intimidada ao transpor aquela soleira.

– Está... presa? – perguntou.

– Não será capaz de lhe fazer nada, Senhoria. Fique tranquila – respondeu o carcereiro.

Benedetta respirou fundo e entrou.

Atrás dela, os dois soldados riram disfarçadamente.

O lampião espalhava ao redor de si sua frágil luminosidade, clareando uma área não maior que um passo. Benedetta viu que o chão era constituído por grandes lajes, trabalhadas de forma rústica e polidas pelo tempo. As paredes eram de tijolos vermelhos, com um teto abobadado e grandes vigas transversais de reforço. Uma primeira série corria paralelamente ao pavimento, a alguns palmos do chão, e uma segunda série, a menos de uma pértica. Nas vigas estavam pregados grilhões, correntes e jugos.

Benedetta avançou lentamente. O odor de imundície e de humores corporais crescia à medida que avançava. Ao abaixar o lampião à altura dos próprios joelhos, viu o rosto de Giuditta se materializar e deu um salto para trás, assustada. Em seguida, recobrou o fôlego e tornou a aproximar-se dela.

Giuditta piscou, como se aquela luz fraca e trêmula a cegasse. Virou a cabeça para o lado.

Benedetta se aproximou ainda mais. Olhou em seus olhos, sem dizer nada, esperando que a outra a reconhecesse. Depois, desceu o olhar para o corpo de Giuditta, que estava encolhida no chão. Usava um vestidinho sujo e amassado. À medida que a luz do lampião a explorava, Giuditta se encolhia ainda mais contra a parede. Ao se mover, descobriu o joelho esfolado. Benedetta viu que seus tornozelos estavam presos a dois grilhões de ferro grandes, espessos e enferrujados. E um grilhão com uma corrente curta apertava sua cintura, obrigando-a a permanecer sentada no chão, com pouquíssima liberdade de movimento. Os pulsos também estavam acorrentados e arranhados. Tinha a pele do rosto suja. E aquele olhar de animal enjaulado.

Fazia três dias que vivia naquela escuridão. A cela parecia não ter janelas. O ar era frio, úmido e viciado. "Mesmo assim, Giuditta continuava bonita", pensou Benedetta com um ímpeto de raiva. E a odiou com todo o seu ser, mais do que já a odiava, pois nem mesmo a prisão a havia derrotado. Pelo menos, não totalmente. "Ainda era uma rival digna", pensou.

– Oi, bruxa – disse.

Giuditta sustentou o olhar. Tinha os olhos avermelhados, as faces encovadas, os cabelos grudentos e sujos e os lábios, rachados.

– Você não me... assusta... – disse com voz rouca.

Benedetta aproximou ainda mais o lampião do rosto dela.

– Não sou eu quem tem de te assustar. – Depois, com um movimento circular, iluminou a cela. – Não. Já não é necessário que seja eu a te assustar. – Riu. Esticou a mão, como se quisesse acariciá-la.

Giuditta afastou o rosto.

– É bom ver você assim – sussurrou-lhe Benedetta.

– O que você quer?

– O que mais eu poderia querer além disso? – sorriu Benedetta. Fez uma longa pausa enquanto segurava o lampião diante dos olhos de Giuditta. Continuava a pensar que a outra ainda era bonita. – Quero ver você morrer! – disse-lhe, enfurecida.

Apesar de todos os seus esforços, Giuditta sentiu o terror cravar as garras em seu estômago.

– Por quê? – perguntou em voz baixa.

Benedetta olhou para ela sem responder. Depois, cuspiu em seu rosto, levantou-se e dirigiu-se à porta da cela. Parou.

– Estou indo ver Mercurio – anunciou, tentando transmitir um tom de leveza, como se falasse a uma amiga. – Eu o estou consolando. – Voltou.

– E ele está gostando de ser consolado por mim. – Permaneceu em pé diante de Giuditta. – Você entende que não posso mandar lembranças suas a ele, não é? – Abaixou-se, tornando a iluminar o rosto da inimiga, e viu que chorava. Suspirou, como se sentisse um grande prazer, e partiu sem deter-se novamente.

Assim que saiu das prisões, o sol a atingiu com prepotência. Quase tinha se esquecido daquele calor e daquela luz que reverberava na água da laguna, transformando-a em um pavimento de pequenos espelhos em contínuo movimento. Deixou que o ar quente enchesse seus pulmões e, revigorada, dirigiu-se à calçada ao lado do cais do Palácio Ducal.

Fez sinal a um gondoleiro e subiu no barco.

Enquanto se afastava ao longo do Canal Grande, virou-se, tentando verificar mais uma vez se estava sendo seguida. Não viu ninguém. Então, olhou para os outros barcos e gôndolas. Mas havia dezenas deles, indo em todas as direções.

À sua esquerda, ouviu um rufar de tambores. Virou-se para a Punta da Màr, a fina faixa de terra que dividia o Canal Grande do Canal da Giudecca, e viu um grupo de maltrapilhos seguir um pregoeiro.

– Domingo, dia do Senhor, por vontade do nosso patriarca Antonio II Contarini, na Piazzetta de São Marcos e próximo ao cais do Palácio Ducal, na presença das autoridades da nossa Sereníssima República de Veneza, a Santa Inquisição Romana lerá e exporá publicamente as acusações contra Giuditta da Negroponte, bruxa e judia.

– Só mais dois dias – murmurou Benedetta.

– O que disse, Senhoria? – perguntou-lhe o gondoleiro.

Ela olhou para ele com um sorriso angelical, pintado nos lábios.

– Leve-me a Mestre, bom homem.

Benedetta o guiou até o estreito canal de irrigação diante da casa de Anna del Mercato. Desembarcou e lhe ordenou que a esperasse.

– Não vou demorar muito – disse ao se afastar.

Enquanto caminhava na direção da casa, virou-se, sempre com a desagradável sensação de estar sendo seguida. Não viu nada a não ser um feixe de juncos se mover, embora os outros estivessem imóveis na canícula, cerca de dez passos atrás da sua gôndola.

"Pare de se preocupar", disse a si mesma. "Você venceu."

Olhou novamente para os juncos. Agora estavam parados. "Provavelmente foi uma rajada de vento", pensou.

Alcançou a casa. Bateu à porta.

Uma menina veio abrir.

– Está doente? – perguntou-lhe e, sem esperar uma resposta, apontou para o estábulo atrás da residência. – Vá até lá. Aquele é o hospital.

– Você é que deve estar doente, ave de mau agouro – respondeu Benedetta com ímpeto, sentindo o sangue gelar, apesar do calor.

– Quem é? – perguntou uma voz do lado de dentro, e Anna del Mercato apareceu. – Ah, é você – disse sem entusiasmo. Virou-se para a menina. – Pode ir, Lidia. Sua mãe estava te procurando para estender as ataduras.

Lidia olhou para Benedetta e se afastou a passos rápidos.

Anna, por sua vez, fitou-a, mas não com o costumeiro olhar caloroso.

– Não gosta de mim, não é verdade? – perguntou-lhe Benedetta em tom de desafio.

– Se sabe, por que me pergunta?

– O que eu te fiz?

– A mim, nada.

– Então, não encha – sibilou Benedetta. – Cuide de sua vida.

– Mercurio faz parte da minha vida – disse Anna com seriedade.

– Ah, é verdade, você a mamãezinha dele – ironizou Benedetta.

Anna não respondeu e continuou a fitá-la.

– Bom, acontece que Mercurio gosta de mim.

– Nem uma serpente venenosa gostaria de você – respondeu Anna.

– Benedetta, que surpresa! – exclamou Mercurio, chegando atrás dela, vindo do hospital. Viu o olhar tenso de Anna.

– O que foi?

– Nada – respondeu ela.

– Está um calor insuportável. Venha comigo até o bebedouro porque preciso me refrescar – disse Mercurio a Benedetta.

Enquanto se afastavam, Benedetta esquadrinhou Anna com um sorriso maldoso.

– Vá à merda, mamãezinha – disse.

Com o torso nu, Mercurio se lavava.

– Ficou sabendo do processo? – perguntou. Tinha o olhar preocupado.

– Que processo?

– O de Giuditta.

– Ah... Giuditta? – E, enquanto pronunciava seu nome, sentiu uma espécie de fraqueza. Não conseguia tirar da cabeça a imagem daquela maldita judia, bonita até na prisão. Tentou sorrir para não deixar transparecer todo o ódio e a insegurança que tinha no coração.

Mercurio pensou que Benedetta sabia muito bem do processo, como todo mundo em Veneza. Por que, então, fingiu-se de desentendida?

– Sim, Giuditta – respondeu.

Benedetta suspirou.

– Coitadinha, que situação horrível! – Depois, observou Mercurio. A água cintilava em sua pele. Era lindo. – Também comprei um dos vestidos dela... sabe? Aqueles que dizem que foram enfeitiçados.

– E são? – perguntou ele, já atento às suas reações.

– Você acredita nessas bobagens? – riu Benedetta.

– E você?

Benedetta apertou os lábios, como se estivesse pensando a respeito.

– Por que estamos falando dela? Não te faz bem, não acha? Você deveria colocar uma pedra sobre esse assunto, como me disse que queria fazer.

– Sim, tem razão – anuiu Mercurio.

– Pensa muito nela? – perguntou, com uma pontada dolorida no peito. E seu rosto se contraiu em uma careta.

"Estava irritada", pensou Mercurio.

– Não vale a pena – completou Benedetta com voz rouca, repleta de fel. – Viu como ela se comportou com você? Pode até não ser uma bruxa, mas, seja como for, é uma... – Conteve-se a custo. – Não vale a pena, ouça o que estou lhe dizendo. Não pense nisso.

– Sim... tem razão – respondeu Mercurio. De repente, ficou na defensiva. – Mas é difícil não pensar. Há pregoeiros por toda a cidade anunciando o processo. Até aqui em Mestre.

– Tampe os ouvidos, ora! – riu Benedetta.

Ele olhou para ela. Fingiu que sorria.

– Você parece melhor. Já não está com aquelas olheiras pretas.

– Eu disse para você que era um mal-estar passageiro. Estou mais bonita?

– Sim... E o Santo? Tem alguma coisa a ver com isso?

– Com o fato de eu estar bonita? – brincou Benedetta.

– Com o processo de Giuditta – disse Mercurio com seriedade.

– O Santo odeia os judeus, você sabe.

– Sim, eu sei. E vive na sua casa...

– E daí? – perguntou Benedetta, embaraçada.

Mercurio teve a sensação de que ela estivesse escondendo alguma coisa.

– Foi nomeado inquisidor, não foi?

– Ah, é? Não sei, não conversamos...

Mercurio continuou a fitá-la em silêncio.

– Claro, você tem razão – disse, então, Benedetta. – Agora que você falou... sim, acho que sim... Quer que eu converse com ele? – perguntou alegremente.

– Você faria isso? – perguntou Mercurio, em tom frio.

Benedetta se agitou um pouco, incomodada.

– Você sabe como é esse frade... Não me ouviria.

– Pois é... – anuiu Mercurio. – Sinto muito por ter vindo até aqui. Hoje não vamos poder ficar juntos – disse-lhe, despachando-a. – Prometi ao doutor que iria ajudá-lo...

– Sim, claro – disse Benedetta. Pôs a mão no braço dele. Inclinou a cabeça para o lado. – Eu entendo, não se preocupe. – Aproximou a boca de seu rosto e beijou sua face. – Cuide-se – acrescentou ao partir.

Mercurio se virou para a casa e viu Anna junto da porta.

– Até mais ver, Anna! – despediu-se Benedetta em tom jovial.

Anna não respondeu e olhou para Mercurio.

E ele entendeu que ela não gostava de Benedetta. E pensou que talvez ele também não gostasse dela.

Benedetta se virou mais uma vez antes de alcançar a gôndola e agitou a mão no ar para Mercurio. Depois, olhou à sua esquerda, para uma fileira ordenada de choupos, e teve a impressão de ver uma figura escura, atrás de um tronco. Por um instante, pensou que tivesse razão de sentir-se seguida. Mas depois, quando subiu no barco, viu que o homem vestido de preto permanecia ali, sem ir atrás dela.

De fato, enquanto Mercurio vestia uma camisa branca de linho, o homem não se moveu. Com as duas mãos, agarrou-se com força ao tronco do choupo, esfarelando a cortiça, como se tivesse medo de cair. Como se resistisse a uma vertigem. Depois, sentiu uma lágrima escorrer pela face.

"Te encontrei", pensou Shimon, estremecendo. "Te encontrei."

81

– Por quê? – quis saber Jacopo Giustiniani.

O nobre havia recebido Mercurio na sala do Conselho Maior. Dois valetes de libré, com longos cabelos louros, escoltaram-no até um canto da gigantesca sala, que media mais de vinte e cinco pérticas por treze e contava pelo menos seis de altura, sem que uma única coluna interrompesse o espaço desmesurado. Mercurio nunca tinha visto nada tão imenso como aquele ambiente no primeiro andar do Palácio Ducal, que dava para o cais e a Piazzetta.

– Porque... – Mercurio se interrompeu. Scarabello lhe havia dito que aquele homem era capaz de acabar com o caolho em dois tempos. Enquanto a luz que filtrava por uma das sete janelas ogivais o ofuscava, deu-se conta de que Jacopo Giustiniani era bastante diferente do homem que havia imaginado por trás da máscara algum tempo antes, quando o encontrara com Scarabello. Tinha um olhar brando e modos educados, além de um carisma natural. – Porque me recomendaram não me mostrar fraco – respondeu, obedecendo ao instinto –, mas é difícil não se sentir inferior ao senhor.

O nobre, cuja família estava inscrita no Livro de Ouro de Veneza e cujos membros, por direito de nascimento, sentavam-se nos bancos do Conselho Maior e decidiam não apenas a eleição do *doge* e da Senhoria, mas também dos destinos da Sereníssima, piscou simplesmente enquanto sorria, girando na mão o selo que Mercurio lhe havia mostrado ao se apresentar em nome de Scarabello.

– O homem que lhe recomendo... ou melhor, que Scarabello lhe recomenda é o capitão Lanzafame, um dos heróis da batalha de Marignano. A República o humilhou, colocando-o como guarda da jaula dos judeus, mas ele não protestou. É um homem honesto e forte, que travou amizade com um doutor que está se empenhando para combater a epidemia do mal francês...

– Espere um pouco, rapaz – interrompeu-o o nobre, franzindo as sobrancelhas. – Estamos falando do mesmo médico que Scarabello expulsou do Castelletto?

– Bem – respondeu Mercurio, embaraçado –, eu diria... diria que sim, é ele mesmo...

– Mas agora quer protegê-lo? – continuou Giustiniani.

– Não ele, mas... quer dizer... – Mercurio estava em dificuldade. Não tinha pensado nessa contradição e agora temia mandar tudo pelos ares.

– Tudo bem, não tem importância. Não me interessa o que Scarabello faz – disse Giustiniani.

O aristocrata havia usado uma entonação forçadamente depreciativa. Até demais. Como se a tivesse recitado, pensou Mercurio.

– Enfim, quis o destino que a moça acusada, Giuditta da Negroponte, é filha desse doutor. E acho que seria nobre de sua parte, Excelência, se lhe desse o conforto de ser protegida por alguém que a conhece.

– Por que Scarabello está preocupado com essa moça? – cortou Giustiniani.

Mercurio olhou para ele. Ou inventava uma boa desculpa, ou dizia a verdade. Optou pela verdade.

– Não é Scarabello que está preocupado com Giuditta.

– Ah... – O nobre anuiu. – Então, por que Scarabello está preocupado com você? – O nobre sorriu. Um sorriso triste, distante. Virou-se imperceptivelmente para os dois valetes. – Você é o novo garoto dele? – perguntou em voz baixa.

– Não, Senhoria – respondeu Mercurio. – Não trabalho para ele.

Jacopo Giustiniani olhou para ele e riu. Uma risada leve, divertida.

– Eu não me referia ao trabalho... – Seus olhos se entristeceram de novo e se tornaram distantes. Fitou Mercurio com um olhar bonachão. – Pelo que vejo, ele não te falou de si mesmo nem de mim.

– O que disse, Senhoria? – perguntou Mercurio, sem entender.

Giustiniani balançou a cabeça.

– Nada... Bobagem – disse com aquele seu tom remoto, como se fosse superior às coisas terrenas. E, novamente, de maneira imperceptível, seus olhos azuis correram para os dois valetes afastados. – Darei ordem para que o capitão Lanzafame seja designado para a custódia da prisioneira – declarou, fazendo menção de ir embora.

– Senhoria... o selo...

Jacopo Giustiniani olhou para o objeto com o qual havia brincado até aquele momento. Um selo que ele conhecia bem, pois trazia gravado na cornalina o brasão da própria família. Viu um longo cabelo branco preso entre os elos da corrente.

Mercurio teve a impressão de que os belos olhos azuis se embaciavam. E, por um instante, pensou que não o devolveria.

No entanto, o nobre estendeu-lhe bruscamente a corrente de ouro, quase com raiva. Como se ela queimasse.

– Outra graça, Excelência – disse Mercurio, recuperando o selo.

Jacopo Giustiniani olhou para ele.

– Giuditta terá um defensor?

– Obviamente não. A Inquisição não corre o risco de perder.

– Dê a ela essa oportunidade, o senhor pode fazer isso.

– São assuntos da Igreja. O direito canônico prevê que o processo inquisitório seja a portas fechadas, sem defensor.

– Mas esse não é a portas fechadas...

– Não. Querem usar a bruxa para fins políticos – disse o aristocrata, pensativo.

– O senhor é poderoso. Dê a ela a possibilidade de um processo justo – insistiu Mercurio.

– Você não entendeu, não é? – respondeu Giustiniani sem arrogância. – Um processo da Inquisição *nunca* é justo.

– Dê a ela essa possibilidade, senhor. Por favor.

– A moça já está condenada. É judia. É uma bruxa. Além do mais, quem você acha que a defenderia? Seria sempre um padre. Um homem da Igreja que a considera bruxa e descrente, tanto quanto seus acusadores. Seria uma farsa.

– Nomeie um defensor. – Mercurio se ajoelhou diante dele com dignidade. – O senhor tem esse poder.

Giustiniani esticou instintivamente a mão até a cabeça de Mercurio, até seus cachos escuros. Mas parou, e seu olhar se fez ainda mais distante.

– É uma moça de sorte, essa judia – disse. – Talvez seja mesmo uma bruxa – acrescentou com um leve sorriso. – Vou ver o que posso fazer.

– Que Deus o abençoe, Senhoria – agradeceu Mercurio, levantando-se.

– Ao contrário, Deus me amaldiçoa todos os dias, há muitos anos – respondeu Giustiniani.

— Não acredito, Senhoria — disse Mercurio, olhando diretamente em seus olhos, com sinceridade.

— Agora vá.

— Excelência, haveria outra saída mais discreta? — perguntou, então, Mercurio que, ao entrar, havia visto o comandante dos guardas com o nariz quebrado chegar para o seu turno.

Jacopo Giustiniani apenas sorriu. Depois, fez sinal para um dos dois valetes.

— Acompanhe-o até a porta que dá para o cais.

Ao sair do Palácio Ducal, Mercurio ouviu o rufar dos tambores, que havia alguns dias soava com insistência por Veneza, anunciando o processo.

— Domingo, dia do Senhor, por vontade do nosso patriarca Antonio II Contarini, na Piazzetta de São Marcos e próximo ao cais do Palácio Ducal, na presença das autoridades da nossa Sereníssima República de Veneza, a Santa Inquisição Romana lerá e exporá publicamente as acusações contra Giuditta da Negroponte, bruxa e judia.

"Amanhã", pensou com um arrepio e sentiu que o medo tornava a apertar seu estômago.

Ao voltar a Mestre, correu até Scarabello. Encontrou-o dormindo. A ferida no lábio já mostrava os dentes. Os cabelos tinham se tornado ralos e opacos, enquanto as chagas tomavam conta da cabeça. A pele, frágil como uma folha de papel de seda, esticava-se sobre os ossos do rosto. Até mesmo os dedos tinham como que secado, deixando apenas os ossos à mostra. Mercurio pensou que já parecia um esqueleto.

Scarabello abriu os olhos de repente. Olhou para Mercurio sem distingui-lo por alguns instantes. Depois, sorriu.

— Os guardas voltaram. Estão te procurando. O comandante não esqueceu... — Tomou fôlego. — Você não deveria ficar aqui, pelo menos por alguns dias... Se quiser, arranjo um esconderijo para você...

— Não, não precisa. Sei me cuidar.

Scarabello sorriu.

— Fanfarrão.

Mercurio também sorriu.

— Você já está fazendo muito.

— Como foi? — perguntou-lhe, então, Scarabello. — Ele ficou bravo porque não fui, não é?

Somente então Mercurio compreendeu que o vínculo entre Scarabello e Giustiniani devia ser complicado. Mais do que ele pudesse imaginar. Mas teve a certeza de que algo importante acorrentava mutuamente os destinos de dois homens muito fortes.

De repente, lembrou-se das palavras do nobre. E lhe pareceu que tivessem um significado diferente do que havia compreendido no momento. O aristocrata perguntara se ele era o novo garoto de Scarabello e, depois, quando Mercurio respondeu que não trabalhava para ele, o homem comentou, entre satisfeito e melancólico: "Pelo que vejo, ele não te falou de si mesmo nem de mim".

– Então, ficou bravo? – repetiu Scarabello.

– Não... – respondeu Mercurio. Em sua mente inexperiente nas questões humanas, um pensamento começava a abrir caminho. Viu que o semblante de Scarabello se escurecia, como se estivesse desapontado. – Ou melhor... eu quis dizer sim. Muito. Ficou muito bravo – corrigiu-se rapidamente.

O rosto de Scarabello distendeu-se em uma espécie de sorriso. E seus olhos se mostraram distantes, como os de Jacopo Giustiniani.

– E depois, como foi?

– Bem.

– Você o fez entender que ele não era melhor do que você, hein?

Mercurio sentiu uma comoção que não esperava. Não conseguia dar um nome ao pensamento que custava a se formar em sua cabeça, mas era como se estivesse olhando através de um véu que não deveria ser rasgado.

– Ele me disse... para te mandar lembranças.

– Não é verdade. – O olhar de Scarabello se enrijeceu. Estava quase assustado.

– É, sim – afirmou Mercurio. Novamente, percebeu em seu olhar a mesma luz remota que havia visto nos olhos azuis de Jacopo Giustiniani.

– Me deixe sozinho – pediu Scarabello.

Então, Mercurio colocou o selo em seu peito e se afastou.

– Obrigado, rapaz – sussurrou Scarabello, sem ser ouvido. Apertou o selo. Depois, sussurrando, mesmo com os lábios carcomidos pelas feridas, silabou um nome que não pronunciava havia muitos anos.

Mercurio dirigiu-se ao campo. Precisava pensar, reunir forças. Todos acreditavam que Giuditta não tinha salvação. Já faziam seu funeral. Já sentiam no ar o odor de sua carne queimada.

– Não! – gritou. – Não...

Sentiu o medo crescer dentro de si. Não podia perder Giuditta mais uma vez. Balançou a cabeça, como para sacudir o medo de cima de seu corpo.

E nesse momento, à sua esquerda, entre os arbustos não cultivados nos limites do campo, viu uma pessoa que reconheceu imediatamente.

Então, deixando que a raiva tomasse o lugar do medo, inclinou-se, pegou duas pedras, correu para os arbustos e gritou:

– Vá embora, cão vadio! – Em seguida, atirou as pedras, uma após a outra.

Zolfo saiu de trás dos arbustos com as mãos levantadas.

– Não me machuque, Mercurio! – choramingou. – Não me machuque, por favor!

– Vá embora! Que diabos você quer? Seu frade te mandou vir até aqui para ver o quanto estamos mal por sua causa? Está querendo vigiar? Vá embora ou te mato a pedradas, cão vadio!

– Por favor, por favor... – disse Zolfo, curvando-se e aproximando-se com cautela. – Ninguém me mandou...

– Vá embora, já disse!

– Eu fugi, Mercurio... – Zolfo mostrou as roupas sujas e rasgadas. – Faz uma semana que vivo na rua... Não estou mais com irmão Amadeo...

– Não acredito em você!

– Também não estou com Benedetta... eles são malvados... malvados...

– Vá à merda, Zolfo! – Mercurio lhe mostrou a mão. – Quem você acha que deixou essa cicatriz em mim? Você, seu merda! Queria matar uma moça que não te fez nada! E agora vem me dizer que são eles os malvados?

– Por favor... por favor... – implorou Zolfo, dando mais um passo.

– Não acredito em você!

Zolfo chorava. E as lágrimas cavavam a sujeira que tinha nas faces.

– Não sei para onde ir...

Mercurio se inclinou para pegar uma pedra e a arremessou, atingindo-o de um lado.

– Não sei para onde ir... – repetiu Zolfo, enquanto recuava.

– Por mim, você poder morrer debaixo das pontes, se afogar em um canal... Não me interessa!

Zolfo recuou ainda mais. Depois, quando viu que Mercurio pegava outra pedra, virou-se e fugiu para o campo.

Mercurio jogou a pedra no chão, com raiva. Ficou ali, parado, no meio do terreno. Respirava com dificuldade. Seu coração martelava nos ouvidos. E, aos poucos, sentiu a raiva diminuir e ceder espaço para o medo. Medo de que Giuditta morresse. Medo de não conseguir salvá-la.

– Como vou fazer? – murmurou. Suas pernas cederam de repente. Viu-se ajoelhado no prado. – Não sei rezar – disse, unindo as mãos. – Nem sei como te chamar... – Olhou para o céu, velado, quente. O ar estava parado. – Arcanjo Miguel – invocou, então, lembrando-se do anjo que o protegia desde Roma. Buscou as palavras certas para dizer. Ficou boquiaberto por um tempo. – Não sei rezar... – repetiu – mas você pode me ajudar? – Não conseguiu dizer mais nada. Ficou assim, na relva seca, com a terra esfarelando sob seus joelhos, até que o suor começou a pingar da testa.

Então, levantou-se e retornou para casa.

Anna o esperava na soleira.

– O que aconteceu? Ouvi você gritar...

– Nada. Um cão vadio.

– Me assustei – disse Anna, angustiada. – Você não pode dormir aqui. Os guardas voltaram, e o comandante...

– Sim, eu sei – interrompeu-a Mercurio. – Não se preocupe. Não vão me pegar... – Olhava para a direita e para a esquerda, inquieto.

– Diga.

– O quê?

– Vamos, rapaz! – Anna acariciou sua face. – Não pode carregar esse peso nos ombros sozinho.

– Ouça, Anna...

– Desde que você soube de Giuditta, não derramou uma lágrima...

– Não tenho vontade de chorar...

– Conversei com Scarabello – disse Anna. – Você sabe que não gosto dele. Mas até um ser desprezível como ele te quer bem. E sabe por quê? Porque você é especial. E ele me disse que você está para fazer algo muito perigoso.

– Como pode saber o que estou para fazer se nem eu mesmo sei? – perguntou Mercurio, encolhendo os ombros e tentando sorrir.

– Você não pode carregar esse peso sozinho – repetiu Anna. Puxou-o para si, abraçou-o e apoiou a cabeça contra seu peito. – Como você está alto... – disse baixinho.

– Quer me ajudar de verdade? – perguntou Mercurio, afastando-a com delicadeza.

– Claro. – Anna olhou para ele com seus olhos compreensivos.

– Então, não me faça chorar. Porque tenho medo de me despedaçar.

82

A PEQUENA PRAÇA RETANGULAR DIANTE DO PALÁCIO DUCAL estava lotada. As pessoas que para lá afluíam sofriam os efeitos do calor, e o suor de vários dias havia impregnado as roupas. Pairava no ar um odor rançoso, que parecia de cebola e peixe podres. A pele da multidão era brilhante, gordurosa, ácida. Os humores, instáveis.

Porém, mais ainda do que os odores, no ar se respirava a morte iminente. Era como se aquele mundo de edifícios suspensos sobre a água e toda a laguna já ardessem com a fogueira que todos esperavam e desejavam para a bruxa judia que tinha tentado roubar as almas dos venezianos.

As autoridades tinham construído um palco bem na frente do cais do Palácio Ducal. Além dele, abria-se o amplo espelho d'água, para o qual confluíam as águas do Canal Grande. E uma miríade de embarcações amontoavam-se umas ao lado das outras, tanto as ricas dos nobres quanto as humildes dos pescadores e barqueiros.

O palco tinha cerca de duas pérticas de altura, era inteiramente revestido de panos de seda púrpura e tinha dois níveis diferentes. No superior havia sido colocado um trono dourado, com um espaldar muito alto. Um pouco mais abaixo, mas ainda bem visível para a multidão, até por quem estivesse no fundo da praça, havia quatro poltronas, nas quais se haviam acomodado o Santo, aclamado pela multidão, e três prelados vestidos de preto e de semblante sério. Nas laterais havia dois guinchos em forma de torre, do topo dos quais partiam dois braços que se uniam no centro do palco. Do alto pendiam cordas de cânhamo, espessas e entrelaçadas, presas a uma espécie de gaiola de madeira, disposta bem na frente do público. No chão. Vazia.

Em meio ao público, Mercurio e Isacco olhavam ao redor, tensos e preocupados. Nenhum dos dois falava. Parecia que nem respiravam. Tinham o semblante contraído, como esculpido em pedra.

Quando chegou o momento, o patriarca Antonio II Contarini, vestindo um hábito com uma longa cauda púrpura, segurada por quatro clérigos, fez sua entrada. A multidão se calou. O patriarca subiu a escada que levava ao palco e se sentou no trono. Em seguida, fez sinal para o Palácio Ducal.

Então, escoltada pelo capitão Lanzafame e seus soldados, Giuditta foi acompanhada.

A multidão começou a gritar e a insultá-la.

– Não tenha medo – disse-lhe Lanzafame. – Não vou permitir que te aconteça nada.

Giuditta sentiu os olhos encherem-se de lágrimas. Avançou devagar, assustada. E com muita vergonha.

– O que fizeram com ela? – sussurrou Isacco.

Por um instante, Mercurio baixou o olhar, como se não conseguisse ver aquela cena.

– Canalhas – resmungou.

A prostituta contratada por irmão Amadeo tinha coberto o rosto de Giuditta com uma espessa camada de alvaiade. Depois, passado carmim nas faces e nos lábios, desenhando-os em formato de coração. Com um pincel, havia pintado suas pálpebras de preto. E, a partir das sobrancelhas, traçado longas linhas azuis. Seus cabelos estavam presos no alto da cabeça, exceto por duas longas madeixas caídas sobre os ombros, que a prostituta havia colorido de azul mais escuro e amarelo. Usava um vestido com um decote tão amplo que boa parte dos seios estava descoberta. E a fizeram calçar sapatos com saltos de um palmo de altura, como os usados pelas cortesãs.

– O que fizeram com você? – perguntou uma voz de mulher à sua direita.

Giuditta se virou e viu Ottavia, com uma expressão desolada, talvez até pior do que a que mostraria se a tivesse visto torturada.

– Vadia! – gritou uma mulher ao lado de Ottavia.

– Bruxa! – gritou outra.

Giuditta viu que também estavam presentes Ariel Bar Zadok, as costureiras, o cortador Rashi Sabbatai, as mulheres da comunidade, que tinham sido as primeiras a comprar seus barretes, e Joseph, com aquele seu corpanzil incômodo, que enrubesceu quando seus olhos se encontraram.

– Vadia! Tome! – gritou uma mulher, atirando um vestido contra ela.

Giuditta a reconheceu. Era uma de suas clientes. E o traje que lhe lançou era uma de suas criações.

Os soldados de Lanzafame estavam prontos a intervir. A ordem que haviam recebido era garantir que nada acontecesse a Giuditta. Ela deveria ser protegida como o bem mais precioso, dissera-lhes Lanzafame, que, com a espada na mão, abria caminho em meio à multidão.

Quando chegaram ao palco, Giuditta foi conduzida até a gaiola de madeira na base da estrutura. Os dois guinchos foram acionados, as cordas de cânhamo à qual estava ancorada se esticaram, estalando, e a gaiola oscilou.

Assustada, Giuditta se agarrou às barras de madeira.

– Não tenha medo – disse-lhe Lanzafame.

A gaiola se soltou do chão. As cordas gemiam ao transportarem-na para o alto. E, quanto mais ela subia, mais a multidão silenciava, como diante de uma mágica.

Por fim, balançando, a gaiola parou, suspensa no ar.

A multidão deu um grito de espanto.

– Que circo! – exclamou Isacco.

– Planejaram bem – disse Mercurio em tom sombrio. – Giuditta! Giuditta, estou aqui! – gritou.

Um homem ao seu lado olhou para ele com hostilidade.

– Não chame atenção – disse-lhe Isacco em voz baixa. – Não é uma boa ideia ser preso, imbecil. Nem ser linchado.

– Vá à merda, doutor! Como consegue ficar tão calmo?

Isacco olhou para ele.

– Está vendo calma nos meus olhos?

– Desculpe, doutor.

– Eu que peço desculpas, rapaz.

Ambos dirigiram o olhar para a gaiola que balançava no ar. Giuditta ainda estava agarrada às grades, aterrorizada. Olhava para as pessoas, mas sem conseguir enxergar.

A multidão se calou de novo.

No palco, o patriarca se levantou.

– Em nome de Sua Santidade, o Papa Leão X de Médici, por concessão de nosso amado *doge*, Leonardo Loredan – começou a declamar –, com a anuência das grandes autoridades da Sereníssima República de Veneza e sob a proteção de São Marcos, eu, Antonio II Contarini, servo da Igreja e da República, declaro aberto o debate público contra Giuditta da Negroponte, judia, acusada de bruxaria! – Dirigiu-se à área mais baixa do palco. – Inquisidor Amadeo da Cortona, da Ordem dos Frades Pregadores, apresente a acusação.

O Santo se levantou, inclinou-se diante do patriarca e mostrou as mãos feridas à multidão, que logo aplaudiu.

O patriarca conteve a irritação.

Fez-se um instante de silêncio, no qual Mercurio agitou os braços e gritou:

– Giuditta!

Ela se voltou para a voz. Quando reconheceu Mercurio, desatou a chorar, perdendo as forças. Suas pernas cederam, e ela desabou no fundo da gaiola. Em seguida, com muita dificuldade, ergueu-se, fixou os olhos nos de Mercurio e não desviou mais o olhar.

– Povo de Veneza – iniciou o Santo –, aqui está ela... – Apontou em silêncio para Giuditta, suspensa diante do palco, como um animal em cativeiro. – Aqui está ela – repetiu. – A descrente! A judia! A bruxa!

A multidão se agitou.

– Bruxa! Maldita!

– A meretriz do demônio! – gritou o Santo.

– Vadia! Vaca judia!

– O câncer de Veneza! – gritou ainda mais alto irmão Amadeo.

A multidão começou a lançar pedras.

Lanzafame e seus soldados mostraram as espadas.

– Mande-os parar, frade! – gritou Lanzafame.

– São o povo do Senhor! – replicou o Santo.

– Frade! – esbravejou o patriarca.

O Santo se virou.

– Eu o adverti – disse o patriarca. – Não banque o bobo da corte.

O Santo se encurvou. Depois, virou-se para a multidão.

– Acalmem-se! – gritou. – O Senhor pôs em minhas mãos, e não nas de vocês, a sua justa e divina punição.

A multidão se amansou.

– Mas não tenham medo! – retomou o Santo. – Será uma punição exemplar e terrível!

– Que Deus te fulmine – resmungou Mercurio. Depois, levou a mão ao coração, fitando Giuditta.

A moça continuava a chorar, e as lágrimas derretiam o carmim, que escorria sobre a espessa camada de alvaiade, dando a impressão de que ela chorava sangue.

– O processo será celebrado publicamente – anunciou o Santo em tom solene – a partir de amanhã, no Colégio Canônico dos Santos Cosme e Damião, na paróquia de São Bartolomeu. – Tinha o rosto suado e os cabelos colados ao crânio.

A multidão aclamou o Santo.

Mercurio olhou ao redor, agitado. Giustiniani mantivera a palavra: Lanzafame havia sido imediatamente integrado, junto com seus soldados, ao serviço de proteção de Giuditta. Mas o patriarca tinha apresentado apenas o acusador. Não houve nenhum anúncio de um defensor.

O Santo voltou a sentar-se, e um dos três prelados se levantou. Ele também estava muito suado.

– Em nome de Sua Santidade Leão X e de nosso amado patriarca Antonio II Contarini, e segundo o ritual da Santa Madre Igreja, quem tiver algo a dizer... que diga agora!

Um silêncio denso e vibrante dominou a praça. Todos sabiam que ninguém se pronunciaria.

– Peço a palavra – disse, porém, uma voz.

As personalidades no palco, os soldados, o povo de Veneza, todos se voltaram.

Então, abrindo caminho entre as pessoas, cercado por quatro guardas de sua escolta pessoal e seguido por dois valetes louros, Jacopo Giustiniani, com um de seus trajes mais suntuosos, apesar do calor, e coberto das joias da sua família, chegou aos pés do palco.

O patriarca estava perplexo. Isso nunca havia acontecido.

– Concedo-lhe a palavra, nobre Giustiniani – disse, hesitando. – Venha.

Mercurio ficou atento.

Jacopo Giustiniani subiu a escada com agilidade.

Mercurio tornou a olhar para Giuditta.

– Diga – disse o patriarca a Giustiniani.

– A nossa amada República reconhece a autoridade da Igreja de Roma e de Sua Santidade Leão X e respeita o procedimento – iniciou o nobre, dirigindo-se ao patriarca. Em seguida, virou-se para a multidão. – E vós, venezianos, sabeis muito bem quem é o papa e o respeitais... – disse, deixando a frase em aberto.

Houve um murmúrio quase imperceptível de desaprovação. Os venezianos temiam que a autoridade pontifícia pudesse interferir em seus negócios e em suas transações comerciais. Tanto o povo quanto as autoridades sempre souberam que tinham de manter a própria autonomia em relação ao poder da Igreja. E Jacopo Giustiniani sabia disso melhor do que ninguém. Assim, decidiu usar essa antiga e consolidada desconfiança em relação a Roma.

— Mas, ao mesmo tempo, embora respeitando e amando o papa — retomou —, amais e respeitais, acima de tudo, Veneza e suas leis. Amais e respeitais a justiça administrada pelo Leão de São Marcos...

A multidão rumorejou.

O patriarca percebeu que Giustiniani havia separado, de fato, o que ele havia conseguido unir. Nesse momento, o processo corria o risco de se tornar uma imposição da Igreja em detrimento de Veneza.

— Conclua, nobre Giustiniani — disse, tentando esconder a própria irritação.

— Patriarca e vós, povo veneziano... — novamente, deixou a frase suspensa.

— Conclua! — exclamou o patriarca. Um clérigo fez menção de enxugar com um lenço bordado sua testa suada. O patriarca o afastou, irritado.

— Pode Veneza — disse, então, Giustiniani à multidão —, mesmo em respeito à Sagrada Igreja Romana, aceitar que um processo ocorrido na laguna seja celebrado com um inquisidor, mas sem um defensor? — Olhou para a multidão, abrindo os braços. — Pode Veneza mudar as próprias regras, sofrer... se me permitirdes... um ritual que vai contra seus próprios princípios?

A multidão murmurou e se agitou. A ideia de um defensor não havia passado pela cabeça de ninguém, e certamente ninguém sentia necessidade dele, pois todos já antegozavam a fogueira na qual ouviriam o crepitar da carne da judia. Mas agora já não era uma questão de bruxaria. Era uma queda de braço entre o papa romano e a independência da República Veneziana.

— Nobre Giustiniani, o que está pedindo vai contra o decreto do papa Inocêncio III, *Si adversus vos*, e, portanto, não posso...

— Perdoe-me — Giustiniani inclinou a cabeça, humildemente —, mas, se bem me lembro, *Si adversus vos* também prescreve um processo a portas fechadas. — Olhou intensamente para o patriarca, que emudeceu. — Estou errado?

O patriarca se enrijeceu. Tinha entendido aonde o aristocrata do Conselho Maior queria chegar. Se estava abrindo uma exceção tão grande como um processo público, e não a portas fechadas, por que não abrir mais uma exceção?

— Nobre Giustiniani, compreendo o que quer dizer... — iniciou, buscando as palavras para consertar a situação.

— O *doge*! — exclamou nesse momento alguém em meio à multidão, e todos se viraram para a sacada do Palácio Ducal.

O patriarca também parou de falar e se virou. E viu que o *doge* em pessoa havia comparecido como testemunha da discussão. Era evidente que sua presença significava apoio à solicitação de Giustiniani. "E isso significava que todo o Conselho Maior e o Conselho dos Dez estavam alinhados com ele", pensou o patriarca.

– Compreendo o que quer dizer – retomou o patriarca, sorrindo e inclinando-se para o *doge* – e, como cidadão de Veneza, embora servo de Sua Santidade, só posso concordar com o senhor... – Olhou para a multidão. Tinha de trazê-la de volta para seu lado. – Desse modo, celebraremos um processo segundo as regras da Sagrada Inquisição, claro, mas respeitando nossa amada cidade! – exclamou.

As pessoas, que até aquele momento estavam prontas para condenar Giuditta sem processo, já aclamavam a justiça.

Mercurio cerrou os punhos, em sinal de vitória.

Ao seu lado, Isacco levou o olhar ao céu.

– Obrigado, *Hashem* – murmurou.

O Santo levantou-se de um salto.

– Protesto! – gritou.

O patriarca o fulminou com o olhar.

O Santo baixou a cabeça e tornou a se sentar.

– Será divertido ver dois padres se estapeando em público! – riu um homem do povo.

– Será que dá para fazer apostas? – perguntou outro.

E toda a multidão desatou a rir.

O patriarca fez sinal para Giustiniani se aproximar.

– Bem pensado, Giustiniani – disse em voz baixa.

– Não foi ideia minha – respondeu o aristocrata, referindo-se a Mercurio, mas sabendo que o patriarca pensaria no *doge*.

– Mas não posso permitir que inquisidor e defensor se... estapeiem em público – declarou o patriarca com voz sombria.

– Não, claro que não. Por isso, pensei em um nome apropriado, um frade que ninguém conhece, sem experiência e... dócil.

O patriarca sorriu, satisfeito. Relaxou. "Era apenas política", pensou, "não justiça."

– Fico feliz em constatar que a mais fina nobreza veneziana tem muito bom senso. Confesso que o senhor me assustou.

Jacopo Giustiniani se ajoelhou e beijou seu anel pastoral diante de todo o povo reunido na pequena praça diante do Palácio Ducal.

O patriarca, por sua vez, virou-se para o *doge* e fez uma reverência.

– Que a farsa se inicie, então – riu baixinho e deixou que, desta vez, o clérigo enxugasse o suor de seu rosto.

– Que a farsa tenha início – repetiu Giustiniani. – No bom nome de nossa amada República.

– E da Santa Igreja – acrescentou o patriarca, satisfeito.

– Você tem alguma coisa a ver com isso? – perguntou Isacco a Mercurio.

– Como eu poderia? – disse o rapaz, encolhendo os ombros.

– Pois é, como você poderia chegar tão alto... No entanto, parece até que você já sabia.

– Não diga bobagem, doutor – comentou Mercurio, que não desgrudava os olhos de Giuditta.

– Acompanhem a prisioneira à sua cela, à espera do processo! – anunciou um dos prelados no palco.

Os guinchos tornaram a ranger, e a gaiola começou a descer.

– Venha – disse Mercurio a Isacco. – Vamos tentar falar com ela. – A cotoveladas, abriu caminho em meio à multidão, tentando alcançar a gaiola.

Isacco o seguia.

Quando chegou aos pés do palco, o olhar de Mercurio cruzou com o de Lanzafame.

– Agora? – silabou o capitão.

Mercurio fez que não. Foi até ele.

– Agora a linchariam – disse. Depois, virou-se para Giuditta, que estava saindo da gaiola, protegida por dois soldados.

A moça era uma máscara irreconhecível. O calor e as lágrimas haviam dissolvido sua maquiagem. O rosto estava sulcado por linhas pretas, vermelhas e azuis. As duas madeixas coloridas também desbotavam, pingando sobre o peito. Naquele orvalho de cores, seus olhos eram acesos por um medo sem nome nem medida.

– Socorro... – disse em voz baixa, esticando a mão para Mercurio.

Ele deu um passo à frente e pegou sua mão por um instante. Apertou-a. Tentou dizer alguma coisa, mas sua boca permaneceu aberta e muda.

Giuditta tentou segurar a mão de Mercurio na sua enquanto os soldados de Lanzafame a levavam embora, para subtraí-la à fúria da multidão.

– Giuditta! – gritou Isacco, chegando somente então.

Ela o viu e desatou a chorar de novo.

– Minha menina, o que fizeram com você?

Mercurio continuava a olhar para ela, boquiaberto. Depois, a multidão se fechou ao redor da escolta, e Giuditta desapareceu. Mercurio temeu que as pessoas pudessem vencer o capitão Lanzafame e seus soldados, porém, após um instante, viu que Giuditta era levada para além do portão do Palácio Ducal, sã e salva.

– Malditos – resmungou Isacco atrás dele. – Malditos!

– Preciso ir – disse-lhe Mercurio. – É melhor eu não ser visto em circulação.

Isacco segurou seu braço.

– Me enganei a seu respeito, rapaz.

– Preciso ir, doutor. Diga a Anna que não voltarei para casa por alguns dias.

– E para onde vai? – quis saber Isacco.

– Para um lugar seguro, não se preocupe.

– Mas virá para o processo?

– Sim, claro – respondeu Mercurio. – Mas vou ter de me disfarçar.

O rosto de Isacco escureceu.

– Giuditta não vai te ver...

– Diga a Lanzafame que estarei disfarçado, e ele o dirá a Giuditta. – Mercurio olhou para o Palácio Ducal. Viu o comandante dos guardas com o nariz ainda inchado. – Preciso ir.

Isacco anuiu. Em seguida, virou-se para Ottavia e Ariel Bar Zadok, que estavam um pouco mais adiante. Também no rosto deles viu aquele pouco de esperança que coloria o seu próprio. Giuditta teria um defensor. E, mais além, entre dois enormes guarda-costas, viu Anselmo del Banco. O chefe da comunidade se moveu em sua direção, mas Isacco não estava com vontade de conversar e, desse modo, afastou-se a passos rápidos em meio à multidão. Enquanto caminhava, viu que Mercurio parou para conversar com o poderoso Giustiniani.

– O *doge* está do lado de vocês – dizia-lhe Mercurio, admirado.

– Não, rapaz – sorriu o nobre. – Apenas aconselhei o *doge* a aparecer para os habitantes de Veneza perto do final da apresentação. E tudo o que o povo e o patriarca deduziram é apenas farinha do saco deles, não do meu.

Mercurio olhou para ele com respeito.

– Se eu não achasse que o ofenderia, diria que o senhor é um ótimo trapaceiro.

– Não me ofende. O que acha que é a política? – Em seguida, Giustiniani olhou ao redor. – Não vi Scarabello – observou, com um tom de irritação. – Não veio nem verificar se estou obedecendo à sua chantagem?

Mercurio o fitou. Sabia que não se enganava ao ler algo diferente sob a máscara de irritação no rosto do nobre. E pensou que talvez ele merecesse saber a verdade.

– Scarabello está morrendo, Excelência – disse.

Os olhos azuis de Jacopo Giustiniani, profundos como o mar, gelaram. Os traços do aristocrata se contraíram de modo imperceptível. Em seguida, distenderam-se em um sorriso exagerado.

– Então, logo estarei livre – exclamou de modo teatral.

– Sim, Excelência – disse Mercurio, que podia perceber a sensação de angústia que atormentava Giustiniani. – Está em Mestre. No hospital de Anna del Mercato. Todos conhecem.

O aristocrata se virou para um de seus valetes.

– Vamos – disse-lhe.

– Prendam-no! – ouviu-se de repente em meio ao vozerio. – Ali está ele! Prendam-no!

Mercurio viu o comandante dos guardas do Palácio Ducal apontar para ele. Imediatamente, misturou-se à multidão.

Os soldados se lançaram em seu encalço. Um, em particular, estava a um passo de apanhá-lo quando um homem, em meio à turba, caiu em cima dele, tropeçando, e o arrastou consigo para o chão.

– Idiota! – gritou o jovem soldado, furioso porque o incidente o fez perder irremediavelmente Mercurio.

– Perdão, Senhoria – disse Isacco, levantando-se e segurando o soldado, com a desculpa de limpar seu uniforme. – Me empurraram... sinto muito...

– Velho de merda – disse o guarda, afastando-o com um empurrão.

Isacco se inclinou humildemente e desapareceu entre as pessoas. A distância, por um instante entreviu os cachos escuros de Mercurio, que deixava a Praça de São Marcos.

"Me enganei a seu respeito, rapaz. Você merece Giuditta."

83

– Abra – disse Lanzafame ao carcereiro.
– Não está aqui – respondeu o homem.
– E onde está? – perguntou o capitão, tenso.
– Lá em cima. Uma prostituta a está preparando – riu o guarda.
Lanzafame se virou sem responder, subiu a escada do primeiro andar do Palácio Ducal, seguido por seus soldados, e chegou a uma pequena galeria, diante da qual reconheceu os guardas da prisão.
– Está aqui? – perguntou.
O comandante dos guardas se virou com indolência. Tinha o nariz inchado e dois vasos sanguíneos rompidos debaixo dos olhos. Segurava um lenço sujo de muco e plasma sob as narinas. Olhou para Lanzafame sem responder, depois se debruçou na pequena galeria.
– Está pronta ou não? Quanto tempo vai demorar?
– Já acabei – disse uma voz feminina dentro da sala.
O comandante dos guardas se virou para Lanzafame.
– É toda sua, capitão.
Lanzafame entrou na sala.
– Pare de chorar, imbecil! – dizia a prostituta, de costas, dirigindo-se a Giuditta. – Vai estragar todo o trabalho que...
Não terminou a frase. Lanzafame foi até ela e a empurrou com raiva, jogando-a contra a parede da sala.
– Cale a boca, vadia – resmungou. Depois, dirigiu-se a Giuditta e lhe estendeu a mão. – Venha – disse com uma entonação gentil. – Temos de ir.
Giuditta anuiu, fungando.
– Venha – repetiu Lanzafame, levando-a para fora.
Os guardas assobiaram e riram ao vê-la.
Ela baixou a cabeça, enrubescendo.

O capitão os fulminou com o olhar. Em seguida, fez sinal para seus soldados, que se enfileiraram em torno de Giuditta. Lanzafame ficou ao lado dela, segurando-a pelo braço, como se tivesse medo de que ela pudesse cair, e desceram a escada em silêncio.

– Estou horrível – disse Giuditta com um fio de voz quando chegaram à porta que dava para a área externa.

– Parem – ordenou Lanzafame aos seus. Olhou para Giuditta, que tinha o rosto maquiado de maneira pesada e vulgar. O vestido era tão decotado que pouco faltava para adivinhar os seios. Em seus pés, haviam colocado sapatos de salto alto, de cortesã.

– Estou horrível, não estou?

Lanzafame pegou o próprio lenço e passou asperamente sobre os olhos de Giuditta, tirando um pouco da tinta preta que a prostituta havia passado em abundância nas pálpebras. Em seguida, limpou seus lábios, pintados em forma de coração com carmim.

– Pronto, assim está melhor – disse-lhe. Baixou o olhar para o decote. – Não pense nisso. – Fez sinal aos soldados para prosseguirem.

Embora ainda fosse muito cedo, do lado de fora a luz do sol já era ofuscante. O ar quente e úmido era sufocante.

– Bruxa! Judia! Meretriz de Satanás! Maldita! – gritou a pequena multidão que esperava na área externa assim que a viu surgir.

– Afastem-se! – ordenou Lanzafame.

Os dois soldados à frente do destacamento golpearam sem hesitar um desordeiro que cuspia na direção de Giuditta. A multidão logo entendeu e se afastou. Pôs-se a seguir o cortejo gritando, mas sem criar mais problemas.

– Não dê ouvidos a eles – disse Lanzafame.

– Como fazer isso? – tentou brincar Giuditta.

O capitão anuiu, sério. Já tinham deixado a Praça de São Marcos e entrado na Calle de l'Ascension; depois, prosseguiram pela Salizada di San Moisè. Somente então ele perguntou:

– Seu defensor falou com você?

Giuditta fez uma expressão admirada.

– Deveria?

– Merda – deixou escapar Lanzafame.

– É grave? – perguntou Giuditta, preocupada.

– Não... claro que não... – respondeu ele, minimizando. Permaneceu em silêncio. O fato de o defensor não ter se apresentado certamente não era um sinal animador. Esperou que o processo não fosse a farsa que parecia anunciar-se. Depois de atravessarem o Campo San Moisè, viraram à direita, rumo à paróquia de São Bartolomeu, e deram uma volta tortuosa, pois Lanzafame não queria fazer Giuditta passar na Calle degli Specchieri,* onde se veria refletida em toda a rua.

Margeando o Rio dei Fuseri, em San Luca, o capitão notou um barco. A bordo, reconheceu os dois gigantescos *buonavoglia* que sempre acompanhavam Mercurio. O barco os seguiu, a certa distância, quase até São Bartolomeu. Depois, atracou em um pequeno cais de madeira. Lanzafame imaginou que serviria de apoio.

Uma grande quantidade de gente já se havia reunido diante do Colégio Canônico dos Santos Cosme e Damião e, assim que avistou Giuditta, começou a agitar-se, como a água parada da laguna quando se encrespava a uma rajada nervosa de vento.

— Permaneçam bem próximos uns dos outros e não permitam que ninguém se aproxime — disse Lanzafame a seus soldados. Em seguida, apertou o braço de Giuditta. — Fique tranquila. De você, cuido eu.

Enquanto fendiam a multidão, que se abria proferindo injúrias contra a bruxa, Giuditta olhava ao redor, procurando por Mercurio. No dia anterior, quando o vira de sua gaiola suspensa na pequena praça diante do Palácio Ducal, sentira que nem tudo estava perdido e somente então se dera totalmente conta da razão pela qual pedira ao pai para avisá-lo. Porque, se Mercurio olhasse para ela, já se sentiria mais segura. Porque, se Mercurio estivesse ao seu lado, o medo seria menos opressor. Porque, se soubesse que Mercurio sofria com ela, poderia suportar qualquer dor.

— Meretriz de Satanás! Bruxa!

Giuditta era empurrada por Lanzafame, que queria fazê-la atravessar o ponto em que a rua se alargava, diante do Colégio Canônico, para reduzir os riscos ao mínimo. Mas ela, ao contrário, resistia, procurando por Mercurio.

— Já deve estar lá dentro — disse-lhe Lanzafame.

Giuditta se virou para olhar para ele.

— Mas como o comandante dos guardas está atrás dele, teve de se disfarçar. Provavelmente você não vai reconhecê-lo, mas... ele estará presente.

---

* Rua de comércio de espelhos. (N. T.)

– É mesmo? – perguntou Giuditta com um fio de voz.

– Sim – tranquilizou-a Lanzafame. – Mas agora vamos. Não gosto de ficar aqui fora, em meio a todos esses fanáticos. – Olhou para seus soldados. – Vamos seguir!

Chegaram à entrada lateral do Colégio, vigiada por dois guardas armados, que logo abriram passagem. Entraram e se encontraram em uma ampla sala fria e nua.

– Estamos prontos, então – disse o Santo ao vê-los.

Com um pequeno tropel de clérigos e prelados ao seu redor, o patriarca de Veneza franziu a sobrancelha assim que viu Lanzafame.

– No futuro eu gostaria que fosse a acusada a nos esperar, e não o contrário – disse com voz irritada.

Lanzafame abriu os braços, como para se desculpar.

– Sinto muito, patriarca, mas a... maquiadora contratada pelo inquisidor não tinha terminado de prepará-la.

O patriarca se virou para o Santo.

– Não acontecerá de novo – tranquilizou-o o frade, de imediato.

– Vamos, não percamos mais tempo – disse o patriarca, encaminhando-se.

Atrás dele se enfileiraram o Santo, os prelados, um dominicano que avançava com cautela, os clérigos e, por fim, Lanzafame com Giuditta.

A sala maior do Colégio Canônico dos Santos Cosme e Damião era imensa, com pé-direito alto, feito de vigas escuras à vista e colunas nas laterais. Na parte anterior havia sido construído um palco baixo, onde se sentariam o patriarca e os prelados do conselho; à direita, uma longa mesa para o inquisidor e o defensor, e à esquerda, uma gaiola na qual Giuditta foi obrigada a entrar.

Quando a viu, trancada como um animal feroz, Mercurio sentiu uma pontada dolorida no coração. "Resista", pensou, tentando não se abandonar ao tormento.

Diante do palco e em toda a sala maior haviam sido colocados bancos, nos quais já estava sentada e aglomerada uma grande quantidade de pessoas do povo, que acorreram para assistir ao processo. Os que não tinham encontrado lugar para se sentar ocupavam em pé todos os espaços entre as colunas e as paredes, apertados até não poder mais. Outros ainda se amontoavam na entrada, tentando ao menos ouvir. Aos que estavam do lado de fora, na esplanada árida, restava apenas imaginar o que acontecia dentro do colégio.

O patriarca se dirigiu à poltrona central no palco e estava para fazer sinal a um prelado de batina de seda e faixa de cetim, convidando-o a sentar-se ao seu lado, quando o nobre Jacopo Giustiniani, com um salto ágil, foi até ele e ganhou a poltrona ao lado da sua.

– Patriarca – começou Giustiniani, enquanto a multidão reunida na sala emudecia –, este é um evento tão importante que as autoridades de Veneza devem e querem alinhar-se com a Igreja.

O patriarca se enrijeceu. Não tinha previsto dividir os méritos do processo com ninguém.

Nesse ínterim, Giustiniani se virou para o público.

– Sois o rebanho deles, mas também nossos amados concidadãos – disse. – Pelo menos ninguém vai dizer que na sala havia apenas ovelhas; também havia homens.

A plateia riu enquanto o nobre se acomodava.

– Giustiniani – sibilou o patriarca em voz baixa –, o que pensa estar fazendo?

– Patriarca, o senhor sabe muito bem, pois é padre, mas, sobretudo, veneziano... – sorriu amavelmente Giustiniani. – Veneza não pode se permitir ficar de fora de um evento tão importante. Não podemos permanecer um passo atrás da Igreja. – Abriu os braços. – Sei que, no fundo, o senhor me entende.

O patriarca tentou esconder a irritação que o fizera enrubescer, e sorriu para a multidão.

– Que tenha início o Santo Processo – anunciou. Com a mão, apontou para o Santo à sua esquerda. – O paladino da Igreja, o inquisidor, irmão Amadeo da Cortona.

"Maldito seja", pensou Mercurio.

O Santo se inclinou para o patriarca e se virou para a plateia com as mãos erguidas, exibindo os estigmas.

– Venha, inquisidor. Aproxime-se para a nossa bênção.

O frade se ajoelhou aos pés do palco.

-- Mais perto – disse o patriarca. E, quando o Santo se aproximou dele, o patriarca pegou seu rosto com as duas mãos. – Beijo-o em nome de Nosso Senhor Jesus Cristo... – disse, aproximando a boca da face direita. – Pare de mostrar esses furos, bufão – sibilou em seu ouvido, fingindo beijá-lo. Em seguida, levou os lábios à face esquerda. – E lembre-se de que de nada vale uma confissão. O povo já a condenou. Deve apenas fazer com que ele não mude de ideia. – Olhou em seus olhos. – Amém! – anunciou em voz alta.

– Amém – respondeu o Santo, retornando ao seu lugar.

– E agora o defensor – disse em tom mais baixo o patriarca, como se comunicasse às pessoas que quem estava para se apresentar não tinha nenhuma importância para ele. – Padre Venceslao... que nome o senhor tem, padre... – sorriu.

A multidão riu.

– Padre Venceslao da Ugovizza – concluiu o patriarca. – Onde fica esse lugar?

As pessoas se voltaram para o dominicano, de hábito e escapulário branco, com manto e capa pretos, que se levantava com insegurança da mesa à qual estava sentado. O padre tinha dois olhos leitosos, velados pela catarata. Virou-se para o patriarca, mas sem focalizá-lo direito.

– É uma pequena cidade nos Alpes, Excelência, que pertence aos bispos de Bamberg, na Baviera – respondeu.

– Então, o senhor é alemão?

– Não, Excelência...

– Bem, pouco importa – interrompeu-o o patriarca. – Não estamos aqui para estudar geografia – disse, dirigindo-se ao público, que riu novamente, achando graça. – Está pronto para sua... ingrata missão, padre Venceslao? – perguntou, então.

– Para dizer a verdade, não muito – respondeu o dominicano, contornando a mesa com prudência, as mãos esticadas à frente para não cair. – Não sei nada a respeito de processos inquisitórios.

O patriarca se enrijeceu.

– Padre, não precisa ser tão modesto.

– Não, não. É a verdade, Excelência – afirmou o dominicano.

– Então, confie na voz do Senhor.

– Como o senhor manda – disse o defensor, inclinando-se.

– Eu não mando – corrigiu-o o patriarca, incomodado. – Simplesmente sugiro.

– Mas toda sugestão sua é, para mim, uma ordem – complementou padre Venceslao com humildade.

A plateia riu.

Na primeira fileira, Isacco olhou para a filha e lhe fez um gesto com as mãos unidas, para encorajá-la, depois murmurou com raiva no ouvido de Ottavia, ao seu lado:

– É uma farsa, nem se preocupam em escondê-la. – Trocou um olhar com Lanzafame.

O rosto do capitão estava sombrio.

– Fique tranquila – sussurrou, porém, a Giuditta.

A moça agarrou as barras e desviou o olhar para o homem que deveria defendê-la. Ele nem se dignara a acenar para ela. Tinha um ar inseguro e modesto, mancava um pouco, talvez devido à gota. Além dos olhos velados, tinha as faces ruborizadas de um beberrão. E a tonsura era cheia de pústulas. As mãos sujas continuavam a brincar com o rosário que carregava na lateral do corpo, preso ao cinto de couro.

– Fique tranquila – repetiu-lhe Lanzafame.

– Está dizendo isso por mim ou pelo senhor? – perguntou-lhe Giuditta.

Lanzafame não respondeu e baixou o olhar.

– Quer falar um momento com sua assistida? – interveio Giustiniani, dirigindo-se a padre Venceslao, como para sugerir-lhe que seria oportuno fazê-lo.

O dominicano virou-se para o patriarca, mas sem vê-lo. Permaneceu um instante em silêncio, depois, balançou a cabeça.

– Não... acho melhor não – respondeu e voltou o mais rápido que pôde à mesa. – Pelo amor de Deus, fale o senhor – sussurrou ao Santo. – Me tire dessa enrascada.

– Peço para iniciar meu requisitório, patriarca! – exclamou com ênfase o Santo, levantando-se.

– Está pronto, *exceptor?* – perguntou o patriarca ao frade escrivão, um homenzinho de meia-idade sentado a uma pequena escrivaninha, segurando uma pena de ganso com bico de ouro puro, que ele mergulhava com gestos rápidos em um grande tinteiro.

– Sim, Vossa Graça – respondeu o *exceptor*, cuja tarefa era transcrever o processo em uma grande folha de pergaminho.

– Pois bem, a *quaestio* pode ter início – anunciou o patriarca.

"A *palhaçada* pode ter início", pensou Mercurio, buscando apoio na raiva, pois o medo e a preocupação faziam suas pernas tremerem. Olhou para Giuditta. Notou que o procurava em meio à multidão. Com certeza o capitão Lanzafame lhe avisara que ele havia sido obrigado a se disfarçar. Mas ela o procurava do mesmo modo. E ele próprio sentia um desejo irrefreável de acenar para ela, de ser reconhecido, de revelar seu disfarce, mas não podia. Pela incolumidade de Giuditta. Se fosse preso – e já tinha visto o comandante dos guardas ducais esquadrinhar a plateia, procurando justamente por ele –, Giuditta não teria nem mesmo uma possibilidade de se salvar. Por mais cansativo que fosse, tinha de carregar sozinho esse peso sobre os ombros, disse a si mesmo, e não ser reconhecido. Concentrou-se no Santo. Olhou para ele com todo o ódio de que era capaz, torcendo para que morresse ali, naquele exato instante.

Irmão Amadeo contornou a mesa, atravessou toda a sala em silêncio, aproximando-se da gaiola de Giuditta e apontando o dedo contra ela até alcançá-la. Mas não parou. Enfiou o dedo na gaiola, provocando um arrepio em meio à multidão e obrigando Giuditta a recuar, assustada.

– Começou a limpeza de Veneza! – gritou, então.

A turba acompanhava a cena boquiaberta e fascinada.

– Um bom ator – disse Giustiniani ao patriarca em voz baixa.

– Um cabotino – resmungou o outro.

– E serpentes como você serão esmagadas! – prosseguiu o Santo. Retirou o braço da gaiola e quase correu no proscênio, diante da plateia. – Hoje e durante todo este processo, demonstrarei que esta... – deixou a frase suspensa, como se tomasse impulso – ...bruxa tramou com seu dono e senhor, Satanás em pessoa, para extorquir as almas das mulheres de Veneza! – Virou-se para a mesa, onde havia alinhado penas de corvo ensanguentadas, dentes de bebês, cabelos enrolados e o que mais havia sido encontrado nos vestidos de Giuditta. – E ali estão as provas dessa atividade de bruxaria!

Padre Venceslao da Ugovizza se levantou para examinar as provas. Porém, para conseguir enxergar, teve de se aproximar tanto de cada um dos objetos expostos que um homem do povo gritou, suscitando as risadas da multidão:

– O que está fazendo, padre? Está cheirando as provas?

– Silêncio! – ordenou o patriarca. Em seguida, virou-se, furioso, para padre Venceslao. – E o senhor, vá se sentar!

O dominicano obedeceu rapidamente, constrangido.

– Veneza, ouça! – retomou o Santo. Percebeu que muitos em meio ao público olhavam para o dominicano. – Veneza! – gritou mais alto. – Ouça!

As pessoas voltaram a prestar atenção nele.

– A peste de Satanás se difundiu por nossas amadas ruas, enlameando-as, e por nossos canais, turvando suas águas – recomeçou o Santo. – A peste de Satanás foi trazida para esta cidade por esta mulher – apontou para

Giuditta – e por seu povo. Os hebreus! Os judeus! Assassinos de crianças, deicidas, blasfemadores de Cristo e da Imaculada Conceição, usurários! – O Santo olhou ao redor. – Barretes amarelos!

Os olhos de muitos se voltaram para Isacco, Ottavia, Ariel Bar Zadok e outros da comunidade, presentes para assistir ao processo. No entanto, a maior parte dos judeus de Veneza, a começar pelo chefe da comunidade, Anselmo del Banco, não estava ali, temendo desordens e gestos de intolerância.

Os soldados de Lanzafame e os guardas do Palácio Ducal puseram as mãos nas armas para mostrar à multidão que não seriam admitidas manifestações de intolerância.

– O processo se refere a uma única mulher, aparentemente, mas é o processo contra os filhos de Satanás – disse o Santo.

Giuditta deixou o olhar vagar pela multidão, tentando adivinhar quem poderia ser Mercurio.

E ele, por um instante, teve a tentação de acenar-lhe, chamar sua atenção, provar-lhe que estava ali, ao seu lado. Porém, mais uma vez se conteve.

Ao ver que a filha procurava Mercurio, Isacco tentou ajudá-la. À sua direita, viu um homem que podia ter mais ou menos a mesma compleição de Mercurio. Tinha cabelos longos e despenteados, que cobriam seu rosto. Estava vestido como um miserável e não parava de se coçar. Isacco olhou para ele com insistência e lhe acenou ligeiramente com a cabeça.

– O que você está olhando, judeu de merda? – resmungou o homem.

Inicialmente, Isacco baixou o olhar. Mas depois, refletindo, anuiu.

– Claro – disse com seus botões. – Certo. – Cruzou com o olhar da filha e lhe indicou o homem.

Giuditta olhou para ele.

– Vadia! – gritou o homem.

Giuditta se virou para o pai. Isacco balançou a cabeça, como para dizer que não estava nem um pouco convencido.

– Em breve, Veneza estará livre! – concluiu o Santo. – Pois o Senhor Onipotente nos guia e nos mostrou... a bruxa!

A multidão aplaudiu, agitada.

"Nojentos", pensou Mercurio. "Acham que estão no teatro."

– Tem algo a dizer? – perguntou, então, o patriarca ao defensor.

— Não, Excelência... — respondeu padre Venceslao. — Concordo com o que disse irmão Amadeo da Cortona, inspirado por Nosso Senhor, em nome do qual fala. *Justus es, Domine, et rectum judicium tuum.*

— O que disse, padre? — gritou uma mulher do povo.

— Disse que o julgamento de Deus é correto e justo — respondeu o Santo.

As pessoas reclamaram. Embora inicialmente ninguém tivesse sentido a necessidade de um defensor, agora pareciam quase insatisfeitos com o fato de o processo ter um único e inelutável encaminhamento.

— Imbecis — resmungou Isacco, e novamente olhou para o homem com o rosto coberto pelos cabelos.

— Para permitir que vocês compreendam a gravidade das acusações — gritou o Santo —, quero chamar a depor a lavadeira Anita Ziani, que assistiu a um acontecimento prodigioso e aterrorizante. Que seja apresentada!

Dois guardas escoltaram uma mulher vestida humildemente, com as mãos avermelhadas, cabisbaixa e intimidada pela grande multidão.

— Anita Ziani — disse o Santo, erguendo o rosto dela para a plateia —, conte com suas palavras aos seus concidadãos os eventos satânicos!

A mulher enrubesceu e sorriu, nervosa, mostrando grandes espaços pretos entre os dentes.

— Senhoria, como já lhe disse... — iniciou a lavadeira, dirigindo-se ao Santo.

— Para a plateia! — disse o frade, virando-a. — Conte para a plateia!

A lavadeira encolheu os ombros.

— Era o dia do Senhor... dia 20 do mês de maio, e eu voltava para a minha loja depois de ter lavado dez pares de lençóis finos de linho e vinte...

— Pule os detalhes — disse o Santo, impaciente. — O que aconteceu?

— Bem... aconteceu que uma mulher, cujo nome não sei, Senhoria... essa mulher começou a gritar frases obscenas no Campiello dei Squelini, onde se encontram os fabricantes de tigelas, em San Barnaba...

— Os fatos! Os fatos! — impacientava-se o Santo.

— Essa mulher gritava frases obscenas — a lavadeira fez um rápido sinal da cruz —, blasfemando principalmente contra Nossa Senhora, e depois, com todo o respeito... depois levantou a roupa e despiu as partes vergonhosas... ou seja... aquelas entre as pernas.

— E depois? — indagou o Santo, tentando manter viva a tensão.

— Depois, das partes baixas... daqui... – a lavadeira apontou para si mesma, entre as pernas – saiu um ovo... pequeno, verde, que vibrou como se alguém quisesse sair de dentro dele...

A multidão tinha se calado. Todos ouviam boquiabertos.

— E, de fato... – sugeriu o Santo, convidando-a a prosseguir.

— E, de fato, esse ovo se rompeu – continuou a lavadeira –, e dele saltou uma criatura horrenda. Com olhos amarelos, malignos. Parecia uma espécie de pequena serpente, só que com oito pares de patas com garras...

A multidão murmurou, assustada e admirada.

— E depois? – insistiu o Santo.

— Depois, a criatura monstruosa fugiu... A mulher que a tinha parido usava um dos vestidos da judia e disse que desde que usava aquele traje dava à luz um desses ovos verdes e satânicos por dia...

— Vadia! Bruxa! – gritaram alguns para Giuditta.

O Santo anuía em silêncio, deixando que o episódio saturasse a imaginação dos presentes.

— "E que Deus possa me cegar se não for verdade" – sugeriu padre Venceslao, balançando a cabeça para cima e para baixo, absorto e impressionado com o relato. – Diga isso, boa mulher, pois um juramento feito a Deus contra Satanás vale cem mil orações.

— Não... – balbuciou a lavadeira.

Padre Venceslao olhou para ela, surpreso.

— Como não? – perguntou, quase assustado, e logo se virou para o patriarca.

A lavadeira fez o sinal da cruz.

Padre Venceslao continuava a olhar para o patriarca.

— Sinto muito, eu não queria... – disse em meio ao silêncio geral.

Nesse instante, as pessoas olhavam para a lavadeira, e alguns riam.

O Santo espumava como uma fera enfurecida.

— Jure, mulher! – intimou-a.

A lavadeira estava aterrorizada, mas não se decidia a falar.

— Jure! – repetiu o Santo.

— De todo modo, acredito em você mesmo que não jure, boa mulher – disse padre Venceslao.

— Cale-se! – ordenou o patriarca.

A plateia riu.

— Jure! – gritou o Santo. – Ou está de acordo com Satanás?

— Juro... — a lavadeira desatou a chorar.

O Santo se virou para a multidão com um sorriso de triunfo. Mas muitos dos espectadores balançavam a cabeça.

— Sinto muito, patriarca — disse padre Venceslao, aproximando-se do palco —, eu só queria... — Abriu os braços. Depois, virou-se para a gaiola de Giuditta e apontou-lhe o dedo, vibrante de raiva. — É assim que Satanás confunde nossas mentes! — gritou histericamente.

A multidão começou a rumorejar.

— Lembre-se de que você é o defensor! — gritou um homem do povo. Muitos riram.

Padre Venceslao se agitou, constrangido, olhando a plateia com seus olhos opacos, depois disse, com voz insegura:

— Eu defendo Deus!

— Sente-se! — ordenou o patriarca, irritado.

O dominicano voltou para seu lugar e se sentou, depois de ter feito por três vezes o sinal da cruz.

— Os imbecis podem causar mais danos do que os desonestos — cochichou o patriarca a Giustiniani. — Instrua-o melhor. Diga-lhe que é suficiente ficar calado.

Giustiniani anuiu, pensativo. Depois, lançou um olhar cheio de desprezo a padre Venceslao.

Mercurio olhou para o aristocrata. Perguntou-se se realmente estaria do seu lado, como dizia. Na realidade, não sabia em quem confiar, mas não tinha alternativa.

Enquanto isso, irmão Amadeo aproximou-se da lavadeira, circundando os ombros dela com um braço. Com a outra mão, tocou sua cabeça delicadamente.

— Mulher — disse com voz calorosa e calma —, a prova que você teve de sustentar enlouqueceu mártires e profetas. Meu coração está com você. Vá em paz e agradeça a Deus ter sobrevivido ao encontro com Satanás. — Acenou aos guardas para que a levassem embora. Em seguida, fitou a multidão. Em silêncio. Podia perceber o ceticismo geral. Anuiu, e seus ombros se afrouxaram. — Tem razão meu nobre e puro adversário, padre Venceslao. É enorme o poder de Satanás — disse em voz baixa, como para si mesmo, mas de modo que todos o ouvissem. Depois, virou-se, e pareceu que quisesse partir.

De repente, a multidão se calou.

Porém, enquanto ele se encaminhava para a mesa, aparentemente derrotado, ainda dando as costas para a plateia, o Santo olhou para a sua esquerda, na direção da gaiola onde estava aprisionada Giuditta, e foi até ela a passos pesados e cansados.

Agarrou-se às barras e fitou Giuditta. Tentou sacudi-las, mas parecia não ter forças. Seu corpo começou a vibrar. No começo, com fraqueza, depois, com mais violência. De repente, jogou a cabeça para trás e revirou os olhos, como se fosse possuído por uma energia superior. Então, sua força aumentou, acompanhada por um grunhido baixo, que brotava de seu peito e se expandia no silêncio da sala. A prisão de Giuditta começou a vibrar de maneira cada vez mais violenta, como sacudida por um terremoto, enquanto o grunhido animalesco crescia até se tornar um grito.

– Meretriz de Satanás! – gritou o Santo e se estatelou no chão, como fulminado.

A multidão se esqueceu de todas as dúvidas e gritou furiosa, pedindo a vida de Giuditta.

84

Mestre

— AQUELE IDIOTA DISSE QUE CONCORDAVA COM O SANTO! — exclamou Isacco, furioso. — É uma farsa! O defensor concorda com o acusador. Que sentido isso tem? É uma piada!

Mercurio anuiu com seriedade. Estava ao lado da cama de Scarabello. Em torno deles, todos estavam reunidos: Lanzafame, Anna del Mercato e as prostitutas que conseguiam ficar em pé. O rosto de cada um dos presentes mostrava uma expressão mortificada.

Apenas Lidia, filha de República, não se encontrava perto de Mercurio. Estava na porta do hospital e perscrutava a penumbra da noite de verão, na direção do canal.

— Não é justo — reclamou. — Não vou ouvir nada...

— Pare com isso! Vá já para fora ver se os guardas não chegam! — ordenou República.

A menina fez uma cara emburrada.

— Por favor — disse-lhe, então, Mercurio. — Minha vida depende de você.

— Jura? — perguntou Lidia, admirada.

— Claro — respondeu Mercurio.

Então, a menina se endireitou. A expressão de capricho desapareceu de seu rosto, e ela saiu do hospital, orgulhosa de sua missão.

República olhou primeiro para Mercurio, depois para Anna. As duas mulheres sorriram uma para a outra. Anna pôs a mão no ombro de Mercurio.

— É tão imbecil que fez as pessoas ficarem em dúvida, mas, a certa altura, mesmo que involuntariamente... — Isacco retomou seu relato, tentando convencer-se de que ainda havia esperança.

Mercurio estava para lhe responder, mas Anna apertou seu ombro. Ele entendeu e se conteve, mas sem deixar de balançar a cabeça.

– Giuditta estava com um olhar aterrorizado... – disse em voz baixa.

– Sim – ecoou Isacco.

– Sim, pobre moça – disse Lanzafame.

Isacco olhou para Mercurio.

– Onde você estava? – perguntou.

– Bem perto dela – respondeu ele, com ar sombrio.

– Ela te procurou. Você viu?

– Sim, mas o senhor lhe indicou aquele gorila de cabelos longos...

– Não era você?

– Não, doutor... – Mercurio estava constrangido. – Mas vamos evitar fazer sinais. Se me descobrem, me prendem e... não posso acabar na prisão neste momento. O senhor entende, não?

Isacco balançou a cabeça.

– Tem razão, me desculpe, rapaz. E alguém como eu deveria saber disso muito bem. Eu pareço até um novato. Minha cabeça deve estar oca desde que essa história começou – suspirou, mortificado.

Mercurio olhou para Lanzafame.

– Diga a ela para confiar. Diga que estou do lado dela.

– Eu lhe disse – afirmou o capitão.

– Bem, então, repita. Estou do lado dela e sempre estarei – declarou Mercurio, com uma profunda dor no olhar. – Maldita hora em que fui agredir o comandante dos guardas! Não precisaria estar me escondendo agora!

– Não adianta chorar pelo leite derramado – comentou Lanzafame. – Fique atento. Isso é o que importa.

– Ela sabe que está do lado dela – interveio Anna.

Mercurio se virou para olhar para ela. E assim fizeram todos.

– Uma mulher sempre sabe – disse ela. – Sente.

Os olhos de Mercurio se umedeceram.

– Canalhas – resmungou baixinho.

– Estou com o jantar no fogo – disse-lhe Anna. – Quer comer alguma coisa?

Mercurio fez que não com a cabeça.

– Não, melhor eu ir embora.

Uma a uma, as prostitutas se aproximaram dele. Algumas o abraçaram, outras pegaram sua mão, outras ainda lhe sorriram, e todas tentaram transmitir-lhe a confiança de que ele precisava. Pois todas sabiam que não seria o processo a salvar Giuditta.

Isacco e Lanzafame se afastaram, cochichando.

– E Jacopo? Apareceu? – perguntou Scarabello com um fio de voz.

Mercurio olhou para ele. Dava pena. Era o espectro de si mesmo. Anuiu.

– Fez mais do que aparecer. Sentou-se ao lado do patriarca.

– E...?

Mercurio encolheu os ombros.

– Não sei. Não entendo...

– Você precisa pressioná-lo, rapaz – disse Scarabello, tentando mostrar os dentes. – Lembre-se... tenho os colhões dele... na palma da mão...

Mercurio anuiu.

– Não perca a esperança.

– Não...

– Pegou o dinheiro?

– Sim.

Scarabello sorriu, apesar da dor no lábio carcomido pela ferida.

– Você teria dado um grande delinquente... Era o único que poderia assumir... meu lugar...

– Obrigado – sorriu Mercurio.

– Agora faça o que tem de fazer... – disse Scarabello, quase sem fôlego. – Até o fim.

– Até o fim – concordou Mercurio, olhando para o chão. Ficou assim por um instante, em silêncio, pensativo. Quando ergueu o olhar, Scarabello dormia, extenuado pela doença.

Afastou-se e foi até Isacco e Lanzafame. Apertou o braço do doutor.

– Aguente firme. Preciso da sua ajuda.

– O que devo fazer?

Mercurio pegou um saquinho espesso de couro curtido, cheio e tilintante. Estendeu-o a ele.

– São 150 liras de ouro.

Isacco olhou para o saco com os olhos arregalados, sem pegá-lo.

– É muito dinheiro – murmurou Lanzafame.

– Vá até o Arsenale, doutor – disse Mercurio. – Amanhã. Peça para falar com o supervisor Tagliafico. Diga-lhe que ele tem de colocar um navio no mar. Em poucos dias. E pague-o com isso.

Isacco pegou o dinheiro.

– Vá sem o barrete amarelo – acrescentou Mercurio. – E corte essa barbicha de cabra. Não deve parecer judeu. Diga que é um armador. – Olhou para ele. – Grego.

Isacco o fitava em silêncio. Mas seus olhos tinham uma luz nova.

– Acha que consegue? – perguntou Mercurio.

Isacco riu.

– Pode ter certeza de que consigo, rapaz! – Apontou o dedo para ele. – Nasci para esse tipo de tipo de artimanha – riu novamente. Fitou Lanzafame. – Imagine que há um capitão imbecil que ainda acredita que sou um doutor!

Lanzafame e Mercurio desataram a rir com ele.

As prostitutas se viraram para eles, quase escandalizadas. Mas no rosto de muitas surgiu um tímido sorriso. Fazia dias que ninguém ria ali dentro.

– O navio está no estaleiro de Zuan dell'Olmo, no final do canal de Santa Giustina, diante da Ilha de San Michele – disse Mercurio.

Isacco anuiu.

– O senhor precisa ir ao Arsenal porque não posso aparecer por lá.

– Rapaz – disse Lanzafame –, tem algum lugar em Veneza onde você pode circular tranquilamente?

Mercurio sorriu.

– Vi seu barco com dois remadores – acrescentou, então, Lanzafame. – Está sempre pronto? – perguntou.

– Se vocês não mudarem o itinerário, sim – respondeu Mercurio.

– Não vamos mudá-lo – disse Lanzafame.

Mercurio anuiu e se encaminhou para a saída do hospital.

– Faça minha barba, capitão – disse Isacco.

– Acha que sou o quê? Seu barbeiro?

– Vamos, capitão, não me aborreça. É hora de recuperar os bons e velhos hábitos de trapaceiro – disse o doutor, esfregando as mãos.

Nesse meio-tempo, Mercurio já tinha saído e alcançado a casa de Anna. Estava para entrar e cumprimentá-la quando, diante da soleira, no chão, viu um pedaço de papel. Pegou-o. Escrita com uma grafia incerta e infantil, lia-se a frase "Benedetta armou tudo".

Mercurio se virou de repente para as fileiras de choupos. Na vermelhidão do crepúsculo, entreviu uma figura escura que se escondia atrás de um tronco.

– Vá embora, Zolfo! – gritou. Amassou o pedaço de papel e o jogou com raiva no chão.

– O que está acontecendo? – perguntou Anna, aparecendo junto à porta da casa.

– Nada, respondeu Mercurio com ar sombrio, olhando novamente para os choupos. – O cão vadio de sempre.

Anna acariciou sua cabeça.

– Fique atento – disse com voz amável.

Mercurio sorriu e fez menção de partir, mas parou e, desajeitado, com a cabeça encolhida nos ombros curvados, beijou a face da mulher. Depois, saiu correndo, sem se virar, com o rosto em chamas.

Comovida, Anna o acompanhou com o olhar até ele desaparecer. Depois tornou a entrar em casa.

Zolfo, por sua vez, saiu de seu esconderijo atrás de um arbusto de sarças, e estava para seguir Mercurio e pedir-lhe para levá-lo consigo quando, de trás de um choupo, viu sair uma figura preta, encapuzada. Imediatamente, tornou a se esconder. Notou que a figura encapuzada seguia Mercurio, na direção do canal. Então, foi atrás dela com cautela.

Viu que Mercurio subia no barco com Tonio e Berto, e a figura encapuzada se lançava em um emaranhado de juncos e canas do qual saiu a bordo de um barco pequeno e leve.

Zolfo se aproximou do canal.

De repente, uma rajada de vento afastou o capuz da cabeça da figura preta.

E Zolfo sentiu o sangue gelar em suas veias. Não podia acreditar. Saiu em disparada, correu o máximo que podia, chegou a uma pequena ponte de madeira oscilante e se escondeu. O barquinho que seguia Mercurio estava transitando nesse momento. Zolfo se encontrava a não mais de cinco passos do homem que remava com a cabeça descoberta.

– Não... – disse em voz baixa, sacudido por uma emoção violenta enquanto reconhecia o homem. – Não... – repetiu. – Não! – disse ainda.

O homem a bordo do barquinho se virou. Olhou para a ponte, e, por um instante, o olhar de Zolfo cruzou com o dele. Temeu ser descoberto, mas logo se deu conta de que não podia ser visto entre as tábuas de madeira. Notou uma terrível cicatriz em forma de moeda na garganta do homem.

– Você não morreu... – sussurrou.

Assim que o barco alcançou uma distância suficiente, Zolfo saiu de seu esconderijo. Correu para o canal, para tentar avisar Mercurio. Mas sua embarcação já estava ao largo, distante.

Então, com o coração martelando nos ouvidos, Zolfo voltou correndo para o hospital. Entrou sem fôlego e foi até Isacco e Lanzafame.

– Preciso falar com Mercurio! – gritou, com os olhos arregalados. – Preciso falar com Mercurio!

Os dois se levantaram. Isacco estava com o rosto ensaboado, e Lanzafame, com uma navalha de cirurgião na mão.

Algumas prostitutas quiseram se aproximar, mas o doutor as deteve com um gesto da mão.

– Juro a vocês... ele corre perigo – disse Zolfo, ofegante.

– Por quê? – perguntou o capitão, desconfiado. – Nós diremos a ele.

Zolfo estava fora de si por causa do terror, da emoção e da surpresa. Estava confuso, não conseguia raciocinar.

– Não. Vocês não podem.

– Vá embora, garoto – disse-lhe Isacco.

– Vocês não entendem... ele corre perigo!

– Por quê? – repetiu Lanzafame, com voz dura.

– Porque o judeu... – balbuciou Zolfo.

– De novo essas bobagens? – resmungou Lanzafame, dando um passo até ele.

– Não, esperem... – disse Zolfo, recuando, com as mãos esticadas para o capitão.

– Vá embora – disse-lhe Lanzafame.

– Digam a ele... que o judeu de Roma... não... – balbuciou novamente Zolfo. Parou, balançou a cabeça. – Por favor, sou em quem deve dizer isso a ele, vocês não entenderiam – choramingou.

– Quem te mandou aqui? Seu frade ou o comandante dos guardas? – quis saber Lanzafame, com a voz cheia de desprezo.

Zolfo olhou para ele, continuando a balançar a cabeça, como enlouquecido. Depois, virou-se e fugiu.

Correu até a casa de Anna, bateu com força à porta.

Quando a mulher abriu, alarmada, Isacco e Lanzafame já o alcançavam.

– Por favor, senhora – disse Zolfo, virando-se, preocupado, para os dois homens que já estavam a poucos passos dele –, Mercurio está em perigo...

me diga onde ele está... por favor... O judeu de Roma não morreu... Está aqui, senhora...

– Eu disse para você ir embora! – exclamou Lanzafame.

– Que judeu? – perguntou Anna.

– Por favor, por favor... – implorou Zolfo e levou a mão à garganta. – Ele tem uma... cicatriz aqui... e...

– Seria ele o judeu? – indagou Anna de repente.

– Sim... o judeu de Roma...

– Não é judeu – disse, então, a mulher. – Chama-se Alessandro Rubirosa. Coitado, é mudo. Dei comida a ele, que me mostrou sua certidão de batismo para me dizer como se chamava...

– Não, não! – exclamou Zolfo. – É o judeu! Por que ninguém acredita em mim?

– Talvez porque você já tenha traído todos uma vez, menino – disse Anna, com voz dura e olhos apertados como frestas.– Mercurio não quer você aqui. Vá embora. Não gosto de expulsar ninguém, mas você precisar ir.

O capitão o pegou pela gola do casaco vermelho e sujo. Empurrou-o para fora com raiva.

Zolfo caiu no chão, na poeira.

Lanzafame fez menção de chutá-lo.

Zolfo fugiu. Correu enquanto tinha fôlego, como se tivesse medo de parar. Depois, quando já estava exausto, suas pernas cederam, e ele se viu na relva seca de um prado.

– Você não morreu... – murmurou.

Ajoelhou-se. Fechou os olhos. Viu Ercole olhar para a ferida de onde jorrava sangue e o fitar, perplexo. Viu-o cair lentamente no chão. "Ercole está com dor", dissera naquele seu estranho linguajar.

– Você não morreu – repetiu Zolfo, apertando o rosto com as mãos.

Lembrou-se de Ercole estendido no catre do barracão das valas comuns. Ouviu seu próprio grito de dor quando a vida abandonara o amigo. Viu o rosto grande dele, de demente, contorcer-se de terror.

– Você não morreu! – gritou ao se levantar, sacudido pela raiva e com os braços esticados para o céu.

E sentiu que, nesse momento, tinha uma razão para continuar a viver. Uma verdadeira razão. Uma única razão.

85

Veneza

SHIMON REMAVA COM TODA A FORÇA QUE TINHA, mas não conseguia acompanhar o barco no qual Mercurio havia entrado. Via-o afastar-se cada vez mais. Os dois remadores eram rápidos demais para ele. Deviam ser profissionais, pensava Shimon, tomado pela ansiedade.

O calor daquele verão escaldante o fazia suar, queimava seus pulmões e acelerava seu coração, que batia desenfreadamente.

Cerrava os dentes e mergulhava os remos na água parada da laguna. Odiava cada vez mais aquela cidade. Tudo era difícil. Seguir uma pessoa na água era muito complicado.

Mas não podia perder Mercurio.

Já havia temido perdê-lo nos dias anteriores. Mercurio tinha ido embora de repente e não voltara para dormir em Mestre. Assim, em um instante, Shimon havia passado da euforia por tê-lo encontrado ao desespero por tê-lo deixado escapar.

Enquanto remava, virou-se. O barco que perseguia estava se perdendo entre dezenas de outras embarcações que sulcavam o Canal Grande. Quase já não conseguia vê-lo. Tentou imprimir um ritmo ainda maior à própria remada, mas seus braços começavam a ceder.

Nos dias anteriores, Shimon havia rondado a casa, angustiado, tornando-se tão imprudente que a mulher que ali vivia o vira e se aproximara, sem que ele percebesse. Por um instante, pensara em matá-la. No entanto, a mulher o convidara para entrar em sua casa, confundindo-o com uma pessoa necessitada, e lhe oferecera uma refeição quente.

Shimon se sentara na cozinha com a mão no cabo da faca. Mas não acontecera nada. Aos poucos, a tensão se dissolvera. A mulher – Anna, assim dissera que se chamava – tinha uma voz delicada, olhos puros e modos gentis. Ele lhe mostrara seu certificado de batismo. A mulher sabia ler e, no começo, chamara-o de "senhor Rubirosa", com respeito, mesmo pensando que ele estivesse passando por tantas dificuldades que precisava oferecer-lhe um prato de comida. Então, Shimon apontara o dedo para o primeiro nome, e ela, com um sorriso, chamara-o de "senhor Alessandro".

Shimon experimentara uma estranha sensação. De calor. Sentira-se à vontade. De uma maneira bem diferente de como se sentia com Ester. Aquela mulher não o atraía, mas tinha um modo de agir que aquecia até mesmo sua natureza gélida.

– Vivo aqui com meu filho – dissera ela a certa altura.

Shimon olhara para ela e pensara: "Estou aqui para levar seu filho embora". Em seguida, levantara-se e partira. Não podia permanecer ali.

Shimon continuava a remar, mas quase já não sentia os braços de tanto cansaço. Ao chegar a Rialto, não conseguiu avistar o barco de Mercurio. "Perdera-o mais uma vez", pensou, "deixando-se vencer pela raiva." Largou os remos. Enquanto avançava lentamente, ainda movido pela inércia, com as roupas encharcadas de suor e a garganta apertada de sede, olhou ao redor, esperando ver o barco atracado a um dos ancoradouros.

Avançou devagar. A fúria que crescia dentro dele se misturava ao desconforto. Estava a um passo de sua vingança. E, ao mesmo tempo, já temia ter de voltar à casa em Mestre e esperar que Mercurio aparecesse de novo por lá. Mas era perigoso, a mulher poderia desconfiar. E, sobretudo, no dia anterior, Shimon percebera que o menino do bando rodeava o local. Não podia correr o risco de ser descoberto por ele. Com certeza advertiria Mercurio, que se volatizaria para sempre.

Deu um soco no banco no qual estava sentado. Sentiu a dor vibrar na mão e subir pelo antebraço.

Tornou a pegar os remos. A mão com a qual havia desferido o soco pulsava. Avançou pelo Canal Grande, mas já nutria poucas esperanças. Tinha-o perdido, dizia a si mesmo. Mesmo assim, foi adiante, olhando para um lado e outro do canal. Ultrapassou o cais do Palácio Ducal na Praça de São Marcos. A laguna se alargava naquela espécie de mar que era a foz. Estava para voltar quando decidiu costear mais um pouco a margem esquerda. Prosseguiu, olhando para as bancas na Riva degli Schiavoni, da qual provinha o perfume de *castradina*, a carne de cordeiro castrado, assada e defumada.

E quando já tinha perdido toda a esperança, eis que viu um barco sair de um canal a uma velocidade incrível. Reconheceu-o de imediato.

Era o mesmo no qual Mercurio havia embarcado, e os remadores eram os dois gigantes nos quais Shimon já havia reparado.

Mas Mercurio não estava mais a bordo.

Shimon se aproximou da margem e entrou no canal de onde o barco acabara de sair. Provavelmente, seria uma tentativa inútil, mas valia a pena, e a esperança de encontrá-lo o fez esquecer-se da fome que o odor de *castradina* havia despertado.

Passou sob a Ponte della Pietà e pegou o canal homônimo. Prosseguiu lentamente, olhando ao redor com grande atenção. Não tinha nenhum ponto de referência para encontrar Mercurio. Era uma iniciativa impossível, dizia a si mesmo, a menos que Mercurio estivesse em alguma calçada. No entanto, repetiu a si mesmo que valia a pena tentar.

O Rio della Pietà era bastante largo e, a certa altura, tornava-se artificialmente tortuoso, como uma serpente quase esticada, algo bastante insólito para Veneza, onde os canais costumavam ser regulares. Em determinado ponto da margem direita, viu um terreno coberto de relva, no qual pastava um rebanho de cabras. À sua passagem, alguns animais ergueram a cabeça e olharam para ele. Do outro lado, ao contrário, viu um pouco mais adiante um pequeno grupo de meninos e um padre. Ao se aproximar, notou que ele conversava com uma freira atrás de um portão, cercada por um tropel de meninas sujas e malvestidas como os meninos do padre. Shimon desacelerou instintivamente. Ao observar a área, deu-se conta de que todos os edifícios ao redor eram habitados por uma quantidade exagerada de crianças e religiosos, homens e mulheres. Isso significava que se tratava de um orfanato.

"Você está aqui?", perguntou-se Shimon com o coração acelerado.

Parou o barco na margem oposta, puxou o capuz sobre a cabeça, apesar do calor, e pôs-se a esperar.

Repensando nas duas visitas dos guardas ducais à casa de Anna del Mercato, imaginou que Mercurio deveria estar metido em alguma confusão, o que não era de surpreender, visto que se tratava de um ladrão e trapaceiro. E, se estava metido em confusão, tinha de se esconder. Talvez estivesse se escondendo no orfanato da Pietà.

Porém, à medida que o tempo passava, Shimon perdia a esperança. Naquele lugar havia apenas padres, freiras e crianças. Alguém como Mercurio despertaria suspeitas.

Quando o sol se pôs, deu-se conta de que Mercurio não poderia estar ali. E temeu tê-lo perdido mais uma vez.

Restavam-lhe apenas dois caminhos. Um era a mulher que dizia ser sua mãe, mas gostava tanto dele que provavelmente seria muito difícil e sangrento arrancar dela alguma informação. O outro poderia ser a moça dos cabelos ruivos. Ao pensar nisso, Shimon passou a língua nos lábios.

Porém, antes de dar meia-volta com o barco e se dirigir ao palácio onde vivia a moça, decidiu prosseguir um pouco pelo Rio della Pietà. Se Mercurio não havia descido ali, no orfanato, talvez tivesse ido um pouco mais adiante.

Voltou a remar lentamente. O canal tornava-se mais reto no cruzamento com outro mais largo. Prosseguiu por aquele que passava a se chamar Rio di Santa Giustina e, no final, dava para uma parte da laguna ainda maior do que aquela diante de São Marcos.

Ali, a cidade era radicalmente diferente. No canal boiavam excrementos e animais mortos. Os ancoradouros eram constituídos por estacas simples, velhas e meio apodrecidas, fincadas nas margens lamacentas, sem pedras quadradas de Ístria. Ali, Veneza mostrava a face de sua miséria, sem pudor. "E essa miséria fedia terrivelmente", pensou Shimon, franzindo as narinas.

À sua esquerda, viu píeres de madeira com redes e latrinas. Ao redor das casas, baixas e igualmente de madeira, pequenas hortas mirradas, secas pelo grande calor. Uma cabra esquelética e com as tetas murchas se movia devagar, buscando algo para mordiscar. Algumas galinhas esgaravatavam a lama. Um gato com as orelhas desfiadas pelas lutas vagava com cautela ao longo de uma paliçada.

À sua frente, em águas abertas, viu uma ilhota. E alguns barcos de pescadores.

À direita, por sua vez, havia uma extensão de lama e um alpendre caindo aos pedaços. Debaixo dele, um navio em péssimo estado, ao redor do qual trabalhavam alguns homens.

Shimon estava para voltar quando do estaleiro veio uma voz que reconheceu imediatamente.

— E então, velho? Quando vai ficar pronto?

Shimon virou-se de repente e viu Mercurio, que tinha acabado de sair do navio no seco.

O coração tornou a martelar com força. O sangue pulsou nas veias.

O deus da vingança quis que ele encontrasse Mercurio. Estava lhe dizendo que sua missão era justa. O deus da vingança estava com ele.

Shimon ancorou em um píer a uma distância suficiente. Desembarcou e retornou ao local. Nesse meio-tempo, os operários que trabalhavam no navio encerraram o expediente. Despediram-se e foram embora.

Mercurio permaneceu com o velho, que se apoiava em uma bengala e era seguido por um canzarrão tigrado, com orelhas tortas.

Shimon esperou que anoitecesse e escurecesse. Em seguida, aproximou-se da choupana e espiou por uma janela sem vidros. A cabana não passava de um único cômodo grande. Em um canto havia um colchão. Um pouco mais adiante, mais outro, improvisado e feito de palha, com uma coberta toda furada em cima. Provavelmente era ali que dormia Mercurio. Entre os dois colchões, um penico. Aquele cômodo grande certamente não garantia nenhuma privacidade. Sobre o fogo, em uma lareira caindo aos pedaços, fervia um caldeirão.

Mercurio e o velho estavam sentados a uma mesa imunda e comiam pequenos peixes com as mãos. O velho lançou uma cabeça ao cão, que a abocanhou no ar, abanando a cauda. De repente, o cão largou a cabeça de peixe, farejou o ar e, virando-se para a janela, rosnou baixinho.

Shimon pensou que, em primeiro lugar, teria de se ocupar do cão. Mas havia tempo.

Recuou devagar, atento para não fazer barulho, e se escondeu atrás do navio. Seria uma noite agradável. Tinha de decidir como matar Mercurio. Como e o quanto fazê-lo sofrer. Mas não o faria de imediato.

– Me passe tudo o que você tem, imbecil – disse uma voz rouca atrás dele.

Shimon sentiu a ponta de uma arma contra suas costas. Tentou se virar.

– Parado, não se mova! – disse a voz, que havia se tornado aguda e alarmada. – Me passe tudo o que você tem – repetiu.

Shimon pensou que seu agressor estava com medo. Era fraco. E, provavelmente, também inexperiente. A arma empurrava em um ponto em que não havia órgãos vitais. "Mesmo que a cravasse em sua carne, não o mataria", pensou.

Ergueu as mãos em sinal de rendição.

– Me passe tudo, imbecil! – disse mais uma vez seu agressor. Sua voz vibrava ao extremo.

Shimon abaixou lentamente a mão direita, como se buscasse um porta-moedas. Em vez disso, no último instante, saltou para a frente e para o lado, girou com a própria faca na mão e a afundou com força sob o queixo do agressor, com um movimento veloz, empurrando-o para cima, na direção do cérebro.

Shimon viu que era um rapaz jovem.

Enquanto morria, o rapaz arregalou os olhos, expeliu sangue pela boca e caiu no chão. Shimon viu que a arma que havia apontado contra suas costas era um simples pedaço de pau pontiagudo.

"Morreu por nada", pensou, sem a menor compaixão.

Tudo aconteceu em um segundo. E em silêncio. Shimon aguçou os ouvidos. Nada, nenhum rumor. Então, baixou o olhar para o cadáver. Tinha de se livrar dele. Não podia deixá-lo ali. Encontrou uma corda na base do navio. Pegou-a. Procurou uma pedra grande o suficiente para arrastar o corpo para o fundo. Enrolou uma ponta da corda na pedra. Foi até a margem. A água era rasa e lamacenta. Inspecionou melhor a margem até que, cerca de dez passos mais adiante, viu um píer baixo. Tinha de arrastar o corpo até a extremidade do píer e jogá-lo na água. Ali, com certeza, a profundidade era maior. Chegou ao píer e apoiou a pedra, certificando-se de que as tábuas aguentariam. Depois, voltou para onde estava e apanhou o cadáver pela gola do casaco. Arrastou-o por alguns passos, depois, sentiu um rasgo. O tecido estava puído e havia cedido. Nesse momento, a lua iluminou o tórax nu do cadáver. E dois pequenos seios caídos. Com grandes mamilos escuros, desabrochados como flores.

Não era um rapaz, mas uma moça.

Ao ver um brilho em um dos mamilos, Shimon se inclinou. Era uma gota esbranquiçada. Uma gota de leite em um seio murcho.

Não era apenas uma mulher. Era uma mãe.

Arrastou-a com pressa sobre o píer, prendeu a ponta da corda em um tornozelo e a jogou na água.

Ao voltar, viu que a luz da lua iluminava o rastro vermelho de sangue nas tábuas. Voltou para o estaleiro, pegou um balde de madeira e, com ele, limpou pelo menos a rampa. Depois, novamente, aguçou os ouvidos.

Então, ouviu um choro baixinho. Abafado.

Seguiu o rumor e, poucos passos mais atrás, chegou a uma pilha de madeira, sobre a qual estava apoiado um embrulho feito de trapos. Uma ratazana grande o estava mordiscando. E o embrulho se agitava.

Shimon deu um tapa na ratazana. O animal guinchou e fugiu. Então, ele abriu o embrulho. Em seu interior, viu um recém-nascido, feio, desnutrido, com a pele opaca e tão flácida que o fazia parecer um velho em miniatura. Viu que a ratazana tinha voltado e farejava o ar, movendo o focinho, ereta sobre as patas traseiras e agitando a longa cauda nua. Não parecia conformada em deixar que roubassem sua refeição. Shimon tentou chutá-la, mas a ratazana foi ágil em esquivar-se.

Nesse meio-tempo, o bebê voltou a chorar. Shimon entendeu por que a mãe o havia enrolado nos trapos. Não apenas porque estaria mais protegido, mas também porque, desse modo, enquanto ela tentasse roubar alguém, seu choro não seria ouvido.

Shimon o recobriu. Depois, olhou para o píer. Teria sido mais piedoso fazê-lo encontrar a mãe no fundo da laguna do que deixá-lo de refeição para as ratazanas. Mas, em vez disso, pôs-se a caminhar, costeou o Rio di Santa Giustina até o Rio della Pietà e depositou o menino na roda onde eram expostos os órfãos.

"O acaso te salvou", disse mentalmente, pensando que, por coincidência, sabia que ali havia um orfanato.

Em seguida, tocou o sino dos frades da instituição e partiu correndo.

Ao voltar para o estaleiro, espiou de novo a casa do velho. Mercurio ainda estava ali. E o cão rosnou mais uma vez. Shimon pensou que nunca tinha matado um animal. Depois, disse a si mesmo que sempre havia uma primeira vez, enquanto tornava a se esconder atrás do navio.

Puxou a faca e, para fazer passar o tempo, começou a fazer incisões no cintado.

"É a hora do Juízo Final", lia-se quando terminou.

No píer, viu a ratazana que havia seguido o odor de sangue e agora roía a madeira.

Shimon sorriu. Como um menino.

"A vida era bela", pensou.

86

— Que a testemunha seja conduzida diante da Santa Inquisição — ordenou o patriarca.

O Santo olhou para a multidão e, com o braço esticado, apontou para a sua esquerda, como se estivesse apresentando a principal atração de um espetáculo circense.

Na sala maior do Colégio Canônico dos Santos Cosme e Damião, as pessoas emudeceram e se viraram.

Mercurio também se virou como todos para a porta pela qual entraria a testemunha. Estava tenso. Até aquele momento, as declarações haviam sido bastante vagas ou demasiado fantasiosas. Muitas vezes, parecia evidente que as testemunhas, em sua maioria mulheres, haviam sido instruídas. As pessoas acreditavam e não acreditavam. Estavam incertas, embora de todo modo desejassem a morte da bruxa Giuditta. E essa incerteza no julgamento ainda mantinha aberta uma brecha de esperança. No entanto, essa nova testemunha havia sido anunciada com muita ênfase, desde o dia anterior, e Mercurio temia que pudesse ter um peso bem diferente.

Em meio à multidão, Ottavia olhou ao redor. Isacco ainda não tinha aparecido. Já era manhã avançada. Mas depois sentiu alguém apertar seu braço, e o doutor se materializou ao seu lado.

— O que o senhor fez? — perguntou ao ver que já não tinha a barbicha no queixo, vestia um traje vistoso e não usava o barrete amarelo.

— Tive de passar no Arsenale para uma... incumbência — respondeu Isacco. — Mas me conte: como estamos indo?

— Nada bem — respondeu Ottavia. — O defensor faz pouco ou nada, e acabaram de anunciar a testemunha-chave.

— Quem é? — perguntou Isacco, enquanto olhava para Giuditta, que, como todos, tinha os olhos fixos na porta pela qual seria conduzida a testemunha.

Mercurio também se virou para ela, que estava agarrada às barras de sua prisão.

Na sala não voava nem uma mosca.

O olhar de Isacco cruzou com o do capitão Lanzafame. Lançou-lhe um aceno afirmativo. O supervisor Tagliafico tinha aceitado a missão. Mostrou os cinco dedos da mão a Lanzafame, que logo entendeu. O navio de Zuan dell'Olmo seria arrumado em cinco dias.

Depois, de repente, a multidão murmurou.

– Aí está ela – disse Ottavia.

– Vadia... – murmurou Isacco.

– O senhor a conhece? – perguntou Ottavia em voz baixa.

Isacco não respondeu. Fitava a testemunha, que avançava olhando para Giuditta, com um olhar de desafio e ódio.

– Quem é? – perguntou novamente Ottavia.

– Uma vadia, isso é o que ela é – resmungou Isacco.

– Diga seu nome a esta corte, para que o *exceptor* tome nota – disse, então, o Santo, depois de ter acomodado a testemunha em uma espécie de púlpito, preparado para a ocasião, como para lhe dar maior destaque.

– Meu nome é Benedetta Querini – recitou a testemunha, olhando com orgulho para o público reunido à sua frente.

"Maldita!", pensou Mercurio. "Que você seja amaldiçoada!"

Os homens reunidos na sala maior a fitaram com admiração e desejo. Embora estivesse vestida sem ostentação excessiva, para não atrair a inveja das mulheres, Benedetta estava radiante. Seus cabelos acobreados estavam reunidos em um elaborado coque feito de dezenas de tranças que se enrolavam entre si, presas por alfinetes de pérolas de água doce. A pele rosada do rosto e do colo, em um decote generoso, mas não escandaloso, era transparente e luminosa. De alabastro, pensaram muitos. O traje tinha um suave tom azul-escuro, com orlas em amarelo-açafrão e delicadas rendas de Burano. No pescoço, um simples pingente, com uma água-marinha entalhada em forma de gota, que refletia a cor do vestido. Nas mãos, luvas de cetim, nas quais se viam apenas dois anéis, de ouro baixo e jade.

Giuditta olhava para Benedetta com uma expressão aflita. Não sabia o que ela diria, mas sentia todo o seu ódio. E era esmagada por ele.

– Benedetta Querini – começou o Santo, olhando para a multidão reunida –, conte sua história... – Fez uma pausa, erguendo a mão no ar, para frisar – Uma história... que a senhora pode contar porque sobreviveu... milagrosamente.

O público rumorejou, surpreso e agitado.

– Sim, inquisidor – respondeu Benedetta, inclinando a cabeça, como se estivesse pensativa. – Sim, o senhor disse bem... me salvei milagrosamente. – Ergueu a cabeça, fitando a plateia. Tinha os olhos reluzentes, como se estivesse para chorar, comovida.

– Maldita... – sussurrou Mercurio.

– E me permita dizer a essa brava gente veneziana – prosseguiu, enxugando os olhos com um precioso lenço – que, em grande parte, devo minha salvação ao senhor... embora o senhor tenha preferido que eu não a revelasse.

A multidão murmurou, cada vez mais fascinada.

"Eles a instruíram muito bem", pensou Mercurio, ardendo de raiva e custando a ficar quieto, sem se fazer notar.

Isacco também se agitou, furioso, e olhou ao redor para procurar Mercurio, apesar de seu acordo. Viu um jovem frade que cobria a cabeça com o capuz do hábito e abaixava o olhar, cruzando com o seu. "Poderia ser ele, pensou." Mercurio tinha se disfarçado justamente de padre quando se conheceram. Virou-se para Giuditta, mas notou que Lanzafame o fitava com seriedade, com as sobrancelhas franzidas. Então, deixou de lado a busca por Mercurio e tornou a se concentrar em Benedetta.

– E o que aconteceu? – dizia o Santo, depois de fazer-se teatralmente de modesto, como se de fato não quisesse que todos soubessem de seu grande mérito de ter salvado a jovem. – Conte aos cidadãos da Sereníssima o risco mortal que correu.

– Risco mortal, sim – anuiu Benedetta com gravidade. – É muito simples. Como muitas mulheres venezianas, também fui atraída pelo que se falava a respeito dos vestidos da judia. – Virou-se para Giuditta, sorrindo de maneira imperceptível, para que apenas ela pudesse perceber sua alegria. – Aliás, eu diria que fui sua primeira cliente – disse, como se estivesse falando somente com ela.

Giuditta estremeceu.

– Você? – indagou. – Foi você?

– Cale-se, meretriz de Satanás, se não quiser que cortem sua língua! – ameaçou-a o Santo, saltando até a gaiola.

Lanzafame se aproximou das barras.

– Fique quieta, Giuditta.

Giuditta se virou para o capitão, boquiaberta, como para protestar.

– Fique quieta – repetiu o capitão.

Então, Giuditta voltou a olhar para Benedetta, que a fitava com um olhar de triunfo.

Mercurio tremia. Podia ler toda a dor, o medo e o desespero no olhar de Giuditta. E no de Benedetta, ao contrário, a alegria perversa de fazer-lhe mal. Sentiu a fúria subir à cabeça. E pensou que, de um modo ou de outro, a faria pagar.

– Nem que eu te mate com minhas próprias mãos – sussurrou com uma voz que fervia de raiva.

– Prossiga – disse o Santo, dirigindo-se a Benedetta.

– Eu tinha ouvido falar dos barretes que ela confeccionava e fiquei curiosa para ver os vestidos. Sabia que os judeus não podem vender roupas novas e me surpreendi. Mas ela me mostrou uma pequena gota de sangue dentro do vestido e me disse que era "sangue de apaixonados". Graças a esse truque, os trajes não podiam ser considerados novos. Era assim que enganava as autoridades venezianas...

A multidão rumorejou.

– ...e me disse que era um sortilégio para atrair amor para as mulheres que o vestissem.

À palavra "sortilégio", elevou-se do público um vozerio indignado.

– Bruxa! – gritou uma mulher.

– E depois? – perguntou o Santo, convidando a testemunha a prosseguir. – A senhora se apaixonou? Ou alguém se apaixonou pela senhora? – brincou.

A plateia riu. Mas com os dentes cerrados. Benedetta tinha um ar tão inocente que seu relato tocava o coração.

– Não – sorriu e ficou séria. – Adoeci.

O público prendeu a respiração.

– Explique melhor – pediu o Santo.

– Tudo começou discretamente – recomeçou Benedetta, em voz baixa, como se estivesse revivendo o próprio drama, obrigando as pessoas a permanecerem em absoluto silêncio. – No início, eu simplesmente não conseguia colocar outros vestidos além dos dela... Eu achava que fosse porque eram bonitos e devo reconhecer que eram...

Algumas mulheres anuíram.

– Quando eu falava a respeito, dizia que havia sido "enfeitiçada" por aqueles vestidos – retomou Benedetta. Suspirou. – E não sabia que era verdade.

A multidão se deixou levar e proferiu uma sibilante exclamação.

"Vou te matar! Vou te matar!", pensou Mercurio, olhando para Giuditta, que agora seguia o relato aos prantos.

– Depois de algum tempo, porém, aconteceu algo bastante grave e embaraçoso. Além de doloroso – continuou Benedetta. – Eu estava na Fondamenta del Forner, em Santa Fosca, quando fui acometida por uma dor lancinante, como se alguém estivesse incendiando meu peito, como se o vestido que eu usava estivesse pegando fogo... e era uma sensação tão viva que... – Benedetta balançou a cabeça e cobriu o rosto em sinal de grande constrangimento. – Sinto vergonha até agora, mesmo sabendo que era tudo bruxaria...

– E então? – insistiu o Santo.

– Veja como se entendem – resmungou Isacco. Depois, virou-se para o defensor, padre Venceslao da Ugovizza, que parecia nem sequer seguir o relato, de tão desinteressado que estava no andamento do processo e no destino de Giuditta. – Canalha! Que *Hashem* te fulmine!

– Pois bem – continuou Benedetta –, a dor era tão grande que caí no chão, quase morta, gritando e me debatendo... como se estivesse possuída por um exército de demônios...

Muitas mulheres na plateia levaram a mão à boca, assustadas. Outras se agarraram ao braço do marido. E as mães tamparam os ouvidos dos filhos.

– ...e, por fim, justamente como uma endemoniada, arranquei o vestido do corpo... e fiquei... – Benedetta baixou a cabeça – nua...

O silêncio foi total.

E, nesse silêncio, Benedetta acrescentou:

– E cuspi um coágulo de sangue.

Mercurio olhou para Giuditta. Viu que tinha os olhos velados pelas lágrimas. Balançava a cabeça para a direita e a esquerda, em um "não" mudo, como se tentasse negar aquela aterrorizante mentira. Mercurio sabia o que ela estava pensando. Pensava que estava para morrer por culpa do amor e do ódio ao mesmo tempo. Estava para ser queimada viva porque amava Mercurio e porque, por causa disso, era odiada por Benedetta.

Enquanto isso, o Santo balançava a cabeça.

– O que a senhora diz, boa moça, temente a Deus, é certamente terrível e impressionante, mas que ligação pode ter com este processo? Acha que o que aconteceu teve algo a ver com a roupa que usava? Teve alguma prova?

– Não é verdade! É tudo falso! – gritou, de repente, Giuditta, com a voz embargada pelo desespero.

– Cale-se! – ordenou imediatamente o patriarca. – Você tem um defensor. Não pode falar!

"E você tem certeza de que o defensor ficará calado, não é?", pensou Mercurio. "Pode agir como quiser, até levar adiante essa mentira, porque nunca haverá quem a conteste!" Olhou ao redor, mas viu que o povo, como sempre, pouco se importava com a justiça quando não era ele próprio interrogado.

– Então – retomou o Santo –, encontrou alguma prova?

– Que nada, inquisidor – respondeu Benedetta candidamente. – Nem pensei nisso. Fui socorrida e, assim que arranquei o vestido, me senti melhor. Mas não liguei as duas coisas. Nem mesmo quando me disseram que uma mulher tinha descoberto uma pena preta de corvo, com a ponta impregnada de sangue, entre as pregas do vestido arrancado. Nem mesmo nesse momento pensei nisso. Embora minha pele tenha ficado misteriosamente ferida, coberta por bolhas que apenas uma terrível fervura, como um fogo, poderia produzir.

– Não pensou em nada... – repetiu o Santo. Depois, olhou para a plateia. – Satanás é hábil para confundir nossa mente, para soprar sua névoa...

– E não pensei nisso nem mesmo quando, alguns dias depois, tornei a vestir os vestidos da... da bruxa – disse com raiva Benedetta, virando-se para Giuditta. – Não pensei nem mesmo quando comecei a me sentir fraca, cada vez mais fraca, a ponto de ter de permanecer na cama por horas a fio... – Sorriu. – Que ingênua! Mesmo na cama, não queria me separar daqueles vestidos.

A multidão se exaltou, assombrada. O relato de Benedetta, mais do que os das testemunhas anteriores, recheados de monstros que saíam de ovos, com olhos amarelos e vozes de espectros do inferno, atingia sua imaginação. Porque era simples.

– Eu estava me apagando... como se alguém sugasse meu sangue... ou minha vida... – disse Benedetta em voz baixa.

– Ó alma! – exclamou o Santo.

Então, a multidão se insurgiu. Gritou, enfurecida, e não havia ninguém que não pedisse a fogueira em alto e bom som. E, sem dúvida, se Lanzafame e seus soldados não tivessem se perfilado ao redor da gaiola de Giuditta com as espadas desembainhadas, alguém teria tentado linchar a bruxa ali mesmo, naquele instante.

— Ordem! Ordem! – gritou o patriarca, levantando-se e lançando um olhar satisfeito ao Santo.

Mercurio percebeu e estremeceu de desdém. "Essa farsa podia acontecer", pensou, "porque todos estavam de acordo." Porque todos tinham certeza de que ninguém faria nada. Virou-se para Giustiniani. Mas o aristocrata também não intervinha. Permanecia sentado, impassível, com o olhar fixo diante de si.

— Se o senhor não tivesse me salvado com seu exorcismo – disse Benedetta quando a multidão se acalmou –, eu estaria morta, e Satanás teria minha alma. – Desceu correndo do púlpito e se ajoelhou na frente do Santo. Pegou a mão dele e a beijou, ostensivamente, apoiando os lábios nos falsos estigmas.

O Santo se fez novamente de modesto, ergueu-a do chão e, com o polegar, traçou o sinal da cruz em sua testa.

— Vá com Deus, minha filha. Hoje você prestou um grande serviço à luta contra o Mal – disse-lhe, entregando-a aos guardas para que a escoltassem.

— Mas o defensor não quer fazer nenhuma pergunta? – quis saber Giustiniani, ainda sentado ao lado do patriarca.

— O que pensa que está fazendo, Giustiniani? – perguntou o ancião em voz baixa, enquanto os guardas paravam e todos se viravam na direção do padre Venceslao.

O dominicano de olhos brancos ergueu a cabeça com uma expressão confusa.

— Senhor... – começou a dizer.

— Se ele não fizer nada, as pessoas vão pensar que a justiça não foi feita – sussurrou Giustiniani.

— Tenho medo desse imbecil – respondeu o patriarca em voz baixa.

Padre Venceslao continuava a olhar para o patriarca, em silêncio.

— Talvez... eu deva falar primeiro com a acusada – disse, por fim.

— Para quê? – perguntou-lhe o patriarca.

— Ela poderia me dizer por que não deveríamos acreditar nessa boa moça que acabou de prestar testemunho – respondeu o dominicano. – Ou arrepender-se, ceder e confessar os próprios crimes. Não acha, Excelência?

— A mim o senhor pergunta?

O público riu discretamente.

Padre Venceslao abriu os braços e encolheu a cabeça entre os ombros.

– Sim... sim, devo falar com a acusada... – decidiu, mas sempre daquele seu modo hesitante.

– Que seja, então. O senhor tem uma hora, enquanto nós vamos recobrar as forças – disse o patriarca, irritado. Depois, dirigiu-se a Lanzafame. – Leve a acusada para uma cela dos frades e fique de guarda para que nada aconteça. – Por fim, virou-se para o Santo. – E o senhor, inquisidor, entretenha a testemunha até sabermos se seu... digno adversário tem a intenção de contrainquiri-la.

O público desatou em uma rumorosa risada.

– Canalhas malditos – murmurou Mercurio. Em seguida, tentou interceptar o olhar de Giuditta, enquanto ela era levada embora.

Mas Giuditta caminhava cabisbaixa, com o olhar fixo, perdida no próprio desespero.

87

— Qualquer coisa que ele te faça, não importa o que seja, me chame – disse Lanzafame a Giuditta.

– O que poderia acontecer? – perguntou padre Venceslao junto à porta da cela que um dos frades do Colégio havia colocado à disposição.

O capitão Lanzafame lançou um olhar repleto de desprezo para o dominicano, sem responder. Depois, olhou para Giuditta e sorriu, a fim de tranquilizá-la.

– Estou aqui fora. Você me chama, e eu entro em um segundo – disse e fechou a porta.

Giuditta olhou por um instante para padre Venceslao, depois foi para o fundo do cômodo, na direção da pequena janela que dava para o pátio interno do Colégio, e se virou. Detestava aquele padre e realmente não sabia o que ele queria com ela. Era evidente que estava de acordo com todos os outros.

– Quer se converter à verdadeira fé? – perguntou-lhe padre Venceslao em voz alta.

Giuditta se virou de repente. Nesse momento, ficou claro o que ele queria.

– Seria conveniente para você, moça, pelo modo como as coisas estão se encaminhando – disse o dominicano. – Causaria uma boa impressão.

– Não – respondeu Giuditta, decidida.

Padre Venceslao deu um passo até ela.

– Não se aproxime ou chamo o capitão.

Padre Venceslao balançou a cabeça, suspirando.

– Você é orgulhosa e arrogante. Como todos os judeus.

Giuditta endireitou os ombros.

– Nós, judeus... – começou.

Mas ele a interrompeu com um gesto da mão.

– Sim, sim, a mesma conversa de sempre. O importante é que você saiba que será difícil – disse, dando mais um passo à frente.

– Com um defensor como o senhor, não tenho dúvida! – exclamou Giuditta, carregando a voz com todo o desprezo que sentia.

– Modere a língua, moça, e agradeça a seu Deus. Sou tudo o que você tem.

– Como me tornei miserável...

Padre Venceslao se aproximou mais.

– Fique longe.

O religioso balançou a cabeça.

– Não vou tocá-la, só quero lhe mostrar uma coisa – disse, alcançando a janelinha.

– O quê? – perguntou Giuditta.

Padre Venceslao apontou o indicador para o céu.

– Quando você estiver na sua cela, à noite, e tiver medo – disse com voz repentinamente calorosa –, nunca se esqueça de apontar o dedo para uma estrela, como estou fazendo agora... e peça-lhe para levá-la embora. Para onde quiser... – Virou-se. Fitou Giuditta. – Por quem quiser.

Giuditta estava boquiaberta. Agora reconhecia aquela voz.

– Mas o senhor... – Seus olhos se encheram de lágrimas. – Você...

Padre Venceslao sorriu.

– Mercur...! – começou a exclamar Giuditta.

Mercurio tampou sua boca, rindo.

– Shhh, fale baixo... fale baixo, meu amor – disse, puxando-a para si. – Fale baixo, ninguém deve saber...

Giuditta se afastou. Olhava para o rosto odioso do dominicano e balançava a cabeça, ainda incrédula, mas já reconhecendo seu amado Mercurio por trás da maquiagem. Ofegava e continuava a balançar a cabeça.

Ele a apertou de novo a si.

– Acalme-se – sussurrou em seu ouvido. – Estou aqui...

– Você está aqui... – chorou Giuditta, abandonando-se a seu abraço. – Sim, está aqui... está aqui... – De novo, afastou-se e o fitou. – Mas... como pude não te reconhecer... eu... eu...

Mercurio riu baixinho.

– Ainda bem que não me reconheceu, meu amor.

– Mas e os olhos...? – Giuditta estava atordoada e surpresa, tinha dificuldade para falar e pensar.

— É um velho truque — sorriu Mercurio, pegando o rosto dela com as duas mãos e acariciando suas sobrancelhas espessas e pretas. — Foi um homem chamado Scavamorto que me ensinou. É o truque dos mendigos que batem carteira em Roma. — Apontou para os olhos. — É tripa de peixe... quer dizer, a pele do intestino dos peixes. É muito fina. A gente corta e faz um pequeno furo no centro. Não sei bem como é possível, mas dá para enxergar. — Sorriu de novo. — Arde um pouco no começo.

— Você fez isso por mim...

— Fiz isso por nós — respondeu-lhe Mercurio.

— Meu pai sabe? — perguntou Giuditta.

— Não. Quanto menos pessoas souberem de um embuste, menores são os riscos.

Giuditta quase riu.

— Eu nunca poderia imaginar que ficaria tão feliz com sua desonestidade.

— Nem eu. Pela primeira vez na vida, agradeço a Deus por ser um trapaceiro e especialista em disfarces. Agora sei por que me foi dado esse dom... — Mercurio olhou para ela através do véu artificial dos olhos. — Para te salvar — disse solenemente.

Giuditta franziu os lábios e fechou os olhos, que se enchiam de lágrimas.

— Me desculpe... me desculpe... — soluçava. — Eu... — Olhou para ele. — Eu te magoei muito, não é?

Mercurio ficou sério.

— Não achei que pudesse sentir uma dor tão terrível — respondeu.

— Eu sei... — afirmou Giuditta. — Eu também achei que fosse morrer...

— Foi ela, não foi? — perguntou Mercurio, com a voz cheia de raiva.

Giuditta baixou o olhar.

— Sim. Ela me disse que o príncipe Contarini estava te procurando para te matar, e ela só te protegeria se eu me afastasse, e eu...

Mercurio deu um murro na parede, com fúria. Depois, ergueu a mão, acalmando-se.

— Desculpe...

Giuditta se apertou contra ele e o abraçou com força.

— Tive medo de te perder para sempre — murmurou.

— Eu também — sussurrou-lhe Mercurio, acariciando seus cabelos.

— Mas como você sabe latim? — perguntou-lhe Giuditta, com a cabeça em seu peito, de olhos fechados.

— Os frades do orfanato de São Miguel Arcanjo, em Roma, me ensinaram às chicotadas. Queriam fazer de mim um padre. Eu os odiava... e agora preciso agradecer a eles. Estranho, não? – Passou a mão no pescoço dela, sentindo sua pele lisa. – Além do mais, Giustiniani está me ajudando. É graças a ele que estou aqui. Foi ele quem colocou Lanzafame como sua escolta. Tinha o poder para impor um defensor e...

— Por que ele está fazendo isso? – interrompeu-o Giuditta.

A essa altura, Mercurio tinha certeza de que não era por medo da chantagem de Scarabello. Mas não disse nada. Encolheu os ombros.

— Giustiniani é o único que sabe. Está me dando instruções tanto sobre o processo quanto sobre a estratégia... Agora vou te explicar o que temos de tentar. – Cerrou os maxilares, balançando a cabeça. – Viu do que são capazes? Pensam que não podem ser desmentidos, que podem dizer qualquer mentira. Costuram sua boca e têm certeza de que ninguém mais vai falar e de que eu nunca vou ser um obstáculo. Canalhas. Essa é a justiça deles. Podem dizer o que querem. – Tentou se acalmar. Fitou Giuditta com um olhar sério. – Você tem de me prometer uma coisa.

— O que você quiser.

— Não mude o modo de me olhar – disse-lhe Mercurio. – Ninguém pode suspeitar, do contrário, estamos perdidos.

— Vou tentar...

— Não. – Mercurio a pegou pelos ombros. – Vai conseguir.

Giuditta o abraçou.

— Mas como vou fazer para esconder essa alegria?

Mercurio ouviu um rumor do outro lado da porta. Vozerio, agitação.

— Temos de nos apressar. Ouça... – aproximou os lábios de seu ouvido, enquanto lhe dava rapidamente as instruções.

— Abra – dizia a voz do Santo fora da cela.

— O que quer, padre maldito? – ouviu-se o capitão Lanzafame responder.

— Estou mandando abrir! – disse o Santo. – Sou o inquisidor!

— Eu respondo às ordens do patriarca – rebateu o capitão.

— Combinado, então? – disse Mercurio a Giuditta.

Giuditta sorriu, anuindo.

— Não sorria! – sussurrou-lhe Mercurio.

Giuditta sorriu ainda mais.

— Abra! – ordenou o Santo.

— Abra! — gritou Mercurio do lado de dentro. Depois, virou-se para Giuditta. — Sinto muito, meu amor.

— Por quê? — perguntou Giuditta, surpresa.

A porta se abriu.

E, nesse momento, Mercurio golpeou Giuditta com uma violenta bofetada em pleno rosto.

Giuditta gritou de dor e caiu no chão. Levou a mão ao lábio. Sangrava.

— Canalha! — exclamou Lanzafame, entrando e socorrendo Giuditta.

Mercurio cruzou com o olhar do Santo e, saindo da cela, reclamou:

— Esses judeus! São impossíveis!

Irmão Amadeo olhou para padre Venceslao, que se afastava e, por um instante, lhe pareceu diferente. Mas foi apenas um instante.

— Bruxa — disse a Giuditta com sua voz feroz, apontando o dedo contra ela. — Depois que eu acabar com você, vou me ocupar do seu pai, pode ter certeza. — Virou-se para Lanzafame. — Leve-a para baixo. O processo vai ser retomado.

Quando Giuditta foi recolocada na gaiola, a atenção do público se reacendeu. Durante a pausa, os ânimos tinham arrefecido. A multidão se entediava. Mas, nesse momento, o espetáculo recomeçava.

— Silêncio! — ordenou um prelado, enquanto o patriarca e Giustiniani voltavam para suas poltronas no palco.

Ao se sentar, Giustiniani olhou na direção de Mercurio. O aristocrata também tinha o rosto tenso. O processo sumário, encenado pela Igreja, já chegava ao fim. E aquele era o último ato. Depois dele, não haveria mais nada a fazer.

Mercurio respirou fundo. Mancou até o centro da área processual e se inclinou desajeitadamente na direção do patriarca.

— E então? — perguntou o ancião, com uma sobrancelha arqueada e um sorrisinho de escárnio estampado no rosto. — Decidiu?

Mercurio coçou a cabeça, coberta de pústulas feitas de grumos de farinha de cevada, colorida com suco de beterraba e cozida por um bom tempo, até se tornar pegajosa.

— Bem, Excelência... — disse, mostrando a insegurança habitual, sobre a qual havia construído o personagem de padre Venceslao da Ugovizza — de fato, a acusada me revelou detalhes que... como posso dizer? Bem, que talvez devam ser verificados... — Encolheu os ombros, abriu os braços e arregalou os olhos. — Ainda que, francamente...

– Portanto, está pedindo para interrogar Benedetta Querini? – perguntou Giustiniani.

– Talvez... – disse Mercurio. – O que o senhor acha?

O público riu.

O patriarca bufou, irritado.

– Que a testemunha Benedetta Querini seja apresentada – ordenou.

– Agradeço, patriarca – disse Mercurio, inclinando-se várias vezes e, mais uma vez, suscitando a hilaridade da plateia.

Na primeira fila, quase em contato com ele, Isacco lhe murmurou baixinho, com raiva:

– Padre vendido.

Mercurio fingiu não ter ouvido. Depois, recebeu Benedetta como se estivessem em um encontro mundano e a escoltou pessoalmente ao púlpito.

Os olhos de Benedetta estavam repletos de altivez. Ela não suspeitava de nada e, ao subir no púlpito, dirigiu a Giuditta um olhar carregado de ódio.

– Onde disse que mora? – perguntou logo Mercurio.

Benedetta se virou de repente para olhá-lo.

– Não disse – respondeu, tensa. O Santo a havia advertido. Seu vínculo com o príncipe Contarini não deveria ser revelado por nenhum motivo.

O patriarca teve um sobressalto na poltrona e se debruçou até Giustiniani.

– O senhor avisou esse imbecil que o nome do meu sobrinho e da minha família não deve ser pronunciado de modo algum? – perguntou, alarmado.

A plateia tornou a rir.

– Claro, patriarca – respondeu Giustiniani. – E não entendo...

Mercurio se virou de repente para o patriarca, com os olhos arregalados, fingindo que padre Venceslao, atrapalhado como sempre, tivesse se enganado. Boquiaberto, agitou as mãos no ar, depois gaguejou, confuso:

– De fato, que importância tem onde mora? – Olhou para Benedetta e, de novo, para o patriarca. – Falei bem, Excelência?

O público riu mais uma vez.

O patriarca contraiu os músculos do maxilar e não respondeu.

– Sim, claro... – balbuciou Mercurio, constrangido. – Bem... não, eu queria dizer... O que eu queria dizer?

Benedetta arqueou uma sobrancelha.

– Talvez o senhor queira que eu faça a mim mesma as perguntas – sugeriu, piscando para a plateia.

O público desatou a gargalhar.

Isacco olhou para Giuditta. Teve a impressão de que não estava preocupada como deveria. A filha mantinha a mão na face avermelhada, e seu lábio sangrava. Mas a Isacco não pareceu que estivesse tocando o rosto como se sentisse dor. Pareceu-lhe, antes, que Giuditta quase acariciasse a pele ruborizada.

– Ah, sim, isso! – exclamou de repente Mercurio, dando um tapinha na testa. – Isso! – repetiu. – Eu estava me perguntando, Excelência – disse voltado para o patriarca – como é possível mover uma acusação de bruxaria...

O público cochichou.

– O que está querendo dizer? – indagou o Santo.

– Nada, pelo amor de Deus... – respondeu Mercurio, inclinando-se também na frente dele. – É só que, por não ser especialista em processos, como já lhe disse, tentei entender como... como... Bem, não sei explicar direito, mas gostaria de perguntar à testemunha... se conhece a acusada, pronto.

Benedetta olhou para ele, mal disfarçando seu desprezo.

– Claro. Ela me vendeu seus vestidos enfeitiçados.

– O que eu quis dizer é se a conhecia antes? – perguntou Mercurio.

Benedetta encolheu os ombros.

– Mais ou menos...

– Mais ou menos... – repetiu Mercurio, como se refletisse. – Por mais ou menos a senhorita entende que chegou com Giuditta da Negroponte a Veneza, viajando na mesma carroça de víveres do capitão Lanzafame, que retornava da batalha de Marignano, por exemplo?

Benedetta se enrijeceu. Olhou para o Santo.

– O que isso tem a ver? – perguntou o Santo com arrogância.

– Não sei se tem alguma coisa a ver... – afirmou Mercurio, mantendo seu comportamento de falsa insegurança e dirigindo-se ao patriarca, que olhou para a multidão.

Nesse momento, os olhos de todos estavam sobre ele. Deu-se conta de que não tinha saída.

– Bem, tente entender, bendito padre Venceslao! – exclamou, fingindo brincar.

O público sorriu da brincadeira, mas, de repente, todos ficaram sérios.

– Protesto! – interveio o Santo.

O patriarca o fulminou com o olhar. "Tarde demais, imbecil!", pensou.

– Eu estava me perguntando, gentil senhorita – retomou Mercurio, dirigindo-se a Benedetta –, se sabia que junto com vocês havia um jovem delinquente de nome... de nome... Zolfo! Isso, Zolfo! E se é verdade que esse Zolfo tentou apunhalar a acusada Giuditta da Negroponte e...

– Não! – exclamou Benedetta. – É mentira!

– E sobre o que exatamente? – perguntou Mercurio, encaminhando-se para o capitão Lanzafame. – Quero dizer, temos aqui o capitão, herói da batalha de Marignano, que poderia confirmar...

– É mentira que... – interveio Benedetta, dando-se conta de estar contra a parede.

– Que... – Mercurio lhe fez sinal para prosseguir.

– Que... que Zolfo era um delinquente. Era apenas um menino...

– Mas tentou apunhalá-la.

– Talvez... não me lembro direito...

Mercurio mancou para o público, que murmurava, pois entendia que, mais uma vez, estava acontecendo algo importante naquele processo aparentemente unilateral.

– Não se lembra direito se um amigo seu quis apunhalar uma moça que agora está trancada em uma gaiola, com a acusação de ser uma bruxa e...

– É uma bruxa! – gritou Benedetta. Apontou para Giuditta, olhando para o público. – É uma bruxa! – repetiu.

No entanto, desta vez, as pessoas não se inflamaram. E a maioria nem sequer se virou para olhar Giuditta. Todos os olhos estavam fixos em Benedetta.

– O que está querendo demonstrar, padre Venceslao? – interveio o Santo.

– É justamente o que estou tentando entender, irmão Amadeo – respondeu Mercurio, batendo o indicador na têmpora. – Por exemplo... tem uma coisa que devo perguntar ao senhor. Preciso do seu parecer. – Fingiu concentrar-se, em busca das palavras certas. – Perdoe, inquisidor – retomou –, mas esse menino, que tentou apunhalar a acusada, o menino que viajava com sua testemunha... desmemoriada... se chama Zolfo como... – deu um passo até o Santo, olhando sempre para o público com seus olhos velados pela falsa catarata. – Bem, quero dizer que esse Zolfo, que tem o nome do perfume de Satanás, é o mesmo que vive com o senhor e o acompanha em suas pregações?

– O que isso tem a ver? – indagou o Santo, encolhendo os ombros como se fosse uma bobagem.

– Nada, pelo amor de Deus – disse logo Mercurio. – Só estou tentando entender quantas coincidências há nessa história...

O público murmurou.

– Temos certeza de que padre Venceslao é um imbecil? – perguntou o patriarca em voz baixa para Giustiniani.

O aristocrata não respondeu. Admirado, olhava para Mercurio, que tecia sua trama sem hesitar.

– Não passa de uma vadia! – gritou de repente Benedetta. – Não passa de uma vadia! Bruxa! Bruxa!

A plateia não a acompanhou.

Mercurio esperou que se fizesse silêncio. Um silêncio carregado de tensão. Depois, a passos incertos, chegou ao púlpito e subiu o primeiro degrau.

– Por que exatamente seria uma vadia? – perguntou.

Benedetta balançou a cabeça. Olhou para o Santo, em busca de ajuda.

– Seria porque tem um homem que a senhorita também deseja? – indagou Mercurio.

As pessoas na sala murmuraram, surpresas.

– Foi o que ela lhe disse, padre? – respondeu Benedetta, com o olhar inflamado. – É tudo bobagem. Essa puta está tentando salvar a própria pele...

– Modere suas palavras, moça! – interveio o patriarca.

Benedetta tinha o rosto vermelho e estava descontrolada.

Mercurio se virou para Giuditta e lhe fez um pequeno e imperceptível sinal.

– Mercurio me contou tudo – disse, então, Giuditta, dirigindo-se a Benedetta. – Me disse como você era patética quando se despia para ele no quarto da Lanterna Vermelha...

– Não sabe o que está dizendo, vadia!

– Ordem! – intimou o escrivão, tocando o sino.

– Me disse que há poucos dias você acariciou os cabelos dele, achando que estivesse chorando, mas, na verdade, ele estava zombando de você

– continuou Giuditta. – Ele me conta tudo. Até que sente nojo de ver que você se contenta com migalhas...

– Vadia!

– Façam essas duas mulheres se calarem! – gritou o patriarca.

– Me disse que, se estalasse um dedo, você se jogaria aos pés dele...

– Quero vê-la morrer!

– Silêncio!

– Me disse que você só conta mentiras! Disse que é amante de um homem importante, mas, na verdade, é apenas uma de suas tantas servas! – Giuditta riu, cheia de desprezo.

– Vadia! Você não passa de uma vadia! – Benedetta tentou descer do púlpito, como para agredi-la, mas Mercurio e o Santo a detiveram. As veias de seu pescoço saltaram enquanto gritava: – Sou amante do príncipe Contarini, e ele vai mandar degolá-la na prisão quando souber como você me tratou!

O Santo lhe deu um tapa.

– Cale a boca, infeliz! – gritou, sacudindo-a pelos ombros.

Benedetta o fitou, ainda sem se dar conta do que havia acabado de fazer.

Mercurio deu um passo para trás, virou-se para Giuditta e anuiu imperceptivelmente.

Isacco olhou para Lanzafame, boquiaberto.

O público havia se calado.

– Espero não ter criado um problema... – balbuciou Mercurio, dirigindo-se ao patriarca e abrindo os braços. – Eu... eu...

– O senhor fez seu dever de defensor, padre Venceslao – disse o patriarca, contendo a raiva que fervia em suas veias. Depois, virou-se para Benedetta, com um olhar feroz. – Foi esta mulher quem fez algo profundamente grave...

A multidão murmurou.

O patriarca apontou para ela o dedo vibrante.

– Caluniou meu sobrinho Rinaldo e, com ele, o bom nome de toda a família. E, assim que possível, aqui, nesta sala, será publicamente desmentida por meu sobrinho, o príncipe Rinaldo Contarini.

– Não entendi direito, patriarca – perguntou, então, o desajeitado padre Venceslao, arregalando os olhos pelo espanto, com sua voz ingênua. – Quer dizer que... esta mulher está mentindo?

Benedetta sentiu que lhe faltava o chão sob os pés.

– Por hoje, o processo está encerrado – disse gravemente o patriarca. – A corte se retira. – Levantou-se, tentando não mostrar o tremor furioso que chegava até seus joelhos e, precedido por seus prelados, com os clérigos que carregavam a cauda púrpura de seu traje, saiu da sala maior do Colégio Canônico dos Santos Cosme e Damião.

O público, porém, tinha olhos apenas para padre Venceslao.

Mas de todos que olhavam para o dominicano que invertera o destino do processo, certamente o mais admirado era um homem que estava afastado, sem se fazer notar, com o capuz enterrado na cabeça, apesar do forte calor. Fitava-o com intensidade, enquanto apertava uma estranha cicatriz escura, em forma de moeda, que florescia no centro de seu pescoço.

88

Dois dias depois, a multidão se aglomerava novamente na sala do Colégio Canônico dos Santos Cosme e Damião. A notícia da reviravolta clamorosa do processo havia atraído ainda mais curiosos.

Shimon também acompanhava o debate. Porém, com um interesse bem diferente do das pessoas comuns.

Na primeira vez em que espreitara a choupana do velho marinheiro, Shimon achara que na panela sobre a lareira fervia uma refeição quente. Somente na madrugada do dia seguinte, ao espiar, vira que Mercurio tirava uma papa pegajosa da panela e a espalhava no rosto, no nariz e no pescoço. Assistira de boca aberta à sua vestidura. A peruca com a tonsura falsa; a tala presa ao joelho, para tornar sua marcha mais rígida e claudicante; os corantes que serviam para ressaltar as pústulas avermelhadas ou amarronzadas; a fina camada de betume que ele passava entre os dentes, para envelhecê-los; e, por fim, a tripa de peixe, que ele lavava e cortava todas as manhãs com perícia, para deixar seus olhos como os de um cego.

Shimon estava perplexo e fascinado. E havia notado que assim também ficava o velho, a quem Mercurio tivera de contar tudo, uma vez que na choupana, composta por aquele único cômodo despojado, certamente não teria como esconder dele o próprio plano.

Também nessa manhã, como já vinha fazendo havia dias, Shimon seguira padre Venceslao da choupana de Zuan dell'Olmo até o Colégio Canônico, saboreando e retardando o momento em que o mataria. Mas nutria certo respeito por Mercurio. Embora fosse apenas um rapaz, punha em xeque todo um processo inquisitório.

Shimon havia se postado junto a uma parede da sala, perto de uma coluna atrás da qual podia esconder-se sem ser notado. Olhava para a portinhola pela qual entrariam os atores daquela farsa. Porém, ao sentir um vozerio atrás de si, foi obrigado a se virar.

Viu um pequeno destacamento de guardas ducais abrindo caminho em meio à multidão e escoltando algumas damas aristocráticas. A primeira a avançar era uma velha de ar duro, frio, seguida por outras nobres mais jovens. Por trás do olhar altivo, todas disfarçavam o incômodo por se encontrarem em contato tão estreito com o povo.

Os guardas liberaram a primeira e a segunda fileiras de bancos sem muita consideração. As pessoas se levantaram, reclamando. Depois, as damas foram acomodadas na primeira fileira, e os guardas se colocaram atrás delas, como proteção.

A essa altura, o escrivão do processo e o *exceptor* tocaram em uníssono dois sininhos de igreja.

A multidão se calou, Shimon se virou, e pela portinhola lateral entraram o patriarca, o nobre veneziano que se sentava ao seu lado, o pequeno tropel de prelados e clérigos sempre presentes, o frade acusador e Mercurio, no papel de padre Venceslao.

Giuditta já estava em sua gaiola. Na realidade, sem uma verdadeira razão, pois nesse dia não era ela a processada. Era simplesmente exposta como um animal exótico.

Após um instante, escoltada por dois guardas, Shimon viu surgir a moça de cabelos acobreados de que tanto gostava. Estava cabisbaixa e evitava olhar para a multidão com a arrogância habitual. Usava um vestido modesto, amarrotado, com a borda da saia lisa. Não tinha joias nem pérolas nos cabelos, que estavam soltos. Ao vê-la tão frágil, tão vencida, Shimon sentiu um desejo ainda mais forte. Pareceu-lhe ainda mais sensual.

Virou-se para Mercurio. Havia sido ele a condená-la àquela humilhação. "O bando não apenas havia se dissolvido", pensou, "mas também estava em guerra." A razão havia sido revelada pela própria judia, acusada de bruxaria. Mercurio tinha rejeitado Benedetta.

Contudo, não ficaria com nenhuma das duas, sorriu Shimon. Porque Mercurio era seu. E estava com as horas contadas.

Ao chegar a seu assento, o patriarca abriu os braços e disse:

– Povo de Veneza, hoje temos a ingrata tarefa de revelar um engano, de delatar um falso testemunho, de contestar uma mentira, de lavar uma calúnia. – Apontou o indicador com anel contra Benedetta. – Mas quero que se lembrem de que, para uma testemunha que será desmentida, neste processo vocês ouviram outras dez absolutamente dignas de crédito. – Fez seu olhar vagar sobre a plateia. – Hoje não celebraremos a inocência da judia Giuditta da Negroponte, mas a culpa de Benedetta Querini.

A multidão murmurou.

Ao olhar para as pessoas, Mercurio se deu conta de que havia desferido um duro golpe no andamento do processo. As testemunhas às quais se referia o patriarca não tinham impressionado muito o povo veneziano. Suas declarações haviam sido exageradamente coloridas, mal contadas e, em muitos casos, ridicularizadas pelo defensor, enquanto se fingia de atrapalhado. A intenção do patriarca era clara. Tinha de salvar o processo, mas, antes de tudo, interessava-lhe o bom nome da própria família.

Na noite anterior, Mercurio tinha conseguido conversar rapidamente com Giustiniani. O nobre lhe dissera que o patriarca estava furioso e obrigaria seu sobrinho a renegar o testemunho de Benedetta. E quando Mercurio lhe fizera notar que todos sabiam que Benedetta era, de fato, a amante de Rinaldo Contarini, Giustiniani lhe respondera:

– A verdade não tem a menor importância. O que conta é o que se afirma, mesmo a despeito das evidências. Há jovens descendentes, em Roma, que são ordenados bispos e cardeais aos 15 anos, para que um dia se tornem papas. E a esses jovens, assim como a esses papas, não se pede que não tenham um monte de amantes nem que não se abandonem a uma perversão qualquer, mas simplesmente que afirmem o contrário. E todo o aparato se dispõe a confirmar. Lembre-se: em nosso mundo, a verdade é a que escrevem os poderosos, não algo que existe por si.

Mercurio atravessou a sala, com os passos claudicantes e incertos de padre Venceslao, e foi até a gaiola de Giuditta.

– Mantenha-se a distância, padre – resmungou Lanzafame de imediato.

– Não – disse Giuditta rápido demais – eu gos... – Parou. Balançou a cabeça. – Não me incomoda.

Lanzafame olhou para ela, perplexo.

– Que seja apresentado o príncipe Rinaldo Contarini – anunciou o escrivão.

Todos se viraram.

– Não seja imprudente – sussurrou Mercurio a Giuditta.

Ela se apoiou nas barras. Respirou fundo.

– É bom sentir seu cheiro – disse baixinho.

– Pare...

Benedetta também tinha se virado para a porta à sua direita.

Nesse momento, com seu andar torto, acompanhado por dois valetes, o príncipe entrou, como sempre vestido de branco resplandecente.

A multidão murmurou, comentando sua repugnante deformidade.

– Não admitirei intemperanças – declarou o patriarca com voz dura.

E as pessoas compreenderam o que ele quis dizer, pois todos os guardas e os soldados presentes desembainharam as espadas.

– Eu mesmo conduzirei esse debate – prosseguiu o patriarca –, uma vez que irmão Amadeo da Cortona deve concentrar-se no processo por bruxaria.

Esperou que o sobrinho se sentasse em uma poltrona levada especialmente para ele. O príncipe disforme olhava à sua frente, com altivez.

Pela primeira vez em sua vida, Benedetta experimentou uma espécie de ternura. Pois, pela primeira vez, viu e sentiu que seu amante estava com medo. Medo do patriarca.

– Príncipe Contarini – iniciou o patriarca –, esta mulher, Benedetta Querini, afirmou que é sua amante. Corresponde à verdade?

Rinaldo Contarini mal se virou para Benedetta, mas não sustentou o olhar. Respirou fundo e disse com sua voz estridente.

– Não, patriarca.

– Coitada, me dá pena – sussurrou Giuditta.

Mercurio a observou, perplexo. E viu que em seus olhos não havia traço do ódio que deveria sentir. Olhou para Benedetta. E se espantou porque ele próprio não sentia nenhum ressentimento em relação a ela. Ao vê-la ali, cabisbaixa, ele também sentia pena. Todo o mal que havia arquitetado se voltava contra ela.

– E pode nos dizer se ela tem alguma relação com o senhor? – continuou o patriarca.

O rosto do príncipe enrubesceu. Sua boca se contraiu em uma careta.

– A verdade é a que escrevem os poderosos – falou Mercurio com seus botões, repetindo a frase de Giustiniani.

– O quê? – perguntou Giuditta.

– Olhe para eles, estão todos enfileirados para defender a própria casta – disse entredentes Mercurio, fitando a fila de mulheres nobres, sentadas no primeiro banco. – Nós, da arraia-miúda, os sujamos como a lama ou o esterco.

– Agora você sabe o que sentem os judeus todos os dias – sussurrou Giuditta.

– E então? Estamos esperando, príncipe – disse o patriarca, e em sua voz havia uma dureza que não deixava saída.

Contarini virou-se de repente para Benedetta. Sustentou o olhar por um segundo.

Ela sorriu para ele, com benevolência, esperando trazê-lo para seu lado. Mas esse sorriso a condenou.

O príncipe se sentiu ainda mais humilhado. A cólera apertou sua garganta.

– Eu não me lembraria dela se ela não tivesse causado esse aborrecimento deplorável! – exclamou com histeria. – É uma serva do palácio. Uma dentre tantas. – Mais uma vez, virou-se para Benedetta. Viu que o sorriso havia desaparecido de seu rosto. Pensou que era bonita. Pensou que havia sido a melhor de todas a interpretar o papel da irmã morta. Pensou que nenhuma das moças que a haviam precedido se balançara tão sensualmente no balanço do quarto. E pensou que seria difícil encontrar outra como ela. – É uma pessoa sem a menor importância – mentiu.

– E como é possível que tenha testemunhado que... – iniciou o patriarca.

– Não sei! – interrompeu-o o príncipe.

O patriarca olhou para ele com irritação.

– É uma louca... importunou todas as minhas conhecidas com suas extravagâncias. Vieram aqui para confirmar minhas palavras, se necessário. – O príncipe indicou as aristocratas sentadas na primeira fila.

Benedetta reconheceu a nobre anciã que lhe pedira para comprar os vestidos de Giuditta por ela. A velha lhe restituiu um olhar distante, hostil. Estavam se livrando dela. Todos.

Nesse momento, também acomodaram no banco a maga Reina. Tinha os pulsos atados. Estava despenteada. Seu rosto exprimia dor. Com certeza a tinham torturado ou espancado.

Mercurio olhou para Benedetta, que enrijeceu ao ver essa última mulher entrar.

– Quem é? – perguntou baixinho a Giuditta.

– Não sei – respondeu ela.

Benedetta imaginou o que teriam mandado a maga Reina dizer. Cruzou seu olhar com o dela. "Cedo ou tarde, todo o mal desejado retorna para o local de onde veio", dissera-lhe na primeira vez em que se viram. Ela a havia advertido. Mas Benedetta não acreditara. "Que não volte para mim, mas para quem o desejou", acrescentara a maga. Benedetta sorriu com tristeza. O mal tinha voltado para ambas. Então, levada pelo instinto, mais do que por um raciocínio, desvencilhou-se do aperto do guarda, correu até o príncipe e se jogou aos seus pés.

– Príncipe, me perdoe! – chorou. – Peço seu perdão, eu não queria fazer nada de mal... só queria imaginar que estava ao seu lado... que era sua... Príncipe, por favor, quero apenas o seu perdão. – Olhou para ele e jogou sua última cartada. – Não me interessa nada dos outros, príncipe. – Lançou um rápido olhar ao patriarca, para que Contarini não tivesse dúvida. – Só o seu perdão me importa.

"Muito bem", pensou Mercurio.

– Guardas! – exclamou o patriarca.

Enquanto dois soldados a pegavam e puxavam bruscamente, Benedetta cruzou seu olhar com o do príncipe e teve a certeza de que havia feito a coisa certa.

– Patriarca – disse o príncipe –, infelizmente essa mulher se apaixonou por mim. Mentiu, é verdade. Apresentou-se como alguém que não era, é verdade. Arriscou enlamear minha reputação e a da minha família... – Levantou-se, com seu modo torto, e abriu o braço disforme. – No entanto, peço-lhe que se mostre indulgente. De minha parte e pelo meu bom nome, não pretendo denunciá-la e espero que o senhor se mostre tão magnânimo quanto eu. É suficiente demiti-la e afastá-la do palácio.

O patriarca cerrou os punhos. O sobrinho estava tentando obrigá-lo a fazer o que não queria. Mas ele não tinha a intenção de ceder.

– Nunca vai aceitar... – murmurou Giuditta.

Mercurio olhou para ela e viu que havia uma compaixão real em seus olhos.

– Que gesto nobre – interveio, então, em voz alta, afastando-se da gaiola. – Sim, que gesto nobre – repetiu. Depois, gesticulou com aquele modo desajeitado que havia encontrado para caracterizar padre Venceslao. – Por isso um nobre é... nobre, agora entendo.

A multidão se virou para observá-lo.

Giuditta também o fitava, séria e orgulhosa.

Depois, todos voltaram a olhar novamente para o patriarca.

– Certamente – disse a custo o chefe do clero veneziano –, a Igreja e Veneza gostariam de poder mostrar-se misericordiosas. – Olhou para o sobrinho. Depois, para padre Venceslao e, em seguida, para Benedetta.

– Claro... – repetiu, com a voz contraída pela raiva. Olhou para as nobres damas que estavam prontas para alinharem-se do seu lado, por interesse de casta, e para a maga Reina, curvada pela violência e pelo poder. Balançou a cabeça, tentando esconder a irritação. Tudo aquilo que havia organizado com riqueza de detalhes já não fazia sentido.

Giustiniani, por sua vez, tinha olhos apenas para Mercurio. Gostava cada vez mais desse rapaz, que o surpreendia. Tinha a vingança ao alcance da mão, poderia ter esmagado Benedetta como uma barata, mas tomou as dores dela. "Sim, ele o havia surpreendido", pensou. E valia a pena ajudá-lo. Inclinou-se até o ouvido do patriarca e sussurrou:

– O senhor é um gênio. A Igreja sai de cabeça erguida, e sua família terá a reputação de ser misericordiosa. Parabéns ao senhor e a seu sobrinho pela bela farsa. O senhor o instruiu muito bem.

O patriarca se virou. Giustiniani pensava que tudo aquilo fosse parte de seu projeto? De repente, a situação lhe pareceu totalmente diferente. Até mesmo vantajosa. Levantou-se.

– Assim sendo, que triunfe a misericórdia! – disse com ênfase. – A senhorita está absolvida. – Olhou para o público enquanto se preparava para pronunciar uma frase que deveria soar como uma ordem. – Não sei quem lhe dará trabalho a partir de agora – e deixou as palavras suspensas, para que todos captassem plenamente seu significado –, mas está absolvida. Agradeça a magnanimidade do príncipe... que é a magnanimidade de toda a família Contarini.

Benedetta sentiu que a vida tornava a fluir em suas veias. Inclinou-se e, enquanto a levavam embora, ao cruzar com padre Venceslao, perguntou-lhe em voz baixa:

– Por que fez isso?

Não conseguia acreditar que o mesmo homem que a fizera cair na lama a tivesse levantado do chão.

O dominicano olhou para ela com seus olhos cegos e não respondeu. Depois, virou-se para Giuditta.

E ela, imperceptivelmente, sorriu para ele.

Os guardas empurraram Benedetta para fora da porta.

Mercurio observou-a desaparecer. Deu-se conta de que já não sentia nenhuma atração por ela. E se sentiu livre.

Mais uma vez ressoou o toque dos sininhos de igreja.

– Amanhã serão proferidos os arrazoados finais – anunciou o escrivão.

— Amanhã a justiça será feita, Veneza — disse o patriarca, ainda em pé. Abriu os braços e traçou no ar a bênção pastoral.

A multidão reunida estava indecisa. Não sabia se ficava satisfeita ou decepcionada. Era como se o espetáculo — pois assim era visto — tivesse sido suspenso na metade, interrompido bruscamente.

— Patriarca, deixe apenas que esta mulher diga por que está aqui! — exclamou, então, o Santo, como se tivesse intuído a atmosfera e tivesse de reaquecê-la. Em seguida, quase correu até a maga Reina e apontou o dedo contra ela, franzindo as sobrancelhas e mostrando os dentes. Virou-se para o patriarca, que, após um segundo de hesitação, anuiu. Então, o Santo pegou a maga pelo braço e a fez levantar-se. Levou-a ao centro do palco e a virou para a multidão, mostrando-a tal como estava, macilenta, despenteada e com os pulsos atados.

— Fale, vamos!

A maga Reina abriu a boca. Obediente. Naquela noite, tinha aprendido com os ferros escaldantes o que deveria dizer. O que queriam que dissesse.

— Benedetta Querini veio até mim em busca de um... veneno para Giuditta Negroponte — disse.

A multidão emudeceu. Algumas velhas fizeram o sinal da cruz.

— Eu lhe disse que... não fazia essas coisas... Mas ela estava obcecada. Voltou várias vezes... parecia enlouquecida...

— E no que você pensou, então? — perguntou-lhe o Santo.

— Tive a certeza de que estava... enfeitiçada.

— Enfeitiçada? Como? — indagou o Santo, fingindo-se surpreso.

— Porque a obsessão só se mostrava quando ela usava os vestidos da judia — respondeu a maga Reina, apontando para Giuditta.

A multidão murmurou, perplexa.

Preocupado, Mercurio olhou para Giuditta.

— Amanhã se decidirá por queimar a carne de uma bruxa! — gritou o Santo.

Então, a multidão se reanimou. O espetáculo recomeçava. Mais uma vez, o calafrio da morte percorreu a sala maior. E todos se sentiram mais vivos.

Seguindo com o olhar Mercurio, que saiu mancando, Shimon tornou a sorrir. Talvez no dia seguinte o público tivesse outra surpresa. Talvez houvesse apenas um arrazoado. O da acusação.

E um cadáver a mais.

89

Mestre

NESSA NOITE, A ATMOSFERA NO HOSPITAL era de grande excitação e inquietação ao mesmo tempo.

– Amanhã – repetia Isacco, sem conseguir acrescentar mais nada. Mas seus olhos exprimiam esperança.

– Como está Giuditta? – perguntou Mercurio a Lanzafame. – Como encarou o que aconteceu?

– Está bem – respondeu o capitão. – E te manda lembranças. Está confiante. Sim, pela primeira vez desde que foi presa, vejo que está confiante. Mudou no dia em que aquele imbecil do defensor foi encontrá-la... Imagine! Queria convertê-la. Ouvi com meus ouvidos. Depois, deu um tapa nela, fez até seu lábio sangrar...

– Mas desferiu um golpe mortal naquela puta... – Isacco levou a mão à boca e olhou para as prostitutas ao seu redor. – Desculpem.

República riu, com sua voz sensual.

– Aquelas, sim, são as verdadeiras putas – disse Cardeal, séria.

E todas as prostitutas concordaram.

– Mas depois a salvou – completou Lanzafame. – E permitiu que aquele Santo endemoniado fizesse sua manobra. Não confio nele.

– Não dá para entender se é um espertalhão ou um imbecil – comentou Isacco.

– Não estava esperando a cartada de irmão Amadeo – murmurou Mercurio, triste. – Deu para ver claramente que não sabia quem era aquela mulher...

– Poderia ser qualquer pessoa. Mas você a viu? – indagou Lanzafame, agitando o punho no ar. – Eles a torturaram. Teria dito que o príncipe Contarini é um Adônis, se lhe tivessem ordenado.

— Na minha opinião, os outros testemunhos não valem muito, essa é que é a verdade – disse Isacco, de maneira resoluta. – Antes eu não teria apostado nem um tostão furado, mas agora... o povo está começando a pensar com a própria cabeça.

— Então, há com o que se preocupar – disse Mercurio.

Anna desatou a rir.

— Já está na hora? Precisa ir? – perguntou.

— Sim... – respondeu ele.

— Como estão os trabalhos no navio? – perguntou-lhe.

Mercurio se virou e apontou para o doutor.

— Graças ao armador grego Karisteas, estão praticamente concluídos. Amanhã içam as velas, e a embarcação estará pronta para zarpar.

Anna olhou para Isacco.

— O senhor fica engraçado sem barba.

Isacco sorriu.

— Aquelas pessoas... enfim, os operários do Arsenale... são surpreendentes. – Virou-se para Lanzafame. – Sabe quem são os *cafalates*, capitão?

— Calafates – corrigiu-o Mercurio.

Lanzafame riu.

— Dá no mesmo. Não banque o professorzinho comigo, rapaz – disse Isacco e tornou a se dirigir ao capitão. – Enfim, sabe quem são?

— Você o está fazendo viver de novo, pobre homem – sussurrou Anna no ouvido de Mercurio. – Achei que fosse adoecer... Mas essa história do navio o absorveu completamente. Tonio e Berto me disseram que dá ordens até ao supervisor Tagliafico. Dizem que parece um armador de verdade.

Mercurio riu.

— Pois é. Por ser um doutor, é bom em dissimular.

Anna lhe deu o braço e saíram do hospital. Assim que chegaram ao lado de fora, parou.

— Acha mesmo que sou tão idiota? – perguntou-lhe.

— O que está querendo dizer? – indagou Mercurio.

Anna deu uma olhada dentro do hospital. Isacco ainda estava falando do navio a Lanzafame.

— Nenhum doutor tem olhos tão espertos. E você e ele se entendem muito bem. Acho que são farinha do mesmo saco...

— Sério? – disse Mercurio, fingindo-se admirado.

Anna olhou para ele e sorriu. Depois, despenteou seus cabelos.

— Você é bom em contar mentiras...

Mercurio riu.

Anna olhou para o céu estrelado. As cigarras entoavam suas monótonas canções. Ficou séria.

– Vai dar tudo certo.

Mercurio não respondeu.

– Está com medo? – perguntou Anna.

– Por Giuditta.

Ela olhou para ele.

– Não há nada de mal em ter medo. Eu, no seu lugar... já teria me borrado toda.

– Estou me borrando todo.

Anna pegou sua mão.

– Você é especial. Lembre-se sempre disso. – Acariciou sua face. – E com as pessoas especiais acontecem apenas coisas especiais. Vai dar tudo certo, você vai ver.

– Está dizendo isso porque pensa assim ou é o que espera?

Anna olhou para ele, séria, com seus grandes olhos compreensivos e afetuosos.

– Vai dar tudo certo – repetiu.

– Se conseguirmos fugir... você vem conosco?

– Não diga "se" – disse Anna. – Vocês vão conseguir fugir.

– Você não respondeu à minha pergunta.

Anna baixou o olhar. Depois, fitou de novo Mercurio. Balançou a cabeça, lentamente.

– Não...

– Mas você é... você é minha... – protestou Mercurio, sem conseguir terminar a frase.

Anna tornou a acariciar seu rosto, comovida.

– Sim, sou sua mãe – afirmou, orgulhosa. – E nunca vou deixar de te abençoar por essa alegria que você me deu.

– E então...?

– E então serei sempre sua mãe. Sempre.

– Mas...

Anna pôs o dedo em seus lábios.

– Vou ser sempre sua mãe e estar sempre aqui para você, não importa o que aconteça. Vou ser sua mãe mesmo quando estiver morta. – Tocou seu tórax, na altura do coração. – Estarei sempre aqui.

Mercurio virou a cabeça.

Anna pegou seu rosto com as duas mãos.

– Ouça. Este é o meu mundo. Não consigo me imaginar em nenhum outro lugar...

Mercurio afastou de novo a cabeça.

Anna a segurou de novo.

– Olhe para mim – disse-lhe.

Mercurio tinha os olhos reluzentes.

– Quando um passarinho aprende a voar, deixa o ninho. É assim que deve ser. – Depois, seu olhar se encheu de amor e ternura. – Você chegou aqui já sabendo voar – sorriu para ele, comovida –, mas nunca tinha tido um ninho.

Mercurio sentiu que estava para começar a chorar.

Anna o deteve.

– Pare com isso, vamos. Olhe para mim, por favor. E se tiver vontade de chorar... chore, porra! – exclamou. – E tenha paciência se sua mãe não é uma grande senhora.

Mercurio riu. E, enquanto ria, as lágrimas riscavam sua face.

– Você e Giuditta têm toda a vida pela frente. Agarrem-na sem hesitar. É de vocês. – Pegou-o pelos ombros. – Ela é sua por direito, rapaz. Entende?

Mercurio anuiu, lentamente.

– Quero que você diga isso – pediu Anna.

– O quê?

– Não banque o idiota. Quero que diga que a vida é sua por direito.

– É minha... por direito...

– Parece até que você está perguntando, pedindo permissão. Não me faça dizer mais palavrões.

Mercurio não conseguia falar.

– Diga!

– É minha por direito, porra!

Anna desatou a rir e o abraçou.

– Isso, meu menino. Assim. – Acariciou seus cabelos. Depois, enxugou suas lágrimas. – Vou estar sempre aqui. Nunca duvide disso. Sempre.

– Sempre – sussurrou Mercurio.

– Sim, sempre.

Permaneceram por um tempo em silêncio.

Em seguida, Anna o puxou para si.

– Me abrace.

Mercurio a abraçou com força.

– Não consigo segurar o choro – soluçou.

– Ainda bem – sussurrou Anna. – Ainda bem, meu amor. – Acariciou suas costas e novamente os cabelos. – De vez em quando, lembre-se de que é um menino – disse-lhe. Afastou-o, ergueu o rosto dele em sua direção. – Promete?

Mercurio anuiu e fungou.

Anna sorriu e passou a manga do vestido debaixo do nariz.

– Que nojo! – protestou Mercurio.

– Não tenho nojo de nada que venha de você – disse ela. – Você é sangue do meu sangue... ranho do meu ranho.

Mercurio riu.

– Como você é lindo, meu menino! – disse-lhe Anna. Pegou-o pela mão e o conduziu até a casa. Foi até a porta e perguntou: – Tonio, Berto, vocês já acabaram de comer?

– Sim, estamos aqui – respondeu Tonio de boca cheia.

Mercurio enxugou rapidamente as lágrimas.

Anna olhou para ele.

– Não dá para ver que você chorou, fique tranquilo.

Ele sorriu para ela.

– Porque já é noite.

Anna riu enquanto Tonio e Berto apareciam à porta.

– Estamos prontos.

– Têm uma boa tripulação? – quis saber Anna. – Posso confiar?

– Recrutamos os melhores *buonavoglia* da praça, senhora – respondeu Tonio. – Aquela carraca vai correr como o vento.

– Ótimo – disse Anna. – E os marinheiros?

Tonio e Berto encolheram os ombros.

– Zuan me disse que convocou todos os seus companheiros de viagem – disse Mercurio.

– Ah, que bom... – disse Anna.

As palavras tinham terminado.

Mercurio olhou para ela, embaraçado.

– Então...

– Bom, acho melhor te esperarmos no barco – sugeriu Berto, encaminhando-se com Tonio para o canal.

– Não é um adeus – disse Anna. – Vai. E lembre-se: estarei aqui...

– ...sempre – concluiu Mercurio.

– Sim. Sempre.

Mercurio partiu, cambaleando. Não sabia se a reveria. Sentiu uma pontada no centro do peito, como se o esterno estivesse se rompendo. Respirou fundo.

– Me esperem! – gritou e correu para alcançar os dois irmãos, pois não queria ficar sozinho nem por um instante.

Os dois gigantes se viraram e o esperaram.

E, nesse segundo, nenhum deles percebeu uma figura chegar antes deles ao barco, saltar a bordo e se esconder debaixo de uma coberta no poço de proa.

Tonio, Berto e Mercurio soltaram as amarras e empurraram a embarcação até o meio do canal, sem saber que transportavam um passageiro clandestino. Após algumas remadas, cruzaram com uma gôndola fechada. As duas embarcações se tocaram de leve.

Mercurio olhou para a gôndola. Viu apenas uma mão apertando a borda superior da portinhola da parte coberta. E lhe pareceu ter percebido um anel com um brasão, iluminado pela luz da lua cheia. Uma águia com duas cabeças.

– Quem será? – perguntou Tonio.

Mercurio não respondeu. Mas viu que a gôndola apontava em direção à casa de Anna e ao hospital.

A gôndola parou no atracadouro. O gondoleiro saltou em terra firme e prendeu a embarcação a uma estaca entre os juncos. Depois, debruçou-se na direção da cabine da embarcação.

– Chegamos, Excelência. Quer descer? – perguntou.

– Ainda não – respondeu uma voz vinda de dentro.

O gondoleiro não disse mais nada. Permaneceu imóvel por quase duas horas, até que o homem tornou a se pronunciar:

– Já apagaram as luzes?

– Sim, Excelência.

– Me ajude a descer – disse a voz.

O gondoleiro abriu a portinhola e segurou a embarcação. Depois, esticou o braço. O homem dentro da gôndola o agarrou para ser ajudado e desceu, encaminhando-se a passos incertos na direção do hospital, seguido pelo barqueiro. Quando chegou à porta, hesitou, como se quisesse voltar atrás. Depois, virou-se para o gondoleiro e lhe disse:

– Espere-me no barco.
– Sim, Excelência.

Então, com cautela, o homem pisou no hospital. O espaço era pouco iluminado. Apenas algumas velas, aqui e ali. Todos dormiam. Com exceção de um doente que lia, à esquerda, no fundo da sala. O homem foi até ele. Ao alcançá-lo, parou, sem dizer nada.

Scarabello ergueu os olhos acima do livro. Tinha o olhar distante, perdido em pensamentos, mas logo reconheceu o visitante.

– Jacopo...
– Oi, Scarabello – disse Giustiniani.

Scarabello o fitou. Instintivamente, levou a mão à boca para esconder a necrose da ferida que já havia carcomido todo o seu lábio. Mas depois, lentamente, abaixou a mão. Seu olhar se tornou duro e cínico.

– Veio me ver morrer?

Giustiniani olhou para ele à luz fraca da vela.

– Não... – respondeu. – Vim te cumprimentar.

Os olhos glaciais de Scarabello se contraíram, surpresos. Ou talvez assustados.

– Posso me sentar? – perguntou Giustiniani.

Scarabello não conseguia falar. Apenas se afastou para o lado, com dificuldade.

Giustiniani se sentou na beirada da cama.

Olharam-se em silêncio.

– Foi o rapaz que te contou? – perguntou, por fim, Scarabello.

Giustiniani anuiu.

– Não devia ter feito isso comigo.
– Já eu fico contente que o tenha feito.

Os dois homens se olharam de novo, em silêncio.

– Te causo aflição? – perguntou, então, Scarabello.
– Não...
– Você sempre foi um péssimo mentiroso.

Giustiniani não disse nada.

– Não gosto da sua piedade – afirmou Scarabello.

Giustiniani o fitou intensamente. Seus profundos olhos azuis pareciam oscilar à luz trêmula da vela.

– Seu pior defeito sempre foi o orgulho – disse-lhe. – Não sinto piedade.
– E o que sente, então? – A voz de Scarabello pareceu incerta.

– Dor.

Scarabello se voltou para a sala.

– O que deu em você para vir até aqui? – resmungou. – Um homem como você não pode ser visto em um lugar como este.

– Terminou? – perguntou Giustiniani.

Scarabello suspirou.

– Sim...

– Que bom.

Novamente se fez silêncio.

– Você vai ajudar o rapaz mesmo depois que eu morrer? – perguntou Scarabello após algum tempo.

– Por que faz tanta questão?

Scarabello olhou para ele.

– Não por aquilo que está pensando.

– Não?

– Não – respondeu Scarabello. Olhou para Giustiniani e, lentamente, como se confessasse um terrível crime, acrescentou:

– Ninguém nunca tomará o seu lugar.

As mãos dos dois homens se tocaram. De leve. Virilmente.

– E então, por quê? – quis saber Giustiniani.

– Porque é um pouco como nós. Sonha com uma liberdade que não existe...

Giustiniani anuiu, comovido.

– Vou ajudá-lo se tiver a oportunidade.

– Precisa fazer o que estou te dizendo... Lembre-se de que tenho seus colhões nas mãos... – disse Scarabello.

Giustiniani sorriu.

– Fanfarrão.

Novamente se fez silêncio.

– Sente muita dor? – perguntou, então, Giustiniani.

Scarabello encolheu os ombros.

– Sempre pensei que morreria com uma facada nas costas... – disse. – Não tenho medo da dor... mas isso... isso eu não esperava.

Giustiniani anuiu devagar.

– A cabeça já não está funcionando direito, sabe? Essa doença provoca demência... – Scarabello deu uma espécie de sorriso. – Isso me humilha mais do que... – apontou para a ferida no lábio.

Giustiniani o fitava sem desviar o olhar.

– Pelos cálculos do doutor, tenho mais cinco ou sete dias... mas eu gostaria de morrer antes... – Baixou o olhar para o livro, no qual tamborilou o dedo. – Eu estava tentando ler... mas já não sou capaz... não entendo o que está escrito... – Olhou para Giustiniani. Intensamente. – E só há um modo de morrer antes... Eu havia pedido ao rapaz para...

Giustiniani não conseguia desviar o olhar. Tinha parado de respirar.

– ...mas seria melhor se fosse você a fazê-lo.

O nobre sentiu o coração parar no peito. Levantou-se de repente. Deu-lhe as costas.

– Não, não posso.

Scarabello não disse nada.

Giustiniani permaneceu de costas, imóvel. Fitava a fila de camas à sua frente, na penumbra.

– Não sou um assassino – disse, respirando o odor dos medicamentos e da consunção da carne. Quando se virou, Scarabello tinha o olhar perdido no nada. Giustiniani teve medo de que a demência já o tivesse levado. Assim, em um bater de asas. Sentou-se na beira da cama, angustiado. – Scarabello... – chamou-o.

Scarabello tornou a olhar para ele. Não disse nada.

Mas Giustiniani sabia que estava ali, com ele.

Scarabello anuiu devagar. Sério.

Então, Giustiniani puxou delicadamente o travesseiro que estava sob sua cabeça.

Scarabello sorriu para ele. Com um olhar agradecido e cheio de amor. Em seguida, fechou os olhos e esperou.

Com a visão velada, Giustiniani apoiou o travesseiro sobre o rosto de Scarabello e começou a apertar.

Scarabello não se rebelou. Apenas no final esticou a mão e a apertou ao redor de seu pulso. Mas não para se defender. Não para detê-lo. Apenas para tocá-lo. Uma última vez.

Depois, seu corpo teve um sobressalto e não se moveu mais.

Giustiniani tirou o travesseiro e o recolocou debaixo da cabeça. Penteou os belos cabelos brancos reluzentes e permaneceu ali, imóvel, atordoado pela dor, apertando a mão inerte de Scarabello, até que sentiu que o homem que sempre amara tinha esfriado.

Então, como um fantasma, arrastou-se para fora do hospital.

90

Veneza

O BARCO DE TONIO E BERTO ATRACOU ao lado da casa de Zuan dell'Olmo em plena noite. Mercurio desceu de um salto. Seus pés afundaram na lama da margem. Tonio seguiu-o de imediato, enquanto Berto prendia uma corda do barco a uma estaca.

Apesar da hora avançada, o estaleiro estava iluminado por muitas tochas, e ouviam-se canções vulgares.

Quando Mercurio, Tonio e Berto já estavam longe do barco, Zolfo saiu de seu esconderijo sob a coberta no poço de proa e desembarcou. Caminhava com cautela, deslocando-se de um canto a outro das cabanas que surgiam na área, abaixando-se atrás das paliçadas das hortas, abrigando-se atrás das árvores. Não tinha medo de ser descoberto por Mercurio. Não era a presa, mas o predador. Estava caçando.

Pois Zolfo procurava pelo mercador judeu que havia matado Ercole.

E, depois de tanto tempo, finalmente entendeu que não odiava os judeus, mas apenas aquele homem. Se fosse turco, muçulmano ou cristão, nada teria mudado. Odiava apenas o assassino de Ercole. E agradecia aos céus e ao destino que ainda estivesse vivo, porque tinha lançado luz dentro dele. E Zolfo tinha um objetivo.

Escondeu-se em um canto escuro e pôs-se a esperar.

Mais adiante, ao longo de uma rampa do estaleiro, viu fogueiras, gente, muita gente, que bebia e festejava. Olhavam para um grande navio que balançava com indolência na água.

– Vocês fizeram um trabalho extraordinário – disse Mercurio a Zuan, admirando a quilha reluzente da embarcação, os mastros retos e as velas nas vergas.

Mosè o recebeu com latidos.

Zuan tomou um bom gole de um jarro de vinho e o passou a Mercurio.

– Não bebo, obrigado – respondeu-lhe. Depois, olhou ao redor. Viu muitos homens de certa idade. – E onde está a sua tripulação? – perguntou, já temendo a resposta.

De fato, Zuan apontou para os homens.

– Parece que saíram de um asilo – disse Mercurio.

Em vez de se ofender, Zuan desatou a rir.

– São os marinheiros mais experientes de toda a Veneza.

Mercurio continuava a fitá-los, preocupado.

– Não tenho dúvida. Com todos os invernos que têm nas costas, se não forem experientes...

Zuan riu de novo. Estava meio alto. Ergueu o jarro para seus homens, que responderam levantando outros jarros. Depois, virou-se para Mercurio.

– São marinheiros que navegaram achando que o mundo terminasse ali... no horizonte do oceano... – apontou o dedo para o Ocidente. – Mas, então, descobriram que havia um Novo Mundo... – Disse, apontando para os homens. – Olhe para eles. Estariam dispostos até a pagar para poder vê-lo. Estão felizes como crianças. Apesar dos achaques da idade, você não poderia ter encontrado uma tripulação melhor. A alegria é como o vento em popa...

– E quem te disse que vamos para o Novo Mundo?

– Rapaz, você está arrumando uma encrenca grande demais para poder parar na África ou na Turquia, e até mesmo na China – riu Zuan. – Uma bela encrenca.

– O navio vai aguentar? – perguntou Mercurio.

– Shira nos levará para onde o mandarmos nos levar – respondeu Zuan, com orgulho.

– Shira? – perguntou Mercurio, que pela primeira vez ouvia o nome da embarcação. – Que raio de nome é esse? O que significa?

– Não sei – respondeu Zuan. – Mas nem pense em mudá-lo. Dá azar. Seria como tirar sua alma.

– Se você está dizendo... – disse Mercurio, encolhendo os ombros.

– Ontem, enquanto o colocávamos na água, Mosè levantou a pata e mijou nele. – Virou-se para o cão e deu um tapa bonachão em sua cabeça. – E isso dá sorte.

Mosè latiu, feliz.

– Imbecil – disse-lhe Zuan.

Mosè latiu mais forte.

Zuan e Mercurio riram.

– Amanhã? – perguntou, então, Zuan.

– Não sei, velho. Mas diga a seus homens para estarem prontos.

– Estarão – disse Zuan. Depois, virou-se para os marinheiros. – Cambada de beberrões! – gritou. – Vão para casa! E os que ainda conseguirem, trepem com a esposa esta noite. Por um bom tempo não verão nenhuma mulher!

Houve um coro de risadas. Depois, os marinheiros partiram para suas casas. Muitos cambaleavam, embriagados.

– Repito: parece que saíram de um asilo – disse Mercurio.

– Um marinheiro deve ser julgado no mar, não em terra – observou Zuan. – E você não entende porra nenhuma de mar... repito.

Mercurio sorriu. Acenou para Tonio e Berto para assegurar-se de que seguiriam o trajeto de Giuditta e Lanzafame, como todos os dias, também no dia seguinte. Depois, despediram-se.

Quando o estaleiro ficou deserto, Mercurio e Zuan desceram a rampa e permaneceram ali, em pé, observando o navio.

– Bonito, não é? – perguntou o velho, com orgulho.

Mercurio anuiu, sério.

– Sim. É lindo.

– As pessoas estão dizendo que a judia tem chance.

– Pode parar de chamá-la de judia?

– Não é judia?

Mercurio abanou a cabeça.

– Tudo bem, chame-a como quiser, bode velho. – Olhou para ele. – O que quer dizer com "tem chance"? Acham que é culpada ou inocente?

– De vez em quando me espanto ao ver o quanto você é tonto, rapaz – suspirou Zuan. – Para as pessoas, pouco importa se decretarem que a judia é inocente ou culpada, assim como não estão interessadas em estabelecer se uma coisa é verdadeira ou falsa. Todos sabem que esse processo é uma palhaçada...

– E então?

– O povo já entendeu faz tempo que a justiça é uma bobagem inventada para os crédulos.

– Tudo bem. E então?

– E então apostam nas probabilidades de a judia se safar.

– Apostam... – disse Mercurio com uma pitada de amargura.

– Claro – afirmou Zuan. – E é muito prudente fazer isso.

— Prudente? – perguntou Mercurio com sarcasmo.

— Isso mesmo, sabichão, prudente. Quando você é um morto de fome, sua vida é confiada a um lance de dados... Portanto, sim, é muito prudente não a levar muito a sério. – Viu que Mercurio tinha um olhar preocupado. Bateu a mão em seu ombro. – As pessoas acham padre Venceslao mais simpático do que aquele fanático do Santo. Isso conta muito.

Mercurio respirou fundo, como se estivesse com falta de ar.

Zuan sorriu.

— A partida está ganha. Confie.

— Sim... – disse Mercurio com voz fraca.

— Já sabe o que vai dizer amanhã? – perguntou Zuan.

— Mais ou menos...

— Fale com o coração, rapaz. Fale para as pessoas. Não é uma questão de justiça. Você tem de inflamá-las, trazê-las para o seu lado. É nisso que reside o jogo. Se tiver muitos do seu lado, vai ser mais difícil para os poderosos fingir que não se importam.

— Sim...

— Ei! Sim porra nenhuma! Não ouviu nada do que eu te disse, não é?

— Não – riu Mercurio. – Desculpe.

— Ah, vá à merda, rapaz! – disse Zuan. – Vou dormir.

— Não se ofenda...

— Vamos, Mosè – disse o velho marinheiro, encaminhando-se para a choupana. – Vá dormir você também. Amanhã vai ser um dia muito importante.

— Não estou com sono.

— Então, repito: vá à merda! – riu Zuan.

Mercurio também riu. Depois, sentou-se na borda do estaleiro e ali permaneceu, balançando as pernas e olhando para seu navio.

— Shira... – disse baixinho. – Gostei. – Observou a quilha brilhante. Tentou sorrir. Mas sentia o peso do dia seguinte nos ombros. Tinha medo de fracassar, de não conseguir salvar Giuditta. Tudo dependia dele. Levou a mão ao peito. Respirou fundo. Desviou um pouco o olhar para a esquerda, na direção da laguna. A lua cheia desenhava os contornos da Ilha de San Michele. – Caralho, ainda não aprendi a rezar, Arcanjo Miguel... – disse. – Deu um tapa na perna, levantando os olhos. – Desculpe, não quis dizer "caralho"... – Tornou a olhar para a ilha. – Me ajude – acrescentou.

Ouviu um rumor às suas costas. Não se virou.

– Também não está conseguindo dormir, não é, velho dos infernos?

Ninguém respondeu.

Então, Mercurio se virou, alarmado. Escrutou a noite, iluminada pela lua cheia e pelas fogueiras que se apagavam lentamente. Não viu ninguém. Suspirou. Olhou novamente para o navio.

E de novo ouviu um rumor.

Levantou-se de um salto. O estaleiro estava deserto. Mas Mercurio se sentia agitado.

– Calma – disse a si mesmo.

Olhou mais uma vez ao redor. Nada. Virou-se para a choupana de Zuan. Pensou que deveria tentar dormir. O velho tinha razão.

Subiu a rampa cabisbaixo e pensativo.

E, de repente, no topo da rampa, viu botas pretas à sua frente.

Deu um salto para trás, assustado.

Mas não rápido o suficiente.

Uma lâmina reluziu na noite. Veloz como o arranhão de um gato.

Mercurio sentiu um golpe do lado esquerdo, como um soco. Depois, um calor, como se tivessem incendiado seu flanco. E uma dor que tirava a força de suas pernas e ofuscava sua visão. Deu-se conta de que estava para cair, mas algo o mantinha em pé. E entendeu que era o homem que o tinha apunhalado e revirava a lâmina em seu corpo. Tentou identificá-lo, mas não conseguiu. A noite se havia preenchido com mil clarões.

Em seguida, o homem retirou a lâmina, e Mercurio caiu, como um saco.

Não conseguia se mover. Não conseguia fugir. Não conseguia pensar.

O homem estava sobre ele. Tirou o capuz preto.

Mas Mercurio ainda não o via.

O homem deu um grito assustador, como um sibilo, aproximando o rosto do dele.

Então, Mercurio o reconheceu.

– Você... – balbuciou. – Não... morreu... Eu... não... te... matei... – disse.

Depois, viu que Shimon erguia a faca no ar.

E, nesse momento, ouviu-se um rosnado feroz.

Mosè deu um salto e mordeu o braço de Shimon.

A faca caiu no chão.

Com uma expressão de dor e raiva estampada no rosto, Shimon agarrou o cão pelo pescoço e pela cauda. Ergueu-o do chão, girou ao redor de si mesmo e o lançou na direção de um dos montantes do estaleiro.

Mosè voou no ar e bateu com violência contra a grande trave quadrada de faia. Ouviu-se um rumor surdo, um baque, um ganido.

Shimon arrependeu-se de não ter matado o cão. Tinha sido um erro poupá-lo. Virou-se para pegar a faca.

E, nesse momento, viu-se diante do rosto de um menino contraído pelo ódio.

– Canalha – disse Zolfo, enquanto afundava a faca no estômago do outro. – Canalha – repetiu retirando a lâmina e cravando-a na barriga.

Shimon arregalou os olhos. Ainda não sentia dor. Estava apenas tomado pela perplexidade. "Não", pensava, e se voltou para Mercurio, que tentava se levantar do chão. Sentiu a lâmina da faca entrar em suas costas. "Não", pensou, caindo quase em cima de Mercurio.

– Canalha... canalha... – repetia Zolfo, chorando, babando, rosnando como um animal raivoso. E continuava a enfiar a faca no corpo de Shimon.

– Chega... – disse Mercurio, esticando a mão até ele. – Chega... Zolfo... pare...

Zolfo deu um passo para trás. A luz da lua fazia o sangue em suas mãos brilhar. Largou a faca. E finalmente desatou a chorar. Como nunca tinha feito desde a morte de Ercole.

– Zolfo... – disse Mercurio em voz baixa. E não conseguiu acrescentar mais nada. Virou-se para Shimon, que olhava para ele, com um regato de sangue saindo da boca. Aproximou-se. – Me perdoe... – disse. – Me perdoe...

Shimon olhou para ele, perplexo. Não tinha medo de morrer. "É tudo tão simples assim?", perguntou-se. Sentiu uma grande paz. Teve a impressão de ouvir um silêncio reconfortante, que chegava para tomá-lo, e se deu conta de que já não lhe importava nada daquele rapaz que havia sido o propósito da sua vida recente. Não o odiava mais. Finalmente, fez-se um grande silêncio em seu coração. Sorriu. Depois, morreu.

Nesse momento da noite, ouvia-se apenas o choro baixinho de Zolfo.

– Você... me salvou... – disse Mercurio.

Zolfo olhou para ele, como se não entendesse.

– Eu? – perguntou.

Mercurio levou a mão ao flanco. Comprimiu a ferida. Gemeu. Depois, indicou o cadáver de Shimon.

– Temos de desaparecer com ele.

Zolfo anuiu enquanto continuava a fitar as próprias mãos, sujas de sangue.

— O que está acontecendo? – perguntou Zuan, saindo à porta do seu casebre.

— Nada – respondeu Mercurio.

— Mosè está aí? Está bem? – perguntou o velho, com um tom angustiado na voz. – Sonhei que...

Mercurio viu que Mosè se levantava, mancando.

— Sonhei que gania...

— Está bem – disse Mercurio. – Apanhou... de um gato...

— Que cachorro mais imbecil! – resmungou Zuan. Depois, enquanto voltava para dentro de casa, disse: – Venha dormir, rapaz.

— Já vou...

91

— COM A PALAVRA, A DEFESA — anunciou o escrivão.

A multidão se voltou para padre Venceslao.

Mercurio estava cabisbaixo, com os cotovelos apoiados na mesa. Imóvel.

O patriarca também olhou para ele. E o mesmo fez Giustiniani, com os olhos vermelhos, ofuscados pela dor por causa da morte de Scarabello.

Mercurio não se movia. Respirava com dificuldade.

Na primeira fila, Zolfo se levantou, preocupado.

— Sente-se, menino — disse Zuan em voz baixa, ao seu lado, sem tirar os olhos de Mercurio, com uma expressão tensa.

A multidão murmurou.

— Padre Venceslao — disse o patriarca, impaciente. — E então?

Mercurio cerrou os dentes. Ergueu a cabeça. Anuiu com dificuldade. Depois, apoiando-se na beira da mesa, levantou-se. O esforço o deixou sem fôlego. Olhou para Giuditta.

Ela sorriu, imperceptivelmente.

"Não, não sabia de nada", pensou Mercurio. Também sorriu, mostrando os dentes enegrecidos pelo pez. Depois, virou-se para a multidão. Interceptou o olhar preocupado de Zolfo. Fez-lhe um aceno para tranquilizá-lo. E procedeu do mesmo modo com Zuan. Deu um passo. Sentiu que mal se aguentava em pé. A ferida doía. Naquela manhã, o velho tinha apertado uma faixa ao redor dela. Dissera-lhe que ele não poderia ir ao processo machucado daquele jeito. Mercurio olhara para ele e balançara a cabeça.

— Se tentar me impedir, afundo o seu navio com as últimas forças que me restam — respondera. Em seguida, disfarçou-se de padre Venceslao e foi levado ao Colégio Canônico dos Santos Cosme e Damião no barco de Tonio e Berto.

Deu mais um passo. Olhou para a multidão.

O arrazoado do Santo havia sido excepcional. Tinha muito pouco em mãos, mas havia conseguido insinuar a dúvida em cada um dos espectadores presentes. No início da manhã, quando chegara, Mercurio percebera claramente que tinha a vitória ao alcance da mão. As pessoas queriam a salvação de Giuditta, mesmo que apenas como uma revanche contra o poder, contra aquilo que já estava escrito. Mas o arrazoado do Santo havia sido tão inspirado, tão passional, tão violento, que nesse momento o público estava hesitante, como na metade de uma ponte, e já não sabia qual lado escolher.

Mercurio olhou para a plateia e sorriu, tentando parecer desenvolto. Zuan lhe dissera para falar com o coração. Conseguiria? Não sabia nem mesmo se seria capaz de pronunciar alguma coisa. O sorriso se apagou em seus lábios. Suava. Temia que o suor dissolvesse a maquiagem.

— Irmão Amadeo... — começou a dizer.

— Mais alto! — gritou alguém no meio da sala.

Mercurio sentiu-se vencer pelo desespero. Agarrou-se à borda da mesa. De vez em quando, sua vista se turvava. Virou-se para Giuditta, que também o olhava com preocupação. Ela não sabia de nada, mas intuía que algo não ia bem. Mercurio se assustou. Não podia desistir. Tirou a mão da mesa. Deu um passo decidido para a frente, na direção da plateia. Sentiu uma pontada no flanco. Segurou um gemido. Apertou os dentes.

— Irmão Amadeo — repetiu, forçando a voz, e novamente sentiu uma pontada dolorosa —, o senhor fala tão bem que eu gostaria de ouvi-lo de novo, desde o início. — Balançou a cabeça. — O senhor... me embalou com suas palavras.

O público não entendia. Esperava em silêncio.

— É verdade — continuou Mercurio. — Me embalou... — Apontou para o lugar onde estava sentado antes. — Vocês viram, até peguei no sono.

A multidão desatou a rir, achando graça.

— Não, não estou brincando... — afirmou Mercurio e, ao se mover, sentiu que a ferida se reabria. Apertou novamente os dentes. Tentou fazer com que ninguém percebesse. — Realmente estou admirado, irmão Amadeo — disse ao Santo, que o fitou com expressão rancorosa. Mercurio voltou a dialogar com a plateia, enquanto alcançava a gaiola de Giuditta e se agarrava a uma barra para segurar-se em pé. — Imaginem que memória extraordinária ele tem! — ressaltou. — Nos fez lembrar de todas aquelas testemunhas...

– Virou-se mais uma vez para o Santo. – Obrigado. Obrigado mesmo – disse-lhe e balançou a cabeça na direção da plateia. – Sinceramente, eu não me lembrava de nenhuma dessas inúteis testemunhas...

De novo, o público desatou a rir.

– Isso, rapaz – murmurou Zuan.

Zolfo fitava irmão Amadeo. Já tinham se visto antes. E o Santo nem o cumprimentara. Mas Zolfo não ficara triste. O frade já não tinha nenhuma importância para ele, pois Zolfo havia retomado sua vida. Quando jogaram o cadáver do mercador judeu na laguna, Zolfo entendera que tinha uma nova oportunidade.

– Mercurio é o melhor do mundo – disse a Zuan com orgulho.

O velho olhou para ele e anuiu.

Mercurio fitou a multidão, em silêncio. A dor tinha se intensificado tanto que tirava seu fôlego. Permaneceu assim, de boca aberta, esperando manter o suspense até conseguir falar. Continuava a apertar uma barra da gaiola com uma das mãos. Com a outra, apontava para as pessoas do povo, uma a uma, como se esse gesto significasse alguma coisa.

E a multidão, na realidade, acompanhava-o em silêncio. Fascinada.

– Qual é a única testemunha de que todos nos lembramos? – perguntou, por fim, Mercurio com grande esforço.

Entre o público, muitos anuíram. Alguém até disse o nome.

Mercurio, que tinha dificuldade para respirar, apontou para uma mulher que havia falado e lhe fez sinal para que repetisse.

– A amante do príncipe Contarini – disse a mulher. – Ah, não – disse, dando um tapa na testa, de maneira teatral –, era apenas a serva do príncipe.

A plateia desatou a rir.

O patriarca enrubesceu, mas não disse nada. Agarrou os braços do trono dourado no qual estava sentado e os apertou com raiva.

– Ali está ela! – exclamou um homem em meio a público e apontou para um ponto da sala maior.

As pessoas se voltaram. Alguns se levantaram e ficaram na ponta dos pés, esticando o pescoço. O patriarca e todas as personalidades no palco fizeram o mesmo. E assim fez o Santo. E Mercurio. E Zolfo.

Contra a parede, Benedetta sentiu os olhos de todos em cima dela. Boquiaberta, olhou para Giuditta, como se tivesse algo a lhe dizer.

Mercurio se enrijeceu.

Mas Benedetta não tinha raiva nos olhos. Mesmo assim, não disse nada. Recuou em silêncio, seguida pelos olhares do público, e saiu da sala maior, encurvada, cabisbaixa, em seus trajes modestos.

Zolfo sentiu um peso no coração. Encaminhou-se para a saída, abrindo caminho por entre multidão, enquanto o escrivão gritava:

– Ordem! Ordem!

Chegou à porta e procurou Benedetta em meio às pessoas que se aglomeravam na pequena praça, mas não a viu. Então, ainda com esse peso, voltou para dentro e sentou-se ao lado de Zuan.

– Você a conhece? – perguntou-lhe o velho.

Zolfo o fitou.

– Talvez – disse com uma voz estranha. Anuiu, perdido nos próprios pensamentos. – Talvez...

– Ordem! Ordem! – continuava a gritar o escrivão.

Nesse meio-tempo, Mercurio tinha se agarrado com as duas mãos à barra. Sentia as forças lhe faltarem. A voz do escrivão ecoava em seus ouvidos, reverberada. Os rostos da multidão tornavam-se desfocados. O ar estava irrespirável. O coração batia cada vez mais devagar. Cada vez mais distante. O suor escorria copiosamente de sua testa. Ele sentia a maquiagem se dissolver. A luz que entrava pelas grandes janelas havia se transformado em uma lâmina dolorosa.

Virou-se para Giuditta, com os olhos arregalados e a boca aberta. Ofegou.

– O que está acontecendo? – perguntou ela, de repente, preocupada, aproximando-se dele, do outro lado das barras.

Mercurio balançou a cabeça.

Na sala maior havia um silêncio artificial. Os olhares de todos estavam voltados para a estranha figura do dominicano, plantado junto à gaiola da acusada, quase curvado em dois, com as mãos escorregando lentamente para baixo.

– Sinto... muito... – disse Mercurio em voz baixa.

Giuditta, que o fitava, assustada, baixou o olhar. E o que viu a assustou ainda mais.

– Meu amor... – sussurrou, e todos viram que esticava a mão para ele, na altura do flanco esquerdo.

– Sinto... muito... – repetiu Mercurio e soltou as barras. Deu um passo para trás, cambaleando.

E onde Giuditta o havia tocado, todos puderam ver uma larga mancha vermelha que se ampliava na batina branca.

Mercurio deu uma espécie de pirueta e desabou de joelhos.

A multidão prendeu a respiração.

Giudidtta levou a mão à boca, com os olhos cheios de lágrimas.

— Rapaz... — disse Zuan.

— Mercurio... — disse Zolfo.

Giustiniani, mesmo ofuscado pela própria dor, levantou-se lentamente.

Por um instante, o tempo pareceu parar.

E, nesse instante, o Santo levantou-se de um salto, apontou o dedo para Giuditta e ergueu a outra mão, exibindo os estigmas.

— Bruxa! — gritou. — Filha de Satanás!

As pessoas olharam para ele. Depois, viraram-se para Giuditta.

Giuditta fitava Mercurio e abanava a cabeça.

— Filha de Satanás! — tornou a gritar o Santo. — Você também tomou a alma deste bom servo de Deus para que te salvasse! Enfeitiçou a ele também!

A multidão começou a se inflamar.

Giuditta olhou para as pessoas e tirou a mão da boca. E eis que o sangue de Mercurio estava em seus lábios.

— Até o sangue dele você tomou! — gritou o Santo com todo o fôlego que tinha na garganta.

Então, a multidão enlouqueceu. Esqueceu tudo. Esqueceu o que havia pensado até poucos segundos antes e, com o Santo, gritou:

— Bruxa! Meretriz de Satanás! Vai queimar no inferno! Para a fogueira! Para a fogueira!

Mercurio se virou para Lanzafame, que com seus soldados havia desembainhado a espada e se postado diante da gaiola para protegê-la.

— Capitão... — chamou-o.

Lanzafame se virou para ele.

A maquiagem de Mercurio estava derretendo.

— Agora ou nunca, capitão — disse-lhe.

— Mas você... — disse Lanzafame, começando a reconhecê-lo.

— Agora ou nunca — repetiu Mercurio. — Levem-na embora... O barco está esperando por vocês... O senhor sabe onde...

— Sim, sei onde — disse Lanzafame.

— Vão... — arquejou Mercurio, lutando contra os olhos, que queriam se fechar.

– Mercurio! – gritou Giuditta.

– Salve-a... – disse ainda Mercurio a Lanzafame.

O capitão abriu a gaiola.

– Proteção! – ordenou a seus homens, enquanto os primeiros exaltados tentavam forçar o bloqueio dos guardas ducais.

– Vamos, Giuditta – disse, pegando-a pelo braço.

– O que estão fazendo? – perguntou o patriarca, levantando-se. E já estava para dar a ordem aos guardas para detê-los quando Giustiniani, saindo do entorpecimento da própria dor, pegou-o pelo pulso.

– O que o senhor está fazendo, patriarca? – disse em tom feroz. – Quer que seja linchada?

Perplexo, o patriarca olhou para a mão de Giustiniani, que apertava a sua.

– Como se atreve?

– Sente-se! – disse-lhe Giustiniani, com tal ímpeto que o patriarca obedeceu. O nobre se virou para Lanzafame.

– Vá! Leve-a embora! – gritou. Em seguida, apontou o dedo para o comandante dos guardas ducais. – Não deixem ninguém passar!

Lanzafame apertou Giuditta a si mesmo com mais força. Virou-se para Mercurio.

– Rapaz...

– Vão... – disse Mercurio com um fio de voz, ainda ajoelhado, balançando a cabeça já sem forças, com o olhar velado.

– Mercurio, não! – gritou Giuditta.

– Vamos! – ordenou Lanzafame, levando-a embora.

– Não! Não! – gritava ela.

Mercurio se virou para olhá-la. Tentou sorrir. Mas de repente foi ofuscado por um grande clarão e, um segundo antes de Giuditta desaparecer pela porta lateral, desabou no chão, com o rosto no pavimento.

Os rumores, o vozerio, os medos se calaram.

O mundo inteiro emudeceu. E escureceu.

92

— Puta que o pariu, rapaz, você me enganou direitinho! Não te reconheci! – ofegava Isacco, sob o peso do corpo de Mercurio. – E nem pense em morrer, porque senão vou até o inferno dos cristãos chutar o seu traseiro!

— Onde... estamos? – sussurrou Mercurio, abrindo os olhos e vendo Veneza de cabeça para baixo.

— Você está no meu lombo. E pesa como um bezerro – disse o doutor. – Estou aqui embaixo, dando duro como um burro.

— Por aqui! Por aqui! – indicou Zolfo, que ia na frente deles.

— Siga em frente, detenha-os! – gritou Zuan, mancando atrás do pequeno grupo.

Zolfo começou a correr, margeando o canal.

— O que... aconteceu? – perguntou Mercurio e gemeu.

— Está com dor? – perguntou Isacco.

— Sim...

— Ótimo. Aperte os dentes. É bom sinal.

— O que aconteceu? – repetiu Mercurio.

— É fácil bater papo quando se está em cima do lombo do burro – ofegou Isacco. – Mas para o burro não é tão fácil assim...

Mercurio tossiu.

— Fiz você rir, hein? – indagou Isacco.

— Não...

— Vamos, aguente firme, já chegamos.

Ao ver que Lanzafame levava Giuditta embora, Isacco saíra e alcançara os dois nos fundos. Giuditta olhara para ele com os olhos arregalados e implorantes.

— Mercurio – dissera.

E fora o suficiente. Isacco voltara para a sala maior. Assegurara-se de que Mercurio ainda estava vivo e, com a ajuda de Zuan e Zolfo, carregara-o nas costas. Nesse momento, corria para o cais do Rio dei Fuseri, em San Luca, onde Lanzafame havia dito que esperaria até quando fosse possível.

Zolfo apareceu no fundo da Calle delle Schiavine. Saltitava de um pé a outro.

– Vamos, vamos, rápido! – gritava.

– Que um raio caia na sua cabeça! – ofegou Isacco. – Rápido o cacete! – Deu um tapinha da cabeça de Mercurio. – Ainda está aí, rapaz?

– Estou com fr... frio... – balbuciou Mercurio.

Ao passar diante de uma loja sem vigilância, Zuan passou a mão em uma *schiavina*, como eram chamadas as grandes e pesadas cobertas de lã produzidas naquela área, e a jogou em cima de Mercurio.

– Já estamos chegando – avisou Isacco. – Não vá desistir justo agora, depois do duro que dei. Seria um desperdício de esforço.

– O senhor é mesmo... judeu, doutor... – brincou Mercurio.

– Ótimo, é assim que eu gosto de ver – disse Isacco, acelerando o passo.

Enquanto dobravam a esquina, já chegando ao canal, Zuan viu uma moça que os seguia. Tinha cabelos acobreados e pele branca e transparente como alabastro. Pareceu-lhe que fosse a jovem para a qual todos haviam apontado no processo, dizendo que era a amante ou a serva de um príncipe qualquer.

– Pronto, chegamos – disse Isacco ao avistar o barco de Tonio e Berto, atracado junto à Ponte dei Fuseri.

– Mercurio! – gritou Giuditta, levantando-se e correndo até ele.

Isacco estava sem fôlego. Pôs Mercurio no chão. Não conseguia falar de tanto que ofegava. Zuan também chegou.

– Giuditta... – disse Mercurio em voz baixa.

Ela se aproximou dele.

– Mercurio...

Nesse momento, um dos soldados de Lanzafame disse:

– Parada aí!

Todos se viraram.

Benedetta estava ali. Deu um passo à frente, fitando Giuditta.

– Vá embora! – disse Mercurio, tentando se levantar.

Benedetta não olhava para ele. Continuava a fitar Giuditta, boquiaberta, como se quisesse dizer alguma coisa.

Todos a observavam.

– Sinto muito... – disse Benedetta.

– Não dê ouvidos a ela, Giuditta! – exclamou Mercurio. – Vá embora, Benedetta... Já não basta... o que você fez? Expulsem-na... daqui...

Benedetta mantinha os olhos fixos em Giuditta. Pareciam duas feridas escuras, cheias de dor.

Por isso, Giuditta não conseguia desviar o olhar dela. Pôs a mão no peito de Mercurio, como pedindo que se calasse.

– Sinto muito... – repetiu Benedetta em voz baixa.

– Não é... verdade! – exclamou Mercurio, cada vez mais fraco, agarrando a mão de Giuditta e tentando sacudi-la.

– Não posso fazer mais nada... olhe para mim... – disse Benedetta, virando-se apenas por um segundo para Mercurio e abrindo os braços, como para mostrar-se em toda a sua nova miséria.

E Giuditta anuiu a Benedetta. Devagar. Apenas uma vez.

Benedetta sentiu as lágrimas subirem aos olhos. Conteve-as. Também anuiu, apenas uma vez, com aquele pouco de dignidade que lhe sobrara, e disse, sussurrando:

– Obrigada.

Giuditta ainda a fitou por um instante, sem raiva nem rancor e, de repente, sentiu-se livre. Então, voltou-se para Mercurio e lhe sorriu, cheia de esperança.

Quando Benedetta viu o quanto eram unidos, sentiu uma pontada dolorosa no centro do peito e começou a recuar, lentamente. Depois, virou-se e se afastou.

– Coloquem-no no barco, rápido – disse Lanzafame, apontando para Mercurio.

Os soldados o transportaram a bordo e foram seguidos por Isacco, Giuditta, Zolfo e Zuan.

No entanto, Zolfo continuava a fitar Benedetta, que se afastava. E, enquanto as cordas eram soltas, lembrou-se de quando tinham chegado juntos, fugindo de Roma. Lembrou-se de que, em Mestre, quando ele decidira seguir com irmão Amadeo, Benedetta não hesitara e saltara do barco, fora atrás dele e tentara salvá-lo das garras do frade. Lembrou-se de que, naquela época, Benedetta era uma pessoa diferente, com um olhar diferente. E se deu conta de que talvez seus olhos tivessem voltado a ser como antes.

Assim, com um ímpeto, saltou do barco.

– Zolfo... o que está fazendo? – perguntou Mercurio.

Zolfo olhou para ele e, pela primeira vez depois de tanto tempo, em seus olhos havia um vislumbre de esperança. Talvez ele e Benedetta pudessem recomeçar juntos. Olhou para a Calle dei Fuseri. Benedetta caminhava devagar, encurvada.

– Ela está sozinha, Mercurio – disse, balançando a cabeça, como se pedisse desculpas. – Precisa de mim...

Mercurio anuiu, emocionado.

– Vá... – disse.

Os olhos de Zolfo se encheram de lágrimas.

– Obrigado – silabou.

– Corra... – disse-lhe Mercurio, comovido.

Zolfo sorriu e saiu correndo em meio à lama seca pelo verão.

– Benedetta, espere! – gritou.

Mercurio se virou para Giuditta, que olhava para ele. Então, soube o que ela estava pensando. Ela também se lembrava daquele dia, quando chegaram a Mestre e ele saltara na água, deixando-a no barco dos heróis da batalha de Marignano para ficar com seus companheiros de viagem. Balançou a cabeça.

– Não... desta vez, não vou pular...

– Seja como for, você não teria forças para isso – riu Lanzafame, enquanto o barco se afastava do cais.

Mercurio não riu. Perdia-se nos olhos de Giuditta.

– Porque agora sei qual é o meu lugar.

Giuditta pegou sua mão. Olhou ao fundo, na Calle dei Fuseri, onde Zolfo havia encontrado Benedetta. Estavam parados e pareciam falar animadamente.

– O que vão fazer agora? – perguntou Giuditta.

– Os ladrões... os trapaceiros... – disse Mercurio, com um tom leve e contente na voz. Tirou a peruca com a falsa tonsura. – Não sabemos fazer outra coisa...

– Me deixe ver – disse Isacco. – Já que estamos falando nesse assunto, você confia em um doutor trapaceiro?

– Mais do que em um de verdade... – respondeu Mercurio, deitando-se.

Isacco cortou a lateral da batina com uma faca e observou a ferida. Balançou a cabeça.

Os olhos de Giuditta se encheram de lágrimas.

– Quem foi o infeliz que fez essa atadura?

– Eu – respondeu Zuan.

– Continue a ser marinheiro, é melhor – resmungou Isacco.

A essa altura, o barco já tinha ganhado velocidade. Corria pelo Rio di San Moisè e, em um instante, chegou ao Canal Grande. Virou a bombordo, dirigindo-se para a Riva degli Schiavoni.

– Esse rapaz precisa ser costurado e receber curativos novos – disse Isacco a Lanzafame. – Temos de ir ao hospital.

– Nem pense nisso, doutor – respondeu o capitão.

– Mas é preciso! – insistiu Giuditta.

– Não – repetiu Lanzafame. – Não podemos andar por Veneza com você, está fora de cogitação. Em pouquíssimo tempo, quando perceberem que você não voltou para a prisão, vão começar uma caçada sem precedentes.

– Mas...

– Não se fala mais nisso – disse secamente Lanzafame. – Agora vamos para o navio. Depois, o doutor vai com esses dois *buonavoglia* a Mestre, pega o que precisa e volta. Se há uma esperança de não sermos pegos, é essa. Qualquer outro plano está fora de questão. – Olhou para Mercurio. – Estou certo, rapaz?

– Certíssimo... – Mercurio ergueu a cabeça e virou-se para Tonio e Berto. – Chegou a hora de vocês mostrarem quem são – disse e, com o pouco fôlego que ainda tinha, tentou gritar: – Remem!

Tonio e Berto fizeram os remos estalar na água de tanta força que punham na remada, arqueando suas costas robustas.

Quase não pararam para desembarcar a carga humana no estaleiro de Zuan e logo em seguida partiram, com apenas Isacco a bordo.

Mercurio foi carregado nos braços. Giuditta não soltava sua mão. Deitaram-no no convés.

Mosè gania ao redor de Mercurio, abanando devagar a cauda baixa.

Zuan mal tinha embarcado no navio toda a sua antiga tripulação, os *buonavoglia* contratados ainda não tinha baixado na água os remos da carraca, e Tonio e Berto já estavam de volta.

A bordo também estava Anna, pálida e espantada.

– Não consegui mantê-la afastada, sinto muito, rapaz – brincou Isacco, subindo na ponte do navio com sua bolsa de instrumentos e outro saco, no qual havia colocado ervas medicinais e unguentos.

Giuditta continuava ao lado de Mercurio, aflita.

— Veneza está enlouquecida – disse Tonio. – Que confusão! Metade dos venezianos quer capturar a bruxa, e os outros querem escondê-la na própria casa.

Isacco abriu a bolsa de instrumentos.

— Meu menino – disse Anna, ajoelhando-se, assustada, ao lado de Mercurio.

Ele sorriu fracamente para ela, sem forças.

Anna desviou o olhar para Giuditta, que via pela primeira vez. Aquela era a moça pela qual Mercurio havia mudado o mundo inteiro. Pensou que era uma moça de sorte. E pensou que, se não tivesse tido um marido como o seu, a teria invejado. Em vez disso, ao ver como Giuditta olhava para Mercurio, o leve sorriso que tinha nos lábios se alargou. E os abriu com todo o seu coração.

— Se não o salvar, pode dar adeus ao hospital. Por tudo o que há de mais sagrado! – disse Anna a Isacco.

— Pare de me aborrecer, mulher! – respondeu ele, carrancudo. – Deixe-me trabalhar em paz.

Anna fez o sinal da cruz, fechou os olhos e começou a rezar.

Mercurio sentiu a agulha de sutura entrar em sua carne e gritou.

Mosè saiu correndo para trás, assustado e latindo.

— Como você reclama, rapaz! Parece uma mocinha – disse Isacco. Virou-se para Lanzafame e seus soldados. – Ele não sabia que sou um açougueiro.

Lanzafame riu.

Mosè olhava para o doutor e rosnava baixinho.

— Ainda preciso te costurar, rapaz. Pare de choramingar e aperte os dentes. E diga para esse cachorro não me morder, por favor.

— Quieto, Mosè... – disse Mercurio. O cão se sentou perto dele e lambeu seu rosto. Mercurio sentiu a agulha entrar na carne, gemeu e apertou a mão de Giuditta.

— E não vá fraturar a mão da minha filha – acrescentou Isacco.

— Vá à merda, doutor – disse Mercurio.

Quando terminou, Isacco espalhou um unguento de aquileia e cavalinha na ferida, para conter a hemorragia. Em seguida, aplicou uma compressa de raiz de bardana e calêndula para ajudar a cicatrização.

— Observou bem? – perguntou a Giuditta. – Você vai ter de fazer isso todos os dias, até a ferida sarar.

Giuditta anuiu.

Isacco lhe entregou os potes com o unguento e a compressa. Depois, deu-lhe mais dois frascos.

– Incenso e garra do diabo. Dissolva-os em uma tigela com caldo ou apenas em água quente. Vai servir para combater a febre.

– Tudo bem... – disse Giuditta com uma vozinha fraca.

– Ele não está morrendo, minha menina – sussurrou-lhe Isacco em um ouvido. – Mas não deixe que ele perceba, senão vai começar a se mexer antes do tempo. Combinado?

Giuditta desatou a chorar e abraçou Isacco.

– Ah, pai...

– Ah, filha! – ecoou Isacco, afastando-a de si. – Que dengo todo é esse? – Mas depois, seus olhos também começaram a se encher de lágrimas. Com raiva, bateu o punho no convés. – Diabos! Veja isso! Está contente?

– Pai – sorriu Giuditta, chorando –, você é um homem rude e insuportável! – Abraçou-o. – Mas gosto muito de você... muito... – Afastou-se. – Então, não vem com a gente?

Isacco olhava para baixo.

– Filha... eu...

– Quando um passarinho aprende a voar, deixa o ninho. É assim que deve ser – disse Mercurio.

– Que bobagem é essa que está dizendo, rapaz? – perguntou Isacco.

Mercurio riu e olhou para Anna, que foi até ele e acariciou seus cabelos, grudentos de suor.

Em seguida, estendeu a mão e pegou a de Giuditta. Olhou para ela em silêncio, anuindo.

Giuditta se enrijeceu de repente, como se não soubesse o que fazer, como se temesse o julgamento de Anna.

– Mercurio havia me dito que você era bonita... – iniciou Anna, mas logo se interrompeu. Levantou os olhos para o céu, balançando a cabeça. – Ah, não sei o que dizer! Nesses momentos, sempre pensamos ter de encontrar palavras especiais... – Sorriu, embaraçada. – Até uma mulher ignorante como eu acha que pode... Ah, ao diabo, Anna! – disse a si mesma. Puxou Giuditta. – Deixe-se abraçar, menina. Deixe-se abraçar e pronto.

Giuditta se abandonou ao abraço, constrangida.

– Você não é uma menina, eu sei – sussurrou Anna em seu ouvido. Afastou-a e olhou em seus olhos. – É que nós estamos mais assustados do que vocês... jovens. Sinto muito – disse-lhe com a voz já embargada.

Então, Giuditta a beijou de repente na face. Três vezes.

– Um pela minha mãe, porque nunca pude beijá-la. Outro pela minha avó, porque ainda gostaria de beijá-la. E outro pela mãe de Mercurio, porque sei o quanto te devo – disse-lhe.

Anna enrubesceu, baixou o olhar e se virou para Mercurio.

– Agora estou mais tranquila – disse, tentando se conter. – Ela vai cuidar de você.

Giuditta sentiu um nó no estômago. Tentou refrear as emoções que a sacudiam.

Anna evitou olhar para ela, pois sabia que também não conseguiria controlar a emoção. Acariciou a testa de Mercurio, quase com fúria. Depois, ficou séria.

– Você está quente – disse, preocupada.

– Óbvio, está com febre! – exclamou Isacco. – Que bela descoberta!

Anna olhou para Giuditta.

– Sorte sua que vai embora – disse-lhe. – Nós vamos ter de ficar com ele.

Giuditta riu, mas no instante seguinte desatou novamente a chorar. Abraçou o pai.

Isacco a apertou contra si.

– Você é a minha menina – disse baixinho em seu ouvido. – Nunca se esqueça disso. Você é a minha menina.

Giuditta soluçou.

– Sinto muito ser o desmancha-prazeres, mas se não começarmos a nos mexer, vão nos encontrar... – disse Lanzafame.

Isacco se afastou de Giuditta e olhou para ela.

– O senhor disse "começarmos" a nos mexer, capitão? – perguntou, surpreso.

– Traí Veneza, doutor – disse Lanzafame. – Não me arrependo de tê-lo feito... mas, francamente, gostaria de continuar com a cabeça presa ao pescoço por alguns anos. – Olhou para Mercurio e a tripulação. – Além do mais, esse pessoal vai precisar de alguém que saiba usar a espada.

Isacco sentiu uma profunda dor.

– Assim, hoje perco também o senhor. Confio-lhe minha filha, então – acrescentou, apontando para Giuditta.

Lanzafame anuiu, sério.

– Tenho uma dívida com você, doutor. Você me curou.

– Do quê? – perguntou Isacco, surpreso.

– Da escravidão do vinho.
– Fez tudo sozinho, capitão – respondeu Isacco.
– Não – disse Lanzafame. – Você me deu o método.
– Um dia de cada vez... – sorriu Isacco e anuiu, satisfeito. – Funciona, não é?
– Funciona.

Os dois homens se olharam por um longo tempo, no silêncio geral. Todos sentiam a força e a nobreza daquela amizade.

– Ponha isso no pescoço – disse Zuan, aparecendo do nada e interrompendo a atmosfera.

Mosè latiu, fazendo festa.

Isacco se virou e abriu a boca.

– Não acredito...

Zuan tinha na mão um cordão de couro gasto e enegrecido pelo tempo. E, preso ao cordão, um saquinho de couro ainda mais sujo.

– Não acredito... – repetiu Isacco.

Giuditta sorriu, igualmente perplexa.

– Seus remédios não são nada perto deste amuleto – disse Zuan com orgulho para Isacco. – Quem o fez foi um médico de verdade, dos bons, bem diferente de você. Em todos os meus anos de navegação, nunca tive escorbuto graças a isto aqui. Se chama...

– ...Qalonimus – murmurou Isacco em voz baixa.

– Ah, você também o conhece, hein? – disse Zuan, satisfeito. Depois, virou-se para Mercurio. – Fique sabendo que este prodigioso amuleto foi criado por um médico que ouviu as últimas vontades de uma santa, martirizada pelos bárbaros, e então...

– Como você pode acreditar nessas bobagens? – riu Isacco.

– Eu acredito – interveio Giuditta. – Pai, não vê que *Hashem* está nos abençoando e mandando um sinal? – sorriu. – Talvez seja o último Qalonimus remanescente... e vai me falar de você. Agora tenho a certeza de que você vai estar comigo.

Isacco a abraçou e sorriu.

– Que estranho... mas deixe *Hashem* em paz – disse-lhe, bonachão. – Não gostaria que ele se lembrasse de que sou um trapaceiro – sussurrou em seu ouvido.

Enquanto isso, Zuan pôs no pescoço de Mercurio o amuleto que por muitos anos havia enriquecido Isacco.

– Está fedendo... – disse Mercurio.

Isacco desatou a rir.

– Deve ser o esterco de cabra.

Giuditta lhe deu uma cotovelada na barriga.

Depois, de repente, fez-se silêncio. O sol se punha além dos telhados de Veneza. Todos baixaram a cabeça. Ninguém disse mais nada. Ninguém sorriu mais.

O tempo tinha acabado.

– Vocês precisam ir – disse, então, Anna del Mercato. – Daqui a pouco vai escurecer.

Mercurio olhou para ela através de um véu de lágrimas.

Anna se aproximou dele, passou o dedo em suas sobrancelhas e o beijou.

– Estou orgulhosa de você... padre Venceslao da Ugovizza.

Em seguida, virou-se, dirigiu-se até a escada e foi a primeira a descer à terra firme.

Isacco a seguiu, em silêncio.

– Doutor – disse Mercurio –, peça dinheiro a Isaia Saraval, o usurário de Mestre. Ele me deve. Use para o hospital.

Isacco anuiu. Mas ainda havia um pensamento que o atormentava. Voltou correndo até Giuditta e a pegou pelos ombros.

– Não fiz mal em te trazer para Veneza, não é?

Giuditta se virou para Mercurio.

– Não, pai. Ao contrário.

– Sua mãe ficaria orgulhosa de você.

– E está orgulhosa de você, pai – respondeu Giuditta.

Então, Isacco a beijou uma última vez, desembarcou e juntou-se a Anna del Mercato. Ao lado deles, as esposas dos marinheiros de Zuan. Estavam todas velhas e sabiam que não reveriam seus maridos. Mas essa é uma coisa para a qual todas as esposas de marinheiros estão sempre preparadas.

O navio se soltou lentamente do cais.

A tripulação de Zuan içou as velas.

Ao ritmo marcado por Tonio e Berto, os *buonavoglia* imergiram os remos na água da laguna.

Zuan se postou ao timão.

Lanzafame se debruçou no estibordo.

Mosè, como enlouquecido de alegria, começou a correr em círculos na ponte do navio, latindo.

— Pare, imbecil! – gritou Zuan.

Estalando como os velhos ossos de sua tripulação, a carraca Shira se fez ao largo e apontou para o mar.

Ninguém a bordo sabia o que os esperava. Ninguém conhecia o Novo Mundo nem sabia se chegariam ou o que encontrariam. Mas eram marinheiros, e não morreriam felizes se não tentassem.

Na popa, quando já não se via o estaleiro de Zuan, Giuditta pegou uma bacia com água e um pano de linho e se sentou ao lado de Mercurio.

— Como você está feio, meu amor – disse-lhe.

Depois, começou a remover delicadamente a maquiagem de seu rosto.

Mercurio sorriu, cansado. Tinha os olhos reluzentes de febre.

— Por um tempo eu gostaria de te reconhecer – disse Giuditta. – Nada de disfarces. Promete?

— Prometo...

Giuditta olhou para ele.

— Você salvou minha vida.

Mercurio a fitava em silêncio.

— E está me dando uma vida que eu nunca poderia ter. Você é mesmo um trapaceiro...

Com dificuldade, Mercurio pegou sua mão. Apertou-a. Com tanta fraqueza que ela se comoveu.

Então, para não chorar, Giuditta olhou para a frente, além da proa do navio. Lembrou-se de quando tinha chegado a Veneza. Quando ela e seu pai tinham desembarcado do navio macedônio, na foz do Pó. Lembrou-se do rio que se apresentara à frente deles, misterioso como o futuro. Lembrou-se de ter pensado que a vida passada de ambos havia terminado, e uma nova começava. Com novas regras.

E nunca poderia imaginar que tornaria a experimentar as mesmas sensações e em tão pouco tempo.

Olhava na escuridão da noite, que já havia caído. E via o mar diante de si, misterioso como o seu futuro. Por um momento, teve medo. Mas depois, baixou os olhos para Mercurio, que dormia com uma expressão serena no rosto, ainda apertando sua mão. Conseguiriam, parecia dizer.

Então, Giuditta se sentiu protegida.

Levantou o olhar para o céu e para a noite, apontou o indicador para a estrela que conhecia desde menina e disse:

— Que você nos guie.

Agradecimentos

Em primeiro lugar, quero agradecer a Iris Gehrmann, minha editora, que me acompanhou na aventura deste romance com mão firme.

Um obrigado particular a Michele Rossi. Mais do que um bom resultado profissional, considero este livro um sucesso humano.

Obrigado a Massimo Paolucci, amigo muito valioso e guia especial.

Obrigado à minha mãe, que em sua tenra idade conseguiu forçar sua natureza e me dizer o quanto me estima, fazendo-me sentir amado.

Por fim, obrigado a Carla Vangelista, não apenas porque, como sempre, algumas ideias e alguns pontos fundamentais desta história são fruto do seu extraordinário talento criativo, mas também porque, se sou um escritor, o mérito é seu. Foi ela que, tantos anos atrás, me mostrou essa possibilidade e durante todo esse tempo nunca nutriu dúvidas a respeito. Com alicerces tão fortes, eu não poderia não conseguir.

Este livro foi composto com tipografia Adobe Garamond Pro e
impresso em papel Soft 70 g/m² na Formato Artes Gráfica.